D0831973

LA REINE SOLEIL

CHRISTIAN JACQ

LA REINE SOLEIL

L'aimée de Toutankhamon

JULLIARD

© Julliard, 1988
ISBN 2-266-03388-3

L'homme est argile et paille.
Dieu est son créateur.
L'homme ignore les plans de Dieu.
Qu'il se mette entre ses mains.

Sagesse égyptienne.

1

Quand Akhésa ouvrit les yeux, l'aube rougeoyait. Le sang du premier soleil inondait le Nil. La cité de la lumière [1], capitale du pharaon Akhénaton et de son épouse Néfertiti, s'éveillerait bientôt. Déjà, dans les rues bordées de maisons blanches, passait la première escouade de policiers qui allait relever la garde veillant sur les frontières du territoire d'Aton, le soleil divin.

Il y avait de plus en plus de policiers et de militaires dans la cité du soleil depuis que des bruits inquiétants circulaient sur la santé de Pharaon. De mauvaises langues osaient même affirmer qu'Akhénaton, en proie à des crises de folie mystique, s'était brouillé avec la belle Néfertiti, dont les absences répétées lors des cérémonies officielles faisaient jaser les courtisans.

---

1. Le nom égyptien de la capitale fondée par Akhénaton, « Celui qui rayonne pour Aton », était Akhétaton, littéralement « La contrée de lumière du dieu Aton ». Elle est souvent citée par son nom arabe, Amarna, El-Amarna ou Tell el-Amarna et se situait en Moyenne Égypte. L'ancienne capitale, vouée au dieu Amon, était Thèbes, plus au sud. Les deux villes sont distantes d'environ 300 km. Nous sommes au XIVᵉ siècle avant J.-C., pendant cette période qu'il est convenu d'appeler le « Nouvel Empire ». Le maître de l'Égypte est le pharaon Akhénaton, monté sur le trône vers 1364.

De ses yeux vert tendre, Akhésa contempla longuement le soleil de ce matin de fin d'hiver, boule de feu donnant la vie à tous les êtres qu'il touchait de ses rayons. Elle ne se lassait pas de ce spectacle grandiose qui calmait ses angoisses. À cet instant, elle l'appréciait davantage encore. Ses jeunes seins se gonflaient d'une légitime fierté. À quatorze ans, Akhésa était une magnifique jeune femme brune, au corps mince et élancé. Elle se sentait adulte, délivrée des préoccupations de l'enfance. Les jeux des adolescentes ne l'intéressaient plus. Dans sa tête et dans son cœur s'était opérée une étrange métamorphose. C'était à cause d'elle qu'Akhésa s'était enfuie et que, depuis un jour et une nuit, elle se cachait. Elle voulait se découvrir, comprendre les lois de sa propre destinée.

Vêtue d'une courte tunique de lin blanc, pieds nus, sans bijoux, Akhésa avait réussi à progresser de ruelle en ruelle, de jardin en jardin, de toit en toit. Aucun des hommes lancés à sa recherche ne l'avait rejointe. Connaissant le moindre recoin de la cité, elle s'était faufilée sans hésitation dans le dédale de villas du quartier des nobles, au sud de la ville, passant derrière les riches demeures du grand prêtre et des ministres, se dissimulant dans un bosquet dès qu'elle apercevait un uniforme. Contournant le palais de plaisance de Pharaon et le lac où aimait voguer la famille royale dans des barques légères, elle avait gagné le centre de la capitale pour mieux se noyer dans la foule nombreuse qui déambulait sur la voie royale que bordait, sur plus de huit cents mètres, l'immense palais d'Akhénaton. Le pont enjambant cette vaste artère permettait aux notables de circuler aisément et de se rendre promptement de leurs bureaux à la salle d'audience de Pharaon.

C'est en longeant le ministère des Pays étrangers

qu'Akhésa fut repérée. Le regard d'un commandant de la charrerie croisa le sien. Le temps
d'alerter ses hommes, la fugitive avait disparu, se
glissant dans un cortège de scribes qui se dirigeait
d'un pas mesuré vers la Maison de Vie. Puis elle
traversa une file de musiciennes sortant du temple
et quitta la voie royale pour s'enfoncer dans le
quartier des commerçants, au nord de la ville.
Dans cette banlieue bariolée et animée, où s'installaient sans cesse de nouveaux arrivants, la jeune
femme parvint à grappiller quelques dattes sur
l'étal d'un boutiquier. Elle se cacha dans un
atelier de menuisier qui n'était pas encore occupé
et y reprit des forces.

Ses poursuivants n'étaient pas naïfs. Sous la
direction de plusieurs scribes de l'armée et du
chef de la police, ils avaient quadrillé la cité avec
patience et méthode. Aucune maison n'échappe-
rait à leurs investigations. À la tombée de la nuit,
Akhésa avait été obligée de s'aventurer dans
l'inconnu. Elle avait pénétré sur un grand chantier
où s'édifiait un nouveau quartier destiné aux
ouvriers de la nécropole.

La peur avait resserré son cœur. Elle avait
frissonné. Ce n'était plus la merveilleuse ville
ensoleillée aux jardins fleuris mais une zone
inquiétante, peuplée de blocs épars, de tas de
briques, d'échafaudages. Des ombres rôdaient,
hyènes venues du désert en quête d'une charogne
ou chiens errants à la chasse. En cette saison, la
nuit était froide. Impossible d'allumer un feu
qui aurait attiré l'attention des patrouilles. Par
bonheur, Akhésa avait été pourvue par Aton
d'une exceptionnelle vigueur qui nourrissait la
plus resplendissante des santés. Ses craintes domi-
nées, elle s'était roulée sur elle-même et avait
dormi d'un sommeil d'enfant, confortée par la

certitude que personne n'irait la chercher en un pareil endroit.

Que le goût de la liberté était suave ! Il était meilleur que le miel, plus enivrant que la bière de fête. Akhésa ne regrettait pas sa folie. Elle la dégustait à pleines dents, se félicitait chaque seconde davantage d'avoir brisé le cercle des coutumes qu'on lui imposait, d'avoir prouvé qu'elle était capable de défier des centaines d'hommes. Et son exploit n'était pas encore achevé ! Elle saurait obtenir de quoi se nourrir et se vêtir, narguerait encore longtemps ceux qui avaient cru s'emparer d'elle aisément.

Un seul objet lui manquait : son miroir. « Tant mieux, estima-t-elle. Je dois être affreuse, le visage couvert de poussière, les cheveux décoiffés. » Il lui fallait accepter les conditions sévères qui assuraient sa victoire.

Femme... Oui, elle venait de devenir femme. Le sang qui avait coulé de son ventre l'élevait à la dignité d'un être indépendant, responsable. Demain, elle pourrait donner des enfants à l'homme qu'elle choisirait et dont elle partagerait la vie. Ce secret-là, elle n'avait voulu le confier à personne, sinon au soleil, au désert, à la nuit. Elle avait tant attendu ce moment que certaines de ses camarades de jeux avaient connu avant elle, ne lui épargnant pas leurs moqueries. Chagrins oubliés, à présent. Akhésa avait rattrapé le temps perdu. Ce n'était pas seulement son corps qui avait changé, mais aussi son cœur. La puissance solaire du dieu Aton, elle la ressentait au plus profond d'elle-même, bien que ce fût un sacrilège. Seul Akhénaton, l'unique prêtre du dieu unique, avait le droit d'éprouver ce sentiment.

Un aboiement brisa le silence. D'un amoncellement de briques surgirent deux grands lévriers, suivis par une escouade de policiers. Akhésa se redressa et poussa un cri. Les chiens avaient flairé sa présence et se précipitaient vers son repaire. Entraînés depuis leur plus jeune âge, ces animaux savaient être de redoutables tueurs.

La jeune femme n'avait pas envisagé ainsi la fin de son escapade. Elle n'aurait pas cru que la princesse Akhésa [1], troisième fille d'Akhénaton et de Néfertiti, périrait la gorge déchirée par les crocs des lévriers de la police de son père.

— Arrêtez-les ! hurla Mahou, le chef de la police.

L'ordre avait jailli trop tard. Impuissant, Mahou assista à l'assaut des lévriers.

Il se voila la face.

Jamais Akhénaton, son maître, ne lui pardonnerait une telle erreur. Pharaon et son épouse portaient un immense amour à leurs six filles. Mahou avait eu tort de lâcher les chiens. Mais il ne s'attendait pas à découvrir la princesse en fuite dans cet endroit désert qu'il fouillait à tout hasard. Horrifiés, les policiers avaient abaissé leur gourdin. Comme leur chef, ils seraient condamnés à une peine sévère pour n'avoir point réussi à empêcher le drame.

Akhésa planta son regard dans celui du premier lévrier qui bondit sur elle. Un fol espoir s'était emparé d'elle.

— Bélier ! s'exclama-t-elle. Bélier, c'est toi...

Le chien s'arrêta net. Son compagnon le dépassa, muscles bandés pour l'attaque.

1. Pour la commodité de la lecture, nous avons adopté Akhésa comme nom de l'héroïne de ce roman. Son nom égyptien était Ankhes-en-pa-Aton, « Elle vit pour Aton ». L'âge exact des protagonistes est impossible à préciser de manière formelle d'après les sources historiques. On suppose, en ce qui concerne Akhésa et Toutankhamon, que la première avait entre douze et quinze ans et le second de dix à treize ans lorsque cette histoire commence.

— Taureau, couche-toi ! cria Akhésa, interrompant l'élan de son agresseur.

Les deux lévriers, remuant la queue, léchèrent les pieds de la princesse. Akhésa leur caressa le dessus de la tête, comme elle l'avait fait cent fois lorsqu'elle les nourrissait, enfant, au chenil royal. Bélier et Taureau, en raison de leur rapidité à la course, avaient été affectés à des tâches de surveillance. Akhésa ignorait que l'amour qu'elle leur avait offert lui sauverait un jour la vie.

Mahou, de son pas lourd, s'approcha de la jeune femme.

— Vous devez me suivre, princesse, et regagner le palais. Votre père est furieux.

2

Le palais principal d'Akhénaton était construit sur une éminence, au cœur de la cité du soleil. Pour accéder aux appartements privés du souverain, il fallait traverser des jardins disposés sur trois terrasses qui montaient vers la lumière. Construit en brique, l'immense édifice avait un caractère aérien, presque irréel. De nombreuses salles étaient décorées de peintures : oies sauvages s'ébattant dans un étang, jeune veau gambadant, poissons glissant entre des fleurs de lotus, papillons voletant. Autour des colonnes s'enroulaient plantes grimpantes et vrilles de vigne. Sur les plafonds, les murs et les sols se déployaient les merveilles de la nature régénérées chaque matin par le divin Aton.

De la terrasse supérieure du palais, on découvrait un vaste jardin s'étendant en direction du Nil, jusqu'au débarcadère privé de la famille royale. Sur les berges, des jardiniers entretenaient des parterres de fleurs.

Mahou avait remis la princesse Akhésa entre les mains d'un majordome qui, après s'être incliné devant elle, l'avait conduite dans les salles d'hiver pourvues d'un foyer rond creusé dans le sol. Y brûlaient des feux qui tiédissaient l'atmosphère. La fumée s'échappait par de petites fenêtres ouvertes dans le plafond.

Akhésa fut introduite dans une salle de bains où l'attendaient deux jeunes servantes nues. Elles ôtèrent la tunique souillée de la princesse puis l'aidèrent à s'allonger sur une longue rangée de pierres chaudes. Des rigoles y avaient été creusées pour permettre l'écoulement de l'eau que la princesse sentit avec volupté glisser sur son corps. Les servantes la lavèrent avec soin, effaçant les injures infligées à sa peau dorée par le sable et la poussière. Akhésa goûta le plaisir infini d'être belle et propre. Elle tressaillit d'aise sous l'aspersion d'essences parfumées.

Relevée avec délicatesse, la princesse se contempla dans le miroir que lui tendait l'une des servantes tandis que sa compagne apprêtait la coiffure d'Akhésa, torsadant les mèches brunes avant de les recouvrir d'une perruque aux longues nattes. La fille du roi fut habillée d'une robe de lin transparente laissant deviner les boutons roses de ses seins et la toison noire de son sexe. Une ligne de fard vert lui fut appliquée pour souligner la courbe parfaite de ses sourcils.

La porte s'ouvrit sur le majordome du palais.

— Sa Majesté vous attend, princesse.

Akhésa emboîta le pas au serviteur qui emprunta un long couloir baigné d'une lumière passant par d'innombrables ouvertures. Dans le palais du roi, comme partout dans la capitale, libre accès devait être réservé aux rayons du soleil divin. Le majordome s'arrêta devant l'entrée du cabinet particulier d'Akhénaton où nul, à l'exception des membres de la famille royale, n'avait le droit de pénétrer.

Akhésa se recueillit, inquiète. Depuis plus de deux mois, elle ne voyait son père que trop rarement. Qu'étaient devenus ces moments de bonheur où la princesse, en compagnie de ses sœurs, dégustait de copieux déjeuners servis par leurs parents eux-mêmes, au mépris de l'étiquette ? Elle allait et venait librement dans le palais, l'emplissant de cris joyeux, inventant mille jeux. Akhénaton et Néfertiti, nus, la prenaient sur leurs genoux et lui racontaient des histoires amusantes. Ses parents avaient, en compagnie de leurs filles, supprimé le protocole pour mener la plus simple et la plus paisible des existences familiales.

Et puis tout avait changé, sans qu'on lui donnât la moindre explication. Le pharaon était devenu lointain, inaccessible, même à ses proches. Néfertiti s'était murée dans le silence de son propre palais, loin de son époux. Le bonheur doux et tranquille s'était brutalement brisé. Chacun vivait à présent isolé. La richesse et le bien-être avaient perdu leur goût fruité.

Le majordome poussa la porte en cèdre du Liban. Akhésa entra dans le cabinet particulier de Pharaon, une pièce presque vide. Aucun décor sur les murs. Un bureau et une chaise d'ébène qu'Akhénaton avait disposés devant une large fenêtre d'où il contemplait les jardins inondés de soleil.

Le tout-puissant souverain du Double Pays était un homme grand, très maigre, au crâne allongé et au visage émacié. Des pommettes saillantes et des yeux profondément enfoncés dans leurs orbites soulignaient l'aspect maladif d'un être qui, une année plus tôt, affichait une superbe qui imposait à tous le respect.

Akhésa referma silencieusement la porte derrière elle. Son père ne semblait même pas s'être aperçu de sa présence. Sur le bureau, un rouleau de papyrus où, de sa fine écriture, le roi avait dessiné plusieurs colonnes de hiéroglyphes. Le début d'un hymne au dieu solaire, à l'Être divin qui hantait toutes ses pensées.

La princesse fit quelques pas, partagée entre la crainte d'interrompre la méditation de son père et le désir de le voir s'intéresser à elle. Elle s'immobilisa. Il tourna la tête, la découvrant enfin. Akhésa s'agenouilla et flaira le sol devant Pharaon, son maître, comme en avait l'obligation tout fidèle sujet de Sa Majesté.

Akhénaton releva sa fille.

— Non, pas toi. Tu es la chair de ma chair. En toi coule mon sang.

— Je t'offre le respect dû à un dieu, mon père, objecta Akhésa d'une voix tendre, gardant la tête baissée.

Akhénaton sourit.

— Tu connais bien la théologie, pour une petite fille...

— Je ne suis plus une petite fille, protesta-t-elle. Depuis deux jours, je suis une femme.

— Et c'est pour cela que tu t'es enfuie, me plongeant dans une affreuse angoisse ! Tu désirais prouver que tu n'avais plus besoin de personne... Viens auprès de moi.

Akhénaton s'assit à nouveau. Il paraissait épuisé. Akhésa s'accroupit à ses pieds. Il la fascinait. C'était à cause de la flamme brillant dans son regard qu'il avait réussi à imposer au pays une religion nouvelle, une capitale nouvelle, à museler les ambitions matérielles des prêtres thébains, à créer une autre civilisation. Si fatiguée que fût son enveloppe charnelle, elle servait encore de réceptacle à une formidable puissance créatrice qu'Akhésa n'avait jamais rencontrée chez aucun être. Il y avait aussi la voix du pharaon, sa douce gravité, presque chantante, résonnant comme une mélopée qui charmait l'âme et l'envoûtait. Personne ne résistait longtemps à la séduction d'Akhénaton.

Pourtant, il n'était ni beau ni habile orateur ; il lui arrivait souvent de chercher ses mots, d'avoir des attitudes presque empruntées, d'hésiter. Il manquait de présence, faisait pâle figure à côté de la plupart de ses féaux. Mais il émanait de sa personne un fluide magique et une telle capacité de conviction qu'il convertissait les plus réticents à la spiritualité solaire qu'il vivait avec une intensité communicative.

Akhénaton était un chef d'État. Il gouvernait avec ses armes propres, qui étaient celles de l'esprit, mais il gouvernait effectivement et d'une poigne dont la fermeté avait étonné certains courtisans. Akhésa était fière d'être sa fille. Elle rendait grâce à Aton de lui avoir donné ce père extraordinaire, le plus fabuleux des hommes que la terre d'Égypte ait jamais portés.

— Je ne me suis pas vraiment enfuie, père. Il fallait que je quitte les appartements des enfants royaux.

— Parce que tu es devenue femme...

Il la devinait. Il la comprenait à demi-mot. Il lisait dans son âme.

— Mes yeux se sont ouverts. Je ne suis que la troisième de tes filles, mais je continuerai ton œuvre, à ma manière. Mes sœurs aînées, j'en suis certaine, n'ont pas perçu ton message. Elles ne savent pas que nous sommes à l'orée d'un monde nouveau. Un monde qu'il nous faudra construire sans regarder le passé.

Pharaon ne cacha pas son étonnement.

— Voilà bien de graves propos dans la bouche d'une jeune femme de quatorze ans.

— N'est-ce point l'âge où tu as toi-même commencé à bousculer ton entourage et à vouloir imposer ta volonté ?

— Serais-tu devenue impertinente ?

Un sourire d'Akhésa, levant avec une fausse crainte les yeux vers son père, anéantit la réprimande naissante.

— Pourquoi es-tu si solitaire, père ? J'ai tant besoin de ta présence !

— Ma tâche est écrasante, Akhésa. Voilà plus de douze années de règne pendant lesquelles j'ai œuvré pour le bonheur de mon peuple. Aujourd'hui, Aton illumine l'Égypte. Il répand partout sa lumière. Mais les forces des ténèbres ne sont pas anéanties. À Thèbes, on complote contre moi. Les prêtres d'Amon ne s'avouent pas vaincus. Ils rêvent de leur splendeur passée.

— Thèbes... Tu ne m'as jamais emmenée là-bas. Certains disent que c'est la plus belle ville du monde.

— Thèbes est vouée au commerce, à la richesse, à la matérialité. La lumière de l'esprit est ici, dans notre cité du soleil. C'est de lui dont dépend l'existence de chacun des habitants de ce pays, qu'il soit pierre, fleur ou être humain. Thèbes vit dans le luxe et l'opulence. Elle est le ventre de l'Égypte. Ici vibre sa conscience. Jamais plus nous ne retournerons à Thèbes.

— Mon père, je voudrais te demander une faveur.

Akhénaton fronça les sourcils.

— Inquiétante supplique, ma fille. Serai-je capable de te satisfaire ?

— Toute parole émise par Pharaon devient réalité, puisque le Verbe est dans sa bouche.

Le regard de Pharaon devint admiratif.

— Tu as décidément beaucoup appris, petite princesse.

— J'ai surtout appris à ne point voleter de fleur en fleur comme un papillon. C'est la pire façon de perdre son idée et de prendre mille chemins sans en suivre un seul. J'aimerais tant formuler ma requête...

Akhésa était la plus têtue des filles d'Akhénaton. Non point capricieuse, car elle savait renoncer à des projets insensés, mais dotée d'une volonté farouche pour atteindre les buts qu'elle se fixait et dont rien ni personne ne parvenait à la détourner. Akhénaton avait en tête les mots et les images qu'il porterait sur son papyrus pour chanter la gloire d'Aton. Ce travail impérieux lui prendrait de nombreux jours. Mais Akhésa ne le laisserait pas en paix tant qu'il ne l'aurait pas écoutée. Au point qu'il se demandait si le véritable motif de sa fugue n'avait pas été d'obtenir cette entrevue.

Akhésa leva des yeux implorants vers son père.

— Autrefois, dit-elle, tu aimais te promener dans les rues de notre ville sur ton grand char doré. Les gens te regardaient passer. Tu embrassais maman, en plein midi, lorsque Aton vous enveloppait dans sa lumière.

Ému par le rappel de cette scène si vivante en lui, Akhénaton regarda en face son dieu, Aton. Ses rayons ne lui brûlaient pas les yeux. Ils le régénéraient, lui donnaient la force de continuer à vivre et à régner. Néfertiti... Il l'aimait comme au premier jour, même si les contraintes de sa charge l'obligeaient à présent à œuvrer en solitaire. Combien il les appréciait, ces promenades en char, combien il était fier de révéler à son peuple enthousiaste le teint clair de sa jeune reine, si belle qu'elle aurait pu rendre jaloux Aton lui-même.

— Puisque je suis femme, continua Akhésa, je voudrais que tu m'emmènes sur ton char et que nous parcourions ensemble la voie royale.

Akhénaton demeura sans voix. Akhésa perçut aussitôt son trouble. Elle se releva, s'écarta de son père, esquissa l'une des figures de danse que sa mère lui avait apprises.

— Ne suis-je point assez belle, mon père ? Être à tes côtés, serait-ce un déshonneur pour toi ? Aton reprocherait-il à un roi d'aimer sa fille ?

— Non, mais c'est impossible...

Des villas des nobles aux quartiers ouvriers, la nouvelle se répandit à la vitesse de l'éclair. Des apprentis menuisiers avaient été les premiers à repérer les policiers qui s'étaient installés dans leurs perchoirs, jalonnant la voie royale, pour surveiller les mouvements de foule. C'était l'indice qu'un événement exceptionnel allait avoir lieu, sans doute le passage d'une haute personnalité se rendant au palais ou au temple, peut-être la reine mère venant de Thèbes ou un prince étranger apportant des tributs au Pharaon. Mais, en ce cas, les bateliers et les hommes chargés de débarquer les marchandises sur les quais auraient prévenu les porteurs d'eau et les marchands ambulants.

Alors que Aton s'élevait au plus haut du ciel, toute la population de la cité du soleil s'était rassemblée de part et d'autre de la voie royale. Nobles, dignitaires et hauts fonctionnaires avaient quitté villas et bureaux pour se tenir dans les jardins suspendus, à l'ombre des arbres ou des kiosques. Sur les chantiers, le travail s'était interrompu. Les échoppes étaient vides.

Quand Nakhtmin, commandant de la charrerie, amena devant l'entrée du grand palais le char d'État plaqué d'électrum, un mélange d'or et d'argent, un murmure d'étonnement anima la foule. Cela signifiait-il qu'Akhénaton allait enfin reparaître, sortir de l'isolement et du silence ? Chacun se tut, dans l'attente d'un miracle. Pas une seule personnalité importante ne manquait. Horemheb, le puissant général dont l'intelligence n'avait d'égale que le raffinement, se tenait en compagnie de son épouse, la dame Mout, au milieu d'un groupe d'officiers ; le « divin père » Aÿ, considéré comme un vieux sage, observait la scène depuis un balcon de pierre aux côtés de son épouse, la nourrice Ti.

Lorsque Akhésa apparut au sommet des marches du palais, son cœur s'emplit d'orgueil. La cité entière était à ses pieds. Elle sortait des ténèbres pour naître dans la splendeur d'Aton. Désormais, nul n'ignorerait que la princesse Akhésa avait les faveurs de Pharaon.

La joie de la jeune femme fut de courte durée. Dès qu'Akhénaton apparut à son tour, les regards convergèrent vers lui.

Pharaon, coiffé de la couronne bleue qui épousait presque la forme de son crâne, avait revêtu une robe de lin et chaussé des sandales blanches. Il prit sa fille par la main, descendit rapidement l'escalier et grimpa avec Akhésa sur la plate-forme du char.

— Il est livide, dit la dame Mout, à son époux, le général Horemheb. À mon avis, il est gravement malade.

Horemheb ne répondit pas. Il se contenta de fixer Akhénaton avec attention. Élevé à la dure école des scribes, puis placé à la tête de l'armée dont le commandement en chef n'était jamais assuré par un militaire, Horemheb était, aux yeux de beaucoup, le personnage le plus influent du royaume. Ne disait-on pas qu'il était capable, à tout moment, de prendre le pouvoir ?

— Le roi est ridicule de s'exhiber ainsi avec cette enfant, insista Mout.

— On ne parle pas ainsi du Maître des Deux Terres, indiqua Horemheb, sévère.

Mout rougit de confusion.

Une clameur monta. Partant au pas de course devant le char, une vingtaine de soldats lui ouvrirent la voie. Leur pagne court battant sur les cuisses, les fantassins chantaient. Des cris de joie saluèrent leur passage et s'amplifièrent encore quand les deux chevaux harnachés de manière superbe, la tête couronnée d'un diadème de plumes multicolores, s'ébranlèrent au petit trot.

L'allégresse avait de nouveau envahi la cité du soleil. Pharaon était réapparu.

Akhénaton tenait les rênes d'une main tranquille. Les deux chevaux, Beauté-du-matin et Beauté-du-soir, avaient reconnu la poigne de leur maître. Akhésa souriait à son père. En ce merveilleux midi, elle était la plus enviée des femmes.

Pharaon avait pris la direction du nord, une ombre de tristesse voilant son regard. Au sud, il y avait la demeure et le temple où officiait Néfertiti. Akhésa comprit qu'il ne voulait pas lui infliger ce spectacle. Elle se promit de trouver un moyen de reconquérir sa mère. À présent qu'elle avait brisé le cercle de silence environnant son père, elle se sentait capable de gagner les batailles les plus difficiles.

Les ouvriers et les artisans manifestaient leur contentement avec une belle vigueur. « Aton est notre Dieu, criaient-ils, c'est lui qui donne la vie », « Akhénaton est notre roi », « Akhénaton nous transmet la lumière d'Aton ». Ils savaient que cette sortie royale serait assortie d'un jour de repos venant s'ajouter aux périodes de fêtes qui remplissaient trois bons mois de l'année.

Akhésa voyait son père revivre. Des couleurs animaient le visage las, presque anémié. Le souffle vivifiant de ce midi d'hiver faisait resurgir en lui des forces insoupçonnées.

— C'est sur ce même char que j'ai célébré la fondation de ma ville, confia-t-il à sa fille. Le soleil brillait au plus haut du ciel. J'ai marqué les limites de l'horizon d'Aton. C'est Dieu lui-même qui m'a indiqué l'emplacement de sa cité. J'ai levé la main sur le soleil, j'ai fait ériger un grand autel sur lequel fut célébré un sacrifice en son honneur. Dès cet instant, le visage de l'humanité a changé. La même lumière brillera pour tous les pays. Sa source est ici, en ce lieu à jamais sacré.

Puis j'ai nommé les temples afin que le Verbe guide la main des constructeurs. C'est Héliopolis, la première ville sainte, celle qui a surgi des eaux au commencement des temps, que j'ai ressuscitée ainsi. Le comprends-tu, princesse ? Et aujourd'hui, tu es là, toi, ma fille Akhésa, à mes côtés, comme une reine...

Les paroles de Pharaon glacèrent le sang d'Akhésa. Elle, une reine ? Pourquoi parlait-il ainsi ? La grande épouse royale était Néfertiti. L'épouse secondaire, une Syrienne mariée diplomatiquement au roi pour sceller un traité de paix, vivait dans un appartement du palais d'où elle ne sortait guère. Akhésa était d'autant plus troublée qu'elle connaissait le titre préféré de son père, « le plus grand de tous les voyants ». Akhénaton discernait les chemins de l'invisible. Passé, présent et avenir étaient dans sa pensée comme un seul instant. Il créait la réalité. En lui parlant ainsi, ne lui dévoilait-il pas son destin ?

Le char longeait le grand temple. L'enthousiasme populaire augmentait sans cesse. Les éclaireurs éprouvaient quelque peine à écarter les curieux pour ouvrir le chemin au Pharaon et à sa fille.

— Tu as eu raison de m'adresser cette supplique, Akhésa. Cette promenade est l'acte de gouvernement le plus important que j'ai accompli depuis plusieurs mois. Elle aura suffi à dilater les cœurs et à les orienter de nouveau vers Aton.

Akhésa n'avait point songé à élaborer une quelconque stratégie. Mais elle venait de prendre sa première leçon d'adulte et constata, non sans un vif plaisir, que son impulsion avait favorisé la cause de Pharaon. N'était-ce pas le signe qu'elle était d'une nature semblable à celle de son père, que servir les Deux Terres serait bientôt son seul idéal ? Bien que cela fût impossible, elle ne put s'empêcher de garder cette vision au plus profond d'elle-même. « Reine » : c'était son père qui avait prononcé ce titre terrifiant et sublime.

Le char parvenait à l'extrémité du quartier nord. Au-delà, le chantier où Akhésa avait été retrouvée par les policiers. La promenade serait bientôt terminée. Il fallait rebrousser chemin et revenir vers le palais.

Akhésa refusa de subir le protocole. N'avait-elle pas obtenu le droit de façonner son destin ? D'un geste brusque, elle s'empara des rênes, fit se cabrer les deux chevaux et les lança au galop en les excitant de la voix, comme elle l'avait vu faire tant de fois par les officiers de la charrerie.

Le pharaon demeura d'un calme absolu. Le char remonta la colonne d'éclaireurs qui le précédait. Ils s'écartèrent pour n'être point renversés.

— Les chevaux se sont emballés ! hurla l'un d'eux. Il faut les arrêter !

En dépit de la confusion, les cavaliers de Horemheb sautèrent sur leurs montures tandis que des archers, prenant place sur des chars de guerre, s'élançaient à la poursuite du pharaon et de sa fille. À l'allégresse succédait l'inquiétude.

— Pourquoi agis-tu ainsi ? interrogea Akhénaton, contemplant la chaîne montagneuse drapée d'une lumière bleue.

— Pour aller plus loin, père ! Le monde entier t'appartient.

— Les pierres du désert sont dangereuses pour les roues des chars, surtout lancés à cette allure.

Bien que son père n'eût pas élevé le ton, Akhésa prit conscience de son imprudence. Elle tenta de retenir les chevaux mais s'y prit si maladroitement qu'elle les excita davantage. Le char s'engagea dans le désert, hors de la piste tracée par les ouvriers.

Au moment où le roi reprenait les rênes, la roue gauche heurta violemment un bloc de calcaire.

26

Déséquilibré, le véhicule roula penché quelques secondes puis versa dans le sable et la rocaille tandis que les deux chevaux, libérés, galopaient vers la montagne.

Mahou, le chef de la police, et le commandant Nakhtmin furent les premiers sur les lieux du drame. Des cavaliers se lancèrent sur la trace de Beauté-du-matin et de Beauté-du-soir pour les ramener dans le haras royal.

Le char d'État gisait renversé sur le côté. Akhénaton se tenait debout, sain et sauf. Akhésa était couchée sur le sol, un peu plus loin. Mahou s'inclina respectueusement devant Pharaon.

— Aton vous a protégé, Votre Majesté !

— Pourquoi t'en étonnes-tu, Mahou ? Que l'on s'occupe de ma fille.

— Rien de grave, annonça joyeusement Nakhtmin, portant la jeune princesse dans ses bras. Elle revient à elle. Une simple égratignure au front.

Bien que la tête lui tournât, Akhésa parvint à se relever. Elle s'avança vers son père et s'agenouilla dans le sable fin du désert.

— Veuillez me pardonner, père. J'ai agi avec légèreté.

— Tu as été guidée par Aton, indiqua le roi, parlant pour les soldats et les policiers qui l'entouraient. Tu as prouvé que son serviteur et son prophète, le pharaon, était protégé de tout danger.

3

Une semaine après les événements qui avaient marqué le retour d'Akhénaton devant son peuple, lui permettant de jouir d'un nouveau prestige, Akhésa fut conduite, sur l'ordre de son père, dans le quartier sud de la cité du soleil.

Après l'entretien dont chaque mot demeurait inscrit dans sa mémoire, Akhésa ne doutait point que Pharaon eût décidé de lui attribuer l'un des palais féminins auxquels était donné le nom d'« éventail de la Lumière ». Cette étrange dénomination rappelait le rôle symbolique des éventails en plume d'autruche qui avaient pour fonction de filtrer la clarté solaire et de donner le souffle de vie. Trois « éventails » avaient été construits, le premier pour la reine mère Téyé [1], le second pour la reine Néfertiti, le troisième pour sa fille aînée, héritière de la dynastie, Méritaton. Ils étaient orientés selon un axe nord-sud, afin de mieux capter la douce brise du septentrion qui rafraîchissait les êtres après une journée torride. Aux appartements privés était accolé un petit temple dans lequel chacune des trois grandes dames célébrait un culte en l'honneur de la

1. Nom orthographié de diverses manières : Ti, Tii, Tiyi, etc., selon les historiens.

lumière du couchant. La reine mère, résidant le plus souvent à Thèbes, était absente. Néfertiti vivait, recluse, dans un autre palais depuis plusieurs mois et n'accordait plus d'audience. Méritaton, la fille aînée, s'était installée avec faste dans son domaine, se préparant avec ostentation à son futur métier de reine.

Quelle réaction aurait-elle en voyant sa sœur Akhésa occuper à son tour un « éventail » ? Cette dernière n'éprouvait aucune haine envers Méritaton mais elle lui reprochait son arrogance et son dédain pour les petites gens. L'aînée des filles du roi avait une telle foi en sa supériorité et une telle confiance en ses droits qu'elle n'accordait plus le moindre intérêt à l'existence de ses cadettes. En tant que gardienne du sang royal, elle n'avait plus rien de commun avec les autres humains.

L'escorte commandée par Mahou, le chef de la police, passa devant les trois « éventails » sans s'arrêter. Akhésa s'attendait à découvrir un nouveau bâtiment, celui qui lui était désormais réservé. Les ouvriers de Pharaon n'étaient-ils pas capables de l'édifier en moins d'un mois ? Sur le seuil devaient l'attendre serviteurs et servantes. Comment allait-elle célébrer le culte ? Aucune instruction ne lui avait été donnée ! Son père serait sans doute présent pour le premier rituel qu'elle aurait à diriger. Ensuite, il lui faudrait agir seule.

L'escorte continua à progresser dans un paysage familier à Akhésa. Celui du palais d'enfance où elle avait été élevée avec ses sœurs. Protégé par de hauts murs, l'édifice se trouvait au cœur d'un grand jardin planté de sycomores et d'acacias. Plusieurs pièces d'eau, au bord desquelles étaient édifiés des pavillons en bois, offraient une douce fraîcheur lors des fortes chaleurs. Des centaines d'oiseaux jouaient dans les haies et les bordures fleuries. Des ponts aux arcades couvertes de plantes grimpantes joignaient les rives de ce labyrinthe d'eau et de végétation.

C'était cet endroit qu'avait fui Akhésa. Elle n'aimait plus ce paradis où elle était condamnée à un bonheur qu'elle n'avait pas choisi. Quand la porte de bronze du palais s'ouvrit devant elle, son corps entier se raidit.

— Je ne veux pas entrer ici.

— Ce sont les ordres de Pharaon, indiqua Mahou, gêné.

— Impossible.

— C'est pourtant ainsi, princesse.

— Jurez-le sur le nom d'Aton.

Un serment engageait la vie de celui qui le prononçait. Nul ne le prêtait donc à la légère.

— Je le jure, princesse. Ma mission consiste à exécuter les ordres de Pharaon.

Akhésa, effondrée, accepta de franchir le seuil du palais d'enfance. Son père s'était moqué d'elle. Il l'avait abusée avec ses paroles d'espoir. Il l'avait jugée comme une enfant insupportable à laquelle il infligeait la pire des punitions : la renvoyer dans la prison dorée d'où elle s'était évadée.

Chaque pas devenait plus difficile. Au prix d'intenses efforts, elle parvint à suivre Mahou. Bientôt, elle ne se contrôlerait plus. Elle s'enfuirait à toutes jambes pour ne pas retrouver ses jeunes sœurs, sa gouvernante, les jeux interminables, les journées trop bien réglées.

Mahou dépassa le bâtiment principal où habitaient les petites princesses. Le cœur d'Akhésa battit plus vite. Quelle détestable surprise lui réservait-on ?

L'escorte se dirigea vers une aile récemment-achevée où la jeune femme n'était jamais entrée. Les parterres de fleurs venaient d'être plantés. Le plâtre n'avait pas encore été posé sur les briques. On terminait à peine les terrasses.

— Veuillez entrer, princesse, demanda le chef de la police.

— Pour quelle raison ? Qui habite ici ?

— Je l'ignore, princesse. Mes gardes seront disposés autour de ce bâtiment. Vous échapper est impossible. Veuillez entrer.

Mahou avait raison. Toute tentative de fuite semblait vouée à l'échec. Mais la curiosité l'emportait sur la crainte. Akhésa traversa un vestibule à colonnes où des peintres travaillaient avec application. Une servante la guida vers une grande pièce dont elle referma la porte. La jeune femme découvrit un somptueux mobilier : un fauteuil d'ébène dont les panneaux étaient recouverts de feuilles d'or, une chaise en bois massif décorée de vautours aux ailes éployées, un tabouret à trois pieds avec des incrustations d'ivoire, des coussins de jonc tressé doublé de toile. C'étaient là objets parfaits, créés par d'habiles menuisiers, mais leur taille réduite prouvait qu'ils appartenaient... à un enfant !

Akhésa s'installa sur le fauteuil, se demandant de qui il s'agissait. Quelqu'un de suffisamment influent pour être accueilli auprès des filles de Pharaon et bénéficier d'une luxueuse installation. Mais pourquoi Akhésa avait-elle été conduite en ces lieux et pourquoi son père ne lui avait-il rien dit sur cette étrange décision ? L'angoisse la reprit. N'était-ce point pour elle que ces appartements avaient été rapidement construits ? Oui, c'était la bonne explication. Connaissant son caractère rebelle et son goût pour l'indépendance, Pharaon reléguait Akhésa dans une partie isolée du palais d'enfance. On l'y oublierait. Sa conduite n'importunerait plus personne.

Des larmes montèrent aux yeux de la jeune

femme. Elle se reprocha aussitôt cette faiblesse. Ce n'était pas en se conduisant ainsi qu'elle sortirait du piège où l'on tentait de l'enfermer. Alors qu'elle commençait à élaborer un plan d'évasion, une porte dérobée s'ouvrit, livrant passage à un jeune garçon d'aspect frêle, fort compassé, engoncé dans une lourde robe dorée qui le gênait pour marcher. Des pendants d'oreilles en or massif, des anneaux de cheville en ivoire, des bracelets ornaient le jeune prince. Ces bijoux comportaient un décor de gazelles, de lièvres et d'autruches qui présentaient leur propriétaire comme un grand chasseur.

Akhésa éclata de rire, au grand dam du jeune garçon qui se mit en colère.

— De quel droit osez-vous vous moquer ainsi de moi ?

— Vous... vous êtes ridicule !

Akhésa s'approcha de lui et décrocha prestement un pendant d'oreille formé de deux petits tubes en or s'emboîtant l'un dans l'autre, chaque extrémité étant fixée à un disque en or incrusté de cornaline et de pâte de verre.

— Vos bijoux sont splendides, apprécia la jeune femme. Mais pourquoi être si lourdement paré ? Iriez-vous à une grande cérémonie ?

— Votre insolence est inacceptable. Savez-vous au moins à qui vous parlez ?

L'adolescent s'était redressé avec toute la dignité dont il était capable. Akhésa reconnut qu'il ne manquait pas de prestance. L'éducation de la cour avait fait de lui un prince aux manières accomplies, marqué par une pratique intransigeante de l'étiquette.

— Je n'ai pas l'honneur de vous connaître, avoua Akhésa, amusée.

L'enfant trop vite grandi prit un air supérieur.

— Je suis le fils d'Aménophis III, le prince Toutankhaton.

6

L'aube était brumeuse. Ce serait l'un des rares matins de l'année où le disque solaire tarderait à se montrer dans sa splendeur. « Mauvais présage », pensa le chef de la police, Mahou, qui avait passé la nuit dans le poste nord le plus avancé. Il avait placé là des hommes d'élite, pour déceler d'éventuels mouvements de bédouins, toujours prêts à lancer des raids. Mahou avait froid et il souffrait des reins. Il s'installa près d'un feu et but un jus de palme au miel.

Le chef de poste avait mené sa première patrouille en direction d'une ligne de collines. Opération de routine. Mahou était pressé de regagner la capitale au plus vite et de goûter un repos bien mérité. Il ne supportait plus les pénibles conditions d'existence de la troupe.

— Chef... Il y a quelque chose d'anormal, prévint un soldat.

Au-dessus d'une éminence montait une fumée. À l'endroit précis où devait se trouver la patrouille.

— Préparez mon char, ordonna Mahou. Deux hommes avec moi.

Mahou s'était amolli, au fil des ans, mais il savait encore sentir le danger et prendre des décisions rapides. Il lança ses chevaux au grand galop et gagna l'endroit incriminé.

Le chef de poste, blessé à la jambe, était soigné par un archer. Les hommes de la patrouille tenaient en respect un Égyptien et un bédouin, maculés de sang et de sable. L'affrontement avait été rude.

— Ils tentaient de s'enfuir, expliqua le chef de poste. Ils ont refusé de répondre à nos sommations.

— Je les interroge moi-même, déclara Mahou.

Le bédouin lui était inconnu. En revanche, il avait déjà vu l'Égyptien, avec son torse maigre et son nez cassé.

— N'es-tu pas un potier du quartier nord ? Je suis Mahou, chef de la police. Je veux la vérité.

L'artisan, effrayé, tenta de s'enfuir. Pieds et mains entravés, il tomba lourdement et se fendit le front sur une pierre coupante. Le bédouin tremblait. La réputation de Mahou n'était plus à faire.

— Nous sommes des malheureux, seigneur… Nous voulions voler de la nourriture.

Le chef de la police considéra le prisonnier d'un œil soupçonneux. D'ordinaire, les pillards détalaient devant la patrouille. Pourquoi ceux-là s'étaient-ils battus, s'ils n'avaient pas quelque chose d'essentiel à cacher ?

— Qu'on les mette face contre terre et qu'on m'apporte mon bâton, ordonna Mahou.

La première bastonnade fit hurler de douleur les pillards, mais ils résistèrent. À la seconde, l'Égyptien demanda grâce. Le gourdin en bois lourd, à la forme incurvée d'une faucille, était une arme redoutable qui entaillait les chairs et disloquait les os.

— Je veux parler, articula difficilement le prisonnier.

— Emmenez le bédouin à l'écart, exigea le chef de la police.

Mahou avait l'habitude des interrogatoires. Un

suspect devait parler seul à seul, loin de ses complices, pour ne rien taire de la vérité.

— Je devais contacter des potiers et des marchands, avoua l'Égyptien au dos meurtri.

Mahou s'assit près du détenu pour entendre sa voix très faible.

— Dans quelle intention ?

— Nous sommes mécontents des salaires… Les marchandises n'arrivent plus… Nous voulons organiser une grève.

Le prisonnier respirait avec peine. Mahou le laissa reprendre son souffle, réfléchissant à ses déclarations. Elles n'apportaient rien de nouveau. Les petites gens de la cité du soleil se plaignaient souvent. La capitale avait été construite et aménagée à la hâte, après être sortie du néant de ce désert vide, jusqu'alors, de toute présence humaine. De nombreux fonctionnaires étaient devenus des profiteurs. Des injustices flagrantes demeuraient impunies. De courtes grèves avaient déjà perturbé la vie quotidienne de la capitale.

— Tu mens, conclut Mahou. Pourquoi aurais-tu fait appel à un bédouin pour organiser une grève ? Les gens de sa race ne songent qu'à piller et qu'à tuer mes hommes en leur tirant des flèches dans le dos. Je crois que la bastonnade n'a pas suffi.

Le prisonnier se crispa, tenta de remuer, s'infligeant de nouvelles souffrances en faisant s'incruster les cordes dans ses chairs. Sa tête retomba dans le sable. Il en avala, s'étrangla. Le chef de la police le tira par les cheveux, lui redonna de l'air et le nettoya.

— Parle vite, mon garçon, lui recommanda-t-il, presque paternel. Sinon, tu me contraindras à devenir cruel. Je n'ai pas le choix.

Dès les premiers coups de la nouvelle bastonnade, la douleur devint insupportable.

L'homme parla.

Ce qu'entendit Mahou lui glaça le sang. Il fut heureux d'être le seul à connaître l'abominable vérité. Il rendrait à Pharaon un rapport oral, sans passer par le bureau d'enregistrement des scribes.

Le chef de la police détestait tuer. Son métier consistait à faire régner l'ordre, pas à détruire la vie. Les pillards ordinaires étaient arrêtés, jugés et condamnés à la corvée. Ces deux-là, malheureusement pour eux, portaient de trop lourds secrets. Mahou implora Osiris pour qu'il pardonne à l'âme de l'Égyptien, puis leva son gourdin pour une ultime bastonnade. Dès le troisième coup, il lui brisa la nuque.

L'interrogatoire du bédouin se termina de la même manière. Mahou donna l'ordre de ramener dans la capitale le cadavre de l'Égyptien et de jeter aux hyènes celui du bédouin. Puis il remonta sur son char et partit à vive allure vers la cité du soleil.

— As-tu enfin terminé ? s'impatienta Akhésa, s'adressant à sa servante nubienne. Je dois partir immédiatement pour le grand temple. On m'y attend pour la cérémonie du matin. C'est la première fois que j'assiste au culte célébré par mon père ! Te rends-tu compte ?

— Je me rends surtout compte que vous êtes beaucoup trop agitée. Ce n'est pas ainsi que l'on vénère les dieux.

Akhésa demeura bouche bée.

— Les dieux ? Tu n'as pas le droit de parler ainsi ! Notre seul dieu est Aton, la lumière divine !

— Ce sont grandes et belles pensées, princesse, objecta la Nubienne. Mais les gens de ma condition croient en leurs dieux. Nous avons besoin d'eux. Aton donne la vie, il est haut dans le ciel, trop haut pour s'occuper de nos tâches quotidiennes. Qui veillerait sur les accouchées, s'il n'y avait le dieu Bès ? Qui nous rendrait fécondes, sinon Hathor ? Qui fertiliserait les champs, sinon la déesse serpent ?

Akhésa était affligée. Ainsi, la religion nouvelle n'avait qu'effleuré l'âme des habitants de la cité du soleil. Un travail immense restait à accomplir pour ouvrir les cœurs à la lumière du dieu d'Akhénaton.

La Nubienne se jeta aux pieds de sa maîtresse.

— Pardonnez-moi, princesse. Oubliez ces paroles !

— Va-t'en. Je finirai de me préparer moi-même.

Tremblante, la Nubienne se retira. Akhésa n'avait plus qu'à revêtir une robe blanche très simple, portée par les nobles dames depuis les temps les plus anciens. En sentant le contact du lin sur sa peau frottée d'onguents, Akhésa eut l'amère impression d'être seule face à une situation qui la dépassait.

Depuis trois jours, elle éconduisait Toutankhaton, inventant n'importe quel prétexte. La ridicule déclaration d'amour de l'adolescent l'avait exaspérée. L'amour... Comment même y songer alors que l'édifice construit par son père semblait se lézarder ? Pourtant, le jeune prince ne lui était pas tout à fait indifférent. Si sa position à la cour se confirmait, il lui faudrait bien consentir à le revoir. Il ne paraissait pas stupide. Mais Akhésa se sentait bien plus attirée par la puissante personnalité du général Horemheb. Pourquoi avait-il choisi une épouse si conventionnelle ?

Un sentiment nouveau, que les sages condamnaient, emplit le cœur de la princesse : la jalousie.

Au cœur de la cité du soleil, le grand temple d'Aton recevait dans ses cours à ciel ouvert l'effet bienfaisant de la lumière du matin. Comme chaque jour, Pharaon se rendait au sanctuaire dont il avait dirigé lui-même la construction. Et chaque jour, il goûtait l'instant extraordinaire où les hymnes, les prières et les sacrifices faisaient se lever à nouveau le soleil dont dépendaient toutes les formes de vie, au ciel comme sur terre.

Akhénaton avait voulu que le temple d'Aton fût unique. Il n'y avait pas de progression, comme dans les autres sanctuaires d'Égypte, de la clarté de l'extérieur vers les mystères du Saint des Saints où la divinité était cachée au cœur des ténèbres, mais une simple enfilade de cours et de salles ne présentant aucun obstacle à la diffusion des rayons vivifiants d'Aton.

Au début de la cérémonie, le roi pénétra seul dans le grand temple isolé des autres bâtiments du centre ville par une double enceinte. Pharaon dépassa le logement des prêtres gardiens, accolé à la seconde enceinte. Puis il parcourut un espace découvert et s'arrêta devant la grande entrée formée de deux hauts pylônes entre lesquels était ménagée une porte étroite. Contre la façade de chacun des pylônes étaient dressés cinq mâts au sommet desquels flottaient des oriflammes, manifestant l'action du souffle divin. Par la double représentation du nombre cinq, Pharaon rappelait l'enseignement de la ville d'Hermopolis, située face à la cité du soleil, sur l'autre rive du Nil, là où régnait Thot, patron des scribes, créateur de la langue sacrée et maître du Cinq, symbole de la Connaissance.

Debout au cœur de la porte étroite, les yeux fixés vers l'orient du temple où poindraient bientôt les premiers feux du nouveau soleil, Pharaon contint un profond soupir. Ce matin, il éprouvait la plus grande peine à se concentrer sur la pratique rituelle, sur cette tâche vitale pour le bonheur de son peuple. Le rapport oral de Mahou, le chef de la police, l'obsédait.

Ainsi, l'on complotait contre lui depuis Thèbes. Les prêtres du dieu Amon, dont il avait supprimé les pouvoirs temporels exorbitants, supportaient mal son autorité. Ces hommes vils et méprisables osaient remettre en cause la révélation d'Aton. Ils tentaient même de former un parti d'opposition dans la cité du soleil. Ils avaient décidé d'y fomenter des troubles. Pis encore, l'Égyptien interrogé par Mahou avait reçu pour mission d'organiser un groupe d'extrémistes décidés à assassiner Akhénaton.

La tristesse déchirait l'âme du roi. Pourquoi suscitait-il la haine, alors que sa religion enseignait l'amour ? Pourquoi déclenchait-il tant de passions alors qu'il désirait offrir à l'humanité les bienfaits de la lumière ? Le fardeau qu'il s'était imposé commençait à peser trop lourd sur ses épaules. Il eut brusquement envie de poser à terre sa double couronne, de devenir un homme comme les autres, d'oublier ses devoirs écrasants. Peut-être se trompait-il depuis le début de son aventure. Peut-être n'était-il pas apte au métier de roi. Il aurait tant aimé en parler à la femme qu'il chérissait, Néfertiti. Mais elle refusait obstinément de le recevoir, sans lui donner la moindre explication. Et jamais il ne s'était permis de passer outre les décisions de la grande épouse royale sans le concours de laquelle la nouvelle capitale de l'Égypte n'aurait pas vu le jour. Tant que le roi et la reine avaient été unis dans l'action, leurs entreprises avaient été couronnées de succès. Depuis qu'il affrontait l'épreuve de la solitude, Akhénaton subissait des revers. La communion avec Aton lui permettait encore de faire front, mais il s'affaiblissait.

La plus intolérable des informations obtenues

par le chef de la police concernait précisément Néfertiti. Des émissaires des prêtres thébains auraient réussi à la joindre et à la convaincre d'agir contre son mari. Avec l'appui de la grande épouse royale, qui aurait déjà choisi un nouveau pharaon, un complot pouvait aboutir au renversement du roi régnant, à la fin de son idéal grandiose. Ce nouveau souverain n'était autre que le jeune prince Toutankhaton, un enfant venu habiter la cité du soleil sur l'ordre de Néfertiti.

Akhénaton ne pouvait poursuivre plus longuement sa méditation sans susciter l'inquiétude des ritualistes. Il avança, entra dans une salle à colonnes dont seuls les bas-côtés étaient couverts d'un plafond. Il s'y recueillit quelques instants et prit, sur un autel, le sceptre qui lui servirait à consacrer les offrandes. Puis il marcha dans une immense cour à ciel ouvert pourvue de trois cent soixante-cinq socles de brique, un par jour de l'année, destinés à recevoir des aliments.

À qui Akhénaton pouvait-il faire confiance ? Le général Horemheb le détestait, le « divin père » Aÿ était un courtisan opportuniste, Hanis un ambassadeur rusé, Mahou un chef de police honnête mais borné... Sans Néfertiti, Akhénaton dépérissait. Il n'avait pas de fils à ses côtés pour lui prêter main-forte et ne croyait pas aux capacités de femme d'État de sa fille aînée, pourtant garante de la légitimité.

Akhésa... Oui, il avait confiance en Akhésa, cette enfant sauvage et indépendante qui venait de se transformer en femme. Sans qu'elle le sache, il lui offrait les moyens nécessaires pour être une princesse de haut lignage capable de tracer son propre destin. Elle serait fidèle à Aton, il en était sûr. Mais elle n'était que la troisième de ses filles. Quelle aide lui apporterait-elle, sinon la plus tendre des affections ?

Akhénaton traversa cinq cours. Quand il parvint dans la sixième, dont le centre était occupé par un grand autel, il se recueillit à nouveau. Furent alors introduits les dignitaires qui avaient l'autorisation d'assister à la cérémonie. Sortit de leurs rangs la fille aînée, Méritaton, vêtue d'une ample robe plissée et coiffée de la mitre rouge que portait ordinairement la grande épouse royale, Néfertiti. Elle se plaça derrière Pharaon.

La seconde fille du roi gardait la chambre en raison d'un nouvel accès de fièvre. Akhésa avait pris sa place, près de l'autel. Parmi les chanteuses du temple, qui entonnaient l'hymne *Éveille-toi en paix*, destiné à faciliter le lever du soleil, Akhésa reconnut la maîtresse de l'ambassadeur Hanis.

Akhésa contenait mal sa rage et sa déception. En prenant la place de Néfertiti, Méritaton était reconnue comme reine. Peut-être Akhénaton allait-il l'épouser rituellement car, selon l'enseignement d'Aton, seul un couple pouvait régner sur la cité du soleil. Ainsi serait consacrée l'accession de la fille aînée au sommet de la hiérarchie. Aujourd'hui, elle ne remplissait qu'une fonction rituelle. Demain, elle jouirait d'un pouvoir effectif. Pourtant, selon les confidences du prince Toutankhaton, un autre mariage n'avait-il pas été prévu pour elle ?

Après les affres de la jalousie, Akhésa était en proie à celles de l'ambition. Pourquoi ces démons la torturaient-ils ainsi ? Pourquoi ne se contentait-elle pas d'être une princesse menant une vie luxueuse à la plus fastueuse des cours ? Le génie qui l'habitait était-il bon ou mauvais ?

Le soleil se leva, illuminant le grand autel.

Akhésa jura à son dieu qu'elle irait jusqu'au bout d'elle-même.

Les chants se turent. Akhénaton, suivi de sa fille aînée, grimpa les marches qui conduisaient au centre de la cité du soleil, à cette pierre d'offrande qui en constituait le cœur. Pharaon présenta au soleil un plateau d'or sur lequel avaient été posés des bijoux portant les noms d'Akhénaton et de Néfertiti. Partie immortelle de l'être, le nom des souverains serait ainsi illuminé par Dieu.

Brandissant ensuite la massue, Akhénaton s'apprêta à consacrer l'autel avant que ne fussent apportées les offrandes.

Akhésa était impressionnée par la prestance de son père. Il donnait une force incomparable à cette cérémonie si simple. Mais le regard de la princesse ne parvenait pas à se détacher de sa sœur aînée. Autant les gestes d'Akhénaton étaient empreints d'une naturelle solennité, autant l'attitude de Méritaton, trop fière, manifestait son manque de foi.

Un rayon de soleil aveugla Akhésa.

Pour y échapper, elle leva les yeux vers le mur d'enceinte.

À son sommet, un homme couché à plat ventre maniait une fronde. L'arme en fil de lin tressé était tendue.

Il visait Pharaon.

Il tenait l'une des deux cordes, parfaitement lisse, entre le pouce et l'index. À l'instant précis où Akhénaton terminait l'adoration au soleil levant, le criminel déclencha le départ du projectile.

Akhésa hurla.

7

La petite fille lâcha sa poupée et courut se réfugier auprès de sa mère qui, accroupie sur le seuil de sa maison, nettoyait un plat en terre cuite.

— Maman ! Maman ! Les soldats !

La mère demeura interdite, ne sachant comment réagir. Elle serra très fort contre son cœur l'enfant apeurée. Une escouade d'archers et de fantassins envahissait la ruelle. C'était la première fois qu'un pareil incident se produisait dans la cité du soleil. Le chef du détachement, Nakhtmin, fils du « divin père » Aÿ, apostropha la femme terrorisée.

— Laisse-nous passer. Inspection de toutes les maisons. Ordre du pharaon.

La mère s'écarta. La petite fille pleurait. C'était donc cela... Les mesures de rétorsion prises par Akhénaton après l'attentat manqué contre lui. Plusieurs chanteuses avaient colporté la nouvelle dans la capitale : un bédouin, qui avait réussi à s'enfuir, sans doute grâce à des complicités, avait tenté de tuer Pharaon en utilisant une fronde. Alors que le projectile se dirigeait droit vers la tempe du roi, quelqu'un avait hurlé.

Sa fille Akhésa, prétendait la rumeur publique.

Akhénaton s'était tourné dans la direction d'où provenait le cri. Ce geste l'avait sauvé. La boule de cuir dur était passée à quelques centimètres de sa tête.

La cérémonie de l'adoration au soleil levant avait été brusquement interrompue. Les participants, affolés, s'étaient dispersés. Seule Akhésa avait conservé son sang-froid, emmenant son père, choqué, vers l'arrière-temple.

Pendant deux jours, la cité du soleil avait vécu dans une attente angoissée. Qu'allait décider le roi après un tel drame ? Qui châtierait-il ? Akhénaton avait toujours affirmé son hostilité à la violence. Il désirait que l'amour d'Aton animât les pensées, créant un lien de fraternité entre les êtres vivants.

Et voici qu'il envoyait des hommes armés qui violaient l'intimité des foyers ! Les sanglots de la mère se mêlèrent à ceux de l'enfant.

La fouille fut rapide et brutale. Les soldats savaient ce qu'ils cherchaient. L'un d'eux jeta au-dehors une figurine représentant Bès, dieu barbu et hilare, protecteur de la joie de vivre. D'un pied rageur, Nakhtmin l'écrasa et la disloqua en mille morceaux.

— Ne t'avise plus d'introduire chez toi de fausses divinités, prévint-il. Sinon, c'est toi qui seras châtiée.

Stèles, statuettes, amulettes, terres cuites, vases, poteries portant des figures de divinités furent rassemblés au centre de la cité, devant la première enceinte du grand temple d'Aton. Nakhtmin monta sur une estrade entourée de soldats. Il déroula un papyrus qui lui avait été remis par le chef de la police Mahou, venant du palais royal.

Nakhtmin commença à lire. La foule se tut.

« Au nom d'Aton et de son fidèle serviteur, le

Maître des Deux Terres, le pharaon Akhénaton, il est décidé de mettre fin à la représentation des divinités dont la présence entrave la diffusion de la lumière divine. Il est ordonné que leurs effigies soient détruites dans le pays entier et que sur tout monument leur nom soit martelé et anéanti. Ainsi est-il clairement affirmé que seul Aton existe et que lui seul donne le souffle de vie. »

Les rues de la cité du soleil virent passer des équipes d'ouvriers qui, s'embarquant sur des bateaux, gagnèrent les villes du Delta, du Sud et de la Nubie pour y supprimer les noms d'Amon, des dieux et des déesses partout où ils se trouvaient. Les plus zélés d'entre eux effacèrent même dans les inscriptions le mot « dieux ». Dans les capitales des provinces, des tombes furent réouvertes et inspectées de manière à en expulser les anciennes divinités. La police du désert martela les graffiti inscrits sur les rochers par les carriers.

Pendant trois jours, nul ne sut où se trouvait Pharaon. Au palais, aucun repas ne lui fut servi. Mahou, le chef de la police, aurait pourtant souhaité lui communiquer nombre de rapports inquiétants. Dans les provinces, la colère montait. Le peuple acceptait mal de voir dévastées ses croyances séculaires. Les clergés locaux étaient furieux d'être traités comme des ennemis. La plupart des habitants de la cité du soleil s'indignaient. Jusqu'alors, Aton avait été le dieu suprême, à l'instar d'Amon ou de Rê aux époques antérieures. Pourquoi devenait-il une puissance exclusive et intolérante ?

Akhénaton méditait dans le sanctuaire portant le nom d'« Aton a été retrouvé ». Pour y accéder, il était passé par une porte à colonnes, avait suivi les méandres d'un labyrinthe s'ouvrant sur un portique où étaient dressées des statues de Pharaon et de Néfertiti. À son extrémité, une petite cour dont le centre était occupé par un autel.

Assis en posture de scribe, jambes croisées devant lui, le roi n'avait cessé de fixer le soleil, le suivant dans le mouvement de sa course céleste. La nuit tombée, il l'écoutait palpiter en son cœur.

Akhénaton avait revécu les moments heureux de son règne, les heures passées avec les sages à recevoir l'enseignement du temple, la rencontre de Néfertiti dont il était tombé éperdument amoureux, leur couronnement à Thèbes, sa véritable prise de pouvoir lors de la rupture avec le Premier prophète d'Amon, la création d'une nouvelle capitale, la naissance de ses filles, les promenades en char dans les rues où se pressait une foule joyeuse... Disparues, ces images radieuses, à jamais enfouies dans le royaume des ombres.

On avait tenté de le tuer.

On avait essayé de le faire disparaître, lui, l'unique interprète d'Aton.

Il connaissait les instigateurs du complot : les prêtres de Thèbes. Ils étaient les instruments d'une magie destructrice qui enfermait le pays dans un réseau de forces mauvaises. C'est pourquoi il avait pris la décision qui s'imposait : détruire les noms des fausses divinités, donc leur être. Ne rencontrant plus d'obstacle sur son passage, la lumière d'Aton illuminerait enfin les consciences, changerait la haine en amour.

C'était l'unique moyen d'accomplir l'œuvre pour laquelle il avait été missionné.

Mais qui prendrait sa succession ? Combien étaient encore fragiles les bases de l'édifice ! Si la solitude la plus absolue était l'apanage du pouvoir, ne lui fallait-il pas penser au futur pharaon ?

Akhésa... Le visage de sa fille, criant pour le sauver, ne quittait guère sa mémoire. Si Aton avait voulu qu'elle fût l'aînée et la garante de la légitimité, nulle anxiété n'aurait hanté le pharaon. Mais Dieu en avait décidé autrement.

— Parle encore, ordonna Akhésa à sa servante nubienne.

— Beaucoup de gens ont caché des statuettes dans les caves ou les ont enterrées. Ceux qui possédaient des stèles où étaient représentés leurs ancêtres en compagnie d'Osiris ont creusé des trous dans leurs jardinets.

La princesse était ulcérée. Pourquoi le peuple n'obéissait-il pas à Pharaon ? Pourquoi s'obstinait-il dans ses errements ?

Akhésa était plus irritée encore par son isolement depuis le drame qui avait failli coûter la vie à son père. Reléguée dans ses appartements du palais, elle n'avait eu aucun contact avec un dignitaire. Elle n'avait obtenu de nouvelles du monde extérieur que par l'intermédiaire de sa servante.

— Une révolte se prépare-t-elle ?

— Je ne sais pas, répondit la Nubienne. Les esprits sont échauffés, mais rien d'irréparable n'a encore été commis. Les soldats n'ont arrêté ni bastonné personne. La colère de votre père n'est encore dirigée que contre les faux dieux.

— Je dois sortir d'ici. Je veux le voir.

— Impossible, princesse. Les deux gardes qui veillent sur vous ont reçu l'ordre de vous protéger contre votre volonté. Ils ne vous laisseront pas passer.

Akhésa prit un fin tesson de calcaire sur lequel elle écrivit quelques mots à l'encre noire.

— Porte ce message, ordonna-t-elle à sa servante. Fais vite.

C'est avec un enthousiasme juvénile que le

prince Toutankhaton, précédant sa suite composée de serviteurs et d'archers, se présenta à la porte des appartements privés de la princesse Akhésa.

Les deux gardes s'interposèrent, déclenchant la colère de l'adolescent.

— Que signifie cette attitude ? La princesse n'est pas prisonnière, que je sache ! J'ai un message écrit de sa main me demandant de venir la voir sur-le-champ. Ne tentez pas de m'en empêcher.

Les gardes s'inclinèrent. S'opposer à un prince de la famille royale dépassait leurs attributions. Sous le règne d'Aménophis III, ils auraient respecté à la lettre la consigne reçue. Mais aujourd'hui, alors que le pharaon avait peut-être quitté sa capitale, le vent risquait de tourner très vite. Ce n'était pas à eux de prendre des risques.

Akhésa lisait un papyrus où étaient notées les pensées d'un sage de l'Ancien Empire qui, à l'âge de cent dix ans, avait décidé de léguer son expérience à la postérité.

— Prince ! s'étonna-t-elle. Vous êtes venu si vite...

— Vous acceptez enfin de me recevoir !

L'adolescent s'inclina devant la fille de Pharaon qu'il trouvait encore plus belle que lors du banquet où il lui avait avoué son amour, un sentiment puissant qui n'avait cessé de croître. Il voulait épouser cette jeune femme merveilleuse. L'ardeur qui l'animait renverserait tous les obstacles.

La vêture du prince surprit Akhésa. Il avait abandonné boucles d'oreilles, bijoux et bracelets ouvragés pour une cuirasse de cuir montée sur une armature de lin, ayant la forme d'un corselet sans manches.

— J'ai une surprise pour vous, princesse. Venez, je vous prie.

— Mais... il faut que je m'habille !

— Inutile... Nous allons dans le désert. Votre tunique courte suffira.

Le char filait à vive allure vers un troupeau d'antilopes. Toutankhaton tenait fermement les rênes. Akhésa était attachée à lui par une lanière qu'il avait passée autour de sa taille. Fier, l'allure martiale, la tête bien droite, le prince prouvait à la princesse qu'il pouvait être un excellent chasseur comme n'importe lequel des braves de l'armée.

— Là-bas !

Toutankhaton avait repéré une antilope, vieille ou malade, qui se détachait d'une troupe sautillante. Le prince plongea la main droite dans son carquois, triangle allongé fait d'un bois léger recouvert d'or travaillé au repoussé. Il y prit l'un des trois arcs qu'il contenait et une flèche.

— Conduisez le char, Akhésa ! Je vais atteindre cette antilope.

La jeune femme n'osa point révéler qu'elle n'excellait pas dans l'art que lui demandait d'exercer son compagnon de chasse. Mais elle ne paraîtrait pas lâche à ses yeux. Elle tenta de maintenir le véhicule en ligne.

Toutankhaton banda son arc et tira une première flèche qui passa largement à côté de l'animal qui variait sa course, bondissant de gauche à droite. Les roues du char, soumises à de violents efforts, grinçaient de sinistre manière.

— Il faut nous arrêter, prince ! Laissez vivre cette bête !

— Elle est pour vous, princesse ! hurla Toutankhaton dans l'air vif qui fouettait les joues des deux jeunes gens.

L'archer tira sa seconde flèche. Elle atteignit son but. L'antilope, touchée aux reins, tomba sur les genoux. Toutankhaton reprit les rênes à la princesse. Il freina trop brusquement la course des chevaux qui se cabrèrent. Déséquilibré, le jeune prince fut maintenu sur la plate-forme du char par Akhésa qui le plaqua contre le rebord. Ne sachant plus qui dirigeait la manœuvre, ils parvinrent ensemble à stopper le véhicule à quelques mètres de la bête blessée.

L'antilope tourna des yeux étonnés vers les deux jeunes gens. Elle ne comprenait pas pourquoi elle souffrait ainsi, pourquoi la mort montait de ses reins. La langue, pendante, sortit de sa bouche aux lèvres écumantes.

Enfin, elle renonça à vivre.

Elle s'étendit sur le flanc. Sa tête tomba lourdement dans le sable.

Akhésa s'immobilisa devant la bête morte, adressant en sa faveur une prière silencieuse à Aton. Elle implora le pardon de l'antilope.

— Elle est pour vous, répéta Toutankhaton avec la fierté du chasseur victorieux.

Akhésa lui sourit. Il était ridicule et touchant. Derrière l'adolescent, elle voyait se profiler le visage du général Horemheb. Combien d'antilopes avait-il abattues, dans combien de chasses s'était-il illustré ?

— Vous êtes un remarquable archer, prince.

Rosissant sous le compliment, Toutankhaton s'avança vers la jeune femme pour la prendre dans ses bras.

Une atroce douleur dans la poitrine le figea sur place. Une toux incoercible le déchira. Sa cuirasse fut tachée du sang qu'il crachait.

— Le médecin syrien est arrivé, annonça la servante nubienne.

— Qu'il entre.

Akhésa avait ramené le prince malade dans la cité du soleil, abandonnant aux hyènes et aux chacals le cadavre de l'antilope. Puis elle avait envoyé sa servante quérir un célèbre thérapeute étranger qui, d'après la rumeur publique, était capable de guérir les maux les plus graves.

Le Syrien, habillé d'une longue robe aux stries multicolores, avait un visage allongé, un nez pointu et un menton fuyant orné d'une barbiche taillée avec soin.

— Venez vite, le pria Akhésa.

— Impossible, princesse. J'ai répondu par courtoisie à votre convocation, mais je ne puis établir le moindre diagnostic.

Le visage d'Akhésa se ferma.

— Vous, un médecin, refusez de soigner un malade ? Avez-vous oublié votre serment ?

— Je ne suis pas égyptien, Votre Majesté, et je n'ai pas prêté serment. Je tiens mes pouvoirs de la déesse Ishtar. Votre père a fait briser sa statue qui occupait l'oratoire de mon cabinet. Sans le concours de la déesse, ma science est inefficace. Aussi ai-je décidé de quitter immédiatement cette ville inhospitalière pour regagner mon pays.

Les lèvres d'Akhésa se serrèrent de dépit.

— Vous êtes donc opposé à la religion d'Aton.

— N'interprétez pas mes paroles, princesse. Je ne me préoccupe que de mon art. Ici, je suis incapable de l'exercer.

Akhésa considéra avec dédain le médecin syrien.

— Si j'étais reine, déclara-t-elle, je serais impitoyable avec des lâches de votre espèce. Partez d'ici.

— Telle est bien mon intention, princesse. Qu'Ishtar vous protège.

Seule, Akhésa connut un instant d'affolement. Impossible de requérir les services du médecin officiel du palais, un intrigant incompétent qui ne songeait qu'à amasser une fortune et des terres. Les meilleurs praticiens étaient restés à Thèbes.

Sur son lit, le prince Toutankhaton râlait doucement. Son souffle était rauque. Il était secoué par de violentes quintes de toux.

Akhésa se reprit. Comme toute future maîtresse de maison, elle avait des notions médicales suffisantes pour faire face aux cas d'urgence. Elle disposait, dans sa bibliothèque, de recueils de recettes. Elle les consulta aussitôt et, après une demi-heure de recherches inquiètes, se précipita dans le jardin où elle cultivait des plantes médicinales, disposées en carré autour d'un bassin d'eau fraîche. Elle y récolta du lys, du laurier, de l'aubépine et du cinnamome qu'elle broya avec un pilon. Elle versa le mélange dans un récipient contenant du miel et de l'huile de palme, puis ajouta quelques gouttes d'élixir d'or que lui avait confié sa mère en cas d'affection grave.

Akhésa souleva délicatement la tête de Toutankhaton et lui fit absorber le breuvage. Il lui serra la main avec tendresse. Émue, elle n'osa pas la retirer. Malgré des grimaces de dégoût, le prince but la mixture. Il ne tarda pas à sombrer dans le sommeil.

— Princesse, princesse ! gémit la servante nubienne, accourant vers sa maîtresse. Un homme furieux ! Il a forcé le passage !

Akhésa s'arracha à l'emprise du malade pour affronter l'arrivant dont la colère était vive. L'intendant et porte-éventail du roi, le rude Houy, apostropha la princesse avec la dernière impolitesse.

— Qu'est-il arrivé ? Pourquoi retenez-vous ici le prince Toutankhaton ? Je ne permettrai pas qu'on lui fasse du mal !

La jeune femme paraissait bien frêle face au

corpulent dignitaire qui la dominait de toute sa masse.

— Le prince est souffrant. Je lui ai administré un remède. S'il n'est pas efficace, trouvez-en un autre vous-même. Je vous laisse votre protégé. Ma maison sera la vôtre.

Abandonnant Houy le brave, complètement abasourdi, la princesse sortit du palais, ne tenant aucun compte de la présence des deux gardes préposés à sa sécurité.

Bien que le soleil déclinât sur l'horizon, Akhésa s'était aventurée dans le marais s'étendant au sud du quai principal de la cité du soleil, dans une zone que les terrassiers de Pharaon n'avaient pas encore déblayée. Les nobles aimaient y chasser au bâton de jet les canards et les oies sauvages. Ils circulaient sur des barques légères entre des roseaux de plusieurs mètres de haut sur le faîte desquels couraient de petits carnassiers à la recherche d'une proie.

La servante nubienne, assise à l'arrière de l'esquif, ramait en cadence. Akhésa était debout, découvrant cet univers aquatique aux bruissements inquiétants. Les rayons du couchant y pénétraient à peine. Ce milieu clos vivait selon ses lois propres dont la plus importante était de survivre de n'importe quelle manière.

Une mangouste effectua un bond prodigieux, bondissant d'une ombelle de papyrus jusqu'au bas d'une tige où affleurait la tête d'un serpent qu'elle fit éclater d'un claquement de mâchoires. Un vanneau argenté plongea dans un nuage de moustiques qu'il goba avec délectation. Un énorme poisson sauta au passage de la barque, jaillissant d'une gerbe d'eau qui éclaboussa les pieds nus de la princesse.

Sur les conseils de sa servante, Akhésa avait

laissé ses cheveux libres, s'habillant d'un simple pagne de paysanne. Là où elle se rendait, les vêtements de luxe auraient été malséants. Akhésa avait peur. Elle n'était pas préparée à affronter ce monde obscur, empuanti, rempli de bêtes grouillantes et invisibles.

— Est-ce encore loin ? demanda-t-elle à sa servante d'une voix qui se voulait assurée.

— Il faut encore longer la rive, puis nous tournerons sur la gauche et nous nous dirigerons vers une île.

L'eau était de plus en plus glauque et fétide. Akhésa respirait avec peine. Elle se força à regarder devant elle, s'encourageant intérieurement à continuer cet horrible voyage jusqu'au bout. Environnée d'insectes, elle s'en débarrassait à l'aide d'un chasse-mouches.

Le soleil s'était couché dans la montagne d'occident. Le marais brillait à présent d'une lumière crépusculaire. La barque avançait avec difficulté. La rame s'enfonçait mal dans un fouillis de végétaux en décomposition.

— Voici l'île ! annonça la servante nubienne.

Akhésa n'avait rien vu. L'enchevêtrement des roseaux et des papyrus était tel qu'elle dut s'accroupir pour passer dans un étroit couloir s'achevant par une langue de terre boueuse sur laquelle était construite une cahute d'où sortait une fumée malodorante.

— Je n'entre pas, annonça la Nubienne. Allez-y seule, princesse.

— Et si... Et si tu devais me servir d'interprète ?

— La sorcière parle toutes les langues. Allez-y seule.

Akhésa eut envie de s'enfuir, de s'enfoncer dans les impénétrables massifs de papyrus, de courir vers l'air libre. Mais elle voulait savoir.

Elle posa un pied hésitant sur l'île de la sorcière. En cinq pas, elle atteignit l'entrée de la misérable habitation à l'intérieur de laquelle elle s'engouffra.

D'abord, elle ne vit rien d'autre qu'un âtre minuscule où brûlaient d'immondes déchets. C'était la seule lumière éclairant l'unique pièce de forme arrondie, peuplée de cadavres de rats, de serpents et d'ichneumons ainsi que de dizaines de pots contenant des substances multicolores.

Adossée à une paroi, une créature accroupie.

— Vous... Vous êtes la sorcière ?

Avec une incroyable rapidité, la créature se plaça devant l'âtre pour s'y chauffer le dos. Akhésa poussa un cri d'horreur. La sorcière était une naine à la peau noire et flétrie. Ses pommettes étaient si saillantes qu'elles lui mangeaient le visage. Elle n'avait plus une seule dent.

— Je ne te plais pas, petite ? Tu n'apprécies pas ma beauté ?

Tétanisée, Akhésa osait à peine émettre un souffle.

— Qui es-tu ? interrogea la sorcière.

— Une fille de la ville. Mon père est menuisier.

— Tu mens et tu mens très mal, petite. Une fille de pharaon devrait se montrer plus habile.

Akhésa recula. Un lézard glissa sur son pied gauche. Elle retint un cri.

— Comment savez-vous...

— Les paroles du vent, ma fille. Elles vont d'un bout à l'autre de l'univers. En passant par ici, elles m'apprennent ce qui existe en dehors de mon paradis. Le vent porte la vie et la mort. Les générations disparaissent. Lui continue à circuler dans le ciel. Il est mon confident et ne me trompe jamais, Akhésa, troisième fille du couple royal.

Akhésa sursauta. La sorcière connaissait son nom. La servante nubienne avait dû trouver un moyen de la prévenir de sa venue. Il n'y avait là nulle magie.

— Puisque tu sais qui je suis, la vieille, réponds à mes questions. Je serai généreuse.

— Ça ne suffira pas, princesse.

— Qu'exiges-tu ?

— Mélange ton sang avec le mien. Donne-moi ton bras gauche.

Akhésa hésita. Éprouver le contact de la peau de cette repoussante créature l'horrifiait. Mais n'était-elle pas la plus réputée des sorcières ?

La princesse tendit le bras gauche. Avec une lame souillée, la sorcière le piqua, faisant jaillir une goutte de sang qu'elle lapa avec avidité.

— Nectar incomparable, princesse. À présent, tu peux m'interroger.

La sorcière plongea la main droite dans l'âtre et joua avec des braises.

— Que vais-je devenir, sorcière ? Quelle sera ma destinée ?

La naine ouvrit les paumes de sa main droite, examinant les braises qui rougeoyaient de feux sanglants.

— Tu seras reine, Akhésa... Mais une reine comme il n'en a jamais existé sur cette terre et...

La vieille se tut, effrayée par ce qu'elle découvrait.

— Parle encore, sorcière ! exigea la princesse.

— Non... Je ne vois plus rien...

— C'est toi qui mens, à présent ! Quand serai-je reine ?

La sorcière soupira. Si la jeune femme ne s'intéressait qu'à ce détail...

— Bientôt, princesse, bientôt. Tu crées ton propre destin.

Akhésa n'avait plus peur. Elle s'amusait. La naine lui disait ce qu'elle avait envie d'entendre. Elle ressemblait à ces fausses voyantes qui vivaient de la crédulité des naïfs. La princesse n'éprouvait aucune déception. Elle savait que le futur était entre les mains de Dieu. Ce n'était pas pour le connaître qu'elle avait traversé le marais mais pour un tout autre motif.

— Oublions le destin, indiqua Akhésa, et occupons-nous du présent. J'ai besoin de tes talents. J'aime un homme marié. Je veux que tu fasses mourir sa femme.

— Son nom ?

Akhésa eut un haut-le-corps.

— Il doit rester secret.

— En ce cas, je ne peux agir. C'est sur le nom des êtres que ma magie est efficace. Aie confiance en moi, princesse. Je ne te trahirai pas.

Akhésa considéra cette hutte misérable, ce décor pouilleux, cette créature malsaine... Cela n'était pas digne d'elle. Elle avait pris le mauvais chemin.

— Je n'ai plus besoin de toi, sorcière, dit-elle avec fierté.

La cité du soleil s'était assoupie. Le silence régnait dans le palais royal que Pharaon avait regagné à la tombée de la nuit. Il s'était aussitôt enfermé dans ses appartements privés. Dès l'aube, la nouvelle de son retour circulerait dans la ville et apaiserait bien des inquiétudes.

Epuisée par le voyage dans le marais, la servante d'Akhésa s'était profondément endormie après que sa maîtresse eut sombré la première dans le sommeil. Elle ignorait que cette dernière avait guetté l'assoupissement de la Nubienne pour quitter son lit, se vêtir d'un manteau de laine et quitter le palais par les terrasses.

En cette nuit de pleine lune, Akhésa se dirigea vers la rive du Nil. Elle sortit des faubourgs et s'engagea dans le vaste espace désertique qui séparait du fleuve les dernières maisons. Elle eut un regard pour l'orient où, contrairement à la tradition appliquée dans les autres villes, Akhénaton avait fait creuser la nécropole de la cité du soleil. D'un pas aérien, se déplaçant hors des pistes tracées par la police du désert, Akhésa atteignit un monticule suffisamment élevé pour que, de son sommet, la vue embrassât la totalité de la capitale, longue d'une dizaine de kilomètres.

Après sa décevante visite à la sorcière, Akhésa avait besoin d'absorber l'air de la nuit et de sentir au-dessus d'elle l'immensité du ciel. Elle désirait prendre conscience de l'œuvre accomplie par son père, de cette capitale sortie du cœur d'un pharaon et devenue réalité. Face à Hermopolis, la ville des savants, située à mi-chemin entre la grande agglomération du nord, Memphis, et celle du Sud, Thèbes, la cité du soleil occupait une partie de l'immense cirque délimité, en Moyenne Égypte, par une chaîne montagneuse. Elle jouerait demain le rôle déterminant d'une métropole d'équilibre, d'une nouvelle « balance des Deux Terres ».

Akhésa ne supprimerait pas l'épouse de Horemheb par la magie noire. Elle la vaincrait sans faire appel aux forces démoniaques. Elle prouverait au général qu'il devait l'aimer, elle déploierait la puissance de sa propre magie pour l'attirer vers elle.

Mais avait-elle le droit d'agir ainsi ? Et où la conduirait cet étroit sentier ?

Sa décision arrêtée, Akhésa quitta le promontoire et prit la direction des falaises là où étaient implantées des stèles marquant les frontières de la cité du soleil. Non loin d'elle, une hyène émit son rire sinistre, bientôt suivi du jappement des chacals qui déambulaient la nuit durant, débarrassant le désert des charognes. Elle devait dépasser la ligne des petits fortins où veillaient des soldats.

Akhésa contourna l'un d'eux où les vigiles discutaient à voix haute, parlant de l'agression perpétrée par Akhénaton contre les divinités domestiques. « Si la plupart des soldats de mon père formulent les mêmes critiques, pensa la princesse, dépitée, l'armée ne le servira plus très longtemps. »

Le pied droit d'Akhésa fit rouler un caillou. Dans le silence du désert, le bruit lui parut d'une énorme intensité. Elle s'allongea sur le sol de tout son long.

L'un des veilleurs se dressa et se pencha par-dessus le fortin.

— J'ai entendu quelque chose, dit-il à son camarade.

— Une hyène. Ne t'inquiète pas. Viens boire de la bière et manger des fèves.

— C'est bizarre. J'ai envie de descendre voir.

— Tu perds ton temps.

À une vingtaine de mètres d'Akhésa, un chacal s'était immobilisé. Son long nez pointu, terminé par une épaisse truffe noire, ne cessait de s'agiter. Il avait flairé une présence insolite et commençait à grogner de manière menaçante. Le veilleur ramassa une pierre et la lança dans sa direction. Apeuré, le chacal émit un couinement et détala.

— Encore un de ces charognards, constata le soldat.

— Je te l'avais dit, ironisa son compagnon. Dors. Je monte la garde. Une nuit comme les autres...

À plat ventre, Akhésa passa sous le cordage qui reliait entre eux les fortins. Au-delà, il n'y avait plus de surveillance. La princesse se releva dès qu'elle fut certaine d'être hors de vue. Comme elle aimait cette solitude, cette liberté où elle s'abandonnait au vent, porteur des souvenirs et des espoirs qu'il emmenait vers les paradis célestes. Tout aurait été si simple, si pur, à condition que les humains acceptassent d'entendre la voix du désert, de s'oublier eux-mêmes et de faire croître la lumière présente en leur cœur. Mais de graves dangers menaçaient la cité du soleil, elle en était certaine. On lui cachait la vérité. Il lui faudrait découvrir ce qui se tramait, percer les secrets de l'ambassadeur Hanis.

Elle aboutit enfin à l'une des stèles frontière implantées par son père lors de la fondation rituelle de la capitale. Grâce à la lumière lunaire, Akhésa en déchiffra aisément les hiéroglyphes, inscrits en dessous d'une scène qui représentait Néfertiti et Akhénaton adorant Aton. Ils expliquaient que le pharaon avait fondé sa capitale et qu'elle ne dépasserait jamais les limites imposées par lui. La place pure occupée par la cité du soleil était parfaite dès son origine, l'œuvre conçue dans sa totalité dès sa naissance. Puis les hiéroglyphes célébraient la beauté de la reine Néfertiti, son teint clair que ne possédait aucune autre femme, le bonheur qu'elle répandait autour d'elle.

Néfertiti... Néfertiti qui se taisait, murée dans un silence incompréhensible. Avait-elle renoncé à sa foi en Aton, elle qui avait été la source de la religion nouvelle, elle dont la voix avait chanté les premières louanges en l'honneur du soleil divin ? Néfertiti, cette mère si tendre dont l'absence devenait insupportable.

La princesse s'assit au pied de la stèle frontière, les yeux fixés sur l'orient où, dans quelques heures, surgirait un nouveau soleil.

8

Une haie d'honneur, composée de soldats aux uniformes chamarrés, s'était formée à l'entrée méridionale de la cité du soleil. Elle contenait à grand-peine une foule hurlant sa joie et tendant les mains pour tenter de toucher les participants de l'interminable cortège qui pénétrait, au rythme des flûtes et des harpes portatives, dans la capitale d'Akhénaton.

C'était la plus grande fête jamais organisée dans la nouvelle capitale. Trois jours de repos étaient accordés aux ouvriers comme aux fonctionnaires de sorte qu'ils ne manquassent aucun moment des réjouissances. Dans les rues et les ruelles, des édifices légers avaient été installés. On y servait de la bière douce en abondance. Partout, hommes et femmes dansaient et chantaient. Le nom d'Aton était célébré avec ferveur.

On se bouscula lorsque apparut, au milieu du cortège officiel, l'héroïne de la fête, celle qui amenait avec elle tant de liesse : la reine mère Téyé venue de Thèbes rendre visite à son fils Akhénaton.

La veuve du grand roi Aménophis III éprouvait une tendresse particulière pour celui de ses enfants devenu Pharaon. Voilà plusieurs mois qu'elle n'avait pas quitté son palais de Malqatta. Chacun pensait que des raisons graves motivaient ce déplacement inattendu. Le faste déployé suffisait à prouver son importance.

À cinquante-cinq ans, après une existence bien remplie, la reine mère était admirée et respectée de tous, en Égypte comme dans les pays étrangers dont les souverains lui écrivaient régulièrement, sollicitant ses conseils. Téyé avait participé à la direction des affaires de l'État de manière effective aux côtés de son époux. Elle avait favorisé une politique de paix dont l'Égypte était la clé de voûte. C'était elle qui, à Thèbes, avait imposé le culte du dieu soleil, Aton, affaiblissant l'emprise des prêtres d'Amon qu'elle avait tenus à distance du pouvoir. Elle ne s'était pas opposée à la création de la nouvelle capitale, au changement de nom du pharaon, au déplacement de la cour vers la cité du soleil. Son autorité était telle que sa seule présence à Thèbes garantissait la paix civile.

Tant qu'elle n'élèverait pas la voix contre l'expérience tentée par Akhénaton, le parti d'opposition thébain n'oserait pas se manifester au grand jour.

La reine mère portait une couronne formée d'une mitre en or sur laquelle étaient fixées deux hautes plumes encadrant un disque solaire placé entre deux cornes. À son front, deux cobras en or. Téyé s'affirmait comme l'incarnation vivante de la déesse du ciel venue sur terre répandre l'amour et l'harmonie. Bien qu'elle fût une femme menue, Téyé disposait d'une énergie farouche qui transparaissait sur son visage basané, rappelant ses lointaines origines nubiennes. Le nez petit et pointu, les lèvres minces, les pommettes saillantes, la reine mère affichait en toutes circonstances un sang-froid remarquable.

En ce jour de fête, Téyé venait dans la cité du soleil accomplir une mission impossible : infléchir, sinon modifier la politique de son fils qui risquait de conduire le pays à sa perte. L'intolérance d'Aton provoquerait des soubresauts dangereux que la reine mère elle-même ne pourrait bientôt plus contrôler. Mais Akhénaton avait un caractère entier qui ne se prêtait guère à la négociation. Après la tentative de meurtre dont il avait fait l'objet, il faudrait pourtant trouver une brèche dans la muraille, percer les défenses de cette âme intransigeante.

La vague de fanatisme contre les divinités aimées du peuple avait troublé les plans de la reine mère. Avant qu'elle ne se déclenchât, elle avait envoyé dans la cité du soleil les princes Sémenkh et Toutankhaton pour qu'ils s'habituent à l'atmosphère de la cour et à l'exercice d'un pouvoir qu'ils détiendraient peut-être un jour.

Akhénaton attendait sa mère devant le grand temple d'Aton. Installé sur un trône, il portait la double couronne, manifestant son pouvoir sur la Haute et la Basse Égypte. Sur sa poitrine, il tenait le sceptre de souveraineté qui traduisait sa fonction de bon berger et de pasteur de son peuple qu'il avait la charge de conduire vers la vérité d'Aton. Autour de lui, la totalité de la cour était réunie, y compris le prince Toutankhaton que la vigoureuse médication administrée par Akhésa avait remis sur pieds. Il était pâle et toussait encore mais tenait son rang aux côtés de son frère Sémenkh, du général Horemheb et du « divin père » Aÿ. Pas un grand personnage ne manquait. Akhésa suivait avec passion le cérémonial. A gauche du trône, Méritaton, la fille aînée, tenait la place de la grande épouse royale.

Quand la reine mère descendit de sa chaise à porteurs en bois doré, Akhénaton se leva de son trône. Ils marchèrent à la rencontre l'un de l'autre sous les regards admiratifs. Les rayons du soleil se reflétaient sur leurs couronnes, créant des faisceaux de lumière qui occultaient leur visage.

Pharaon et sa mère s'arrêtèrent. Moins d'un mètre les séparait. Un fin sourire éclaira le visage décharné du roi.

— Je suis heureux de vous revoir, ma mère.

— Moi aussi, Votre Majesté.

— Pardonnez la brutalité de ma question : quelle est la raison de votre visite ?

— Vous-même, mon fils.

Les yeux noirs de la reine mère étaient animés d'une flamme intense. Depuis qu'il régnait sur l'Égypte, Akhénaton avait toujours tenu compte des avis formulés par Téyé. Elle appartenait à cette lignée de reines hors du commun qui avaient fait la grandeur du pays.

— Je vous convie, mère, à oublier vos inquiétudes le temps d'une cérémonie. Ne songeons qu'à glorifier Aton.

— Qu'il en soit ainsi.

Marchant côte à côte, précédés par le « divin père » Aÿ, Pharaon et la reine mère prirent la tête d'une gigantesque procession qui se dirigea vers le sud, là où était édifié le sanctuaire privé de Téyé. Il ressemblait à un kiosque aux colonnes légères et aux murs élancés, construits en rupture de manière à ménager une circulation d'air permanente. Aussi y régnait-il une agréable fraîcheur.

— Vous avez fait embellir ce temple, apprécia Téyé.

— Mes meilleurs sculpteurs y ont travaillé. À chacune de vos visites, vous le découvrirez plus splendide.

Pharaon et la reine mère s'immobilisèrent devant la grande porte à deux battants. Akhénaton inclina la tête en arrière, fixant le divin Aton. Tous les membres du cortège cassèrent le buste et s'inclinèrent.

Akhénaton prit tendrement la main de sa mère.

— Que cette porte soit ouverte, ordonna-t-il, et qu'on nous laisse seuls.

Les battants se refermèrent derrière Akhénaton et Téyé. Une lumière diaphane baignait le sanctuaire. Témoins vigilants, les statues du père et de la mère du pharaon veillaient dans le silence. La reine et son fils passèrent sous un portique à colonnes et gagnèrent une cour à ciel ouvert. Au centre, un autel auquel menait une volée de marches. Il était pourvu de jarres de vin, de légumes, de fruits et de fleurs.

— J'aime cet endroit plus que tout autre, dit Téyé à voix basse. Je souhaiterais y demeurer jusqu'à mon dernier souffle.

— Rien ne vous en empêche, mère.

— Si, mon fils.

— Installons-nous sur les marches de cet escalier, proposa le roi. Nous serons illuminés par les rayons d'Aton.

Akhénaton aida sa mère à s'asseoir de sorte qu'elle ne froissât pas sa robe. Il se plaça juste au-dessous d'elle, sans lui lâcher la main.

— Te souviens-tu, mère ? Nous parlions souvent ainsi, sur les marches du palais de Malqatta, lorsque j'étais enfant. Tu m'apprenais la nature, tu m'apprenais les hommes. Je te posais mille questions, je te volais ton temps. Tu acceptais toujours de me répondre.

— Tu es toujours mon fils. Mais tu n'as plus mille questions à me poser. C'est toi, aujourd'hui, qui connais les réponses. Tu es le prophète unique du dieu Aton et tu révèles sa lumière au monde. Quelle plus noble tâche un roi pourrait-il se fixer ?

Mais la solitude est un fardeau pesant. Elle finit par aveugler celui qui en souffre.

— Il n'est pourtant point d'autre destin pour Pharaon.

— Il est vrai, mon fils. C'est pourquoi tu dois acquérir de multiples yeux et oreilles qui t'apprendront ce qui se passe réellement dans ton pays et non ce que tu imagines. La pensée du roi se nourrit de réalité et non de rêve.

Akhénaton ferma les yeux.

— Parlez donc, mère.

— La révolte gronde, mon fils. La crainte a envahi les âmes. Elles ne comprennent plus ce que désire Aton. À Thèbes, les prêtres se sont inclinés devant tes ordres. Ils ont ouvert les temples et laissé les sculpteurs détruire le nom d'Amon... Mais bien des négligences ont été commises. On n'efface pas ainsi des croyances millénaires.

— J'y parviendrai, mère.

— C'est un homme, non un dieu, qui a tenté de mettre fin à tes jours.

— Il n'était qu'un instrument. La volonté d'Aton est d'être la lumière unique dont je suis le prophète. Il en sera fait selon ma volonté.

La reine mère demanda à son fils de lui ôter la lourde couronne à la double plume qu'il posa avec soin sur les marches de l'autel. La douceur régnant dans le temple favorisait les confidences. Il n'y avait nulle passion, nulle agressivité dans le ton des interlocuteurs. Mais Téyé percevait la formidable intensité du feu intérieur qui animait le pharaon.

— Sur qui peux-tu compter, mon fils ?

— Sur personne. Mes proches ne songent qu'à me trahir ou à jouir du pouvoir que je leur ai donné. Ils croient que je suis aveugle et que j'ignore leurs intrigues. Mais Aton m'éclaire. Et je saurai rendre justice. Seule ma fille Akhésa vit vraiment pour Aton. C'est elle qui m'a sauvé.

— Akhésa ? Mais c'est encore une enfant !

— Non, mère. Elle est devenue femme. Elle est belle comme un rayon de soleil.

— Dois-je te rappeler que ta fille aînée est Méritaton et qu'elle remplit le rôle de grande épouse royale en l'absence de Néfertiti ? Oublie Akhésa, mon fils. Qu'elle reste ton enfant chérie, mais ne lui donne aucune illusion sur son avenir. Elle vivra dans le luxe du palais avec ses jeunes sœurs. J'ai fait venir de Thèbes les princes Sémenkh et Toutankhaton. Ils seront considérés ici comme mes enfants. Il serait bon que Sémenkh épousât ta fille aînée et Toutankhaton ta seconde fille.

— Pourquoi ces unions, se rebella le roi, sinon pour plaire aux prêtres de Thèbes ?

— Il n'y a pas d'autre raison, en effet. Les Thébains veulent ignorer ton hérésie. Ils ne songent qu'au pharaon qui te succédera et rétablira la dignité des anciens dieux. Grâce à ces mariages, nous maintiendrons la paix.

Akhénaton ôta sa propre couronne qui se faisait pesante. La fatigue creusait son visage.

— Je suis las des concessions, ma mère. Je ne supporte plus ces stratégies subtiles. C'est à Dieu que je désire me consacrer. Lui ne se perd pas dans ces méandres qui ne conduisent à rien, sinon à la vanité et à la cupidité des humains.

— Dieu ne rayonnera pas sur cette terre sans le concours de ces humains que tu méprises, mon fils. Tu ne changeras pas leur nature. Mais tu peux leur montrer un chemin. À condition que l'Égypte soit riche et heureuse. Le gouvernement des hommes est une tâche primordiale que tu n'as pas le droit de négliger.

— Aton brille chaque matin dans le ciel, mère.

Il donne la vie sans compter. C'est Lui, et personne d'autre, qui me dictera ma conduite.

Téyé ne parvenait plus à influencer son fils. Akhénaton vivait désormais dans un monde qui n'appartenait qu'à lui. La puissante Égypte, celle qui avait créé Thèbes la magnifique, était en grand péril. Combien de temps la reine mère parviendrait-elle à retarder le désastre ?

— Consentiras-tu à célébrer ces mariages ? demanda-t-elle d'une voix qui, pour la première fois de son existence, se fit légèrement hésitante.

— Si l'absence de Néfertiti se prolonge, j'épouserai symboliquement ma fille aînée. Aton exige que ce soit un couple qui règne sur la cité du soleil. Pour le reste, peu importe. Venez, mère. Mon peuple nous attend. Votre venue lui cause une joie telle qu'il serait cruel de le faire patienter davantage.

Akhénaton recoiffa Téyé de la haute couronne puis reposa la sienne sur sa tête. Main dans la main, la mère et le fils sortirent du sanctuaire avec lenteur et dignité.

Ils n'avaient plus rien à se dire.

Les cuisiniers du roi avaient travaillé plusieurs jours sans relâche pour préparer le plus fastueux des banquets, servi dans la grande salle du palais royal aux murs décorés de fresques chatoyantes où s'ébattaient oiseaux, quadrupèdes et poissons. Sur les tables, des chemins de fleurs de lotus entre lesquels étaient disposés des plats de viande et de légumes, des fruits, de multiples sortes de gâteaux et de pains, des jarres de vins blancs et rouges provenant du Delta. Les convives mangeaient avec leurs doigts des canards rôtis. Un orchestre à cordes féminin, formé de harpistes, de luthistes et de joueuses de lyre, charmait les oreilles. La meilleure instrumentiste des Deux Terres déployait de suaves harmonies sur sa grande lyre à deux cordes. La nuit avançant, certains invités s'assoupirent. Les serviteurs allumèrent des lampes à huile. Dans la pénombre s'engagèrent des conversations discrètes lorsque Pharaon quitta la salle du banquet. Son départ marquait la fin des réjouissances en l'honneur de la reine mère.

Téyé ne ressentait aucune lassitude physique. Mais son cœur souffrait. Elle avait échoué. Pharaon était à présent l'unique maître du jeu. Un pharaon qui s'enfonçait dans une mystique de plus en plus désincarnée, qui oubliait les exigences du quotidien.

Couvrant ses épaules d'un manteau de lin, Téyé fit quelques pas dans les jardins en terrasse, heureuse d'être enfin seule. Cette réception lui avait paru bien terne en regard des fêtes de Thèbes.

Jaillissant d'un bosquet de tamaris, une forme agile bondit devant la reine mère et lui barra le passage. Téyé songea à un attentat, se demandant avec une tranquille lucidité qui l'avait inspiré.

— N'ayez crainte, Majesté, je ne vous veux aucun mal... Je suis Akhésa.

La jeune femme avait noté avec admiration le sang-froid de Téyé. La reine mère n'avait ni crié ni reculé.

Téyé détailla Akhésa.

— Ton père avait raison. Tu n'es plus une enfant.

La lumière lunaire cernait d'un halo bleuâtre le corps de la princesse.

— Mais... Tu as déchiré ta robe !

— J'ai couru très vite pour vous rattraper. Je voulais vous parler, en tête à tête.

— Me parler ? Est-ce donc si nécessaire ?

— Je vous supplie de m'entendre.

Le regard d'Akhésa possédait une éloquence

convaincante. L'ardeur qui l'animait ressemblait étrangement à celle de son père.

— Je crains de ne pouvoir t'échapper, Akhésa. Aussi consentirai-je à t'écouter. Préfères-tu rester ici ou aller dans mes appartements ?

— Je connais un endroit où nulle oreille indiscrète ne nous écoutera.

— Voilà bien des mystères. Craindrais-tu d'être espionnée ?

— Je préfère être prudente.

— Fougueuse mais pas stupide, jugea Téyé. Deux qualités difficiles à concilier. Je te suis.

Akhésa conduisit la reine mère jusqu'à un kiosque caché au milieu de l'abondante végétation de la terrasse supérieure. Pour y parvenir, elle écarta des branches de palmier. L'endroit était abrité des vents.

— Admirable retraite, en vérité, observa Téyé qui s'assit sur un banc de pierre. Permets d'abord à une vieille dame de se délasser un peu. C'est un paradis que tu me révèles.

Une heure durant, Akhésa se répandit en confidences. Elle avait éprouvé une confiance immédiate en la reine mère. Elle lui parla de son entretien avec Akhénaton, de sa lecture des stèles frontière, de sa suspicion à l'égard de l'ambassadeur Hanis, de l'enquête qu'elle menait pour connaître la vérité sur la situation de l'Égypte. Elle évita d'évoquer les sentiments que lui inspirait le général Horemheb.

Téyé, les yeux mi-clos, écouta avec attention. Au fur et à mesure qu'Akhésa s'exprimait, la reine mère se forgeait un avis sur la jeune femme qu'elle n'imaginait ni aussi perspicace ni aussi préoccupée des affaires de l'État. Il restait en elle quelques traces de l'enfance mais elle avait mûri avec une remarquable précocité. Ses propos n'étaient pas dictés par une curiosité superficielle. Ils témoignaient d'un véritable amour de l'Égypte.

— Mes sœurs aînées sont des sottes et des incapables, affirma Akhésa. Moi seule peux aider mon père à conserver le pouvoir et à faire rayonner la lumière d'Aton. Aidez-moi, Majesté, aidez-moi à mieux le seconder !

Le ton de la reine mère changea. Il devint sec et cassant.

— Ce sont tes sœurs aînées, Akhésa. C'est ainsi et tu n'y changeras rien. La fille aînée de Pharaon est gardienne du sang royal. Pas toi.

La fureur emplit les yeux d'Akhésa. Elle avait eu tort de se confier à Téyé.

— Pourquoi être déçue, Akhésa ? Je chasse les mensonges de ton imagination. Je t'enseigne une vérité que tu refusais de voir. Ne deviens pas esclave de tes rêves. Si tu souhaites vraiment servir ton pays et ton peuple, apprends d'abord à ne pas réagir comme un cheval rétif devant l'obstacle. Qui veut gouverner autrui commence par se maîtriser soi-même. N'implore pas. Ne quémande pas. Ne sois ni faible ni suppliante. Connais la règle qui régit l'univers et agis en conformité avec elle sans jamais penser à ton intérêt propre. Je ne t'aiderai pas, Akhésa, comme on prête main-forte à une inférieure, mais je te confie une mission : rends-toi auprès de Néfertiti et découvre les raisons de son mutisme.

La jeune femme serra les poings. La tâche que lui imposait la reine mère était presque irréalisable. Presque…

— Montre-toi à la hauteur de ton ambition, Akhésa.

9

Akhésa apprit avec étonnement le départ précipité de la reine mère pour Thèbes. La servante
nubienne révéla à sa maîtresse que Téyé avait
pris le chemin du retour au petit matin sur l'ordre
de Pharaon. Auparavant, jamais ce dernier n'avait
ainsi expulsé sa mère de la nouvelle capitale,
soulignait la rumeur. L'événement suscitait des
murmures désapprobateurs. D'ordinaire, la reine
mère résidait plusieurs semaines de suite dans la
cité du soleil. Akhénaton avait-il décidé de faire
le vide autour de lui, de s'enfermer chaque jour
davantage dans la solitude d'un pouvoir absolu ?

Akhésa ne renoncerait pas à la mission que lui
avait confiée la reine mère. Elle avait passé
plusieurs heures à chercher un moyen de la mener
à bien.

Elle croyait l'avoir trouvé.

Le sculpteur Maya, assis sur un trépied, distri-
bua ses directives aux deux assistants qui travaillaient avec lui dans son atelier. Le plus jeune,
déjà habile au maniement du ciseau de cuivre,
œuvrait sur un pied de lit en forme de patte de
lion. Le second, plus avancé, s'exerçait à modeler

le nez d'un visage en plâtre. Bientôt, il s'attaquerait directement au calcaire. Dans quelques mois, s'il continuait à progresser, il tenterait de faire naître sa première statue et il prononcerait les paroles rituelles : « qu'elle vive ! ». « Celui qui donne la vie » : tel était le titre de chaque sculpteur reconnu maître en son métier.

Maya, à quarante ans, était fier d'appartenir à cette illustre corporation d'où étaient sortis tant de maîtres d'œuvre, de hauts dignitaires et même de premiers ministres. Avant de prétendre diriger des hommes, il fallait d'abord apprivoiser la matière, savoir l'aimer, extraire d'elle ses beautés cachées.

Buriné, sévère, méditatif, Maya n'avait d'autre idéal que la perfection du métier. Il entra dans la partie secrète de son atelier dont l'accès était interdit aux apprentis. Là, dans la pénombre, brillait le calcaire poli de l'œuvre qu'il achevait : la statue de la fille aînée du couple royal. Il était heureux d'en terminer. Les séances de pose avaient été insupportables. Pénétrée de son importance, cette Méritaton manifestait sans cesse son impatience. Elle exigeait du sculpteur qu'il rectifie tel ou tel détail. Maya devait se conformer à la nouvelle esthétique officielle, caractérisée par un crâne allongé, des membres distendus, un ventre proéminent. La tête humaine, disait Akhénaton, capte l'énergie lumineuse. Le fidèle du dieu doit apparaître comme homme et femme, enceint d'un nouveau soleil. Pour Maya, qui avait été formé par les meilleurs artisans de Thèbes, cet abandon du classicisme et des formes rigoureuses consacrées par des siècles de pratique n'était qu'une folie. Quand prendrait fin le règne d'Akhénaton, il reviendrait aux règles des anciens maîtres, en vigueur depuis le temps des pyramides.

Maya regarda la statue avec un œil critique.

L'expression du visage, le modelé, l'attitude, le geste de la main tenant un vase d'offrande, le plissé de la robe transparente, la perruque... L'ensemble était conforme à ce qu'on avait exigé de lui. Il ne restait plus qu'à enjoliver cette sculpture qu'il avait exécutée sans joie. Prenant sa palette à couleurs de forme rectangulaire et un pinceau, il s'apprêtait à passer du rouge sur les lèvres.

C'est en reculant qu'il découvrit la présence d'une jeune femme brune, dissimulée dans un angle de la pièce, derrière un billot. Empoignant un ciseau, Maya l'apostropha d'une voix courroucée.

— Qui êtes-vous ? Que faites-vous ici ?

Akhésa sourit.

— Vous êtes bien menaçant, maître Maya. Vous ferais-je peur ?

— Sortez. Personne n'a le droit de pénétrer dans cette partie de l'atelier.

— Craignez-vous que je vous dérobe vos secrets ?

La jeune femme s'avança, admira la statue.

— C'est ma sœur aînée que vous avez fait vivre ainsi. Elle est plus belle que dans la réalité. Vous êtes un grand sculpteur, maître Maya.

— Seriez-vous...

— La troisième fille de Pharaon.

Maya éleva les mains dans un geste de respect.

— Votre présence honore mon atelier, princesse. Mais il vous demeure interdit.

— Ne vous confondez pas en marques de politesse, recommanda Akhésa. Ce n'est pas l'art dans lequel vous excellez.

L'artisan, certes, préférait la fréquentation du bois et de la pierre à celle des humains. La matière ne mentait pas, ne dissimulait pas. Elle résistait aux outils du mauvais ouvrier mais se

106

montrait tendre vis-à-vis de celui qui savait lui parler. Maya posa son outil. Il n'avait pas besoin de cette arme-là contre la fille du roi. Il sentait en elle un adversaire autrement redoutable qu'un bloc de granit ou un billot de cèdre. Et il craignait de percevoir la raison profonde de cette visite inattendue.

— Auriez-vous quelque chose à me reprocher, princesse ?

— Ma servante a entendu des ragots vous concernant. Il paraît que vos critiques contre la politique de Pharaon ont atteint les oreilles de certains dignitaires du palais. Si elles parvenaient à celles de mon père...

Le sculpteur haussa les épaules.

— Je ne m'occupe pas de politique et je ne fais courir aucune rumeur. Ce que je pense, je le dis à haute voix. La cité du soleil est une ville mal construite. Les matériaux sont de qualité médiocre. Ils sont assemblés à la hâte par des ouvriers incompétents. Même le palais royal a été édifié sans génie. Bientôt, il se lézardera. La capitale manque de contremaîtres et de travailleurs d'élite.

— Ce sont des accusations graves.

— Des constatations, princesse. Savez-vous que la plupart des tombes de la nécropole sont à moitié creusées, que leur décoration demeure à peine esquissée, que certains peintres sont trop ignorants pour créer leurs couleurs ? C'est une injure aux dieux.

Une lueur de colère brilla dans les yeux d'Akhésa.

— Il n'y a plus de dieux, maître Maya ! Seul règne Aton !

Le sculpteur ne baissa pas la tête. Le petit peuple se détachait de son roi dont le fanatisme l'effrayait. Sa troisième fille ne semblait guère lui céder sur ce terrain. Maya était impressionné par l'énergie conquérante de la jeune femme. Inconscients et stupides seraient ceux qui la sous-estimeraient. Sans doute avait-il eu tort de s'exprimer avec autant de franchise. Mais il n'avait ni le sens de la nuance ni celui de la diplomatie.

— Aton sauvera sa capitale du malheur, déclara Akhésa avec conviction. À condition que tous les sujets de Pharaon soient fidèles à leur maître.

La menace était claire. Si cette jeune femme obtenait demain un quelconque pouvoir, pensa le sculpteur, elle deviendrait un redoutable tyran.

— Je suis venue, maître Maya, pour vous entretenir d'un sujet bien précis.

L'artisan se raidit. Akhésa avait sûrement été informée. Un apprenti s'était montré trop bavard. À moins qu'il ne s'agisse d'un courtisan qui l'avait espionné.

— On m'a dit, continua Akhésa, que vous vous rendiez souvent au palais de la reine Néfertiti, ces dernières semaines. Vous êtes l'un des rares, sinon le seul, à franchir les barrages de soldats qui protègent la solitude de ma mère. J'ai un service à vous demander.

— Lequel, princesse ?

— Trouvez un moyen pour me faire entrer chez elle.

Le sculpteur, navré, dodelina de la tête.

— Je vous aurais volontiers aidée, mais le palais de Néfertiti m'est définitivement interdit depuis hier. Je n'ai pas réussi à sculpter le portrait qu'elle exigeait. Elle fera appel à un autre artisan.

De rage, Akhésa serra les lèvres. Sans prononcer un mot d'adieu, elle quitta l'atelier.

Akhésa s'était levée à l'aube, après une nuit sans sommeil. Son échec l'irritait. Elle avait imaginé que son entreprise serait vite couronnée de succès et qu'elle paraderait aux yeux de la reine mère. Mais le destin s'annonçait contraire. La princesse prit entre le pouce et l'index une amulette. Le scarabée des métamorphoses. Elle le plaça sur son cœur, implorant le soleil levant de lui apporter une solution. Cette magie-là déplaisait à Aton, mais ne s'était-elle pas révélée efficace des millions de fois ?

— Princesse, annonça la servante nubienne, un messager pour vous.

— À cette heure ? De la part de qui vient-il ?

— Il ne révélera son nom qu'à vous-même.

La jeune femme sourit. Le scarabée l'exauçait. Elle croyait connaître le nom du grand personnage qui souhaitait demeurer dans l'ombre.

Le messager attendait la princesse dans le vestibule. C'était un homme d'âge mûr, tête rasée et pieds nus, vêtu d'un pagne court. Il inspirait confiance.

— Mon maître, l'ambassadeur Hanis, convie Votre Majesté à un déjeuner dans sa villa.

Akhésa triomphait. Elle avait bien manœuvré.

— Il a demandé que vous veniez seule et... et...

— Méconnaissable ?

L'homme s'inclina.

— Je vous guiderai jusqu'à lui.

En quelques minutes, la princesse fut prête. Une perruque grossière et un maquillage épais lui brunissant le visage constituaient un excellent déguisement. Elle avait revêtu une robe de mauvaise qualité nouée sous les seins. Puis elle prit un panier qu'elle porta, par l'anse, au coude gauche. Ainsi, elle ressemblait à l'une des innombrables servantes circulant dans le quartier des nobles.

— Si quelqu'un désirait me voir, dit Akhésa à

la Nubienne, réponds que je suis indisposée et que je ne quitterai pas mes appartements avant demain.

La princesse suivit le messager qui évita le centre animé et bruyant de la capitale pour se faufiler dans les ruelles longeant l'arrière des bâtiments officiels. La chaleur du soleil matinal annonçait la fin de l'hiver. Des enfants nus jouaient avec des poupées de chiffon. Des marchands étrangers menaient des conciliabules destinés à fixer le prix des denrées qu'ils présenteraient sur le marché.

Sortant de la villa, ils traversèrent des jardins où l'on utilisait le chadouf qu'avaient mis au point les ingénieurs d'Akhénaton. Sur un pivot fixe, le paysan avait placé une perche de bonne taille. À l'une de ses extrémités, un seau ; à l'autre, un contrepoids. D'un mouvement régulier, le paysan abaissait la perche pour faire pénétrer le seau dans un bassin d'irrigation. Puis, relâchant doucement cette dernière, il laissait agir le contrepoids. De la sorte, au fil des heures, de grandes quantités d'eau étaient transportées au prix de moindres efforts. La cité du soleil étant bâtie sur une plate-forme où ne montait pas le flot bienfaisant de l'inondation, de nombreux chadoufs superposés avaient été installés pour assurer l'arrosage des cultures.

Avec émerveillement, la princesse découvrait un monde d'agriculteurs au travail, répétant des gestes millénaires, prenant le temps de sommeiller sous un arbre ou de se désaltérer en écoutant un air de flûte. Dans une petite palmeraie, les ouvriers agricoles avaient interrompu leur besogne pour se faire raser par le barbier ambulant qu'une rangée de clients attendait avec patience.

Empruntant un étroit chemin de terre, le messager conduisit Akhésa jusqu'au bord du fleuve, à un endroit où les roseaux avaient été coupés. Hommes, femmes et enfants étaient assis par terre, surveillant ânes et chèvres.

— Où allons-nous ? s'inquiéta Akhésa.

— Sur l'autre rive, répondit le messager. Nous prenons le bac.

— La villa de l'ambassadeur n'est-elle pas située près de la cité du soleil ?

— Certes, princesse... Mais trop de courtisans y sont reçus. Mon maître veut vous voir dans une autre de ses propriétés, loin des regards indiscrets.

Akhésa était fatiguée par la longue marche. Ses pieds lui faisaient mal. Elle n'avait plus envie d'avancer mais n'avait pas le droit de reculer, sous peine de perdre la face. Elle prit donc place à côté d'une vieille femme aux seins lourds qui tenait fermement par le cou un gros canard. Des fillettes jouaient à la balle. Des garçons chantonnaient.

Le bac arriva. C'était une barque très large, pourvue d'une voile que le passeur maniait avec habileté. Dès qu'il eut accosté, les passagers se ruèrent pour embarquer. En quelques minutes, le bac fut si chargé qu'il semblait incapable de manœuvrer et prêt à couler. Mais le passeur n'éprouva aucune peine à le faire décoller de la berge pour se glisser dans une brise qui l'amena vite au milieu du Nil. Akhésa était bousculée, poussée, tenait difficilement en équilibre. Son guide ne se préoccupait pas d'elle. La princesse côtoyait pour la première fois des gens du peuple qui, ne l'ayant pas identifiée, ne lui témoignaient aucun égard. Elle écoutait leurs conversations. Ils parlaient des récoltes, de l'éducation des enfants, des futurs mariages, de la santé de leurs proches, des dieux protecteurs et des esprits malins qui envoyaient contre eux maladies ou malheurs. Ils évoquaient leur foi en une vie d'outre-tombe au seuil de laquelle les attendait le tribunal présidé par Osiris. Un vieillard édenté prononça le nom d'Akhénaton. Il le traita de scélérat et de fanatique. Personne ne le reprit. Au contraire, de nouvelles critiques s'ajoutèrent à de multiples plaintes concernant les mauvaises conditions d'existence dans la cité du soleil qui n'avait pas à ses portes, comme Thèbes, des champs cultivés et des pâturages. Les denrées parvenaient aux quais avec du retard. Elles étaient de plus en plus souvent gâtées ou de mauvaise qualité. Et pourquoi les apparitions de Pharaon se faisaient-elles si rares ? N'était-il pas gravement malade ? Néfertiti devait être morte. Personne ne l'avait vue depuis si longtemps ! Et l'armée ? Ne pencherait-elle pas du côté du général Horemheb si ce dernier tentait de s'emparer du trône ? Des voyageurs revenus récemment des provinces d'Asie parlaient de séditions et de révoltes. Et si l'Égypte était envahie ? Ce serait l'horreur, la fin de la prospérité et de la paix que Thèbes avait si bien préservées.

Akhésa tempêtait. Entendre injurier et calomnier son père lui causait la plus vive des souffrances. Elle aurait voulu protester, expliquer, convaincre... Mais elle se tut. Qu'aurait-elle provoqué, sinon une émeute sur le bac ? Sa mission primait ses réactions affectives. Elle endura l'épreuve jusqu'à son terme, voyant s'approcher la rive opposée avec un vif soulagement.

Lorsqu'elle posa le pied à terre, le messager concluait une discussion animée avec un paysan auquel il louait un âne.

— Bien que ce ne soit pas l'usage, dit-il à la princesse, cet animal, vous portera jusqu'à la demeure de mon maître.

— Gardez l'âne pour vous, répliqua vertement Akhésa. J'ai encore l'usage de mes jambes.

Seuls les jeunes enfants montaient sur la croupe des ânes. Le messager n'insista pas et prit la direction du sud, coupant à travers une palmeraie bordant un canal d'irrigation où s'abreuvaient de lourds bœufs noirs, accroupis sur leurs pattes avant.

Les jambes d'Akhésa devenaient douloureuses mais elle n'émit aucune plainte. Le messager accélérait l'allure. La sueur perlait au front de la princesse. Son cœur battait vite. Sa respiration était courte. Un feu lui rongeait la poitrine. Encore quelques instants, et il lui faudrait s'arrêter, appeler à l'aide, monter sur la croupe de l'âne, comme une enfant...

Le messager poussa un cri et s'immobilisa. Dépité, il examina son pied gauche. Akhésa, à bout de souffle, le rejoignit sans hâte.

— Une épine d'acacia dans le talon, expliqua-t-il. Il faut que je l'enlève.

Maladroit, il ne parvint qu'à casser l'épine dont la plus grande partie resta enfoncée dans la chair.

— Laissez-moi faire, intervint Akhésa.

De ses doigts agiles, la princesse réussit à extraire le corps étranger. Le messager fut obligé de marcher moins vite.

— Montez donc sur l'âne, ironisa-t-elle.

Ce qu'elle lut dans ses yeux ressemblait à de la haine. Claudiquant, il la conduisit jusqu'à une petite maison isolée et cachée dans un fouillis végétal qui n'avait pas connu depuis longtemps la main d'un jardinier.

Et s'il s'agissait d'un piège ? Si ce messager n'avait pas été envoyé par l'ambassadeur Hanis ?

— Où est ton maître ? demanda-t-elle, tentant d'arborer un visage impassible.

— Il vous attend à l'intérieur de sa demeure,

répondit-il. Je reste ici pour surveiller les alentours. Si quelqu'un vient, je préviendrai en imitant le cri de la chouette.

Cette évocation de l'oiseau qui servait à écrire le hiéroglyphe symbolisant la méditation, le recueillement, la vie intérieure, rassura quelque peu Akhésa. La chouette d'Égypte était un animal magnifique, aux ailes d'une grande envergure. La jeune femme avait souvent pris plaisir à la voir s'envoler dans la lumière du couchant.

L'homme lui laisserait-il le temps de s'enfuir ? La prison était plus hermétique qu'il n'y paraissait à première vue. Les branches basses des sycomores formaient de part et d'autre d'un étroit sentier des remparts difficiles à franchir. L'unique sortie de ce labyrinthe était gardée par le messager.

Elle n'avait plus le choix. Et la curiosité l'emporta.

Akhésa pénétra dans la maison au toit plat par une porte en chicane qui donnait accès à une petite salle de réception vide de tout mobilier. Aucun bruit ne trahissait une éventuelle présence. Hésitante, elle grimpa quelques marches menant à une pièce surélevée, plongée dans la pénombre. Là était dressée une table. S'offraient à elle des coupes remplies de figues sèches et de dattes confites.

— Ces nourritures sont excellentes, dit la voix mélodieuse de l'ambassadeur Hanis. Mangez donc, princesse.

Akhésa tourna la tête vers la gauche, découvrant Hanis, assis sur une natte en posture de scribe.

— Il y a également du jus de caroube pour vous désaltérer, après cette longue promenade. Buvez, je vous en prie.

Akhésa était assoiffée et affamée. Avec la distinction seyant à une personne de son rang, elle n'absorba que de petites quantités. L'en-cas lui parut savoureux après les efforts qu'elle avait dû fournir. Il lui permit de reprendre ses esprits et de se préparer à la joute.

— Cette maison est des plus modestes, princesse. J'espère qu'elle ne vous déplaît pas trop et que vous avez été satisfaite des services de mon messager. Un homme fidèle et discret.

— Pourquoi tant de secrets ?

Hanis se leva et apporta une vasque remplie d'eau fraîche et parfumée.

— Permettez-moi de vous laver les pieds.

La coutume exigeait que les propriétaires d'une maison, qu'elle fût masure ou palais, purifiassent les pieds des hôtes qui avaient pris la route afin de leur rendre visite. Avec une tendresse émue, l'ambassadeur prit entre ses mains ceux de la jeune princesse. Il les trouva fins et magnifiques. Leur courbure était exquise. Akhésa sentit qu'il s'attardait un peu trop sur sa tâche rituelle. Mais elle accepta les douces sensations provenant du massage qu'il lui dispensait.

— Cela suffit, intervint-elle, quand d'étranges frissons, qu'elle n'avait encore jamais éprouvés, lui parcoururent le dos. Pourquoi m'avez-vous invitée ?

Hanis retourna s'asseoir.

— Vous le savez aussi bien que moi, princesse, indiqua-t-il d'un ton moins aimable. N'êtes-vous pas la jeune personne qui m'épiait lorsque je rendais visite à ma maîtresse, la chanteuse du temple ?

Akhésa mangea une datte, sans cesser de fixer l'ambassadeur.

— J'ai commis une erreur, reconnut-il. Cette chanteuse n'avait pas le droit de faire l'amour, puisqu'elle était de service au temple. Vous pourriez provoquer un scandale qui nuirait beaucoup à ma carrière et ruinerait ma réputation à la cour.

La voix de l'ambassadeur devenait coupante. Akhésa demeurait près de la porte, craignant de voir arriver son homme de main. Hanis aurait-il conçu l'odieux projet de la séquestrer ou pis encore ?

Akhésa lutterait.

— Vous êtes passé maître dans l'art de négocier. Je vous propose un traité.

Hanis était éberlué par l'audace de cette fille de roi.

— Vous m'offrez votre silence, bien entendu… Que dois-je donner en échange ?

— La vérité.

Intrigué, l'ambassadeur fronça les sourcils.

— Quelle vérité ?

— Je veux connaître la situation réelle de l'Égypte par rapport aux puissances étrangères.

— Étrange requête, princesse. Il s'agit de secrets d'État qui ne concernent pas une jeune femme vouée à une vie agréable dans le luxe du palais royal. Ce sont là affaires compliquées et subtiles.

Akhésa s'enflamma.

— Vous me prenez pour une petite fille stupide ! Oubliez-vous l'éducation que vous m'avez vous-même accordée ? Oubliez-vous les leçons de mes parents, lorsqu'ils voulaient placer l'Égypte d'Aton au cœur d'un vaste empire dont les États d'Asie seraient les vassaux ? Le peuple murmure… Il parle de révolte, d'invasion.

— Balivernes, princesse ! Dédaignez ces ragots. Ce ne sont que calomnies pour ternir la gloire de votre père. Nos lointaines provinces sont calmes. Mes conseillers sont formels. Le meilleur d'entre eux, Tétou, n'émet aucun doute sur la fidélité de nos vassaux. Ces informations confidentielles suffisent-elles à vous rassurer ?

Akhésa s'assit en face de l'ambassadeur, adoptant elle aussi la posture de scribe.

— Non.

Hanis sursauta. Il avait l'habitude des négociations difficiles, mais celle-ci était menée de manière inhabituelle, avec un aplomb qui le désarçonnait.

— Je ne vous crois pas, affirma Akhésa. Il y a forcément une part de vérité dans les murmures du peuple. Ma mère a souvent évoqué les lettres qu'envoyaient les souverains étrangers, notamment le roi du Hatti[1]. Elle comprenait le hittite. Vous me l'avez enseigné. Si nos vassaux avaient à se plaindre, ne commenceraient-ils pas par écrire ?

— En effet, admit Hanis.

— Des lettres inquiétantes sont-elles parvenues entre vos mains ?

— Jusqu'à présent, non. Mais je ne suis pas le destinataire des documents principaux. La plupart d'entre eux sont adressés au pharaon en personne.

— Où sont-ils conservés ?

— Dans les bureaux des archives, à l'intérieur du ministère des Pays étrangers, où ils sont traduits en égyptien et classés.

— Inaccessibles ?

— Je crains que oui. À moins que...

Les yeux d'Akhésa brillèrent d'excitation.

— Parlez, Hanis. Je veux consulter ces lettres !

L'ambassadeur réfléchit longuement. Il lissa de l'index sa fine moustache noire.

— Le chef des surveillants de nuit, un nommé Pached. Peut-être, si vous lui proposez de l'or, acceptera-t-il de vous introduire dans les bureaux.

— Où habite-t-il ?

— Dans un logement de fonction, derrière le

1. Le royaume des Hittites.

ministère. Il fréquente volontiers la taverne de l'Ibis.

Akhésa eut un sourire triomphant.

— Notre pacte est scellé, Hanis. Nous sommes quittes. Mais j'ai encore besoin de vous.

L'ambassadeur tourna le bracelet d'argent qu'il portait au poignet gauche. Ses familiers savaient que ce geste traduisait une profonde exaspération.

— Le silence de ma mère m'inquiète. Je veux la revoir. Je cherche un moyen de pénétrer dans son domaine. J'avais espéré utiliser les services du sculpteur Maya, mais il n'a plus accès au palais de Néfertiti.

— Que dites-vous ? s'étonna Hanis. Maya travaille chaque jour sur le buste de la reine. Elle ne reçoit personne d'autre que lui.

Akhésa contint une explosion de colère.

— Ainsi, il m'a menti.

— Ce Maya est un curieux homme, ajouta l'ambassadeur. On murmure qu'il serait prêt à prendre la tête d'une révolte d'ouvriers.

— De qui sert-il les intérêts ?

— De celui qu'il considère comme le souverain légitime voulu par Thèbes, de celui que votre mère Néfertiti a fait venir dans la cité du soleil avec l'appui de la reine mère : le prince Toutankhaton.

La révélation laissa la princesse abasourdie.

— Cet enfant ? Mais comment prétendrait-il...

— Lui ne prétend rien. Il n'est qu'un jouet manipulé par la reine mère, Néfertiti et le parti thébain. Maya est son ami le plus sûr et le plus influent.

— Que votre messager me raccompagne immédiatement sur l'autre rive.

— Sous sa protection, vous ne risquez rien. Ensuite, princesse, soyez prudente.

Hanis demeura jusqu'au soir dans sa villa

campagnarde. Il écouta, au loin, les chants des paysans regagnant leur logis, poussant les troupeaux devant eux. Il récita pour lui-même quelques vers des anciens poètes exaltant la sagesse des lettrés et l'immortalité de leurs écrits. Il regarda la nuit envahir la pièce où il méditait, satisfait de la ruse qu'il avait, une fois de plus, maniée avec bonheur.

La fougueuse princesse Akhésa avait cru mener un jeu dont elle ignorait les règles que l'ambassadeur avait lui-même fixées. La mise en scène organisée avec la complicité de la chanteuse avait réussi. La princesse avait cru tenir l'ambassadeur en son pouvoir.

Hanis envoyait Akhésa à l'aventure. Il lui faisait courir des risques que lui-même ne pouvait prendre. Il fallait qu'Akhésa découvrît la vérité de ses propres yeux. Aurait-elle assez de force et de lucidité ?

L'ambassadeur marcha jusqu'au porche de la villa. Les derniers feux du couchant disparaissaient dans la montagne d'Occident. Les grincements des chadoufs se répandaient encore dans les jardins. Le monde paraissait calme.

Ne montrait-il pas une cruauté inhumaine en se servant ainsi d'une adolescente ? Non, c'était elle, avec son ambition, qui avait provoqué cette stratégie. L'ambassadeur s'était contenté de répondre à ses désirs les plus profonds. Le sort d'Akhésa était entre les mains des dieux. Si elle était indigne du destin qu'elle espérait, elle mourrait.

10

La servante de la princesse Akhésa était terrorisée. Elle n'osait prononcer un seul mot. La colère de sa maîtresse avait pris d'effrayantes proportions. Elle avait déjà brisé plusieurs poteries et ne cessait d'accuser l'univers entier de son infortune. La Nubienne se terrait derrière le grand coffre en bois d'ébène où étaient pliées avec soin les robes d'apparat de la princesse. Celle-ci ne cessait d'aller et de venir dans ses appartements, tel un fauve dans sa cage.

Tout ce qu'elle avait entrepris avait échoué de manière lamentable. Lors d'une nouvelle entrevue avec le sculpteur Maya, elle l'avait qualifié de menteur et menacé de représailles s'il ne l'introduisait pas dans le palais de sa mère. Maya, nullement impressionné, avait rejeté la demande. S'il sculptait bien un buste de Néfertiti, sur ordre de la grande épouse royale, il s'agissait d'un secret d'atelier et de rien d'autre. Quant à servir d'entremetteur et à trahir la confiance de la reine qui ne voulait recevoir ni son mari ni ses filles, ce serait une bassesse dont il ne se rendrait pas coupable. Maya reconnut être un ami du jeune prince Toutankhaton mais s'emporta à son tour lorsque Akhésa l'accusa de comploter contre le pharaon Akhénaton. Le rugueux artisan l'avait expulsée hors de son atelier, oubliant les règles du protocole et négligeant les conséquences éventuelles de son acte.

À ce gâchis s'ajoutait une déception. La Nubienne s'était rendue à deux reprises à la taverne de l'Ibis pour entrer en contact avec Pached. On lui avait répondu que le fonctionnaire était surchargé de travail et qu'il prenait ses repas dans son bureau. L'arrivée imminente du diplomate Tétou, venant d'Asie avec d'importantes nouvelles, provoquait une intense activité au ministère des Pays étrangers.

L'atmosphère, dans la cité du soleil, devenait pesante. Le roi et la reine n'apparaissaient plus à leur peuple. La police continuait à sévir contre les divinités et à détruire les oratoires familiaux où elles étaient représentées, causant des plaies profondes à la sensibilité des plus humbles. Des bruits de guerre continuaient à circuler dans les quartiers populaires.

— Princesse... osa la Nubienne.

— Tais-toi. J'ai à réfléchir.

— Princesse, insista la servante, le diplomate Tétou est arrivé au palais avec une escorte.

— Pourquoi ne pas me l'avoir dit plus tôt ? J'y cours.

— Princesse...

— Quoi encore ?

— Il faudrait vous habiller un peu...

Le diplomate Tétou et la délégation qu'il conduisait furent accueillis dans la salle du trône par Pharaon. Coiffé de la couronne bleue, le sceptre magique en main, le roi avait un visage d'une pâleur inquiétante. Il garda une posture hiératique pendant l'audience qu'il accordait au dignitaire. Le général Horemheb, le « divin père » Aÿ, l'ambassadeur Hanis et une cinquantaine de

grands personnages de la cour, dont Toutankhaton, y assistaient. Akhésa avait obtenu sans peine
l'entrée de la salle, grâce à une intervention de
l'ambassadeur. Elle se tint en retrait, à l'abri
d'une colonne, écoutant avec un intérêt passionné
les propos du chargé de mission.

— Votre Majesté domine sur l'univers entier,
déclara Tétou dont le ton obséquieux déplut à
Akhésa. Nos vassaux se portent bien, leurs soldats
sont en bonne santé, leurs chariots entretenus. La
paix règne partout. J'apporte des lettres destinées
à Pharaon, mon maître, lui souhaitant bonheur
et longue vie. Le grand roi du Hatti assure
l'Égypte de son indéfectible amitié. Les princes
de Palestine et le roi de Byblos font de même. Le
plus faible sujet de Votre Majesté, le roi de Syrie
Azirou, tient à s'incliner devant Elle pour se
disculper des accusations de trahison dont il a été
l'objet.

Le général Horemheb consulta Pharaon du
regard. Il reçut de son maître l'autorisation de
s'exprimer.

— Me traiterais-tu de menteur, Tétou ? interrogea-t-il d'une voix courroucée.

La prestance et l'autorité de Horemheb en
faisaient le point de mire de l'assemblée. Toutankhaton, que ces affrontements politiques
ennuyaient, n'avait d'yeux que pour la princesse.

— Telle n'est point mon intention ! protesta
Tétou. Vous avez probablement été mal informé.

La veulerie du diplomate, qui imprégnait tant
ses attitudes que sa manière de parler, écœurait
Akhésa. Tétou était un homme au ventre rond et
au visage boursouflé, enlaidi par une lèvre inférieure très épaisse. Il battait fréquemment des cils
et ne cessait de se frotter les mains.

— Votre ami Azirou, continua Horemheb, ne
serait-il pas un allié du Hatti plutôt que de

l'Égypte ? Ne cherche-t-il pas, avec l'appui des Hittites, à s'emparer du territoire de Byblos dont le roi, Ribaddi, est fidèle à Pharaon depuis tant d'années ? Voilà deux mois que Ribaddi n'écrit plus au roi. Pourquoi ce mutisme ?

— S'agit-il d'hypothèses ou de faits concrets ? demanda Akhénaton à Horemheb.

— D'hypothèses, Votre Majesté, admit le général. Mais je compte bien aller les vérifier sur place.

— Vous resterez ici, ordonna le pharaon. Vos corps d'armée ne doivent pas quitter la cité du soleil.

Horemheb, dissimulant sa désapprobation, s'inclina.

— Moi, Votre Majesté, reprit le diplomate Tétou, j'ai des preuves de la fidélité du roi de Syrie. Lui accorderez-vous la grâce de contempler Pharaon ?

— Que l'entrée de cette salle lui soit donnée.

Sur un signe du roi, les portes furent largement ouvertes. Entra un cortège de Syriens portant un sphinx d'or, des chariots en pièces détachées, des arcs, des lances, des boucliers. Akhésa eut le cœur serré, se rappelant la grande réception des tributs offerts, l'an passé, par tous les pays étrangers. Néfertiti et Akhénaton, côte à côte, avaient pris place sur un trône double. La reine avait enlacé tendrement le roi, passant son bras autour de la taille de Pharaon, puis inclinant la tête sur son épaule.

Crétois, Libyens, Nègres, Syriens avaient déposé à leurs pieds d'innombrables présents, pendant qu'une troupe d'acrobates, de joueurs de castagnettes et de lutteurs offrait un spectacle échevelé. Akhésa avait apprécié la beauté de la panthère tenue en laisse par les nègres, les œufs et les plumes d'autruche apportés par les Libyens, les vases de pierre et de métal des Crétois, la gazelle apprivoisée qui s'était promenée dans les rangs effarouchés des nobles dames.

Azirou, roi de Syrie, rendit hommage à Pharaon lorsque la totalité de ces maigres cadeaux fut exposée aux regards de la cour. Il s'agenouilla devant le trône.

— Que Votre Majesté reçoive l'assurance de mon obéissance que veulent traduire ces modestes présents.

Azirou, dont le menton pointu était orné d'une barbiche noire et dont le large front était barré d'une cicatrice, portait une longue robe multicolore. Le général Horemheb le dévisageait avec irritation.

— On t'accuse de prêter main-forte aux Hittites pour qu'ils s'emparent de territoires égyptiens, avança Akhénaton.

— C'est méchante calomnie, Votre Majesté, rétorqua Azirou avec fermeté. Au contraire, je défends avec acharnement les intérêts de l'Égypte aux frontières de son empire. Aucun de vos vassaux n'est plus loyal que moi. Ce n'est pas le cas du roi de Byblos, Ribaddi, dont la dissimulation me révolte. Ce sera à Votre Majesté de juger.

— Mon armée doit-elle se tenir prête ?

— Ce ne sera pas nécessaire, Votre Majesté, si vous me permettez d'agir en votre nom. Je sermonnerai ce serviteur indigne comme il convient. Une sévère mise en garde suffira à montrer le bon chemin à son cœur.

Le général Horemheb tenta de nouveau d'intervenir mais, cette fois, Akhénaton ne lui donna pas la parole.

— Ces lointaines querelles sont de peu d'importance et doivent cesser, déclara le pharaon. Que les hommes apprennent à vivre en paix sous le soleil d'Aton.

Le roi d'Égypte se retira, laissant une cour désemparée. Horemheb, furieux, quitta l'assemblée sans saluer le diplomate et son protégé.

— Cette situation est grotesque, jugea une voix grave derrière Akhésa et Toutankhaton. Autrefois, tous les peuples présentaient leurs tributs à Pharaon. Aujourd'hui, il n'y a plus que ces Syriens. Encore faudrait-il savoir à qui ils les ont volés.

Akhésa se retourna, découvrant l'intendant Houy, muni d'un éventail en plumes d'autruche.

— Ces cadeaux sont une misère, poursuivit Houy. Bientôt, même les Syriens ne se donneront plus la peine d'apporter le moindre présent.

— Insinueriez-vous que mon père est un roi incapable ? attaqua Akhésa.

— Princesse, intervint Toutankhaton, ne provoquez pas de querelle. Houy est un ami sûr, un parfait serviteur de la couronne.

— Peut-être devriez-vous choisir vos amis avec davantage de circonspection, lança Akhésa, sarcastique.

Houy blêmit.

— Je vénère mon roi, affirma-t-il, ému. Mais je n'ai pas le droit de fermer les yeux.

— Où sont les Nubiens ? remarqua Akhésa. Où sont leurs tributs ? Vous qui connaissez si bien le Sud, pourquoi résidez-vous au palais au lieu de veiller à la prospérité de nos colonies nègres ?

— Parce que j'obéis aux ordres du roi, princesse. Horemheb est le chef de l'armée. C'est à lui d'intervenir si Pharaon le souhaite. Je ne suis qu'un homme de paix et d'administration. Mon maître me retient à la cour. Je m'incline devant sa volonté.

— Vous devriez mieux prouver votre compétence, recommanda la jeune femme, soudain adoucie. N'oubliez pas que Thèbes n'est plus la capitale et que nous n'adorons plus Amon. Ne vous trompez pas d'époque, Houy. Le monde se modifie sous les rayons d'Aton.

Toutankhaton était presque effrayé par le discours de la princesse et par sa détermination. Il ne l'en aimait que davantage. Elle serait sienne, il se le jurait. La passion qu'il éprouvait déchirait en lui les ultimes lambeaux de l'enfance. Les préoccupations d'Akhésa, l'État, la politique... Cela lui paraissait lointain, irréel. Mais il y avait sa beauté rayonnante de femme-fleur, son insolente jeunesse, le feu qui brillait dans son regard. L'intelligence d'Akhésa était supérieure à la sienne, il le vérifiait à chaque seconde. Jamais il ne serait de taille à rivaliser avec elle. Mais il disposait d'une autre force, non moins puissante : l'intensité de son amour. C'était grâce à lui qu'il la persuaderait, pas avec des mots.

— Et vous, prince Toutankhaton, dit-elle, de nouveau incisive, avez-vous réfléchi aux raisons de votre présence ici ? Savez-vous au moins de quelle lutte vous êtes l'enjeu ?

— Je m'en moque, répondit-il avec fougue. Ce que je souhaite, c'est demeurer auprès de vous.

Le rude Houy s'était détourné.

— Le temps n'est pas à l'amour, murmura-t-elle.

— Le temps est toujours à l'amour, princesse. Aton est amour. Il est la vie. Il donnera un sens à la nôtre.

La servante acheva de grimer Akhésa. Fardée, coiffée d'une épaisse perruque, portant une robe à l'ancienne, le cou orné d'un lourd collier de cornaline, elle était vieillie de dix ans. Personne ne pourrait reconnaître, dans cette femme austère, aux allures empesées, la jeune et jolie fille de Pharaon.

126

— N'allez pas à la taverne de l'Ibis, supplia une dernière fois la Nubienne. C'est un endroit mal famé. Une fille comme moi n'y risque que quelques attouchements, mais vous... Il y a des soudards, des ivrognes, des hommes qui parlent fort... Si jamais ils vous agressent...

— Ne crains rien. Je ne serai pas seule.

— Qui vous accompagne ?

— Des amis vigilants.

Des jappements joyeux provenant du vestibule prouvèrent à Akhésa que le chef de la police avait accédé à sa requête. Dès qu'ils la virent, Bélier et Taureau, les deux puissants lévriers, s'aplatirent devant elle, battant de la queue.

La taverne de l'Ibis était située dans un îlot de masures dont certaines servaient d'entrepôts. Pour y entrer, il fallait descendre une volée de marches mal taillées. Le local était aménagé en sous-sol et pourvu de nattes épaisses sur lesquelles les clients s'accroupissaient, mangeant des plats de fèves et buvant de la bière forte. La lumière d'Aton ne pénétrait que par une étroite lucarne en ces lieux empuantis.

L'apparition d'une femme de qualité, dont les vêtements prouvaient assez la richesse, causa un formidable émoi. Un borgne se leva d'un bond.

— Que cherchez-vous, noble maîtresse de maison ? De la bière ou un homme ?

Des rires épais ponctuèrent la question.

— Un homme. Voici la récompense pour qui me dira où le trouver.

Akhésa ouvrit la main droite. Dans sa paume, un bracelet de cheville en or massif. L'œil du borgne roula dans son orbite.

— Une petite fortune, apprécia-t-il. Comment s'appelle l'heureux bougre que vous recherchez ?

— Pached, murmura-t-elle. Il vient souvent ici.

— C'est vrai, noble dame. À cause d'une Syrienne qu'il préfère à son épouse. C'est moi qui suis... le père de cette fille. Tout n'est pas lumière dans cette ville, noble dame. Il ne faut pas me mépriser parce que je suis pauvre. Je viens du Liban. J'ai ouvert cette taverne pour donner du bon temps aux malheureux. Qu'Aton me comble de ses rayons.

L'œil unique fixait Akhésa avec une envie malsaine.

— Quand Pached reviendra-t-il ?

— Même si je le savais, ça n'aurait pas d'importance. Pached ne mérite pas une beauté comme vous. Oubliez-le. Vous allez me donner ce bracelet et boire avec moi.

Le tenancier devint menaçant.

— Parlez, ordonna Akhésa. Sinon...

— Sinon quoi ? éclata de rire le borgne, tendant ses mains épaisses et sales pour agripper la jeune femme.

— Bélier ! Taureau ! ordonna-t-elle. Attaquez !

Les deux lévriers firent irruption dans la taverne. Bélier sauta au cou du borgne, le renversa et lui planta les crocs dans la gorge. Du sang perla. Taureau, gueule ouverte, grondant, fit face aux clients qui se tassèrent sur eux-mêmes, préférant se réfugier dans leur ivresse.

— Assez, Bélier ! exigea la princesse, se penchant vers le borgne qui n'osait plus remuer.

Le lévrier lâcha sa prise, juste assez pour que le tavernier remuât et confiât un précieux renseignement à l'oreille de la princesse.

La nuit était tombée depuis plus d'une heure quand Pached quitta son bureau du ministère pour se rendre, sans être vu, à la taverne de l'Ibis. Il commettait une faute grave et en avait conscience. Sa femme, soupçonneuse, le retenait chez lui la journée durant. Impossible, désormais, de s'échapper. La nuit, il était de service. Mais comment se passer des caresses de la Syrienne qui l'avait envoûté ? L'adultère pouvait le conduire à la perte de ses biens, mais il s'en moquait. Il avait un besoin impérieux de sa maîtresse. Pached, en soudoyant un de ses collaborateurs qui interdirait l'accès de son bureau pendant deux heures, profiterait de la liberté nécessaire pour rejoindre la Syrienne que le borgne, comme convenu, lui avait réservée. Excité à l'idée de jouir bientôt d'un corps adorable, le fonctionnaire pressa le pas.

Sa surprise fut totale lorsqu'une masse le heurta violemment dans le dos et le fit tomber à terre. Au grognement, il reconnut un chien contre lequel il tenta vainement de se débattre. L'animal lui avait planté les crocs dans la nuque et, sans les enfoncer, tenait fermement sa prise. Un second lévrier, menaçant, jaillit devant lui. Pached crut sa dernière heure arrivée. Il adressa une courte prière à Osiris pour qu'il l'accueille dans son royaume d'éternité.

Le visage plaqué dans la poussière de la ruelle, il distingua du coin de l'œil les pieds nus d'une femme, d'une extraordinaire finesse. Un instant, il supposa que son épouse utilisait les services de deux chiens de combat pour l'assassiner. Mais ses extrémités ne possédaient pas cette beauté-là... Cette femme appartenait à la haute société, peut-être même à la cour royale. Rien n'était plus joli que ces longs doigts aux ongles soignés. Il grava cette vision dans sa mémoire. Peut-être lui servirait-elle un jour, s'il survivait à cette mésaventure.

— Qui... qui êtes-vous ? interrogea-t-il, suppliant.

— Ne posez aucune question, Pached. Vous
êtes un mari infidèle, un fonctionnaire indigne
de la confiance de Pharaon. Vous méritez dix
bastonnades. Mon silence vous sera acquis si vous
respectez mes consignes à la lettre.

La voix était celle d'une très jeune femme.
Mais elle traduisait une grande fermeté. Pached
jugea inutile de tenter de l'apitoyer.

— Que devrai-je faire ?

— Me conduire jusqu'au ministère des Pays
étrangers et m'introduire dans la salle des archives.
Je veux consulter le courrier diplomatique de ces
deux derniers mois.

Le fonctionnaire de la sécurité tressaillit.

— Ce sont des secrets d'État... Seul le roi...

— Vous obéissez ou j'ordonne à mes chiens de
vous briser la nuque. Je suis très pressée, Pached.

— Mais pourquoi ?

— Que décidez-vous ?

— Il faudra être prudent. Les gardes...

— Vous êtes leur chef. Arrangez-vous pour
que je ne sois pas dérangée. Je vous laisserai sous
la surveillance des chiens. Au moindre sentiment
de danger, ils vous tueront.

Pached n'en doutait pas. Et il n'avait pas
l'intention de risquer sa vie pour des archives. Il
s'agissait sûrement d'un complot fomenté par des
dames du harem et des militaires voulant mettre
fin au règne d'Akhénaton. Le mieux était de
satisfaire les exigences de cette femme. Il aviserait
ensuite sur l'attitude à adopter.

— Les originaux, ce sera impossible. Mais la
salle des copies pourrait être accessible.

— En route, Pached.

La demeure des archives était située à côté des
locaux du ministère, formant un bâtiment distinct.

L'idée d'alerter les gardes effleura Pached au moment d'entrer par l'arrière de l'édifice. Mais les lévriers étaient très rapides... Ayant éloigné le fonctionnaire, sous prétexte qu'il procédait à une inspection impromptue des multiples bureaux contenant matériel d'écriture, papyrus, notes de service, le chef de la sécurité signala à la femme que la voie était libre. Aussi silencieux qu'un fauve, Bélier se trouvait déjà sur les talons du fonctionnaire tandis que Taureau protégeait sa maîtresse. Pached se félicita de sa prudence.

— Faites vite, recommanda-t-il.

— Tenez-vous devant cette porte et ne bougez pas, ordonna Akhésa dont le visage était dissimulé par un voile blanc.

— Si quelqu'un vient...

— Débrouillez-vous.

Akhésa resta plus d'une heure dans la salle où étaient inventoriées les copies du courrier diplomatique récent expédié par les souverains étrangers, sous forme de tablettes de terre cuite. Chacune d'elles était pourvue d'une étiquette portant une date de réception et un numéro d'ordre.

Ce que découvrit Akhésa avait de quoi ébranler l'esprit le plus serein. Le roi de Babylone avait émis plusieurs protestations, restées sans réponse, concernant un incident des plus dramatiques : ses messagers avaient été attaqués et dépouillés de leurs biens sur un territoire appartenant à Pharaon. Ce dernier n'avait engagé aucune poursuite contre les pillards ! Plusieurs princes, régnant sur de petites contrées, se plaignaient amèrement de ne recevoir aucune nouvelle de la cour d'Égypte alors que des émissaires hittites ne cessaient d'acheter des consciences et de préparer une révolte d'envergure contre l'oppresseur égyptien. Plus inquiétantes encore étaient les lettres de

Ribaddi, roi de Byblos, qui lançait de véritables appels au secours. Affirmant son inaltérable fidélité, il informait Akhénaton de faits d'une extrême gravité. Plusieurs ports de la côte phénicienne, jusqu'alors sous contrôle de l'administration égyptienne, étaient tombés entre les mains des Hittites. De nombreux territoires risquaient de subir bientôt le même sort. L'agent secret du roi du Hatti, celui qui travaillait sans relâche à ruiner la puissance égyptienne, ne pouvait être que le roi de Syrie, Azirou. Si Pharaon tardait encore, la situation deviendrait catastrophique. N'y avait-il pas quelqu'un, au palais, qui trahissait, falsifiait les lettres ou les détruisait ? Voilà la dixième fois que Ribaddi écrivait sans recevoir de réponse.

Consternée, Akhésa éprouva un sentiment de vertige. La cité du soleil vivait dans une fausse sécurité. Le puissant royaume d'Égypte reposait sur des fondations fragiles. On trahissait Akhénaton, son père. On travaillait dans l'ombre à la destruction des Deux Terres.

Elle était à présent en possession d'un secret trop lourd pour elle.

Quand elle sortit de la salle des archives, elle jeta aux pieds de Pached le bracelet d'or que n'avait pas su mériter le borgne.

Le fonctionnaire eut un rictus de satisfaction. La femme commettait une erreur grave. Ce bijou permettrait sans nul doute de l'identifier.

11

Akhésa entra dans l'enclos d'Aton, le jardin sacré consacré au dieu. Là, Pharaon avait créé un paradis, rassemblant toutes les beautés de la nature. À l'intérieur du domaine, protégé par une enceinte couverte de plantes grimpantes, avait été édifiée une salle à colonnes, près d'un lac artificiel qu'entouraient des arbres. Il avait fallu un travail considérable pour vaincre le désert, irriguer et planter. Des dizaines de jardiniers entretenaient la féerie de verdure qui célébrait la gloire d'Aton. Sur la surface du lac de plaisance s'épanouissaient lotus et nénuphars. Dans un second lac, plus vaste et bordé d'un quai, étaient élevés des poissons rares. Un peu partout, au détour d'allées ombragées, étaient érigés des kiosques, tantôt en pierre, tantôt en bois, sous lesquels se reposaient les promeneurs. De petits ponts permettaient de passer d'une rive à l'autre du lac sur lequel voguaient des barques. Au centre, une île avec un pavillon d'été réservé au roi et à la reine.

L'enclos d'Aton abritait aussi une exploitation agricole comprenant plusieurs fermes. Basses-cours et étables voyaient prospérer canards, vaches et brebis assurés de mener une existence paisible. Dans des caves étaient entreposées des jarres à vin contenant les grands crus servis lors des banquets organisés à la cour.

Akhésa suivit une colonnade décorée de peintures représentant des raisins, des grenades et des lotus bleus. À son extrémité, un kiosque d'une grande élégance où elle savait trouver, à cette heure-là, le « divin père » Aÿ goûtant les plaisirs de la sieste.

Somnolent, les mains croisées sur un ventre épanoui, les cheveux blancs parfumés, Aÿ songeait au passé. Son titre de général de la charrerie n'était qu'un souvenir honorifique. Voilà bien longtemps qu'il ne s'occupait plus de chevaux. Que d'heures de bonheur ils lui avaient données lors de longues randonnées dans le désert ! De tempérament pacifique, enclin à négocier et à utiliser la parole plutôt que les armes, Aÿ n'aimait pas les militaires. Il se méfiait tout particulièrement de Horemheb, scribe d'une intelligence remarquable et d'une envergure exceptionnelle, qui, au fil des années, avait réussi à gagner la confiance des gradés. C'est pourquoi Aÿ avait favorisé la carrière de son fils Nakhtmin, de manière à conserver une oreille fidèle à l'État-major.

Le « divin père », que d'aucuns considéraient comme un vieillard bientôt sénile, juste bon à se gaver de mets exquis et à goûter des plaisirs champêtres, continuait à agir dans l'ombre. Jouer les courtisans sans ambition et sans avenir avait endormi la vigilance de ses adversaires. Personne ne se méfiait plus de lui. Sauf, sans doute, Horemheb.

Aÿ ne songeait guère à sa propre renommée. Il avait connu tous les honneurs et joui de tous les privilèges. C'était l'Égypte qui le tourmentait. L'Égypte qui était incarnée et dirigée par un homme, le pharaon. Un pharaon qui se nommait

Akhénaton et qui n'était semblable à nul autre. Un être que son idéal enfermait dans une vision qu'il ne pourrait bientôt plus partager qu'avec Dieu. Akhénaton avait été un bon souverain. Il avait eu raison de juguler les prêtres thébains dont beaucoup avaient confondu richesses spirituelles et biens matériels. Bâtir une nouvelle capitale était, certes, une entreprise audacieuse, mais d'autres monarques l'avaient tentée et réussie avant lui. Donner la prééminence à Aton ne constituait pas une révolution susceptible de soulever la tempête. Chaque dynastie exaltait une divinité qu'elle désirait mettre en lumière.

Mais, depuis quelque temps, la situation s'avérait bien différente. Akhénaton imposait une foi intolérante, heurtait les consciences, brisait l'unité magique qui unissait le peuple à son roi. Il tarissait son propre rayonnement en se séparant d'avec Néfertiti, la femme qui soutenait et inspirait son action depuis leur mariage. Il était contraint de donner à une écervelée, sa fille aînée, la fonction de grande épouse royale.

Des bruits étranges, concernant la troisième fille du couple royal, Akhésa, étaient parvenus au « divin père ». Sortant brusquement de l'enfance, la jeune femme avait causé quelque scandale, obtenu de son père une promenade en char, s'était entretenue avec la reine mère et sortait volontiers du palais. Le caractère d'Akhésa avait toujours été très affirmé. Il ressemblait à celui de son père, sauvage, indomptable. Sa position dans la hiérarchie l'écartait du pouvoir, certes, mais elle pouvait devenir l'âme d'un complot. Aÿ surveillait l'ensemble des membres influents de la cour royale, ne sachant plus s'il fallait protéger son roi ou lui chercher un successeur. Mais il manquait de renseignements sur les intentions d'Akhésa.

Akhésa qui venait précisément vers lui alors

qu'il feignait de sommeiller dans son kiosque préféré de l'enclos d'Aton.

La jeune femme s'était immobilisée derrière une colonne, observant le « divin père ». Elle avait pris la décision de le consulter, en raison de sa réputation et de son expérience. Mais Aÿ semblait mou, indolent. Sans doute n'avait-il plus la moindre envie de s'arracher à son passé et à son confort.

Elle allait rebrousser chemin quand le « divin père » entrouvrit les yeux. Il l'avait vue, elle en était certaine. Elle ne pouvait plus reculer. Sortant de l'ombre de la colonnade, elle fit les quelques pas qui la séparaient encore du vieil homme. Devenu frileux, ce dernier portait une ample tunique maintenue par deux brides lui passant derrière le cou. Il se redressa.

— Princesse Akhésa... Votre visite m'honore. Désirez-vous boire ?

— Non, divin père. J'aimerais vous parler.

Aÿ s'étira, se leva et marcha d'un pas lent vers un sycomore. À ses branches basses était accrochée une outre remplie d'eau fraîche. Aÿ but longuement.

— Autrefois, dit-il, cet arbre était dédié à la déesse Nout. Elle accueillait l'âme des morts et la désaltérait sur les chemins de l'autre monde.

— Il n'y a plus d'autre Dieu qu'Aton, indiqua Akhésa, virulente.

Aÿ reboucha l'outre avec soin. Déjà, il avait jugé la jeune femme dont la beauté était éblouissante : aussi intransigeante que son père, un tempérament de feu, une volonté inflexible, une intelligence hors du commun. Il ne devrait pas commettre le moindre faux pas. La manipuler de manière efficace ne s'annonçait pas facile, malgré son jeune âge.

Pendant sa longue carrière, Aÿ avait connu

nombre d'ambitieux et d'arrivistes dont la vie publique n'avait duré que le temps d'un orage d'été. Beaucoup de dames de la cour étaient dignes d'attention, dans la mesure où elles savaient inspirer, avec un art consommé, d'importantes décisions au roi ou à ses ministres. La reine mère Téyé, jusqu'à la prise réelle du pouvoir par Akhénaton, n'avait-elle pas été le véritable chef de l'État ? Néfertiti n'avait-elle pas déterminé la création de la cité du soleil ? Depuis qu'elle s'était retirée dans son palais, pour une cause inconnue, la santé physique et mentale du pharaon se dégradait. Les serviteurs de la grande épouse royale lui étaient si dévoués que même lui, le « divin père », n'avait obtenu aucune information sérieuse la concernant. Seul fait acquis : avec l'accord de la reine mère Téyé, elle avait favorisé l'installation dans la capitale des deux princes Toutankhaton et Sémenkh. Le premier proclamait à qui voulait l'entendre son amour pour Akhésa, une passion qui transformait l'enfant sage en jeune homme fougueux. En découvrant la métamorphose d'Akhésa, Aÿ se demanda si le petit prince venu de Thèbes serait capable de satisfaire les exigences d'une telle femme.

— Aton brille dans les cœurs, déclara le « divin père » de sa voix douce et grave. Votre père compose un admirable hymne à sa gloire. J'ai l'honneur d'être son confident et de recopier le texte qu'il écrit. Vous-même, princesse, avez déjà assimilé les principaux aspects de l'art du scribe, d'après ce que m'a confié votre professeur, l'ambassadeur Hanis.

— C'est sans importance. Êtes-vous prêt à m'écouter ?

— Comment en serait-il autrement ?

Un jardinier, portant de lourds récipients remplis d'eau, arrosait des massifs de fleurs.

— Marchons un peu, recommanda Aÿ. Cet enclos est un havre de sérénité mais nos propos, je le suppose, doivent demeurer confidentiels.

— En effet, reconnut Akhésa, qui commençait à modifier son jugement sur le haut dignitaire.

En devenant femme, elle avait senti s'épanouir un formidable instinct comparable à celui d'un chasseur sentant la présence d'une proie. Elle percevait le mystère des êtres en les regardant et en écoutant leur voix. Elle voyait au-delà de leur apparence physique et des attitudes qu'ils adoptaient pour cacher leur vraie nature.

Aÿ n'était pas le vieux courtisan inoffensif dont il voulait donner l'image. Il n'avait certes pas la puissante personnalité du général Horemheb mais il évoquait une araignée capable de tisser la plus compliquée des toiles où viendraient se prendre ses ennemis pour y disparaître d'une mort lente et certaine.

— Que savez-vous de la situation de nos vassaux ? interrogea Akhésa.

— Bien peu de choses, en vérité, répondit Aÿ. La politique étrangère est du seul ressort de Pharaon et de ses diplomates.

Ils passèrent un pont de bois aux arcatures très fines, enjambant la partie du lac où les jardiniers entretenaient un parterre de nénuphars. Des huppes et des vanneaux s'égaillaient dans les branches hautes des acacias.

— Ce que j'ai découvert est très inquiétant, avoua la princesse.

Aÿ se tut. La jeune femme était sur le point de livrer son secret. Il ne fallait surtout pas interrompre son élan.

— Nos territoires étrangers sont en grand péril, révéla-t-elle. J'ai eu accès à des documents importants et indubitables.

Le « divin père » retint un mouvement de

surprise. Akhésa avait été beaucoup plus rapide qu'il ne l'imaginait. Si elle disait vrai, elle avait bâti un réseau de complicités.

— Les Hittites détruisent une à une nos principautés lointaines, continua la princesse. Nos alliés nous appellent à l'aide mais leurs messages restent sans réponse. Pourquoi ? Parce que quelqu'un, à la cour, les classe dans les bureaux de l'administration sans que mon père en ait pris connaissance ! N'était-ce point la méthode qu'utilisaient les prêtres de Thèbes pour affaiblir le pouvoir de Pharaon ?

Aÿ était stupéfait par la perspicacité de la jeune femme. Certes, elle avait été à bonne école grâce à sa mère Néfertiti qui associait volontiers ses filles à l'exercice du pouvoir, leur parlant autant de l'Égypte, des pays étrangers et des affaires de l'État que de jeux enfantins. Au temps de sa splendeur, la famille royale formait un clan très uni. Akhésa avait écouté et retenu. Cette éducation privilégiée portait ses fruits, même si la jeunesse rendait encore la princesse trop pressée et malhabile. Ces faiblesses-là, que le temps effacerait vite, Aÿ était bien décidé à les exploiter.

— Où avez-vous consulté ces documents ? interrogea-t-il.

— Peu importe. Il faut agir, avertir le roi. Si c'est vous qui intervenez, il vous écoutera.

— Désolé de vous décevoir, princesse. Je n'ai pas attendu votre découverte pour mettre Sa Majesté au courant des bruits inquiétants qui circulent sur nos protectorats. Pharaon a convoqué le diplomate Tétou et le principal suspect, le roi de Syrie, Azirou. Leurs déclarations l'ont pleinement rassuré.

Sur le lac se promenaient des canards, une famille de cols-verts.

— Et si Azirou trahissait ? S'il mentait ?

— Il n'aurait pas eu l'audace de se comporter de la sorte devant Pharaon. Il est vrai que le royaume du Hatti doit être surveillé en permanence. Nous nous y employons. Que des cris d'alarme nous soient parvenus est inquiétant, mais ces incidents appartiennent au passé. La diplomatie est un art difficile, princesse. Il ne faut pas s'émouvoir au premier vent de sable. Chacun de nos alliés aimerait devenir un interlocuteur privilégié de Pharaon et bénéficier plus largement de son appui. Voilà la raison pour laquelle les roitelets dramatisent leur situation. Au roi et à ses conseillers d'apprécier la réalité.

L'enclos d'Aton offrait aux promeneurs un enchantement permanent. La lumière jouait avec les massifs de verdure et les feuillages des arbres, dansait sur les colonnes, s'estompait dans l'ombre d'un kiosque et ressuscitait dans un portique enrubanné de lierre. La présence des bassins d'eau fraîche ajoutait à l'apaisement qui envahissait l'âme et le corps.

Akhésa était ébranlée. La démonstration du « divin père », qui avait participé à la conclusion de tant de traités avec des souverains étrangers, la convainquait. N'avait-elle pas tiré des conclusions trop hâtives des documents consultés ?

— Vous avez raison, divin père. Pardonnez mon erreur de jugement.

— Votre imagination vous a emmenée sur un mauvais chemin, princesse, rien de plus. Si mes conseils vous ont été utiles, j'en suis heureux.

— Soyez remercié pour votre sagesse.

Akhésa salua Aÿ avec respect, élevant les mains jointes à hauteur de son visage. Le vieux dignitaire inclina légèrement la tête. Quand il regagna l'abri douillet où il comptait poursuivre sa méditation, son épouse, la nourrice Ti, l'attendait avec des coupes d'argent remplies de bière fraîche.

— N'étais-tu pas en compagnie d'une très belle jeune femme ? demanda-t-elle avec une fausse gravité.

— La princesse Akhésa... La plus belle femme de la cour, en effet.

— Ma beauté est depuis longtemps flétrie, mon cher époux. Dois-je redouter l'apparition d'une rivale ?

Ils se sourirent, amusés.

— Tu es injuste avec toi-même, dit le « divin père », regardant sa femme avec tendresse.

Ti, qui conservait le titre honorifique de « nourrice », cachait ses cheveux blancs sous une perruque légère aux nattes bouclées. Son corps, un peu épaissi par l'âge, gardait l'élégance d'une noble dame habituée aux fastes et aux exigences de la cour royale. Elle portait une robe blanche des plus simples et un large collier de lapis-lazuli.

— Toi qui as eu la chance d'élever les enfants royaux et de veiller sur leur petite enfance, que penses-tu d'Akhésa ?

L'affaire devait être sérieuse, estima la dame Ti. Son époux ne lui demandait conseil que lorsqu'il hésitait à former son jugement.

— Je n'ai jamais eu la moindre influence sur elle, avoua la nourrice. Parmi les filles du couple royal, c'est elle qui a la plus forte personnalité. Et maintenant, la beauté... La beauté de sa mère, celle d'une reine.

La dame Ti sentit que son mari était soucieux.

— Pourquoi Akhésa t'inquiète-t-elle à ce point ?

— Parce qu'elle veut changer le monde, répondit-il. Et parce que si les dieux lui prêtent assistance, elle a la force de réussir.

En cette première journée chaude du printemps,

Akhésa demeurait préoccupée. Les paroles apaisantes du « divin père » Aÿ n'avaient pas complètement dissipé ses inquiétudes. Un doute obscur, rebelle au raisonnement, subsistait au plus profond d'elle-même. À l'heure de midi, alors qu'Aton brillait au sommet du ciel, elle descendit de ses appartements dans son jardin privé où elle examina le jeune sycomore qu'elle avait planté de ses mains, dix ans plus tôt, aidée de sa mère. Le murmure des feuilles évoquait le parfum du miel. Les branches fines étaient chargées de fruits rouges. D'ordinaire, elle aimait dialoguer avec l'arbre, lui raconter des souvenirs d'enfance, écouter sa voix lorsque le doux vent du soir venait faire s'éteindre sous son ombre les rumeurs du lointain.

Aujourd'hui elle se sentait inutile, indigne de s'adresser à cet être noble dont elle n'avait pas le droit de troubler la sérénité. Akhésa s'était crue adulte trop tôt. Elle s'était mêlée, avec légèreté, d'affaires d'État qui la dépassaient. Elle s'était ridiculisée aux yeux du « divin père ». Il ne lui restait plus qu'à vivre cloîtrée au palais en attendant un mariage avec un haut dignitaire.

Elle caressa le tronc d'un grenadier planté près d'un bassin sur le bord duquel sa servante avait déposé une coupe de jus de caroube. Nerveuse, la princesse la renversa et la fit tomber dans l'eau. Enjambant le parapet de calcaire, elle se mouilla jusqu'à la poitrine en ramassant la coupe au fond du bassin. Sa robe de lin s'était collée sur sa peau, épousant la forme de ses seins, de ses hanches fines, de son ventre plat. Plus nue que si elle avait été dévêtue, Akhésa s'allongea sur le dallage, s'offrant au soleil et au vent.

Fasciné par ce spectacle, le jeune prince Toutankhaton, dissimulé depuis quelques minutes derrière un bosquet de tamaris, ne voulut pas jouer plus longtemps un rôle indigne de lui.

— Pardonnez mon audace, princesse, dit-il en s'avançant vers elle.

Akhésa se redressa vivement sur le côté.

— Que faites-vous ici ? Qui vous a permis d'entrer ?

— Votre servante. Mais ne la punissez pas ! Je suis le seul coupable, je l'ai menacée. Elle n'avait pas le choix. Voilà tant de jours interminables que vous m'interdisez à nouveau de vous voir ! Je vous aime, Akhésa, je vous aime plus que tout au monde !

Toutankhaton s'agenouilla, le visage enfiévré. Avec une maladresse touchante, il offrit à la princesse un bouquet de lotus qu'il avait froissés à force de les tenir serrés contre sa poitrine.

— Qu'Aton vous donne la vie et le bonheur, dit-il avec la gravité d'un amoureux brûlant du feu le plus ardent. Vous êtes l'étoile brillante de l'an nouveau. Votre peau a l'éclat de l'or, vos doigts sont des calices de fleurs. Je vis de votre voix. Chacun de vos regards vaut davantage que le boire et le manger. Aucune femme ne vous ressemble. Permettez-moi de demeurer auprès de vous. Sinon, je mourrai.

Akhésa était plus émue qu'elle ne le laissa paraître.

— Versez-moi de l'eau sur les mains, demanda-t-elle.

Toutankhaton bondit de joie, se précipita vers le bassin, s'empara de la coupe qu'il emplit de liquide. La jeune femme tendit ses paumes ouvertes, attendant la purification. Le rite accompli, le prince deviendrait un hôte privilégié et un confident. Elle lui accordait ainsi un merveilleux privilège.

C'est avec une infinie lenteur que Toutankhaton

versa le contenu de la coupe dans les mains d'Akhésa, plaçant sa passion dans chacune des gouttes d'eau qui glissaient sur la peau de sa bien-aimée. Les rayons du soleil nimbaient d'une lumière indiscrète le corps adorable de la princesse qui demeura longuement dans la même posture, les yeux dans le vague.

— Vous êtes la vie divine sur cette terre, s'enflamma le jeune homme, désespéré de voir sa coupe vide que la coutume lui interdisait de remplir une seconde fois. Sans vous, mon existence ne serait que ténèbres.

Il l'aida à se relever. Elle ne s'y opposa pas, mais demeura distante.

— Puisque je deviens votre confident, dit Tou-tankhaton, je voudrais vous prouver que je ne suis pas un enfant frivole, inconscient des réalités de la cour. J'ai une nouvelle à vous apprendre.

Akhésa tourna vers l'adolescent son admirable visage au teint doré. Il en tressaillit. La grâce innée de celle qu'il aimait le plongeait dans l'extase. Plus il était épris, plus il éprouvait de goût à prouver ses qualités. La lueur de curiosité qu'il avait éveillée dans les yeux verts d'Akhésa était une première victoire.

— Mon frère Sémenkh a été reçu par Pharaon. Il lui a annoncé son mariage avec Méritaton, sa fille aînée. Il sera le futur maître des Deux Terres et sa femme deviendra la grande épouse royale, fonction qu'elle remplit déjà symboliquement auprès de sa mère.

Akhésa sentit son sang se glacer. Ainsi, ses pires craintes se confirmaient. Sa sœur serait reine. Sémenkh, associé au trône, recevrait directement du roi régnant l'enseignement nécessaire pour exercer à son tour le pouvoir, une fois son prédécesseur décédé.

Akhénaton avait donc choisi son successeur.

— Votre frère doit être fou de joie, avança la princesse, le regard voilé de tristesse, songeant que cet homme venait de Thèbes.

Cela signifiait-il que son père abdiquait et qu'il renonçait à Aton ?

— Pas du tout, répondit Toutankhaton. Il est presque désespéré. Sémenkh est un mystique. Il vénère Aton. Il ne songe qu'au culte, aux prières, au rituel. Il ne pouvait recevoir mission plus insupportable. Régner sur l'Égypte ne l'intéresse pas. Akhésa ! Où allez-vous ? Akhésa !

La jeune femme partit en courant.

Akhésa ne trouvait plus le sommeil. Son père avait refusé l'entrevue qu'elle demandait avec insistance. Le majordome lui avait précisé que le roi s'enfermait la journée durant dans son cabinet de travail, occupé à rédiger le grand hymne à Aton, et que le service du dieu lui interdisait toute autre occupation.

À l'aube, la princesse quitta le palais par les terrasses et se dirigea vers la caserne, située derrière le ministère des Pays étrangers. À l'angle d'un bâtiment désaffecté, en raison de l'effondrement d'un mur de brique, elle vit venir vers elle un homme jeune d'allure martiale, portant un poignard à la ceinture.

— Mot de passe ?

— Aton est la lumière de Dieu.

— Vous êtes la princesse Akhésa.

— Et vous le commandant Nakhtmin.

— Suivez-moi, princesse. Dépêchons-nous.

C'était Toutankhaton qui avait organisé cette rencontre. Le commandant Nakhtmin, fils du « divin père » Aÿ, avait été l'instructeur, à Thèbes, du petit prince auquel il avait appris à tirer à l'arc, à manier la fronde et à conduire un char. Toutankhaton n'avait pas été un excellent élève, bien qu'il se montrât consciencieux. Mais il était plus doué pour les études de scribe et l'application du protocole que pour les activités physiques. Le commandant Nakhtmin, néanmoins, lui avait conservé une réelle affection. L'enfant lui avait paru respectueux des valeurs morales que lui-même vénérait. Malgré leur différence d'âge, ils étaient devenus des amis.

Quand Toutankhaton, inspiré par Akhésa, avait demandé au commandant de lui indiquer tout événement anormal dans la situation de l'armée, ce dernier avait accepté. Il ne trahissait pas, bien au contraire. Le prince appartenait à la lignée thébaine qui devait remonter sur le trône et qu'il considérait comme légitime. Il reviendrait alors à Nakhtmin de protéger son père Aÿ, qui serait accusé d'avoir servi trop fidèlement Akhénaton.

Nakhtmin n'avait pas eu longtemps à attendre pour tenir sa promesse. Depuis trois jours s'effectuait un grand rassemblement de chars et de chevaux dans la cour de la caserne. La veille au soir, deux unités d'élite avaient été inspectées. On avait nettoyé et vérifié les armes offensives et défensives, arcs, flèches, poignards, boucliers, piques, javelots, épées courtes, bâtons de jet.

Le commandant Nakhtmin entraîna Akhésa vers une écurie vide.

— Cachez-vous dans la paille. Je me place derrière le vantail de la porte. D'ici, nous verrons tout.

— Que se passe-t-il ?

— On jurerait un départ en campagne... Et pas de n'importe quels soldats. Les meilleurs. Une sorte d'opération de choc avec des hommes d'élite. Je n'ai pas été prévenu. C'est anormal. Celui qui organise cette expédition ne veut pas laisser de traces administratives.

Les palefreniers amenèrent les chevaux, équipés

pour un long voyage. Les animaux étaient musclés, nerveux. Leur queue bien fournie battait en tous sens. Les spécialistes des chars accordèrent un dernier regard aux roues à six rayons et aux essieux en bois d'acacia. Les officiers procédèrent à la remise des casques en fer ou en bronze et des cottes de cuir couvertes de lamelles de bronze. Les soldats montèrent sur la plate-forme de leurs chars, chaque équipage comprenant deux hommes. À la stupéfaction du commandant Nakhtmin, l'ensemble de ces activités s'effectuait dans un silence aussi parfait qu'inhabituel. D'ordinaire, un départ en campagne était l'occasion d'une véritable fête ponctuée de chants guerriers, de danses et d'exclamations joyeuses. Fallait-il que le secret à préserver fût d'importance !

Enfin s'avança le chef de ce corps d'armée.

Le général Horemheb.

Il prit place sur le char de tête et donna le signal du départ.

Le commandant Nakhtmin avait décidé de raccompagner la princesse Akhésa jusqu'aux abords du palais. Puis il se précipiterait chez le « divin père » pour l'informer. Les premiers rayons du soleil illuminaient le grand temple où Pharaon commençait à célébrer le culte quand une vingtaine d'hommes armés, menaçants, entourèrent le commandant Nakhtmin et la princesse Akhésa. Ils comprirent qu'il serait vain de résister.

12

— Je suis le commandant Nakhtmin. Que nous voulez-vous ?

— Suivez-nous, ordonna le chef du détachement de soldats, un homme râblé au petit front.

— Je suis en compagnie de la princesse Akhésa, fille de Pharaon. Laissez-nous passer.

— Je dois respecter les instructions. Suivez-moi donc.

Akhésa se plaça devant Nakhtmin.

— Vous supporterez les conséquences de la colère de mon père.

L'officier s'inclina.

— Il y a les ordres, Votre Majesté.

Qui osait défier ainsi le pharaon ? Qui se croyait assez puissant pour mépriser sa fille et la traiter comme un malfaiteur ? La curiosité d'Akhésa s'éveilla.

— Acceptons, conseilla-t-elle à Nakhtmin.

Dérouté, le commandant obéit.

Une marche silencieuse et rapide à travers les rues endormies les conduisit jusqu'au quartier des résidences. Akhésa n'en fut pas surprise. Celui que servaient ces hommes appartenait forcément à la plus haute caste. Ils arrivèrent devant une porte de cèdre, seul accès à un verger entouré d'un mur d'enceinte. Deux soldats armés la gardaient. Le chef de l'escouade donna le mot de passe. La porte s'ouvrit. À l'intérieur, plus d'une vingtaine d'archers veillant sur la sécurité du maître des lieux. Ce dernier préparait-il une action armée contre Pharaon ?

Akhésa et Nakhtmin, toujours sous bonne escorte, progressèrent entre des palmiers, des sycomores et des figuiers. Puis une allée de sable fin les mena jusqu'à une villa d'une trentaine de pièces aux larges fenêtres. Ils furent introduits dans un vestibule où se trouvaient des sièges à dossier bas aux pieds sculptés en forme de pattes de taureau. C'étaient là de précieux meubles anciens que nul n'utilisait plus. Dans la cité du soleil, on leur préférait des chaises et des tabourets aux pieds reliés entre eux par des barres horizontales. Sous l'une d'elles se terrait un petit singe affolé par la venue de ces visiteurs inattendus. Akhésa se mit à genoux et lui caressa le menton. L'animal tenta de s'enfuir puis, rassuré, accepta la marque de bienveillance. Il finit même par se réfugier entre les bras de la princesse.

— Je suis heureux que Douceur-du-matin, ma guenon préférée, vous ait prise en affection, dit la voix grave du vieil homme qui venait d'entrer dans le vestibule.

— Vous ! s'étonna la jeune femme, reconnaissant le « divin père » Aÿ.

— Mon père... Pourquoi nous avoir fait interpeller de cette manière ? questionna le commandant Nakhtmin. À qui appartient cette demeure ?

— Au ministre des Finances, répondit Aÿ, frappant dans ses mains. Un excellent ami.

Apparurent presque aussitôt plusieurs serviteurs apportant des guéridons sur lesquels ils disposèrent des pains chauds de forme allongée et des coupes remplies de lait frais.

— Vous devez avoir faim, estima le « divin père ». Qu'Aton vous nourrisse de ses bienfaits.

Une vasque remplie d'eau fut présentée à Nakhtmin et à la princesse pour qu'ils s'y lavent les mains. Un serviteur leur donna des linges parfumés avec lesquels ils s'essuyèrent.

— Étrange situation, expliqua le « divin père », répondant aux regards intrigués de ses hôtes. Je faisais surveiller les abords de la caserne principale pour y débusquer quelque espion... Et mes archers me ramènent une fille de roi et mon propre fils ! Comment l'expliquer ?

Nakhtmin voulut prendre la parole. Akhésa fut plus rapide.

— Je suis la seule responsable. Le commandant Nakhtmin n'a agi que pour m'être agréable. Je tenais à savoir ce qui se passait dans cette caserne.

Le « divin père » goûta à un pain fourré au miel. Le boulanger du ministre des Finances était un véritable artiste.

— Qu'avez-vous donc découvert ? demandat-il d'un ton sévère qui contrastait avec sa bonhomie apparente.

Akhésa n'avait ni bu ni mangé. Nakhtmin sentait croître l'hostilité entre son père et la princesse. Il regretta l'aventure dans laquelle son amitié pour Toutankhaton l'avait entraîné. Il se décidait à parler quand Akhésa, sentant qu'il allait le trahir, préféra prendre les devants.

— Le général Horemheb a rassemblé des soldats d'élite, en grand secret. Il est parti en expédition.

— Pour une tournée d'inspection en Syrie, en Phénicie et à Byblos, ajouta le « divin père ». Voilà le véritable secret dont vous devez être dépositaires. Cette campagne était nécessaire et urgente. Le général Horemheb l'a admis.

Akhésa retint son souffle. Ainsi, c'était le « divin

père » qui avait tout organisé ! Ce vieillard d'allure pacifique œuvrait dans l'ombre comme l'un de ces redoutables démons porteurs de couteaux qui veillaient sur les portes de l'autre monde. La jeune femme se jura de ne plus jamais être naïve. En quelques instants, elle comprenait la puissance de la ruse. Un autre pan de sa jeunesse s'effondrait.

— Mon père le sait-il ? interrogea-t-elle, anxieuse.

Aÿ la considéra avec un sourire énigmatique.

— Lorsqu'on possède le sens de l'État et l'amour de l'Égypte, il est des questions que l'on ne pose pas.

Il prit affectueusement Nakhtmin par le bras.

— Tu as fidèlement servi Pharaon, mon fils. Va te reposer. De rudes exercices t'attendent, aujourd'hui. Une heure ou deux de sommeil sont indispensables.

Le commandant Nakhtmin se retira après avoir salué la princesse qui demeura seule en compagnie du « divin père ». Elle ne résista plus à l'attrait d'un pain chaud et d'une coupe de lait onctueux. Ses lèvres, bleuies par le froid du matin, redevinrent d'un rouge clair et soyeux.

Aÿ la regarda manger.

Elle était la vie même.

De l'enfant d'hier, de la fillette espiègle, il ne restait plus rien. La métamorphose s'accélérait, heure après heure. Poussée par un destin qu'elle amplifiait, Akhésa brûlait les étapes.

Il fallait se rendre à l'évidence. La grande épouse royale, Néfertiti, se réincarnait en elle. La fille ajoutait au caractère de la mère davantage de fougue, d'insolence et d'imprudence, vices ou vertus selon l'usage qu'elle en ferait.

— Je suppose, avança-t-elle, que ni le diplomate Tétou ni l'ambassadeur Hanis n'ont été prévenus du départ de cette expédition ?

Le « divin père » approcha un tabouret et s'assit avec lenteur.

— Je voudrais vous confier une mission, princesse. Celle d'apprendre votre métier. Celle d'apprendre la cour royale, ses coutumes, ses exigences.

Au fur et à mesure que le vieux courtisan lui décrivait sa tâche future, Akhésa sentait une joie profonde élargir son cœur.

Lorsqu'elle sortit de la demeure du ministre des Finances, Akhésa savait que le « divin père » se servait d'elle pour aboutir à ses fins. En avoir conscience lui donnait un sentiment de supériorité et la possibilité de retourner la situation à son profit.

Quand elle rentra au palais par les terrasses fleuries, elle ne vit pas, caché derrière le tronc d'un acacia, le fonctionnaire Pached. Le bracelet de cheville appartenait bien, selon les premiers résultats de son enquête, à une haute personnalité de la cour. Il possédait deux autres indices pour l'identifier : les deux lévriers et l'incomparable finesse de ses pieds. Il n'avait pas le droit de se tromper. Obstiné et patient, Pached progressait vers la vérité.

Dans le bivouac établi à deux journées de char de Byblos, la cité du loyal Ribaddi, le général Horemheb et sa troupe d'élite s'accordaient enfin une longue halte. Horemheb avait beaucoup exigé de ses hommes et de ses chevaux. Après avoir gagné Memphis, ils avaient pris la route du nord-est et longé la côte en direction des ports phéniciens. Le général s'était entouré de soldats d'élite, habitués aux marches forcées et à la rudesse de la vie militaire que lui-même n'appréciait guère. Cette fois, il était obligé d'aller sur le terrain.

Horemheb inspecta le camp improvisé. Il constata que de grands boucliers en osier avaient bien été implantés en terre pour servir de rempart. Les chariots remplis de nourriture avaient été couverts de bâches et faisaient l'objet d'une surveillance particulière. Autour d'une cuisine en plein air, des soldats buvaient du vin et nettoyaient épées et poignards. Le général, rassuré, revint vers sa tente, précédée d'un oratoire en bois où figurait une stèle sur laquelle était représenté le disque solaire d'où jaillissaient des rayons. Ce maudit Aton... Ce dieu intolérant qui cherchait à détruire le passé religieux de l'Égypte troublait les croyances du peuple et semait l'incertitude dans les âmes. Comment un pharaon avait-il pu être assez fou pour imposer une révolution religieuse qui se terminerait par la ruine et la désolation ? Mais il était le pharaon... Et le chef de son armée, fût-il en profond désaccord avec lui, devait obéissance.

Horemheb échangea quelques mots avec la sentinelle la plus avancée, un vétéran qui avait parcouru toutes les provinces d'Asie, transpiré sur les chemins arides et rocailleux, grelotté de froid dans les défilés de montagne et passé plus de temps à l'étranger que dans sa petite maison de Thèbes.

— Nous perdons notre temps, général. C'est calme, ici. Je ne sens pas l'odeur de la guerre. Je ne me suis jamais trompé.

— Tu dois avoir raison, une fois de plus.

— Rentrons chez nous. Notre pire ennemi, dans cette campagne, c'est l'ennui. Byblos est en paix depuis des années. Une armée égyptienne n'a rien à y faire, sinon une parade.

Horemheb acquiesça. Il se reprochait d'avoir douté de la parole du diplomate Tétou et regrettait ces journées épuisantes dépourvues d'intérêt. Alors qu'il contemplait la danse des flammes montant d'un brasier, le visage de la princesse Akhésa lui revint en mémoire. Elle était si belle...

Le moindre de ses gestes l'obsédait. Il y avait aussi ses yeux verts, où brillait une vie intense. Le général chassa cette vision. Il était marié et devait fidélité à son épouse. Sans doute se montrait-elle parfois insupportable, mais elle remplissait à la perfection ses devoirs de maîtresse de maison. La trahir serait ignoble.

Le visage d'Akhésa revint danser au cœur du feu.

Se sentant prisonnier d'un fantôme, furieux d'être réduit peu à peu en esclavage, Horemheb s'écarta du vétéran.

Un cri étouffé le fit se retourner.

Le fantassin, une flèche fichée dans la poitrine, s'effondra lentement en arrière.

— Aux armes ! Éteignez les feux ! hurla le général.

Seuls des pillards, probablement des bédouins, étaient assez lâches pour attaquer de la sorte.

Les soldats du corps expéditionnaire réagirent en professionnels bien entraînés. En quelques secondes, sans subir d'autres pertes, ils passèrent à la riposte. S'abritant derrière de hauts boucliers, ils parèrent un assaut désordonné et, se divisant en petits groupes d'intervention rapide, encerclèrent leurs adversaires. Le combat fut rapide et violent. Les Égyptiens, furieux d'avoir perdu l'un des leurs, ne firent pas de quartier. Conformément à la coutume, ils coupèrent les mains gauches pour comptabiliser les tués.

Examinant les cadavres, Horemheb eut la plus désagréable des surprises. L'un de leurs assaillants n'était pas un bédouin, mais un Hittite. D'après ses armes et sa vêture, un officier. Sa présence signifiait qu'il commandait une bande exerçant ses méfaits tout près de Byblos. Trop près...

— En route, ordonna Horemheb.

L'envoyé de Ribaddi, roi de Byblos et allié privilégié de Pharaon, se présenta à l'aube au principal poste frontière de la cité du soleil. Il était épuisé par un voyage dangereux au cours duquel il avait dû éviter les bédouins, les pillards, les bandits de grand chemin, les espions hittites et les tueurs d'Azirou, le traître syrien. La mission confiée par Ribaddi était claire : parler au pharaon Akhénaton en personne, lui révéler de vive voix ce qui se passait autour de Byblos et dans les contrées voisines. Pourtant vieux et malade, Ribaddi était le plus dévoué des vassaux de Pharaon. Il lui avait écrit de nombreuses lettres pour le mettre en garde, le supplier de lui envoyer de l'aide, mais aucune d'elles n'avait reçu de réponse. La situation devenait critique. Azirou le félon prétendait sauvegarder les intérêts égyptiens en Syrie, alors qu'il avait conclu une alliance occulte avec les Hittites et s'apprêtait à mettre le siège devant le port phénicien de Tounip. Bientôt, ce serait le tour de Byblos. Ribaddi, prêt à lutter jusqu'à ses dernières forces, ne résisterait pas longtemps. La simple présence de troupes égyptiennes suffirait pourtant à ramener l'ordre. Cette fois, Ribaddi avait confié sa lettre à un homme en qui il avait une totale confiance. Le roi de Byblos était persuadé que des dignitaires égyptiens conseillaient mal le pharaon ou détournaient les messages. Un contact sûr s'avérait indispensable.

L'envoyé du roi de Byblos se sentait heureux. Il avait atteint la cité du soleil. Il ne lui restait plus qu'à demander audience auprès de Pharaon. Le responsable du poste frontière, intrigué par le fait que ce diplomate fût seul et sans escorte, voulut avertir le chef de la police. Mais ce dernier était en tournée d'inspection de l'autre côté de la ville. Ne pouvant faire attendre l'envoyé de

Byblos, le fonctionnaire le fit accompagner jusqu'au bureau du ministère des Pays étrangers. Le scribe de service, à cette heure matinale, était incompétent pour prendre une quelconque décision. Il envoya quérir son supérieur hiérarchique, Tétou, comme il en avait reçu l'ordre.

Sitôt arrivé, Tétou fit entrer le messager dans une salle à deux colonnes.

— Soyez le bienvenu dans la cité du soleil, dit Tétou, affable.

— Chacun sait qu'y règnent la paix et la lumière.

— Quelle est votre mission ?

— Au nom de mon maître, Ribaddi, roi de Byblos, je désire m'entretenir avec Sa Majesté Akhénaton.

Tétou manifesta le plus grand étonnement.

— Surprenante requête, en vérité ! Quel événement la justifie ?

— Mes lèvres doivent rester closes.

Tétou hocha la tête.

— Je puis vous assurer de mon entière discrétion. C'est à moi que Pharaon dicte les lettres qu'il expédie à ses vassaux étrangers.

— Avez-vous écrit à mon maître ? demanda l'envoyé. Lui avez-vous communiqué des directives de la part de Pharaon ?

Tétou fronça les sourcils.

— Pas depuis plusieurs mois... Tout semble si calme, à Byblos. S'il s'était produit un incident, nous l'aurions appris.

— Voilà précisément ce que je viens révéler à Pharaon ! Un incident ? C'est bien plus grave ! Byblos est menacée par des Syriens, alliés des Hittites ! La ville ne résistera pas longtemps.

— C'est épouvantable, reconnut le diplomate, atterré. Pourquoi Ribaddi ne nous a-t-il pas prévenus ?

156

— Mais il l'a fait, à plusieurs reprises ! Ses lettres étaient fort claires !

— Inquiétant. Comment expliquer notre mutisme ?

— Pharaon ne les a pas lues.

Tétou s'approcha de l'envoyé du roi de Byblos.

— Ribaddi soupçonne-t-il un personnage de la cour royale d'avoir détourné ces missives ?

— L'ambassadeur Hanis. Il a joué un rôle douteux dans certaines négociations avec les Syriens. On le dit vénal.

Tétou se plaça de côté et en retrait par rapport à son interlocuteur. Soucieux, il se tâta le menton.

— Hanis... C'est extrêmement grave. Aurait-il agi seul ?

— Nous pensons qu'il a obtenu l'appui du syrien Azirou, un menteur et un traître.

— Judicieuse déduction. Hélas...

— Hélas ?

— Hélas pour vous, il s'agit d'un secret qui ne doit pas être dévoilé.

Tétou sortit prestement un poignard, enserra le cou de l'envoyé de son bras gauche et lui trancha la gorge. Effaré, le malheureux porta les deux mains à sa plaie d'où jaillissait le sang. Il n'émit que quelques sons incohérents avant de s'effondrer.

Tétou se taillada le bras gauche et lacéra son pagne. Puis il appela à l'aide. Il ne lui restait plus qu'à expliquer comment un espion syrien avait tenté de l'assassiner et de quelle manière il s'était défendu.

Un soleil d'or pâle baignait le Nil d'une lumière tendre. La chaleur n'avait pas encore envahi les deux rives. Le premier bac de la journée faisait traverser bêtes et hommes. Une lourde barge, remplie de pierres, abordait au quai des marchandises. Au milieu du fleuve, des pêcheurs avaient immobilisé leurs barques munies d'une voile à l'éclatante blancheur. Nus, debout à l'avant de leur esquif, ils installaient leurs nasses, espérant attraper silures et poissons-chats. Ils chantaient une mélopée dédiée aux esprits du Nil pour qu'ils leur soient favorables. Un chaland aux voiles multicolores venait du nord. Il appartenait à un marchand mycénien qui transportait des poteries décorées, précieuse cargaison destinée à être vendue sur le marché de la cité du soleil. Sur les bords du Nil se distinguaient encore des traces du limon rouge dont se servaient les paysans afin de fertiliser les champs. La dernière crue avait été abondante, écartant la crainte d'une « année des hyènes » pendant laquelle les hommes souffraient de la faim.

Un bateau à la silhouette élancée, portant un œil magique à sa proue et à sa poupe, voguait le long de la rive orientale, s'écartant le plus possible des autres embarcations. Un marin à la musculature impressionnante tenait la barre. Deux hommes armés d'épées étaient assis devant une cabine en bois de cèdre. La lumière y pénétrait par deux fenêtres grillagées. En guise de toit, une voile de couleur rouge légèrement soulevée par des piquets pour laisser passer l'air.

La princesse Akhésa n'avait eu aucune peine à suivre le sillage du bateau qui avançait avec une extrême lenteur. Elle nageait vite et en rythme, son corps nu glissant dans l'onde avec aisance. Comme les autres enfants royaux, elle avait reçu des leçons de natation dès sa prime enfance et n'avait pas manqué de suivre un entraînement régulier, tantôt dans le fleuve, tantôt dans les lacs de plaisance. Se plonger dans l'eau, s'y étendre de tout son long, la sentir glisser sur sa peau étaient des plaisirs ineffables. Aujourd'hui, Akhésa ne songeait qu'à rejoindre ce bateau dont elle touchait déjà la coque. D'un coup de reins, elle se hissa à bord, à la surprise du barreur, effaré de voir surgir devant lui une jeune femme nue d'une extraordinaire beauté. Des gouttelettes, brillant à la lumière, ruisselaient sur ses seins et son ventre plat.

— Conduisez-moi auprès de ma mère, exigea-t-elle.

Les hommes armés, alertés par l'appel du barreur, menacèrent la jeune femme de leur épée.

— Jetez-la à l'eau, ordonna le barreur.

Un des sbires essaya de s'emparer de la princesse, mais celle-ci s'esquiva.

— Mère, cria-t-elle, je suis là !

Courant sur le pont, Akhésa échappa à un autre assaut.

La porte de la cabine s'ouvrit. Apparut une femme au visage d'une inquiétante pâleur, couronnée d'une mitre rouge et vêtue d'une robe de lin plissée.

— Laissez-la, exigea Néfertiti, de cette voix mélodieuse qui avait si souvent ravi les adorateurs d'Aton.

Les gardes de la grande épouse royale obéirent.

— Viens, Akhésa.

La princesse pénétra dans la cabine dont sa mère referma la porte d'une main hésitante. Comme elle semblait fatiguée, épuisée ! Son teint sublime était altéré. Les premières atteintes d'une vieillesse précoce ridaient un visage dont la finesse avait ébloui la cour. Pourtant, le front haut, le nez droit, les lèvres élégantes avaient conservé leur splendeur.

Akhésa ne contint pas l'élan spontané qui l'enflammait et se jeta dans les bras de Néfertiti.

— Mère... Toi, enfin... Mais pourquoi, pourquoi ?

— Tais-toi, Akhésa, exigea la grande épouse royale, demeurant lointaine, presque indifférente.

— C'est impossible ! J'ai tant de questions à te poser !

S'arrachant aux bras de sa fille, Néfertiti recula vers un amas de coussins et s'assit, la tête en arrière, à demi couchée.

— Je ne répondrai à aucune d'entre elles.

Akhésa reconnaissait à peine la grande reine au sourire éclatant, au charme si prenant qu'il faisait taire critiques et envies. Néfertiti, qui avait attiré sur le couple royal les faveurs du soleil, bravé les prêtres de Thèbes, imposé la construction d'une nouvelle capitale, n'était plus qu'une femme vaincue, rongée par un mal sournois.

— Es-tu souffrante, mère ? As-tu besoin d'un médecin ? Sais-tu que Pharaon dépérit sans toi ? Sais-tu que ta cité risque de mourir, sans ta présence ?

Néfertiti garda le silence. Akhésa avait espéré qu'elle protesterait. Une larme roula sur la joue droite de la grande épouse royale.

— Nous avons tous besoin de toi, implora la princesse. Reviens, sinon Aton ne rayonnera plus pour nous.

— Notre œuvre, affirma Néfertiti d'une voix émue, durera jusqu'à ce que le cygne devienne noir et le corbeau blanc.

Akhésa reconnut des mots prononcés par son père devant l'ensemble des courtisans, avec tant d'enthousiasme. Heureuse, la grande épouse royale avait étreint son mari, lui communiquant le souffle divin dont elle était garante et dépositaire.

— Reviens, mère. Tu nous montreras le chemin vers la lumière.

— Impossible, murmura Néfertiti.

— Mais pourquoi ?

— Parce que je suis aveugle, Akhésa.

13

Les cris déchirants de Pharaon emplirent le palais. Marchant de long en large, se frappant le front de son poing fermé, levant la tête vers un ciel implacable, il laissa libre cours à la douleur qui lui broyait le cœur.

Les médecins n'osèrent prononcer le moindre mot. Le roi semblait avoir perdu tout contrôle de lui-même. Il bredouillait des phrases incompréhensibles où revenait sans cesse le nom du dieu Aton.

Le rituel quotidien fut bouleversé. Pharaon ne se rendit pas au grand temple pour célébrer la naissance de la lumière. Majordomes, chambellans et serviteurs attendirent des ordres qui ne vinrent pas. D'inquiétantes rumeurs circulèrent dans les quartiers de la cité du soleil. On dit que le roi était devenu fou, qu'il avait été assassiné, qu'une révolte avait eu lieu au palais... Le calme revint lorsque des badauds, éberlués, virent passer un char où avaient pris place la grande épouse royale Néfertiti et sa fille Akhésa, précédé par des fantassins portant des piques et courant à vive allure. La surprise fut si totale que la foule n'eut pas le temps de se rassembler et de manifester sa joie de revoir celle qui étendait sur la capitale sa protection magique. Les plus humbles savaient que, depuis la disparition de Néfertiti, des démons s'étaient engouffrés dans les maisons pour corrompre les âmes. Quand Néfertiti chantait et jouait de la musique, les êtres obscurs rôdant dans la nuit demeuraient dans les ténèbres et ne dérobaient pas la vie des nouveau-nés.

Le malheur allait disparaître... Néfertiti, la belle au teint de déesse, la douce d'amour, l'aimée de Pharaon, était revenue !

Écartant le chef du protocole, Akhésa, tenant Néfertiti par la main, introduisit sa mère dans la salle du conseil où Akhénaton, effondré sur le trône, sanglotait.

— Disparaissez, ordonna-t-elle aux médecins.

— Nous ne sommes pas responsables, avança l'un d'eux. C'est une maladie que notre science ne permet pas de guérir. Nous avons...

— Disparaissez !

Les thérapeutes s'éclipsèrent. Néfertiti, la tête très droite, les yeux légèrement levés vers le haut, demeura immobile et ne leur accorda pas le moindre regard. La grande épouse royale n'avait rien perdu de sa dignité naturelle, mais sa légendaire cordialité avait cédé la place à une absolue froideur.

Akhésa lâcha la main de sa mère et se précipita vers son père. Peut-être sa chaleur lui apporterait-elle un peu de réconfort dans l'atroce épreuve qui lui était imposée.

— Elle est morte, dit-il, hachant les mots. Elle est morte à l'aube... mon enfant... Ma petite fille...

Néfertiti, silencieuse, fit quelques pas en direction de son mari, se guidant à sa voix.

— Je suis avec toi, annonça-t-elle.

Akhénaton leva la tête. Enfin, il la découvrit.

— Tu es revenue, toi que j'aime de tout mon être. Mais pourquoi...

162

— Aide-moi à m'asseoir à tes côtés. Et ne dis plus rien.

Akhésa se retira. Sa première mission de femme d'État était accomplie. Personne ne devait la voir pleurer.

Un silence pesant régnait dans la cité du soleil. La ville semblait morte, indifférente au printemps naissant. Ce matin-là, une brume épaisse recouvrait le Nil. Une grisaille inhabituelle obscurcissait le sommet des montagnes. Pas un char ne circulait dans les rues. Les bureaux, les échoppes, les ateliers restaient fermés. Nul enfant n'avait été autorisé à jouer sur le seuil de sa maison.

Le cortège funéraire avait quitté le palais pour se rendre au tombeau où serait enterrée la seconde fille du couple royal. La sépulture prévue pour la famille régnante avait été creusée dans une vallée aride, au cœur de falaises hostiles, à une dizaine de kilomètres du palais.

La veille, les embaumeurs, leur travail achevé, y avaient transporté la petite momie. Il ne restait plus au roi et à la reine qu'à célébrer les rites ultimes et à fermer la tombe pour l'éternité.

À la tête du cortège, le commandant Nakhtmin et des hommes d'armes. Puis le « divin père » Aÿ et son épouse, la nourrice Ti, portant dans ses bras une poupée qui symbolisait la renaissance de l'enfant dans l'autre monde. Elle précédait Akhénaton et Néfertiti, le pharaon tenant tendrement son épouse par le bras et la guidant sur le chemin. Enfin, les princesses, la fille aînée Méritaton devançant Akhésa. Fermaient la marche le prince Sémenkh, fiancé officiel de Méritaton, Toutankhaton, l'intendant Houy et le sculpteur Maya qui avait personnellement veillé à l'aménagement de la salle du tombeau réservée à la jeune morte.

Le sentier, tracé entre des rochers erratiques aux arêtes aiguës, devint pénible. Il fallut remonter le lit d'un oued desséché. La lente avancée était ponctuée par des cris de rapaces virevoltant dans le ciel. Des chacals observaient la progression de ces intrus qui pénétraient dans un domaine interdit. Un vent violent se leva, répandant un mugissement sinistre qui se répercuta de crevasse en crevasse. Nulle fleur ne venait égayer ces lieux voués à une solitude minérale.

Néfertiti paraissait s'appuyer sur Akhénaton mais, en réalité, c'était elle qui lui donnait la force d'assumer son rôle de roi et de père. Si le cœur d'une mère pleurait, celui d'une grande épouse royale devait rester ferme pour aider Pharaon à trouver la stature dont il aurait besoin dès son retour au palais.

C'était le premier décès tragique frappant la famille royale depuis son installation dans la nouvelle capitale. Il ne fallait pas qu'Aton en fût rendu responsable, lui qui était vie et lumière, lui qui dissipait l'obscurité enfermant la terre dans un linceul.

La princesse Akhésa marchait sans fatigue. Elle était moins émue par la disparition d'une sœur qu'elle connaissait mal et dont elle vivait éloignée que par la réconciliation de ses parents. Si Néfertiti s'était retirée, c'était en raison d'une infirmité que la plus belle des femmes d'Égypte désirait garder secrète. De retour aux côtés du roi, elle saurait effacer son désespoir. Si le couple royal s'unissait à nouveau, Aton accomplirait des miracles. Il rendrait la vue à celle dont la voix, montant jusqu'au ciel, le ravissait.

Akhésa leva les yeux vers le disque solaire, perçant avec difficulté un épais nuage. Elle crut perdre l'âme en apercevant un immense oiseau qui, parcourant le ciel à tire d'aile, voilait la lumière.

Un immense corbeau à tête blanche qui disparut dans le lointain.

Devant l'entrée du tombeau, des pleureuses se lamentaient, enchaînant sans cesse les versets rituels qu'elles connaissaient par cœur. À chaque enterrement, leur corporation intervenait de la sorte, dissipant par ses plaintes les démons cherchant à souiller la demeure de résurrection.

Akhénaton et Néfertiti se présentèrent devant l'entrée du couloir qui descendait dans les entrailles de la falaise. La reine serra la main de son mari.

— Regardons le soleil, implora-t-elle. Il le faut.

Lever la tête vers Aton fut, pour Pharaon, un véritable supplice. Pourquoi le dieu qu'il vénérait avec tant d'ardeur lui infligeait-il une telle peine ? Pourquoi l'avait-il ainsi frappé dans ses affections les plus profondes ? Ne cherchait-il pas à éprouver sa foi ? Oui, la vérité se dévoilait... Aton exigeait de son prophète, le pharaon, la capacité d'affronter un destin contraire avec la dignité d'un sage illuminé par le soleil divin.

Le roi regarda Aton en face. Ses yeux ne furent ni éblouis ni brûlés.

— Tu apparais en gloire à l'horizon du ciel, déclama-t-il, divulguant le premier verset du grand hymne dont il était l'auteur, toi, Aton, qui es à l'origine de la vie.

Néfertiti éleva les mains vers l'astre brillant, rendant ainsi efficaces les paroles de son mari.

Le couple royal se chargea d'énergie divine. Le visage d'Akhénaton se transforma. L'extase remplaçait la peine. Néfertiti sentit qu'il était envahi par un flux puissant qui le détachait des réalités terrestres. À contrecœur, elle le rappela aux exigences du présent.

— Notre fille nous attend, murmura-t-elle d'une voix défaillante.

Elle le prit à nouveau par le bras.

Akhénaton ne résista pas. Le couple, obligé de se courber, pénétra dans le couloir du tombeau. Il descendit pas à pas.

Au centre d'une salle taillée dans le roc avait été installée une cuve de granit rose où reposerait la momie d'Akhénaton. Des scènes sculptées dans le plâtre, en cours d'exécution, ornaient les murs. Le roi et la reine passèrent dans une autre salle éclairée par des torches qui ne dégageaient pas de fumée.

Néfertiti ne put retenir ses larmes plus long-temps. Sur un lit funéraire était étendue la dépouille mortelle de sa seconde fille.

— Inclinons-nous devant la mort qui contient la vie, exigea Akhénaton.

Néfertiti témoigna de la même fermeté d'âme que son époux. Ensemble, ils saluèrent l'âme immortelle de leur enfant, appelant sur elle la lumière d'Aton.

La prière achevée, la grande épouse royale s'évanouit.

Le deuil imposé à la cour royale avait inter-rompu la célébration des fêtes et des banquets. Les nobles se terraient dans leurs villas, attendant que Pharaon sortît de son mutisme. À l'issue de la cérémonie des funérailles, Néfertiti, victime d'un malaise, avait été transportée dans son palais privé. Depuis plusieurs jours, les médecins se relayaient à son chevet, refusant de se prononcer.

Akhénaton s'était enfermé dans son cabinet de travail où il demeurait prostré, assis sur un tabouret en bois rouge incrusté d'ivoire et d'ébène dont le siège imitait une peau de léopard et dont les pieds avaient la forme de pattes de lion. Il ne mangeait plus, se contentant d'un peu d'eau. À ses pieds gisait le rouleau sur lequel il avait tracé les hiéroglyphes du grand hymne à Aton.

S'arrachant à sa léthargie, le roi se dirigea vers une fenêtre d'où il apercevait les eaux du Nil scintillant sous la lumière du couchant. Les mariniers ramaient. Le dernier bac ramenait chez eux les paysans qui avaient travaillé sur l'autre rive.

Akhénaton crut être victime d'une hallucination.

Glissant dans le bleu du crépuscule, un gigantesque cygne à la tête noire le fixa de ses yeux énormes avant de disparaître dans le manteau orangé dont le soleil mourant recouvrait les montagnes.

Le malheur prenait corps. La prophétie s'accomplissait.

— Le roi veut vous voir immédiatement.

Akhésa, bien qu'elle n'eût pas achevé sa toilette matinale, suivit le majordome. Elle bouscula sa servante nubienne qui, surprise, lâcha peigne et miroir. Décoiffée, pieds nus, sa robe mal ajustée, la princesse ressemblait à une sauvageonne.

C'est avec joie qu'elle se prosterna devant son père et lui embrassa les genoux.

Le visage du roi était creusé de rides profondes.

— Comment va mère ? demanda-t-elle.

— Elle n'a pas repris connaissance, Akhésa. La mort de notre fille...

— Tu es Pharaon, mon père. Tu n'as pas le droit de te lamenter. C'est de toi, et de toi seul, que dépend le bonheur de ton peuple. Si tu n'incarnes plus la joie, le malheur s'abattra sur l'Égypte.

Torse nu, Akhénaton ne portait qu'un simple

pagne, comme les monarques des temps anciens. Conformément aux coutumes de deuil, il laissait pousser une barbe qui rendait plus inquiétants encore les traits d'un visage rongé par la lassitude.

— Ma fille est morte, mon épouse se meurt... Aton me met à rude épreuve, Akhésa.

— Tu es capable de la supporter, père. Tu as franchi bien d'autres obstacles. Ton règne et celui d'Aton ne font que commencer.

Akhénaton découvrait une jeune femme passionnée, remplie d'une fougue qui lui rappelait sa propre adolescence. Elle refusait le mal et la souffrance. Elle luttait contre le destin avec la folle certitude de l'emporter. Et si c'était en elle, à présent, que s'incarnait la volonté d'Aton ? Pharaon rejeta cette supposition absurde. Akhésa devenait sa seconde fille. Mais la gardienne de la légitimité, après Néfertiti, demeurait sa fille aînée, Méritaton.

— Tu dois avoir faim, mon père. Je n'ai pas pris de petit déjeuner. J'appelle le majordome.

Le roi tenta de la retenir mais, vive comme l'éclair, elle mettait déjà en œuvre sa décision. Qui l'empêcherait d'agir ? Akhésa était sortie de l'enfance, du palais confortable et luxueux où elle avait savouré le bonheur d'une famille unie, d'une existence facile et anonyme. Elle avait la faculté, caractéristique des êtres d'exception, de ne pas rester passive devant les événements les plus dramatiques et de façonner aussitôt un avenir.

Pharaon se sentit fier de sa fille. Que d'enseignements il aurait aimé lui transmettre si elle avait été l'aînée et si le cygne n'était pas devenu noir...

Une cohorte de serviteurs pénétra dans le cabinet privé du roi, guidée par le majordome. Les uns portaient des guéridons sur lesquels les autres disposèrent des plateaux chargés de victuailles. De la cuisine royale étaient sorties des cailles servies avec des concombres et des poireaux, un canard rôti, du poisson latès à la chair molle, des figues, du pain encore chaud et de la bière tiède.

Tenaillée par la faim, Akhésa mangea à petites bouchées. Akhénaton n'accorda pas le moindre regard aux mets délicieux.

— J'ai une autre nourriture à t'offrir, ma fille : la vérité. L'Égypte s'appauvrit. Voilà presque un an que la haute administration me remet des rapports alarmants. Nos principaux vassaux n'envoient plus de tributs. La lumière d'Aton n'a illuminé les cœurs ni dans notre pays ni à l'étranger. Ici même, dans la cité du soleil, la population continue à adorer les anciens dieux. On me ment et on me trompe. Demain, le pouvoir m'échappera. Les prêtres de Thèbes triompheront à nouveau. Ils feront monter sur le trône un roi qui leur obéira.

Akhésa n'avait plus d'appétit.

— L'avenir ne sera pas ainsi !

— D'aucuns me croient naïf, Akhésa, incapable de prendre conscience du quotidien, perdu dans un rêve. J'aime la compagnie de Dieu. Mon premier devoir est d'être son prophète et de transmettre sa lumière. Mais je n'ai pas négligé mes autres tâches. J'ai fondé cette capitale. Cette cité me reniera bientôt.

Akhésa ne protesta plus. Elle avait vu le corbeau blanc. Elle savait qu'une ombre terrifiante s'avançait vers la capitale de la lumière.

— J'ai décidé, dit Akhénaton, de marier l'une de tes jeunes sœurs au roi de Babylone. Nous signerons ainsi un nouveau traité de paix.

— Cela ne suffira pas.

— Pourquoi donc ? Serais-tu devenue experte en politique internationale ?

— Non, père. Mais j'ai consulté des archives inquiétantes.

Akhésa expliqua qu'elle s'était introduite dans des locaux du ministère des Pays étrangers et qu'elle avait déchiffré les messages angoissés des vassaux de l'Égypte. Elle ne divulgua pas le nom du fonctionnaire Pached.

— Pourquoi ne leur réponds-tu pas, mon père ?

Akhénaton semblait égaré.

— Parce que je n'ai pas eu connaissance de ces missives, avoua-t-il.

— Qui aurait dû te les montrer ?

— Le diplomate Tétou. C'est lui qui est chargé de classer le courrier provenant de l'étranger. Je convoque Horemheb sur-le-champ.

— Non, Votre Majesté.

Akhésa avait rougi. Elle osait s'opposer à la volonté de Pharaon et s'effrayait elle-même de son impudence.

— Horemheb a quitté la capitale, ajouta-t-elle.

— Puisque tu disposes de tant d'informations, s'étonna Pharaon, connais-tu le but de son voyage ?

— Le « divin père » Aÿ a demandé au général de faire une tournée d'inspection en Asie. Il voudrait surtout s'assurer de la loyauté du roi de Byblos, Ribaddi.

Nerveux, Akhénaton se leva.

— Qui règne sur ce pays ? interrogea-t-il, courroucé. Qui donne des ordres ? Des courtisans, des militaires, mes propres enfants ! Cela n'a que trop duré. Regagne tes appartements, Akhésa, et n'en sors plus. Voici ma décision te concernant : tu feras partie de mes épouses mineures. J'annoncerai plus tard notre mariage à la cour. Comme enfant, je t'attribue la fillette d'une des nourrices. Tu ne t'en occuperas pas et tu ne la rencontreras même pas.

Pharaon se détourna.

L'audience était terminée.

Akhésa se morfondit plusieurs semaines. Même sa servante nubienne ne parvenait plus à obtenir d'informations confidentielles. Akhénaton convoquait un à un les dignitaires, les ministres et les hauts fonctionnaires, leur faisant jurer le silence sur la teneur de ces entretiens sous peine d'être condamnés à l'exil. Une langue finit pourtant par se délier. On apprit que le roi interrogeait ses sujets sur des points de théologie, éprouvait leur foi en Aton, leur lisait à haute voix des passages de son grand hymne.

Akhésa refusa l'oisiveté. Elle consulta quantité de papyrus, apprenant littérature, mathématiques, géographie, médecine, comptabilité, administration... Aucun sujet ne la rebutait. Elle avait une faim inextinguible de savoir. Elle sentait qu'il ne fallait pas perdre ces heures-là, les utiliser pour mûrir, engranger les connaissances qui lui étaient nécessaires. L'ambassadeur Hanis, désœuvré en raison d'un manque de consignes précises, apportait à la princesse des documents qu'il empruntait à la Maison de Vie et lui servait de précepteur. Cette intense activité intellectuelle avait obligé Akhésa à refuser plusieurs invitations à la chasse du prince Toutankhaton. Elle prétexta l'ordre formulé par Pharaon qui la contraignait à vivre en recluse.

Néfertiti demeurait inconsciente, en dépit des drogues que les médecins lui administraient.

De l'expédition du général Horemheb, aucune nouvelle. Impossible de prévoir la date de son retour.

La cité du soleil vivait dans la torpeur et dans la crainte. Les denrées alimentaires parvenaient aux marchés avec un retard de plus en plus grand.

Akhésa était partagée entre un sentiment de révolte contre son père et la volonté de servir sa cause. Devenir sa femme et avoir une position officielle de « mère », même s'il ne s'agissait que d'étiquette et de conventions dynastiques, lui conférait une stature nouvelle. Hélas, elle ne pourrait rivaliser d'influence avec sa sœur aînée et serait reléguée dans un rôle sans réelle importance. En déplaisant au pharaon, elle s'était condamnée à un bonheur terne et sans envergure.

Comment ne pas reprocher à son père d'accepter avec passivité l'effondrement de son œuvre ? En écartant Akhésa, il avait cru se libérer d'un poids inutile. Elle avait espéré lui redonner le goût du pouvoir. Il avait préféré se réfugier dans sa foi.

Akhénaton courait à l'échec. L'envisager avec résignation était pire qu'un crime. Elle était de son sang, elle brûlait du même feu que lui. Mais elle n'avait aucun moyen d'agir, de retarder cette déchéance dont elle souffrait dans sa chair et dans son cœur.

La lune brillait dans le ciel. Animée par un dieu redoutable, « le grand traverseur » habile à trancher les têtes, elle avait pour fonction de déclencher les événements, de transformer en réalité terrestre les intentions divines. L'astre de la nuit décidait du moment des accouchements, amenait les fruits à maturité, donnait la victoire aux chefs d'armée aptes à déchiffrer sa croissance et sa décroissance. Akhésa contempla le dieu lune, le suppliant de faire se lever un vent nouveau qui balayerait les senteurs fétides de la décomposition de l'empire.

La princesse entendit un bruit insolite provenant de la terrasse fleurie située juste au-dessous de sa chambre.

On grimpait le long du mur.

Akhésa ne possédait aucune arme. Elle ne songea pas à s'enfuir. Elle voulait voir le visage de celui qui s'introduisait chez elle comme un voleur.

L'homme enjamba la fenêtre.

Maya, le sculpteur.

Il détestait la princesse et ne le lui avait pas caché. Le rugueux artisan dévisagea le jeune femme avec froideur.

Elle ne recula pas d'un pas. S'il venait pour la tuer, il ne jouirait pas de sa peur.

— Pardonnez cette intrusion, Majesté. Mais personne ne devait me voir.

— Pourquoi donc ?

— Je devais agir en secret, sur l'ordre de la reine mère Téyé. Elle veut vous parler.

— Téyé ? Mais elle réside à Thèbes !

— Précisément. Nous partons cette nuit.

Maya et la princesse quittèrent la capitale à cheval. Après avoir dépassé le poste frontière du sud en décrivant un large demi-cercle dans le désert, ils montèrent à bord d'un bateau qui les attendait, dissimulé dans des roseaux, loin de toute habitation. Une cabine peu confortable y avait été aménagée pour accueillir Akhésa. Mais elle n'avait plus envie de dormir. Trop excitée, elle demeura sur le pont, cherchant à dialoguer avec Maya qui ne se dérida pas. Il ne lui accorda aucune confidence. Accusé par la fille de Pharaon d'avoir pris la tête d'une bande de comploteurs, le sculpteur n'opposa aucune dénégation. Pressé de questions, il reconnut ne pas avoir brisé les liens avec ses collègues thébains, les constructeurs de la Vallée des rois. La politique des pharaons lui importait peu, à condition qu'ils respectassent la confrérie à laquelle il appartenait. Il reprochait à Akhénaton d'avoir employé de mauvais ouvriers, des apprentis mal formés qui gâchaient le métier. Cette faute-là était impardonnable à ses yeux. Maya avait accepté de servir d'agent de liaison à celle qui préservait un fragile édifice : la reine mère Téyé. Elle avait tenté d'empêcher la guerre civile. Depuis sa dernière visite au roi, les plus grandes craintes l'avaient assaillie. Ajoutées à une extrême fatigue, elles avaient miné son organisme affaibli par l'âge. Sentant la mort s'approcher, elle avait exigé la présence d'Akhésa, chargeant Maya de la lui amener.

Akhésa perdit sa lutte contre le sommeil. La voyant endormie, Maya la porta dans la cabine du bateau et la déposa sur des coussins, puis étendit sur elle une couverture. Avant de la laisser reposer, il l'admira. Il y avait dans ce corps sublime une âme indomptable. Quel homme serait capable de la maîtriser ?

Le bateau accosta un quai désert de la rive ouest, en face de Thèbes. Aucun de ceux qui en descendirent n'arborait de signe distinctif, bijou, collier ou pendentif laissant paraître qu'il appartenait à la cour d'Akhénaton. Tous avaient l'allure de simples marins ne portant qu'un pagne court et usé. Akhésa, comme n'importe quelle fille de pêcheur, avait les seins nus et les cheveux libres.

Une formidable curiosité l'animait. Découvrir Thèbes, la glorieuse cité dont l'univers entier vantait les merveilles, cette ville impie que son père avait rejetée.

Grande fut la déception d'Akhésa quand elle s'aperçut que l'immense capitale du dieu Amon déployait ses fastes sur l'autre rive.

— Pourquoi avons-nous abordé ici ? demandat-elle à Maya qui organisait un convoi avec des âniers. Ne dois-je pas me rendre auprès de la reine mère ?

— Elle réside dans son palais d'occident, répondit-il, non loin de Karnak, sur la rive opposée.

Le paisible cortège, se déplaçant au rythme lent

des travailleurs agricoles, laissa sur sa droite le temple funéraire du pharaon Aménophis III, dont l'entrée était marquée par deux colosses assis [1]. Plus au sud, il avait fait édifier un somptueux palais [2] et creuser un lac de plaisance où il aimait se promener en barque en compagnie de son épouse aimée, Téyé. Non loin s'ouvrait l'inquiétante Vallée des rois dont l'entrée était gardée jour et nuit par des hommes armés veillant sur la dernière demeure des pharaons. La princesse aurait aimé se rendre au temple de la reine-pharaon Hatchepsout, précédé du plus célèbre jardin d'Égypte [3], mais l'heure n'était pas à la flânerie. La petite troupe aborda la voie pavée qui longeait la résidence d'Aménophis III. Les hommes de Maya, qui avaient dissimulé des armes dans un ballot de foin que portait un âne, étaient prêts à intervenir en cas de danger.

L'endroit paraissait des plus calmes. Depuis la mort d'Aménophis III, les courtisans l'avaient déserté. Le petit temple d'Amon n'était plus desservi que par quelques prêtres. La salle d'audience était fermée, en l'absence d'un pharaon régnant.

Maya se présenta à la porte de l'ouest, située en retrait par rapport à plusieurs villas, entourées de hauts murs et réservées aux dignitaires de la cour royale. Elles aussi, aujourd'hui, étaient vides d'occupants, ces derniers ayant été contraints de s'installer dans la cité du soleil. Le commandant de la garde privée de la reine mère fut averti

1. Les colosses de Memnon, qui sont le seul vestige de ce sanctuaire.
2. Sur le site connu sous le nom de Malqatta, « le lieu où des choses ont été trouvées ». Il n'en subsiste que de pauvres traces.
3. Le temple de Deir el-Bahari.

qu'un groupe de paysans désirait pénétrer dans la résidence pour y livrer des céréales.

— D'où viens-tu ? demanda-t-il à Maya.

— De la vraie capitale.

— Quel est ton dieu ?

— Celui qui est caché [1].

— Quel est ton maître ?

— Ce dieu même, lorsqu'il est en paix [2].

Le commandant, satisfait d'avoir obtenu les mots de passe corrects, examina le faux paysan.

— Tu es Maya, n'est-ce pas ? Entre vite. La reine mère est au plus mal.

Maya, Akhésa et le commandant franchirent à pas rapides une grande cour, passèrent devant le palais royal gisant dans le silence et pénétrèrent dans le petit palais du sud où se trouvait la chambre de Téyé. Akhésa fut émerveillée par la perfection des frises de végétaux et d'animaux. Ces artistes-là, il est vrai, avaient davantage de génie que ceux de la cité du soleil.

Téyé, désapprouvée par son médecin, s'était levée la veille pour se rendre, en chaise à porteurs, jusqu'à la tombe qui avait été préparée pour elle. Coffrets, statuettes, vases canopes, mobilier... Les objets rituels y étaient déjà disposés. Téyé avait choisi de se faire représenter recevant les rayons bienfaisants du soleil divin, Aton, mais avait exigé que le nom d'Amon fût cité dans les inscriptions qui lui assuraient l'immortalité. Comment aurait-elle pu trancher de manière brutale entre Amon

1. Traduction du nom d'Amon.
2. Référence au nom Amon-hotep, « Celui qui est caché est en paix », que portaient le père d'Akhénaton, Aménophis III et Aménophis IV lui-même avant de transformer son nom en Akhénaton, « esprit efficace du dieu Aton ». Maya fait donc allusion à l'époque précédant la révolution atonienne.

et Aton, entre le dieu de son mari et celui de son fils ?

La mort l'envahissait avec douceur.

Quand Akhésa se présenta devant elle, Téyé, couronnée, avait pris place sur un trône en bois doré dont les côtés étaient décorés de signes hiéroglyphiques symbolisant la vie et la stabilité. La princesse fut fascinée par la majesté émanant de la reine mère.

— Je voulais te voir une dernière fois, Akhésa.

— Majesté..

— Ne gémis pas. Mon temps est compté. Toi seule seras capable d'éviter un désastre. Tu as déjà accompli la mission que je t'avais confiée en ramenant ta mère auprès de Pharaon... Tu dois faire davantage.

L'inquiétude troubla les yeux clairs de la princesse.

— Sans doute ne seras-tu pas reine, Akhésa... Mais ne permets pas à ce pays de se diviser. Le soleil d'Aton doit répandre la lumière, non le sang.

La parole de Téyé devenait embarrassée. Akhésa se précipita vers le trône. Elle s'agenouilla et baisa les pieds de la reine mère.

— Comment agir ? Le pharaon m'a écartée, je n'ai aucun pouvoir ! Je suis condamnée à me terrer dans le silence d'un palais.

La souffrance déforma les traits de Téyé.

— Ton pouvoir, Akhésa, c'est toi-même... Ne recherche pas la vérité hors de ton cœur... Tu ne t'appartiens plus, fille de Pharaon, tu n'es plus libre...

Les mains de la reine mère s'étaient crispées sur les accoudoirs du trône. Une douleur fulgurante lui déchira la poitrine.

— Sur qui puis-je compter ? demanda Akhésa, désemparée.

Téyé tenta de répondre, mais les mots ne franchirent pas le barrage de ses lèvres. Elle fit appel à ses ultimes ressources. Elle devait prononcer un nom. Fixant Akhésa, implorant l'aide d'Amon et d'Aton, la reine mère extirpa de son corps usé les dernières parcelles d'énergie.

— Sur... Toutankhaton.

La tête de la reine mère Téyé s'inclina sur son épaule gauche.

Morte, elle regardait Akhésa.

14

La troupe d'élite conduite par le général Horemheb atteignit le poste frontière septentrional de la cité du soleil alors qu'Aton brillait au sommet de sa course céleste. Le maître de l'armée égyptienne fut accueilli par le chef de la police, Mahou. Ce dernier avait doublé la garde et ne cessait d'inspecter les fortins où ses hommes exerçaient une surveillance constante, de jour comme de nuit.

La disparition du général avait causé le plus grand trouble dans la capitale. Il avait fallu toute l'autorité du « divin père » Aÿ pour apaiser l'inquiétude des courtisans décidés à demander une audience exceptionnelle au roi. Aÿ les en avait dissuadés, affirmant que Horemheb était parti en mission secrète dans le Nord.

Mahou apprit à Horemheb qu'une succession de malheurs s'était abattue sur la dynastie régnante : la mort de la seconde fille, la grave maladie de la grande épouse royale Néfertiti, le décès de la reine mère Téyé, la folie mystique où s'enfonçait chaque jour davantage Akhénaton. Horemheb écouta sans mot dire le rapport du chef de la police et lui ordonna de maintenir les mesures de sécurité. Désormais, aucun étranger ne devait pénétrer dans la cité du soleil dont les frontières resteraient fermées jusqu'à nouvel ordre.

Jamais Mahou n'avait vu Horemheb aussi soucieux. Il n'osa plus lui poser la moindre question, certain que le général ne lui répondrait pas. Ce dernier n'avait pas accordé à ses soldats de temps de repos, comme s'il voulait maintenir une tension et ne pas les démobiliser, comme si une intervention se préparait à l'intérieur même de la cité du soleil.

C'était la première fois que Horemheb imposait une décision qui, de toute évidence, n'émanait pas de Pharaon. Le pouvoir changeait-il de camp ? À qui Mahou devait-il désormais obéir ? Dans l'incertitude, il ne choisit pas. Il exécuterait les consignes données par Horemheb et en avertirait lui-même le roi.

Quand Horemheb descendit de son char, devant le palais royal, la cité était endormie. Les nobles faisaient la sieste dans les jardins fleuris de leurs somptueuses villas. Le général grimpa quatre à quatre les marches aboutissant à la première terrasse où des gardes s'écartèrent pour lui laisser le passage. Alors même qu'il était confronté à une affaire d'État d'une gravité exceptionnelle, Horemheb songeait à la princesse Akhésa. Son visage, son corps de déesse, sa personnalité fière et conquérante l'avaient envoûté.

Dix fois, cent fois, il avait tenté de la chasser de son esprit, refusant de nommer le sentiment qui s'était emparé de son cœur et qui l'obligeait à livrer la plus difficile de toutes ses batailles.

Comment Akhésa avait-elle vécu les événements dramatiques de ces dernières semaines ? La disparition de sa sœur lui offrait un nouveau rang à la cour. Pharaon avait-il décelé la véritable nature de sa fille, discernait-il son ambition et ses aptitudes hors du commun ?

Horemheb ignorait que la jeune femme qui occupait ses pensées ne cessait de l'observer depuis que son char roulait sur la voie royale.

De ses appartements, Akhésa avait assisté avec inquiétude au retour du général. À certains moments, elle avait espéré sa mort. Lors d'un long entretien qu'elle avait accordé au prince Toutankhaton, celui-ci, débordant de joie et de confiance envers celle qu'il aimait, lui avait raconté par le menu les petits et les grands moments qui avaient marqué son enfance. Avec une naïveté désarmante et sans la moindre arrière-pensée, il avait évoqué son frère Sémenkh avec lequel il ne se sentait aucun point commun, son protecteur Houy, dont il vanta la droiture, le commandant Nakhtmin, l'instructeur qu'il vénérait.

Elle lui avait appris la mort de Téyé que les autorités de Thèbes réussissaient à tenir secrète. Akhésa avait cru que le jeune prince éclaterait en sanglots. Mais il avait fait preuve d'une étonnante dignité, interrompant son babillage et fermant les yeux pour mieux contenir sa tristesse. Akhésa et lui s'étaient longuement recueillis dans les jardins inondés de soleil.

En quelques heures, Toutankhaton avait perdu son enfance. Il ne lui restait plus que sa condition de prince. Déjà, il s'interrogeait. Quels seraient son avenir, son rôle à la cour ? Quelles fonctions lui attribuerait Akhénaton ?

Cette prise de conscience, pour douloureuse qu'elle fût, causa à la fille du Pharaon un intense bonheur. Elle pourrait bientôt partager avec Toutankhaton ses préoccupations concernant l'Égypte.

Bien qu'elle regardât à présent le prince d'un autre œil, elle ne lui révéla ni les dernières paroles que Téyé avait prononcées, ni la mission qu'elle lui avait confiée.

— Je demande une audience immédiate, déclara Horemheb au commandant Nakhtmin, promu chef de la garde royale. Je dois m'entretenir sur-le-champ avec Sa Majesté.

— Motif de votre demande ? interrogea Nakhtmin, cérémonieux.

Horemheb s'amusa de cette attitude.

— Ne vous prenez pas trop au sérieux, commandant... Prévenez Sa Majesté de ma présence. Vous n'avez pas à en connaître la raison.

Le visage de Nakhtmin se ferma. Il faillit réagir avec violence mais se souvint à temps qu'il avait devant lui un supérieur. Il préféra s'éclipser.

Il revint peu de temps après, un sourire de défi aux lèvres.

— Personne ne peut déranger le roi. Il travaille à son grand hymne.

Horemheb, stupéfait, crut à une mauvaise plaisanterie de la part de Nakhtmin.

— Veuillez me conduire auprès de Sa Majesté, exigea-t-il.

— Impossible, général. S'il vous venait l'idée déplorable de forcer le passage, je serais obligé de protéger Sa Majesté comme elle l'a exigé.

— Je vous félicite pour votre sens du devoir, commandant. Je saurai m'en souvenir.

Alors que le général s'apprêtait à quitter le palais royal, s'interrogeant sur la conduite à adopter, le « divin père » Aÿ vint à sa rencontre. Le prenant par le bras, il l'entraîna dans un laboratoire contenant de nombreux pots à onguents. Là étaient également entreposées des jarres contenant des décoctions de plantes à usage médicinal.

— Nous serons tranquilles pour parler, général. Avez-vous tenté de voir le roi ?

— Il m'a éconduit.

Aÿ ne cacha pas sa déception.

— J'avais espéré que votre retour l'arracherait à son rêve. Il refuse de prendre des décisions. Seul son rôle de maître spirituel l'intéresse.

— Quand vous a-t-il consulté pour la dernière fois ?

— Il y a trois jours, répondit le « divin père ». Mais il ne me demande plus de conseils. Il m'a annoncé un mariage de cour avec sa fille Akhésa.

Horemheb s'emporta, révolté.

— Avec Akhésa ? Quelle est cette nouvelle folie ?

Aÿ nota avec quelque surprise la violence de la réaction du général.

— Après la mort de la seconde fille, observa le « divin père », Akhésa prend une position plus importante. Elle obtiendra une domesticité plus nombreuse et mènera une existence plus fastueuse. Mais je crois que nous devons aborder des sujets sérieux. Quels sont les résultats de votre mission ?

Les traits du général se durcirent.

— La situation est catastrophique. Tous les ports phéniciens sont tombés aux mains des Hittites et de leurs alliés, les Syriens.

— Ne me dites pas que Byblos...

— Son roi, Ribaddi, a résisté pendant des mois. Il a été tué pendant le siège de sa ville.

— Si les Syriens agissent contre nous, cela signifie...

— Qu'Azirou est un traître et qu'il faut sans délai l'empêcher de continuer à nuire. Nous avons échappé à une embuscade tendue par des bédouins que commandait l'un de ses espions. Nous en avons arrêté plusieurs autres, commandités par les Hittites et nous les avons fait parler. Si notre armée n'intervient pas dans les prochains mois, nos provinces d'Asie seront à jamais perdues. Pis encore, le royaume du Hatti, s'il juge l'Égypte suffisamment affaiblie, n'hésitera pas à l'envahir.

Aÿ était atterré. Il n'avait pas imaginé pareil désastre. C'est la civilisation pharaonique elle-même qui risquait de disparaître sous les coups des Hittites.

— Ce que vous demandez, général, est la sagesse même. Mais seul Pharaon peut vous l'accorder.

Les deux hommes s'interrogèrent mutuellement du regard. L'un d'eux devait prendre une décision pour sauver l'Égypte.

— Non, dit Horemheb, tourmenté. Ni l'un ni l'autre n'avons le droit de nous substituer au roi. Ce serait un crime contre Maât, la loi divine. Nous sommes les serviteurs de Pharaon. Agir contre sa volonté ferait de nous des traîtres.

Le « divin père » prit un pot d'onguent à base de cinnamome et s'en appliqua un peu sur le bras.

— C'est un excellent produit. En pénétrant dans les chairs, il les détend. Associé à un bon massage, il vous rajeunit. Cet endroit est merveilleux. Nos savants y ont réuni de nombreuses substances efficaces contre presque tous les maux... Nous n'avons pas le droit de nous voiler la face, général. En demeurant inactifs, nous collaborons avec l'ennemi. Il est hors de question, bien sûr, de donner des ordres à la place du roi. Envoyer des troupes en Asie relève de sa seule responsabilité. Mais nous pourrions l'aider...

— De quelle manière ?

— En intervenant de façon ponctuelle et en lui amenant Azirou. Avec les preuves que vous possédez, Pharaon sera contraint de le condamner.

— Et de provoquer une révolte syrienne...

— Je ne crois pas, général. Si l'Égypte affirme sa grandeur, nous éviterons la guerre. Si elle continue à se montrer aussi faible, le malheur s'abattra sur elle et sur les pays qu'elle protège. Oseriez-vous prétendre le contraire ?

Horemheb comprit qu'il avait mal jugé le « divin père ». Ce n'était pas un homme brillant, la vigueur de la jeunesse l'avait quitté ; mais, sous l'apparence d'un vieux courtisan discret, Aÿ gouvernait dans l'ombre. Lors de ses entrevues avec Akhénaton, n'influençait-il pas le souverain ? Ne lui avait-il pas dicté une conduite prudente jusqu'au jour où le monarque avait définitivement préféré les exigences d'Aton aux besoins des humains ?

Le « divin père », malgré son habileté, semblait avoir perdu toute prérogative. Pour conserver ses privilèges, il était obligé de conclure une alliance avec Horemheb, quelles que fussent ses préventions à son égard.

— Ce serait donc à moi de prendre tous les risques, estima ce dernier. En provoquant un grave incident diplomatique sans l'accord préalable de Pharaon, je pourrais être accusé d'insubordination.

— Ou devenir un héros dont le prestige sera immense. À vous de choisir, général.

La fille aînée de Pharaon, Méritaton, ne connaissait plus le repos de l'âme depuis sa dernière altercation avec Akhésa. La mort de leur sœur élevait Akhésa à un rang supérieur dans la hiérarchie de la cour. Mais elle n'obtiendrait qu'honneurs dérisoires. Depuis qu'Akhénaton avait annoncé à sa fille aînée qu'elle épouserait Sémenkh, le prince qu'il associait au trône pour en faire son successeur, Méritaton jouissait de la plus absolue des certitudes : elle serait reine d'Égypte.

Pourtant, l'existence même d'Akhésa continuait à la tourmenter, comme si cette sœur trop turbulente pouvait encore l'empêcher d'accéder à la plus haute fonction. Il lui fallait trouver un moyen de déconsidérer Akhésa, de faire éclater son indignité aux yeux de tous. Combien de nuits sans sommeil avait-elle passées, sans aboutir ?

— Le prince Sémenkh est ici, annonça l'intendant de Méritaton.

— Faites-le entrer dans la salle des onctions.

Ce n'était pas sans intention que Méritaton avait choisi cette pièce fermée, sans fenêtre, l'une des plus petites de son « éventail ». Elle voulait envoûter l'homme qui serait à la fois Pharaon et son mari. La fille aînée d'Akhénaton redoutait l'instant où, dans les bras de Sémenkh, elle deviendrait une vraie femme.

La salle des onctions était dallée. On s'y étendait, nu, pour y être massé et oint avec des onguents odorants. Mais l'heure n'était pas encore venue d'offrir tant d'intimité à son fiancé. En l'accueillant ainsi, elle lui témoignait pourtant du consentement personnel qu'elle ajoutait aux directives de son père. Méritaton avait disposé elle-même, sur un guéridon, deux coupes en faïence, décorées de fleurs de lotus, ayant la forme d'un calice. À côté, un vase à la panse ovale, muni d'un bec déversoir et pourvu de deux appendices horizontaux qui lui donnaient l'allure du signe hiéroglyphique signifiant « vie ». Il contenait une liqueur de dattes brassée par le meilleur spécialiste des cuisines royales, liquide à la fois fort et suave, qui enivrait doucement.

Méritaton résista avec peine à la tentation de boire un verre de cette liqueur pour se donner du courage. Elle regretta soudain de ne pas avoir reçu Sémenkh dans la loggia, au-dessus du vestibule d'entrée, en présence de plusieurs serviteurs.

Quand Sémenkh fut introduit dans la salle des onctions, Méritaton eut un haut-le-cœur. C'était la première fois qu'elle le voyait de près. Elle ne l'imaginait pas aussi laid, aussi maigre, aussi rébarbatif. Sa peau était marbrée, son visage mal rasé, ses cheveux sales. Cette vision d'horreur l'empêcha de prononcer la moindre parole.

Sémenkh prit le vase contenant la liqueur de dattes et le renversa.

— Je déteste ce luxe, ce palais et cet accueil digne d'une courtisane, dit-il avec dédain. Aton le déteste. Aton et son prophète Akhénaton sont mes seuls maîtres. Je n'en aurai jamais d'autres et vous non plus. Je ne veux avoir aucun rapport avec vous. Vous resterez ici jusqu'au couronnement.

D'un revers de la main, Sémenkh balaya les deux coupes de faïence qui tombèrent sur les dalles et se brisèrent. Il quitta la salle des onctions sans se retourner.

Méritaton tremblait de rage. C'était donc cela, devenir reine dans la cité du soleil. Pourquoi son père l'accablait-il ainsi ? Pourquoi l'obligeait-il à partager la couche d'un pareil dégénéré ? Aucune politique, fût-elle une alliance avec Thèbes pour préserver le pouvoir de Pharaon, ne justifiait de sacrifier ainsi une femme.

Laissant croître sa haine, elle entrevit soudain une possibilité inattendue de l'assouvir.

— Il faut quitter immédiatement la capitale, annonça le diplomate Tétou au roi de Syrie, Azirou, goûtant aux délices de la cité du soleil.

Mollement étendu sur une estrade couverte d'un tapis moelleux, le Syrien mangeait une cuisse d'oie rôtie et buvait un vin blanc du Delta, d'une fraîcheur idéale. Azirou avait été honoré comme un souverain étranger ayant juré fidélité à Pharaon. Une dizaine de servantes, nubiennes, phéniciennes et syriennes, s'occupaient de tous ses besoins. Sa table était constamment garnie de gâteaux, de pains ronds, de côtes de bœuf et de cruches de vin.

Parfumé, le cou orné de guirlandes de fleurs de lotus, le Syrien ne sortait de la magnifique villa qui lui avait été attribuée que pour se promener en barque sur l'un des lacs de plaisance, visiter le jardin botanique ou entendre les concerts donnés en plein air par les musiciennes de la cour.

En se rassasiant de bonheur à l'égyptienne, Azirou avait oublié qu'il l'avait obtenu grâce au mensonge et à la forfaiture.

— Je refuse de partir, déclara-t-il à Tétou. Prenez place à mes côtés et partagez mon repas. Cette ville est un paradis.

— Plus pour vous, mon ami. Horemheb vient de rentrer de l'étranger. Sain et sauf.

Décomposé, Azirou empoigna son complice par les épaules.

— A-t-il décidé de me...

— Je l'ignore. Il ne faut pas qu'on nous voie ensemble. Je regagne mon bureau du ministère. Prenez un char et fuyez par le nord.

Tétou savait qu'il envoyait le Syrien à la mort. Cette route était la mieux gardée. Un général de la trempe de Horemheb avait forcément doublé la garnison du poste frontière.

Azirou, au comble de l'affolement, n'avait pas un grand courage physique. Poussé par la peur, il réussit néanmoins à conduire son char jusqu'à la première ligne d'archers égyptiens.

Ceux-ci ne paraissaient pas menaçants. Sans doute ne nourrissaient-ils aucun sentiment hostile à son égard. Azirou lança son cheval au galop.

Les soldats, débonnaires, s'écartèrent.

Soulagé, le fuyard crut un instant avoir échappé aux Égyptiens et recouvré la liberté.

Il découvrit avec effroi une seconde ligne d'archers.

Ces derniers tendirent leurs arcs.

— Je suis le roi de Syrie ! hurla Azirou.

Serrant les rênes, il immobilisa son char. Le cheval hennit. Pour montrer ses intentions pacifiques, Azirou mit pied à terre et marcha vers les militaires.

Le chef du détachement, jugeant que ses hommes subissaient une attaque de la part de l'ennemi, donna l'ordre de tirer.

Plusieurs flèches partirent ensemble. Elles se fichèrent dans la gorge et la poitrine du roi de Syrie qui, les yeux étonnés, s'effondra sur la piste.

Utilisant un maillet de tailleur de pierre, le diplomate Tétou brisait une à une les tablettes d'argile sur lesquelles étaient gravés les messages des souverains étrangers qu'il n'avait pas transmis à Pharaon. En détruisant ces archives, il faisait disparaître les traces de sa traîtrise. Même si Horemheb finissait par le soupçonner, de quoi pourrait-il l'accuser ?

Tétou jurerait qu'il avait lui-même été victime de subordonnés incompétents ou, mieux encore, de la fourberie de l'ambassadeur Hanis, un homme qu'il détestait depuis sa nomination. Le temps de falsifier quelques documents, et son montage serait crédible.

Jamais Horemheb n'aurait dû revenir de son expédition. Le guet-apens organisé par Azirou, avec la complicité d'une tribu bédouine, semblait parfait. Le dieu Horus, présent dans le nom du général [1], l'avait protégé une fois de plus.

Tétou travaillait vite. Il était trempé de sueur. La première salle d'archives expurgée des tablettes compromettantes, il passa dans la seconde. Là où étaient conservés les appels au secours de Ribaddi, roi de Byblos. De nouveau, le maillet frappa.

Le diplomate suspendit son geste. Un malaise

1. Hor-em-heb : Horus est en fête.

l'étreignit. Il ressentit une présence. Il n'y avait qu'une cachette possible, un recoin derrière une pile de tablettes vierges. Serrant plus fort son outil, il avança dans cette direction.

— Ne commets pas un crime de plus, dit l'ambassadeur Hanis, sortant de l'ombre. Voici plusieurs jours que je t'attends ici... mais tu as dû être informé bien tard du retour de Horemheb. Je suppose que le général a fait arrêter la plupart de tes complices syriens et que les informations ne te parviennent plus.

Tétou, dont le cœur battait trop vite, tenta de recouvrer son calme. Les déductions de Hanis étaient exactes. Les espions travaillant au service du diplomate gardaient un silence inquiétant, dont il comprenait à présent la raison. On les ferait parler. Ils ne citeraient que le nom de leur chef direct : Azirou, que les archers de Pharaon avaient dû abattre.

— Comment m'as-tu soupçonné, Hanis ?

L'ambassadeur réunit les morceaux d'une tablette portant l'un des nombreux messages du malheureux roi de Byblos resté fidèle jusqu'à la mort.

— J'ai mené une enquête discrète auprès des fonctionnaires chargés de recevoir et de trier le courrier diplomatique. Ils ont un remarquable sens de la hiérarchie que tu as su leur inculquer : tout passait obligatoirement par toi depuis un an, environ. Tu t'imposais un impressionnant surcroît de travail. J'ai supposé que si tu cachais bien des tablettes que Pharaon devait ignorer, tu étais assez habile pour les dissimuler çà et là parmi les autres archives. Fouiller moi-même aurait pris un temps considérable et attiré ton attention. J'ai préféré attendre que tu commettes ta première faute. J'ai également reçu le témoignage du chef de la police.

L'homme que tu as abattu n'était pas un espion syrien. Pourquoi as-tu trahi ?

Tétou échafaudait un plan. Hanis était un fin lettré, détestant la violence, un habile négociateur habitué aux compromissions. Pourquoi ne pas lui proposer un marché ?

— Pour de l'or, Hanis, pour de l'or ! Les Hittites sont des maîtres généreux. À cause de ce fou d'Akhénaton, l'Égypte est condamnée à mourir. Demain, c'est le roi du Hatti qui gouvernera les Deux Terres. Il saura remercier ceux qui l'auront aidé à prendre le pouvoir.

— Il n'y a donc que l'or, remarqua Hanis. Tu n'aimes plus ton pays, tu ne crois pas en lui. Tu ne pouvais commettre de faute plus grave.

— Sois lucide, Hanis. Cette cour est remplie de pleutres et de menteurs. Le roi est un malade, Horemheb un timoré qui déteste Pharaon mais continue à le servir. L'armée égyptienne ne résistera pas à une attaque hittite. Il faut savoir discerner l'avenir.

Hanis fit tourner le bracelet d'argent qu'il portait au poignet gauche. C'est Akhénaton qui le lui avait offert pour témoigner de sa confiance. Le bijou avait scellé entre eux un pacte magique que même la mort ne romprait pas.

— Si la civilisation des pharaons est anéantie, dit Hanis, il n'y aura plus sur cette terre que la haine, la guerre et l'envie. Les hommes s'entretueront pour posséder davantage. Ils auront oublié le sacré. C'est à cette œuvre de malheur que tu veux collaborer en aidant les Hittites ?

— Oublie la civilisation, recommanda Tétou, et pense à toi-même.

Si Hanis n'acceptait pas sa proposition, Tétou serait obligé de le tuer. Il serra plus fort le manche du maillet. Ce n'était pas une si mauvaise solution. Il avait fait disparaître le corps de l'envoyé du roi de Byblos en le jetant aux crocodiles, croyant éviter ainsi toute enquête. Le cadavre de Hanis resterait ici, dans une des salles des archives, des tablettes brisées autour de lui. Ce serait la preuve de la trahison de l'ambassadeur que Tétou, le surprenant à détruire cette correspondance, avait été obligé de supprimer pour sauver sa propre vie.

L'ambassadeur Hanis perçut le changement d'attitude du traître. D'instinct, il recula. Acculé au mur, il n'avait aucune possibilité de s'enfuir.

Tétou, menaçant, marcha vers lui. Hanis ne savait pas se battre. La peur le paralysait. Un rictus de satisfaction déforma la bouche veule de l'agresseur quand il leva son maillet pour frapper.

— Il suffit, tonna la voix grave du général Horemheb, faisant irruption dans la salle des archives en compagnie de plusieurs soldats. Lâche cet outil !

L'ambassadeur, prudent, profita de l'étonnement de Tétou et se dissimula derrière la pile de tablettes vierges. Le félon, statufié, fut immobilisé par les hommes du général. Hanis pouvait être satisfait du stratagème qu'il avait imaginé pour démasquer Tétou.

Il ne regrettait pas le danger qu'il avait couru, malgré la désapprobation de Horemheb.

Le procès du diplomate Tétou fut instruit, comme de coutume, par le vizir. Le général Horemheb, portant l'accusation de haute trahison, exigea de Pharaon la convocation d'une cour de justice présidée par le roi en personne.

Akhénaton n'accepta ni ne refusa. Ayant appris la mort accidentelle du roi de Syrie, Azirou, il en déplora le caractère tragique. Que le sang eût été versé dans la cité du soleil lui causait la plus vive des peines. Quant au cas de Tétou, il voulait croire à un malentendu. Comment un haut fonctionnaire de la cour aurait-il pu commettre une trahison aussi abjecte ?

Horemheb, au terme d'un long entretien avec Akhénaton, le premier depuis plus d'un an, n'avait pas été dupe. Le pharaon n'était pas aussi naïf qu'il voulait le laisser paraître. Il savait que la seule issue possible d'un semblable procès était une condamnation à mort. Voir exécuter cette sentence dans la capitale du soleil divin lui était insupportable.

Il préférait ne pas prendre de décision radicale, laisser le temps passer et le félon croupir en prison.

Le sort en décida autrement. Quelques jours après son arrestation, Tétou fut retrouvé mort dans sa cellule.

Quand Horemheb avait tenté d'expliquer au roi la gravité de la situation dans les provinces d'Asie, Akhénaton avait refusé de l'entendre. Il lui avait demandé de résoudre ces problèmes au plus vite et de remplir sans faiblesse sa tâche de chef de l'armée égyptienne, à savoir défendre les frontières de l'Égypte.

Pharaon avait formellement interdit à Horemheb de mettre sur pied une expédition punitive et de commettre un acte de guerre contre les Hittites. Aton voulait la paix.

Horemheb, fidèle serviteur de son roi, lui jura une nouvelle fois obéissance.

Ayant souvent envie de s'assoupir après le repas du midi, le « divin père » Aÿ ne sacrifiait plus qu'exceptionnellement sa sieste à des tâches administratives. Il avait à présent la passion du silence et de la liqueur de dattes. Il aurait aimé se retirer et profiter, en compagnie de sa femme, des joies de la vieillesse. Mais la position du roi s'affaiblissait, risquant d'entraîner la déchéance des Deux Terres.

Akhénaton... si puissant dans ses convictions religieuses, si faible dans sa manière de gouverner. D'après les médecins du palais, sa santé déclinait. Avoir associé au trône le prince Sémenkh pour en faire son successeur constituait une erreur grave. La corégence n'étant pas encore confirmée par les rites traditionnels du couronnement, il était encore temps d'intervenir en cherchant la meilleure solution pour le pays. Mais Aÿ ne pouvait agir seul.

C'est pourquoi, à la nuit tombée, il se rendit au chevet de Néfertiti.

Lorsque les médecins reconnurent le « divin père », ils lui permirent d'entrer dans la chambre de la grande épouse royale qui n'avait pas prononcé une seule parole depuis qu'elle était alitée, refusant de recevoir son époux ou ses enfants. Sa légendaire beauté s'altérait chaque jour davantage.

Aÿ espérait que, malgré l'évolution de la maladie, Néfertiti était restée lucide. Il fallait qu'il obtienne d'elle un renseignement essentiel.

La reine était étendue sur un lit en bois doré, les yeux clos, les bras le long du corps, la tête reposant sur un coussinet rouge. Son visage, d'une inquiétante pâleur, trahissait une profonde souffrance.

Le « divin père » s'assit sur un tabouret, tout près de la souveraine. Il parla d'une voix tranquille, presque recueillie.

— L'Égypte a besoin de vous, Majesté. Je dois vous consulter. M'entendez-vous et acceptez-vous de me répondre ?

Néfertiti ouvrit les yeux. Cette irruption de vie dans un corps déjà saisi par l'immobilité de la mort fit frémir le « divin père ».

— Majesté, Pharaon se trompe. Régner est devenu une tâche trop lourde pour ses épaules. L'homme qu'il a choisi pour successeur, le prince Sémenkh, est un mystique sincère... Mais je le crois dénué de toute capacité de gouverner.

La grande épouse royale battit des paupières. Aÿ se sentit soulagé.

— Je pense, Majesté, poursuivit-il, que vous avez pressenti un corégent et que vous auriez aimé le proposer à Pharaon.

C'était un nom que le vieux courtisan était venu chercher. Recluse, malade, ayant abandonné la cour, Néfertiti n'en demeurait pas moins une reine d'une intelligence supérieure. Elle avait forcément constaté l'évolution de son époux, de plus en plus enfermé dans sa méditation. L'avenir de la religion d'Aton dépendrait du futur pharaon.

La grande épouse royale disposait de partisans pour encourager son choix.

Ses lèvres sublimes s'entrouvrirent.

— Toutankhaton, dit-elle dans un faible souffle.

La princesse Akhésa avait l'impression d'être prise dans une tourmente. Autour d'elle, la mort avait déjà frappé et elle continuait à rôder, avide de proies. Pourtant, tout paraissait calme et lumineux dans la cité du soleil. Dans les jardins dansaient des hirondelles. Les tourterelles chantaient dans les fourrés de papyrus. Sur les bords du Nil, les jeunes gens jouaient à la balle, s'arrêtant pour admirer la chute libre et le plongeon du martin-pêcheur.

Akhénaton régnait. La lumière d'Aton éclairait le monde. Le roi passait le plus clair de son temps en méditation. Il recevait régulièrement son successeur désigné, le prince Sémenkh, auquel il lisait son grand hymne à la lumière divine. Ce dernier habitait désormais dans une aile du palais royal en compagnie de la fille aînée du roi, Méritaton. Cette simple cohabitation consacrait leur mariage. Méritaton remplissait, au temple, les fonctions de Néfertiti dont les médecins annonçaient la disparition imminente. La continuité du pouvoir était assurée, le peuple d'Égypte vivait dans la sérénité.

Akhésa, officiellement mariée à Pharaon et mère d'une petite fille qu'elle n'avait pas portée dans son corps et qu'elle ne verrait jamais, devait se contenter d'un bonheur quotidien que sa condition lui dispensait sans compter. Mais elle le refusait de toutes ses forces, sentant que le mensonge et l'artifice voilaient la clarté du soleil. La construction élaborée par son père reposait sur du sable. Elle ne résisterait pas au souffle de Maât, à l'expression de la Vérité. Akhénaton avait fermé les yeux sur la haine, la guerre et la souffrance, croyant que les ignorer suffirait à les anéantir. Au fond d'elle-même, Akhésa était persuadée qu'Akhénaton demeurait lucide. Il avait conscience que Sémenkh n'était qu'un confident, incapable de régner et Méritaton une prétentieuse sans noblesse. Mais eux, au moins, le révéraient sans poser de questions inopportunes. Ils se contentaient d'adorer Aton en sa compagnie et de le féliciter sur ses talents de poète.

Akhésa tempêtait. C'était sa vie qu'on étouffait sous le luxe et les honneurs.

En cette matinée d'une douce chaleur, elle avait été convoquée à la Maison de Vie, par un ordre impératif. Le rouleau de papyrus qu'elle relisait pour la dixième fois ne présentait aucune ambiguïté. Un an plus tôt, elle aurait bondi de joie. Aujourd'hui, elle avait l'impression d'être enfermée dans une prison à la taille d'une cité entière.

L'accès de la Maison de Vie, vaste bâtiment

édifié dans l'enceinte du grand temple, n'était réservé qu'à de rares initiés. C'était là que Pharaon, ses proches et quelques prêtres recevaient une éducation sévère. Ils y apprenaient à lire et à écrire, étudiaient les rouleaux contenant les rituels, découvraient les sciences sacrées. Là étaient conservés les textes religieux et symboliques essentiels pour la survie de l'Égypte. Architectes, médecins, ingénieurs y travaillaient plusieurs années, recueillant l'enseignement de maîtres prestigieux.

Au centre de la Maison de Vie, comprenant cellules de méditation, salles de cours, laboratoires, bibliothèque, se trouvait une petite cour carrée à ciel ouvert. Les sages y célébraient le plus mystérieux des rites, consistant à recréer la vie sous la forme d'une statuette d'Osiris.

À l'entrée de la Maison de Vie se tenait un gardien du seuil au crâne rasé. Il n'avait d'autre arme qu'un regard farouche qui dissuadait l'ignorant de s'adresser à lui.

Akhésa maîtrisa la crainte qui s'emparait d'elle et se remémora les paroles que lui avait enseignées son père.

— Je requiers l'entrée de la Maison de Vie, dit-elle.

— Connais-tu le nom de la porte ? interrogea le gardien du seuil.

— Gardienne de la vérité est le nom de la porte, répondit Akhésa.

— Puisque tu le connais, entre.

Un autre prêtre au crâne rasé accueillit Akhésa à l'intérieur de l'édifice, dans un vestibule faiblement éclairé par une torche. Sans lui adresser la parole, il la précéda dans un couloir bordé de colonnes en forme de papyrus et la guida jusqu'au scriptorium, salle contenant des archives et du matériel d'écriture.

Sur le sol étaient disposées des nattes où

s'asseyaient les scribes. Un calme étrange émanait de ce lieu où le silence était la règle. Le prêtre y abandonna la princesse sans même l'avoir saluée. La Maison de Vie ne connaissait d'autre protocole que le respect de la sagesse.

La jeune femme marcha quelques instants, contemplant les rouleaux de papyrus roulés et scellés, rangés avec soin sur des étagères. Ici était conservée la science accumulée depuis des millénaires par l'Égypte. Auprès de chaque grand temple était édifiée une Maison de Vie reliée à toutes les autres. L'étudiant qui désirait approfondir sa discipline allait de Maison de Vie en Maison de Vie, parcourant le pays entier et découvrant les mille facettes d'un enseignement inépuisable.

Akhésa se sentit minuscule devant cette masse de savoir que plusieurs vies ne suffiraient pas à maîtriser. Elle s'assit en position de scribe, goûtant la paix de cette salle où son père avait reçu l'initiation des sages avant de célébrer le premier rituel d'Aton dans le grand temple de la cité du soleil.

Le prêtre au crâne rasé introduisit un homme âgé aux cheveux blancs, habillé d'une tunique à longues manches.

— Vous ! s'exclama Akhésa, surprise. C'est vous qui m'avez convoquée ici ?

Le « divin père » Aÿ, pliant ses jambes avec difficulté, s'assit en face de la princesse.

— Beaucoup de ceux qui travaillent ici sont mes amis. Ils m'ont autorisé à organiser cette rencontre dans un endroit propice à la réflexion.

Akhésa demeurait sur la réserve. Aÿ était un personnage inquiétant, retors, aux desseins impénétrables. Son instinct lui conseillait de se méfier de lui.

— Ne craignez rien, recommanda-t-il, comme s'il lisait dans sa pensée. Je ne cherche pas à vous nuire, mais à vous aider. Ayez confiance en moi. À mon âge, je n'ai plus la moindre ambition personnelle. Mon seul souci est l'Égypte. Je suis certain que le sort de votre pays ne vous est pas indifférent. Il est impossible d'accepter que la situation continue à se dégrader de la sorte.

— Que proposez-vous donc ?

Aÿ sourit.

— Vous êtes fort brutale, princesse. Dans une négociation, il n'est pas bon de poser des questions trop directes.

— Dans le cas présent, si. Avez-vous l'intention de critiquer Pharaon ?

Le « divin père » prit un air compassé.

— Loin de moi cette intention. Je suis son serviteur. C'est à cause de ma fidélité que je suis obligé de...

— Ne vous donnez pas tant de peine, intervint Akhésa, pour dissimuler vos buts dans un flot de paroles. Qu'attendez-vous de moi ?

Aÿ était un peu désemparé. La princesse bousculait ses habitudes. Il avait imaginé qu'il mènerait le jeu, mais c'était la jeune femme qui prenait l'initiative.

— Je ne me déroberai pas, dit-il avec gravité. Votre mère, la grande épouse royale Néfertiti, se meurt. Elle m'a indiqué ses dernières volontés. Le choix de Sémenkh comme futur Pharaon ne lui paraît pas judicieux.

Akhésa frémit. Ainsi, sa mère lui donnait raison ! Sur ce terrain-là, et sur ce terrain-là seulement, elle acceptait de combattre son père car il n'était pas en cause.

— L'avis de Néfertiti, continua le « divin père », demeure déterminant. Il lui suffira de le faire connaître par ma voix pour que sa magie devienne agissante. Nul, même Pharaon, ne pourra passer outre.

La magie de la grande épouse royale. Chaque Égyptien, depuis l'aube des temps, en avait constaté la puissance.

— Ma mère a-t-elle indiqué sa préférence ?

— Oui, princesse. Elle estime que le futur pharaon devrait être Toutankhaton.

Le jeune Thébain... Le jeune prince qui était follement amoureux d'elle ! Akhésa oublia la sérénité de la Maison de Vie, l'austérité de la science et des études. Le voile de son destin se déchirait.

Le « divin père » Aÿ avait organisé une réception discrète. Non point l'un de ces banquets où étaient servies d'innombrables nourritures et où les danseuses éblouissaient les regards des convives, mais un dîner entre amis avec des mets simples et savoureux. On avait servi du vin rouge du Fayoum, sec et fruité, des côtes de bœuf grillées, de la volaille bouillie et une purée de lentilles aux aromates.

Lorsque la soirée s'étira et que les femmes commencèrent à échanger des confidences, le « divin père » invita le général Horemheb, l'ambassadeur Hanis, le commandant Nakhtmin et l'intendant Houy à goûter une liqueur de palme d'une qualité exceptionnelle. Les verres étaient servis sous une tonnelle, dans le jardin. Quelques pas suffisaient pour y accéder.

Chacun eut le pressentiment que cet aparté revêtait la plus haute importance. Jamais ces hommes ne s'étaient trouvés ainsi réunis sous la houlette du maître occulte de l'Égypte. Le « divin père » ne se perdit pas en digressions. Il avait depuis longtemps étudié le caractère de ses hôtes et connaissait leur perspicacité. Horemheb avait le visage fermé.

Hanis semblait détendu, Houy inquiet.

Le commandant Nakhtmin était le plus soucieux. Chargé par le général Horemheb de surveiller le ministère des Pays étrangers afin d'y déceler la présence d'éventuels espions, il avait relevé les absences répétées d'un dénommé Pached, déjà muté du service de nuit à celui de jour, sur sa propre demande. Nakhtmin s'était promis d'avertir le général.

Aÿ rapporta son entrevue avec la grande épouse royale Néfertiti. Il insista sur le fait que l'avènement du prince Sémenkh constituait une folie. Un tel roi mettrait le pays en péril.

Aucun des quatre invités du « divin père » ne manifesta le moindre désaccord. Aÿ en fut satisfait. La moitié du chemin était parcourue. Le reste serait plus difficile.

— Si le prince Sémenkh ne devenait pas Pharaon, interrogea Hanis, qui serait associé au trône ?

Le « divin père » ne répondit pas immédiatement, voulant aiguiser l'attention de ses interlocuteurs. Ceux-ci cachaient avec peine leur impatience.

— Le prince Toutankhaton, malgré son jeune âge, serait un souverain idéal. Ce jeune homme connaît les usages de Thèbes, comme ceux de la cité du soleil, il a un esprit vif, une volonté droite, il respectera la tradition. Son éducation a été correctement menée. Si nous tombons d'accord, nous pourrions persuader Akhénaton de lui accorder sa confiance. Le destin du pays en serait changé.

Hanis ne manifesta aucune émotion, mais un léger sourire parut orner ses lèvres. Nakhtmin approuva d'un hochement de tête. Voir son ami élevé à la dignité royale lui causerait une joie sans borne.

Houy ne dissimulait pas sa satisfaction.

Le général Horemheb réfléchissait. Toutankhaton, presque un enfant... Il serait aisé de l'influencer.

— Votre proposition mérite d'être considérée, jugea Hanis.

— Le prince Toutankhaton est digne de régner, affirma Nakhtmin.

— Il a un cœur pur et je l'aiderai, indiqua Houy.

Aÿ touchait au but. Sans révolution et sans violence, il préparait la transition entre la folle expérience d'Akhénaton et le retour à l'Égypte des traditions. À l'approche de la mort, Néfertiti avait ouvert la voie à un avenir riant en désignant Toutankhaton. Jusqu'à ce qu'il soit réellement en âge de régner, l'Égypte serait gouvernée par Aÿ et Horemheb. Néfertiti connaissait l'amour que les deux hommes, au-delà de leurs ambitions, portaient à leur pays. Elle savait aussi que le général n'entreprendrait jamais aucune action illégale contre le pharaon régnant. Son sens de l'ordre et son respect de la hiérarchie le lui interdisaient.

Mais Horemheb n'avait pas encore donné son accord dont dépendait celui de l'armée. Même si Nakhtmin, fils du « divin père » et partisan de Toutankhaton, était capable de rallier à sa cause quelques officiers supérieurs, c'était bien le général qui maîtrisait le dispositif militaire garantissant la sécurité du pays.

— Si nous désirons que le jeune prince Toutankhaton devienne le souverain des Deux Terres, dit Horemheb, il faut le marier à Méritaton, la fille aînée du souverain régnant. Elle lui conférera la légitimité.

Le « divin père » rendit intérieurement hommage au général. Avec la lucidité d'un grand homme d'État, il mettait en lumière l'obstacle majeur qui risquait de fermer à Toutankhaton l'accès au trône.

— C'est difficilement concevable, indiqua Aÿ. Méritaton est mariée à Sémenkh. Trouvons une autre reine.

Des rides plissèrent le front de Horemheb.

— À qui pensez-vous donc ?

— À la jeune femme dont Toutankhaton est éperdument amoureux : Akhésa, la troisième fille du couple royal.

La colère du général Horemheb éclata avec une rare violence.

— Akhésa ? Pourquoi Akhésa ? N'est-elle pas symboliquement l'épouse de son père ? Qu'elle demeure recluse au palais ! Elle ne doit épouser personne. Si elle devenait reine, cela impliquerait l'assassinat de Méritaton et de Sémenkh, n'est-ce pas ? C'est bien votre projet à tous ? Ne comptez pas sur moi pour y participer. Et ne tentez pas non plus de le mettre à exécution. Sinon, je me dresserai contre vous.

Le général Horemheb quitta la tonnelle. Jamais le « divin père » ne l'avait vu esclave d'une telle fureur. Cette fois, ce n'était pas l'homme d'État qui s'était exprimé, mais un individu passionné qui avait réagi de manière surprenante au simple nom d'Akhésa.

Aÿ avait échoué parce qu'il ne possédait pas l'ensemble des armes nécessaires. Mais il avait décelé une faille dans la cuirasse du général. Cette découverte valait une victoire.

15

Pached avait tremblé de peur lorsque les deux lévriers, devinant sa présence, avaient tiré sur leur laisse pour bondir vers l'angle du mur derrière lequel il se dissimulait. Par bonheur, la princesse les avait entraînés plus loin. Ç'aurait été trop grande malchance d'être égorgé par ces monstres alors qu'il touchait au but ! Après de longs après-midi d'investigation, d'interrogations et de filatures, pendant lesquels il avait dû s'absenter du ministère, il avait enfin réussi à identifier la femme qui s'était introduite par la contrainte dans les salles des archives : la princesse Akhésa, fille de Pharaon ! Les indices concordaient : l'admirable finesse des pieds, ses bracelets et enfin les deux lévriers.

Akhésa mêlée à un complot ayant abouti à la disparition de l'envoyé du roi de Byblos et à celle du diplomate Tétou... Ce renseignement pouvait valoir à Pached une importante promotion s'il savait le négocier. Il ne lui restait plus qu'à trouver la personne qui haïssait le plus Akhésa.

Méritaton, la fille aînée de Pharaon, demanda à ses porteurs de hâter l'allure. Tassée sur la chaise en bois doré que deux parasols protégeaient du soleil, elle avait fui le palais. Alors qu'elle s'était parée pour séduire enfin son mari, Sémenkh l'avait repoussée avec violence et mépris, proclamant sa haine des femmes.

La chaise à porteurs traversa une petite place grouillante de badauds faisant leur marché. Le long des demeures blanches, les vendeurs avaient déposé paniers et couffins remplis de pains, de gâteaux, de légumes, de poissons frais ou séchés, de viande de bœuf et de mouton, d'épices, d'étoffes de diverses qualités et de parfums.

Les acheteurs discutaient les cours. On parlait haut et fort, les discussions semblaient s'envenimer mais finissaient par un accord à l'amiable. Un paysan, présentant des oignons d'une grosseur exceptionnelle, recueillait un vif succès. Nombreux se présentaient les amateurs qui savaient que ce légume écartait les démons de la nuit et les maladies infectieuses.

Repliée sur elle-même, les yeux baignés de larmes, Méritaton ne s'intéressait pas aux scènes du marché. Elle ressassait la scène pénible qui l'avait à jamais détachée de l'homme qui devait être son mari. Comment oublier les paroles abjectes qu'il avait prononcées ? Comment admettre qu'il se félicitât de passer des nuits entières en compagnie du roi et d'avoir remplacé l'épouse qui se mourait loin de lui ? Sémenkh était un être ignoble.

Lorsque la chaise à porteurs sortit du marché, Méritaton avait recouvré un peu de force et de lucidité. Seule la haine lui donnait encore le goût de vivre.

Un vent doux rafraîchissait le temple « éventail de la lumière » où résidait Méritaton. Elle était seule dans son sanctuaire privé. Elle avait renvoyé ses serviteurs à l'exception du portier. La jeune femme reprenait espoir depuis que lui était parvenu un message, écrit à l'encre noire sur un éclat de calcaire, portant la marque du ministère des Pays étrangers.

Son correspondant, qui demeurait anonyme, demandait une entrevue urgente afin de lui communiquer une information confidentielle.

Méritaton rêvait. Le sort ne lui offrait-il pas une arme efficace pour assouvir sa vengeance ? Elle calcula l'heure sur sa clepsydre à eau : le milieu de l'après-midi. Au dehors, il devait faire chaud. La fille aînée d'Akhénaton rendit hommage à l'architecte qui avait disposé les murs de manière si savante que la moindre brise se transformait en souffle d'air circulant dans l'ensemble de l'édifice, orienté nord-sud. Au plus fort de l'été régnait une agréable fraîcheur dans cet « éventail » de pierre qui ne captait du soleil que sa lumière bienfaisante et non son ardeur desséchante.

L'homme entra, introduit par le portier qui se retira aussitôt.

Pached, émerveillé, regardait autour de lui, levait les yeux au plafond, admirait les peintures représentant la naissance des oisillons, le vol des canards sauvages, les amours multicolores des papillons. La délicatesse de ces lieux enchanteurs adoucissait son âme. Il regrettait presque sa démarche et son désir de nuire. Mais il était trop tard pour reculer.

Très raide, se voulant autoritaire, Méritaton rappela son hôte à la réalité.

— Qui êtes-vous et que me voulez-vous ?

Pached se prosterna devant la jeune femme, abaissant son regard vers le sol au dallage ornementé de plantes stylisées.

— Je ne suis qu'un humble fonctionnaire du ministère des Pays étrangers. Mais j'aimerais vous aider. J'ai la certitude que votre sœur Akhésa est mêlée à un grave complot.

Méritaton contint à grand-peine sa jubilation.

— Relevez-vous et suivez-moi.

Elle le mena dans une petite salle au centre de laquelle jaillissait l'eau d'une fontaine, retombant en arcades immatérielles. Autour étaient disposées des banquettes de pierre où prirent place Méritaton et Pached, séparés par l'écran cristallin.

— Qu'avez-vous à m'apprendre ? interrogeat-elle, impatiente.

— La princesse Akhésa m'a menacé en se servant de ses deux lévriers. Sous la contrainte, j'ai dû lui laisser libre accès aux doubles des archives qu'elle a consultées. Elle dissimulait son visage.

À la jouissance visible dans les yeux de Méritaton, Pached sut qu'il avait touché juste. Les porteurs de la fille aînée de Pharaon lui avaient signalé la haine qu'elle nourrissait contre sa sœur Akhésa. Quand Méritaton lui demanda de quelle manière elle pourrait le remercier, le fonctionnaire se détendit. Il accomplissait bien la démarche la plus fructueuse de sa carrière.

Le chef de la police, Mahou, bâilla à plusieurs reprises. Le bol de fèves chaudes qu'il venait d'absorber lui redonnait quelques forces, mais ses incessants va-et-vient entre la caserne centrale et les postes frontière finissaient par l'épuiser. Il s'obligeait pourtant à cette corvée, cherchant à maintenir ses hommes en état d'alerte permanent. Mahou avait la certitude que les Hittites, profitant de la faiblesse momentanée de Pharaon, tenteraient d'envahir l'Égypte. Ils demanderaient à leurs vils alliés, les chiens libyens et les chacals bédouins [1], de former une première vague d'assaut.

Mieux aurait valu l'une de ces expéditions préventives que savait si bien organiser le grand Thoutmosis III. Mais Akhénaton en était incapable. Et Horemheb n'agirait pas sans ordre. Aussi Mahou avait-il le sentiment d'être, avec ses forces de police, le premier rempart à l'invasion. Un rempart qui devait accepter d'être sacrifié.

Après avoir inspecté la garnison du poste nord, Mahou remonta sur son char et le lança à vive allure vers un fortin isolé, précédant de peu la stèle la plus septentrionale implantée par Akhénaton pour délimiter le territoire d'Aton.

Sur la piste, un char arrêté. Devant, un archer. À ses côtés, une femme habillée d'une longue tunique blanche.

Étrange rencontre, en cet endroit ordinairement désert. Mahou stoppa son propre véhicule et en descendit. Il avait reconnu Méritaton, la fille aînée du roi. Cette entrevue ne lui disait rien qui vaille.

— J'ai besoin de vous, déclara Méritaton, nerveuse.

— Je suis à vos ordres, répondit le chef de la police, prudent.

— Soyez demain soir devant l'entrée des appartements privés du prince Sémenkh. De graves événements se préparent. Votre présence évitera un grand malheur.

Sans attendre la réponse, la princesse remonta sur le char que conduisait l'archer et disparut dans un nuage de poussière. Mahou demeura immobile un long moment, en proie à l'indécision. Il n'avait pas l'habitude de recevoir de tels ordres. Ne cherchait-on pas à l'impliquer dans un

1. Expression égyptienne.

complot ? Les intrigues de la cour royale n'étaient pas de son ressort. Mais s'il bafouait Méritaton en lui désobéissant, il risquait une destitution.

Le plus sage serait sans doute de ne pas garder cet entretien trop secret. En faire connaître la teneur au général Horemheb constituerait une garantie non négligeable.

Épuisée par sa randonnée en compagnie de Bélier et de Taureau qu'elle avait elle-même ramenés au chenil, Akhésa s'était endormie sitôt étendue sur son lit. Sa servante lui avait massé les pieds et les jambes sans la réveiller, puis avait répandu des parfums dans la chambre pour écarter les insectes et soufflé les mèches des lampes.

Cette nuit-là, le sommeil de la princesse était si profond qu'un grand bruit eût été nécessaire pour la réveiller. La petite servante de douze ans qui passa par l'une des fenêtres et marcha pieds nus sur le dallage heurta du coude un siège bas. Constatant que le souffle de la dormeuse restait régulier, elle exécuta la mission que lui avait confiée sa maîtresse, Méritaton : voler un miroir en forme de clé de vie et une robe plissée.

Akhésa se sentait merveilleusement bien. Le printemps était sa saison préférée. Sa lumière lui donnait une énergie nouvelle, une formidable soif de vivre et de devenir elle-même. Il y avait dans l'air léger un désir ineffable que savaient si bien chanter les poètes, célébrant l'union des deux rives et le mariage du ciel et de la terre.

Elle ne profitait pourtant pas, comme d'habitude, de la vue admirable qu'elle découvrait depuis les jardins suspendus du palais. L'étrange message que lui avait transmis sa servante nubienne lui occupait trop l'esprit pour qu'elle jouisse du vert translucide des champs, du bleu éclatant du ciel, du scintillement des eaux du Nil.

Un papyrus scellé contenait quelques mots écrits à la hâte, presque illisibles, signés de la main du prince Sémenkh, l'époux de Méritaton. Il la priait de lui rendre visite le soir même, au coucher du soleil, dans la cour intérieure située devant ses appartements privés.

Déjà irritée par l'étourderie de la Nubienne qui avait égaré son miroir et une robe plissée qu'elle aimait beaucoup, Akhésa éprouvait une vague angoisse.

Fallait-il ou non se rendre chez Sémenkh ? Que risquait-elle, au demeurant ? Si le mari de sa sœur aînée tenait tant à la voir, c'était sans doute pour échanger des confidences. Ne devait-elle pas l'écouter, recueillir des informations inespérées ? Et puis, il y avait... la curiosité, cette insatiable gourmande qui ne la laisserait pas en paix tant qu'elle ne serait pas satisfaite.

Akhésa traversa les jardins, grimpant les pentes les plus escarpées avec agilité. Elle s'assura que personne ne l'avait aperçue avant de s'aventurer dans la cour intérieure où le prince Sémenkh, comme chaque soir à cette heure-là, adressait une prière au soleil couchant, les mains levées vers l'occident du ciel.

Les joues de Sémenkh étaient creusées. Ses yeux fixaient un point dans le lointain et ne le quittaient pas. Il demeurait aussi immobile qu'une statue. Son teint lugubre lui donnait l'apparence d'un génie de l'autre monde, prêt à dévorer les voyageurs ignorant les mots de passe.

Akhésa eut une pensée émue pour sa sœur. Comme elle devait être malheureuse avec cet homme !

Elle s'avança dans la pénombre. Sémenkh ne

réagit pas. Elle s'approcha. Il tourna lentement la tête dans sa direction.

— Comment osez-vous interrompre ma prière ? s'indigna-t-il.

— Sur votre demande, répondit Akhésa.

Sémenkh, intrigué, fronça les sourcils.

— Sur ma demande ? D'où provient cette fable ? Je déteste les femmes. Elles sont frivoles et menteuses. Je n'ai nulle envie de vous voir et encore moins de m'entretenir avec vous !

— Auriez-vous oublié ce message, signé de votre main ?

Sémenkh consulta le papyrus que lui présentait la jeune femme.

— C'est un faux, ce n'est pas mon écriture.

— Prouvez-le.

— Ainsi vous ne me croyez pas. Suivez-moi donc.

Akhésa pénétra dans les appartements privés de Sémenkh et de Méritaton.

— Ma sœur est absente ? s'étonna-t-elle.

— Nous ne vivons pas ensemble, révéla le prince, sardonique. Je vous ai dit que la compagnie des femmes me déplaisait.

Un grand désordre régnait dans la salle à colonnes où travaillait Sémenkh. Des rouleaux de papyrus et des tablettes jonchaient le sol. Sur les meubles bas étaient éparpillés vêtements et matériel d'écriture. Le prince ramassa un éclat de calcaire et le montra à la fille de Pharaon.

— Voici mon écriture. Comparez-la avec celle du message que vous avez reçu.

Akhésa fut vite édifiée. Son œil se posa sur un miroir et une robe plissée, gisant au pied d'un coffre en bois. Elle les désigna à Sémenkh.

— Ceci m'appartient, déclara-t-elle, étonnée. Comment ces objets vous sont-ils parvenus ?

Sémenkh s'agenouilla et ramassa le miroir et la robe.

— Mais... je l'ignore ! Je ne les ai jamais vus.

La porte de la salle à colonnes s'ouvrit avec fracas. Méritaton se trouvait sur le seuil.

— Ainsi, affirma-t-elle avec rage, tu me bafoues avec ma propre sœur, dans mon propre palais. Tu commets la faute d'adultère, un crime qui mérite le plus sévère des châtiments !

Sémenkh, tremblant, se releva.

— Tu te trompes, Méritaton... Tu te trompes...

— J'ai été convoquée ici par un mystérieux correspondant qui a imité l'écriture de ton mari, expliqua Akhésa.

— Et cette robe qu'il tient en main, n'est-ce pas la tienne ? Ce miroir ne t'appartient-il pas ?

— On les a volés et on les a placés ici pour mieux m'accuser, ma sœur chérie. Cette manœuvre grossière est assez dans ta manière.

— Tu ne devrais pas ironiser, Akhésa. Ton comportement est plus répréhensible encore que tu ne te l'imagines. Non seulement tu partages la couche d'un homme marié, mais encore tu trahis ton pays.

Sémenkh considéra son épouse avec étonnement.

— Tu deviens folle, Méritaton.

— J'ai amené un témoin qui te fera condamner par le tribunal, Akhésa ! Toi et Sémenkh, vous serez exilés, obligés de quitter la cité du soleil, peut-être emprisonnés ou pis encore !

La joie méchante de Méritaton serra le cœur d'Akhésa. Elle ne croyait pas que la haine dégradât un être à ce point. Sa sœur n'avait plus la moindre parcelle d'affection pour elle. C'était un combat sans merci qu'elle avait décidé de livrer afin de maintenir son pouvoir.

Un homme apparut aux côtés de Méritaton. Pached, le fonctionnaire du ministère des Pays étrangers. Akhésa crut défaillir. Manipulé par Méritaton, il pourrait lui causer les pires ennuis. Avec son témoignage, les accusations portées par sa sœur aînée ne manqueraient pas de poids.

Le prince Sémenkh avait perdu toute superbe. Il tordait et retordait la robe plissée d'Akhésa comme un vulgaire chiffon.

— Le fonctionnaire Pached n'est pas venu seul, dit Méritaton, triomphante. Il est accompagné du chef de la police, Mahou, et de ses hommes.

— Vous n'allez pas... m'arrêter ? s'angoissa Sémenkh, jetant au loin la robe froissée. Pas moi ! Je suis ton mari et le confident du roi !

— Tu m'as trompée, Sémenkh. Tu mérites d'être châtié. Ton sort ne me concerne plus.

Méritaton s'effaça pour laisser le passage au chef de la police.

Elle éprouva la plus désagréable des surprises. Mahou était un homme trop prudent pour prendre le risque d'interpeller les membres de la famille royale. Le fait n'était pas illégal, mais il aurait fallu un dossier autrement solide que celui fourni par Méritaton.

Ce ne fut pas Manou qui entra dans la salle à colonnes, mais le général Horemheb.

Incrédule, Méritaton poussa un cri d'effroi. Elle recula jusqu'à se plaquer le dos contre un mur. Horemheb la dévisagea avec dédain de même que Pached, terrorisé.

Le pharaon Akhénaton n'accordait plus d'audience depuis plusieurs semaines. La salle du trône demeurait déserte, hantée par le fantôme d'un grand roi qui avait su créer une nouvelle capitale.

Le général Horemheb avait décidé de s'entretenir avec Akhésa après les graves événements qui
avaient perturbé la cour royale. Il l'avait priée de
venir le rejoindre dans l'une des colonnades du
palais, autrefois animée par le passage des scribes.

Le chef de la police, Mahou, et le commandant
Nakhtmin se félicitaient d'avoir alerté Horemheb.
Ce dernier avait pris lui-même l'affaire en main.
Il avait lavé Akhésa des accusations mensongères
portées contre elle par Méritaton, à jamais discréditée. Un rapport sur ses agissements, signé par
le général lui-même, avait été remis à Akhénaton.
Le roi n'avait fait aucune déclaration, mais avait
interdit l'accès de son cabinet privé au prince
Sémenkh. Pached avait été condamné aux travaux
forcés dans les oasis.

Horemheb était nerveux. Jusqu'à présent, il
avait agi dans le respect de Maât. Il s'était juré à
lui-même de ne jamais trahir la loi d'harmonie
révélée par les dieux.

Aujourd'hui, l'amour que lui inspirait une
jeune femme, fille de son roi, le faisait vaciller. Il
était devenu lui-même son principal ennemi, un
adversaire implacable contre lequel il luttait avec
la maladresse d'un novice.

La renommée d'Akhésa avait brusquement
grandi dans la cité du soleil. La rumeur prétendait
qu'elle était devenue la protégée du général
Horemheb et que des tractations s'étaient enga-
gées, par leur intermédiaire, avec les prêtres de
Thèbes.

La rumeur, une fois de plus, mentait. L'unique
négociation que Horemheb envisageait de mener
à bon terme avait Akhésa pour interlocutrice
privilégiée. Cette entrevue n'était pas secrète. La
princesse vint accompagnée d'une escorte de
serviteurs. Ses cheveux étaient enserrés par un

diadème de perles fines. Ses yeux étaient maquillés avec un fard vert sombre.

Le général proposa à la princesse de déambuler dans la colonnade. Ils marchèrent lentement, côte à côte, tournant autour de la salle du trône à la porte close, comme attirés par le vide d'un pouvoir qui menait l'Égypte à sa perte.

— Je sais à quel point je vous suis redevable, général. Je ne l'oublierai jamais.

— Je n'ai fait que mon devoir, Votre Altesse. Servir la vérité est ce qui nous fait vivre.

— Que va devenir Méritaton ?

— Ce n'est pas à moi d'en décider. Notre destin à tous est dans le poing de Pharaon. Néanmoins...

— Néanmoins ?

— L'Égypte a besoin d'une grande reine.

— Méritaton est la fille aînée. Elle détient la légitimité du sang.

Horemheb et Akhésa gardèrent longuement le silence. Cette réalité était ineffaçable.

— L'Égypte a besoin d'une grande reine, répéta Horemheb, les mâchoires serrées. Les dieux et moi-même y veillerons.

La jeune femme frissonna, fascinée par la détermination du général. « Les dieux »... Il avait osé dire « les dieux », niant la toute-puissance d'Aton.

— Je voudrais partager une confidence avec vous.

Le cœur de Horemheb tressaillit. Il n'osait imaginer les mots qu'elle allait prononcer et qui allaient bouleverser sa vie.

— Avant de mourir, général, la reine mère Téyé m'a révélé le nom du futur pharaon qu'elle espérait voir monter sur le trône : Toutankhaton. Je lui ai promis...

— Vous n'aviez rien à lui promettre ! intervint

sèchement Horemheb. Ce prince thébain n'est qu'un enfant. Il sera traité comme tel.

Horemheb n'avoua pas qu'il était troublé par la révélation d'Akhésa. Toutankhaton... Toutankhaton qu'avait également désigné Néfertiti ! Un enfant allait-il se dresser entre lui et Akhésa ? Il se reprocha aussitôt cette réaction insensée.

— Vous vous méprenez sur le compte de Toutankhaton, général. Il évolue rapidement. La fréquentation de la cour le mûrit.

— On prétend qu'il est amoureux de vous... C'est absurde !

— Je ne crois pas. Un sentiment profond l'anime, en effet.

Elle souriait, tendue. Ce sourire tortura Horemheb.

— Et vous...

Il ne parvint pas à poser la question qui lui brûlait les lèvres. Akhésa ne l'y contraignit pas.

— Akhésa... Éloignez-vous de Toutankhaton. Il se trouvera au centre d'un grave conflit.

La jeune femme défia le général, soutenant son regard.

— Toutankhaton est un futur pharaon et j'ai promis d'être à ses côtés. Je suis la seule à pouvoir l'aider.

Une intense déception s'inscrivit sur le visage de Horemheb.

— Ne vous mêlez pas à la lutte pour le pouvoir, princesse. Elle sera cruelle, impitoyable. Laissez-moi vous protéger. Quand la tourmente se sera déclenchée, il sera trop tard.

Akhésa demeura sereine.

— Je ne la redoute pas. Mais je ferai tout pour l'éviter. La paix civile passera peut-être par mon mariage avec le prince Toutankhaton.

Horemheb vivait un cauchemar éveillé. Pourtant, ce qu'il lisait dans les yeux de la princesse ne ressemblait pas à l'indifférence. Cette jeune femme l'aimait, il en était sûr. Mais elle lui annonçait, avec un calme incroyable, qu'elle se donnerait à un autre homme.

— Si vous épousez Toutankhaton, princesse, nous deviendrons des ennemis irréductibles.

— Il sera fait selon la volonté d'Aton, général.

16

Depuis l'installation officielle du prince Toutankhaton dans le palais nord de la cité du soleil
où résidait à présent Néfertiti, chacun connaissait
le choix de la grande épouse royale concernant
l'avenir du royaume. Elle souhaitait comme successeur d'Akhénaton un prince dont l'enfance et
l'adolescence se seraient partagées entre l'ancienne
et la nouvelle capitale de l'Égypte, entre Thèbes
et la cité du soleil.

Inapte à gouverner en raison de son jeune
âge, il serait néanmoins le symbole respecté et
intouchable de l'union des Deux Terres, donnant
satisfaction aux partisans d'Aton comme aux
tenants de la religion traditionnelle. Équilibre
fragile, certes, mais que pouvaient assurer le
« divin père » Aÿ et le général Horemheb.

Tels étaient donc les souhaits de Néfertiti sur
lesquels Akhénaton méditait jour et nuit, ne
parvenant plus à trouver le sommeil. Ce n'était
pas Toutankhaton qu'il avait associé au trône,
mais Sémenkh, un véritable adorateur d'Aton en
qui il avait pleine confiance.

Au cours des déplorables événements, dont
l'unique responsable était sa fille aînée, Méritaton,
cette dernière avait révélé sa véritable nature :
celle d'une intrigante à courte vue.

Sémenkh était dans l'obligation de la répudier. Akhénaton lui donnerait ensuite comme grande épouse Akhésa qui serait promue au rang de fille aînée et de future reine d'Égypte. Ainsi serait reconstitué un couple analogue à celui formé par Akhénaton et Néfertiti.

Pharaon avait ressassé cette décision. Il aimait Méritaton, avait espéré qu'elle deviendrait reine, souffrait de lui infliger une si grande peine.

Il se devait d'accorder une ultime chance à sa fille aînée. C'est pourquoi il l'avait convoquée en compagnie de Sémenkh. Si elle se révoltait, si elle parvenait à le convaincre qu'il commettait une erreur, peut-être accepterait-il de réfléchir à nouveau. Immergé dans la lumière d'Aton, travaillant et retravaillant chacun des vers de l'hymne qu'il composait à la gloire de Dieu, Akhénaton avait perdu le sens du temps. Les tâches quotidiennes ne l'intéressaient plus. Il n'avait plus envie de réunir son conseil, de consulter ses ministres, de donner des directives pour la conduite des affaires de l'État. Il laissait agir Aÿ et Horemheb.

Une douloureuse langueur s'était emparée de lui. Elle le privait de la volonté farouche qui l'avait animé depuis qu'il avait pris conscience, encore enfant, de sa mission religieuse. Il mourait doucement, comme Néfertiti. Elle se terrait dans le néant de sa cécité, mais continuait à agir magiquement. Cette fois, pour leur malheur à tous deux, ils se trouvaient en désaccord. Cette déchirure contribuait pour beaucoup à son affaiblissement. Aussi fallait-il qu'il règle définitivement sa succession. Après l'avoir proclamée par décret, il demanderait à rejoindre son épouse et à passer ses derniers instants terrestres en sa compagnie. Cela, au moins, elle ne pouvait le lui refuser.

Sémenkh et Méritaton, côte à côte, se prosternèrent devant Pharaon.

Akhénaton, nu, en posture de scribe, écrivait. Sa main tremblait. Les hiéroglyphes étaient mal dessinés. Au prix d'un effort considérable, il continuait à tenir son calame et à tracer sur le papyrus les paroles de vie célébrant la toute-puissance d'Aton.

— Ce sera notre dernière entrevue, annonça-t-il d'une voix usée. Je n'ai plus beaucoup de temps et je dois le consacrer à Aton. Toi, ma fille aînée, tu as semé la discorde et le mensonge dans la cité du soleil. Tu deviendras l'une des supérieures des chanteuses du temple et tu t'installeras dans une maison construite à l'intérieur de l'enceinte. Désormais, tu te consacreras à la louange d'Aton et tu ne participeras plus à aucune cérémonie officielle. Ton nom disparaîtra des Annales. Tu passeras le reste de tes jours dans la prière et le recueillement.

Méritaton demeura prostrée, la tête baissée sur la poitrine, les mains jointes devant elle.

Akhénaton attendit une réaction. Elle ne vint pas. Méritaton avait scellé son propre destin. N'osant regarder ni son père, ni Sémenkh, elle sortit du cabinet privé de Pharaon, à jamais brisée.

Le roi prit Sémenkh par les épaules.

— Toi, mon successeur... tu épouseras ma fille Akhésa, et...

Sémenkh se dégagea avec brusquerie.

— Non, Votre Majesté. Je ne suis destiné ni au mariage ni à la royauté. Je renonce au pouvoir que vous m'offrez. Il ne m'intéresse pas. Je veux dédier mon existence à Aton, vivre au temple. Laissez-moi devenir prêtre régulier et ne plus revenir dans le monde extérieur. Qu'un autre prenne en charge les affaires de l'État.

Le choc provoqué par ces paroles fut si rude qu'Akhénaton défaillit. Les murs de la pièce dansèrent devant ses yeux.

Sémenkh perçut le trouble du roi.

— Pardonnez-moi de vous infliger ce tourment, Majesté... Mais je dois d'abord être vrai envers moi-même. Je n'accepte ni de me mentir ni de vous mentir.

Sémenkh s'agenouilla devant Akhénaton.

— Vous êtes l'unique prophète d'Aton, dit-il, et mon maître spirituel. C'est vous qui m'avez enseigné la voie qui mène vers Dieu. Permettez-moi de me consacrer entièrement à lui.

— Il en sera ainsi, Sémenkh.

Quand Akhésa arriva au palais nord où résidaient Néfertiti et Toutankhaton, elle était en proie à la plus vive des angoisses, redoutant d'être confrontée à une affreuse réalité.

Le majordome qui était venu la chercher ne lui avait donné aucune explication. Et si sa mère...

Dès qu'elle pénétra dans le vestibule, ses craintes se confirmèrent. Presque partout, les torches avaient été éteintes. Il ne subsistait qu'une faible lumière dans l'immense demeure silencieuse. Akhésa leva un regard interrogateur vers le majordome, muet, se contentant de la guider à travers un dédale de pièces, de couloirs et de cours où étaient assis des serviteurs, prostrés, la tête dans les épaules.

Le signe du deuil.

Elle n'avait pas le droit de pleurer. Akhésa devait se montrer maîtresse d'elle-même, affronter la mort de sa mère avec la dignité qu'elle lui avait inculquée.

Le majordome introduisit la princesse dans la chambre à coucher de la grande épouse royale, jouxtant une salle de bains et une salle d'onction. Il referma les portes de cèdre derrière elle.

Là régnait une obscurité totale. Alors que les larmes s'écoulaient sur les joues d'Akhésa, une voix, presque imperceptible, entama une mélopée aux inflexions très douces.

La voix claire de Néfertiti, d'une absolue pureté.

Akhésa se précipita vers le lit où sa mère était étendue, immobile, les yeux morts.

— Mère, tu es vivante !

Akhésa serra avec passion la main gauche de Néfertiti pendant le long du lit.

— C'est ma dernière nuit sur cette terre, ma fille bien-aimée... Je suis heureuse de quitter ce monde, de bientôt connaître une autre lumière. Aton m'a accordé la grâce de respirer jusqu'à cette heure pour te révéler enfin ton destin.

La jeune femme perçut un sourire dans les paroles de Néfertiti, une espérance qui terrassait la mort.

— Ton père est venu, il y a quelques heures... Je voulais lui parler une dernière fois. Ce qu'il m'a dit, Akhésa, m'a donné la force de lutter jusqu'à cette minute.

La voix de la grande épouse royale s'affaiblissait, devenant à peine audible.

— À présent, tu es la gardienne de la légitimité, mon enfant, et la future reine d'Égypte... Tu as toutes les prérogatives de la fille aînée. Épouse le prince Toutankhaton dans ce palais, cette nuit même... et veille sur le bonheur de l'Égypte.

Alors que la nuit d'étoiles étendait son manteau de lapis-lazuli sur la cité du soleil, la princesse Akhésa était parfumée par une servante dans une salle d'eau dont les pierres avaient été longuement chauffées. Akhésa, nue, avait pris place sur un tabouret pliant et buvait un jus de fruit frais qu'elle aspirait à petites gorgées grâce à un siphon importé de Syrie.

La princesse avait fait le vide dans sa pensée. Elle s'était laissé frictionner et oindre avec délices, ne songeant qu'à son bien-être, aux frissons qui lui parcouraient le dos et les reins. La servante, nue elle aussi, venait d'atteindre sa vingtième année. Femme de chambre de Néfertiti depuis l'enfance, elle avait connu Thèbes avant de partir avec sa maîtresse pour la nouvelle capitale.

— Vous êtes très belle, confia-t-elle à la princesse, aussi belle que votre mère. Ma propre mère comptait déjà au nombre de ses servantes, quand Néfertiti fut parée pour sa première nuit d'amour avec Pharaon. Ce soir, c'est moi qui ai le devoir de faire rayonner les beautés de votre corps, de vous rendre plus attirante qu'une déesse.

Akhésa cessa de boire. Ce soir, en effet, elle serait la femme du prince Toutankhaton. Son mariage serait accompli par le simple fait de venir habiter sous le même toit que le jeune homme et de s'offrir à lui. Aucun acte légal, aucune cérémonie religieuse ou civile ne seraient nécessaires. Devenaient mari et femme deux êtres qui se déclaraient leur amour et commençaient une existence commune, partageant joies et peines.

— As-tu vécu à Thèbes ? interrogea Akhésa.

— Oui, princesse.

— Est-ce une ville aussi agréable que notre capitale ?

Akhésa ne pouvait avouer qu'elle s'était rendue sur la rive d'Occident, au palais de la reine mère, et qu'elle regrettait de n'avoir pu découvrir la luxuriante cité dont les quartiers se déployaient sur l'autre rive.

La servante poussa un soupir.

— Agréable... Le mot est trop faible. Thèbes

est la plus riche, la plus joyeuse des cités ! Chaque soir, il y avait de grands banquets. J'y jouais de la lyre et je chantais. Ici, l'existence est devenue grise et terne. Il est presque interdit de rire, de s'amuser. La mort rôde... mais pas cette nuit ! L'amour va la chasser, j'en suis sûre. C'est vous qui allez l'éloigner.

Pas un pouce du corps admirable d'Akhésa n'était privé de parfum. Elle ne bougeait plus, n'ayant jamais goûté pareil bonheur. Un contentement simple, animal, qu'elle savourait sans aucune retenue.

La servante massa légèrement le cou de la future reine. Elle ne la jugeait pas encore assez détendue.

— Ne craignez rien, princesse. L'amour est une parole de Dieu. Ce que vous ressentez en cet instant n'est rien à côté de la joie qu'il vous offrira. Il montera en vous comme l'inondation sur les rives du Nil.

Pour la première fois, Akhésa songea au prince Toutankhaton avec ravissement. Il devenait le gardien de sa félicité. Elle commençait à l'aimer, non point d'une folle passion mais d'un sentiment très tendre qui, bientôt, nourrirait la communion unissant leurs âmes et leurs corps.

La servante ouvrit une boîte à parfum en or, posée sur un socle en argent, ayant la forme de deux cartouches [1] accolés, surmontés de deux plumes d'autruche encadrant le disque solaire. La précieuse substance déposée dans chacun des deux cartouches servant de récipients avait été préparée dans le laboratoire du temple par des prêtres médecins connaissant les secrets de la lionne

1. Ovales plus ou moins allongés contenant le nom du pharaon.

dangereuse, Sekhmet, revenue des lointaines contrées du Sud, porteuse des substances aromatiques les plus rares.

La boîte était ornée de figurations d'un roi enfant, portant une tresse sur le côté pour signifier son jeune âge ; la fine sculpture en or, travaillée au repoussé, avait été incrustée de pierres de couleur. De l'index de la main droite, la servante prit un peu de pâte odoriférante et l'étendit avec lenteur et délicatesse à la base de la nuque de la princesse.

Une incroyable sensation de fraîcheur envahit Akhésa. Elle poussa un léger cri de jouissance. Il lui sembla que la moindre parcelle de son être devenait sensible.

— Restez immobile, princesse. Vous êtes prête pour l'amour. Vous le vivrez au plus profond de vous-même. À présent, je vais vous habiller.

Les cheveux enserrés dans un diadème d'or et d'argent, portant un collier de perles et une courte tunique transparente qui s'arrêtait à mi-cuisse, les pieds chaussés de sandales blanches aux fines lanières, Akhésa vit s'ouvrir devant elle les portes de la chambre à coucher du prince Toutankhaton.

Le camérier déposa son flambeau sur un guéridon et quitta la pièce. À travers une fenêtre donnant sur les jardins, Akhésa admira la pleine lune du second mois du printemps. Les astrologues du palais l'avaient annoncée comme particulièrement favorable : les influences divines pénétreraient la terre sans que nulle force négative ne s'oppose à elles.

Le lit, en ébène massif, occupait le centre de la chambre à coucher. Fait d'un cadre du même bois sur lequel s'adaptait un treillis de cordelettes entrecroisées et peintes en blanc, il avait les pieds ornés d'ivoire et d'or. Sur chacun des trois panneaux, le compartimentant, se détachait la joyeuse figure grimaçante du dieu Bès, chargé de veiller sur le sommeil du dormeur en écartant de lui les cauchemars et les démons rôdant dans les ténèbres. Le long du lit, assez large pour deux personnes de faible corpulence, courait une frise de lotus et de papyrus évoquant le marais originel où la vie s'était organisée. En entrant dans le sommeil, l'âme mourait au jour passé et plongeait dans les eaux primordiales pour s'y régénérer.

Cette nuit-là, Akhésa n'éteindrait pas les quatre torches brûlant dans les angles de la chambre à coucher. Chacune d'elles, en bronze et en or, avait la forme d'une croix ansée au pied fixé dans un piédestal en bois. Les croix étaient pourvues de bras serrant des vases remplis d'huile où flottait une mèche allumée ne produisant pas de fumée. La douce clarté qu'elles dispensaient faisait apparaître Akhésa comme une ombre colorée et légère.

À la tête du lit, un chevet en forme de demi-cercle supporté par le dieu Shou, agenouillé. Encadré de deux lions, symbolisant hier et demain, il offrait la lumière céleste qui illuminerait les songes des dormeurs. Akhésa prit le magnifique objet en ivoire et le déposa sur le sol. Elle écartait ainsi les rêves et le sommeil.

Lorsque Toutankhaton pénétra dans la chambre, habillé d'un simple pagne, Akhésa lui fit face.

Un enfant, il n'était encore qu'un enfant. Mais son regard était fou d'amour, son corps frêle tressaillait de passion. Il la regardait comme s'il découvrait le vrai visage d'une déesse.

— Akhésa... dit-il dans un murmure. Akhésa... je voudrais...

— Approche-toi, recommanda-t-elle, souriante.

— Je voudrais...

— Tais-toi, jeune prince, et viens tout près.

Hésitant, tremblant, il obéit. Son visage touchait presque celui de la princesse. Ils étaient de même taille. Leurs lèvres s'effleurèrent.

— Akhésa, je n'ose croire encore...

— Oublie les mots, supplia-t-elle, oublie-les tous et déshabille-moi.

La jeune femme avait renversé la tête en arrière, ses cheveux parfumés glissant sur les épaules. Toutankhaton porta lentement la main aux bretelles qui retenaient la tunique d'Akhésa. Le vêtement transparent descendit le long du corps de la princesse, dévoilant ses seins aux pointes tendues, son ventre plat, son sexe aux boucles de jais, ses jambes fuselées.

Émerveillé, Toutankhaton ignorait comment agir. Le dévisageant avec tendresse, Akhésa écarta sa tunique et s'agenouilla pour ôter ses sandales.

Le prince l'imita, se penchant pour embrasser les pieds de la jeune femme. Une onde de plaisir la fit vibrer. Prenant Toutankhaton par les mains, elle le releva. Ce dernier se laissa guider par un instinct qui lui dicta ses gestes. Serrant le corps nu d'Akhésa contre sa poitrine, il l'embrassa avec fougue.

Akhésa dénoua le pagne de Toutankhaton et l'entraîna jusqu'au lit où ils s'allongèrent, enlacés. Ils demeurèrent immobiles quelques instants, reprenant leur souffle. Puis le jeune homme s'étendit sur elle avec toute la violence de sa jeunesse.

17

Assis sur son trône, le pharaon Akhénaton vivait le silence et la solitude. Il n'avait jamais aimé les conseils où trop de courtisans cherchaient à le flatter, oubliant leurs devoirs : l'Égypte, la splendeur d'Aton, la naissance d'une civilisation nouvelle... Tout cela avait-il encore un sens, en cette matinée où il siégeait seul, à côté du trône vide de la grande épouse royale, en ce matin où Néfertiti était morte, regagnant la lumière de l'origine ?

À qui se confier maintenant ? Avec qui partager les craintes et les espoirs ? Néfertiti avait été l'épouse, l'amante et l'amie. Elle l'avait soutenue dans les épreuves, éclairant le chemin lorsque les ténèbres le menaçaient, écartant les destins néfastes. Sans elle, il n'avait plus la force de continuer. Depuis qu'elle l'avait fui, à cause de sa cécité, la situation n'avait pas cessé de se dégrader. Le pouvoir lui glissait entre les doigts comme un filet d'eau. Sémenkh, le successeur qu'il avait souhaité, avait préféré une existence de reclus, lui prouvant qu'il manquait de lucidité.

Des souvenirs éblouissants comme le soleil du matin lui traversèrent l'esprit. Il se revit, en compagnie de Néfertiti, apparaissant à la fenêtre principale du palais, sous les acclamations de la foule rassemblée pour voir récompenser un dignitaire recevant les colliers d'or. Il se rappela les repas pris sur les terrasses, sous les rayons du soleil, en compagnie de leurs filles.

Seul un couple pouvait régner sur l'Égypte. Seul un couple attirerait vers lui les rayons bienfaisants d'Aton. Séparé de Néfertiti, Akhénaton s'étiolait. Lui qui devait être le prophète de la lumière, trouverait-il le courage de continuer à remplir sa fonction ? Qui désirerait encore soutenir son action ? Était-il encore capable de gouverner ? Néfertiti disparue, sa fille aînée discréditée, Horemheb hostile.

L'heure était venue de renoncer.

Mais un pharaon n'avait pas la possibilité de se démettre de sa charge. Il n'avait d'autre issue que la mort. Une mort qu'Akhénaton accueillerait avec soulagement.

Une silhouette se profila à l'entrée de la salle du trône.

Une vague angoisse serra la gorge d'Akhénaton. Horemheb avait-il décidé de le faire assassiner ? Avait-il envoyé l'un de ses soldats pour abréger ses jours ? Il ne résisterait pas. C'était sans doute Aton qui avait choisi pour lui cette façon de le soulager de son fardeau.

La silhouette apparut dans la lumière : Akhésa, la future reine d'Égypte.

La jeune femme traversa la salle baignée de lumière et monta les marches du trône. Les yeux de son père demeuraient fixés sur elle.

Parvenue sur l'estrade, elle s'agenouilla et se prosterna devant le roi.

— Tu es femme, déclara-t-il ému. Tu m'as quitté, Akhésa, tu es entrée dans la maison de ton mari.

— Oui, je suis femme, mais je suis la chair de ta chair, protesta-t-elle avec douceur.

— Relève-toi, mon enfant, et viens auprès de moi.

Akhésa obéit et se lova près de la jambe gauche de son père, posant la tête sur les genoux de Pharaon.

— Es-tu heureuse ?

— Je le crois, père.

— Pourquoi cette hésitation ?

— L'amour d'un homme ne me suffit pas.

— Tu désires aussi celui de l'Égypte, n'est-ce pas ? Celui-là ne dépend que de Dieu, Akhésa. Il faut que tu m'écoutes. Je n'ai plus de disciple. Prends un calame et un papyrus. C'est toi qui écriras la fin du grand hymne à Aton.

La princesse s'exécuta, inscrivant les paroles que lui dictait son père.

— Toi, Aton, déclama-t-il d'une voix saccadée, tu as créé des millions de formes à partir de toi-même alors que tu étais seul, les villes, les champs, les rivières, les chemins. Chaque œil te voit, mais tu résides dans mon cœur. Là, il n'y a personne d'autre que moi-même qui te connaisse, moi, ton fils, que tu as rendu conscient de tes plans et de ta puissance.

Akhénaton se tut, plongé dans une brusque extase. Ses yeux se révulsèrent et ses lèvres s'entrouvrirent. Effrayée, Akhésa crut qu'il était mort. Elle lui toucha la main. Il réagit aussitôt.

— N'aie pas peur, Akhésa. Ce n'est pas Aton qui me tourmente ainsi mais un mal qui me ronge depuis de nombreux mois. Lorsque ta mère était à mes côtés, je parvenais à le supporter, à le dominer. Seul, je suis vaincu... Sais-tu que ce n'est pas moi qui ai parlé le premier d'Aton ?

Un sentiment de surprise s'inscrivit sur le visage inquiet de la jeune femme.

— C'est Hatchepsout, la reine-pharaon, qui a gravé cette pensée sur les murs de Karnak : « Je suis Aton qui créa tout être, qui donna force à la terre, qui acheva sa création. » Elle fut mon ancêtre et j'espère avoir été digne d'elle. N'oublie jamais, Akhésa, que les prêtres sont les plus vils des hommes. Ils te trahiront comme ils m'ont trahi. Ils dénaturent le divin, ils le rabaissent. N'écoute pas leurs conseils, fuis leur compagnie. Sois reine, respecte la loi de Maât, la justesse et l'ordre du monde, qui existait avant les humains et perdurera après eux. C'est elle qui inspire la royauté, lui donne le souffle de vie au-delà du temps. Pharaon est son fils et son serviteur. Il faut que je t'apprenne Maât, Akhésa. Il faut que je te prépare à ton métier de reine.

Akhénaton parla. Akhésa écouta. Les heures s'écoulèrent, tandis que Pharaon évoquait les principes spirituels qui avaient guidé sa vie. Il révéla à sa fille l'enseignement d'Aton, lui transmit la lumière intérieure qui l'animait, se privant ainsi de ses ultimes forces pour que le destin de sa fille aimée s'accomplisse.

Le général Horemheb admirait les oiseaux de sa volière, tourterelles, pigeons ramiers, huppes, mésanges... Bien qu'ils fussent en cage, ils faisaient bon ménage. D'ordinaire il aimait contempler leurs ébats, se persuadant qu'ils préféraient la sécurité à la liberté. Avaient-ils tort ou raison ? Comment se comporterait-il, lui, le puissant Horemheb, s'il était contraint à résider dans une cage ?

— Pourquoi te terrer dans ta demeure ? l'invectiva son épouse, la dame Mout. Tu passes le plus clair de ton temps à regarder ces stupides oiseaux, à te promener dans les jardins, à lire des vieux textes. Tu te méprises toi-même, mon cher époux !

En colère, la dame Mout ne manquait pas de

conviction. Elle n'avait rien perdu de ses allures hautaines de riche noble thébaine.

— Que veux-tu dire ? demanda Horemheb, caressant le dessus de la tête d'une tourterelle venue le flatter du bec.

— Tu le sais fort bien. Tu es l'homme le plus influent de ce pays. La reine mère Téyé et la grande épouse royale Néfertiti sont mortes. Akhénaton n'est plus qu'un malade enfermé dans sa solitude, incapable de régner. Entre toi et le pouvoir suprême, il ne reste plus personne !

— Tu oublies le futur couple royal.

— Akhésa et Toutankhaton ? Ne te moque pas de moi, Horemheb ! Ce sont des enfants. L'art du gouvernement leur est inconnu. Ils obéiront à l'homme qui prendra en main les destinées de ce pays avant de devenir lui-même Pharaon.

— Tu oublies également le « divin père » Aÿ.

La fureur de dame Mout monta d'un ton.

— Comment ce vieillard te résisterait-il ? Si tu manifestes ton autorité, il pliera l'échine. Aÿ est un courtisan qui recherche les faveurs du plus fort.

Horemheb ne pouvait que reconnaître la justesse des analyses de son épouse. Ambitieuse, têtue, elle ne manquait pas de perspicacité. Elle avait prononcé les paroles qu'il redoutait d'entendre.

— Tu oublies, ma chère épouse, que mon devoir consiste à servir fidèlement Pharaon, mon maître. Je n'ai qu'une parole et la lui ai donnée.

La dame Mout s'approcha de la volière où un couple de ramiers avait entamé un dialogue bruyant.

— J'aime ta loyauté, mon époux. Elle est ta force et tu ne dois pas t'en départir. Mais l'homme à qui tu avais offert ta parole a changé, beaucoup changé ! Il porte encore la couronne royale, certes, mais il ne se comporte plus comme un pharaon.

Si tu n'interviens pas, c'est l'Égypte qui s'effondrera. La route de l'invasion sera ouverte aux Hittites. Des milliers d'hommes, de femmes et d'enfants seront tués ou emmenés en esclavage. Des villages entiers seront rasés. Thèbes, elle-même, risque d'être détruite.

Horemheb versa des grains dans les mangeoires à oiseaux.

— Que souhaites-tu donc ?

— Lève des troupes nombreuses, recommanda la noble dame. Va vers le nord, mène une campagne en Asie et reviens victorieux. Ta renommée sera telle que l'on reconnaîtra en toi un véritable fils d'Horus. Ensuite...

— Ensuite ?

Mout garda le silence, tournant le dos à la volière où l'agitation croissait. Les oiseaux se bousculaient pour picorer.

— J'espère, ma tendre et respectable épouse, que tu n'as pas envisagé un seul instant de précipiter le trépas de Pharaon et que tu n'as encouragé aucun complot dans ce sens. Sinon, tu trouverais en moi le plus implacable des juges.

— Sois tranquille, dit-elle d'une voix éteinte. Je respecte Pharaon autant que toi. Mais je suis certaine qu'Akhénaton est un mauvais roi. Si tu renonces à défendre ton pays et ton peuple, tu seras aussi coupable que lui.

La dame Mout s'éloigna à pas pressés. Horemheb continua à nourrir ses oiseaux. Sa marge de manœuvre était étroite, presque inexistante. Il se décida pourtant à tenter une démarche dont il ne mésestimait pas le caractère dangereux. Une démarche dont il ne pouvait parler à son épouse.

Aimait-elle Toutankhaton ou le roi qu'il deviendrait ? Akhésa ne voyait pas clair en elle. Elle se laissait emporter dans un tourbillon sensuel où son corps découvrait mille plaisirs sans cesse renouvelés. Toutankhaton était insatiable. Il avait faim et soif de sa jeune épouse, partageait sa couche chaque nuit avec une ardeur toujours égale. L'adolescent vivait un rêve éveillé, se vouant tout entier à l'amour qu'il partageait avec la plus belle des créatures d'Aton.

Le soleil du printemps était de plus en plus chaud. À midi, une violente lumière blanche inondait le ciel et la terre. Les animaux s'abritaient sous des feuillages, les paysans dormaient dans des palmeraies ou des huttes de branchages construites à la lisière des champs.

Akhésa avait pourtant choisi le plein midi pour une promenade en barque. Elle ne redoutait pas les brûlures du soleil. Habillée d'une simple résille qui suivait les courbes de son corps, elle marcha jusqu'au quai du lac artificiel où était amarrée une barque légère en papyrus. D'habitude, deux servantes maniaient les rames. Cette fois, elle préférait rester seule et se rendre au pavillon construit sur l'île centrale pour y méditer, chercher un nouvel équilibre.

La princesse détacha l'amarre. D'un pied agile, elle sauta dans l'esquif. Lorsqu'elle voulut s'emparer d'une rame, une main puissante se posa sur son avant-bras.

— Laissez-moi faire, demanda le général Horemheb.

Akhésa, gardant son sang-froid, s'installa à l'avant de la barque. Horemheb la fit glisser sans à-coups sur le lac, en direction de l'île.

— J'avais besoin de vous voir, princesse. Votre beauté est éblouissante.

Akhésa plongea la main gauche dans l'eau, y traçant un sillon au fur et à mesure que l'embarcation avançait.

— Votre mariage est une erreur grave, affirma Horemheb. Toutankhaton ne sera pas en âge de gouverner avant longtemps. Il ne vous réservera que de cruelles déceptions.

La jeune femme sourit, songeant à ses nuits d'amour.

— Ce prince vient de Thèbes, continua-t-il et il n'est pas apprécié dans la nouvelle capitale. De plus...

— De plus ? interrogea-t-elle, narquoise.

Horemheb abandonna la rame. La barque continua sur son erre.

— Vous et moi, princesse, devrions changer de regard sur notre propre existence. Dieu a donné la connaissance à l'homme pour qu'il modifie le cours de son destin.

Jamais Horemheb ne s'était montré aussi séduisant. Akhésa aimait son grand front, la cicatrice qui ornait sa joue gauche, son élégance innée.

— Je suis le plus fidèle des serviteurs de Pharaon, mais...

— Mais mon père n'a plus le goût de vivre. Demain, il aura quitté cette terre. Sémenkh s'étant retiré au temple, plus personne n'est associé au trône.

— Il est cruel d'envisager la disparition d'un roi.

— D'un roi que vous n'aimez pas, général.

Horemheb ne se déroba pas.

— C'est vrai, princesse. Je ne l'aime pas. Je me sens en profond désaccord avec sa manière de gouverner. Je suis persuadé qu'il mène l'Égypte à la ruine. Mais je ne l'ai pas trahi et je ne le trahirai pas.

Le soleil dorait la peau bronzée d'Akhésa. Elle ne doutait pas de la sincérité de Horemheb.

Elle et lui savaient qu'il avait la capacité de régner, qu'il portait la puissance des pharaons passés. Ne jouissait-il pas de la plus magique des protections, celle du dieu Horus ? Lorsque le faucon céleste, dont les yeux étaient le soleil et la lune, prendrait son envol, son fils Horemheb ne se lèverait-il pas sur le trône d'Égypte comme une nouvelle lumière ?

— J'admire votre loyauté, général. Je suis prête à vous aider.

La barque s'était immobilisée sur le lac, à mi-distance entre la berge et l'île. Un martin-pêcheur tomba du ciel comme une pierre, plongea et ressortit de l'eau, un poisson dans le bec. Des canards, la tête enfouie sous l'aile, sommeillaient en dérivant.

— La beauté de cet endroit est divine, apprécia Horemheb. Comme la vôtre, princesse.

Elle sentit son regard sur sa peau, sur ses lèvres, sur ses seins. Elle ne se détourna pas. Elle n'avait pas envie de s'enfuir ni de se cacher.

— M'aider... Cela ne suffit pas, princesse. Vous avez perçu les dangers que court notre pays. Je sais que l'affection que vous portez à votre père ne vous aveugle pas. Vous connaissez la gravité de sa maladie. Vous avez songé à sa disparition prochaine. Demain, vous serez reine. Et vous n'agirez pas en dévote d'Aton.

Akhésa considérait peut-être ces paroles comme d'insupportables injures. Mais la jeune femme ne réagit pas avec violence. Pensive, elle s'allongea dans la barque, étendant ses longues jambes au galbe parfait.

— Vous êtes mariée au prince Toutankhaton, j'ai épousé la dame Mout. Ainsi l'ont décidé les dieux. Mais pourquoi notre destin serait-il scellé à jamais ?

— Iriez-vous... jusqu'à tenter de répudier votre femme ?

— Certes pas. Mais vous pourriez devenir grande épouse royale.

Horemheb avait parlé dans un souffle.

La princesse se redressa, interloquée. Elle connaissait à présent le plan de Horemheb : attendre la mort d'Akhénaton, écarter les candidats au trône, se faire désigner par elle, Akhésa, comme Pharaon légitime et l'épouser. Lui, le nouveau roi et elle, la grande épouse royale, gouverneraient les Deux Terres. La dame Mout deviendrait épouse secondaire, le jeune prince Toutankhaton mènerait une existence paisible à la cour.

Akhésa contemplait Horemheb, les yeux brillant d'exaltation. Partager la vie d'un tel homme, régner à ses côtés, restaurer la grandeur du pays... oui, c'était un rêve magnifique. Un rêve qu'elle avait la possibilité de rendre réel.

— Oubliez Aton, implora Horemheb, sentant qu'Akhésa était sur le point de lui céder. Oubliez cette capitale, le mépris de nos traditions, les années passées à célébrer des cultes inutiles. Ne songez qu'à l'avenir, à notre avenir commun.

Le général tendit la main droite vers la jeune femme. Il lui suffisait de répondre à son invite, de s'abandonner dans ses bras, de connaître le bonheur total.

Akhésa se leva. Horemheb fut stupéfié. Chaque jour, elle devenait plus femme, plus éblouissante. Elle serait la plus resplendissante des reines d'Égypte.

— Je ne renoncerai pas à Aton, général, déclara-t-elle. Il est l'héritage le plus précieux que m'a légué mon père. Il m'a enseigné la vérité de la lumière, m'a initiée à ses mystères. Je n'abandonnerai pas Toutankhaton. Il m'a offert son amour, sa confiance. Son âme vit en moi.

Se dressant sur le fragile rebord de la barque de papyrus, elle fut un instant en déséquilibre, le corps nimbé de soleil puis, d'un coup de reins, plongea dans l'eau du lac de plaisance et nagea jusqu'à l'île.

Horemheb demeura longtemps prostré. Il aimait passionnément Akhésa, mais savait qu'elle deviendrait son plus redoutable adversaire sur le chemin du pouvoir.

La princesse Akhésa ne séjourna pas sur l'île afin d'y méditer comme elle en avait l'intention. Elle avait pesé le poids du refus qu'elle venait d'opposer à l'homme le plus influent du royaume. Pour que Toutankhaton accède au trône et que Horemheb le reconnaisse comme Pharaon, elle devait entourer le jeune homme d'un réseau de protections efficaces. Le général ne resta pas inactif. Elle non plus. Elle avait même l'obligation d'être plus rapide que lui.

La totalité des troupes casernées dans la cité du soleil subissait, depuis plusieurs jours, des exercices intensifs. Les aspirants étaient entraînés sans relâche au maniement des armes, des arcs et des épées. Les chars étaient examinés avec attention par les équipes de maintenance. On murmurait que des émissaires de Horemheb recrutaient des volontaires dans les provinces pour renforcer les corps d'armée permanents. Le moral des soldats, atteint par l'inaction et l'incertitude auxquelles les condamnait la politique attentiste d'Akhénaton, s'améliorait.

Horemheb consacrait de longues heures à s'entretenir avec les chefs de divisions et les instructeurs. Il écoutait les plaintes des vieux soldats racontant leurs expéditions en Asie. Souffrant du dos à cause de leur harnachement, ils étaient condamnés à manger du pain rassis, à boire de l'eau saumâtre, à dormir sur des sols pierreux. Épuisés, les membres douloureux, ils marchaient jusqu'au lieu du combat où la mort, sinon les blessures, les attendait. Mais ils seraient heureux de repartir. Ils sauraient motiver les jeunes, pour la plus grande gloire de l'Égypte.

La popularité de Horemheb ne cessait de croître. Il prenait soin de circuler en char plusieurs fois par jour dans les principales artères de la cité du soleil et de répondre d'un geste amical aux saluts de la foule. Il consultait les ministres, étudiait leurs rapports, notait les récriminations des scribes et des hauts fonctionnaires. Il comblait peu à peu les vides causés par l'absence d'Akhénaton qui ne sortait plus de son cabinet privé et refusait de consulter les médecins.

Harassé, Horemheb pénétra dans le bâtiment des officiers supérieurs où son état-major travaillait à l'établissement d'un plan de campagne, scrutant les cartes d'Asie établies par les diplomates et les géographes de l'armée. À l'exception des gardes, l'endroit était désert. Les stratèges avaient regagné leurs villas pour y déjeuner et y prendre un peu de repos. Horemheb se dirigea vers son bureau où il lirait des notes de synthèse.

Il s'arrêta sur le seuil.

Le « divin père » Aÿ, l'ambassadeur Hanis et l'intendant Houy avaient pris place dans la pièce. Leurs visages étaient fermés.

— Je vous salue, dit Horemheb dédaigneux. Je ne crois pas vous avoir accordé audience.

— Pardonnez-nous cette intrusion, s'excusa Aÿ, mais nous désirions vous voir le plus rapidement possible et savions vous trouver ici.

— Était-ce si urgent ? s'étonna le général.

— Nous le croyons, indiqua le « divin père », très sombre. Nous n'avons plus aucun contact avec Pharaon.

— Moi non plus.

— Mais vous agissez comme si vous aviez pris le pouvoir et sans nous consulter.

Le ton du vieux courtisan se faisait sévère.

— Je remplis simplement ma fonction, affirma Horemheb. Personne ne peut prétendre le contraire.

— Nous devons faire le point, exigea Aÿ.

L'ambassadeur et l'intendant fixaient Horemheb d'un regard accusateur.

— Vous en savez autant que moi, répondit le général, serein. Akhénaton règne seul, sans corégent. Il ne consulte aucun ministre, ne prend aucune décision. Il faut que l'armée soit prête à combattre si les Hittites tentent d'envahir l'Égypte.

— Pourquoi négliger le mariage d'Akhésa et de Toutankhaton ? s'inquiéta le « divin père ».

— Parce qu'il est un épisode sans importance, répondit sèchement Horemheb. Jamais cet enfant ne régnera.

L'intendant Houy s'avança vers le général.

— Si vous empêchez Toutankhaton de régner, déclara-t-il de sa voix bourrue, le Sud se révoltera contre vous. Les troupes de Nubie n'obéissent qu'à mes ordres. Tâchez de vous en souvenir.

Houy sortit. Horemheb ne contint pas longtemps sa colère.

— Que cherche ce paysan ? Croit-il que ses nègres suffiront à me faire peur ? Je le briserai.

— Prenez garde, recommanda l'ambassadeur Hanis, Houy est un homme simple et direct. Il se battra en faveur de Toutankhaton si la situation l'exige.

Hanis sortit à son tour. Le « divin père » Aÿ, immobile, semblait inquiet. Horemheb croisa les bras.

— C'est vous, n'est-ce pas, qui les dressez contre moi ?

Le vieux courtisan hocha la tête.

— J'agis dans l'intérêt de l'Égypte. Aidez-moi à installer fermement Toutankhaton et Akhésa sur le trône. Ce sont des enfants. Nous leur montrerons le chemin à suivre. Et travaillez moins, général. N'usez pas vos forces. L'Égypte a besoin de vous.

Une fois seul, Horemheb fut incapable de se concentrer sur les papyrus rédigés par ses subordonnés. Il ne prenait pas à la légère les avertissements qu'il venait de recevoir. Mais il ne céderait pas.

Akhésa et Toutankhaton habitaient le palais nord depuis plus de deux mois. Ils y goûtaient un bonheur tranquille, en dépit de l'incessante activité de la jeune femme. Toutankhaton voulait le plaisir ; toute chose devenait pour lui source d'amusement et de distraction. Akhésa lui parlait d'État, de devoirs, de politique étrangère. Il l'écoutait d'une oreille distraite, fasciné par sa beauté.

Toutankhaton était fou d'inquiétude. La veille, Akhésa s'était alitée. Malgré l'heure tardive, elle n'était pas encore réveillée. Le jeune homme n'osait pas entrer dans la chambre. Privé de sa présence, il se comportait comme un lion en cage, allant et venant, incapable de trouver le repos. N'y tenant plus, il poussa la porte de cèdre couverte de feuilles d'or et y découvrit un étrange spectacle.

Akhésa avait disposé autour d'elle de nombreux objets, un petit coffret de bois massif dont l'intérieur comportait des tiroirs glissant les uns sur les autres, un échiquier de taille réduite, une fronde miniature, des pots à peinture, un canard articulé.

— Mais... ce sont des jouets ! Retomberais-tu en enfance, mon amour ?

Akhésa sourit en se relevant. Aton la comblait de bonheur depuis son mariage. Toutankhaton était un merveilleux compagnon. Elle avait réussi à convaincre l'ambassadeur Hanis de plaider la cause du jeune homme auprès des membres les plus influents de la cour. Le diplomate, fort de l'appui de l'intendant Houy, du « divin père » Aÿ et de son fils le commandant Nakhtmin, avait obtenu une large audience. Même si Horemheb demeurait le maître tout-puissant de l'armée, il n'oserait entreprendre aucune action illégale. Il lui faudrait s'entendre avec les partisans de Toutankhaton. Plus le temps passait, plus la position de ce dernier devenait forte. Restait à la dernière fille de Pharaon la tâche de convaincre son père d'adopter Toutankhaton comme corégent.

Le jeune homme ramassa un briquet formé d'un bâtonnet placé dans un trou rond creusé dans une pièce de bois très dur et enduit de résine. En faisant tourner très vite le bâtonnet, on provoquait échauffement puis combustion. Toutankhaton s'amusa à produire une flamme minuscule.

— Regarde Akhésa ! Regarde, j'ai réussi ! Ce briquet est mieux fabriqué que celui que je possédais à Thèbes !

Il l'attendrissait. La bonté animait son cœur.

Toutankhaton jeta le briquet. L'attitude d'Akhésa, plus distante, plus réfléchie que d'ordinaire, le troublait.

— Tu ne m'as pas répondu. Que signifient ces jouets ?

— Ils seront bientôt utiles, dit-elle, émue. J'attends un enfant.

Le vent du désert soufflait fort. À une vingtaine de kilomètres au sud de la cité du soleil, la tente du général Horemheb avait été plantée dans un endroit solitaire, au pied d'une colline. Ses soldats surveillaient un vaste périmètre.

À l'instant où Horemheb commençait à s'impatienter, on le prévint que son visiteur arrivait.

Entra sous la tente un prêtre au crâne rasé, vêtu d'une robe blanche et portant au cou une amulette représentant la déesse Mout épouse d'Amon, le maître divin de Thèbes.

Le prêtre s'inclina devant Horemheb. Les deux hommes s'assirent sur des nattes. Au dehors, le vent redoublait de violence. Des vagues de sable se soulevaient, fouettaient les roches, effaçaient le relief et les pistes.

— Qu'Amon nous protège et guide nos pensées, dit le prêtre onctueux.

— Quel est votre nom ? demanda Horemheb.

— Peu importe, général. Je suis au service du grand prêtre d'Amon de Karnak. Seule ma mission importe.

— Quelle est donc cette mission qui nous oblige à nous rencontrer en plein désert, comme des comploteurs ?

— Nous suivons de près les événements qui se produisent dans l'exécrable cité du soleil, cette fausse capitale que les dieux ont déjà condamnée à la destruction. Nous savons que Néfertiti s'est éteinte et qu'Akhénaton se meurt. Le successeur qu'il avait adopté, Sémenkh, a choisi la réclusion. La gardienne de la légitimité est aujourd'hui la troisième fille du couple royal, Akhésa.

— Si vous m'avez fait venir ici pour m'apprendre ce que je sais déjà, l'interrompit Horemheb, irrité, vous le regretterez.

Le prêtre de Thèbes baissa la tête, servile.

— Loin de moi cette intention, général. Le but des prêtres d'Amon, comme le vôtre, est la grandeur de l'Égypte. Nous devons préparer ensemble la succession d'Akhénaton.

C'était bien ce qu'avait supposé Horemheb. Le clergé traditionnel avait choisi le futur pharaon.

— Il nous faut un homme qui assure un lien magique entre Thèbes et la cité du soleil, un homme qui écoute nos conseils, redonne aux temples la prospérité perdue. Nous l'aiderons et vous l'aiderez à réussir.

— Cessons ce bavardage, exigea le général. Qui souhaitez-vous voir monter sur le trône ?

— Un enfant facile à manipuler : Toutankhaton.

Une heure avant l'aube, Akhésa fut réveillée par sa servante. La Nubienne l'avertit que le majordome d'Akhénaton la priait de se rendre au plus vite auprès de son père. Oubliant maquillage et toilette, Akhésa couvrit ses épaules d'un manteau et partit en hâte.

Le médecin-chef, l'échanson, la femme de chambre et quantité de serviteurs se pressaient devant la porte du cabinet particulier de Pharaon, murmurant des propos inquiets. Ils s'écartèrent pour laisser entrer la princesse.

Akhénaton reposait les yeux fermés, étendu sur un lit étroit, les bras le long du corps. Un drap de lin le recouvrait jusqu'à la poitrine.

Akhésa s'agenouilla, embrassant la main droite du roi.

— Mon père, mon père ! Lutte encore, je t'en supplie. Nous ne sommes pas prêts à vivre sans toi. N'abandonne pas ton pays et ton peuple, ne m'abandonne pas...

Un léger frémissement parcourut le corps décharné du souverain. Il ouvrit les yeux.

— L'heure est venue, Akhésa... Aton m'appelle... Mon esprit est déjà en lui, immergé dans sa lumière. Tu as la force de continuer mon œuvre. Chaque nuit, je t'apparaîtrai sous la forme d'une étoile et je te donnerai une énergie venue du ciel. Nous ne serons jamais séparés, Akhésa. Toi, et toi seule, organiseras mes funérailles. Je veux reposer dans la tombe qui a été préparée pour moi, dans cette vallée isolée, au milieu des rocs solitaires, loin de ma capitale, en compagnie de mon épouse Néfertiti et de mes enfants. Personne ne s'aventure en ces lieux, tant ils sont effrayants et hostiles. Les cours d'eau y sont presque toujours desséchés. La nuit, on entend les hyènes, les chacals et les chouettes. Il n'y a ni verdure, ni fleurs, ni oiseaux... la mort y sera silencieuse, Akhésa.

La voix d'Akhénaton était si faible qu'Akhésa la percevait à peine.

— L'aube va bientôt se lever. Emmène-moi sur la terrasse, ma fille chérie, pour que je contemple le premier soleil, l'unique soleil.

Aidé par Akhésa, Akhénaton, au prix d'un immense effort qui consuma ses dernières forces, réussit à marcher jusqu'à la terrasse supérieure du palais. Il s'assit sur un siège à haut dossier placé devant une pergola où courait une vigne qui, en été, donnait de lourdes grappes noires.

Serrant la main de sa fille jusqu'à la briser, Akhénaton s'éteignit à l'instant où les premiers rayons du soleil sortaient de la montagne d'orient, formant une couronne de lumière.

18

Le deuil national fut décrété le jour même du décès de Pharaon. Des voiles obscurcirent les fenêtres du palais. Les temples furent fermés et l'on interrompit la célébration des cultes. Les hauts dignitaires se laissèrent pousser la barbe. Dans les riches demeures, comme dans les plus pauvres, hommes et femmes se tinrent prostrés, la tête sur les genoux.

Avec la mort d'un roi s'ouvrait une période terrifiante au cours de laquelle les forces du mal pouvaient envahir l'Égypte et la détruire. Tant qu'un nouveau pharaon n'aurait pas été couronné, le pays courait le plus grave des dangers. Aussi la capitale s'était-elle murée dans un silence craintif, dans l'attente des décisions qui détermineraient le destin de l'empire.

Le cadavre d'Akhénaton n'avait subi qu'une momification sommaire. Seule comptait l'illumination de son âme par les rayons d'Aton qui, d'une main fraternelle, l'avait ravie au centre du disque solaire.

Akhésa, reconnue comme gardienne de la légitimité, présida, dès le lendemain du trépas, un conseil où étaient présents les hauts dignitaires de la cité du soleil. On y décida que des messagers partiraient pour toutes les capitales régionales. Chefs de provinces, administrateurs, scribes, prêtres étaient chargés de répandre dans la population la nouvelle de la mort d'Akhénaton. La princesse s'engagea à consulter dans un délai très bref les personnalités influentes de l'État et à proclamer aussi rapidement que possible le nom du nouveau roi.

Épuisée par de longues heures d'entretien avec des ministres sarcastiques, dévoués à la cause de Horemheb, Akhésa prenait un peu de repos sur la terrasse où elle avait vu mourir son père. Elle se laissait caresser par le soleil couchant, les mains crispées sur son ventre. Sans doute aurait-elle dû se montrer plus raisonnable, dépenser moins d'énergie, s'occuper davantage de sa santé de future mère... Mais les événements en décidaient autrement. Ce dont elle avait rêvé, devenir responsable du sort de l'Égypte, se produisait de manière brutale et ne lui causait pas la joie qu'elle avait espérée. Le fardeau s'avérait lourd. Elle ne pouvait compter sur l'aide de Toutankhaton. Le jeune homme ne songeait qu'à l'amour. Les heures passées dans les bras d'Akhésa et la future naissance de leur enfant le comblaient d'un bonheur parfait. Elle avait tenté de parler avec lui des affaires du royaume, mais il avait obstinément refusé, préférant la caresser ou s'amuser avec les jouets qu'il offrirait à son fils.

Akhésa devait accepter la solitude et se méfier des alliés comme des adversaires. Aucun rempart, à présent, ne la protégeait. Son père et sa mère disparus, son mari errant encore sur les sentiers merveilleux de l'enfance, elle ne disposait ni d'un confident ni d'une confidente qui auraient pu l'éclairer ou la conseiller. Elle devrait faire confiance à sa seule intuition, sans avoir droit à la moindre erreur. Son premier faux pas serait immédiatement exploité par les chacals qui rôdaient autour du trône.

La servante nubienne lui annonça la visite du « divin père » Aÿ. Se dresser contre la volonté du courtisan le plus rusé et le plus influent ne l'effrayait pas. Encore fallait-il la connaître de manière précise et savoir, aujourd'hui, dans quel camp il se rangeait.

Le « divin père » n'était pas seul. À ses côtés se trouvait son fils, le commandant Nakhtmin.

Akhésa leur offrit du lait frais et des gâteaux au miel. Nakhtmin refusa. Le « divin père », gourmand, accepta. Pendant qu'il les dégustait, la Nubienne lui massa les pieds, lui arrachant quelques soupirs d'aise. Après avoir allumé plusieurs lampes diffusant une lumière douce, la servante quitta la pièce.

— Vous avez entendu de nombreux dignitaires, commença le « divin père », et vous avez eu le temps de vous forger une opinion.

Nakhtmin, engoncé dans son équipement de soldat, l'épée au côté, ne quittait pas des yeux la princesse Akhésa, élégamment adossée au rebord en pierre d'une fenêtre. Sa robe plissée, nouée sous les seins, mettait en valeur les courbes admirables de son corps. Plus elle devenait femme, plus elle ressemblait à sa mère Néfertiti.

— Ils sont tous partisans du général Horemheb, dit-elle sans animosité. Le reste est sans importance.

— Tous... Vous exagérez, Votre Majesté. Je ne fais pas partie du nombre.

— Moi non plus, affirma fièrement Nakhtmin. Comme mon père, je soutiens Toutankhaton. C'est lui qui doit régner.

Akhésa leur sourit.

— Merci de votre aide. Je ne renoncerai pas,

moi non plus. Mais comment Toutankhaton s'imposerait-il à Horemheb ?

— En évitant une guerre civile, estima Aÿ. C'est vous qui prendrez les décisions et c'est lui qui apparaîtra. Toutankhaton n'est qu'un enfant, mais il est le candidat des prêtres de Thèbes... et le vôtre. Si vous le jugez digne de régner, il sera le roi légitime. Mon fils vous procurera le soutien d'une partie de l'armée. Horemheb n'osera pas tenter un coup de force. Ce n'est pas dans sa nature. Il a un respect inné de la loi et de l'ordre. Prenez pleine conscience de votre rôle, Majesté. Aucun pharaon ne pourra être couronné sans votre consentement.

Akhésa n'était pas dupe. Aÿ souhaitait continuer à gouverner dans l'ombre en manipulant un couple de jeunes gens sans expérience. Son fils Nakhtmin espérait prendre la tête de l'armée à la place de Horemheb. Qu'ils fussent ou non sincères à son égard, peu importait. Leurs ambitions la serviraient. Plus tard, sans doute, aurait-elle à les affronter. À elle de prévoir le conflit pour en sortir victorieuse.

Akhésa se promenait seule dans le jardin où Akhénaton avait passé des heures en méditation, serré Néfertiti dans ses bras, joué avec ses filles dans les allées tracées avec soin entre les massifs de fleurs. Son ventre demeurait douloureux. Elle n'avait pas eu le temps de consulter le gynécologue. Son dernier visiteur avait été l'ambassadeur Hanis. Il s'était montré beaucoup moins rassurant que le « divin père » Aÿ sur l'avenir du prince Toutankhaton. La position de Horemheb lui semblait suffisamment forte pour qu'il n'acceptât aucun compromis et obligeât la princesse à se conformer à ses vues.

Elle-même était beaucoup plus hésitante, à

présent. Demain, devant le grand conseil, elle devrait prononcer le nom du futur pharaon. Choisir Horemheb, c'était rendre à l'Égypte tout son éclat, installer sur le trône un véritable chef d'État. C'était aussi condamner Toutankhaton à la réclusion, à l'exil ou pis encore. Mais la première exigence n'était-elle pas d'éviter un conflit entre Égyptiens ? Lasse, les tempes bourdonnantes, Akhésa s'assit au pied d'un acacia, désirant bénéficier de la fraîcheur de son ombrage.

— Ne bougez pas et ne vous retournez pas, ordonna une voix grave derrière elle. Je dois vous parler.

— Pourquoi ne pas m'avoir demandé audience ? s'étonna-t-elle.

— Vous ne m'auriez pas reçu.

Cette voix... Akhésa la connaissait. Seul son état de fatigue l'empêchait de rassembler ses souvenirs et de l'identifier.

— Je viens au nom des ouvriers et des artisans, au nom des humbles que vous fréquentez si peu et que vous connaissez si mal.

— Je vous interdis de...

— Ne m'interrompez pas, princesse. Je suis pressé. J'ai trompé la vigilance des gardes pour entrer dans ce jardin et je peux être arrêté à tout instant.

— Si j'en donne l'ordre.

— Je n'ai aucune confiance en vous. Vous êtes ambitieuse et orgueilleuse. Mais le sort de notre pays est à présent entre vos mains. Les petites gens ont souffert sous le règne de votre père. Choisissez le prince Toutankhaton comme pharaon. C'est lui que nous désirons voir régner.

Elle l'avait enfin reconnue... Cette voix était celle du sculpteur Maya, de cet homme rugueux, impressionnant de puissance, qui l'avait si mal accueillie dans son atelier et qui continuait à la détester. Maya, qui avait l'oreille du peuple.

— Pourquoi soutenez-vous ainsi mon époux ?

— Parce qu'il m'a donné à manger quand j'avais faim. Mon maître d'atelier m'avait renvoyé. Je ne m'entendais pas avec lui. Ma femme était malade. Il me fallait nourrir mes enfants. J'ai été obligé de demander du pain, de tendre la main. Le petit prince Toutankhaton passait en chaise à porteurs. Il m'a vu, moi, un malheureux, sur le bord de la route. Il s'est arrêté. Ce n'était qu'un enfant de cinq ans. Mais son regard était la bonté même. Il m'a demandé si j'avais un métier. Je lui ai dit la vérité. Il a appelé un de ses serviteurs afin de me conduire aux ateliers du palais de la reine mère. J'y ai rencontré les plus grands sculpteurs. J'ai travaillé jour et nuit pour apprendre mon métier. Depuis, je n'ai plus jamais connu la faim. J'ai une dette envers Toutankhaton et je suis bien décidé à la régler. Qui tenterait de lui causer préjudice me trouverait sur son chemin.

— Je ne céderai à aucune menace, rétorqua Akhésa. Mais je vous sais gré de vos confidences.

— Je pars, princesse. Tenez le plus grand compte de mes avertissements.

L'homme se leva, quittant l'abri de l'arbre. La voix d'Akhésa le stoppa.

— J'agirai selon mon cœur, dit Akhésa sans se retourner. Les sages le veulent ainsi.

En se glissant hors du jardin clos, sans être vu des gardes, le sculpteur, partagé entre l'admiration et la crainte, était conforté dans sa certitude. L'Égypte avait tout à redouter de cette jeune femme trop intelligente.

Au pied du trône vide avait été installé un siège à haut dossier sur lequel prendrait place la princesse Akhésa, faisant fonction de fille aînée de Pharaon et de gardienne de la légitimité.

Les courtisans avaient rempli la grande salle où Akhénaton avait, de son vivant, réuni ses conseillers et reçu les ambassadeurs étrangers. Les visages étaient graves. Certains dignitaires dissimulaient mal leur hostilité à cette adolescente au corps de femme, dont les paroles prenaient force de décision.

Le « divin père » Aÿ et son épouse étaient presque invisibles, cachés par une colonne. Horemheb se tenait au premier rang devant les ministres. Son épouse Mout était à la tête des dames de la cour, vêtues de longues robes blanches et coiffées de lourdes perruques nattées. Près de l'entrée, le commandant Nakhtmin et l'intendant Houy, mêlés à des officiers supérieurs. L'ambassadeur Hanis se trouvait à proximité du trône, en tant que chef provisoire de la diplomatie égyptienne. Le prince Toutankhaton figurait aux côtés des plus hauts dignitaires religieux de la cité du soleil. Ni Sémenkh ni son ex-épouse Méritaton n'avaient été autorisés à sortir de l'enceinte des sanctuaires distincts où ils vivaient reclus.

L'assemblée était parcourue de murmures. On spéculait sur le nom du futur pharaon. Chacun tentait de déchiffrer le visage énigmatique du général Horemheb qui semblait presque indifférent.

Un silence absolu régna quand la princesse Akhésa, précédée d'un maître de cérémonie frappant en rythme le dallage de l'extrémité de sa longue canne, fit son entrée dans la salle du trône.

Son extraordinaire beauté émut les cœurs les plus endurcis. Fardée avec délicatesse, les sourcils rehaussés de vert, les pommettes légèrement rougies, elle avançait à pas mesurés, avec l'allure innée d'une reine. Pendant son parcours vers le siège qui lui était réservé, même ses adversaires les plus acharnés furent subjugués, tombant sous le charme d'une femme qui jouait de sa jeunesse comme d'un charme magique.

Lorsqu'elle s'assit, dans un geste d'une suprême élégance, les courtisans inclinèrent la tête.

Un ritualiste chauve s'avança, déroulant un papyrus à la hauteur de son visage. L'homme était âgé mais sa voix puissante emplit la totalité de l'espace, organisé par l'architecte de sorte que les vibrations sonores fussent amplifiées.

— Au nom du dieu Aton et par la grâce de la lumière divine qui fait vivre les êtres, la princesse Akhésa, gardienne du trône, a réuni la cour de Pharaon. Que chacun se recueille et s'incline devant la puissance créatrice.

Akhésa éleva ses mains au-dessus de la tête, formant le geste du *ka* qui attirait vers la terre l'énergie inépuisable du ciel. Elle se sentit soudain investie d'un pouvoir fulgurant. Elle prolongea ce moment, goûtant une ivresse nouvelle, une exaltation dont l'intensité la surprit. Enfin, elle abaissa les bras. Le ritualiste reprit sa lecture.

— Qu'Aton soit bienveillant et inspire la pensée de la princesse Akhésa, que...

Il s'interrompit. Au fond de la salle du trône, près de la porte d'entrée, se produisait un inquiétant brouhaha. Un archer de la garde personnelle de Nakhtmin se détacha de la foule des courtisans et courut vers Akhésa.

— Majesté, déclara-t-il, une délégation de prêtres venus de Thèbes souhaite être reçue par vous et assister à l'audience.

Des protestations s'élevèrent. Jamais, depuis la création de la cité du soleil, des adorateurs d'Amon, le dieu haï, n'avaient osé s'y aventurer. À peine Akhénaton reposait-il dans son tombeau qu'ils venaient déjà insulter sa dépouille.

Les regards convergèrent vers la jeune femme. Qu'allait-elle décider ? Comment se comporterait-elle face à un événement aussi grave qu'inattendu ?

— Qu'ils entrent, dit-elle, d'une voix étouffée.

Les portes furent ouvertes.

Dix prêtres d'âge mûr, avançant en procession, prirent place aux côtés de leurs collègues desservant les sanctuaires d'Aton. Parmi eux, aucun des grands prophètes de Karnak. Le clergé n'avait envoyé qu'une délégation de subalternes.

— Elle a trahi son père, dit un courtisan.

— Pas du tout, rétorqua un autre. Elle fera plier Thèbes et les prêtres d'Amon.

Akhésa se leva.

Chacun retint son souffle. Elle allait révéler le nom du futur souverain.

— Au nom d'Aton, proclama-t-elle, je reconnais comme souverain légitime, régnant sur les Deux Terres et sur le circuit de l'univers que parcourt le soleil, le prince Toutankhaton.

— Vous devriez avancer votre pion blanc, recommanda Horemheb à Akhésa.

— Je ne crois pas, général. Prenez garde à votre pion noir. Il est en danger.

Horemheb éprouvait quelque peine à se concentrer sur la partie de *senet*[1] qu'il jouait contre Akhésa. Il se vantait pourtant d'être un tacticien de premier plan, mais la princesse se révélait une joueuse remarquable rompue aux stratégies les plus complexes.

La table à jeux, d'ivoire et d'ébène, comprenait un échiquier pliant divisé en trente compartiments et placé sur un support d'ébène dont les quatre pieds imitaient des pattes de lion. Une boîte à

1. Ancêtre du jeu d'échecs.

accessoires contenait des pions, des bâtonnets et des osselets qui permettaient de pratiquer diverses sortes de jeux.

— Votre décision est particulièrement audacieuse, apprécia Horemheb. Toutankhaton n'est pas capable de régner. Son avenir n'est pas entre vos mains, mais entre les miennes. Je peux le briser... comme ceci !

Le général s'empara d'un bâtonnet, le broya dans son poing et jeta les débris sur le sol. Akhésa avança un pion noir.

— Vous avez perdu la partie, général.

Horemheb fut contraint de constater sa défaite.

— Ce n'était qu'une distraction, princesse. Ne confondez surtout pas ce jeu avec la réalité.

— Je m'en garderai bien. Vous régnez sur la force armée, j'en suis consciente. Vous pouvez l'utiliser à tout moment. Mais...

— Mais ?

— Vous ne le ferez pas.

— Et pourquoi donc ?

— Parce que votre stratégie vous l'interdit.

— Vous êtes bien sûre de vous. En quoi consiste-t-elle donc ?

— Le « divin père » Aÿ m'a demandé de comparaître devant les prêtres d'Amon pour ratifier l'élection de Toutankhaton. Je suppose que, cette fois, je ne rencontrerai pas que des subalternes.

Le visage de Horemheb se durcit.

— C'est vous, général, qui avez fait venir ces prêtres de Thèbes. Ils n'auraient pu pénétrer dans cette ville sans votre consentement. Je suis certaine, par conséquent, que vous approuvez le choix de Toutankhaton comme pharaon, de bonne ou de mauvaise grâce. Mais ce ne sera pas sans contrepartie, bien entendu.

Horemheb la regarda avec admiration.

— Votre esprit est exceptionnel, Majesté.

Akhésa avait choisi la grande cour du temple principal de la cité du soleil pour recevoir le Premier Prophète d'Amon qui habitait la villa de Horemheb depuis plusieurs jours. Agé, mais encore robuste, le Premier Prophète d'Amon de Karnak était un homme d'une haute stature, au visage méprisant, creusé de rides. Il avait combattu Akhénaton dès le début de son règne, mais avait été contraint de s'incliner. Aujourd'hui, il prendrait une revanche éclatante en ces lieux qu'il détestait.

Depuis la mort d'Akhénaton, personne n'avait gravi les marches menant à l'autel central pour y déposer les offrandes et célébrer le sacrifice de l'aube en l'honneur d'Aton. Le cœur d'Akhésa se serrait à l'idée que les portes de ce temple sans plafond se refermeraient bientôt sur le silence et la froidure du néant. Mais la sauvegarde de l'Égypte était à ce prix.

Le « divin père » Aÿ, assis sur la base d'une colonne décorée de fleurs, s'était recouvert la tête d'une étoffe, redoutant les ardeurs du soleil. Le Premier Prophète d'Amon, tête nue, marchait de long en large devant Akhésa qui, assise sur un pliant, agitait en cadence un éventail.

— Le Premier Prophète se réjouit de votre si précoce sagesse, Majesté, dit le « divin père ». Le choix du prince Toutankhaton saura plaire aux dieux.

— Vous oubliez déjà Aton.

— Il le faudra bien, assura le Premier Prophète, de sa voix profonde qui glaça le sang d'Akhésa. Akhénaton était l'unique prophète de son dieu. Il n'a formé aucun disciple.

— C'est faux, dit la jeune femme. Il m'a transmis son enseignement.

— Vous dresserez-vous contre la totalité du clergé d'Amon ? demanda le Premier Prophète, impérieux.

Akhésa regarda le soleil, la cour immense qui lui était ouverte, les dalles immaculées de blancheur. Elle entendait encore la voix de sa mère Néfertiti, chantant la beauté d'Aton. Elle voyait les danseuses du temple esquisser des pas avec grâce tandis que jouaient les flûtes et les tambourins. Sa jeunesse, cet éblouissement de clartés et de bonheurs quotidiens, appartenait déjà à un monde révolu.

— Non, je ne m'en crois pas capable, reconnut-elle à regret.

— Voilà beaucoup de lucidité dans une âme jeune, apprécia le Premier Prophète. Votre Majesté a su s'incliner devant la vraie tradition.

Akhésa se mordit les lèvres pour s'empêcher de protester avec véhémence. Elle s'était juré de tenir tête à ce vieillard redoutable par la seule dignité, de lui montrer que ses attaques les plus virulentes ne la déséquilibreraient pas.

— Qu'attendez-vous de moi ? demanda-t-elle, tendue.

Aÿ parla sur un ton qui se voulait rassurant.

— Tant que votre père gouvernait l'Égypte, il était reconnu par tous comme l'autorité suprême. Aucune de ses directives n'a été discutée. La parole de Pharaon, comme il est de règle depuis l'origine, est demeurée toute-puissante. L'Égypte a évité de graves troubles intérieurs grâce à la sagesse des prêtres d'Amon et à la prudence de leur chef, le Premier Prophète. Aujourd'hui, la situation est bien différente. Si la désignation de votre époux, Toutankhaton, apparaît judicieuse, nous savons qu'il est incapable de régner. Ce n'est qu'un enfant. Il serait dangereux et nuisible de poursuivre l'expérience commencée par votre père.

— Il faut rentrer à Thèbes, intervint sèchement le Premier Prophète, sans regarder Akhésa. C'est là que doit avoir lieu le couronnement du nouveau Pharaon.

— Ce qui signifie...

— Que la cité du soleil doit être abandonnée et que Thèbes doit retrouver son statut de capitale de l'Égypte. Il faudra également, Majesté, que votre époux change de nom. Tout-ankh-*Aton*, « symbole vivant d'Aton », deviendra « Tout-ankh-*Amon* », « symbole vivant d'Amon ». Ainsi, par la magie du Verbe, l'hérésie d'Aton sera-t-elle oubliée. Par son nouveau nom qui sera proclamé dans l'Égypte entière et inscrit sur des stèles dressées dans chaque temple, Toutankhamon manifestera le triomphe de Thèbes et le retour à la vérité.

Akhésa pleurait intérieurement. Elle réussit, malgré la peine immense qui la déchirait, à conserver un visage impassible. Le Premier Prophète, arrogant, affichait une cruelle jubilation. « Les prêtres, avait dit Akhénaton, les plus vils des hommes... »

— Il va de soi, ajouta le Premier Prophète, que ces conditions ne sont pas négociables. J'ai l'appui du général Horemheb et de l'armée.

Akhésa jeta un regard interrogateur en direction du « divin père ». Ce dernier approuva d'un hochement de tête les déclarations du Premier Prophète.

Une douleur fulgurante traversa le ventre d'Akhésa, l'obligeant à se courber en avant, comme pour vomir. Le Premier Prophète s'avança.

— Qu'avez-vous, Majesté ?

— Reculez, hurla-t-elle, tétanisée par la souffrance. Ne m'approchez pas !

Le vieillard, impressionné par la violence de cette réaction, obéit.

— Vous avez tort de me considérer comme un ennemi, Majesté. Votre père était un hérétique, sans doute un dément. Il conduisait l'Égypte à sa perte. C'est Amon qui a fait de notre pays la lumière du monde. C'est lui qui fera renaître le bonheur perdu à cause du fanatisme et de l'intolérance.

Akhésa souffrait trop pour crier sa haine envers cet hypocrite, affirmer l'amour qu'elle portait à son père, exiger du soleil divin qu'il la nourrisse de sa puissance et lui permette d'écraser sous ses sandales les scélérats qui souillaient la mémoire d'Akhénaton, mais elle se savait prisonnière. Aÿ, Horemheb et le Premier Prophète d'Amon avaient conclu un pacte qui faisait d'elle et de son jeune époux des esclaves dociles. Du moins le croyaient-ils... car la jeune femme envisageait déjà une riposte qu'ils étaient bien incapables d'imaginer. Dans l'immédiat, il lui fallait sauvegarder l'essentiel.

— Je ne suis pas sans forces, dit-elle avec calme, défiant à la fois le « divin père » et le Premier Prophète dont la collusion la révoltait. Elles ne sont pas suffisantes pour vaincre, mais elles me permettraient de vous combattre.

Une ride d'anxiété creusa le front du Premier Prophète. Sa brillante carrière reposait sur une qualité majeure : il n'avait jamais sous-estimé ses adversaires. Il avait jugé cette jeune femme, la future reine d'Égypte, et ne prenait aucune de ses paroles à la légère. Les épreuves qu'elle avait traversées l'avait mûrie de manière étonnante. Elle alliait le charme d'une jeunesse éclatante à la beauté souveraine d'une femme au caractère inébranlable. Comment évoluerait-elle ? S'obstinerait-elle à défendre l'hérésie, à perpétuer le souvenir d'un règne absurde ou se rallierait-elle à la cause des Thébains ? Suivrait-elle ses sentiments ou la raison d'État ?

— Déclencher une guerre civile, diviser les Égyptiens, les pousser à s'affronter... Seraient-ce vos projets d'avenir, Majesté ?

Akhésa implora Aton de l'envahir de sa clarté. Mais elle n'attendait pas de miracle. Elle savait devoir compter sur sa seule capacité de résister à l'adversité et à ses ennemis.

— Je n'ai pas l'intention d'être à l'origine de telles horreurs... mais j'ai une exigence.

Le regard du Premier Prophète se fit lourd de menaces.

— Êtes-vous dans une situation qui vous autorise à la formuler ?

La jeune femme ignora la mise en garde.

— La cité du soleil ne doit pas être détruite. Quand ses habitants l'auront désertée, qu'elle demeure intacte, livrée au soleil et au vent.

Le Premier Prophète réfléchit longuement. Raser cette cité maudite lui avait paru nécessaire. Il aurait ainsi appliqué un châtiment qui serait demeuré dans les Annales comme exemplaire et aurait dissuadé tout souverain de s'éloigner d'Amon.

Il reconsidéra pourtant sa position. Puisque l'ancienne capitale serait abandonnée, le sable suffirait à la recouvrir d'une chape de néant pour l'éternité.

— J'accepte cette exigence, Majesté.

— J'en ai une autre, dit Akhésa, soulagée.

Aÿ ôta le voile qui le protégeait des ardeurs du soleil.

— Nous pourrions en rester là.

Akhésa passa outre.

— Le temple de mon père à Karnak ne devra pas être détruit, lui non plus. Lorsque je vivrai à Thèbes, il sera mon lieu préféré, l'endroit où je prierai Dieu.

Le Premier Prophète eut un sourire cruel.

— Soyez sans crainte. Nous avons veillé à la conservation de ce petit édifice et nous l'avons même restauré. Vous serez heureuse à Thèbes, Majesté.

Le prêtre cessa son obsédant va-et-vient. Il allait enfin quitter cet endroit maudit qui avait vu se célébrer des cultes hérétiques. La cour reviendrait à Karnak, Amon serait à nouveau dieu d'empire. Sa victoire était complète. À l'exception d'un dernier détail. Il se plaça à côté de la jeune femme de manière à pouvoir lui parler à voix basse.

— Je vous transmettrai bientôt une liste de grands dignitaires thébains qui, par un décret émanant du nouveau roi, retrouveront leurs privilèges perdus à cause d'Akhénaton. Ils vous en sauront gré. Ceci s'avère indispensable pour la stabilité du trône.

Toutankhaton était fou de joie à l'idée de revenir à Thèbes et d'y vivre avec Akhésa. Elle avait évoqué sa future fonction de Pharaon, il lui avait parlé d'amour, la prenant dans ses bras, la caressant, la dénudant avec fougue. Akhésa ne l'avait pas écarté. Elle avait accepté le poids aérien de son corps d'adolescent, oubliant dans les jeux du plaisir l'ombre noire qui voilait son soleil.

Puis vint le dernier matin, celui du départ.

Elle ne pleurait pas ni ne pensait à l'insupportable souffrance qui lui taraudait l'âme. Tous ses soins, elle les accordait à son jeune époux, assis sur une chaise à dossier recourbé, dans une salle du palais aux colonnes ornées de motifs fleuris.

Les pieds posés sur un tabouret, vêtu d'un pagne long et plissé tenant à la taille grâce à une ceinture multicolore, l'adolescent ne quittait pas des yeux Akhésa. Debout devant lui, elle mettait la dernière main à sa toilette. La jeune femme était magnifique avec sa robe de lin, sa ceinture aux pans flottants, son collier large, sa coiffure bouclée. Elle ajusta le pectoral et les bracelets de Toutankhaton puis répandit sur la tête de son conjoint le contenu d'un vase à parfum. Lorsqu'elle eut terminé, elle accorda un ultime regard à un petit disque en or, accroché au mur. Du globe divin descendaient des rayons terminés par des mains. Ce symbole avait hanté l'esprit d'Akhénaton qui l'avait fait graver sur les stèles et sur les murs des temples de la cité du soleil. Serait-il voué à l'oubli ?

Le jeune couple, en habit d'apparat, sortit du palais et monta dans un char qui prit la tête d'une longue file de véhicules partant vers le sud, vers Thèbes. Les nobles avaient fermé à jamais la porte de leurs somptueuses villas, les jardiniers arrosé une dernière fois les parterres fleuris. Des menuisiers avaient démonté les colonnes de bois qui seraient réutilisées dans les demeures thébaines, les fonctionnaires avaient roulé les papyrus administratifs rangés dans de vastes coffres placés sur des chariots que tiraient des bœufs. Les tablettes jugées périmées avaient été enterrées, les momies sorties de leurs tombeaux pour être transportées sur la rive ouest où elles goûteraient un repos éternel dans une nouvelle sépulture. Seule la famille royale résiderait dans le site désertique choisi par Akhénaton. Nul prêtre ne célébrerait la mémoire du roi.

Akhésa songeait aux bandes de bédouins pillards qui, la capitale d'Aton vidée de ses occupants, viendraient s'y installer et la souilleraient. Nul garde-frontière, nul policier ne leur interdiraient l'accès aux palais et aux villas. Ils les ouvriraient, les saccageraient, laissant au vent et au sable le soin de dégrader les délicates peintures.

L'aube légère rosissait les montagnes et dissipait les brumes voilant encore les champs. La brise du nord gonflait les voiles des bateaux composant l'imposante flottille en partance vers le sud. Les dockers les avaient chargés d'une quantité considérable de meubles. Sur la barque royale avaient été déposés des coffres contenant objets de toilette et étoffes précieuses.

En quelques jours, la cité de lumière créée par Akhénaton serait vidée de ses habitants. Les plus pauvres partiraient sur les barges de transport affrétées par l'État et regagneraient les villages d'où ils étaient partis, la joie au cœur, pour fonder une nouvelle capitale.

Toutankhaton et Akhésa avaient pris place sous une tente dressée au centre de la barque royale. Elle les protégerait du soleil pendant le voyage. On leur y servirait boissons fraîches et fruits.

L'adolescent disposait d'un échiquier, heureux de jouer avec celle qu'il aimait de plus en plus passionnément. L'avenir lui semblait des plus riants. Les dieux le comblaient de tous les bonheurs.

Akhésa le fit attendre. Debout sur le pont, elle regardait la cité du soleil qui disparaissait au fur et à mesure que le bateau s'éloignait. Un coude du fleuve lui masqua à jamais la capitale d'Akhénaton, le prophète de la lumière.

Des larmes coulèrent sur les joues de la fille du pharaon maudit.

19

Toutankhaton et Akhésa, après que la lourde porte eut été refermée derrière eux, progressèrent dans l'immense temple, guidés par un maître des cérémonies.

Akhésa découvrait avec stupeur le domaine d'Amon-Rê, maître des dieux, dispensateur des dieux et de la puissance. Elle avait cent fois entendu parler de ce chantier sacré inauguré plusieurs siècles auparavant et auquel chaque pharaon consacrait des efforts immenses pour l'embellir. Thoutmosis III le conquérant, Thoutmosis IV, le protégé du sphinx, Aménophis III le Magnifique avaient construit colonnades, pylônes, ouvert des cours, dressé des colosses, développant sans cesse l'immense corps de pierre où se célébraient quotidiennement les rites assurant la prospérité de l'Empire. La hauteur de Karnak atteignait bien le ciel, comme l'affirmaient les théologiens. Akhésa se sentait transportée, comme soulevée de terre. Les porches couverts d'or l'éblouissaient. Le regard vivant des statues la perçait jusqu'à l'âme. Partout de l'or, de la turquoise, du lapis-lazuli, des pierres précieuses qui rehaussaient la splendeur des nombreux édifices composant cette ville sainte à l'image de l'univers.

Les deux jeunes gens s'arrêtèrent devant une double grande porte recouverte d'or. Le seuil était en argent. Plusieurs dizaines de prêtres, disposés sur deux rangs, entouraient Toutankhaton et Akhésa, aussi émus l'un que l'autre, presque effrayés par la gravité de la cérémonie. L'adolescent avait soudain oublié son bonheur naïf, commençant à percevoir que sa future fonction risquait d'être beaucoup plus pesante qu'il ne l'avait imaginé.

Le Premier Prophète apparut, une longue canne dorée dans la main droite, le poignet gauche orné d'un bracelet d'or. Sa haute taille et son autorité naturelle imposèrent un silence absolu.

Un prêtre, portant un couteau bien aiguisé dont la lame étincelait, se présenta derrière Toutankhaton. D'un geste sec et précis, il empoigna la boucle de cheveux que l'adolescent portait sur le côté et la coupa. Il le délivrait ainsi de l'enfance. La boucle fut déposée dans un coffret qui serait pieusement conservé dans le trésor royal.

Toutankhaton frissonna. Il n'avait pas éprouvé la moindre douleur, mais une terrible souffrance lui avait enserré la tête, lui faisant presque perdre conscience. Un monde de luxe, de fêtes et de plaisir s'effondrait, cédant la place à l'austérité du temple qui exigeait de lui un engagement surhumain.

— C'est Amon qui donne la royauté, déclara le Premier Prophète, c'est lui qui garde intact le trône des vivants où s'assied Pharaon. C'est Dieu qui guide la pensée de son fils pour lui donner la victoire sur ses ennemis visibles et invisibles. Amon crée Pharaon comme le berger de son peuple, le bon pasteur qui ne perd aucune de ses brebis. Amon enseigne à son fils le chemin de Maât, de la vérité que les hommes ne peuvent ternir. Qui es-tu, toi qui te présentes devant la porte du temple couvert ?

— Je suis le fils du Seigneur, répondit Toutankhaton, répétant les paroles qui lui avaient été apprises la veille. J'agirai selon ses directives et j'accomplirai ce qui est agréable à son cœur. C'est par sa force que je réunirai les Deux Terres, c'est par son pouvoir que j'exercerai la fonction dont il m'investit.

— Puisque tu es le fils fidèle d'Amon, reçois aujourd'hui ton nom visible, proclama le Premier Prophète, d'une voix si grave et si profonde que chacun des participants au rituel retint son souffle.

Akhésa pria pour son jeune époux, sentant qu'il était sur le point de défaillir. Elle tenta de lui communiquer l'énergie qui l'habitait. Il fallait qu'il parvienne à franchir les épreuves le séparant de l'investiture pharaonique qui ferait de lui un roi-dieu.

Le malaise de l'adolescent n'avait pas échappé au Premier Prophète. Il aurait pu mettre fin à son existence fragile en déclenchant contre lui la colère des dieux. Mais le destin de l'Empire passait par le règne de cet être inconsistant, si peu préparé à l'exercice du pouvoir.

Le prêtre étendit les bras devant lui, ouvrit les mains et magnétisa le jeune homme jusqu'à ce qu'il fût de nouveau capable de tenir son rang.

— Tu porteras désormais le nom de Toutankhamon, annonça le Premier Prophète. C'est lui qui contient le secret de ton être, qui sera inscrit dans les Annales et continuera à vivre au-delà de la mort.

Chacun comprit que l'Égypte vivait un tournant de son histoire. Akhésa se mordit les lèvres pour ne pas crier de dépit. Mais elle ne s'avouait pas encore vaincue, même si le combat paraissait perdu d'avance, même si elle semblait écrasée par l'éternité de Karnak.

D'un signe de tête, le Premier Prophète ordonna à deux prêtres d'ouvrir la double grande porte du temple couvert.

Là ne pénétrait plus qu'une lumière diffuse, filtrée par des fenêtres ayant la forme de grilles de pierre. Dans une antichambre, des statues du pharaon Aménophis III. Au centre, une table de pierre sur laquelle étaient posées des offrandes alimentaires. De part et d'autre, le général Horemheb et le « divin père » Aÿ, vêtus d'une peau de léopard couverte d'étoiles. Ils étaient chargés d'attribuer au futur roi des années sans fin et une nourriture céleste intarissable.

Le maître des cérémonies introduisit le jeune couple dans l'antichambre. L'accès au temple couvert fut clos de nouveau. S'habituant à la pénombre, Akhésa distingua, dans un angle de la pièce, une stèle où l'on voyait Toutankhamon adorant Amon-Rê, seigneur de Thèbes. Les prêtres n'avaient pas perdu un instant. Les sculpteurs travaillaient sans relâche depuis l'annonce de la mort d'Akhénaton.

— L'heure est venue de vous purifier, indiqua le Premier Prophète.

Le « divin père » ouvrit le chemin à Toutankhamon, Horemheb à Akhésa. Ils les guidèrent jusqu'à une pièce minuscule, presque totalement obscure. Ils leur demandèrent de se dévêtir, de s'asseoir sur un bloc de granit et d'attendre qu'on vînt les chercher après un jeûne silencieux d'un jour et d'une nuit.

Ce repos forcé permit à l'adolescent de trouver un souffle nouveau, de mieux accepter l'implacable succession des événements qui orientaient son existence dans une direction qu'il n'avait ni souhaitée ni choisie. Ne valait-il pas mieux s'abandonner, renoncer, se laisser glisser dans le courant du destin comme on nageait dans le Nil ? Épuisé, soumis, Toutankhamon s'endormit.

Akhésa ne trouva pas le sommeil, tant elle avait été troublée par les quelques instants passés en compagnie de Horemheb. À la manière dont il lui avait tenu la main, dont ses yeux avaient parlé un langage muet, elle avait perçu dans sa chair que cet homme la désirait, qu'il ne renoncerait jamais à la posséder. Elle se reprochait cette attirance, au moment où elle devait toute son affection à un mari fragile, bientôt en charge du plus grand royaume du monde. Mais Akhésa refusait de se mentir à elle-même. Elle éprouvait une tendresse sans bornes pour Toutankhamon. Elle aimait Horemheb.

Un autre amour plus fort, plus vaste, emplissait son cœur : celui de l'Égypte qu'avait voulue son père, d'un pays de lumière où les rayons d'Aton n'auraient rencontré nulle muraille, où la malignité des prêtres aurait enfin disparu. C'était à cet amour-là qu'elle s'était offerte. Rien ne la ferait revenir sur sa décision. Pour y demeurer fidèle et mener à bon terme la mission que lui avait confiée Akhénaton, elle n'avait d'autre moyen que d'aider Toutankhamon à devenir un authentique Pharaon. À elle de le convaincre d'agir contre le Premier Prophète et de se libérer de la tutelle des prêtres de Karnak.

Pendant cette nuit de méditation, Akhésa se forgea une âme de reine. Prisonnière de Karnak, elle puisa l'énergie sacrée qui émanait de ces murs où les femmes illustres qui l'avaient précédée avaient subi la même épreuve avant d'accéder au trône. Elle s'imprégna de ce glorieux passé, des traces invisibles des personnalités féminines qui avaient généré la gloire de Thèbes. Akhésa sentit monter en elle une force nouvelle. Elle unissait deux natures en apparence inconciliables, celle de fille d'Akhénaton, d'héritière de la cité de la lumière et celle d'une reine thébaine, devenue fidèle à Amon. À elle d'assumer l'impossible, de vivre cette conciliation des contraires pour que son pays ne perde rien de la lumière révélée par Aton et ne sombre pas dans d'atroces bouleversements intérieurs dont les humbles seraient les premières victimes. Elle n'avait plus la moindre envie de devenir reine, de satisfaire un rêve de petite fille ambitieuse se croyant supérieure au reste de l'humanité. Horemheb, Aÿ, le Premier Prophète, Maya, Hanis, Houy, ces hommes valaient mieux qu'elle par le talent, l'intelligence ou l'expérience. Elle devait les observer, les comprendre, percer les secrets de leur influence. Alors seulement, elle serait capable de vivre sa destinée royale.

Quand un prêtre vint la chercher, la jeune femme, en dépit de l'absence de sommeil, avait un visage reposé et serein. L'homme, un vieillard chauve presque édenté, lui tendit un pagne blanc plissé qu'elle ceignit autour de sa taille. C'était le costume traditionnel des souverains depuis l'âge des pyramides.

Dans le temple couvert, le temps n'existait plus. Peut-être était-ce l'aube, mais Akhésa n'en avait cure. Elle suivit le prêtre dans un étroit couloir éclairé par des torches et parvint à une salle emplie de vapeurs chaudes et humides où l'attendait Toutankhamon, également vêtu du pagne traditionnel. Le vieillard les plaça épaule contre épaule et leur demanda de rester immobiles et de garder le silence.

Deux prêtres apparurent, sortant du rideau de vapeurs. L'un portait le masque du dieu faucon

Horus, l'autre du chacal Anubis. Le premier se plaça à côté de Toutankhamon, le second à côté d'Akhésa. Ils élevèrent au-dessus de leur tête deux aiguières d'argent d'où s'écoula l'eau de la régénération, préparée par les magiciennes de la Maison de Vie. Elle se répandit sur l'occiput des deux jeunes gens, glissa sur les joues, le cou, la poitrine et le dos. Ainsi étaient-ils purifiés par les dieux, Horus protecteur de la royauté et Anubis gardien des routes de l'autre monde.

Akhésa sourit à Toutankhamon dont elle percevait l'inquiétude. Les yeux du jeune homme, éperdus d'amour, lurent une telle confiance dans ceux de son épouse qu'il en fut rasséréné. Puisqu'elle demeurait auprès de lui, il serait capable d'aller jusqu'au terme du chemin rituel qui lui était imposé.

Deux nouveaux prêtres, portant cette fois les masques de Thot l'ibis et de Seth le canidé à l'épais museau et aux grandes oreilles, se placèrent, le premier derrière le couple royal, le second devant. Ils versèrent sur leur tête le contenu d'une aiguière d'or. Avec les deux autres dieux, ils symbolisaient les quatre points cardinaux, bornes de l'univers sur lequel régnaient Pharaon et la grande épouse royale.

— Par l'eau de la vie, dit le vieillard d'une voix ferme, la nature humaine est transformée en nature divine.

Akhésa ressentit une étrange impression au plus profond de son corps. Un feu très doux s'éveillait en elle, comme un soleil de fin du jour dorant la peau sans la brûler. L'eau parfumée qui avait circulé sur tout son corps la recouvrait d'une clarté immatérielle, sorte d'or liquide divinisant la chair. Le regard de Toutankhamon lui-même s'était modifié. Les vertus du liquide magique de la purification, pratiquée sur chaque Pharaon depuis l'aube de l'histoire égyptienne, lui communiquaient une forme de vie d'origine céleste.

Les célébrants aux masques divins posèrent les aiguières aux quatre angles de la pièce. Horus et Seth prirent Toutankhamon par les mains, l'introduisant dans une salle dont le centre était éclairé par d'intenses rayons de lumière passant par de petites ouvertures ménagées dans le plafond. Akhésa l'y rejoignit, accompagnée d'Anubis et de Thot.

Lorsque leurs yeux s'habituèrent à l'éblouissante clarté concentrée sur l'autel, ils discernèrent la présence d'une barque, l'arche sacrée d'Amon, relevée aux deux extrémités qu'ornait une tête de bélier. La cabine de la barque, dissimulée par un voile blanc, contenait la statue du dieu. À la proue, une figurine représentant Pharaon maniant le gouvernail.

Le Premier Prophète sortit de la pénombre.

— Amon est à jamais caché, dit-il, il est le père et la mère des êtres. Qu'il ouvre la voie de la demeure du roi.

Le Premier Prophète prit la tête de la procession formée des quatre dieux, du couple royal et du vieux prêtre fermant la marche. Elle traversa une cour où avaient été érigés deux gigantesques obélisques. Akhésa fut éblouie par l'incroyable magnificence du lieu, la belle pierre blanche de grès, le granit rouge et noir, le sol d'or et d'argent, les portes des chapelles en or fin, leurs vantaux en bois de cèdre et en cuivre d'Asie.

— Nous voici parvenus dans la demeure de lumière où Pharaon sera couronné, indiqua le Premier Prophète. Ce temple est semblable à l'univers. Ici se trouve la place de béatitude du Maître des dieux.

Commença un long pèlerinage de plusieurs heures. Suivi d'Akhésa, Toutankhamon pénétra dans une enfilade de chapelles à l'intérieur desquelles avaient pris place prêtres et prêtresses, portant des masques de dieux et de déesses. Chaque puissance créatrice lui délivrait son message, façonnant progressivement l'être surnaturel de Pharaon.

Toutankhamon, grâce à l'eau de purification, ne ressentait pas la fatigue. Quand il sortit de la demeure de la flamme où lui avait été transmis le souffle primordial de la royauté, il se trouva face à face avec le Premier Prophète.

— Amon t'offre la vie, la stabilité et la force, déclara-t-il, posant sur sa tête la couronne rouge et la couronne blanche, symbolisant la Basse et la Haute Égypte.

« Les deux puissantes » formaient une entité vivante qui protégerait le pharaon des influences nocives. Leur poids faillit arracher un gémissement à l'adolescent. Le Premier Prophète le magnétisa à nouveau, soulageant aussitôt la douleur infligée à sa nuque. Puis il noua un bandeau autour de son front, signifiant ainsi que, désormais, sa pensée se confondrait avec celle des dieux.

Le Premier Prophète s'agenouilla devant Pharaon et chaussa ses pieds de sandales blanches. Sur les semelles, l'image des ennemis ligotés et à jamais soumis à l'autorité du roi d'Égypte. Se relevant, le chef des prêtres de Karnak accrocha à la ceinture du pagne une queue de taureau où s'incorporait la puissance inaltérable du *ka* qui survivrait à la disparition de l'enveloppe charnelle.

Le nouveau roi était équipé pour accomplir la montée vers une chapelle plongée dans les ténèbres. Le Premier Prophète n'y entra pas. Akhésa demeura sur le seuil. Un grand naos de granit rose emplissait presque la pièce. Une lumière minérale semblait jaillir du monument. L'adolescent avança, s'arrêtant devant une statue d'Amon coiffé de la couronne aux deux grandes plumes. Le dos tourné à l'effigie du dieu, le nouveau roi s'agenouilla spontanément.

Soudain, une main froide, une main de pierre se posa sur sa nuque. Le bras d'Amon avait bougé, le dieu lui-même confirmait le couronnement de Toutankhamon.

Ce dernier crut qu'il allait mourir de saisissement. Il lui fallut un courage surhumain pour ne pas se relever et s'enfuir à toutes jambes. Sentant le regard bienveillant d'Akhésa, Toutankhamon maîtrisa sa peur. Peu à peu, la main de pierre se fit plus douce. La froidure disparut. L'adolescent éprouva la même chaleur merveilleuse qu'aux moments où le Premier Prophète le magnétisait.

Le bras d'Amon se retira et la statue retourna à son immobilité apparente. Toutankhamon se releva. Il était devenu roi-dieu, image vivante d'Amon sur terre, maître des transformations incessantes de la vie. Lorsqu'il sortit de la chapelle, le Premier Prophète lui remit deux sceptres qu'il croisa sur sa poitrine et le conduisit jusqu'au fond du temple. Là, dans le sanctuaire d'Orient, le nouveau pharaon vit s'ouvrir devant lui les portes du ciel et contempla la face du dieu. Il récita les formules rituelles du culte pour la première fois, après avoir reçu le rouleau du livre divin.

Puis Toutankhamon et Akhésa revinrent en arrière, dans l'axe du grand temple. Derrière eux se forma la cour des divinités, manifestées par les prêtres masqués. S'y joignirent leurs collègues au crâne rasé. Dans la salle des fêtes s'étaient réunis les grands dignitaires, impatients de savoir si l'adolescent avait triomphé des épreuves.

Quand ils le virent, chancelant sous la double couronne mais tenant fermement les sceptres, ils l'acclamèrent, scandant son nom. Ainsi était-il définitivement reconnu comme roi. Les cris de joie, entendus en dehors de l'édifice, annoncèrent la naissance rituelle du monarque. La bonne nouvelle passa de bouche à oreille de prêtre et attira bientôt la foule immense rassemblée sur le parvis, donnant le signal d'une liesse populaire qui durerait plusieurs jours. L'Égypte avait un roi. L'Égypte était sauvée.

Le Premier Prophète se tourna vers Akhésa, qui se tenait en retrait par rapport à son époux. Sur l'injonction du pontife, elle avança d'un pas, se portant à la hauteur de Pharaon.

Le maître de Karnak lui attacha autour du cou un collier de plusieurs rangs de perles et lui ceignit le front du diadème à l'uraeus, cobra femelle dont la tête se dressait pour jeter un feu contre obstacles et ennemis.

— Tu es la grande magicienne, déclara le Premier Prophète, celle qui jouit de toutes les faveurs et garde la légitimité du trône, la plus charmante des femmes, douce d'amour, la souveraine de Haute et de Basse Égypte, la grande épouse royale.

Il lui remit un vase d'argent ayant la forme d'une grenade et dont la panse était décorée de bleuets et de lis ciselés avec une extrême finesse.

— Reçois ce vase sacré qui contient l'eau de résurrection. Tu le conserveras comme ton bien le plus précieux. Ton nom de reine sera « Celle qui vit par Amon » et tu aideras le souverain du Double Pays à passer sa vie à créer les images des dieux.

De nouvelles acclamations saluèrent cette déclaration. Toutankhamon et Akhésa se tinrent par la main, graves. L'adolescent était étourdi par le tourbillon qu'il venait de traverser. Il sentait confusément que son enfance était morte et qu'on l'obligeait à renoncer à toute liberté.

Quand le couple royal, debout sur son char

plaqué d'or et d'électrum, parcourut le centre de Thèbes, salué par des milliers de voix enthousiastes, Toutankhamon commença à sourire. La vénération qu'on lui portait le comblait d'aise. Roi d'Égypte... Il était roi d'Égypte, l'homme le plus puissant de la terre ! Il reçut les hommages, affichant son contentement. À ses côtés, la grande épouse royale demeurait étrangement calme.

20

Les meilleurs sculpteurs du royaume travaillaient sans relâche dans les ateliers de Karnak.
Le « divin père » Aÿ et le général Horemheb
leur avaient donné l'ordre de tailler des stèles
annonçant le couronnement de Toutankhamon.
Des statues représentant le dieu Amon tenant le
nouveau roi devant lui seraient placées dans
les grands sanctuaires d'Égypte, témoignant du
pouvoir légitime détenu par le jeune roi. Maya,
que prêtres et dignitaires tenaient en haute estime,
supervisait l'ensemble.

Toutankhamon était assis sur une chaise en
bois de cèdre dont le dossier s'ornait du génie de
l'éternité. Au-dessus de lui, un disque solaire ailé.
Le roi passa un doigt nerveux sur l'un des clous
en or fixant les pièces d'angle du siège. Comme
chaque matin, depuis plus de deux mois, il
attendait la visite du « divin père » Aÿ qui l'initiait
progressivement aux secrets de la cour de Thèbes.
Akhésa assistait, silencieuse, à ces entretiens. Ce
n'étaient que ragots, potins, descriptions critiques
de tel ou tel courtisan, confidences de couloirs.
Les yeux de la grande épouse royale se posaient
parfois sur les côtés de la chaise représentant
l'union du lotus et du papyrus, les plantes symboliques de la Basse et de la Haute Égypte. La

grandeur du Double Pays, son rayonnement... Voilà les premières tâches qu'elle imaginait pour un pharaon. Au lieu de cela, il n'était question que d'intrigues de palais. Bien qu'elle fût indignée par tant de médiocrité, elle conservait les propos du « divin père » dans sa mémoire. Les courtisans, pour la plupart, ne songeaient qu'à leur carrière. Ils avaient eu si peur de la révolution déclenchée par Akhénaton qu'ils étaient prêts à tout pour mieux soutenir les prêtres d'Amon, garants de leurs privilèges. Malgré sa position dominante, Akhésa devait se montrer prudente. Aussi avait-elle décidé de ne pas commencer à agir avant la naissance de son enfant, d'autant plus que les douleurs lui déchirant le ventre s'accentuaient. Elle ne s'en préoccupait guère, trop heureuse d'offrir à Toutankhamon le fruit de leur amour.

Le jeune roi s'impatientait.

— Aÿ est en retard, ce matin. Pourquoi ?

— Ne t'inquiète pas, le réconforta-t-elle. Écoute plutôt ton fils... Il bouge.

Toutankhamon s'exécutait avec joie quand un échanson, apportant des coupes de lait frais, annonça Aÿ.

Le « divin père », l'air soucieux, marchait avec peine.

— Je suis en retard, Votre Majesté. Pardonnez à un vieil homme qui souffre des articulations. Je ne me déplace plus qu'avec un bâton.

— Asseyez-vous, « divin père », proposa Akhésa, avançant un siège confortable pourvu de coussins.

Aÿ s'installa en gémissant, face au roi.

— De qui parlerons-nous, aujourd'hui ? interrogea le roi qui prenait goût aux intrigues de palais. De la dame Mout, l'épouse de Horemheb et de son caractère difficile ?

Le ton badin du roi n'amusa pas le « divin père ».

— Plutôt de Horemheb lui-même, Votre Majesté.

Akhésa dressa l'oreille, oubliant le papyrus magique qu'elle lisait.

La moue de Toutankhamon signifiait assez que ce sujet l'ennuyait. Jusqu'à présent, il avait vécu dans l'ignorance des difficultés. Il se contentait d'aimer Akhésa et de jouir des prérogatives de son rang sans en subir les inconvénients. Il avait même oublié l'existence du puissant général Horemheb et savait gré au « divin père » de ne point l'avoir importuné.

— Le général désire-t-il me voir ?

— En effet, Votre Majesté ! Depuis votre couronnement, il a beaucoup travaillé. Il a personnellement veillé à l'engagement de nouvelles recrues pour renforcer les corps d'armée dont il a le contrôle. Il proclame partout son absolue obéissance au pharaon et ne prononce aucun mot désobligeant à votre égard. Il prêche le calme et la paix mais prépare la guerre.

Akhésa, inquiète, intervint avec fougue.

— La guerre contre nous ? Contre les souverains légitimes ?

Aÿ hésita à répondre.

— Je l'ignore...

— N'avez-vous plus d'entretiens avec le général ?

— Des conversations banales et sans intérêt. Horemheb m'évite. Je suppose qu'il poursuit quelque dessein personnel que je ne parviens pas encore à déterminer.

— Un dessein qui vous inquiète ?

— Oui, Votre Majesté.

— Pourquoi donc ? Horemheb n'est-il pas

avant tout un scribe respectueux des lois, incapable de commettre un acte violant la règle de Maât ?

— C'est vrai, reconnut le « divin père ». Mais je redoute précisément qu'il utilise les lois pour renforcer sa position. Horemheb voyage beaucoup, rend visite aux chefs de province, consulte les hauts dignitaires, offre des banquets aux officiers supérieurs. Sa popularité ne cesse de croître pendant que vous demeurez enfermés dans ce palais.

Akhésa posa ses mains sur son ventre douloureux. Après six mois de grossesse, il était à peine proéminent.

— Vous disiez que le général désirait nous voir ?

— Il a organisé une grande cérémonie au temple de Montou et souhaiterait la présence du couple royal.

— Existe-t-il un moyen de se soustraire à cette obligation ? interrogea Toutankhamon que le protocole exaspérait.

— Je crains que non, Majesté.

Akhésa éprouvait une désagréable impression. Le « divin père » ne semblait pas sincère. Ne servait-il pas d'émissaire à Horemheb pour attirer le couple royal hors du palais ? Un attentat se préparait-il contre Pharaon ? Elle tenta de chasser cette idée folle de sa pensée. Ni Horemheb ni Aÿ n'étaient des assassins. Mais l'attitude ambiguë du « divin père » ne cachait-elle pas quelque intention inavouable ?

Le temple de Montou, dieu faucon chargé de protéger Pharaon lors des combats et de lui donner la puissance guerrière menant à la victoire, était édifié au nord du grand temple d'Amon-Rê. Au centre de son imposante façade s'ouvrait une grande porte au seuil de granit rose. Deux obélisques encadraient l'entrée du sanctuaire.

Horemheb en personne accueillit les souverains lorsqu'ils descendirent de leur char d'or et d'électrum. Précédé de deux porte-éventail, il les conduisit à l'intérieur du temple, dans une vaste cour entourée de portiques aux colonnes en forme de papyrus. Entre elles avaient été disposés des sphinx à corps de lion et ayant le visage du pharaon Aménophis II, archer d'exception, célèbre pour sa force physique.

Au fond de la cour, devant l'escalier menant au temple couvert, deux trônes : le plus grand pour le pharaon, l'autre pour la reine. Les deux jeunes gens s'y installèrent. Horemheb se tenait à côté du roi et en retrait. Ni Toutankhamon ni Akhésa n'osèrent poser la moindre question au général, souriant et affable. La grande épouse royale se sentit oppressée. La sérénité du temple, la splendeur de son architecture ne suffisaient pas à la rassurer.

Un soldat, muni d'une trompette, s'avança jusqu'au centre de la cour, s'agenouilla et flaira le sol devant Pharaon. Puis, se relevant, il empoigna son instrument et joua une sonnerie au caractère martial.

Entra au pas de course une troupe de fantassins haute en couleurs, comprenant des Égyptiens et des mercenaires de diverses régions, Libyens, Syriens, Asiatiques, Nubiens. Les uns portaient un long pagne plissé avec un devanteau, les autres une tunique, d'autres encore une robe bariolée. Les Égyptiens étaient coiffés d'une perruque courte, les Asiatiques affectionnaient la barbe et les cheveux longs ramassés derrière la nuque, retenus par un bandeau, les Libyens préféraient une grande plume fixée au sommet du crâne. Ils défilèrent devant le couple royal, montrant la panoplie d'armes dont ils étaient pourvus, arc simple d'une seule pièce de bois flexible, arc double dont les deux pièces, couvertes de lamelles d'écorce, étaient réunies au centre, arc composé de plusieurs pièces collées, flèches d'une vingtaine de centimètres de long, formées d'une tige de roseau durci ayant une base de bois à laquelle était fixée la pointe de bronze, flèches à la pointe de bois destinées à assommer l'adversaire, dagues et glaives aux lames de bronze, dont certaines en forme de faucille, bâtons de jet.

La parade, fort animée, dura longtemps. Les fantassins rivalisaient de superbe, entonnant des chants guerriers à la gloire du dieu faucon Montou. Ils couraient en cadence, dans un rythme parfait. Le jeune Toutankhamon était ravi. Ces démonstrations belliqueuses, sans tueries ni combats, lui apparaissaient comme une fête des plus réjouissantes, presque comme un jeu. Horemheb n'avait songé qu'à lui procurer une distraction exceptionnelle.

Ce n'était pas l'avis d'Akhésa que le général évitait soigneusement de regarder, fixant ses soldats qui exécutaient une manœuvre impeccable. La grande épouse royale était de plus en plus inquiète. Il ne s'agissait là que du début de la stratégie de Horemheb. Il commençait par éblouir le roi pour le mettre en confiance.

Les militaires quittèrent la grande cour. Une nouvelle sonnerie de trompette provoqua la venue d'un interminable défilé d'Asiatiques venant offrir au pharaon des chevaux et une quantité impressionnante de tributs aussi riches que variés, coupes d'or et d'argent, vaisselle précieuse, étoffes, broderies, parures...

— L'Asie entière reconnaît votre souveraineté, indiqua Horemheb. Elle est venue se prosterner à vos pieds et implorer votre protection.

Malgré la magnificence de la cérémonie, Akhésa fut frappée par la maigreur et la pâleur des Asiatiques qui y participaient. La plupart d'entre eux paraissaient las, presque épuisés ; des traces de blessures étaient visibles sur les visages et les membres de certains d'entre eux. Elle remarqua un homme d'âge mûr, à la moustache noire très fine et auquel il manquait la main droite.

Quand les tributs eurent été déposés au pied des trônes, un enfant syrien s'avança, seul, vers Toutankhamon. Il présenta au roi une longue boîte en bois d'ébène contenant plusieurs flèches à pointe d'ivoire et un sac recouvert d'or, incrusté de pierres précieuses, dont les extrémités représentaient des prisonniers étrangers garrottés.

Toutankhamon, bondissant de plaisir, quitta son trône pour recevoir l'admirable présent, chef-d'œuvre d'un maître joaillier qui avait atteint la perfection dans l'art de la ciselure. Se tournant vers Akhésa, il fut surpris par sa froideur.

Le silence revint dans la grande cour du temple de Montou. N'y demeuraient plus que le roi, la reine, Horemheb et une vingtaine de soldats armés, debout devant les sphinx. De plus en plus tendue, Akhésa saisit la main de Toutankhamon dont les yeux trahissaient un soudain désarroi.

Le général Horemheb se plaça face aux souverains.

— Vos Majestés sont-elles satisfaites de ces parades ?

— Oui, bien sûr, répondit Toutankhamon d'une voix mal assurée. Je suis fatigué, général. Je désire rentrer au palais.

— Qu'il soit fait selon votre volonté, Majesté. Auparavant, j'aimerais vous entretenir de graves difficultés auxquelles se heurte notre pays. Son gouvernement doit être mieux affirmé. Je m'y emploie avec toute l'ardeur dont je suis capable.

Mais mes moyens sont trop limités. Je dois renforcer les effectifs de l'armée, réorganiser l'administration, redonner aux temples les richesses dont ils ont été spoliés. Que votre Majesté me nomme député de Pharaon dans tous les pays étrangers, régent des Deux Terres, chef des intendants.

— N'êtes-vous pas déjà l'élu du roi, protesta Akhésa, scribe bien-aimé de Pharaon, confident privilégié, le plus puissant des puissants, le plus grand des grands ; n'êtes-vous pas comparé aux deux yeux du Maître de l'Égypte ? Pourquoi exiger d'autres titres ?

Horemheb, continuant d'éviter le regard de la grande épouse royale, fixa l'adolescent.

— Nous ne pouvons plus tergiverser, annonça-t-il, sévère et déterminé. Non seulement vous m'attribuerez ces nouvelles fonctions, Majesté, mais encore vous ordonnerez de graver une stèle qui sera placée dans l'angle nord-est de la grande salle à colonnes de Karnak pour que soit connue notre œuvre de restauration. Vous y serez représenté faisant offrande au dieu Amon et à son épouse Mout. Vous raconterez comment vous avez supprimé le mal, combattu l'hérésie et rétabli la vérité, comment vous avez pansé les blessures infligées aux temples et fait refleurir les ruines des sanctuaires dévastés par l'intolérance, d'Éléphantine jusqu'au Delta.

— Mais c'est faux ! protesta Akhésa. Mon père n'a causé aucune destruction grave !

— Peu importe, rétorqua Horemheb. L'essentiel est que le peuple égyptien en soit persuadé. Le règne de Toutankhamon a rétabli la prospérité et l'harmonie. Nous expliquerons sur cette stèle que les lieux saints étaient ravagés, que les mauvaises herbes y poussaient, que des profanes s'y promenaient librement. Des plantes sauvages avaient recouvert les naos éventrés des divinités qui, méprisées, s'étaient éloignées de notre terre. Leurs statues étaient mutilées. C'est en méditant dans son cœur que le nouveau roi, Toutankhamon, prit la décision de mettre fin à ce désastre. Il créa pour son père Amon une statue d'or fin, incrustée de pierres précieuses et de lapis-lazuli, plus grande et plus belle que celles sculptées auparavant.

Le jeune roi, abasourdi, écoutait le général avec attention. Il ne se sentait pas de taille à lui résister.

— Cette stèle, poursuivit Horemheb, sera complétée par une série de nominations de prêtres qui ont été condamnés par Akhénaton à des occupations profanes et qui entreront à nouveau dans le personnel des temples. Les notables et leurs enfants seront rétablis dans leurs dignités. La noblesse, qui formait l'élite de notre société, connaîtra à nouveau des jours heureux.

Akhésa, révoltée et meurtrie, contint la rage qui l'habitait. La parade militaire avait servi à prouver que le général contrôlait la force armée et qu'il n'hésiterait plus à l'utiliser pour parvenir à ses fins. Le couple royal n'avait qu'à s'incliner.

— Pour fêter la promulgation de ces décrets qui feront revenir les dieux sur terre, conclut Horemheb, nous convoquerons à Karnak les meilleures chanteuses et danseuses du pays entier et nous accorderons plusieurs jours de repos à la population. La joie refleurira.

Toutankhamon avait passé plusieurs heures dans un état de complet abattement. Les décisions autoritaires du général Horemheb l'avaient pris au dépourvu en lui démontrant ses faiblesses. Il n'était qu'un enfant amoureux d'une femme superbe, incapable de tenir tête à un homme d'expérience, rompu aux manœuvres politiques, habitué aux dédales de l'administration. Lui, Toutankhamon, un petit roi sans pouvoir réel.

Pourquoi Akhésa ne l'aidait-elle pas ? Pourquoi ne cherchait-elle pas à atténuer sa déconvenue ? Pourquoi s'était-elle enfermée dans ses appartements au lieu de demeurer à ses côtés, de lui parler, de lui dispenser cette tendresse dont il avait besoin ?

Se sentant abandonné et inutile, Toutankhamon joua avec son briquet, produisant une flamme qui ne lui réchauffa pas le cœur.

D'atroces souffrances déchiraient les entrailles de la grande épouse royale. Mais Akhésa n'avait pas le temps de consulter le médecin. Elle accordait audience au commandant Nakhtmin qui s'était rendu auprès d'elle dès qu'il avait reçu son appel transmis par la servante nubienne.

— Il se passe quelque chose d'étrange, commandant. J'ai bien observé les Asiatiques venus nous présenter les tributs sous la responsabilité du général Horemheb. Ils m'ont paru épuisés, ressemblant plus à des prisonniers qu'à des diplomates. Je voudrais que vous m'ameniez l'un d'eux et que nous l'interrogions : un homme à la moustache noire très fine. Il lui manque la main droite.

Nakhtmin se drapa dans sa dignité de jeune officier supérieur.

— Ce que vous me demandez, Majesté, est fort délicat. Je n'ai aucun pouvoir de police.

— Je ne vous demande pas d'arrêter cet homme, Nakhtmin, mais de me ménager un entretien avec lui.

Le commandant n'eut guère de peine à identifier l'Asiatique, logé dans le quartier des ambassadeurs. Sa surprise fut grande quand Nakhtmin l'emmena dans le parc d'une immense villa, loin du palais royal.

Dans un kiosque l'attendait la grande épouse royale devant laquelle il se prosterna, effrayé.

— Pourquoi tremblez-vous ? demanda-t-elle.

L'Asiatique serra les lèvres.

— De quelle province venez-vous ?

— De Syrie, Majesté.

— Quand avez-vous perdu votre main ?

— Je… j'étais artisan et…

L'étranger bredouilla quelques mots incompréhensibles.

— Dites-moi la vérité, ordonna Akhésa.

Le commandant Nakhtmin pâlit. La détermination de la jeune femme l'impressionnait. L'Asiatique leva des yeux de chien battu vers la grande épouse royale.

— Je me trouvais dans mon village quand les Hittites l'ont envahi, dévastant nos maisons et mettant le feu à nos récoltes. Nous nous sommes enfuis dans la montagne et nous y avons vécu comme des chèvres. Quand les soldats égyptiens sont arrivés, nous avons couru vers eux, implorant leur aide. Je me suis enrôlé dans l'armée avec la certitude que Pharaon enverrait son épée victorieuse pour nous protéger. Mais nous avons subi une défaite et j'ai perdu ma main au combat. Il n'y avait pas assez de soldats égyptiens. Ils sont morts. Moi et quelques autres, ne sachant plus comment subsister, sommes venus demander refuge en terre d'Égypte. Le général Horemheb nous a demandé de faire acte d'allégeance devant Pharaon, comme si nous étions des envoyés étrangers.

Akhésa se retira sans poser d'autre question. Horemheb avait commis sa première erreur.

Après s'être lavé les mains et les pieds,

Horemheb fut introduit dans la salle d'audience du palais royal de Malgatta, sur la rive ouest de Thèbes. Il n'était pas surpris par le caractère protocolaire de cette convocation. En cette magnifique journée d'été, chaude sans être torride, le couple royal lui donnerait les pleins pouvoirs.

Le roi et la reine, couronnés et en costume de fonction, étaient assis sur leurs trônes. Toutankhamon tenait les sceptres, Akhésa une fleur de lotus. Comme ils semblaient fragiles ! Horemheb remplit les exigences rituelles. Il baissa la tête, plia les genoux, flaira le sol et attendit que Pharaon le convie à se relever.

— Que le dieu Amon protège Pharaon, déclarat-il d'une voix profonde, qu'il lui donne éternellement vie, santé et force.

C'était au tour de Toutankhamon d'intervenir. Akhésa lui avait fait répéter à plusieurs reprises les paroles qu'il aurait à prononcer et qui prendraient force de loi. L'adolescent avait la gorge sèche. Horemheb le terrorisait. Toutankhamon avala avec peine sa salive.

— Général Horemheb, nous avons décidé de vous accorder de nouveaux titres honorifiques et de les promulguer par décret, à l'exception de celui de régent du royaume. Malgré notre jeune âge, nous comptons exercer pleinement nos prérogatives et ne point céder le gouvernement des Deux Terres à quiconque. En revanche, nous prêterons l'oreille la plus attentive aux fidèles conseillers qui nous offriront le fruit de leur expérience.

Il fallut à Horemheb la maîtrise d'un scribe habitué à contrôler ses émotions pour ne pas laisser éclater sa colère. Comment cet enfant osait-il lui résister ? Quelle folie s'était emparée de lui ?

— Majesté, dit-il, en appuyant sur chaque terme, vous êtes le maître de l'Égypte. Vos paroles deviennent réalité vivante. Nul autre que vous, en effet, n'est digne de gouverner ce pays et de le maintenir dans la loi de Maât. Mais de si graves dangers nous menacent que l'institution d'une régence me paraît indispensable. Je suis prêt à en assumer la responsabilité aussi longtemps que Votre Majesté le jugera nécessaire.

Toutankhamon hésita. Les arguments de Horemheb étaient convaincants. Ne valait-il pas mieux se décharger de devoirs trop écrasants sur un homme d'une telle stature ? Les dieux ne devraient-ils pas lui laisser vivre sa jeunesse au lieu de la lui voler ?

Akhésa sentit son époux vaciller. Il était prêt à la trahir et à céder devant Horemheb.

— Vous nous avez menti, général, dit-elle. Vous ne contrôlez pas la situation en Asie. J'en ai la preuve. Ce comportement est indigne d'un haut fonctionnaire du royaume. En conséquence, Pharaon, dans sa grande clémence, vous confie le soin de réorganiser l'armée dont vous êtes responsable et de garantir la sécurité de nos frontières. Tel sera votre unique souci.

Akhésa était certaine d'avoir percé à jour la manœuvre de Horemheb : laisser se dégrader les relations internationales, imputer cette faute au nouveau roi et prendre le pouvoir lors d'un nécessaire coup d'État militaire. Le général et la grande épouse royale se défièrent du regard. Par déférence, il baissa les yeux.

Toutankhamon aurait aimé se trouver loin de cette salle, de ce trône, porter d'autres vêtements, ne pas avoir cette couronne sur la tête. La présence d'Akhésa lui offrit les ressources nécessaires pour conclure d'une voix frêle.

— Notre volonté a été exprimée, général. L'audience est terminée.

Horemheb n'avait plus la possibilité d'émettre la moindre protestation. Il sortit d'un pas précipité.

Il ne vit pas la grande épouse royale tomber sur le dallage, inanimée.

Le diagnostic du chef des médecins fut rapide à établir : accouchement prématuré au septième mois de la grossesse. Aussitôt, deux sages-femmes d'expérience emmenèrent Akhésa, que l'on avait réanimée en lui faisant respirer des parfums à base de lys et de bleuet, dans la salle du palais où d'autres reines, avant elle, avaient donné naissance aux enfants royaux.

Akhésa connaissait un tel épuisement qu'elle n'opposa aucune résistance. Les sages-femmes la mirent nue. La première l'obligea à se tenir debout, la soutenant par les aisselles. La seconde introduisit dans son vagin un tampon d'étoffe enduit de sciure de sapin, espérant ainsi faire descendre l'utérus. Pour calmer la douleur, elle déposa un ibis de cire sur du charbon. Elle plaça la jeune femme juste au-dessus des vapeurs anesthésiantes qui s'en dégagèrent de manière à ce qu'elles pénètrent dans son ventre. Dans les angles de la chambre de naissance avaient été dessinées des figures de femmes nues, chargées de magie bénéfique.

Akhésa ne pleurait pas, ne hurlait pas. Elle gardait la souffrance au plus profond de son être, voulant à tout prix se comporter avec la dignité d'une reine, bien que l'épreuve lui parût soudain au-delà de ses forces. L'enfant qu'elle attendait avec confiance, ce petit être qu'elle désirait voir vivre comme l'image même du bonheur, n'était-il pas en train de la tuer ?

Pendant qu'on la maintenait debout, on lui banda le bas-ventre avec un emplâtre de sel, de blé et de jonc. Puis la plus âgée des sages-femmes prit la décision de hâter l'accouchement. Elle enduisit le vagin d'un onguent chaud composé de vin de palme, de sel et d'huile et injecta ensuite un liquide à base de tessons de poterie broyés avec de l'huile.

Les contractions s'accélérèrent quelques minutes plus tard. Cette fois, la jeune femme ne put contenir un cri de douleur. Les sages-femmes la menèrent jusqu'à une natte sur laquelle elles l'obligèrent à s'accroupir. L'une d'elles la serra à bras-le-corps, lui demandant de s'appuyer contre elle de toutes ses forces afin de faciliter l'expulsion.

L'autre guetta la sortie de l'enfant qui, au terme d'une demi-heure de travail, sortit par la tête du ventre de la jeune mère.

La grande épouse royale dormit deux jours et deux nuits. Quand elle s'éveilla, un feu insupportable lui brûla aussitôt le ventre. Se tordant de douleur, elle se plaça sur son côté gauche et découvrit dans la pénombre de sa chambre, dont les fenêtres avaient été obscurcies par des rideaux, un homme assis au pied de son lit.

— Toutankhamon... Viens près de moi, mon roi...

Dès que l'homme se leva, Akhésa se rendit compte de son erreur. C'était Aÿ, le « divin père » qui lui prit les mains avec respect.

— Où est mon enfant ? Où est mon mari ?

— Le roi est légèrement souffrant, Votre Majesté. Nous sommes à la fin de la nuit. Il dort.

— Mon enfant ? insista-t-elle, des larmes perlant à ses yeux.

Aÿ la regarda avec la tendresse d'un père.

— Il est sorti de moi, je l'ai vu... Pourquoi n'est-il pas ici, dans un berceau ?

— C'était un fils, dit le « divin père », la voix brisée. Il est mort-né.

21

Le papillon multicolore se posa sur la poitrine de Toutankhamon. Le jeune roi, étendu sur un lit en bois d'ébène, n'osa bouger. La merveilleuse créature était un présent des dieux. Aussi retint-il son souffle pour ne point le déranger. Les ailes battaient lentement, comme si le papillon prenait confiance. Puis il les replia, se mettant au repos. Toutankhamon se détendit, laissant sa nuque aller en arrière et se poser sur le chevet, symbole du dieu Chou, l'espace de création dans lequel se déplaçait la lumière et où l'âme du dormeur se régénérait chaque nuit.

— Je suis venu, Votre Majesté, dit la voix grave du sculpteur Maya.

L'adolescent se redressa brutalement. Affolé, le papillon s'enfuit. Toutankhamon tendit la main pour l'attraper. Déçu, il reporta son attention sur l'homme qu'il avait mandé.

— Maya ! Toi, mon ami !

Ils s'étreignirent, aussi émus l'un que l'autre.

— Maya, si tu savais comme je suis malheureux.

— Que se passe-t-il, Votre Majesté ?

— Akhésa est gravement malade et notre fils est mort-né. Je suis seul, ici, dans ce palais.

Personne ne me rend visite. Horemheb et Aÿ dirigent le royaume à leur guise. Je suis Pharaon, Maya, et je n'ai aucun pouvoir.

Maya souffrait de la détresse de cet enfant que d'habiles politiciens utilisaient à leur profit sans le moindre remords. Il n'avait aucun moyen de l'aider mais il serait à ses côtés, même dans la pire des détresses.

— Si Akhésa mourait, gémit Toutankhamon, je n'aurais plus le goût de vivre.

— Vous n'avez pas le droit de parler ainsi, Votre Majesté, protesta Maya avec rudesse. Seuls les dieux décident de la vie et de la mort. Quel que soit le destin qui nous frappe, acceptons-le.

L'adolescent dodelina de la tête.

— Il faut être vieux comme toi pour penser ainsi. Moi, je ne peux pas.

Maya serra l'adolescent contre lui, comme il l'aurait fait s'il avait été son fils.

— Tu as raison aujourd'hui, tu auras tort demain. Toi aussi, tu deviendras vieux.

Les yeux de Toutankhamon s'emplirent d'espoir.

— Et aussi fort que toi, Maya ? Non, ce n'est pas possible...

— Bien sûr que si. Tu exerceras le pouvoir que des voleurs t'ont dérobé. Les années joueront en ta faveur. Bientôt, tu leur tiendras tête.

Les prédictions de Maya troublèrent Toutankhamon. Il n'avait pas la moindre envie de vieillir. Demeurer éternellement jeune, sentir monter en lui le désir inépuisable de caresser Akhésa, oublier le monde extérieur pour s'évanouir en elle. De quel autre bonheur pouvait-il rêver ?

Soudain la physionomie du roi changea. Ses traits se durcirent. Il devint grave, presque soucieux.

— Je voulais te voir, mon ami, déclara-t-il sur un ton sentencieux, car j'ai pris des décisions te concernant. Le premier devoir d'un pharaon est de bâtir des temples et de préparer son tombeau. C'est pourquoi je te nomme Maître d'Œuvre de tous mes chantiers et intendant de la nécropole. C'est toi qui t'occuperas de ma sépulture dans la Vallée des rois.

— Votre Majesté, je ne...

— Telle est ma volonté, confirma l'adolescent avec superbe. Tu prends tes nouvelles fonctions à l'instant même. Et tu en assumeras une autre qui assurera la prospérité des Deux Terres : surintendant du Trésor et ministre des Finances.

Maya habitait une modeste demeure du village de Deir el-Médineh, domaine réservé des artisans chargés de travailler en grand secret dans la Vallée des rois. Ils vivaient là avec leurs familles, avaient leur propre administration, leurs propres tribunaux et dépendaient directement de Pharaon.

Maya y avait enseigné la sculpture à des jeunes gens d'exception, devenus des maîtres capables de révéler sur les murs des tombes les enseignements secrets des temples. Il avait espéré vivre le reste de ses jours dans ce village si cher à son cœur, loin de l'agitation de Thèbes et des intrigues de la cour.

Le nouveau Maître d'Œuvre des chantiers royaux considéra sa petite maison avec nostalgie. Il devait la quitter à jamais. Il l'avait construite de ses mains, avec des fondations de pierre, soignant particulièrement le toit formé de troncs d'arbres et de feuilles de palmiers. Sur le sol de terre battue étaient rangés des pots, des assiettes, des cruches composant une vaisselle qu'il n'emporterait pas avec lui. Dans la villa de fonction qui lui serait attribuée, il n'aurait plus à s'occuper de tâches domestiques.

Bien qu'il eût accédé au rang envié de surveillant en chef de la communauté de Deir el-Médineh, Maya avait continué à mener une existence simple, presque effacée, se consacrant uniquement à son travail. Artisans et ouvriers le vénéraient comme un sage, épris de justice.

D'instinct, Toutankhamon avait fait le meilleur des choix en élevant l'ancien sculpteur à un rang qu'il n'avait jamais ambitionné.

Un jeune apprenti frappa à la porte. Maya ouvrit.

— Un homme vous demande, à l'entrée du village. Il n'est pas des nôtres. Nos gardes ont refusé de le laisser passer. Souhaitez-vous le voir ?

Maya fut intrigué. Deir el-Médineh était un village fermé, disposant de sa milice formée d'artisans qui assuraient la sécurité des familles. Nul ne tentait de s'y aventurer s'il n'appartenait pas à une corporation qui lui avait donné le mot de passe.

— Je viens, mon garçon.

Maya emprunta la rue principale bordée par les maisons les plus vastes. Elle aboutissait au poste de garde, situé près d'une tombe, formée d'une cour précédant une pyramide à la forme très élancée. Deux sculpteurs, maillets en main, encadraient le visiteur inattendu, vêtu d'un simple pagne.

En s'approchant, Maya le reconnut.

Le général Horemheb.

— Laissez-le passer, ordonna-t-il. Je l'emmène.

Les sculpteurs obéirent, mécontents d'offrir l'hospitalité, même passagère, à un étranger. Horemheb marchait pieds nus, les sandales sur l'épaule. On ne chaussait ces dernières que pour pénétrer dans la demeure d'un hôte dont on ne devait pas salir le sol. Les cheveux libres, le général ne portait ni bijoux, ni ornement. Personne ne pouvait supposer que cet homme était le véritable maître de l'Égypte.

Maya introduisit Horemheb dans une petite pièce soutenue par deux colonnes constituées d'un tronc de palmier recouvert de plâtre. Une plateforme en pierre, surélevée, servait de siège le jour et de lit la nuit. Dans une niche trônait une statuette du dieu Ptah, le patron des constructeurs. Maya alla dans la cuisine où il fabriquait lui-même son pain et en ressortit avec des gâteaux ronds au miel et une cruche de bière douce.

— C'est beaucoup d'honneur, général. Quelle étrange visite... Je vous ai vu quelquefois. Dans la cité du soleil. Vous portiez de superbes vêtements et de magnifiques parures. Un sculpteur n'oublie pas un visage comme le vôtre. Pourquoi êtes-vous venu ?

Horemheb, assis sur la banquette de pierre, dégusta l'excellent breuvage aux vertus digestives.

— Vous êtes un personnage beaucoup plus influent que vous ne l'imaginez, Maya. Vous avez pris la tête de l'ensemble des artisans. Ils n'obéissent qu'à vous.

— Vous accordez trop d'importance à ma fonction dans ce petit village.

Irrité, Horemheb posa la cruche de bière.

— Je supporte mal qu'on se moque de moi, Maya. Ce « petit village » rassemble les meilleurs artisans d'Égypte, ceux qui sont les maîtres dans leur art. Ils ne rendent des comptes qu'à Pharaon en personne. Leur influence secrète est considérable. Leurs avis sont écoutés. Et ces avis, c'est vous qui les leur dictez.

Maya ne démentit pas.

— Notre pays court de graves dangers, poursuivit Horemheb. Toutankhamon est un enfant sans volonté et sans intelligence. Bien qu'il soit installé sur le trône, il est incapable de prendre une décision. Je ne suis pas officiellement régent, mais j'en assume la fonction. Mon devoir est de rassembler les forces vives qui sauveront l'Égypte du désastre. Je suis venu vous demander votre appui, Maya.

— Trop tard, général.

En dépit de son sang-froid, Horemheb ne parvint pas à masquer sa surprise.

— Comment...

— Vous avez commis une erreur de stratégie, expliqua Maya. L'Égypte a un roi. C'est lui qui gouverne et c'est à lui que nous devons obéissance.

— Bien entendu, mais...

— Toutankhamon sait prendre des responsabilités, général. Il choisit les hommes qui l'aideront à rendre la prospérité aux Deux Terres. Nous sommes contraints de devenir amis pour mieux servir notre souverain : vous comme chef de l'armée et moi comme... Maître d'Œuvre et ministre des Finances du royaume.

Horemheb, abasourdi, se crut la proie d'un mauvais rêve.

Toutankhamon pleurait. La gorge en feu, la tête lourde, les poumons emprisonnés dans un étau, il ne supportait plus la solitude. Sa mauvaise santé lui interdisait de sortir de son propre palais où il s'étiolait privé d'espoir.

Où avaient disparu les douces heures passées en compagnie d'Akhésa, dans les jardins, à respirer des fleurs, à se prendre tendrement la main, à se parler d'amour ? Pourquoi ces moments de bonheur s'étaient-ils si brutalement évanouis, pourquoi les dieux avaient-ils envoyé les démons de la nuit tuer leur enfant ?

La couronne était trop lourde à porter. Sans

Akhésa, Toutankhamon n'avait pas le courage de continuer à assumer cette tâche surhumaine. Il n'avait aucun goût pour le pouvoir. Qu'Aÿ, Horemheb et les autres s'entre-déchirent, cela lui importait peu. Il avait envie de dormir, dormir encore, de ne plus se réveiller.

Deux mains très douces, parfumées, se posèrent sur son front.

Il les reconnut aussitôt.

— Akhésa... Tu es là, enfin !

— Ne dis rien, mon amour. Laisse-moi te guérir.

Les mains magiques répandirent une bienfaisante fraîcheur dans tout le corps du jeune homme. La grande épouse royale le magnétisa longuement.

Le temps n'existait plus, coulant comme une eau limpide et régénératrice.

— Je n'ai plus mal, Akhésa. Mais toi...

— Oublions le malheur. Ne parlons que des joies de l'instant que nous vivons.

Akhésa s'éloigna de son mari, ôta les voiles qui recouvraient les fenêtres de la chambre où la lumière pénétra à grands flots. Toutankhamon admira la beauté de la grande épouse royale. Elle était nue, une ceinture de perles soulignant sa taille très fine. L'épreuve qu'elle venait de traverser n'avait nullement dégradé son corps ambré et soyeux.

Akhésa avait hérité de son père l'étrange faculté de pouvoir regarder le soleil en face sans se brûler les yeux. Communiant avec la divinité cachée dans le disque solaire, elle y puisa une nouvelle volonté de vivre. Elle n'avait aucune possibilité de déposer la charge qui lui avait été confiée. Il lui fallait à présent accepter son destin et contribuer à forger celui de son jeune époux.

Un corps chaud et frémissant se serra contre le sien. Les mains de Toutankhamon caressèrent ses seins, ses lèvres embrassèrent son cou. Elle se retourna, illuminée par le soleil d'été, et s'offrit à lui.

Depuis plusieurs jours, une intense animation régnait au palais. De nombreux serviteurs allaient et venaient dans les couloirs, portant des meubles, des étoffes, de la vaisselle, des jarres d'eau et de bière, des couffins remplis de pain, de viande séchée, de légumes et de fruits. Des chariots les convoyaient jusqu'aux quais où étaient amarrés des bateaux de types divers, depuis un imposant navire de charge jusqu'à un élégant voilier dont la proue était ornée de deux yeux magiques, destinés à lui ouvrir un chemin sans danger.

Akhésa donnait des ordres, répartissait le travail, ne s'accordait pas le moindre répit. Elle plia en trois un lit aux charnières de bronze qu'elle appréciait autant pour sa beauté que pour son confort, puis demanda à sa servante nubienne de le confier à un porteur particulièrement soigneux. Elle veilla ensuite au démontage d'un baldaquin, examina de petits coffres de cèdre et d'ébène, incrustés d'ivoire, où elle avait rangé des produits de beauté, de l'encens, de l'antimoine et de la résine ainsi que des vases de faïence et d'argent et des boîtes de fard à paupières en forme de sauterelles en or. Deux poignées de bronze permettaient de les suspendre à des bâtis en bois placés sur le dos de bêtes de somme.

Effaré par cette agitation dont il ignorait la raison, Toutankhamon réussit enfin à interroger son épouse.

— Que se passe-t-il, Akhésa ? Pourquoi fais-tu vider la moitié du palais ?

— Plus tard, je suis occupée...

L'adolescent n'avait pas coutume d'importuner Akhésa. Mais cette fois, il voulait comprendre, pressentant un événement d'importance. Il se plaça sur son chemin et l'obligea à s'arrêter.

— Pharaon exige une explication, déclara-t-il avec une emphase qui fit éclater de rire la jeune femme.

Elle s'inclina devant lui, exécutant une sorte de révérence volontairement malhabile.

— J'obéirai donc à Votre Majesté... Nous partons en voyage.

— En voyage ? Mais pourquoi...

— Afin de remplir nos obligations rituelles, Votre Majesté. Vous devez visiter chacune de vos provinces et vous faire reconnaître comme roi dans chaque temple. Le moment est venu de quitter Thèbes pour quelques mois, de laisser derrière nous des souvenirs douloureux. Voici votre canne de pèlerin.

La servante nubienne apporta une canne en bois dur, dont la partie la plus mince formait poignée et dont l'extrémité la plus épaisse était garnie de métal. Toutankhamon l'empoigna avec satisfaction.

— Elle me plaît... mais ce voyage me plaira-t-il aussi ? Être loin de Thèbes pendant si longtemps !

— Soyez rassuré, Votre Majesté. Découvrir vos provinces vous enchantera. Et vous devez accomplir votre devoir de roi.

Pendant plus de huit mois, le couple royal explora son royaume, depuis la tête du premier nome [1], l'île d'Éléphantine placée sous la protection du dieu bélier Khnoum jusqu'aux marais du Delta. Ils jouirent d'un parfait confort et d'un luxe douillet, tant sur le navire d'État que dans les résidences de province. Partout, ils furent

1. On appelle « nomes » les provinces d'Égypte d'après la terminologie grecque.

accueillis avec joie, dans une atmosphère de fête et de liesse populaires. La venue de Pharaon et de la grande épouse royale dans de petits bourgs déclenchait un formidable enthousiasme. Chacun voulait les voir passer, couronnés et vêtus d'habits dorés, debout sur un char tiré par deux chevaux. Les précédait une bruyante cohorte de musiciens et de danseuses. Dans chacun des grands temples, le jeune roi célébrait le culte matinal avant d'annoncer d'importantes dotations en terre et en bétail qui comblaient d'aise le cœur des prêtres. Reçu avec déférence par les chefs de province, Toutankhamon, sur les conseils d'Akhésa, les écoutait avec attention, se comportant comme un enfant respectueux face à des hommes d'expérience et ne faisant jamais étalage de sa toute-puissance. Akhésa adoptait une attitude des plus effacées, ne manquant pas d'observer ceux qui affirmaient être les fidèles sujets de Pharaon et d'analyser le moindre aspect de leur comportement. Le soir, son mari endormi, elle couchait ses notations sur papyrus. Ainsi se constituait un rapport détaillé sur les responsables de l'administration vue à travers les yeux d'une jeune femme plus préoccupée de valeur humaine que de compétences techniques.

Toutankhamon changeait. Toujours aussi amoureux d'Akhésa, aussi empressé de lui prouver sa tendresse, il devenait un peu moins indifférent aux affaires d'État qu'il abordait par le biais de rencontres avec des individus très différents les uns des autres. Grand bourgeois au ventre rebondi, père de famille jovial, prêtre à l'intelligence déliée, scribe ambitieux... Une infinie galerie de portraits avait défilé devant les yeux du jeune roi qui, au fil des jours et sans même s'en apercevoir, prenait conscience du monde qui l'entourait.

Toutankhamon s'était émerveillé devant la splendeur fleurie de l'île d'Éléphantine, l'architecture souriante de Dendéra, le mystérieux sanctuaire d'Abydos où ressuscitait Osiris, la luxuriance des jardins du Fayoum. Il avait été fasciné par Memphis, « la balance des Deux Terres », la plus grande ville d'Égypte, aux rues animées où l'on croisait nombre d'étrangers. Le couple s'était rendu en pèlerinage à Guiza pour y prier le grand sphinx, symbole du soleil levant et gardien de l'immense nécropole où trônaient les trois fameuses pyramides des puissants pharaons de l'Ancien Empire.

La rencontre avec le sphinx, au visage si énigmatique, avait marqué, pour Toutankhamon et Akhésa, le point culminant de leur long voyage. S'agenouillant devant la stèle dressée par Thoutmosis IV pour raconter comment le dieu lui était apparu en rêve, lui prédisant sa destinée royale, ils avaient imploré l'âme immortelle des monarques retournés vivre dans la lumière dont ils étaient issus. En cet endroit où la terre rayonnait d'une intense magie, Toutankhamon avait tenu à faire graver une inscription commémorant son passage.

Quand les clartés orangées du couchant enveloppèrent le couple royal cheminant sur le plateau des pyramides sans cesser de contempler l'immense lion de pierre à tête humaine, Akhésa vécut un moment d'exaltation si intense que sa respiration s'accéléra, le souffle lui manquant.

— Qu'as-tu ? s'inquiéta Toutankhamon, es-tu souffrante ?

— Non... je suis heureuse, si heureuse ! À cause de toi, mon maître...

— À cause de moi ?

Comment lui dire qu'il devenait un homme, que son être entier se transformait en Pharaon, qu'il prenait peu à peu possession du royaume dont il avait hérité par la volonté des dieux ? Akhésa était folle de joie de voir vieillir son époux. Sans doute faudrait-il encore de nombreux mois pour qu'il prenne la mesure de sa tâche. Mais le temps était son allié. Horemheb avait misé sur la faiblesse de Toutankhamon. Akhésa croyait en sa capacité de régner. Elle se sentait capable de faire naître en lui une ambition, une force, une volonté qu'il ne possédait pas encore. Cette stratégie-là, que le « divin père » lui avait inspirée en lui confiant la mission de n'épouser qu'un authentique pharaon, elle seule en détenait le secret.

— Qu'ai-je accompli de si extraordinaire ? insista-t-il, intrigué.

— Tu deviens toi-même... grâce aux dieux.

Le couple royal s'aventura jusqu'aux villes saintes du Delta, perdues dans les marais et les roseaux. Ils firent des offrandes aux sanctuaires de Dep et de Bouto où le jeune roi reçut la couronne rouge d'où sortait une tige ayant la forme d'une spirale qui symbolisait les mutations harmonieuses de la vie.

Akhésa et Toutankhamon séjournèrent dans la cité de Saïs où se trouvaient une célèbre école de médecine et un très ancien temple de la déesse Neit. Le palais réservé aux souverains était si spacieux, les jardins si parfaitement dessinés et le climat si doux au cœur de l'été, que Pharaon y goûta un repos bienvenu. Savourant un bonheur merveilleux en compagnie d'une épouse dont l'intelligence et la beauté le fascinaient chaque jour davantage, il se plaisait à suivre ses directives. Elle avait réussi à chasser ses angoisses et à lui donner une sérénité qu'il n'avait osé espérer.

Un matin du mois d'été, la grande prêtresse du temple de Neit demanda audience à la grande épouse royale. Elle lui indiqua que les reines d'Égypte devaient subir une initiation spécifique dans ce lieu sacré après une période de réclusion d'une semaine. Malgré le vif mécontentement de Toutankhamon, Akhésa accepta de se plier à la règle. Cet isolement ne lui pesa guère. Elle médita sur elle-même, dans un silence que ne troublait nulle activité profane. Elle se contenta de pain et de bière, vivant dans une cellule aux murs austères. C'est là qu'au terme de sa retraite, une prêtresse vint la chercher pour l'amener dans l'atelier de tissage.

Depuis les origines de la civilisation égyptienne, les tisserandes et les fileuses de Saïs étaient les plus réputées d'Égypte. Les plus beaux tissus, destinés aux temples pour vêtir les statues divines, étaient leurs chefs-d'œuvre.

Chaque reine devenait une nouvelle incarnation de la déesse Neit, surgie des eaux à l'origine du monde pour répandre la vie sur terre. Akhésa, nue, fut introduite dans une salle secrète du temple où siégeaient sept prêtresses, habillées d'une longue robe blanche à bretelles à l'exception de leur Supérieure dont le vêtement rouge était rehaussé de fils d'or. Cette dernière était assise sur un trône de pierre au dossier bas, ses Sœurs demeurant debout et formant cercle autour d'elle.

La porte de la salle fut refermée. Six prêtresses allumèrent une torche qu'elles tinrent en main. La puissance spirituelle émanant de ces femmes était si communicative qu'Akhésa se sentit prise dans un réseau d'énergies invisibles qui enveloppaient son cœur et s'insinuaient en son âme.

— Grande épouse royale, dit la Supérieure, vous n'êtes ici qu'une néophyte. Inclinez-vous devant la déesse qui révèle le Verbe, celle qui nous enseigne comment le monde a été filé et tissé.

Deux prêtresses entourèrent la taille d'Akhésa d'une fine ceinture de lin.

— Neit a prononcé sept paroles, continua la Supérieure. Elles donnent la vie. En les répétant lorsque nous célébrons son culte, nous perpétuons son œuvre.

Les prêtresses ornèrent Akhésa de sept bijoux, colliers, bagues, bracelets correspondant aux sept paroles de la déesse.

— En tant que reine, indiqua la Supérieure, vous devenez dépositaire du manteau de Neit tissé par la première initiée.

Akhésa fut revêtue du précieux vêtement, de couleur rouge, couvert d'étoiles d'or.

Les trois jours qu'elle passa en compagnie de la Supérieure des prêtresses de Saïs furent une expérience spirituelle aussi enrichissante que les heures trop brèves pendant lesquelles elle avait reçu l'enseignement de son père Akhénaton. Cette femme, dont la lumineuse sérénité enchanta le cœur de la jeune reine, lui ouvrit les ateliers secrets de Neit, lui dévoila les rituels et l'invita à lire les livres sacrés où étaient décrits les processus du tissage et leurs correspondances symboliques. Elle lui remit copie des précieux papyrus et lui recommanda de les consulter régulièrement.

Le séjour rituel à l'intérieur du temple de Neit avait passé comme un rêve. Lorsqu'elle retrouva Toutankhamon très éprouvé par cette séparation, le roi la serra dans ses bras, jurant qu'il ne la laisserait plus s'enfuir, fût-ce en raison d'exigences religieuses. Akhésa ne chercha pas à le raisonner. Elle s'offrit à sa fougue amoureuse.

À l'aube, elle et lui furent pris du même désir fou : sortir du palais, anonymes, se promener dans la campagne et courir n'importe où, comme n'importe quels amoureux. Akhésa, prudente, demanda néanmoins à Toutankhamon de se munir de sa canne à l'extrémité de métal.

Pieds nus dans la rosée, ils s'enivrèrent des couleurs violentes du début du jour et se baignèrent dans un canal d'eau claire et douce où se posaient des canards sauvages. Ils s'amusèrent à nager vite, plongèrent cent fois, tentèrent de se rejoindre sous l'eau, s'embrassèrent en bondissant.

Ivres de fatigue, ils s'allongèrent, nus, sur la rive où poussaient des roseaux qui les protégèrent des ardeurs du soleil. Toutankhamon n'était pas encore rassasié d'Akhésa. Il caressa tendrement ses seins, comme s'il découvrait pour la première fois la divine douceur de sa peau.

— Je veux rester ici pour l'éternité, Akhésa. Demeurer à tes côtés, te regarder, t'aimer... Le reste ne m'intéresse pas.

— Le reste, Votre Majesté, c'est l'Égypte.

— Tu es plus que l'Égypte, tu es celle que j'aime. Je veux...

Une série de grognements sourds interrompit le jeune roi. Se redressant sur les coudes, il tendit l'oreille dans la direction d'où provenait le bruit inquiétant. On piétinait les roseaux, on martelait le sol.

Soudain, Akhésa comprit.

— Fuyons vite, ordonna-t-elle, sinon nous serons broyés !

L'hippopotame, gueule ouverte, fit irruption dans la minuscule clairière. Le monstre fonçait droit devant lui, dévastant tout sur son passage. Toutankhamon, s'emparant de sa canne, s'apprêtait à lui barrer le passage. Akhésa le poussa violemment sur le côté. Le roi réussit à frapper l'échine du pachyderme qui, indifférent, poursuivit sa route.

— Pourquoi m'as-tu empêché de l'abattre ? Je suis Pharaon !

La fureur du roi combla d'aise Akhésa. Elle se sentait fière de lui.

— J'ai voulu éviter un sacrilège. N'as-tu pas remarqué sa couleur ?

Gris-blanc... Toutankhamon comprit. Cet hippopotame femelle était l'animal sacré de la déesse Toueris, protectrice des mères. Seul l'hippopotame rouge, animal du redoutable dieu Seth, pouvait être tué.

— Tu as raison, admit-il. J'aurais commis un acte barbare... et jamais nous n'aurions eu d'enfants ! Mais... aurais-tu renoncé à Aton, le dieu unique ?

— Nous rentrons à Thèbes, annonça-t-elle, souriante.

22

À l'issue de la grande fête qui marqua le retour du couple royal à Thèbes, Toutankhamon et Akhésa décidèrent de résider au palais aménagé à l'intérieur de l'enceinte du grand temple d'Amon. À peine étaient-ils reposés des fatigues du voyage et des réjouissances que le général Horemheb demanda audience à Pharaon.

Ce dernier le reçut dans la salle du trône, Akhésa à ses côtés.

Horemheb fut surpris par la transformation du jeune roi. Son visage, d'où l'adolescence n'avait pas encore disparu, avait acquis une sorte de gravité. Il portait la couronne bleue et tenait le sceptre, réceptacle de la magie divine, avec une dignité nouvelle, comme s'il avait pris conscience de l'importance de son geste.

Horemheb s'inclina devant les souverains. Quand il se releva, le buste très droit, il chercha à déchiffrer les sentiments d'Akhésa. Il eut la désagréable surprise de découvrir une reine hiératique, presque sévère. Toutankhamon et Akhésa ne commençaient-ils pas à former un véritable couple ?

— J'espère que Votre Majesté a accompli un excellent voyage.

— Excellent, en effet, précisa le roi. Nous avons été accueillis par les chefs de province et les supérieurs des temples. Nous avons pris connaissance de leurs requêtes. Nous en tiendrons compte.

Avec maladresse, mais non sans une certaine autorité, Toutankhamon avait tenté d'adopter le ton et les expressions d'un monarque sûr de lui. Horemheb regretta ne pas avoir interrompu le voyage à cause duquel le comportement du couple royal s'était si profondément modifié.

— J'eusse aimé, Majesté, me présenter devant vous pour louer votre grandeur et célébrer la gloire de l'Égypte. Mais je crains d'être porteur de troublantes nouvelles.

L'inquiétude de Toutankhamon fut aussitôt perceptible.

— Parlez, général, exigea-t-il.

— Les mots ne sont pas faciles à trouver. Je ne souhaite pas effrayer Votre Majesté.

— Votre éducation de scribe ne devrait pas vous rendre hésitant, intervint Akhésa. Il suffit de dire la vérité. C'est d'elle que se nourrit Pharaon.

Horemheb constata que la jeune reine n'avait rien perdu de sa vigueur.

— Vous me pardonnerez donc d'être brutal. Plusieurs provinces d'Asie ont annoncé que les tributs ne seraient pas versés cette année au trésor de Pharaon. En votre absence je n'ai qu'enregistré leurs déclarations. De plus, mes informateurs me signalent que les Hittites ne cessent de provoquer une agitation grave dans nos protectorats du Nord et de retourner contre nous un nombre croissant de princes locaux. La situation s'aggrave. Si nous n'intervenons pas, l'ennemi se rapprochera des marches du Delta.

Brutalement plongé dans une réalité effrayante,

Toutankhamon perdit toute superbe pour redevenir un adolescent rongé par l'inquiétude, incapable d'assumer une charge excessive.

— Que comptez-vous faire, général ? Nous ne pouvons laisser envahir l'Égypte !

— J'attends vos ordres, Majesté. Ils me sont indispensables pour réunir une armée puissante et défendre notre pays avec efficacité.

La grande épouse royale se leva et descendit quelques-unes des marches de l'estrade où étaient placés les deux trônes. Dominant encore Horemheb, elle s'adressa à lui, le front haut.

— Vous avez eu tout loisir d'organiser la défense de l'Égypte, général. Si l'ennemi est aujourd'hui menaçant, c'est à cause de votre imprévoyance.

Horemheb s'empourpra. Il lui fallut un contrôle absolu de ses réactions pour ne pas protester contre ces accusations grotesques. Les responsables de cette dramatique situation étaient le défunt Akhénaton, un roi fou, et Toutankhamon, un roi sans envergure.

— Nous ne voulons pas la guerre, continua la grande épouse royale et nous ne la déclencherons pas. Nous n'accroîtrons pas non plus vos pouvoirs. Pharaon a effectué un autre choix. Vous le connaîtrez demain, lors de la réunion du grand conseil.

Le grand conseil rassemblait le couple royal, le Premier Prophète d'Amon, le « divin père » Aÿ, le général Horemheb et les hauts fonctionnaires ayant en charge les différents ministères. Ils avaient été convoqués dans la salle du trône. Toutankhamon avait proposé à son épouse de laisser agir Horemheb. Elle avait refusé, expliquant que le général jouait un jeu dangereux pour la sécurité même de l'Égypte. Le roi s'était rendu à ses raisons.

Bien qu'il dominât les membres du grand conseil du haut de l'estrade où il trônait, Toutankhamon tremblait à l'idée de leur annoncer la décision qu'Akhésa lui avait demandé de prendre. Ce serait son premier acte de gouvernement, son premier décret qui serait officiellement promulgué sans avoir consulté Horemheb auparavant. Le Premier Prophète d'Amon, hautain et distant, considérait cette réunion comme une pénible corvée. Horemheb lui ayant assuré qu'il tenait bien en main les rênes de l'État, Toutankhamon n'était qu'une ombre. Sans doute aurait-il de temps à autre des crises d'autoritarisme qu'il faudrait subir avec patience. Le « divin père » Aÿ se sentait vaguement inquiet. Ni Akhésa ni son royal époux ne lui avaient parlé de la convocation du grand conseil. Ce dernier n'était normalement réuni que pour prendre connaissance d'orientations majeures de la politique égyptienne. Que désirait Toutankhamon ? Ou plutôt qu'avait imaginé Akhésa dont la prestance et la volonté étaient encore plus apparentes depuis son retour ?

Un épais silence s'instaura quand le jeune monarque croisa le sceptre magique sur sa poitrine, annonçant qu'il allait prendre la parole. Chacun discerna son trouble. Le « divin père » crut même qu'il renoncerait. Mais un regard tendre d'Akhésa lui procura l'ultime encouragement qui lui manquait.

— De par la volonté de Pharaon, déclara Toutankhamon, le commandant Nakhtmin, fils du « divin père » Aÿ et serviteur fidèle de la couronne, est élevé à la dignité de porte-éventail à la droite du roi.

Aÿ était stupéfait. Il ne s'attendait pas à cette distinction qui amusa Horemheb. Le petit roi n'était pas si stupide. En accordant des honneurs et des titres ronflants, il satisferait des vanités.

— De plus, continua Toutankhamon, Nakhtmin est nommé chef de l'armée, sous les ordres directs du général Horemheb. Ils sont chargés de la réorganiser et d'assurer la sécurité des Deux Terres. Ils me rendront compte chaque semaine. Ces décisions seront rendues publiques par décret.

Pharaon se leva. Suivi d'Akhésa, rayonnante de beauté dans sa longue robe blanche serrée à la taille par une ceinture rouge, il quitta la salle du trône.

Horemheb, abasourdi, se demanda par quelle manœuvre subtile le « divin père » Aÿ avait obtenu une telle faveur pour son fils qui, en accédant à cette haute fonction militaire, devenait un sérieux rival. Aÿ, de son côté, ne savait que penser. Son fils Nakhtmin l'avait-il abusé ? Ou bien ignorait-il, comme lui, les intentions de Pharaon ? Quant au Premier Prophète d'Amon, il s'interrogea si le grave désaveu infligé à Horemheb n'était qu'une lubie passagère ou le début de sérieuses mutations qui, un jour, feraient resurgir les démons qui avaient hanté l'esprit du roi maudit, Akhénaton. En ce cas, l'unique responsable était sa fille, la grande épouse royale, Akhésa.

Horemheb n'était pas au terme de ses déconvenues. Il fut contraint à une délicate coexistence avec Nakhtmin, le nouveau chef de l'armée dont le général gardait néanmoins le contrôle. Les fonctions de Nakhtmin consistaient à organiser les bataillons et à coordonner leurs mouvements. Horemheb, supervisant l'action de son subordonné, continuait à régner sur une cohorte de scribes s'occupant de l'équipement, de l'encadrement et du ravitaillement des troupes. Le général devait fournir des explications à Nakhtmin et lui indiquer les raisons de ses options stratégiques, sachant qu'elles seraient vite transmises au couple royal. Espionné dans son propre domaine, Horemheb ne trouvait, pour l'heure, aucun moyen légal de se débarrasser du nouveau chef d'armée qui manifestait un zèle voyant.

Déjà excédé par ces tribulations imprévues, Horemheb eut la certitude d'un complot dirigé contre sa personne lorsqu'au cours d'une nouvelle réunion du grand conseil, Toutankhamon proclama que le Premier ministre serait le « divin père » Aÿ, également nommé prêtre-*Sem*, chargé d'opérer les rites de résurrection sur les statues royales. Il apparaissait clairement qu'Aÿ et son fils Nakhtmin avaient circonvenu le roi et la reine pour s'emparer progressivement du pouvoir. Le général était isolé dans sa somptueuse villa de Thèbes, entourée du plus beau jardin de la capitale, ceint de hauts murs. Il avait besoin de réfléchir afin de découvrir un moyen de reconquérir le terrain perdu.

Il buvait une liqueur d'Asie qui ne parvenait pas à rendre ses pensées moins sombres quand son intendant lui annonça la visite du « divin père » Aÿ.

— Emmenez-le au bord du bassin aux lotus, je l'y rejoindrai, ordonna-t-il.

Il fit attendre le « divin père » plus d'une heure. Des servantes avaient offert à Aÿ des raisins noirs et sucrés et du vin frais provenant d'une cave digne d'un roi.

— Pardonnez-moi, « divin père », dit Horemheb en saluant Aÿ, j'étais fort affairé et je ne vous attendais pas. Je prépare mon départ pour Memphis où l'on construit ma tombe.

— Memphis... Comptez-vous y inspecter nos garnisons ?

— Cette tâche fait partie de mes attributions.

— Redouteriez-vous une attaque ?

Horemheb tourna le dos à son interlocuteur, admirant le feuillage d'un sycomore à l'ombre bienfaisante.

— La nature est superbe, « divin père ». Nous devrions la vénérer plus souvent. En elle se gravent les rythmes de l'éternité, réduisant à rien les soucis des hommes.

— La sagesse est en vous, reconnut Aÿ. Mais pourquoi refuser de répondre ?

— Je suppose que vous êtes mieux informé que moi des secrets d'État en tant que Premier ministre du royaume, « divin père ». Les informations concernant l'armée vous sont fidèlement transmises par votre fils. Que me resterait-il à vous apprendre ?

Le « divin père » se leva avec peine. Il supportait mal la chaleur de l'été. Ses jambes le portaient de plus en plus difficilement. Il posa sa main droite sur l'épaule du général.

— Vous vous méprenez, Horemheb. Je suis un vieil homme sans ambition, sinon celle de servir mon pays et de donner quelques conseils fondés sur mon expérience. Je n'ai pas sollicité le poste de Premier ministre, je ne l'ai même pas souhaité. Il aurait été juste qu'il vous revînt. Nous avons toujours été alliés et nous le resterons, pour la sauvegarde de l'Égypte.

Horemheb fut ébranlé par la sincérité des accents du « divin père ». Certes, il connaissait son sens de la ruse, son habileté à convaincre. Mais il n'entrait pas dans les habitudes du vieux courtisan d'aborder de manière aussi directe les affaires délicates.

— Et... pour votre fils Nakhtmin ?

— Je n'avais rien exigé pour lui et il ne s'attendait pas plus que moi à cette nomination. Nous n'avons fomenté aucun complot contre vous, général. Nous n'avons exercé aucune influence, directe ou indirecte, sur le couple royal. Devenir des adversaires n'aurait aucun sens.

Horemheb arracha une branche et la cassa en deux.

— Mais qui donc gouverne le pays, aujourd'hui !

— Vous me surprenez, général. Je croyais que vous l'aviez compris : une jeune femme qui vient d'avoir dix-sept ans, la grande épouse royale Akhésa.

Le vent du matin couvrait de rides imperceptibles la surface du lac sacré de Karnak. Les prêtres descendaient avec lenteur les escaliers pour puiser l'eau pure contenant l'énergie primordiale, qui servirait lors des multiples purifications effectuées au cours du culte.

Akhésa se promenait sur les bords du lac, à cette heure où le soleil n'était pas encore brûlant. Elle aimait fouler de ses pieds nus les dalles de calcaire blanc qui réfléchissaient la lumière. Sa méditation, ce jour-là, fut de courte durée. À l'angle du lac sacré marqué par le scarabée géant, symbole de la renaissance du soleil, le général Horemheb l'attendait.

— Votre Majesté... Merci d'avoir consenti à me rencontrer ici.

À peine fardé, le visage d'Akhésa resplendissait de beauté. Horemheb savait déjà qu'il éprouverait la plus grande difficulté à échapper à la fascination qu'elle exerçait sur lui.

— Qu'aviez-vous donc de si important à me confier, général ? Cet endroit est consacré aux dieux. Il y règne la paix et la sérénité. Ne le troublons pas par nos mesquineries humaines.

— C'est bien de paix que je désire vous

entretenir, Votre Altesse. De cette paix que vous avez le devoir de faire régner sur les Deux Terres.

Des hirondelles volaient haut dans le ciel, lançant des cris joyeux. Les plus joueuses piquaient vers l'eau bleue du lac, la rasaient en gobant des insectes au passage et montaient à tire d'aile vers l'azur en traçant d'immenses cercles.

— Insinueriez-vous, général, que j'oublie mes devoirs de grande épouse royale et que je cherche à entraîner l'Égypte dans une guerre ?

— Bien sûr que non, Votre Altesse. Mais je crains que vous n'ayez mal placé votre confiance.

— Critiqueriez-vous la promotion de Nakhtmin ?

— Un homme trop jeune est fougueux, intolérant. Il ne songe qu'à se mettre en valeur et risque de commettre de graves imprudences.

— Sans doute avez-vous raison, général. À vos côtés et sous votre responsabilité, de tels incidents ne sauraient survenir. Je vous en rendrais personnellement responsable. Il n'est pas souhaitable que Pharaon voie se développer des pouvoirs parallèles aux siens. C'est lui qui donne les directives, personne d'autre. Votre fonction est essentielle, général, vous êtes l'un des personnages les plus importants du royaume, mais il y en a d'autres, à présent, comme Aÿ, Nakhtmin, Maya.

Le soleil sortait vite de l'horizon, la région de lumière où il était né à nouveau après avoir lutté victorieusement contre le dragon des ténèbres. Bientôt, il éclairerait la terre entière.

Ainsi, Akhésa avait décidé d'isoler Horemheb, de répartir le pouvoir entre plusieurs hauts dignitaires qui se surveilleraient les uns les autres. Peu à peu se créerait autour de Toutankhamon une confrérie de confidents dont Horemheb ne serait qu'un membre parmi d'autres. Cela, il ne le supporterait pas.

— Vous êtes un homme courageux, écrasé de lourdes charges, indiqua Akhésa, une ironie légère dans la voix. C'est pourquoi d'autres dignitaires, aussi scrupuleux que vous, auront pour mission de vous décharger de certaines d'entre elles. L'intendant Houy, par exemple, cet homme intègre et rigoureux. Je lui ai demandé de veiller au rapatriement des tributs de la province du Retenou. Il a quitté Thèbes avec un détachement de soldats d'élite.

— Mais... le Retenou est une province d'Asie ! Elle relève de ma juridiction !

— Pharaon éprouve une grande affection pour Houy. Il tient particulièrement au succès de cette expédition. À présent que vous en êtes averti, nous sommes certains, le roi et moi, que vous lui accorderez tout votre appui.

La rage au cœur, Horemheb accueillit Houy avec les honneurs lors de son retour de la province du Retenou. Le rugueux intendant avait mené son corps expéditionnaire avec une poigne de fer. Il n'avait rencontré nulle embûche. Les garnisons des postes frontière, dûment averties par les courriers royaux, lui avaient fourni la logistique nécessaire.

Toutankhamon et Akhésa reçurent les ambassadeurs étrangers dans la salle des tributs aménagée à l'intérieur du palais de Karnak. Ces derniers leur furent présentés par Hanis, devenu chef de la diplomatie égyptienne. Houy assistait à la cérémonie. Horemheb, souffrant d'une indisposition, s'était fait excuser.

Après l'échange des habituelles formules de politesse, le ton monta très vite. Les ambassadeurs de la province asiatique du Retenou indiquèrent fermement au roi qu'ils ne venaient ni en esclaves, ni en prisonniers, ni même en sujets soumis d'un pays conquis, mais en vassaux et plus encore en partenaires économiques. En termes mesurés, mais dépourvus de toute ambiguïté, ils exigeaient des contreparties aux denrées, marchandises et objets précieux qu'ils avaient convoyés jusqu'à Thèbes. Hanis tenta d'atténuer la portée de ces propos, protestant de la fidélité des Asiatiques à l'égard de Pharaon.

Houy était indigné par l'attitude insultante de ces étrangers qu'il aurait volontiers exilés en Nubie après une bonne bastonnade destinée à leur redonner le sens de la hiérarchie. Mais une étrange douleur, qu'il n'avait jamais éprouvée auparavant, lui enflammait la tête depuis le début de l'audience. Les colonnes se mirent à danser devant ses yeux, puis devinrent floues et disparurent. Un voile obscur l'empêchait de discerner les personnes les plus proches de lui. Il se frotta les yeux. En vain. Incrédule, il recommença, certain de dissiper cette horrible sensation. Il fit même quelques pas, heurtant un Asiatique qui le retint par le bras alors qu'il s'effondrait.

— Je suis aveugle ! hurla Houy interrompant un dialogue animé entre Hanis et un ambassadeur du Retenou.

On voulut le retenir, l'empêcher d'avancer, mais le robuste intendant se dégagea se dirigeant vers le trône.

— Mon roi, je suis aveugle !

Tendant les bras devant lui, marchant de manière saccadée, Houy progressait dans la nuit. Sa détresse était si poignante que plus un souffle n'osait s'exprimer. Guidé par un sens mystérieux, le malheureux parvint jusqu'aux marches de l'estrade et s'agenouilla.

Toutankhamon, très pâle, meurtri par la souffrance de son ami, se leva et descendit vers lui.

— Souviens-toi de tes devoirs, lui rappela

Akhésa, avec douceur. Agis comme les pharaons ont toujours agi.

Le jeune souverain hésita, faillit revenir en arrière, puis posa son sceptre magique sur la tête de Houy.

— Toi qui as rempli la mission que je t'avais confiée, dit Toutankhamon d'une voix tremblante, je te nomme porte-éventail à la droite du roi et son messager personnel dans tous les pays étrangers. Toi dont le regard n'a jamais dévié du chemin de Dieu, que la vue te soit rendue.

Hanis n'en croyait pas ses oreilles. Toutankhamon n'était pas tenu à prendre un tel risque. Si son pouvoir de guérison s'avérait inopérant, son trône vacillerait. Pourquoi Akhésa lui avait-elle conseillé un comportement si imprudent ? Il lui suffisait de déplorer la cécité de l'intendant et de s'en remettre à la volonté des dieux. Personne ne le lui aurait reproché. À présent, c'était sa capacité à régner qu'il remettait lui-même en cause. Égyptiens et Asiatiques demeuraient figés dans l'attente d'un impossible miracle.

Dès que le sceptre se fut posé sur son crâne, Houy ressentit une agréable chaleur qui passa dans sa nuque et parcourut sa colonne vertébrale. Puis elle se transforma en une brûlure presque insupportable. Il cria. Un feu habitait son front, consumait ses yeux morts. Soudain apparut un serpent de flammes qui ondulait devant lui, énorme, menaçant, dardant une langue agressive. Il cessa de remuer, rapetissa, apparut au centre d'une masse de couleur bleue. Houy distingua peu à peu la couronne de Pharaon, le visage de Toutankhamon, son sourire animé par un bonheur sans égal.

— Je vois, mon roi, je vois ! s'exclama Houy, s'inclinant devant le Maître des Deux Terres, le pharaon guérisseur qui avait hérité du don de ses ancêtres.

Hanis observa l'attitude triomphante d'Akhésa. Elle sortait victorieuse du jeu dangereux où elle avait engagé son époux dont personne ne contesterait plus la légitimité divine, prouvée par ses pouvoirs surnaturels.

La nouvelle de la guérison de Houy se répandit dans Thèbes avec une extraordinaire rapidité, puis circula dans l'Égypte entière, assurée d'être gouvernée par un nouveau grand roi qui saurait se montrer digne de ses plus illustres prédécesseurs.

Toutankhamon n'était plus un enfant. À quinze ans, il devenait Pharaon.

Lorsque Toutankhamon et Akhésa se présentèrent sur l'immense parvis du temple de Karnak pour inaugurer la fête célébrée à la mémoire des pharaons défunts, une foule considérable, retenue par des gardes débonnaires, se pressait pour voir les souverains.

Akhésa, vêtue de la robe blanche plissée remise par la supérieure des prêtresses de Saïs, tenait deux sistres de bois doré et de bronze, instruments sacrés de la déesse Hathor. En marchant, elle les agitait selon un rythme lent et régulier, de manière à émettre des vibrations qui dissiperaient les ondes maléfiques et attireraient vers la terre l'amour de la déesse. Son admirable buste était mis en valeur par un collier comportant deux cent cinquante-six plaquettes d'or reliées par des perles et formant le corps de la déesse vautour, incarnation visible de la Mère universelle. Ses poignets et ses chevilles s'ornaient de bracelets et de chaînettes d'or.

Le pharaon, livré pendant plusieurs heures aux mains de son chambellan et des prêtresses chargées de sa vêture rituelle, portait une robe de lin bordée de franges et ornée de palmettes brodées, de rosettes de couleur et des cartouches contenant son nom. Sur le col, un faucon aux ailes déployées représentant le dieu Horus, protecteur de la royauté. Sur la tête, un diadème fait d'un bandeau décoré de rosaces d'or, incrustées de lapis-lazuli. Sur le devant se dressaient le cobra, emblème de la Haute Égypte et le vautour, celui de la Basse Égypte. Autour du cou, un collier composé de plaquettes d'or cloisonnées aux creux remplis de pâte de verre colorée, l'ensemble formant les ailes d'un faucon. Aux poignets, des bracelets en or massif ornés de cartouches et de scarabées faisant allusion aux métamorphoses incessantes de la conscience. Aux doigts, des bagues formées d'anneaux d'or, décorées également de scarabées et de barques, servant au soleil et aux âmes des justes à se déplacer dans le cosmos.

Toutankhamon était chaussé, comme la grande épouse royale, de sandales de cuir vert et d'écorces sur lesquelles avaient été appliquées des feuilles d'or. Il tenait, dans la main gauche, une grande canne de bois recouvert d'or, à l'extrémité en faïence bleue ; le manche recourbé était formé du corps d'un Asiatique et d'un Africain, évoquant le Nord et le Sud sur lesquels régnait Pharaon, éternellement vainqueur des ennemis de l'harmonie universelle. Dans sa main droite, le sceptre portant le nom de « Puissance » et servant à consacrer les offrandes pour faire jaillir l'esprit de la matière, fait d'une âme de bois plaqué d'une feuille d'or. Ce sceptre, que le Maître d'Œuvre Maya avait tenu à créer de ses propres mains, s'ornait, à ses extrémités, d'une ombelle de papyrus et, sur la tige, d'une bande de faïence bleue incrustée d'or.

Le couple royal s'immobilisa devant la double grande porte de l'enceinte sacrée du dieu Amon.

Entre les deux pylônes, à l'endroit où se manifestait le disque rougeoyant du soleil, apparut le Premier Prophète. Il éleva les bras en signe de vénération.

Manœuvrée de l'intérieur, la double grande porte s'entrouvrit. L'événement fut salué par un grand concert d'acclamations. À la droite du roi, deux hommes jouissaient d'une légitime fierté et arboraient un visage épanoui. Houy et Nakhtmin portaient haut les grands éventails rituels, ornés de plumes d'autruche blanches et brunes insérées dans un demi-cercle d'ivoire auquel était fixée une poignée en forme de tige de papyrus. Agités en cadence, ils protégeaient la personne royale d'un soleil trop ardent, en écartaient les insectes et lui donnaient un souffle vivifiant. Les manches étaient faits d'ivoire finement sculpté. Nakhtmin maniait l'éventail décoré des cartouches royaux que surmontait un vautour coiffé de la couronne de Basse Égypte ; Houy, celui figurant le même rapace coiffé de la couronne de Haute Égypte. Les deux dignitaires formaient ainsi l'image du royaume unifié grâce à la toute-puissance de Pharaon.

Horemheb, placé à la gauche du roi, avait un visage impénétrable. Chacun nota la sévérité du général qui, d'ordinaire, se montrait aimable et prévenant. Cette fois, il restait ostensiblement à l'écart, se contentant de tenir le rôle fixé par l'étiquette. Le général ne prenait pas cette cérémonie à la légère. Elle rendait officielles et publiques les nouvelles fonctions remplies par ce rustre de Houy et cet ambitieux de Nakhtmin. Horemheb était persuadé de l'honnêteté du « divin père » Aÿ. Il n'avait trempé dans aucun complot tramé contre lui. La situation s'avérait plus grave encore. Akhésa commençait à convaincre Toutankhamon qu'il était réellement roi d'Égypte. Elle réunissait autour de sa personne des hommes influents, capables de mener une brillante carrière, des individus dotés d'une volonté affirmée qu'il ne parviendrait pas à attirer dans son propre camp. Ainsi se constituait un véritable parti du pharaon, formé de dignitaires qui lui resteraient attachés à cause des honneurs qu'ils espéraient obtenir. Un parti qui se dresserait entre lui et le pouvoir.

La fête s'achevait. Les prêtres avaient quitté la vaste salle où Toutankhamon, épuisé, demeurait assis sur son trône d'ébène et d'or incrusté de pierres précieuses et de morceaux d'ivoire, image vivante du dieu Amon dont il était l'incarnation sur terre. Les panneaux encadrant le siège incurvé étaient recouverts d'or ciselé et ornés de cobras protecteurs, à la tête de faïence violette couronnée d'or et d'argent. La tête légèrement penchée en arrière, le dos calé contre le dossier haut et rigide, le jeune roi ne supportait plus le poids de la double couronne qu'il portait depuis l'aube.

— Akhésa... je n'en peux plus, Akhésa...

La grande épouse royale, tenant de la main droite une fleur de lotus, s'approcha du trône, s'agenouilla devant le roi et posa la tête sur ses genoux.

— La cérémonie est finie, dit-elle d'une voix apaisante. N'y songe plus.

— Akhésa... j'aimerais tant ôter ton diadème et dénouer tes cheveux.

— Attends que nous soyons sortis de ce temple. Les jeux de l'amour y sont interdits. Si tu agissais ainsi, tu violerais la Règle.

Toutankhamon ferma les yeux, décidé à retirer la double couronne. La main d'Akhésa lui saisit le poignet, l'empêchant de terminer son geste.

— Nul ne peut t'enlever la royauté dont tu es investi, pas même toi.

Sur le tabouret où reposaient les pieds du pharaon étaient gravés les corps des neuf personnages représentant la totalité des ennemis de l'Égypte, allongés, face contre terre, les mains liées derrière le dos, à jamais réduits à l'impuissance. Akhésa passa le doigt sur ces silhouettes d'or et d'ébène.

— Nous avons commencé un long combat, dit-elle. Nous n'avons plus le droit de renoncer.

Dans les yeux de la reine brillait une étrange lueur : celle du dieu de son père, Aton.

23

L'Asiatique, une plume fichée dans les cheveux,
une courte lance à la main, s'avança vers le roi
Toutankhamon, coiffé de la couronne bleue et
habillé d'un pagne de cuir blanchi auquel était
accrochée une queue de taureau. Derrière le
pharaon se tenait la grande épouse royale, Akhésa,
vêtue d'une longue robe très ample descendant
jusqu'aux chevilles. Sur sa tête, une haute couronne composée de deux cornes de vache en
forme de lyre encadrant deux plumes d'autruche
reposant sur un disque d'or. A quelque distance
se trouvait le « divin père » Aÿ, tenant un sceptre
d'argent dont la tige reposait sur son épaule.

Le soleil, haut dans le ciel, brillait de tout son
éclat. La cour du temple était une fournaise. Le
« divin père », malgré la perruque parfumée lui
couvrant la tête, supportait mal l'intense chaleur.
De grosses gouttes de sueur lui coulaient sur le
front.

Akhésa, impassible, récitait les formules magiques destinées à protéger son époux de l'agression
qu'il subissait. « La vie est derrière toi, psalmo-
diait-elle en élevant la main droite afin d'offrir
au pharaon un fluide bienfaisant, toi qui es
semblable au soleil. »

Ces paroles n'arrêtèrent pas l'ennemi, un

homme jeune et fort auprès duquel Toutankhamon faisait figure d'enfant chétif. Il leva sa lance, prêt à la ficher dans la poitrine du maître des Deux Terres.

Akhésa prononça à haute voix les stances révélées aux reines par Isis, maîtresse de la magie.

Pharaon leva la main gauche, armée d'un sabre court à la lame recourbée. L'Asiatique fut comme pétrifié. Il lâcha sa lance et tenta de s'enfuir. Mais Toutankhamon, en quelques pas, le rattrapa. L'ennemi mit le genou gauche en terre et, apeuré, tourna la tête vers le roi qui, de la main droite, l'empoigna par les cheveux.

Toutankhamon éleva son sabre.

L'Asiatique tremblait, voyant sa mort venir.

— Ainsi Pharaon, Soleil des Deux Terres, est-il éternellement vainqueur des ténèbres, conclut le « divin père » Aÿ.

La première phase du rituel de création du temple était terminée.

Quelques instants de repos furent accordés aux acteurs du drame sacré. Les deux porte-éventail, Houy et Nakhtmin, veillaient à rafraîchir constamment le couple royal.

Akhésa ne ressentait pas la fatigue. Elle avait même oublié le poids de la couronne. Ni la chaleur ni le soleil ne la gênaient. L'air brûlant lui paraissait doux, tant elle était heureuse d'entrevoir une nouvelle victoire qui accroissait encore le rayonnement de Pharaon.

Au terme d'âpres négociations avec le Premier Prophète d'Amon, qui avait utilisé les armes de la théologie et de la mauvaise foi, Akhésa avait obtenu que Toutankhamon, malgré son jeune âge, fondât son propre temple, comme chaque pharaon avait le devoir de le faire. Elle avait écarté les arguments dilatoires du chef des prêtres qui, contraint de céder aux exigences légitimes de la grande épouse royale, était demeuré intraitable sur un point précis : puisque l'âge de Toutankhamon ne comptait pas, il devrait se conformer aux épreuves physiques imposées par le rituel. Akhésa avait reconnu le bien-fondé de la requête. Il lui avait fallu de longues journées pour convaincre Toutankhamon de passer à l'action. Le jeune roi commençait à regretter sa décision. Il n'aurait pas la force d'aller jusqu'au bout, malgré la présence de son épouse et les interventions répétées de Houy qui lui donnait à boire une drogue stimulante. Alors que le roi reprenait à peine son souffle après le rituel du matin qui s'était terminé par le combat avec l'ennemi venu des ténèbres, le Premier Prophète venait déjà le chercher.

Sur le site choisi, au cœur de la rive occidentale, Maya le Maître d'Œuvre avait délimité au cordeau l'emplacement du futur sanctuaire. En sa présence, Pharaon avait creusé à la houe la tranchée de fondation pour y placer un dépôt précieux composé d'une pierre taillée et d'outils en miniature. Puis Toutankhamon avait nommé, un à un, les nombreux officiants qui auraient la charge de s'occuper de son temple et de veiller à ce que la circulation des offrandes y fût assurée. Un prêtre, portant le masque du dieu Thot à tête d'ibis et une prêtresse celui de la déesse Séchat, patronne des bâtisseurs, enlacèrent le jeune roi à l'emplacement du futur naos qui abriterait les statues de culte. Introduit de son vivant dans le cercle des puissances célestes, Toutankhamon devenait un dieu sur terre à l'instant même où le soleil atteignait l'apogée de sa course.

Le Maître d'Œuvre Maya était fier de son roi. À présent, avec l'accord du Premier Prophète d'Amon, il pourrait entreprendre un vaste programme de restaurations et de constructions où brillerait le nom de Toutankhamon pour les siècles des siècles. Il rendrait au centuple le don de vie que lui avait accordé un enfant devenu le maître de l'Égypte, il lui construirait les plus beaux et les plus grandioses des temples, ferait naître les plus achevées des statues.

Surgissant à l'horizon, un char, soulevant un nuage de poussière ocre, s'arrêta devant le couple royal. En descendit le général Horemheb qui, après avoir salué le pharaon, le revêtit d'une cotte de mailles, la cuirasse du dieu faucon Montou, seigneur de la guerre, qui avait permis aux pharaons de libérer l'Égypte de ses envahisseurs. Le corselet était incrusté d'or et de pierreries. Horemheb passa au cou du roi un collier de perles d'or et lui remit une épée, une dague, un arc et des flèches.

Toutankhamon regarda avec crainte le char d'apparat à deux roues dans lequel il devrait combattre. La caisse, ouverte à l'arrière, était recouverte de feuilles d'or battu posées sur un enduit à base de plâtre. La décoration comportait des cartouches contenant le nom du roi, des fleurs, des spirales et des rosaces. Le panneau avant extérieur s'ornait d'une tête de faucon, également présente sur le timon. Sur chaque côté du joug qui y était fixé, la figure d'un ennemi ligoté.

Toutankhamon, soutenu par Horemheb, monta dans le char au plancher fait de lanières de cuir entrecroisées et recouvertes de peaux de chacal. Il s'y tint debout, éprouvant la souplesse de la caisse reposant à la fois sur le timon et sur l'axe reliant les deux roues à six rayons où étaient inscrits les noms des páys étrangers. Les panneaux intérieurs étaient décorés d'un Asiatique et d'un Africain prisonniers, vaincus par Pharaon représenté sous la forme du sphinx. Au-dessus, un œil grand ouvert, qui permettrait au char de suivre la bonne route et d'échapper aux accidents. Les chevaux piaffaient d'impatience, énervés par la chaleur. Leurs œillères étaient en écorce plaquée d'or.

Horemheb présenta au jeune roi les rênes qui passaient au travers d'anneaux fixés au harnais et lui en ceignit la taille de manière à ce qu'il ne tombât point, même déséquilibré. Le général fit mine d'admirer le somptueux harnachement de cuir des chevaux, incrusté de pâte de couleur, d'or et d'argent.

Un étrange sourire flottait sur ses lèvres. Toutankhamon eut peur, mais il n'avait plus la possibilité de reculer. Il chercha le regard d'Akhésa qui, à quelques pas du char, l'encourageait de tout son amour.

— Votre Majesté, déclara le général, est une montagne d'or qui illumine les Deux Terres de son regard de feu, celui qui apparaît sur son char comme le soleil à son lever, le fils de la lumière qui éclaire ses sujets et les éblouit de sa vaillance. Quel autre destin que le triomphe pourrait-il connaître ?

Toutankhamon discerna une ironie certaine dans la question posée par le général. Aurait-il préparé un piège ?

Le roi tira sur les rênes. Elles lui parurent solides et bien fixées. Le char n'aurait pas à rouler vite. En dépit de sa fatigue, Pharaon affronta cette ultime épreuve destinée à démontrer qu'il possédait les qualités des plus grands monarques. Horemheb s'écarta.

Le char s'ébranla, en direction de l'extrémité de la cour où avait été installée une chicane de pierre. En sortirent deux lions de Nubie, gras et patauds.

La coutume voulait que Pharaon, pour manifester sa vaillance et son aptitude à lutter contre n'importe quel dragon, fût capable d'abattre, seul, des bêtes fauves. Le grand Aménophis III avait réduit l'expérience à un combat fictif. Les lions étaient gavés de nourriture à base d'une plante qui les assoupissait, et ainsi ils ne manifestaient guère d'agressivité. Quant aux flèches qui devaient les frapper, leur extrémité était arrondie et ne leur causait aucune blessure. Toutankhamon avait comme principal ennemi la chaleur écrasante. Elle causait un vertige qui risquait de lui faire manquer son exercice d'adresse.

Le jeune roi banda son arc et décocha sa première flèche. Elle passa au-dessus de la tête du premier lion, un vieux mâle mécontent d'avoir été réveillé et d'être obligé de se lever sous le soleil ardent.

Akhésa ne cessait de fixer Toutankhamon, tentant de lui transmettre son fluide vital, l'énergie invisible d'où procédaient les actions humaines. Il fallait qu'il réussisse, qu'il s'impose à la cour comme un monarque digne de ses plus glorieux ancêtres.

Toutankhamon ne se sentait plus capable de bander l'arc rituel une seconde fois. Il avait envie de s'allonger, de ne plus bouger et de dormir. Il se tourna sur sa gauche et chercha les yeux d'Akhésa. Il la vit, debout dans la lumière, tenant sur sa poitrine un sceptre en forme de fleur de lotus.

Pour elle, il triompherait.

La flèche partit, puissante et précise. Elle frappa le second lion au flanc.

Des cris de joie saluèrent l'exploit. Mais ils s'étranglèrent quand le fauve, qui aurait dû se montrer indifférent, poussa un grognement menaçant et se rua vers le char royal.

Ahuri par cette réaction imprévisible, le jeune roi lâcha son arc. Il tenta de sauter à terre, oubliant qu'il était retenu par les rênes fixées aux anneaux du harnais. Saisissant sa dague, il commença à les trancher avec maladresse.

Le lion bondit, affolant les chevaux qui partirent au galop. Toutankhamon, le buste cassé, était ballotté de droite et de gauche. Réussissant enfin à se détacher, il tomba lourdement dans la poussière, après que son front eut heurté l'arrière du char.

Le lion se précipitait sur lui.

Le général Horemheb, qui s'était emparé de l'arme d'un des archers de la garde royale, tira deux flèches avec une extraordinaire rapidité. Elles atteignirent l'animal à la tête. Foudroyé, il s'effondra. Étendu sur le ventre, Toutankhamon ne bougeait plus.

Akhésa veillait Toutankhamon.

Gravement blessé, le jeune roi était soigné jour et nuit par les médecins et les magiciens qui avaient désinfecté ses plaies et réduit une fracture à la jambe gauche. Le torse devait être maintenu bandé. Après trois jours d'angoisse où l'existence du monarque était demeurée entre les mains de la déesse d'Occident, l'esprit de Toutankhamon semblait de nouveau se rattacher à la terre.

Akhésa était assise sur un siège recouvert d'or et dont les barreaux s'ornaient du lotus et du papyrus. Elle s'appuyait sur les bras formés du corps de deux serpents ailés couronnés, enserrant dans leurs replis et à l'intérieur de leurs ailes les cartouches contenant le nom du roi. Ainsi l'être immortel de Pharaon était-il perpétuellement protégé du mal. Les pieds nus de la grande épouse royale étaient posés sur un escabeau en bois doré, incrusté de faïence bleue et décoré de la représentation de neuf arcs, évoquant l'ensemble des pays étrangers soumis à l'autorité du roi d'Égypte.

La respiration du roi devint saccadée. Il se tourna sur le côté, gémit, ouvrit les yeux.

— Akhésa...

— Je suis là, répondit-elle aussitôt, se précipitant vers le lit pour lui prendre la main.

Leurs joues se touchèrent. Ils réglèrent leur souffle l'un sur l'autre, comme si leurs âmes s'épousaient.

— Je vais mieux, Akhésa... je crois que je suis capable de me lever.

— Ne bouge pas. Je vais chercher un baume.

La jeune femme ôta le drap de lin qui couvrait le corps de Toutankhamon et le massa longuement avec un onguent qui avait la vertu de cicatriser les chairs et de supprimer les douleurs. Puis elle répandit sur sa peau un parfum aux dix essences les plus rares, fabriqué dans le laboratoire de Karnak, et lui offrit des fruits de mandragore.

Le roi avait la nuque posée sur un coussin que supportait un chevet en ivoire, orné de chaque côté d'une tête rieuse de Bès, le dieu nain qui entretenait la joie et la vitalité.

— Akhésa... viens sur moi... je veux t'aimer...

Toutankhamon tendit les bras vers elle. Elle embrassa ses mains, se détourna, revint avec un collier de fleurs de lotus qu'elle lui passa autour du cou.

Puis elle se dénuda, ne gardant qu'un pendentif en forme de cœur et s'étendit avec une infinie douceur sur le corps du roi.

Toutankhamon reposait, apaisé. Assise sur le rebord d'une fenêtre, Akhésa contemplait les étoiles du ciel d'été. L'une d'elles brillait plus que les autres. La jeune femme se remémora ses leçons d'astronomie, crut l'avoir identifiée, mais se rendit compte de son erreur. Cette étoile-là ne faisait pas partie de celles qui avaient été répertoriées par les savants. Son étrange clarté l'hypnotisait.

Soudain, elle comprit.

C'était l'âme d'Akhénaton, son père bien-aimé, qui lui apparaissait, rappelant qu'elle devait continuer son œuvre, lutter contre les prêtres d'Amon et leur Premier Prophète, ces scélérats qui oubliaient la splendeur divine pour s'enrichir. Fille d'Akhénaton et femme de Toutankhamon, héritière d'un monde anéanti qui ne devait pas disparaître de la mémoire des hommes, écartelée entre le respect d'un message dont elle était l'unique dépositaire et les exigences du pouvoir, Akhésa avait besoin de cette lumière au cœur de la nuit. Par-delà la mort, Akhénaton lui transmettait la puissance vitale qui circulait dans l'univers et que nulle bassesse humaine ne souillerait jamais. L'étoile, disaient les sages, était la porte du cosmos par laquelle passait l'enseignement divin. L'âme d'Akhénaton faisait désormais partie de la cour céleste où les étoiles formaient une confrérie de lumière. Le roi défunt annonçait à sa fille qu'il avait rejoint l'origine, le lieu intemporel où il l'attendait.

Akhésa, comblée d'un bonheur indicible par cette révélation, posa la main sur son ventre nu. Cette nuit, elle en avait l'intuition, un autre enfant avait été conçu. Ce combat-là aussi, il lui faudrait le gagner, mener à bien une grossesse qui donnerait un fils à Toutankhamon, un fils à qui elle inculquerait le sens de l'État.

Comme elle aimait ces nuits chaudes, remplies de parfums montant de la terre mouillée arrosée par les jardiniers ! Elle écoutait le bruissement des ailes des chouettes, traversant les ténèbres à la recherche d'une proie. Elle entendait battre le cœur secret de la nature, reflet de l'ordre impérissable conçu par Dieu.

Son regard tomba sur deux objets que le roi gardait à la tête de son lit, ses souvenirs les plus précieux : une petite statuette d'Aménophis III en or massif et une boîte en argent au nom de la reine Téyé, contenant une boucle de cheveux de la grande reine. Akhésa la considérait comme un modèle qu'elle tenterait de suivre et de dépasser.

Houy et Nakhtmin avaient décidé de mener, ensemble, une enquête sur l'incident qui avait failli coûter la vie au roi Toutankhamon. Tous deux étaient d'accord sur le fait majeur : un fauve dangereux avait remplacé le lion pacifique qui avait été prévu pour le rituel. Cet échange, accompli avec une intention criminelle, avait nécessité une organisation particulière dont il devait être possible de retrouver les traces. Nakhtmin s'occuperait des ritualistes chargés de la bonne marche de la cérémonie, Houy des fonctionnaires préposés au zoo royal. Ils devraient procéder avec prudence afin d'identifier les éventuels coupables et de ne pas risquer eux-mêmes un mauvais sort. Chaque soir, ils se retrouveraient dans le temple de Mout, là où médecins et chirurgiens de Thèbes célébraient leurs rites et effectuaient leurs recherches.

Houy et Nakhtmin, révoltés par le complot meurtrier fomenté contre un roi qu'ils vénéraient, s'étaient juré de découvrir la vérité, même si cette dernière devait éclabousser la cour ou un grand personnage de l'État.

La grande épouse royale, consultée de la manière la plus discrète, les avait encouragés. Elle comptait davantage sur eux que sur le « divin père » Aÿ, chargé de l'enquête.

— Nous ne disposons d'aucun indice sérieux, Votre Majesté ! avoua le « divin père » Aÿ, chagriné. Personne n'a commis d'imprudence. Ce lion est devenu fou... Une bête presque apprivoisée ! C'est incroyable.

— N'y aurait-il pas eu... substitution ? avança la grande épouse royale.

Le « divin père » fronça les sourcils.

— Tout à fait impossible, Votre Majesté ! Qui aurait pu vouloir attenter à la vie de notre souverain bien-aimé ? Non, c'est insensé. Écartons cette idée horrible. Seule la fatalité explique ce drame. Comment se porte le roi, ce matin ?

— Il est encore faible, répondit Akhésa. Il passe la plupart de son temps à dormir.

— Grâce à Dieu, l'Égypte n'a pas perdu son roi... N'est-il pas l'heure de votre audience ?

— En effet, « divin père ». Je m'y rends sur-le-champ.

Toutankhamon était presque rétabli. Mais Akhésa voulait lui éviter toute fatigue avant sa complète guérison et lui avait imposé de garder la chambre en refusant les visites. Le poids du gouvernement retombait sur les épaules de la grande épouse royale et de son Premier ministre, Aÿ, auquel elle demandait de gérer les affaires courantes.

— Si vous le désirez, Majesté, je suis prêt à vous soulager des tâches les plus écrasantes.

Akhésa, sévère, regarda le vieux dignitaire.

— Contentez-vous d'exécuter mes ordres comme j'exécute ceux de Pharaon. Conformément à nos institutions, je gouvernerai les Deux Terres jusqu'à son retour sur le trône. Vous m'apporterez ce soir les rapports concernant l'entretien des canaux et la mise en silos de la prochaine récolte.

— Bien, Votre Majesté.

Akhésa s'éloigna à pas pressés, laissant le Premier ministre à angle droit.

La grande épouse royale avait oublié de fêter ses dix-huit ans. Depuis cinq mois, depuis ce qu'elle considérait comme un attentat manqué contre son époux, elle ne s'était pas accordé un seul jour de repos en dépit de sa nouvelle grossesse. Elle avait été contrainte de mener l'éprouvante et rigoureuse existence d'un pharaon avec une douzaine d'heures de travail quotidiennes sur une quantité inépuisable de dossiers.

Handicapée par son manque de compétences techniques et administratives, Akhésa s'était fiée à son instinct pour distinguer les sujets essentiels des problèmes secondaires. Elle avait surtout mis à contribution le « divin père » Aÿ, lui posant mille questions et lui extirpant l'essentiel de sa longue et précieuse expérience. Quand Aÿ prit conscience de s'être laissé dépouiller de son trésor le plus précieux, il était trop tard. Akhésa n'avait plus besoin de lui comme d'un mentor. Il était devenu son serviteur et son subordonné. Que faire d'autre, avait-il expliqué à Horemheb, sinon accepter la situation ?

Akhésa avait la gorge serrée. L'audience prévue pour ce matin-là l'avait empêchée de trouver le sommeil. L'homme qu'elle avait mandé était l'un des rares êtres sur lesquels elle n'avait aucune prise. Précédée de deux archers, la grande épouse royale entra dans une petite salle éclairée par deux fenêtres rectangulaires ouvertes dans le toit. Elle renvoya les gardes et fit fermer les portes, ne souhaitant la présence d'aucun témoin.

Le Maître d'Œuvre Maya attendait, adossé à une colonne, sans impatience. Un simple message porté par la servante nubienne n'avait pas été suffisant pour le faire venir au palais. Akhésa avait dû lui envoyer un porteur du sceau royal, muni d'une convocation impérative à laquelle le ministre des Finances et chef de tous les chantiers du roi ne pouvait se soustraire.

Akhésa ne s'assit pas sur le trône qui lui était réservé. Chercher à impressionner un homme aussi rude que Maya aurait constitué une erreur de stratégie. Il serait également inutile de s'embarrasser de nuances. C'est pourquoi elle alla droit au but.

— Maya, je ne comprends pas votre attitude. Pourquoi les travaux de Karnak n'avancent-ils pas ? Pourquoi le temple funéraire du roi demeure-t-il à l'état de plan ? Pourquoi restez-vous à Thèbes au lieu de parcourir l'Égypte et de faire ériger partout des monuments à sa gloire ?

— À toutes ces questions, Votre Majesté, une seule réponse : les matériaux me manquent. Le granit d'Assouan n'arrive pas. Il faudrait construire de nouvelles barques et planifier les transports de manière différente.

Le ton de Maya était cassant, presque insultant.

— Vous vous moquez de moi, Maître d'Œuvre. Ces problèmes-là relèvent de votre compétence. Si vous ne les avez pas résolus, c'est que vous comptiez vous en servir comme prétextes.

Maya leva les yeux vers les fenêtres d'où émanaient d'intenses faisceaux de lumière. L'un d'eux illuminait le visage de la grande épouse royale.

— Bien jugé, Votre Majesté, avoua-t-il.

— Mais... pourquoi vous comporter ainsi ? interrogea-t-elle à nouveau.

Maya hésita avant de répondre. Il jugea préférable de se dévoiler.

— Parce que c'est vous et non le roi qui me donnez les ordres depuis cinq mois. Je ne reconnais qu'une seule autorité, celle de mon maître Toutankhamon. Je ne travaillerai que pour lui.

Akhésa était abasourdie. Elle savait le Maître d'Œuvre têtu, mais elle ne l'aurait pas cru obstiné à ce point-là.

Il avait outrepassé les bornes.

— J'agis en tant que grande épouse royale, Maître d'Œuvre, au nom de Pharaon. Mes paroles sont les siennes. La règle intangible de l'Égypte le veut ainsi. Vous avez le devoir de vous conformer à mes directives.

— C'est Toutankhamon qui m'a sauvé la vie, personne d'autre.

— Il ne s'agit ni de vos souvenirs ni de vos sentiments, mais de votre fonction. C'est un couple qui règne sur les Deux Terres, ne l'oubliez pas ! Même si vous me haïssez, êtes-vous décidé enfin à obéir ?

— Auriez-vous l'intention de m'y contraindre, Votre Majesté ?

— Me feriez-vous l'injure d'en douter ?

Maya baissa le regard. Cette femme trop belle portait en elle le malheur. Elle détruirait le roi, il en était sûr. Si Pharaon l'avait élevé à l'une des plus hautes dignités de l'empire, c'était pour qu'il intervienne, avec les nouveaux pouvoirs dont il disposait.

— Permettez-moi de me retirer, Votre Majesté, dit-il avec hargne. Je n'ai pas un instant à perdre.

Houy et Nakhtmin se retrouvaient une fois encore au temple de Mout où des médecins étaient initiés à leur art, aux mystères de la vie et de la mort, par la redoutable déesse Sekhmet à tête de lion. Plusieurs cellules étaient réservées aux aspirants praticiens. C'était dans l'une d'elles que les deux hauts dignitaires, à l'abri des oreilles indiscrètes, échangeaient les résultats de leur enquête, jusque-là fort décevante.

Au regard brillant de Houy, Nakhtmin comprit qu'il y avait du nouveau.

— Je crois tenir un indice sérieux, dit Houy, nerveux.

— Lequel ?

— Ce fut long à découvrir et à vérifier, sans doute parce que l'idée était des plus simples. L'homme chargé de nourrir les fauves était malade. Son remplaçant a une excellente réputation. Personne ne s'est méfié de lui, d'autant plus qu'il a une grande habitude des lions et qu'il compte au nombre des surveillants du zoo royal.

— L'as-tu interrogé ?

— Il ne se trouve plus à Thèbes. Il a été envoyé dans la plus lointaine de nos provinces d'Asie pour y capturer des fauves.

— Quand reviendra-t-il ?

— Il ne reviendra pas. Il a été déchiqueté par un lion.

Nakhtmin ne cacha pas sa déception.

— Il a été supprimé. On l'a empêché de parler. Notre meilleure piste est coupée.

— Pas tout à fait.

— Qu'y a-t-il, Houy ? As-tu découvert autre chose ?

— Je le crois, Nakhtmin. Mais ma bouche doit rester close.

— Pourquoi ? N'as-tu plus confiance en moi ? s'indigna le chef d'armée.

— Bien sûr que si.

— En ce cas, explique-toi !

— J'ai appris le nom de la personne dont ce chasseur de lions a été le serviteur. Et ce nom-là, je ne peux le révéler qu'à la grande épouse royale.

24

Thèbes entière était occupée par la préparation de la belle fête de la vallée au cours de laquelle, grâce à l'intercession de Pharaon, les vivants et les morts communieraient lors d'un même banquet. Akhésa espérait que Toutankhamon pourrait tenir son rang et diriger le rituel.

C'était la dernière série d'audiences que la grande épouse royale accordait avant d'entrer au temple, en compagnie de son époux, pour une période de retraite. À intervalles réguliers, le couple royal devait se purifier à l'intérieur du sanctuaire, se délivrer des soucis du quotidien par un contact direct avec le monde des dieux.

Peu après l'aube, le « divin père » Aÿ avait présenté à la reine un rapport très complet sur l'économie des provinces. Grâce à la gestion rigoureuse des grands temples et à la compétence des administrateurs locaux, l'Égypte avait retrouvé une prospérité compromise lors des dernières années du règne d'Akhénaton. Akhésa avait pris conscience des erreurs de son père, trop négligent du quotidien. En signant des décrets favorables aux notables des principales cités, en leur accordant des terres, en ouvrant à nouveau le dialogue avec les grands prêtres qui, dans le pays entier, assuraient la bonne circulation des denrées alimentaires sacralisées dans les temples avant d'être distribuées dans la population, Akhésa avait écarté le spectre d'une guerre civile et redonné confiance dans le pouvoir de Pharaon. Le règne de Toutankhamon s'annonçait comme paisible et heureux, renouant avec la lumineuse civilisation d'Aménophis III.

Qui aurait pu soupçonner les véritables intentions d'Akhésa ? Qui aurait pu deviner qu'elle se conformait à la tradition pour mieux rassurer ses adversaires, endormir leur méfiance et préparer une nouvelle révolution religieuse et sociale qui prolongerait celle de son père et le vengerait des injustices qu'il avait subies ? Akhésa, en accédant à la fonction de grande épouse royale, avait perdu toute ambition pour elle-même. C'était le message du soleil divin qu'elle devait faire rayonner, au-delà des faiblesses humaines.

Après un bain prolongé dans une eau tiède et parfumée, Akhésa dîna seule au palais. Quand elle entra dans sa chambre, donnant sur un jardin, elle avait hâte de s'allonger sur le lit préparé par la servante nubienne et de sombrer dans un sommeil régénérant.

En allumant la mèche d'une torchère, Akhésa découvrit, tapi dans un recoin de la chambre, un homme portant une longue dague au côté.

Il sortit de la pénombre.

Akhésa n'avait pas eu le temps de prendre conscience de sa peur. Crier ou s'enfuir étaient des actes indignes d'une grande épouse royale. Si elle devait rencontrer l'assassin venu lui offrir sa mort, elle ne reculerait pas.

Elle reconnut le général Horemheb, dont le beau visage, aux traits nobles et fins, était éclairé par les lueurs dansantes de la flamme.

— Comment avez-vous osé... murmura-t-elle, subjuguée.

— Pardonnez-moi cette intrusion, Votre Majesté, mais vous en êtes la seule responsable.

Akhésa portait une tunique blanche transparente, s'arrêtant à mi-cuisse. Pieds nus, elle avait ôté bracelets, colliers et bagues, ne conservant qu'un scarabée d'or à l'annulaire de la main droite. Il garantirait une heureuse transformation de son cœur pendant qu'elle traverserait les espaces dangereux de la nuit. Le général Horemheb, torse nu, avait revêtu un pagne de cuir. Il était dépourvu de tout insigne pouvant indiquer son rang.

— Vous refusez depuis plusieurs mois de m'accorder une audience privée, Majesté, sans aucun motif valable.

— Votre insolence mériterait châtiment ! répliqua-t-elle, cinglante. Aucune de vos demandes n'a été formulée selon les règles. Elles étaient donc irrecevables.

Horemheb serra la poignée de sa dague.

— Vous êtes trop intelligente, Votre Majesté, pour vous contenter de tels arguments. On n'enferme pas un scribe royal tel que moi dans les rets d'une administration dont il contrôle les rouages.

— Pourquoi avez-vous commis volontairement ces erreurs ?

— Pour savoir pendant combien de temps vous oseriez me défier publiquement.

Akhésa se servit une coupe de jus de raisin.

— Vous défier ? ironisa-t-elle. Vous perdez le sens de la hiérarchie, général. Reprenez votre sang-froid.

Horemheb commença à sortir la dague de son fourreau. La maturité de la grande épouse royale le stupéfiait. Les traces de l'adolescence étaient effacées. Akhésa était devenue le maître de l'Égypte. C'était avec elle, désormais, qu'il faudrait compter. Le général l'avait su dès le premier instant où il l'avait vue. Sa tentative d'intimidation se soldait par un cuisant échec.

— Sortez de ma chambre, général.

— Non, Votre Majesté. Vous devez m'écouter. Si j'ai rompu le silence dans lequel vous m'avez enfermé, c'est pour un motif qui concerne la survie de l'Égypte.

La dague était presque entièrement sortie du fourreau. Horemheb agissait comme dans un cauchemar. L'existence d'Akhésa dépendait de sa réponse. Si elle refusait de l'entendre, si elle sacrifiait le royaume à son goût du pouvoir, mériterait-elle encore de vivre alors qu'elle trahirait son pays de la manière la plus vile ?

Akhésa ouvrit un coffret à bijoux. Leur magie la protégerait. Elle plaça un diadème de pierres précieuses sur ses cheveux de jais, orna ses poignets de bracelets d'or, passa autour de ses chevilles des chaînettes d'or et avança un fauteuil au galbe aérien sur lequel elle prit place.

— Puisqu'il le faut, dit-elle d'une voix posée, je transforme cet endroit de repos en salle d'audience. Je vous écoute, général.

Horemheb rangea son arme, soulagé.

— Nous vivons dans une fausse paix, Votre Majesté. Le pays s'endort dans un bonheur tranquille, continuant à commettre les mêmes erreurs que sous le règne déplorable de votre père.

Akhésa ne réagit pas. Le piège était trop grossier. Il la provoquait.

— Les Hittites, continua Horemheb, profitent au mieux de notre passivité. Ils avancent pas à pas vers l'Égypte, remplacent par des hommes de paille les petits potentats qui nous étaient fidèles. Nos frontières ne seront bientôt qu'un rempart artificiel qui sera aisément abattu par une armée d'invasion.

— Hanis, le chef de notre diplomatie, ne m'a fait part d'aucune crainte particulière. Le roi du Hatti m'a plusieurs fois assurée de son amitié, regrettant les déplorables incidents qui se sont produits voici plus de trois ans. Les traîtres ont été châtiés. Le Hatti ne souhaite pas la guerre.

— Bien entendu, Majesté. Il ne désire qu'une victoire rapide et totale qu'il préparera aussi longtemps que nécessaire. L'armée hittite ne prendra pas de risques. Elle frappera à coup sûr au moment qu'elle choisira. Et ce moment approche. Après avoir beaucoup voyagé, Hanis apprécie aujourd'hui les plaisirs de Thèbes. Il n'est plus que le reflet de ses envoyés dont la plupart sont incompétents ou aveugles.

— Ce qui n'est pas votre cas, général.

— En effet, Majesté. Je me rends souvent à Memphis où se trouvent notre plus grand arsenal et nos principales casernes. Notre armement est encore suffisant, mais il se dégrade. Il faudrait multiplier les manœuvres des corps d'armée, fabriquer de nouvelles armes, de nouveaux bateaux de guerre.

— Et ainsi éveiller l'attention des Hittites qui pourraient croire à l'éventualité d'une attaque de notre part ! Ce serait une faute catastrophique.

Horemheb fut irrité par tant d'assurance.

— Vous croyez-vous capable de mieux évaluer la situation que moi-même ? Vous n'avez aucune expérience dans ce domaine. Vous ne connaissez pas les Hittites. Seule la force les impressionne. Il faut porter le fer dans leurs propres territoires avant qu'il ne soit trop tard.

Akhésa, furieuse, agrippa les bras du fauteuil.

— Jamais Pharaon n'acceptera cette folie ! Jamais.

— Vous m'empêchez donc d'agir, vous aussi !
Soit, Majesté. Je vous obéirai. Je n'ai pas le
choix. Mais je ne veux pas être associé au désastre
inévitable dont vous serez la cause. Vous avez
nommé Nakhtmin chef de l'armée. Qu'il remplisse
pleinement sa fonction.

— Telle est bien son intention, général. Vous
resterez néanmoins son supérieur.

— Je n'ai plus l'âge d'être séduit par des
titres vides de sens, Majesté, et j'accepterai la
proposition du Premier Prophète d'Amon.

Horemheb arborait une assurance tranquille
qui inquiéta Akhésa.

— Quelle est-elle ?

— Oublier mes tâches administratives et militaires pour m'occuper davantage du temple de
Karnak et de son développement. Un scribe royal
ne doit pas négliger l'enseignement des prêtres.
Travailler à leurs côtés me sera bénéfique. Je
défendrai mieux leurs intérêts auprès du roi.

La grande épouse royale craignait de trop bien
comprendre.

— Cela signifie-t-il, général, que vous cherchez
à amoindrir l'autorité de Pharaon en vous alliant
aux prêtres contre lui ?

— Cela signifie, Majesté, que vous êtes la fille
d'Akhénaton l'hérétique et que vous pourriez être
tentée de répandre à nouveau sa folie. Pour vous
éviter toute faiblesse de cet ordre, sachez que je
tiens Memphis, et que les troupes d'élite me sont
dévouées. Sachez aussi que les prêtres d'Amon
ne toléreront aucune déviation religieuse de votre
part.

Ainsi, Horemheb avait décidé d'enfermer
Akhésa entre les murs d'une prison où elle
exercerait un pouvoir limité, de plus en plus
illusoire. Le général abandonnait Thèbes aux
prêtres de Karnak, qui joueraient le rôle de chiens

de garde et s'installerait à Memphis pour y préparer une politique de contrôle du pays et d'expansion territoriale fondée sur la force armée.

— Vous êtes une reine merveilleuse, reconnut Horemheb. En peu de mois, vous avez réussi à imposer votre personnalité et à régner sur la foule des courtisans. C'est un remarquable résultat. Le petit roi Toutankhamon vous est entièrement soumis et vous savez l'utiliser avec un rare talent. Mais vous atteignez à présent les limites du domaine que vous pouvez maîtriser. Ni le Premier Prophète ni moi-même ne vous laisserons aller plus loin.

Akhésa, la tête légèrement penchée en avant, semblait vaincue. Horemheb s'attendait à une révolte, à des reparties cinglantes. Mais la jeune femme admettait avoir perdu la partie. En se rendant à la raison, elle prouvait une nouvelle fois son intelligence.

Horemheb cessa de la regarder comme une adversaire. En rompant le combat, elle passait presque dans son camp. Se détendant, il se laissa captiver par le charme de ce visage d'une divine finesse. Le destin qui les avait séparés se montrerait peut-être un jour moins cruel.

— Oublions les affaires de l'État, suggéra-t-il, de sa voix grave et mélodieuse dont il connaissait la magie. Plus nous nous affrontons, Majesté, plus nous nous estimons... Plus nous nous aimons.

Akhésa gardait la même attitude soumise. Celle d'une jeune femme fragile qui acceptait son sort.

— C'est votre sentiment, dit-elle, pas le mien...

— Je ne vous crois pas, Majesté. Je saurai permettre à votre cœur de s'exprimer.

Horemheb, souriant, avança vers la grande épouse royale. Elle l'enivrait.

— Avant de vous donner cette peine, général, écoutez-moi bien, à votre tour !

Le ton avait été si dur, si cassant, que Horemheb se figea.

— Votre stratégie me paraît remarquable, poursuivit-elle. Il vous faudra pourtant y renoncer et vous contenter d'obéir à Pharaon.

Une sourde inquiétude gagna Horemheb. Quelle arme secrète Akhésa possédait-elle ? Ne s'agissait-il pas d'une simple diversion ?

— Connaissez-vous le sort réservé à ceux qui attentent à la vie de Pharaon, général ?

— Que signifie cette odieuse accusation, Majesté ?

Horemheb n'avait plus la moindre envie de parler d'amour.

— On a tenté de tuer Toutankhamon, expliqua-t-elle avec un calme glacial. L'homme qui a substitué un fauve dangereux au lion gavé et drogué a été identifié. Il est mort dans un accident... à moins qu'il n'ait été assassiné.

— Ces événements sont déplorables, admit Horemheb. Il faudra châtier sévèrement les coupables. Mais en quoi suis-je concerné ?

Le regard d'Akhésa flamboya.

— Plusieurs semaines d'enquête ont été nécessaires pour établir la vérité... Pour découvrir le nom du criminel qui avait donné l'ordre d'agir ! Ceci est un secret d'État seulement connu de Houy et de moi.

Troublé, Horemheb était suspendu aux lèvres de la grande épouse royale.

— ... Et de vous, puisque vous êtes l'instigateur de cet horrible complot !

— Qui ose m'incriminer de la sorte ? protesta-t-il, indigné.

— L'homme était un serviteur d'une personne que vous connaissez fort bien : votre épouse, la dame Mout.

Horemheb crut que la foudre détenue par le dieu

Seth lui transperçait le cœur. Pendant quelques instants, il cessa de respirer, assommé par l'effroyable révélation.

— Je... je l'ignorais, Votre Majesté !

— Êtes-vous prêt à le jurer sur le nom du roi ?

Akhésa présenta au général le sceau de Toutankhamon, porté sur les documents officiels émanant du palais.

Horemheb prêta serment avec solennité.

— Je savais que vous n'étiez pas coupable, dit Akhésa, sereine. Mais Mout est votre femme. Si je demande l'ouverture d'un procès, personne ne croira que vous n'étiez pas l'âme du complot. Votre épouse a pensé que, Toutankhamon disparu, vous deviendriez régent du royaume.

Horemheb se sentait meurtri, comme au sortir d'un corps à corps.

— Que comptez-vous faire, Majesté ?

— Rien, général.

— Que me demandez-vous en échange ?

— Je vous l'ai déjà dit : uniquement obéir.

Akhésa passa la nuit dans les bras de son jeune époux. Son ventre de future mère commençait à s'arrondir. Elle se sentait pleinement heureuse, plus sûre d'elle-même qu'elle ne l'avait jamais été. La grave faute commise par la dame Mout la servait au-delà de toute espérance, lui permettant de ligoter Horemheb comme un prisonnier vaincu. Bien qu'elle n'eût pas dormi une seule seconde, tant son exaltation était vive, elle avait, aux premières heures de l'aube, un teint d'une parfaite fraîcheur, comme si le temps et la fatigue n'exerçaient plus leur emprise sur elle.

Elle s'offrit, nue, au soleil levant, absorbant par tout son corps l'énergie divine qui faisait renaître la nature. Les doux rayons glissaient sur sa peau couleur de miel doré, la nourrissaient, l'emplissaient d'une joie inaltérable. Joignant les mains sur la poitrine, elle adressa une prière du matin au disque étincelant, celle que son père Akhénaton avait créée : « Tu te lèves en perfection, disque de lumière, qui vis depuis l'origine, dont les rayons embrasent tous les pays, toi qui chasses les ténèbres. Tu remplis les Deux Terres de ton amour, hommes, bêtes et arbres croissent sur la terre car tu resplendis pour eux. Tu es unique, mais il y a des millions de vies en toi. »

Le miracle se produisit : le nouveau soleil naquit.

La nature s'éveilla, les oiseaux battirent des ailes et chantèrent, mille bruits emplirent le ciel et la terre. Alors qu'Akhésa se dirigeait vers une salle d'eau, sa servante nubienne s'interposa.

— Le « divin père » Aÿ demande audience, annonça-t-elle. Il veut vous voir immédiatement. Il affirme que c'est très important. Il s'est adressé à moi pour que personne d'autre ne fût averti.

Elle avait parlé avec tant de volubilité qu'Akhésa dut la faire répéter. Se vêtant d'une tunique légère, la reine gagna à grands pas l'antichambre où l'attendait son Premier ministre.

— Qu'y a-t-il de si urgent ? demanda-t-elle intriguée.

— Une grève ! déclara le « divin père », les lèvres tremblantes. Le Maître d'Œuvre, Maya, a ordonné à tous les artisans de cesser le travail.

— Pain et bière leur auraient-ils été livrés avec retard ?

— Non, aucun incident matériel. Maya veut voir le roi. Le Maître d'Œuvre a regagné son village de Deir el-Médineh.

— Je m'occupe de cette affaire, « divin père ».

Jamais les gardiens du village de Deir el-Médineh n'avaient vu d'aussi près une grande épouse royale. Accompagnée de sa seule servante nubienne, Akhésa s'était présentée à l'heure de midi aux portes du domaine réservé des bâtisseurs sans avoir prévenu Toutankhamon de sa démarche. Le roi se reposait dans un jardin, au bord du lac de plaisance. D'ici peu, il réapparaîtrait.

La grève des artisans, entraînant la fermeture des chantiers, était grave. Voir interrompre la construction des demeures d'éternité, temples et tombeaux, mettait l'équilibre de l'État en péril. Seuls Pharaon ou son Premier ministre avaient qualité pour négocier avec le Maître d'Œuvre.

Les gardes, en raison de la personnalité de la visiteuse, n'exigèrent pas le mot de passe, mais retinrent la Nubienne à l'entrée et des hommes armés accompagnèrent la reine jusqu'à une modeste maison en briques séchées, accolée au mur d'enceinte, non loin de la place où étaient conservées les réserves d'eau et où les maîtres donnaient leurs cours d'écriture, de dessin, de sculpture et de peinture.

Maya, assis en tailleur sur un sol de terre battue, gravait sur un éclat de calcaire une scène de fabliau, où un âne devenu musicien charmait les oreilles d'une assistance de souris. Il ne leva pas les yeux lorsque Akhésa fut introduite dans son atelier.

— J'ai demandé à voir le roi, dit-il, bourru, continuant son travail.

— Vous exigez bien davantage, Maya. Vous voulez m'imposer votre puissance, briser ce que vous croyez être mon orgueil, dompter ma volonté. C'est moi que vous désiriez attirer ici. Vous avez réussi.

Le Maître d'Œuvre posa son fin ciseau de cuivre.

— Peut-être avez-vous raison, Majesté. En ce cas, nous devrions nous entendre.

— Qu'attendez-vous précisément de moi ?

— Que vous cessiez toute activité politique et que vous vous contentiez d'être une épouse fidèle et discrète.

Akhésa sourit de la naïveté de ces propos.

— Pourquoi tant de hargne à mon égard ?

— Parce que vous n'aimez pas Toutankhamon. Vous attirez le malheur sur lui.

— Vous vous trompez.

— La grève des ouvriers, menaça Maya, obstiné, durera aussi longtemps que vous n'aurez pas juré de vous consacrer uniquement à l'organisation de réceptions mondaines et à vos devoirs religieux.

Le Maître d'Œuvre reprit son outil.

— J'ai une autre proposition à vous faire, dit la reine. Je n'ai qu'un seul moyen de vous convaincre de ma sincérité et de faire cesser cette grève : devenir membre de votre communauté.

Maya la regarda, stupéfait.

— Mais... c'est impossible !

— Vous savez bien que non, à une condition : subir l'épreuve de la cime.

Akhésa fut isolée jusqu'à la nuit dans une cabane de chantier remplie d'outils. On ne lui donna ni eau, ni nourriture. Elle supporta sans peine l'isolement et la chaleur, tant elle désirait affronter la redoutable épreuve à l'issue de laquelle elle entrerait dans la confrérie la plus fermée d'Égypte et gagnerait la confiance du Maître d'Œuvre Maya. Encore fallait-il en sortir victorieuse. Akhésa avait beaucoup réfléchi avant de s'engager sur ce chemin périlleux. Elle n'était pas inconsciente du danger. En une nuit, elle risquait d'anéantir l'œuvre patiemment élaborée depuis plus de trois ans. Elle mettrait même sa vie en jeu. Mais il n'y avait aucune autre solution. Maya était un homme entier, insensible aux honneurs, incorruptible. Elle devait parler le même langage que lui, se battre sur son propre terrain. Le soumettre par la force était impossible.

Quand le soleil disparut dans l'Occident, s'engageant sur la pente ténébreuse où il affronterait dans un duel sans merci le dragon décidé à le détruire, deux sculpteurs vinrent chercher la grande épouse royale. À Deir el-Médineh, elle n'était rien d'autre qu'une femme demandant l'initiation aux mystères de la confrérie. Son titre et son rang ne comptaient plus. Ils la dépouillèrent de ses vêtements et la revêtirent d'une rugueuse robe d'agneau qui lui irrita la peau. Ils lui remirent une outre remplie d'eau et un morceau de pain, puis la conduisirent hors du village.

Un vent frais la fit frissonner. Elle dut emprunter un étroit sentier sinueux. La pente était raide. Ses guides avançaient sur un rythme soutenu, la surveillant de près, de peur qu'elle ne tentât de s'enfuir. Le dieu lune brillait haut dans le ciel, éclairant la montagne et la vallée d'une lumière argentée à la fois douce et angoissante.

Une heure plus tard, ils atteignirent le pied de la cime au sommet en forme de pyramide, dominant de sa masse inquiétante les tombeaux des monarques creusés dans une vallée de pierre et de sable.

Les deux sculpteurs dépassèrent trois maisons en pierre où résidaient, à certaines périodes, des ouvriers qui prenaient là quelque repos avant de retourner au travail. Les exigences du chantier leur interdisaient parfois de retourner dormir au village.

Enfin, le trio parvint à l'oratoire de l'épreuve, une minuscule chapelle dépourvue de porte où ne pouvait prendre place qu'une seule personne.

— Entrez là, ordonna l'un des sculpteurs. Vous

y passerez la nuit. Nous partons, mais nous vous surveillons. Il n'y a qu'un seul sentier pour regagner la vallée. Ne tentez pas de vous enfuir. Nous serions obligés de vous tuer. À l'aube, nous reviendrons. Nous verrons si vous avez survécu aux démons et aux bêtes féroces qui assaillent les menteurs et les lâches.

Akhésa aurait aimé leur poser des questions, leur demander des précisions sur les périls qui la guettaient, mais les artisans lui tournaient déjà le dos, dévalant la pente escarpée avec agilité.

Quelques instants, la grande épouse royale regretta son initiative. Elle ne s'était pas attendue à cette solitude épaisse, à cette nuit hostile où retentirent bientôt les ricanements des hyènes. Les chiens errants poussèrent leurs premiers grognements avant de partir en chasse. Akhésa ne redoutait pas ces prédateurs des ténèbres. Ce qu'elle craignait, c'étaient les fantômes, les spectres se mouvant sans bruit, attaquant par-derrière ou sur la gauche. Dans les temples, les ritualistes savaient comment repousser ces forces maléfiques qui suçaient la moelle des os et s'introduisaient dans vaisseaux et artères pour y boire le sang.

Qui voulait pénétrer dans la confrérie de Deir el-Médineh devait passer la nuit sur la cime et affronter les monstres mangeurs de vie. À l'aube, on retrouvait les cadavres de ceux ou de celles qui, en raison de leur indignité ou de leur lâcheté, n'avaient pas pu résister aux assauts des ennemis invisibles.

Akhésa but un peu d'eau, ne parvint pas à manger. Une douleur lui rappela la présence de l'enfant qu'elle mettrait bientôt au monde. Levant son regard vers le ciel, elle chercha l'étoile contenant l'âme de son père Akhénaton.

Elle ne la trouva pas.

Inquiète, elle voulut se lever, mais une force

d'une incroyable violence la maintint accroupie. Un vent glacé lui coupa le souffle. Elle fut tentée de fermer les yeux, mais continua à scruter le cosmos. Une forme blanchâtre sortit d'un énorme bloc et se dirigea vers l'oratoire.

Terrifiée, Akhésa hurla.

Une main se posa sur son épaule gauche.

Cette fois, elle réussit à se mettre debout et à sortir de la chapelle, mais une souffrance intolérable lui déchira le ventre.

La forme blanchâtre s'était multipliée en plusieurs démons, prenant l'apparence de nains aux dents ensanglantées porteurs de couteaux.

Ils l'attaquèrent.

Une lueur fulgura. Une étoile filante traversa les cieux. Sa lumière éclaira le sentier par lequel Akhésa voulait s'enfuir. Grâce à elle, la jeune femme entrevit le gouffre au fond duquel des monstres à tête de lion et de chacal guettaient leur future victime.

C'était son père, elle en était certaine, qui venait de la sauver. Gémissante, à genoux, elle rampa jusqu'à l'oratoire où elle se cacha la tête dans les mains.

Une voix emplit l'édifice : « Je suis la déesse du silence, disait-elle, la gardienne de la cime. Nul ne peut souiller mon domaine sans perdre la vie. J'entre en toi, je sonde ton cœur pour découvrir si tu es un être de vérité. En ce cas, tu n'auras rien à craindre de moi. Si tu as menti, si tu as agi contre la loi de Maât, je te détruirai. »

— Non ! hurla Akhésa, presque inconsciente.

Un visage de femme, d'une extraordinaire beauté, aux fins sourcils et aux lèvres minces, dansa devant elle, grandissant d'instant en instant. Il se pencha sur elle. Elle voulut le repousser, mais s'effondra sur le sol, sans force. Le visage, devenu immense, l'embrassa sur le front. Le visage de sa mère, Néfertiti.

Un feu lui brûla la tête et la poitrine.

Akhésa s'évanouit.

Le soleil venait de se lever quand le Maître d'Œuvre Maya et les deux sculpteurs atteignirent l'oratoire de la cime où ils avaient subi, comme tous les autres membres de la confrérie, l'épreuve imposée par la déesse du silence.

La grande épouse royale gisait, inanimée, à l'intérieur de la chapelle.

Le Maître d'Œuvre s'agenouilla, l'oreille sur la poitrine de la jeune femme.

— Elle est vivante, déclara-t-il. La grève est finie et nous comptons une adepte de plus.

25

Akhésa fut soignée pendant deux jours par le médecin du village après que Pharaon eut été averti de la présence de la grande épouse royale à Deir el-Médineh. Sommeil et potions la guérirent. Le Maître d'Œuvre, Maya, n'ayant pas quitté le chevet de la patiente, assista à son réveil.

— Vous voici des nôtres, Majesté.

— J'en suis heureuse, Maya. Vous ne pouvez plus rien me refuser, même si vous ne m'aimez pas davantage.

Un vif mécontentement creusa les traits burinés du Maître d'Œuvre. Il était contraint, à son corps défendant, de se soumettre à sa propre règle.

— Votre courage est exceptionnel, Majesté, mais j'aurai du mal à vous aimer.

— Personne ne vous y contraindra... Nous sommes alliés, c'est l'essentiel.

La rage au cœur, Maya connaissait son devoir.

— Commandez, Majesté, dit-il d'une voix éteinte, j'exécuterai.

— Aidez-moi à me lever.

Le Maître d'Œuvre, hésitant, offrit son bras à la grande épouse royale. Encore faible, elle s'appuya sur Maya de tout son poids. Ce dernier éprouva un trouble étrange et fut soulagé quand la jeune femme s'écarta de lui pour s'asseoir sur un tabouret à trois pieds.

— Je désire que vous fabriquiez un trône, indiqua-t-elle.

— Pour le roi ou pour vous-même ?

— Pour le roi.

Maya était surpris par la modestie de cette demande.

— En bois recouvert d'or ?

— Vous y graverez une inscription, sur le dossier extérieur. Elle restera invisible aux courtisans, mais sera néanmoins efficace dès que le magicien aura animé l'objet.

— Laquelle ?

— Donnez-moi de quoi écrire.

Après que la reine eut quitté le village de Deir el-Médineh, Maya lut et relut le texte qu'elle avait rédigé et qu'elle lui avait confié.

Ses pires pressentiments se confirmaient.

Akhésa, dans une colonne de hiéroglyphes qui demeureraient connus d'elle et de lui seuls, avait associé les noms d'Amon et d'Aton. Ce dernier serait ainsi présent sur le trône royal et continuerait, par le Verbe, à exercer en secret une influence magique sur le règne.

Maya savait, à présent, quel était le but poursuivi par la grande épouse royale. Mais il ne pouvait trahir le serment qui le liait à un membre de sa confrérie. Il devait à Akhésa le silence absolu. Les poings serrés, il adressa une supplique muette à Ptah, le dieu des bâtisseurs, pour qu'elle échoue dans son entreprise et que Toutankhamon ne subisse pas les conséquences de sa folie.

Akhésa orna elle-même le cou de Toutankhamon d'un pectoral formé d'un cadre rectangulaire au centre duquel se trouvait un magnifique scarabée d'or, de turquoise et de cornaline. Le chef-d'œuvre d'orfèvrerie était complété par un contrepoids pendant sur la nuque du pharaon. La chaîne le reliant au pectoral consistait en une succession d'amulettes d'or et de lapis-lazuli, la plus belle représentant le génie de l'éternité aux bras levés vers le ciel.

— J'ai eu si peur, Akhésa... Pourquoi avoir tenté l'épreuve de la cime ?

— Pour la réussir, Majesté. Vous voilà prêt pour conduire le rituel de notre plus grande fête. Votre peuple vous attend.

— Je me sens encore faible, Akhésa. Ne pourrait-on demander au Premier Prophète de me remplacer et de...

— Vous devez tenir votre rang. Les prêtres de Thèbes espèrent une occasion comme celle-ci pour restreindre votre pouvoir.

— Tu noircis leurs desseins, Akhésa. Ils sont moins pernicieux que tu ne l'imagines. Laissons-les gérer les affaires de notre pays comme ils l'ont si bien fait dans le passé ! Nous sommes si jeunes... Aimons-nous, goûtons aux plaisirs de la vie.

Il voulut la prendre dans ses bras, mais elle le repoussa avec tendresse.

— Nous sommes toujours en période d'abstinence imposée par le temple, remarqua la grande épouse royale. Vous devez la respecter pour être en état de remplir votre fonction sacrée.

— Akhésa...

— Nous sommes les premiers serviteurs de la règle de Maât, ne l'oubliez pas.

Jamais les festivités en l'honneur d'Amon n'avaient été aussi brillantes. Le Premier Prophète voulait marquer de la manière la plus éclatante la suprématie absolue du dieu de Thèbes.

Pharaon jouait le rôle d'Amon et Akhésa celui de son épouse divine. Précédé d'une grande procession de prêtres dont une vingtaine portaient sur leurs épaules la barque d'or du dieu, le couple royal sortit du temple de Karnak dans un immense concert d'acclamations. Pendant onze jours, Thèbes vivrait dans une liesse générale. Dans chaque quartier, on danserait, on chanterait et on boirait des nuits entières. Le jour serait consacré à dormir pour reprendre des forces afin de festoyer à nouveau. Partout étaient dressées des tentes où l'on servait de la bière à volonté.

Le couple royal, devenu le couple divin, s'engagea dans l'allée de sphinx qui conduisait du temple de Karnak à celui de Louxor. Toutankhamon et Akhésa portaient des masques d'or à l'effigie des divinités.

Subjugué, le peuple admis à contempler la cérémonie découvrait avec émotion le visage du grand dieu et de la grande déesse qui vivaient dans le secret du temple.

Sur le seuil de Louxor, le roi versa une libation d'eau et la reine déposa des fleurs. Les soldats, en costume d'apparat, embouchèrent leurs trompettes dans lesquelles ils soufflèrent à pleins poumons. À l'intérieur du lieu saint, où les sculpteurs de Maya avaient créé d'admirables reliefs relatant les épisodes du rituel, le couple royal consacra les innombrables offrandes ornant les autels.

La foule massée sur les quais attendait avec une impatience mal contenue le départ de la grande nef royale, accompagnée d'une flottille comprenant des dizaines de barques et de bateaux, en direction de la rive ouest. Sur plusieurs d'entre elles furent installées les chapelles portatives des divinités allant rendre visite, dans le domaine d'Occident, aux puissances créatrices reposant dans leurs temples funéraires et aux âmes des morts continuant à vivre dans leurs tombeaux. Musiciennes et danseuses accueillirent avec gaieté l'arrivée du couple royal. Elles se lancèrent dans une série de figures acrobatiques qui déclenchèrent des applaudissements.

Tambourins, flûtes et harpes rythmèrent la lente traversée du Nil. Aux clameurs de la rive est succéda le silence recueilli de la rive ouest. En débarquant, la reine joua du sistre, répandant dans l'air léger des ondes apaisantes.

Puis le long cortège se dirigea vers le temple de Deir el-Bahari, construit par la reine Hatchepsout qui était montée sur le trône de Pharaon pour conduire un règne heureux et lumineux. De sanctuaire en sanctuaire, le roi et la reine réanimèrent les divinités endormies afin qu'elles favorisent la prospérité des Deux Terres.

Toute la nuit, dans les chapelles des tombeaux ouvertes sur l'extérieur, les vivants banquetèrent avec les morts présents par leurs statues et leur regard d'émeraude ou de malachite. Une joie tranquille emplissait les cœurs. L'Égypte était en paix et elle avait un bon roi.

La fête d'Amon s'était déroulée à la perfection, sans le moindre incident. Le Premier Prophète avait adressé ses plus vives félicitations au couple royal qui, durant les onze journées de rituel, avait assumé sa charge avec la dignité exigée de lui. Du plus critique des courtisans à l'homme du peuple le plus humble, chacun avait constaté que Toutankhamon avait changé et qu'il répondait, malgré son jeune âge, aux exigences de sa fonction. Horemheb se reprochait son manque de lucidité. Il demeurait persuadé que Toutankhamon n'avait pas les qualités nécessaires pour devenir un grand monarque mais il avait trop négligé l'influence d'Akhésa. Elle réussissait à régner à travers la personnalité de son époux.

Pour Horemheb, le bilan de ces derniers mois était catastrophique. Les mains liées à cause de la stupide initiative de son épouse envers laquelle il avait gardé le silence, Horemheb n'avait plus aucun ami sûr à la cour. Il se méfiait de l'opportunisme du « divin père » Aÿ et du goût effréné du luxe de l'ambassadeur Hanis. Désormais, ils jouaient leur jeu et non le sien. Quant aux nouveaux dignitaires du régime dont l'influence ne faisait que croître, Houy, Maya et Nakhtmin, ils vouaient à Toutankhamon une amitié indéfectible.

Restaient le Premier Prophète d'Amon, sa cohorte de prêtres et les immenses richesses des temples... Des alliés dangereux qui souhaitaient utiliser le général pour défendre leurs intérêts. Horemheb n'avait pas d'autre choix. Il savait bien, cependant, que de fortes personnalités, malgré elles, avaient fini par se soumettre à la volonté des prêtres.

Seul dans l'écurie de sa villa, le général manipulait un poignard à la lame de fer. C'étaient les Hittites qui avaient commencé à travailler ce métal. En Égypte, il était plus rare que l'or. Horemheb était persuadé que le fer remplacerait progressivement le bronze dans la fabrication des armes et qu'il les rendrait à la fois plus efficaces et plus durables.

La poignée était surmontée d'un cristal et décorée de bandes en granulé et en cloisonné. Presque hypnotisé par cette lame de fer, Horemheb se demandait combien de temps encore il se résisterait à lui-même avant de tuer Akhésa, cette femme inaccessible qui refusait son amour, cette grande épouse royale qui aurait un jour la stature d'un pharaon et peut-être ses prérogatives.

Tuer Akhésa, rompre le fil de sa destinée, se substituer à la déesse de la mort et condamner ainsi son âme à la destruction totale... Le scribe royal Horemheb, éduqué dans la connaissance des livres sacrés et des textes de lois, souffrait des horribles pensées qui l'agitaient. Il devenait étranger à lui-même.

Il s'empara du poignard et le lança de toutes ses forces vers le mur où il s'enfonça jusqu'à la garde.

Alors qu'il reprenait son souffle, un intendant lui apporta une convocation impérative du palais pour le lendemain matin.

Akhésa n'avait donc pas tenu sa promesse. Le général comparaîtrait devant un tribunal présidé par le « divin père » Aÿ. Sa condamnation s'annonçait certaine. Pour Horemheb, c'était la fin du voyage terrestre, dans les conditions les plus humiliantes. Il ne les fuirait pas. En implorant son protecteur, le dieu Horus, il trouverait le courage nécessaire pour affronter dignement sa déchéance.

À l'entrée du domaine royal, Horemheb fut accueilli par Nakhtmin, le chef de l'armée. L'un et l'autre prononcèrent des formules de salutation. Nakhtmin, accompagné de quatre soldats d'élite, guida Horemheb vers la grande cour à ciel ouvert.

Le général fut surpris. Il s'attendait à être conduit soit auprès du roi pour un entretien privé avant le jugement, soit directement au tribunal. Il fut encore plus étonné de découvrir un grand nombre de courtisans, des officiers supérieurs avec leurs chevaux superbement harnachés, des dames vêtues de leurs plus belles robes, des serviteurs versant du vin et de la bière dans de grandes coupes.

Nakhtmin lut une interrogation inquiète dans les yeux de son supérieur.

— Veuillez vous placer au centre de la cour, général.

Masquant son hésitation, Horemheb avança à pas lents, tous les regards fixés sur lui. Des servantes disposaient des fleurs sur de petits autels portatifs, des musiciennes accordaient leurs instruments.

Horemheb s'arrêta, seul au milieu d'un immense cercle dont il était devenu le point central.

Portant leurs éventails à plumes d'autruche, Nakhtmin et Houy s'avancèrent vers la façade du palais royal donnant sur la cour.

Soudain Horemheb crut comprendre. Mais son hypothèse lui apparut si invraisemblable... Comment Akhésa aurait-elle pu concevoir...

Une immense clameur interrompit le flot de ses pensées. Toutankhamon et Akhésa apparaissaient à la fenêtre principale du palais, située à trois mètres environ au-dessus du sol. Le roi et la reine portaient une couronne bleue et des vêtements légers laissant les épaules nues. Souriants, ils écoutèrent avec plaisir les acclamations. Dès qu'elles cessèrent, Houy et Nakhtmin encadrèrent Horemheb et l'accompagnèrent jusque sous la fenêtre des apparitions royales.

Le général s'inclina devant le roi et la reine.

Toutankhamon éleva dans la lumière du matin un admirable collier d'or, formé d'anneaux qui resplendissaient sous les rayons du soleil.

— Nous avons décidé d'offrir grande et belle récompense à notre fidèle serviteur Horemheb, déclara Pharaon. Il est le gardien de la paix. En tant que scribe royal et général, il protège les Deux Terres du malheur. Puisque nous sommes particulièrement satisfaits de lui et de la manière dont il veille sur son administration, nous lui donnons aujourd'hui cinq grands colliers d'or.

Le roi se pencha pour décorer le général. Quatre serviteurs, portant sur des plateaux les quatre autres colliers, se prosternèrent devant lui. Musique et chants saluèrent l'événement dont le caractère exceptionnel n'échappait à personne. Les honneurs accordés au général feraient bien des envieux.

Horemheb chercha le regard de la grande épouse royale. Mais celle-ci observait l'horizon, lointaine et mystérieuse. Elle remportait une nouvelle bataille, avec un génie manœuvrier insoupçonnable chez une si jeune femme. Désormais, aux yeux de la cour, le général Horemheb appartenait à l'entourage immédiat du roi Toutankhamon et ne pouvait que devenir l'un de ses plus chauds partisans.

La dame Mout avait su séduire le général Horemheb par sa distinction innée et une réelle beauté qui s'épanouissait au fil des ans. Il appréciait aussi son ambition de femme riche, appartenant à une vieille noblesse et désirant que son époux occupât les plus hautes fonctions de l'État. Une partie de lui-même pouvait même comprendre, sans l'admettre, qu'elle ait tenté de faire disparaître un petit roi falot, dénué de personnalité. Mais ce cynisme le faisait souffrir. Lorsqu'il acceptait de voir se réaliser un acte aussi méprisable, il se jugeait comme un être vil.

La dame Mout n'avait pas accepté de se rendre à la remise des colliers d'or. Une violente migraine lui interdisait de se tenir en plein soleil. Horemheb l'avait crue, tant elle avait de goût pour les cérémonies officielles où elle écrasait de sa prestance la plupart des autres femmes.

Quand il s'assit dans son jardin, devant le lac

de plaisance, pour y boire un rafraîchissement tout en admirant les cinq colliers d'or, il ne s'attendait pas à la voir surgir, telle une furie.

— Ta migraine a disparu ?

— Je n'étais pas malade. Je viens d'apprendre ce qui a eu lieu au palais.

— Voici mes nouvelles décorations. Te déplairaient-elles ?

La dame Mout arracha les colliers des mains de son époux et les jeta à terre.

— Es-tu devenu fou ou aveugle, toi, le grand Horemheb ? Ne comprends-tu pas que cette maudite épouse royale t'enferme dans un piège dont tu ne t'évaderas pas ?

Le général se leva et enlaça tendrement sa femme.

— La colère est une faute contre les dieux. Elle rend le cœur brûlant et dessèche l'âme. Tu n'as pas le droit de te laisser dominer par elle.

— Tu parles comme un vaincu... et je ne l'accepterai pas ! Tu dois être pharaon, Horemheb ! Ou je te quitterai.

Le général ne prit pas la menace à la légère. Mout avait l'oreille d'une grande partie de la noblesse sans laquelle une éventuelle investiture serait impossible. Accéder au trône impliquait une alliance sans faille avec son épouse.

— Nous devons temporiser, Mout.

— Non. Plus les mois passent, plus le pouvoir exercé par le couple royal devient effectif. L'heure est à l'action. J'ai déjà essayé de mettre fin à cette expérience lamentable.

Un cygne se promenait sur le lac de plaisance, traçant derrière lui un sillon argenté. Des singes jouaient sur les plus hautes branches d'un palmier.

Le regard de Horemheb devint glacial.

— Aurais-tu tenté de porter atteinte à l'existence de Pharaon ?

— Non. Je voulais seulement le ridiculiser, prouver qu'il était incapable de faire face au danger.

— Et si ce lion...

— J'avais la certitude que tu interviendrais, mon cher époux, et que tu abattrais le fauve.

Mout était d'un calme impressionnant. Horemheb, au risque de déchoir à ses yeux, ne pouvait lui avouer qu'Akhésa avait découvert la vérité et qu'il se trouvait réduit au rang de serviteur docile.

— Mon devoir est d'obéir, dit le général, pas de prendre des initiatives ou de me dresser contre la volonté de Pharaon. Je te conseille d'agir de même.

Sur le bateau qui transportait le couple royal vers la Nubie, Toutankhamon ne cessait de manifester sa joie. Le voyage que lui avait proposé Houy vers les terres brûlées du grand Sud l'enthousiasmait. Akhésa, fatiguée par sa grossesse, avait tenté de l'en dissuader. Mais il était si heureux à l'idée de partir à l'aventure sous la protection de cet homme rude et sévère ! La grande épouse royale avait renoncé à parler d'elle-même et des douleurs qui, à nouveau, déchiraient son ventre. Elle avait accepté de monter sur la nef royale aux voiles blanches dont la vaste cabine centrale était soigneusement à l'abri des ardeurs du soleil. Plusieurs bateaux composaient la flotte accompagnant le souverain. Sur l'un d'eux, les chevaux préférés de Sa Majesté.

Le jeune roi s'émerveilla à chaque étape du voyage, village, forteresse, marché, temple... Houy, devenu volubile, lui vantait les beautés de ces contrées écrasées de lumière où des indigènes à la peau très noire savaient trouver les mines d'or, chasser l'éléphant, tanner les peaux de panthère, mélanger des épices qui, après avoir brûlé la bouche, y répandaient de délicieuses saveurs.

— J'ai été ton messager en Nubie, dit Houy à Toutankhamon, j'y ai rempli la fonction d'intendant du bétail du dieu Amon, surveillé l'extraction de l'or, maté les tribus qui se révoltaient contre l'autorité de Pharaon. J'y ai souffert de la chaleur, j'ai eu peur des fauves qui attaquent les campements, j'ai failli dix fois perdre la vie. Mais j'aime toujours autant ce pays perdu, éloigné des fastes de la cour. Si Pharaon, mon maître, m'y autorisait, j'aimerais y finir mes jours.

— Mourir ? Mais pourquoi penser à mourir... Tu vivras des siècles, Houy, et moi aussi !

Le rugueux porte-éventail et son roi se donnèrent l'accolade, aussi émus l'un que l'autre. Akhésa appréciait cette amitié chaude et puissante qui aidait Toutankhamon à progresser vers lui-même, vers sa propre vérité.

Akhésa apprenait à aimer ce pays où les rayons d'Aton frappaient la terre avec une insoutenable violence. Elle regardait, des heures durant, les étendues désertiques où l'homme n'était qu'un hôte passager. C'est en plein midi, seule sur le pont du navire d'État, que la grande épouse royale conçut deux projets, l'un concernant Houy, l'autre son père Akhénaton. Elle ne parla que du premier à Toutankhamon qui lui donna aussitôt son approbation. Le second comportait tant de dangers qu'elle préférait les assumer seule. Si elle échouait, Pharaon demeurerait hors de cause.

Au terme de longues journées de voyage, le cortège royal parvint au cœur du grand Sud, découvrant le plus beau de ses temples : « Celui qui apparaît dans l'harmonie universelle »[1], édifié par Aménophis III, lequel avait, dans la même région, fait construire son équivalent féminin pour la grande épouse royale, Téyé, s'unissant ainsi à elle dans une immortelle fête de pierre.

Un très petit nombre de prêtres avait choisi de vivre en cet endroit désolé et silencieux où s'élevait une colonnade aussi pure que celle de Louxor. L'édifice entier s'élançait vers le ciel bleu turquoise avec une puissance sereine qui apaisait l'âme au premier regard.

— Voici mon lieu préféré, dit Houy, à voix basse, alors qu'il entrait dans une grande cour en compagnie du couple royal. Pouvoir s'y recueillir est un présent des dieux.

Le roi s'immobilisa, souriant, et se tourna vers Houy.

— Fort bien, mon ami. Vous y subirez donc une longue méditation. J'ai donné l'ordre au ritualiste de vous conduire à l'écart, dans une chapelle.

Houy s'étonna du ton déterminé du jeune monarque. Il surprit le regard complice qu'il échangea avec Akhésa.

L'ami de Pharaon chassa l'angoisse qui l'étreignait, l'espace d'un instant. Le Maître de l'Égypte ne tenait-il pas dans son poing le destin de chacun de ses sujets ? Mais il n'avait rien à redouter de Toutankhamon.

Lorsque prit fin la retraite de Houy, qui avait goûté la fraîcheur et la pénombre de la chapelle, le soleil déclinait, teintant les pierres d'un ocre chaud.

Devant le sanctuaire consacré à la régénération magique de l'âme du roi, avait été installé le

1. L'actuel Soleb, au Soudan.

trône royal protégé par un dais. Houy vit Toutankhamon, nimbé de lumière, coiffé de la couronne bleue, vêtu d'une grande robe, les bras
croisés sur la poitrine, tenant les sceptres. À ses
côtés, Akhésa debout, également parée de manière
solennelle. Prêtres et membres de la suite royale,
visage recueilli, s'étaient disposés le long des
colonnades.

Deux ritualistes passèrent à Houy une robe
blanche plissée et l'amenèrent au pied du trône.

— Tu es le fils d'Amon, déclara l'un d'eux,
toi qui règnes sur l'Égypte, devant qui doivent se
prosterner tous les pays. Voici que t'est présenté
ton serviteur, Houy.

L'atmosphère était grave.

— J'ai prié Amon, dit le roi, et il m'a inspiré.
C'est Houy qui maintient la Nubie dans le giron
de l'Égypte. C'est grâce à lui qu'elle nous offre
ses trésors. Aussi lui décernons-nous aujourd'hui
le titre de vice-roi de Nubie. Houy sera chargé
d'y représenter notre pouvoir, d'y faire régner
notre règle de vie et nous en rendra compte
régulièrement dans notre palais de Thèbes.

Un ritualiste remit à Houy un anneau d'or,
symbole de sa charge, et le sceau avec lequel il
signerait ses décrets. Des femmes de la suite royale
couvrirent de fleurs le nouveau vice-roi de Nubie,
qui semblait incapable de la moindre réaction.
Stupéfaction et gratitude avaient envahi son cœur.
Ses rêves les plus secrets se réalisaient.

Akhésa marcha vers Houy et lui remit un
bouquet composé, couronné de lys épanouis.

— Puisse votre province fleurir entre vos mains,
lui souhaita-t-elle.

Houy se reprocha d'avoir mal jugé cette femme
d'une extraordinaire beauté qui participait ainsi
à la plus magnifique journée de son existence.

Il s'était méfié d'elle, il avait eu tort. En serrant le bouquet, il sourit à la grande épouse royale.

Marins et fonctionnaires, désormais au service du vice-roi de Nubie, l'acclamèrent et brandirent de grandes feuilles de palmier.

Incapable de contenir son émotion, Houy pleura de joie.

Pourquoi les dieux se montrent-ils parfois si cruels ? se demandait Toutankhamon. L'investiture de son ami Houy avait été si réussie ! On avait tué un bœuf gras, célébré le plus gai des banquets, fait vivre une nouvelle statue de Pharaon à l'image d'Amon. Le jeune roi avait été salué comme « celui qui contente les puissances divines », Akhésa avait écouté les récits des conteurs évoquant les visites de la reine Téyé venue assister à la construction du temple.

C'était le bonheur sous le chaud soleil de Nubie. Mais il y avait eu le voyage de retour vers l'Égypte, la maladie d'Akhésa, ses insupportables douleurs, le sang qui coulait de son ventre.

Les médecins l'avaient sauvée.

La vérité avait déchiré le cœur du jeune roi. Akhésa ne pourrait pas avoir d'enfant. Être enceinte lui était désormais interdit, sous peine de perdre la vie.

26

Plusieurs semaines furent nécessaires au couple royal pour se remettre du drame qui le frappait. Ce fut Akhésa qui consola son époux désemparé. Elle l'enjoignait d'accepter la volonté divine et de ne pas se révolter en vain contre une destinée qu'ils ne pouvaient pas modifier. Quand il le désirerait, Toutankhamon prendrait une épouse secondaire pour lui donner des enfants parmi lesquels Akhésa reconnaîtrait un successeur légitime. Le jeune roi refusa énergiquement. Jamais il ne partagerait la couche d'une autre femme.

Grâce à sa farouche volonté de vivre, Akhésa se rétablit avec une rapidité qui surprit les médecins. Elle voulait surtout s'offrir de nouveau à un mari si généreux, l'entraîner dans un tourbillon de plaisirs qu'il appréciait chaque nuit davantage. Plus ils connaissaient leurs corps, plus ils en jouaient avec un art raffiné qui les conduisait à une extase sans cesse renouvelée.

Après avoir fait l'amour dans leur chambre du palais, dans un kiosque du jardin ou sur la rive ombragée du lac de plaisance, ils parlaient. Peu à peu, Toutankhamon s'éveillait à la compréhension des affaires de l'État, s'intéressait à son métier de roi, s'interrogeait sur la manière dont il devrait l'exercer dans l'avenir. En compagnie de son épouse, il étudiait les documents et les rapports remis chaque jour par son Premier ministre, le « divin père » Aÿ. Il s'aventurait à émettre des critiques, les unes naïves, les autres judicieuses.

C'est alors qu'Akhésa comprit pourquoi les dieux lui interdisaient d'avoir un enfant. Elle devait se consacrer à Toutankhamon, et à Toutankhamon seul. Au roi étaient exclusivement réservés sa beauté, sa force et son amour. Elle l'aiderait à régner, à faire surgir en lui Pharaon. Un étrange bonheur l'envahit. Le fardeau qui pesait sur ses épaules depuis l'accession au trône lui parut moins lourd. Le roi commençait à le partager.

Toutankhamon travaillait. Il découvrait l'immensité de sa tâche. Encouragé par Akhésa, il eut la volonté de réduire ses insuffisances. Les promenades en barque et dans la campagne durèrent de moins en moins longtemps. Les soirées se prolongèrent à la lueur des lampes. Le roi lut, étudia, apprit aux côtés de son épouse.

Akhésa attendit qu'un incident grave révélât les nouvelles dispositions d'esprit de celui que certains membres de la cour considéraient encore comme un adolescent immature.

Il se produisit lors d'une audience matinale que le roi avait accordée à son Premier ministre pour faire avec lui le point de la situation en Asie. Le « divin père » Aÿ, embarrassé, entama un long discours où il évoquait la longue amitié existant entre Pharaon et ses vassaux.

— Cela suffit, intervint le jeune roi avec une sécheresse inhabituelle qui surprit le vieux courtisan.

— Me suis-je montré obscur, Votre Majesté, désirez-vous que je recommence à...

— Cessez de me prendre pour un naïf, « divin père ». Je ne suis pas satisfait de votre travail.

— Pas satisfait... Mais...

— Votre description de notre présence militaire en Asie n'est qu'une série de phrases conventionnelles, sans aucun souci de la réalité.

— J'ai recueilli les renseignements fournis par le général Horemheb, Majesté, et...

— C'est bien ce que je vous reproche, « divin père ». Notre chef de la diplomatie, Hanis, m'a transmis des informations alarmantes concernant notre meilleur ami, le roi de Babylone. Je n'en trouve pas trace dans votre rapport.

Akhésa suivait avec passion le déroulement de l'entretien. C'était elle qui avait envoyé Hanis en mission, l'arrachant à sa torpeur de privilégié. Il ne lui avait pas fallu longtemps pour découvrir un complot latent, impliquant le Babylonien, qui risquait d'aboutir à un renversement des alliances.

— Parlez, « divin père », exigea Toutankhamon. M'auriez-vous dissimulé un fait important mettant en péril la sécurité de l'Égypte ?

— Rien d'aussi grave, Majesté, seulement une lettre que j'avais préféré ne pas vous montrer.

— Ce n'est pas à vous de me dicter ma conduite ! Vous avez outrepassé vos responsabilités. Vous m'en voyez fort mécontent. Que cette lettre me soit immédiatement apportée. Et ne gardez plus par-devers vous des documents de cette importance.

Impressionné par la vigueur du ton, le « divin père » exécuta sans délai les ordres reçus.

Toutankhamon jubilait.

Pour la dixième fois, il relisait à Akhésa la lettre qu'il avait écrite au roi de Babylone, apportant de petites retouches.

— Es-tu fière de Pharaon, Akhésa ? Que penses-tu de ses talents diplomatiques ?

— Je dois admettre, Votre Majesté, que vous vous comportez avec une intelligence remarquable.

— Ne te moque pas de moi, implora Toutankhamon. C'est ton idée. Je n'ai eu qu'à la mettre en forme.

— Ce n'était pas si simple. Sans une stricte éducation de scribe, tu n'aurais pas réussi.

Ils rirent ensemble, se remémorant la première épreuve littéraire et scientifique qu'ils avaient subie, contraints par l'ambassadeur Hanis de se présenter devant un jury de vieux scribes impitoyables.

— Es-tu certaine que je n'ai pas commis d'erreur ? s'inquiéta le roi.

Akhésa relut.

La missive du roi de Babylone, remise par le « divin père » Aÿ, était une longue litanie en termes à peine courtois. Il se plaignait de voir ses vassaux assyriens de plus en plus turbulents et demandait une assistance militaire au pharaon.

Toutankhamon lui répondait qu'une telle intervention était contraire à la politique de paix conduite par l'Égypte depuis de longues années. Il ajoutait qu'une importante délégation assyrienne arriverait bientôt à Thèbes pour développer les relations commerciales avec les Deux Terres. Ces négociations retarderaient l'envoi des cadeaux promis au souverain babylonien.

— Parfait, constata-t-elle. La réaction ne devrait pas tarder.

— C'est une manœuvre dangereuse, ne crois-tu pas ?

— Tu dois être respecté des autres rois. Cela mérite bien de prendre quelques risques.

Toutankhamon vécut dans l'angoisse deux semaines durant. C'était le premier acte diplomatique conçu par le jeune couple qui n'avait tenu aucun compte de l'avis des diplomates de métier.

Akhésa ne négligea rien pour atténuer la nervosité de son jeune époux : promenade en barque, chasse dans les roseaux, courses folles en char dans le désert, parties de *senet* acharnées, jeux de l'amour... Toutankhamon fut emporté dans un tourbillon de plaisirs.

Jusqu'au matin où l'ambassadeur Hanis en personne apporta au palais une tablette d'argile : la réponse du roi de Babylone. Il la lut au jeune couple, assis, main dans la main, sur des sièges à croisillons.

— La terre entière est emplie de votre victoire, Majesté, dit l'ambassadeur. Le roi de Babylone vous informe que sa santé est excellente. Il salue votre épouse, votre pays et votre noble cour ainsi que vos chevaux et vos chars. Lorsque ses pères et vos pères ont noué entre eux des liens d'amitié, rappelle-t-il, ils ont échangé de nombreux et beaux présents. Pourquoi interrompre cette coutume ? Le roi de Babylone construit un temple. Il a besoin de beaucoup d'or. Que Votre Majesté émette un vœu, et il sera aussitôt satisfait. Ce qu'il demande, son ami babylonien le lui enverra. Quiconque entreprendrait une action hostile contre l'Égypte, il le combattrait aussitôt. Quant aux Assyriens, ses vassaux, que Votre Majesté ne les écoute pas ! Qu'ils ne puissent acheter quoi que ce soit en Égypte et qu'il les laisse repartir les mains vides. Pour vous prouver sa fidélité, le roi de Babylone vous fera porter quantité de lapis-lazuli et cinq attelages de chevaux.

Akhésa était rayonnante de joie. Toutankhamon demeurait perplexe.

— J'avoue ne pas percevoir l'importance de cette victoire.

— Si j'ai bien retenu les leçons de l'ambassadeur Hanis, expliqua Akhésa, cette missive signifie que le roi de Babylone s'incline devant la volonté du pharaon et qu'il le supplie humblement de le considérer comme un vassal. Les Assyriens feront de même. Et le prestige du roi d'Égypte éblouira l'Asie entière.

— Votre Majesté fut la plus remarquable de mes élèves, reconnut Hanis.

Le Premier Prophète d'Amon avait réuni ses quatre principaux collègues dans l'une des petites salles obscures du temple de Karnak. Le vieillard avait la mine encore plus revêche qu'à l'ordinaire. Une torche éclairait le local de pierre aux murs bruts. Les cinq hommes, dont pas un n'avait moins de soixante ans, avaient pris place sur des tabourets à trois pieds. Le visage creusé de rides, le crâne rasé, ils se ressemblaient.

— Le couple royal ne se comporte pas comme nous l'avions prévu, dit le Second Prophète.

— Ils ne pouvaient pas rester éternellement des enfants, observa le Troisième Prophète. Je vous avais prévenus. Aujourd'hui, ils commencent à prendre conscience de leurs pouvoirs. Demain, ils voudront les exercer pleinement. Et nous devons continuer à nous taire...

— Il n'en est pas question ! protesta le Premier Prophète. Je suis persuadé que ce pharaon et son épouse sont restés fidèles à la religion d'Aton. Même s'ils ont changé leur nom pour faire croire qu'ils honorent de nouveau Amon, ils jouent la comédie.

— Il faut attendre, recommanda le Second Prophète. Il ne s'agit que de soupçons.

— Attendre, attendre encore ! protesta le Troisième Prophète. C'est la plus mauvaise des solutions. Non, il faut intervenir.

Le Quatrième et le Cinquième Prophète approuvèrent leur collègue d'un hochement de tête.

— Nous devons agir, en effet, jugea le Premier Prophète.

Un long silence s'établit. Chacun des cinq prêtres savait que leur décision engagerait le sort de l'empire. Comblés d'honneurs, ils n'en désiraient pas davantage. C'était la gloire d'Amon qu'ils voulaient préserver, car elle seule garantissait le bonheur de l'Égypte.

— Il faut écarter le roi du pouvoir, avança le Second Prophète.

— Par quel moyen ? interrogea le Premier Prophète.

— Par tous les moyens, répondit son collègue. Un souverain incapable doit être éliminé. Il met le pays en péril.

— La vie et la mort sont entre les mains de Dieu ! assena le Premier Prophète, très sombre. Pas entre les nôtres.

Un profond malaise plana sur cette assemblée d'hommes réputés pour leur sagesse.

— Si le couple régent était réellement fidèle au dieu de Thèbes, insista le Troisième Prophète, nous finirions par trouver un terrain d'entente. Mais c'est Aton qui réside dans leur cœur !

— Nous n'en avons pas la preuve, objecta le Premier Prophète.

— Eh bien, obtenons-la ! exigea son interlocuteur. Il suffira de leur tendre un piège et de constater leur réaction. Ensuite, nous prendrons une décision irrévocable.

— Un messager venant de Nubie ! Faites-le entrer !

Toutankhamon était fou de joie à l'idée de recevoir des nouvelles de son ami Houy. Il pria Akhésa de se tenir à ses côtés pour accueillir l'émissaire du vice-roi de Nubie.

L'homme était épuisé par le voyage. Il commença par faire l'éloge de Houy qui veillait avec soin à l'extraction de l'or et à la prospérité du bétail. Travaillant avec acharnement, il promettait au roi de faire croître sa gloire dans les provinces du Sud. Bientôt seraient livrés de nombreux cadeaux à la cour d'Égypte, notamment de l'ébène et de l'acajou qui seraient chargés en grande quantité sur des bateaux de transport.

Le jeune roi contenait mal son excitation. Houy lui avait tant parlé des trésors de Nubie ! Que ne les contemplait-il déjà ? Akhésa demeurait étrangement silencieuse. Elle était intriguée par l'embarras évident du messager, un Nubien aux muscles puissants.

— Venez-en au fait, exigea-t-elle, et donnez-nous la véritable raison de votre présence à la cour.

L'homme baissa la tête.

— Houy, le vice-roi de Nubie, se fixe comme devoir de ne rien cacher à Sa Majesté. Seule la vérité sort de sa bouche. C'est pourquoi... C'est pourquoi j'ai pour mission de vous révéler que plusieurs villages nubiens viennent de se révolter.

Akhésa se leva, furieuse.

— Une révolte ? Est-elle brisée ?

L'émissaire garda la tête baissée.

— Pas encore, Majesté. Des sacs de poudre d'or ont été volés dans un entrepôt et deux fonctionnaires blessés. Les rebelles ont été identifiés. Il suffit de les arrêter pour rétablir l'ordre.

— Il suffit... Est-ce si simple ? s'emporta la grande épouse royale inquiète.

— Houy ne ménage pas ses efforts, Majesté.

— Je n'en doute pas, intervint Toutankhamon. Allez vous reposer avant de repartir pour la Nubie. Et revenez-nous vite, porteur d'excellentes nouvelles.

Le messager s'inclina et s'éclipsa.

Akhésa, tournant le dos à son époux, regardait par la fenêtre. Elle contemplait la ville d'Amon, admirait les terrasses fleuries, goûtait l'équilibre serein de Thèbes aux cent portes, la maîtresse du monde. Cette vision sublime ne calma pas son anxiété. Si Houy ne parvenait pas à mater la révolte nubienne, l'autorité de Toutankhamon serait remise en cause. Les prêtres d'Amon profiteraient de l'occasion pour tenter d'imposer un régent. Un régent qui ne serait autre que le général Horemheb.

Les astrologues avaient annoncé que l'été serait caniculaire et ils ne s'étaient pas trompés. Toutankhamon appréciait la chaleur, surtout parce qu'elle lui donnait l'occasion de goûter très souvent au plaisir des promenades en barque qu'Akhésa aimait autant que lui. Ce jour-là, après avoir célébré le culte du matin, ils étaient partis tous deux dans une sorte de canoë. Toutankhamon voulait montrer à son épouse qu'il savait manier la longue rame, décorée d'un œil magique.

Des canards s'envolèrent à l'approche de l'esquif. La lumière du matin habillait d'argent le fin visage d'Akhésa.

— Si tu savais combien je t'aime... murmura le roi.

Akhésa sourit. Toutankhamon avait réussi à la séduire, jour après jour. L'enthousiasme amoureux du jeune prince n'avait pas faibli. En acquérant peu à peu l'assurance indispensable à la pratique de son métier de roi, il n'avait pas perdu le regard passionné qu'il posait avec le même émerveillement sur le corps de sa femme. Toutankhamon aimait, d'un amour d'homme, profond, gravant sa foi dans le cœur de l'autre.

— Tu es le roi, dit-elle, et je suis ta grande épouse. Dieu nous a comblé de ses bienfaits. Que lui demander de plus ?

— Que les jours succèdent aux heures, Akhésa, que les mois succèdent aux jours, les années aux mois et les siècles aux années... Et que notre amour vive pour l'éternité.

Akhésa entrouvrait les lèvres pour lui répondre quand elle vit une barque se diriger vers eux. À son bord, plusieurs soldats ramant avec vigueur. Une vague inquiétude s'empara d'elle.

— Que nous veulent-ils ? interrogea le roi.

— Je l'ignore.

Akhésa venait de reconnaître Nakhtmin, debout à l'arrière de la barque. L'accostage fut brutal. Le chef de l'armée ne dissimulait pas son agitation.

— J'ai de très graves nouvelles, déclara-t-il, haletant.

Akhésa repoussa les plats que lui proposait sa servante et la congédia sèchement. Ce que lui avait appris le chef de l'armée l'avait plongée dans un profond désarroi. Toutankhamon avait si maladroitement tenté de la réconforter qu'elle l'avait éconduit, préférant rester seule pour réfléchir à la décision qu'elle devait prendre.

Nakhtmin avait reçu des nouvelles de la cité du soleil, désertée depuis plus de deux ans par les dignitaires de la cour, les artisans et les commerçants. Mois après mois, les différents quartiers s'étaient vidés de leurs habitants. À présent, seules restaient des forces de police chargées d'empêcher les bédouins de dégrader les temples et de mettre à sac les villas des nobles.

Des forces de police qui s'étaient révélées bien

inefficaces... Des pillards avaient déjoué leur surveillance, pénétré dans le tombeau royal et profané la dernière demeure d'Akhénaton, de Néfertiti et de leur seconde fille. Selon la rumeur rapportée par la servante nubienne, la momie du roi avait été gravement endommagée. Sauvée par les archers, elle était gardée dans le poste frontière du sud. Horemheb avait donné un ordre monstrueux : la détruire !

Toutankhamon, bouleversé, avait supplié Akhésa de ne pas intervenir. Un décret circonstancié portant son sceau serait suffisant pour faire rapatrier à Thèbes le corps d'Akhénaton et trouver un tombeau qui lui servirait de demeure d'éternité.

Mais la grande épouse royale connaissait trop bien les lourdeurs de l'administration et la haine que vouaient les prêtres d'Amon au roi hérétique. Des archives s'entasseraient sur des archives et la dépouille mortelle pourrirait dans la solitude et l'oubli.

Akhésa avait dix-neuf ans, Toutankhamon dix-sept. D'autres monarques, au même âge, avaient su gouverner l'Égypte sans se laisser influencer par telle ou telle faction. Mais une fille pouvait-elle abandonner son père ?

Nakhtmin, en tant que chef de l'armée, passait plus d'heures dans son bureau du ministère que sur les terrains d'entraînement ou dans les casernes. Les tâches administratives lui pesaient. Comment y échapper ? Il souleva une pile de papyrus roulés, la soupesa et la reposa, découragé à l'avance.

— Trop de travail nuit à la conscience, proféra la voix grave du général Horemheb.

Nakhtmin se leva.

— Vous ? pour quelle raison...

Horemheb avait un visage grave, presque fermé.

— L'ignorez-vous vraiment ?

— Aurais-je failli ?

Horemheb, d'une main dédaigneuse, fouilla dans la pile de papyrus.

— Trop de dossiers, trop de travail. Vous n'avez plus le temps de tout contrôler. C'est ainsi que l'on commence à déchoir et à décevoir. Vous ne serez pas le seul à avoir échoué en occupant un poste trop écrasant.

Nakhtmin serra les lèvres. Horemheb cherchait à lui faire perdre son sang-froid.

— Si vous êtes venu ici pour m'insulter, je...

— Êtes-vous informé des événements qui se déroulent au poste frontière sud de la cité du soleil ? le coupa sèchement Horemheb.

— C'est une ville morte. Il ne s'y passe plus rien.

— Détrompez-vous, Nakhtmin.

Le jeune chef de l'armée perdit son calme.

— Je fais correctement mon travail, général, et...

— Expliquez-moi donc la raison de ce décret de Toutankhamon.

Horemheb posa le document sur la table de travail de Nakhtmin. Ce dernier le parcourut rapidement. Le pharaon demandait l'installation d'une garnison au poste frontière sud de la cité du soleil, placée sous le commandement direct du général.

La procédure avait de quoi surprendre.

— Avez-vous été consulté ? demanda Horemheb.

— D'aucune manière. Et vous-même ?

Horemheb hocha négativement la tête.

Les deux hommes se méfiaient l'un de l'autre. Ils se soupçonnaient réciproquement de mensonge.

— Comment comptez-vous agir ? demanda Nakhtmin.

— En tenant compte du décret, bien entendu. Je n'interviens pas. Je vous conseille de m'imiter.

— Pourquoi donc ?

— Parce que je crois qu'il s'agit d'un piège.

— De quelle nature ?

— Je l'ignore. Sachez que je n'en suis pas l'auteur. Laissez le roi conduire cette affaire à sa guise. Occupez-vous plutôt de vos dossiers. Moi, je n'avais pas l'habitude de prendre du retard. Que les divinités du sommeil vous soient favorables.

Horemheb parti, Nakhtmin ne fut pas long à conclure que la visite n'avait rien d'amical. Malgré l'heure tardive, il se précipita au palais royal. Le pharaon refusa de le recevoir et se contenta de lui transmettre un ordre impératif : demeurer à Thèbes et veiller sur la sécurité de la ville.

Nakhtmin était désemparé. Son éducation plaçait l'obéissance au-dessus de toute autre vertu. Se sentant incapable de démêler les fils de l'intrigue qui se nouait devant ses yeux, il resta fidèle à sa morale de soldat.

Toutankhamon avait cédé. Le plan élaboré par Akhésa ne comportait aucune faille. Le roi avait émis un décret surprenant. Chacun attendrait qu'il quittât Thèbes à la tête d'un régiment pour gagner la cité du soleil. Tel se présentait le piège tendu par les prêtres de Thèbes et par Horemheb qui arrêterait en chemin le jeune monarque et le ramènerait dans la capitale du dieu Amon. Il tenterait alors de lui imposer une régence pour contrôler ses faits et gestes.

Toutankhamon ne sortirait pas de son palais. Ses ennemis souhaiteraient en vain son départ, ignorant qu'Akhésa, sa servante nubienne et quelques serviteurs étaient partis de nuit sur un bateau de commerce. La grande épouse royale utiliserait le même procédé pour transférer à Thèbes la dépouille mortelle de son père Akhénaton. Elle lui offrirait une demeure d'éternité digne de lui qu'elle ferait surveiller nuit et jour.

Le voyage de la reine fut rapide, grâce à un vent favorable et se déroula sans encombre. Le bateau de commerce croisa des vaisseaux de la police maritime qui ne lui prêtèrent aucune attention. Quand elle parvint en vue de la cité du soleil, Akhésa sentit son cœur se serrer. Elle n'avait rien oublié des temples ensoleillés, des palais fleuris, des cris d'un peuple en joie acclamant le roi et la reine.

Elle ne voulut pas revoir les ruines d'un rêve. Par bonheur, le soleil déclinait sur l'horizon, laissant les ténèbres envahir la capitale déchue où ne rôdaient plus que des ombres. Quand la grande épouse royale se présenta au poste frontière sud, la nuit était tombée.

La jeune femme comptait sur sa seule autorité pour obtenir l'obéissance des archers. Elle éviterait tout affrontement sanglant avec ses serviteurs qui n'étaient pas préparés à se battre mais imposerait sa volonté quoi qu'il advienne. Ses énergies rassemblées, elle fut surprise de ne trouver que deux archers endormis. Des vétérans aux jambes raides qui ne se saisirent même pas de leurs armes.

— Je suis la grande épouse royale, déclarat-elle d'un ton qui fit aussitôt se plier l'échine des vieux soldats.

L'admirable collier aux trois rangs de perles, de cornaline et de lapis-lazuli qu'Akhésa portait au cou en disait assez sur sa qualité.

— On a déposé ici un sarcophage, n'est-ce pas ?

— Non, répondit l'un des vétérans, d'une voix pâteuse. Juste une caisse à moitié pourrie.

Akhésa entra dans le poste frontière. Le local était déjà délabré. Le bâtiment, trop vite construit et mal entretenu, ne résisterait pas longtemps à l'abandon. La reine traversa des chambrées malodorantes et découvrit la caisse dans un réduit où gisaient arcs et flèches brisés.

Ainsi, la momie d'un pharaon avait été sortie du tombeau et abandonnée dans cet endroit sordide ! Après avoir détruit l'œuvre d'Akhénaton, des scélérats plus vils que des hyènes tentaient de lui arracher son support d'éternité pour que son âme erre à jamais dans les ténèbres du monde inférieur. Ils avaient réduit sa momie à l'état de déchet.

Folle de rage, Akhésa souleva le couvercle de la caisse.

Elle ferma les yeux, se préparant à découvrir un horrible spectacle.

Elle les ouvrit lentement.

Vide. La caisse était vide.

Des pas résonnèrent derrière la grande épouse royale. Ceux d'un vieillard qui rythmait sa marche hésitante en frappant le sol de sa canne.

Le Premier Prophète d'Amon, grand prêtre de Karnak.

— Vous avez commis une faute grave, Votre Majesté, jugea-t-il de sa voix caverneuse.

27

Les prophètes d'Amon s'étaient de nouveau réunis dans une petite salle du temple de Karnak. Leurs visages étaient sombres.

— J'étais présent sur les lieux, indiqua le Premier Prophète. La grande épouse royale Akhésa fut bien surprise de me trouver là. Elle a su garder son sang-froid.

— Cela ne la rend que plus dangereuse, observa le Second Prophète. Lui avez-vous révélé le sort que nous avions réservé au cadavre de son père ?

— Elle m'y a contraint. Se voyant prise au piège, elle m'a presque agressé. Sans grand respect pour mon âge et ma qualité de grand prêtre, elle m'a questionné avec la dernière des impertinences. Je lui ai répondu que nous avions fait transférer la momie d'Akhénaton dans une tombe de la Vallée des rois où elle serait en sécurité. Amon est tolérant. La folie d'Akhénaton s'est éteinte avec lui. Pourquoi persécuterions-nous un cadavre ?

— A-t-elle été convaincue ? s'inquiéta le Troisième Prophète.

— Je le crois... Ou bien elle a fait semblant.

— Peu importe ! tonna le Second Prophète. À présent, nous savons que la grande épouse royale est restée fidèle à la mémoire de son père et à son hérésie. L'avez-vous mise en garde ?

— J'ai cru l'effrayer en insistant sur l'erreur qu'elle venait de commettre en dévoilant sa véritable nature qu'elle avait cru si bien cacher sous les habits d'une reine. Elle n'a pas tremblé.

— Voilà qui scelle son destin, jugea le Second Prophète. Et celui de ce jeune roi qui lui est entièrement soumis. Aton n'est pas encore mort. Nous l'anéantirons.

Le général Horemheb travaillait jour et nuit. Relégué dans des fonctions subalternes qui lui interdisaient l'exercice du pouvoir, il n'en continuait pas moins à se comporter comme le chef des forces armées et de l'administration. La plupart des scribes occupant les postes clés étaient ses amis ou ses obligés. Pas un officier, pas un soldat ne lui avait retiré sa confiance. Même si Toutankhamon comptait quelques partisans influents, le parti du roi pesait bien peu face à celui de Horemheb.

Pourquoi ne s'imposait-il pas comme régent du royaume en reléguant le pâle Toutankhamon au fond des appartements royaux pour qu'il s'y noie dans le luxe et la paresse ?

Il obéissait à Toutankhamon comme il avait obéi à Akhénaton. Servir le roi lui apparaissait comme un devoir impérieux auquel il ne pouvait se soustraire. Il y avait aussi Akhésa... Akhésa qu'il aurait dû écarter, combattre, détruire et qu'il préservait en choisissant l'immobilisme. Cet immobilisme que ses partisans comprenaient de moins en moins.

Horemheb s'était isolé dans un pavillon ombragé au cœur du jardin de son immense villa thébaine. Ses secrétaires lui apportaient quantité de papyrus relatifs à l'économie du pays. À lui seul, le général réunissait les compétences de plusieurs ministres.

La main fine et soignée qui lui tendait un nouveau rouleau scellé n'appartenait pas à l'un des secrétaires. Horemheb leva la tête.

Akhésa, la grande épouse royale, le considérait d'un œil furieux. Horemheb se leva.

— Personne ne vous a annoncée, s'étonna-t-il.

— Votre jardin est bien mal gardé.

Akhésa était vêtue d'un simple pagne et d'une tunique de lin. Nul bijou n'ornait son corps admirable.

— Je comprends mal la raison de cette étrange visite, Votre Majesté.

— Cessez de vous moquer de moi, général ! Pourquoi avoir ordonné de profaner la sépulture de mon père et de détruire son corps ? Pourquoi le poursuivre d'une haine aussi implacable ?

Horemheb blêmit.

— Je n'ai donné aucun ordre en ce sens, affirma-t-il avec indignation. J'ai eu le respect de Pharaon, mon maître et je l'ai servi fidèlement. J'obéis aujourd'hui à votre époux, le roi légitime. Il n'est aucun acte dont j'aie à rougir. On vous a menti sur mon compte. Une telle machination est forcément l'œuvre du Premier Prophète d'Amon. Il cherche à nous dresser l'un contre l'autre, à faire croire au roi que je complote contre lui ! Voilà la vérité. Je vous le jure sur Imhotep, le sage des sages.

Le regard du général Horemheb ne vacillait pas. La grande épouse royale le dévisagea longuement, avec une froideur qui lui glaça le sang. Puis, sans hâte, elle repartit par le jardin.

Horemheb, la nuque appuyée contre un vieux cep de vigne, reprit avec difficulté sa respiration. C'était bien une reine d'Égypte qu'il avait eu face à lui, l'une de ces souveraines passionnées dont le caractère s'affirmait avec la pratique du pouvoir.

Le général prenait conscience que sa marge de manœuvre était beaucoup plus étroite qu'il ne l'avait imaginé. Les prêtres d'Amon s'étaient servis de lui comme d'un pion alors qu'il croyait les avoir soumis. Il avait commis un acte de vanité. La vie dans la cité du soleil lui avait fait oublier la malignité de certains religieux contre lesquels le défunt Akhénaton n'avait pas eu tort de lutter. L'avenir s'assombrissait. Le parti thébain tenait davantage à détruire tout souvenir de l'hérétique et à chasser sa fille du pouvoir qu'à installer Horemheb sur le trône.

Le général rassurait. Chacun le savait loyal, décidé à préserver l'intégrité de l'Égypte. Ce rôle n'arrangeait-il pas le couple royal comme les prêtres de Karnak ? Ces adversaires farouches n'avaient-ils pas conclu une alliance à ses dépens ?

La voie menant au trône devenait de plus en plus risquée. La sagesse ne consistait-elle pas à renoncer, à se contenter d'une position enviable ?

Mais il y avait Akhésa. Son parfum au jasmin, qui flottait encore dans l'air, rappelait la présence de cet être de feu. Un feu auquel Horemheb aimait tant se brûler.

La servante nubienne coiffait Akhésa avec la plus grande délicatesse, après lui avoir donné à boire du lait au miel. La grande épouse royale se regardait d'une manière distraite dans son miroir, trop préoccupée par la question qui l'obsédait : Horemheb avait-il menti ?

Elle ne parvenait pas à forger son opinion.

— Va-t'en, ordonna-t-elle à la Nubienne. C'est l'heure de ma leçon.

L'ambassadeur Hanis, qui patientait dans l'antichambre, fut introduit dans le cabinet de travail de la grande épouse royale. Comme chaque matin, pendant deux heures, il lui enseignait le hittite, le syrien et le phénicien. Akhésa, dotée d'une mémoire exceptionnelle, apprenait vite. Bientôt, elle parlerait presque couramment plusieurs langues étrangères et les écrirait avec facilité.

Entre le professeur et l'élève, un climat de complicité s'était instauré. Ils prenaient un égal plaisir à ce travail. Akhésa fut d'autant plus surprise par la mauvaise humeur apparente du diplomate.

— Que vous arrive-t-il, Hanis ?

— Je m'inquiète pour vous, Votre Majesté. Vous a-t-on laissé voir la momie de votre père ?

— Elle repose dans une petite tombe gardée en permanence.

— Le roi a-t-il reçu des nouvelles de Nubie ?

— Non. Il est inquiet pour son ami Houy, le vice-roi.

— Et vous, soyez inquiète pour notre pays. Si le Sud se révolte, il n'y aura plus d'extraction d'or. Les prêtres manqueront du précieux métal pour leurs temples et ils en rendront le roi directement responsable.

L'ambassadeur était lucide. Inutile de cacher la vérité. Toutankhamon et Akhésa étaient à la merci de la révolte des tribus nègres.

La journée était torride. La chaleur de l'été réduisait les travaux des champs à leur plus simple expression. Les paysans, nus, récoltaient les épis mûrs et dorés qu'ils coupaient haut sur la tige à l'aide d'une faucille. Ils buvaient à petites gorgées de l'eau fraîche de leurs outres et s'accordaient de longs moments de repos à l'ombre d'un tamaris ou d'un acacia.

Ne redoutant pas les ardeurs du soleil, Toutankhamon avait entraîné Akhésa sur les hauteurs dominant « le Sublime des Sublimes [1] », le temple construit par la reine Hatchepsout. S'aidant d'un bâton, le jeune roi avait ouvert le chemin, chassant des vipères qui, dérangées, se réfugièrent sous des roches brûlées par l'implacable lumière.

— Pourquoi aller si haut ? interrogea Akhésa, la bouche sèche.

— Continuons ! Nous sommes presque arrivés !

Toutankhamon se montrait enthousiaste, ignorant la fatigue. Akhésa l'avait rarement vu dans cet état d'exaltation. Ils franchirent une profonde crevasse et s'arrêtèrent sur un promontoire. La vue était si admirable qu'ils retinrent leur souffle. Émergeant d'un rideau d'arbres à encens entre lesquels étaient disposés des lauriers, les terrasses du temple s'élançaient vers la falaise servant de mur de fond au Sublime des Sublimes. L'architecte avait conclu un pacte avec la montagne, la recréant comme un hymne à la reine divinisée qui vivait ici pour l'éternité.

— Je te ferai construire un sanctuaire plus beau que celui-ci, promit Toutankhamon à son épouse. Maya, mon Maître d'Œuvre, dirigera lui-même les travaux.

Il l'avait prise tendrement par la taille. Le temple de la reine-pharaon, la beauté de ses jardins, le vert de la bande étroite des cultures entre le désert et le Nil... C'était l'Égypte aimée des dieux, la terre sacrée occupant le centre de l'univers. Akhésa éprouvait un formidable sentiment de puissance. Elle n'avait jamais vu le pays — son pays — de si haut. Nulle splendeur ne pouvait lui être comparée.

— J'ai trouvé cet endroit lorsque j'étais enfant,

1. Le temple de Deir el-Bahari.

expliqua Toutankhamon. Je m'y réfugiais pour échapper aux assommantes leçons de protocole.

— Et tu supportais l'intensité du soleil des heures durant ?

— Non... Passons cet éperon rocheux. Je vais te faire connaître un paradis.

Se collant contre la paroi et avançant avec prudence pour ne pas glisser, les deux jeunes gens progressèrent pendant quelques mètres avant d'apercevoir l'entrée d'une grotte. Tenant Akhésa par la main, Toutankhamon s'y engouffra le premier.

Il régnait là une merveilleuse fraîcheur. Sur le sol, un tapis de mousse. Dans la pénombre, le bruit délicieux de l'eau coulant avec régularité sur la pierre.

— Une source de la déesse Hathor, continua Toutankhamon. C'est moi qui l'ai découverte. Nakhtmin avait affirmé que seul un roi avait ce don. Je ne l'avais pas cru.

Akhésa se sentait envoûtée. Elle avait quitté le domaine lumineux du soleil pour pénétrer dans cet univers secret où l'on n'osait pas élever la voix, où le corps se détendait, jouissant de mille plaisirs indicibles que lui offrait la déesse cachée dans l'eau surgissant de l'océan d'énergie qui entourait la terre.

Les deux jeunes gens ôtèrent pagnes et tuniques, couverts de sable et de poussière. Nus, ils s'aspergèrent comme des enfants. La source était si douce qu'Akhésa se coucha sur le dos à l'endroit où elle jaillissait. L'eau tombait sur ses seins, coulait sur son ventre, inondait lentement ses cuisses. Toutankhamon la contempla, ivre de bonheur. Il remerciait les dieux de lui avoir donné la plus belle des femmes. Pour la garder, il lui fallait devenir un authentique pharaon.

Son enfance mourait dans cette grotte où il

avait passé tant d'heures à rêver. Elle cédait la place à l'amour, un amour fou pour la grande épouse royale dont les yeux brillaient de désir.

Il s'étendit sur elle. Ils s'aimèrent avec passion, baignés par l'eau fraîche de la déesse Hathor.

Au milieu de la nuit, Toutankhamon fut pris d'une toux incoercible. Le dîner avait pourtant été léger : de l'agneau rôti, de la purée de figues et du raisin. Il n'avait bu qu'une coupe de vin rouge qu'il avait jugé un peu amer et avait été victime d'un malaise. Ce dernier s'était accentué, malgré le vomitif administré par Akhésa.

La reine se souvenait des instants dramatiques où son époux avait craché du sang. Elle épongea la sueur qui perlait à son front avec un linge parfumé. Les médecins du palais préparèrent des potions qui plongèrent le monarque dans un profond sommeil.

Seule sur la terrasse supérieure du palais, les cheveux battus par le vent d'une nuit chaude, la grande épouse royale laissa son regard errer sur la cime de la montagne thébaine. Là régnait la déesse du silence qui avait accueilli en son sein les cris d'amour du couple royal. Comme Toutankhamon l'avait rendue heureuse dans le secret de cette grotte ! Pourquoi le destin le frappait-il encore ? Il fallait qu'elle cache sa maladie aux courtisans et au peuple. Un pharaon ne devait manifester aucune faiblesse. Le serment prêté par les médecins rendrait leur bouche muette. Mais leur science suffirait-elle à guérir le maître de l'Égypte ?

Sur le toit du grand temple d'Amon-Rê de Karnak, le Premier Prophète, appuyé sur sa canne, observait le ciel en compagnie des astrologues qui déchiffraient dans les étoiles la destinée de Pharaon. Depuis l'origine des dynasties, ils enregistraient le déplacement des planètes et divisaient le ciel en décans pour mieux en comprendre les lois.

Voilà plus de dix années que le Premier Prophète, qui avait reçu l'enseignement des astrologues comme n'importe quel autre prêtre, n'avait pas passé une nuit en leur compagnie. La présence du personnage le plus puissant de Karnak émut le plus jeune d'entre eux au point de lui faire manquer sa visée sur l'« Horus rouge [1] ». Le vieillard réclama les conclusions des savants et leur intima l'ordre de garder secret ce qu'ils avaient vu dans les étoiles. Puis il leur demanda de quitter le toit du temple et de regagner leurs modestes logements aménagés à l'intérieur de l'enceinte sacrée.

Le Premier Prophète avait besoin d'être seul. Seul avec les dieux. Les décisions qu'il avait prises lui pesaient. Il n'avait jamais eu le sentiment d'intervenir aussi directement dans les affaires de l'État, d'orienter le cours du destin de manière aussi délibérée. Mais le couple royal lui avait-il laissé le choix ? N'était-il pas lui-même esclave d'une hiérarchie qui lui dictait sa conduite ? Akhénaton ne s'était pas trompé... Les prêtres pouvaient devenir les plus scélérats des hommes. Lui, qui était leur chef suprême, se révélait incapable de les transformer. Bientôt, il comparaîtrait devant le tribunal d'Osiris. Et c'est au juge de l'au-delà qu'il aurait à rendre des comptes.

Il ne redoutait pas ce moment. Il était trop vieux pour résister à la volonté divine qui l'avait conduit à se dresser contre la grande épouse royale. Mais Akhésa n'avait-elle pas commis une folie en restant fidèle à la mémoire de son père ?

1. La planète Mars.

N'avait-il pas le devoir de détruire les ennemis d'Amon, du dieu qui faisait la grandeur de l'Égypte ?

Dans la clarté lunaire se détachaient les façades des temples et les colonnades, couvertes de reliefs montrant Pharaon en adoration devant les divinités. Ici, tout était sérénité. Sans doute parce que les hommes se taisaient et passaient comme des ombres sous les portiques où seuls les signes sacrés, les hiéroglyphes gravés dans la pierre d'éternité, laissaient entendre leur voix secrète.

« Trop tard », jugea le Premier Prophète. « Trop tard pour reculer. »

Akhésa avait veillé sur son mari la nuit durant. Toutankhamon était plongé dans une sorte de léthargie. Elle n'accepterait pas qu'il meure. Elle avait placé sur son cœur un scarabée portant des phrases extraites du « Livre de sortir dans la lumière ». Le texte garantissait une heureuse évolution de la maladie. Le cœur du roi demeurerait dans sa poitrine. Il ne serait pas arraché par les puissances démoniaques.

Akhésa se sentait animée d'une si farouche énergie qu'elle vaincrait les démons qui s'étaient introduits dans le sang de Toutankhamon. Elle avait lutté contre eux pendant les heures dangereuses où le soleil traversait les régions ténébreuses, peuplées de dunes entre lesquelles se faufilait un gigantesque serpent cherchant à avaler la lumière. A chaque début d'heure, Akhésa avait planté un couteau dans un reptile en cire qu'elle plongeait dans la flamme d'un brasier.

Quand une lueur rouge, encore faible, avait déchiré le voile recouvrant la montagne thébaine, Akhésa avait compris que le nouveau soleil sortait du lac de flammes après avoir triomphé du dragon. Le roi, lui aussi, avait vaincu le néant. Sa respiration était devenue très calme. Son visage s'était coloré à nouveau. Épuisée, Akhésa s'était laissée glisser dans le sommeil.

Mais son repos n'avait guère duré. Les cheveux en désordre, les yeux fous, sa servante nubienne l'avait réveillée en poussant des cris.

— Maîtresse ! C'est horrible, horrible ! Il faut y aller tout de suite... Tout de suite !

— Aller où ? Explique-toi !

— Dans la vallée des tombes... Ils ont osé.

Akhésa avait fait appel à Nakhtmin qui, prenant la tête d'une escorte, la conduisit jusqu'à l'entrée de la vallée aride, s'ouvrant au pied de la cime thébaine. Là étaient enterrés les puissants souverains qui avaient fait la gloire de Thèbes. En ces lieux désolés, brûlés par un soleil implacable, régnait d'ordinaire un épais silence. L'attroupement d'hommes armés, criant fort et courant çà et là près de l'entrée de la Vallée des rois, n'en était que plus incongru.

Distribuant des ordres brefs mais impérieux, Nakhtmin rétablit l'ordre en quelques minutes. Les gardiens retournèrent à leur poste, qui sur les promontoires, qui dans les anfractuosités naturelles de la roche. La grande épouse royale s'avança sur l'étroit sentier menant au cœur de la nécropole. Elle passa devant des tombeaux fermés. Sur le seuil de l'un d'eux trois artisans préparaient du plâtre qu'ils broyaient à l'aide d'un pilon. Il servirait à enduire la surface d'une salle destinée à être décorée de peintures et de colonnes de hiéroglyphes. Les hommes levèrent à peine les yeux vers la reine, répétant leurs gestes avec lenteur et précision.

Akhésa marchait vite, vers l'endroit d'où s'élevait une fumée noire. Jusqu'à cet instant, elle avait refusé de croire à l'information colportée par sa servante. En approchant de la tombe où avait été déposée la momie d'Akhénaton, il lui fallut accepter l'effroyable réalité.

La sépulture avait été incendiée.

L'enquête dura plusieurs jours. Akhésa lut avec attention les rapports détaillés que lui fournissait Nakhtmin, chargé de coordonner les interrogatoires des témoins. Le drame s'était produit pendant la nuit. Aucun des artisans de la confrérie de Deir el-Médineh n'était formellement accusé. L'un d'eux, négligent, avait dû oublier une torche allumée. La flamme avait gagné tout le tombeau, détruisant la momie du pharaon hérétique.

Folle de rage, Akhésa jeta les documents sur le sol. On la prenait pour une simple d'esprit. Les artisans, dont elle connaissait la plupart des secrets après son initiation à la confrérie, utilisaient des mèches spéciales qui ne dégageaient aucune fumée. Considérées comme des produits de haut prix, elles étaient collectées et inventoriées avec soin au terme de chaque journée de travail.

Elle avait la certitude qu'il s'agissait d'un incendie criminel. Qui d'autre que le Premier Prophète d'Amon était assez cruel pour s'acharner ainsi sur le corps d'un ennemi disparu ? Qui d'autre aurait souhaité l'anéantissement du pharaon dont l'âme, privée du support de la momie, ne reviendrait jamais sur terre ?

Akhésa avait espéré que le corps d'Akhénaton demeurerait vivant, grâce à la magie du culte funéraire, et qu'il brillerait comme une étoile impérissable capable de guider, longtemps encore, les adorateurs du soleil de vérité.

Elle avait péché par naïveté. Akhénaton restait dangereux aux yeux des prêtres d'Amon. Ils avaient choisi la plus impitoyable des solutions, coupant le lien ultime existant entre Akhésa et son père. Condamnée à taire sa foi et à la vivre dans la solitude, la grande épouse royale se sentit privée de volonté de combattre. Perdre son père pour la seconde fois anéantissait l'espoir de voir renaître une Égypte débarrassée des traîtres et des lâches. Sans lui, sans la présence de son corps de lumière veillant sur son pays depuis les ténèbres du tombeau, elle n'aurait plus la force de lutter contre une hiérarchie de prêtres aux mille yeux et aux mille oreilles.

La grande épouse royale sortit du palais pour faire quelques pas dans le jardin suspendu, indifférente aux senteurs suaves et aux couleurs enchanteresses des massifs de fleurs. La tête vide, traversée de souvenirs brisés, elle avançait avec peine.

Levant les yeux vers le soleil, elle pleura.

Le roi Toutankhamon, encore très faible, fit en vain le siège des appartements de son épouse. Akhésa ne recevait personne, pas même lui. Comprenant sa peine, il n'en était pas moins impatient de la revoir. Être privé de sa présence le réduisait à l'inactivité. Renvoyant ses conseillers, Toutankhamon écrivit une longue lettre, tentant de persuader son épouse qu'ils seraient plus forts, ensemble, pour affronter l'adversité. Il lui chantait l'amour, leur amour, la seule force capable d'orienter le destin en leur faveur. La servante nubienne la porta à sa maîtresse. Mais Akhésa resta muette.

La nuit tombée, Toutankhamon s'assoupit. Les membres douloureux, il sombra dans un sommeil peuplé de rêves tourmentés où des démons à tête d'âne et de lièvre essayaient de lui couper le cou à l'aide d'immenses couteaux dégoulinant de sang. L'un d'eux, borgne et unijambiste, le saisit par l'épaule. Le contact de ses doigts glacés l'éveilla en sursaut.

Toutankhamon ouvrit des yeux affolés. Devant lui se tenait son ami Houy, le visage grave, enfin revenu de la Nubie révoltée.

28

Tous les courtisans de Thèbes avaient gagné au petit matin le palais royal. Les bruits les plus fous circulaient. On annonçait le départ du roi pour le grand Sud, la mort subite de la grande épouse royale, le retour en Égypte du cadavre supplicié du vice-roi de Nubie, Houy, et dix autres événements tragiques plongeant la dynastie régnante dans le désarroi. Le Premier Prophète d'Amon et ses acolytes s'étaient déplacés. Le vieillard, devant lequel s'étaient inclinés les gardes de la salle d'audience, chargés d'exercer un contrôle sévère sur les arrivants, avait pris place sur un fauteuil doré, au pied des marches de l'estrade sur laquelle étaient installés deux trônes.

Les murmures s'éteignirent quand parurent le roi et la reine, précédés d'un maître des cérémonies maniant une longue canne.

Le monarque portait la couronne bleue et serrait dans la main droite le sceptre du berger, rassembleur de son peuple. Les fards masquaient son teint pâle.

À la stupéfaction de la cour, Akhésa avait renoncé au maquillage savant qui mettait si bien en valeur son visage. Vêtue d'une longue robe de lin plissée, les cheveux tirés en arrière et maintenus par un diadème, elle semblait indifférente, presque absente. À la jeune fille flamboyante avait succédé une femme blessée portant un fardeau trop lourd pour elle.

Les suppositions se confirmaient : Akhésa ne survivrait pas longtemps à la destruction de la momie de son père. Bientôt, une autre épouse royale siégerait aux côtés de Toutankhamon. Les bas-côtés de la salle d'audience étaient pleins. Sur un signe du pharaon, les gardes ouvrirent la porte à deux battants. Fusèrent des cris d'admiration lorsque s'avancèrent un Nubien tenant en laisse une petite girafe, deux autres conduisant des bœufs nains, d'autres encore portant des boucliers en bois recouverts de peaux de léopard ou d'antilope, des parasols, des vases remplis d'or et de jaspe, des tabourets pliants, des défenses d'éléphant. Les nègres faisaient preuve d'une remarquable élégance : perruque courte dans laquelle était plantée une plume d'autruche, fins colliers d'or, robes à manches courtes avec un nœud bouffant à la taille.

Les cadeaux déposés aux pieds du couple royal, la procession vint à son terme. Entra le vice-roi de Nubie, Houy, l'allure martiale et le front haut. Il marcha avec lenteur, sentant converger vers lui les regards inquiets de la cour. Cette présentation de tributs n'avait-elle pas été organisée pour atténuer la gravité des nouvelles dont Houy était porteur ?

Le vice-roi s'inclina devant les souverains.

— Pharaon a vaincu l'Asiatique et le Nègre, déclara-t-il d'une voix forte. Le roi est un guerrier invincible, un lion puissant qui ignore la défaite. À Pharaon, mon maître, j'ai la joie d'apprendre que la révolte des tribus nubiennes a été matée. La province est calme. Ici, sont présents les chefs de clan avec leurs épouses et leurs enfants. Ils viennent célébrer la grandeur de l'Égypte. L'or ne manquera pas. Il continuera à orner les murs des temples et les statues des dieux.

Des acclamations saluèrent les paroles du vice-roi de Nubie. Toutankhamon se leva, descendit de l'estrade et passa au cou de son fidèle ami trois lourds colliers d'or. Des enfants noirs dansèrent, agitant des branches de palmier tandis que résonnaient des bruits de claquettes. La liesse gagna le palais entier, puis les rues avoisinantes, les quartiers populaires et les quais où accostaient de nombreux bateaux d'où l'on déchargeait en chantant des cages contenant des panthères, des caisses remplies d'épices et des sacs d'or.

Ce n'était pas seulement Houy qui triomphait, mais aussi et surtout Toutankhamon. Son armée venait de remporter un premier succès significatif, prouvant que le dieu Amon étendait bien sa protection sur le monarque. Le roi offrait au temple de Karnak des monceaux d'or qui ravissaient les prêtres.

Toutankhamon affirmait sa capacité à régner. Il devenait Pharaon.

Le général Horemheb laissa derrière lui sa longue suite de serviteurs pour entrer dans la partie secrète du temple de Karnak. Accueilli par un jeune prêtre au crâne rasé, il traversa une salle à colonnes où de petites ouvertures ménagées dans les dalles du plafond créaient des faisceaux de lumière éclairant des scènes d'offrande. Une paix rassurante régnait en ces lieux de silence et de méditation. Comme tout Égyptien de haut rang, Horemheb vivait, chaque année, une retraite à l'intérieur du lieu saint. Il quittait le monde, oubliant le quotidien, s'immergeait dans le sacré, purifiant ainsi son regard. Aucun homme influent n'avait le droit de rester trop longtemps dans le temporel. Seul un contact direct avec le divin redonnait un jugement juste.

Horemheb aimait ces périodes d'isolement. D'ordinaire, il y gagnait un équilibre serein, un détachement nécessaire pour mener à bien ses projets. Mais cette fois, son esprit était trop préoccupé pour goûter l'harmonie secrète de ces pierres indifférentes aux querelles humaines.

Le général s'arrêta devant la salle du trésor où travaillaient deux artisans ciselant des hiéroglyphes sur des vases en or. Un troisième se livrait à une opération délicate, consistant à préparer une soudure, mélange d'or, d'argent et de cuivre. Ces spécialistes quittaient rarement l'enceinte sacrée, occupés à fabriquer des chefs-d'œuvre d'orfèvrerie pour le dieu Amon. Le général leur accorda un regard d'envie. Eux ne connaissaient ni l'angoisse ni l'ambition. Sans doute étaient-ils inconscients de leur bonheur. Répétant les mêmes gestes, jour après jour, mois après mois, année après année, ils atteignaient la perfection. Ce qu'ils créaient les créait. Horemheb avait connu, avant son éducation de scribe, les joies transcendantes du travail manuel. Il ignorait alors qu'elles lui apparaîtraient un jour comme un luxe inaccessible.

Le général aimait habiter une petite maison de trois pièces sur le bord du lac sacré où, en compagnie des prêtres, il se purifiait à l'aube. Refusant la présence de tout serviteur, Horemheb passait la journée à lire et à relire des textes religieux ou bien à se promener dans les salles des temples pour déchiffrer les rituels inscrits sur les murs. Hors de son époque, hors du temps des hommes, il revivait l'origine du monde en compagnie des dieux et des déesses dont les figurations s'animaient devant ses yeux. Il emplissait sa poitrine du souffle de l'Égypte rituelle sur laquelle était fondée la civilisation la plus puissante du monde.

Sur le seuil de la demeure réservée au général Horemheb était assis un vieil homme, le regard perdu dans le ciel. En reconnaissant le Premier Prophète, Horemheb sut qu'il devait renoncer à la paisible retraite espérée.

Les deux hommes se saluèrent puis entrèrent dans la pièce principale au mobilier austère. Le vieillard resta debout, appuyé sur sa canne. Horemheb s'assit sur un tabouret à trois pieds, sans perdre du regard son interlocuteur. Le général ressentit cette entrevue improvisée comme un piège. Il n'éprouvait pour le Premier Prophète qu'une estime glaciale, le sachant retors et obstiné.

— Soyez sans la moindre crainte, recommanda le vieillard. Une telle rencontre n'est pas très protocolaire, je l'avoue... Mais il faut parfois oublier la rigidité de l'étiquette, ne croyez-vous pas ?

— Karnak est votre royaume, répondit Horemheb. Vous y agissez à votre guise.

Le Premier Prophète poussa un profond soupir.

— Certes pas, général. Je suis le serviteur du dieu Amon et j'ai le devoir de traduire sa volonté sur cette terre. Peu importent mes goûts et mes préférences. Amon a rendu l'Égypte riche et victorieuse. Je ne veux pas que cette prospérité soit anéantie par les folies d'un monarque incompétent. Nous sommes au bord de l'abîme. Vous en êtes conscient.

— Il est vrai, reconnut Horemheb. Mais je suis le serviteur de Pharaon. Ce que je pense n'a aucune valeur. Mon rôle consiste à obéir aux ordres que je reçois.

— Et si vous n'en recevez plus ? Si vous êtes écarté de toute décision importante ?

Horemheb ne trouva aucune réplique convaincante.

— S'il en est ainsi, je viendrai m'installer dans ce temple pour y revêtir l'habit des prêtres et m'éloigner d'un monde devenu hostile.

Un sourire dédaigneux anima le visage ridé du Premier Prophète.

— Ne vous mentez pas à vous-même, général ! Vous êtes né pour le pouvoir. L'ambition vous poursuivra, partout où vous irez. Isolez-vous au fond du désert d'Orient, elle viendra vous y chercher. Vous avez l'étoffe d'un roi. Pourquoi renoncer à cette fonction sublime ?

Horemheb était ébranlé. Le vieillard lisait dans sa pensée.

— Je n'ai ni à renoncer ni à exiger. Un couple jeune est monté sur le trône. Pourquoi s'interroger sur l'avenir ?

— Parce qu'il est entre nos mains. Les vôtres et les miennes. Mais pas les unes sans les autres. Le conseil des Prophètes s'est réuni, général. Il a décidé de vous aider à reconquérir la position que vous avez perdue. En attendant mieux, beaucoup mieux…

— Pourquoi cette sollicitude ? Qu'espérez-vous de moi en échange ?

— J'apprécie ces questions, indiqua le vieillard. Elles prouvent que vous êtes bien l'homme de la situation. Toutankhamon est un roi faible à l'intelligence fragile. Nous pourrions cependant en faire un allié s'il n'était affligé d'un irrémédiable défaut : être tombé amoureux d'une hérétique.

Horemheb sursauta.

— La grande épouse royale ? N'a-t-elle pas montré sa fidélité à Amon ?

— Cette femme est aussi ambitieuse que vous, général. Elle possède une arme que vous maniez mal : la duplicité. J'ai pourtant réussi à la prendre à son propre jeu. Simple manque d'expérience de sa part... Elle apprend vite, très vite. Bientôt, elle aura acquis une autorité telle qu'il me sera presque impossible de la combattre.

— Pourquoi cet acharnement ? s'étonna Horemheb. Que reprochez-vous donc à Akhésa ?

— De vouloir prolonger l'œuvre maléfique de son père, répondit le Premier Prophète avec gravité. Lorsqu'elle aura percé tous les secrets du gouvernement de l'Égypte, elle portera ses coups contre les prêtres d'Amon et fera ressurgir la religion d'Aton. L'hérésie envahira à nouveau notre pays et le condamnera à une déchéance définitive. Ni vous ni moi n'avons le droit de l'accepter. Nous deviendrions des lâches aux yeux d'Amon.

Le Premier Prophète d'Amon avait raison. Horemheb avait abouti aux mêmes conclusions. Mais entrer en conflit ouvert avec Akhésa, c'était la perdre à jamais.

— Vous n'avez pas le choix, ajouta le vieillard. En alliant notre expérience, nous pouvons remettre l'Égypte sur le bon chemin. C'est le dieu suprême qui vous convie à lui offrir votre bras, général. Acceptez-vous ?

Le regard du Premier Prophète devint plus glacial encore. Il ne cherchait même pas à convaincre son interlocuteur. Il lui annonçait de la manière la plus directe que le combat serait impitoyable.

Fallait-il renoncer à l'Égypte ou à Akhésa ? Fallait-il rejeter l'amour d'une femme pour celui d'un empire ? Fuir aujourd'hui, c'était se haïr demain, tout perdre.

— Quelle est votre stratégie ? demanda le général Horemheb au Premier Prophète d'Amon.

Après maintes hésitations, Toutankhamon avait

pris la décision de forcer la porte de son épouse. Il ne supportait plus son absence.

Il la trouva allongée sur un lit, les bras le long du corps, comme morte. Fou d'inquiétude, il lui prit la main droite et l'embrassa longuement.

— Ton père est loin, dit-il. Vis pour lui. Vis pour nous. C'est ainsi que sa mémoire sera préservée. Si tu renonces à lutter, les prêtres d'Amon deviendront tout-puissants.

Toutankhamon avait parlé trop vite. Ses paroles s'étaient entrechoquées. Il avait renoncé à lui clamer son amour pour évoquer une autre passion, celle du pouvoir.

Akhésa tourna la tête vers son époux.

Ses yeux étaient emplis de tristesse.

— Mon père a combattu les prêtres et il a échoué. Nous ne réussirons pas davantage.

Toutankhamon posa la tête sur le ventre d'Akhésa.

— Toi, tu seras plus prudente et plus forte ! Et je serai à tes côtés...

Il était parvenu à lui arracher un sourire attendri.

— Nous allons sortir de Thèbes, Akhésa. Notre peuple attend la crue. Nous devons la lui offrir.

Akhésa se leva et se dirigea vers la fenêtre de sa chambre. Un rayon de soleil la nimba, dévoilant son corps sous la fine tunique de lin.

— Je suis prête, mon roi.

Akhésa et Toutankhamon quittèrent le palais en chaise à porteurs, accompagnés d'une escorte réduite. La promenade commença dès les premières heures du jour pour éviter les ardeurs du soleil. Le premier dignitaire à les accueillir fut un maître de domaine régnant sur quantité de champs et de troupeaux. Il commençait à procéder au recensement quand le couple royal arriva près du bureau en bois léger dressé au milieu d'une palmeraie.

Le maître du domaine se prosterna devant Pharaon, louant le ciel de lui avoir accordé la grâce insigne de le voir. Scribes et travailleurs agricoles poussèrent des cris d'allégresse, sachant que cette visite se traduirait par un jour de repos supplémentaire.

Devant le bureau, un homme était couché face contre terre. Deux scribes, bâton en main, s'apprêtaient à le rouer de coups.

— De quel crime s'est-il rendu coupable ? interrogea Akhésa.

— Il a déplacé une borne et faussé le cadastre, Votre Majesté. L'affaire est grave. La faute exige un châtiment sévère, une bastonnade.

— Que cet homme soit gracié, exigea la grande épouse royale et qu'on le laisse libre. Mais s'il commet une nouvelle faute, que la peine soit aggravée et aussitôt appliquée.

Éberlué, les yeux remplis de reconnaissance, le paysan courut vers Akhésa, qui venait de descendre de la chaise à porteurs, et lui baisa les pieds.

— Guidez-nous, demanda la grande épouse royale au maître du domaine. Je veux mieux connaître vos terres et vos gens.

Flatté par l'immense honneur qui lui était accordé, le propriétaire s'acquitta de sa tâche avec un entrain communicatif. Il évoqua les trois saisons de l'année égyptienne, celle de la « sortie » où la nature émergeait des eaux de l'inondation commençant à se retirer, celle de la sécheresse où les terres, ensemencées par la lumière et l'irrigation, portaient d'abondantes récoltes et celle, enfin, de l'inondation que chacun attendait avec une impatience mêlée d'angoisse. La crue serait-elle trop violente ou insuffisante ? Surviendrait-elle au bon moment ? Pharaon aurait-il assez d'influence sur le dieu Nil pour le convaincre de se montrer généreux envers les humains ?

En ce mois d'été, à quelques jours, quelques heures peut-être de la montée des eaux, seule la crue occupait les conversations. Le fleuve était à son niveau le plus bas. Partout, la terre était craquelée, mourante.

Akhésa reprenait courage. La campagne égyptienne la revivifiait. Les cris joyeux des enfants, sur son passage, lui redonnaient goût au bonheur.

Le couple royal et le maître du domaine s'arrêtèrent au bord du Nil. Sur un îlot herbeux, un crocodile se prélassait.

— Le roi Toutankhamon déclenchera une crue abondante, affirma Akhésa. Les berges reverdiront, la campagne refleurira. Les moissons rempliront les greniers. On dansera sur les aires et le nom du roi sera acclamé.

Le roi et la reine s'étaient rendus à Assouan, sur l'île du début du monde où avait été creusée la grotte d'où jaillissait le Nil. Le dieu bélier maintenait le flot sous ses sandales. Lorsqu'il soulevait le pied, il libérait l'eau. Encore fallait-il que de justes prières lui fussent adressées, ainsi qu'une quantité d'offrandes suffisante. Dans le cas contraire, la crue n'avait pas lieu et l'Égypte souffrait de la famine.

Un bon roi offrait au pays une bonne crue. À la fois dieu et homme, il devait être capable de rendre la terre fertile. C'est ce qu'enseignaient les sages. C'est ce que savait le peuple.

Toutankhamon tremblait. Il contrôlait mal sa nervosité. À ses côtés, Akhésa ne semblait nullement impressionnée par la présence d'une cohorte de courtisans et du clergé du dieu bélier au grand complet. Le pharaon jouait son trône en voulant prouver l'étendue de ses pouvoirs magiques. S'il échouait, il ne lui resterait plus qu'à s'enfermer dans son palais et à renoncer au pouvoir.

Akhésa tendit à son mari un rouleau de papyrus sur lequel étaient inscrites des prières au Nil. Du haut du promontoire où il se tenait, le roi jeta dans le fleuve le texte sacré, espérant que cette nourriture satisferait le dieu Nil. Lancé par une main hésitante, le volume heurta une roche saillante, rebondit sur la pente abrupte et s'enfonça enfin dans un tourbillon qui s'était formé à l'endroit précis où la tradition situait la source du Nil.

Akhésa pria en silence. Elle invoqua Aton, le suppliant d'accorder le succès à Toutankhamon.

À présent, il fallait attendre. Peut-être pendant des heures, peut-être jusqu'à la fin du jour. Toutankhamon se voyait courbé, vaincu, regagnant la barque royale sous la brillance accusatrice de la lune. La lune... C'était elle, bien qu'elle fût invisible dans le bleu du ciel, qui devait aujourd'hui même déclencher la montée des eaux. Mais les astrologues s'étaient déjà trompés...

Akhésa redoutait que Pharaon, accablé par la chaleur et la fatigue, ne fût victime d'un nouveau malaise. Le poids de la couronne et des sceptres risquait de devenir insupportable. Les officiels présents à la cérémonie guettaient l'issue de l'épreuve. Ils seraient aussi impitoyables en cas d'échec que laudatifs en cas de succès. La grande épouse royale n'espérait aucune compassion de leur part et ne s'accordait aucune excuse. Régner ne tolérait pas la faiblesse. Si Aton ne l'exauçait pas, s'il ne fraternisait pas avec elle, son grand dessein ne serait qu'utopie.

À l'exception du petit tourbillon qui diminuait d'intensité, le Nil, d'une délicate couleur bleue, demeurait désespérément calme. Toutankhamon avait les yeux fixes. Il vacillait sur ses jambes.

Akhésa le prit par le bras, l'aidant à conserver son équilibre. Lorsqu'il sentit le contact de sa peau, le roi puisa au fond de lui-même une ultime énergie. Peu lui importait de devenir un grand monarque. S'il voulait vivre et vaincre, c'était pour rester aux côtés de la femme qu'il aimait. Le manche du sceptre en or lui brûlait la main.

Soudain, l'eau du fleuve se troubla. Le bleu se teinta de rouge sombre. Le limon provenant de l'Afrique lointaine arrivait en Égypte. Et le flot gonfla, gonfla, salué par les acclamations des prêtres.

Le Nil, jeune homme bondissant, éperdu de désir pour la terre d'Égypte qu'il fécondait lors de noces de lumière et de chaleur, recouvrait peu à peu les campagnes. Une fois encore, les astrologues avaient déchiffré dans le ciel le message de l'étoile Sothis annonçant la canicule et la montée des eaux qui atteindraient leur plus haut niveau au cours du mois de septembre. Le mince filet verdoyant de la Vallée, bande fertile se frayant avec peine un chemin entre deux déserts, devenait un lac d'où n'émergeaient que les villas et les villages, construits sur des buttes.

C'était le temps du repos. Pendant que le fleuve divin déposait son limon fertilisateur sur le sol, les humains se déplaçaient en barque d'une agglomération à l'autre, rendaient visite à des amis éloignés, organisaient des fêtes et des joutes nautiques.

C'était le temps qu'avait choisi Toutankhamon pour faire oublier à Akhésa le drame qui lui avait déchiré le cœur et les soucis de la cour. Après son triomphe à Assouan, où il avait prouvé qu'il était bien détenteur du plus fabuleux des pouvoirs magiques, celui de faire naître la crue, le jeune roi jouissait d'une popularité grandissante. Il ressentait, sous la politesse conventionnelle des dignitaires, une certaine admiration. L'exploit du monarque, largement diffusé auprès des chefs de province par les courriers de la poste royale, lui avait attiré une réelle reconnaissance. De multiples indices indiquaient que cette crue serait l'une des plus bénéfiques jamais connues par les Deux Terres. Les rédacteurs des Annales prévoyaient que le règne de Toutankhamon serait glorieux. Le monarque était fier de lui.

Akhésa sortait peu à peu d'une trop longue période d'abattement. Elle éprouvait la merveilleuse sensation de voir son pays pour la première fois. Elle vivait de l'intérieur la puissance du fleuve, s'identifiait à ce paysage nourri d'une vie cachée, s'enflammait d'un amour passionné pour ce peuple qui savait vivre du soleil et de l'eau.

Le bateau royal, tantôt poussé par le vent, tantôt mû par une vingtaine de rameurs qui chantaient pour soutenir la cadence, glissait sur l'immense étendue liquide. Barques de pêche, bacs, barges chargées de pierres ou de nourriture le croisaient sans cesse, tant la circulation était intense. Un concert d'acclamations, s'ajoutant à celles des villageois regroupés sur les buttes émergées, saluait le couple régnant.

La proue était ornée d'un œil qui, discernant la moindre embûche, assurait au bateau de Pharaon un paisible voyage. À cette magie efficace, s'ajoutait l'expérience du marin qui, à l'aide de sa perche, sondait régulièrement le fleuve.

Comme s'il répondait au vœu d'Akhésa, le souffle du nord gonfla la voile rectangulaire fixée à une vergue hissée à l'aide d'une drisse. L'homme de poupe changea l'inclinaison de la longue rame gouvernail. La vitesse augmenta aussitôt. À la cuisine, installée à l'avant, on s'affaira pour rôtir la viande de mouton et apporter la bière fraîche.

Akhésa et Toutankhamon rentrèrent dans leur cabine, dressée au milieu du bateau. Le grand drap blanc servant de toit avait été replié. Le soleil pénétrait à flots dans la confortable pièce, meublée de sièges, de coffres de bois et de coussins chamarrés. La grande épouse royale s'agenouilla, gardant le buste droit.

— Je vais demander à un serviteur de nous donner de l'ombre, dit le roi.

— Non, protesta Akhésa. Assieds-toi sur ton trône et donne-moi à boire.

Elle se tourna vers lui avec une suprême élégance et lui présenta une coupe en or dans laquelle il versa de l'eau fraîche. Des yeux, il savourait le corps épanoui d'Akhésa. Sa robe transparente nouée sous les seins laissait entrevoir son ventre.

— Connais-tu ce poème que l'on apprend aux jeunes filles du palais ? demanda-t-elle d'une voix chantante, si étrangement semblable à celle de Néfertiti : « Je suis tienne, mon amour, comme un jardin verdoyant où sont semées des fleurs au doux parfum. Quand ta main se pose sur moi, je frissonne de bonheur. Je suis le canal de ton désir. Laisse ton cœur bondir vers moi. »

Akhésa posa la coupe. Toutankhamon s'agenouilla à son tour, embrassant le cou de la reine. Serrés l'un contre l'autre, ils étaient baignés par le soleil d'été.

La saison de l'inondation fût un enchantement. Le roi et la reine s'offrirent le luxe de flâner, de séjourner çà et là au gré de leur fantaisie, de faire l'amour des heures durant en répondant au moindre appel de leur désir. Loin d'eux les dossiers politiques, les entrevues avec les ministres, les conseils du « divin père » Aÿ. Ils profitaient à corps perdu d'une jeunesse que la royauté leur volait.

L'euphorie dura jusqu'au matin où leur bateau accosta le débarcadère de Khemenou[1], la ville sainte du dieu Thot.

1. Connue sous le nom grec d'Hermopolis et le nom arabe d'Ashmounein. Sa nécropole est el-Bersheh.

29

Le roi et la reine visitèrent avec curiosité la fabrique de papyrus dont les bâtiments s'étalaient le long de la rive, non loin de la nécropole où étaient enterrés les grands prêtres de Thot. L'illustre cité du dieu des scribes était fort proche de la cité du soleil, mais Akhésa, malgré l'invitation de Toutankhamon, refusa de s'y arrêter. Elle ne voulait plus jamais la revoir. La capitale qu'elle construirait occuperait, comme celle de son père, un site que le pied de l'homme n'avait jamais foulé.

Des tiges d'ombellifères, dont certaines étaient hautes de plus de six mètres, avaient été soigneusement coupées dans les marais où poussaient de véritables forêts de papyrus. Transporté en barque, l'abondant matériau était livré à des ouvriers spécialisés. Après avoir étalé sur des linges plusieurs bandes de papyrus gonflées de sève, disposées en croisillons, ils les recouvraient d'un autre linge et les battaient avec un maillet en bois. Les coups devaient être frappés avec régularité, d'une main légère. Les bandes se collaient les unes aux autres, se fondaient entre elles sans adjonction d'un quelconque produit. Ainsi était obtenue une immense feuille, à la fois solide et souple, qu'il suffisait ensuite d'aplanir, de polir et de découper pour obtenir une parfaite surface d'écriture. Séché au soleil, le papyrus prenait une belle teinte jaune. Si la moelle de la plante offrait du papier, son tronc n'était pas négligé, servant pour la fabrication des barques. Quant aux fibres, elles devenaient cordes, nattes, paniers ou sandales.

« Écrire, avait indiqué Hanis à Akhésa lorsqu'il lui enseignait la littérature, c'est faire exister. Le Verbe est vie et connaissance. Qu'aucune parole ne soit gaspillée. Les écrits sont l'immortalité des sages. » Ce discours prenait aujourd'hui toute sa force, par la présence de ces hommes patients et scrupuleux qui travaillaient pour Pharaon. Les papeteries étaient monopole royal. De grandes quantités de papyrus étaient livrées chaque semaine aux confréries de scribes constituées dans chaque cité importante. Textes religieux, rituels, décrets, comptabilité... Une armée pacifique consignait par écrit le moindre détail de la vie quotidienne et sacrée du pays.

La grande épouse royale quitta le cortège officiel et s'approcha d'un vieux scribe édenté au menton pointu. Assis à l'ombre, le dos bien calé contre le mur de la fabrique, il avait sur les genoux une palette usée au fil des ans. D'un pinceau très fin, il écrivait à l'encre noire, sur un papyrus de grande qualité, un hymne au dieu Thot, son saint patron.

Lorsque Akhésa s'approcha de lui, il ne leva même pas la tête, demeurant concentré sur son travail. Amusée, puis intriguée, elle l'interpella.

— Savez-vous qui je suis ?

— La grande épouse royale, répondit-il sans bouger. Si je ne vous salue pas mieux, Votre Majesté, c'est que je suis malade et sans forces. Les moustiques m'agressent à chaque instant. Mes muscles sont raides. Des vers attaquent mes dents. Je dois recopier des heures durant des textes difficiles sans commettre la moindre faute. Et mes yeux... ils sont gonflés et rougis. Je ne veux pas que vous les voyiez.

Émue, Akhésa demanda au vieux scribe sa palette et son pinceau. Il les lui donna au prix d'un geste douloureux. Elle l'aida à se lever et le conduisit, malgré ses protestations, vers le cortège royal qui suivait le roi dans sa visite des fabriques de papyrus. Elle le confia à l'intendant de Pharaon.

— Cet homme a suffisamment travaillé, déclara-t-elle. Qu'il soit soigné et qu'on l'installe dans une villa confortable avec des serviteurs.

Elle se détourna aussitôt, refusant le regard de reconnaissance que lui adressait le vieux scribe, et reprit sa place aux côtés de Toutankhamon, mécontent de l'absence de son épouse.

— Viens vite, Akhésa. Un grand personnage nous attend ici depuis plusieurs jours. Il nous a préparé un somptueux banquet.

La reine s'arracha avec peine à l'univers des fabricants de papyrus. Ils lui avaient permis de constater le dévouement de petits fonctionnaires de l'État qui n'avaient d'autre souci qu'un travail impeccable dont le bon fonctionnement de l'administration dépendait et, à travers lui, la prospérité des Deux Terres. Elle se promit, dès son retour dans la capitale, de réviser le statut de ces ouvriers spécialisés.

Être généreuse... Akhésa découvrait une nouvelle ivresse. Son père l'avait-il ignorée ? N'avait-il pas oublié que le soleil d'Aton devait pénétrer partout, dans les demeures les plus humbles comme au cœur du temple le plus magnifique ? La pauvreté offensait le regard du Dieu. Elle s'attaquerait à ce fléau avec autant de vigueur qu'un chasseur de fauves. Elle ne permettrait plus qu'un seul de ses sujets sombrât dans la misère.

Enflammée par ce nouvel idéal, Akhésa fut indifférente à l'accueil chaleureux réservé au couple royal dans le palais de la ville de Thot.

Elle quitta son rêve en apercevant un homme dont la présence la surprit : l'ambassadeur Hanis.

Sa seule vue déclencha une crainte dont elle ne s'expliqua pas la cause. Elle appréciait ce fidèle allié. Pourquoi se méfier de lui ? Inquiète, elle goûta à peine aux mets succulents qui lui furent servis. Elle attendait avec impatience la fin du banquet. Hanis invita le couple royal à prendre quelques moments de détente dans une salle où des masseurs soignèrent leurs pieds et oignirent leurs chevilles d'huile. Toutankhamon, épuisé, sommeillait.

— J'ai une information importante à vous transmettre, dit l'ambassadeur, tendu. Je connais bien cette fabrique. Elle est l'une des plus actives du pays. Mais aujourd'hui, elle n'appartient plus à Pharaon. Pas davantage que celles de Thèbes ou de Memphis.

— Que voulez-vous dire ? s'étonna la grande épouse royale.

Hanis fit les cent pas, irrité.

— Pharaon ne contrôle plus ses propres fabriques, Majesté. Ceux qui les dirigent ont été nommés par Horemheb. Depuis deux ans, il les a mis en place, les uns après les autres. C'est à lui qu'ils obéissent. Il les comble de faveurs.

— Qu'importe ! s'enflamma Akhésa. Le roi les remplacera dès notre retour.

— Impossible, Majesté, déplora Hanis.

— Pourquoi donc ?

— Parce qu'ils sont compétents et appartiennent aux plus grandes familles du royaume. Les destituer provoquerait un profond mécontentement. Vos sujets détestent les décisions injustes, Majesté. L'arbitraire briserait votre popularité.

Le général a pris soin de faire appel à des personnalités de valeur.

— En quoi nous menacent-elles ? interrogea Toutankhamon, réveillé.

— Vous menacer ? Ce n'est pas le terme juste, Majesté ! Il s'agit d'une mainmise...

— Je suis fatigué, Hanis. Que Horemheb règne sur la fabrication du papyrus ne m'importe pas. Faites préparer notre chambre.

L'ambassadeur s'inclina et se retira. Furieux et déçu. Toutankhamon ne serait jamais un grand roi.

Le bateau royal, accompagné d'une nombreuse flottille, avait pris la direction de Memphis, « la balance des Deux Terres », la première capitale de l'Égypte unifiée. Le roi restait joyeux et fougueux. Akhésa succombait volontiers à ses caresses, mais son esprit était ailleurs. Elle n'avait pas eu le temps de revoir Hanis, reparti pour Thèbes. Ses révélations avaient troublé le bonheur de la reine. Le papyrus... En contrôler la production et la fabrication n'équivalait-il pas à diriger l'administration ?

Horemheb ne mettait-il pas de nouveaux pions en place sur l'échiquier du pouvoir ? Sa grande patience le rendait d'autant plus redoutable.

Akhésa aurait préféré interrompre ces longues vacances, mais Toutankhamon s'y opposa avec une fermeté inhabituelle. Retrouver la cour, les dignitaires et les impératifs de sa charge ne l'amusait pas. Combien il préférait les journées sans horaire, les promenades dans la campagne estivale, les baignades dans le Nil, la compagnie constante d'Akhésa dont le corps doré recelait encore tant de merveilles insoupçonnées.

La vision des trois pyramides de Guiza effaça tout souci de la pensée d'Akhésa, subjuguée par les géants de pierre émergeant de l'eau. Incarnant les buttes primordiales surgies de l'océan des origines, elles brillaient de mille feux en raison de leur revêtement de calcaire blanc reflétant les rayons du soleil avec une extraordinaire intensité. Lumières pétrifiées, elles éclairaient le pays entier, diffusant une énergie céleste.

Sur le bateau royal, chacun s'était tu. Dans les mémoires chantaient les paroles des harpistes, célébrant la perfection du temps où l'on construisait des pyramides, où l'on creusait des canaux pour faire circuler l'eau de la vie, où l'on plantait des arbres pour les dieux.

Akhésa éprouva un sentiment de révolte. Pourquoi les Maîtres d'Œuvre n'édifiaient-ils plus de monuments aussi splendides que ceux-ci ? Pourquoi l'Égypte du dieu Amon et des prêtres thébains avait-elle perdu l'élan de l'empire ancien où le roi-dieu se servait de la pyramide comme d'un escalier vers le ciel ?

Fascinée, elle voulut séjourner longuement en cet endroit chargé de forces bénéfiques et voir tous les monuments encore accessibles. Elle entraîna Toutankhamon dans les temples où l'on momifiait les rois, parcourut avec lui les chemins montant vers les pyramides, les chaussées décorées de reliefs narrant la vie quotidienne de leurs ancêtres, pénétra à l'intérieur des sanctuaires où, par l'action des rites, la mort était transformée en vie.

À chaque tombe étaient affectés des prêtres chargés de célébrer un culte à la mémoire du défunt. Chaque jour, ils prononçaient les paroles de résurrection et apportaient des offrandes à l'âme qui, sous forme d'un oiseau, revenait sur terre avant de repartir dans la lumière. Akhésa fut choquée par la désinvolture de certains d'entre eux et par la dégradation d'une chapelle édifiée à Khéops. Toutankhamon prit des sanctions et convoqua le Maître d'Œuvre de Memphis pour qu'il procède sans délai aux travaux de restauration.

Le jour se levait, en cette fin d'été, quand le couple royal se présenta au temple haut de la grande pyramide de Khéops, le plus gigantesque monument jamais édifié par un pharaon. Toutankhamon ne souhaitait pas le visiter, tant il l'impressionnait. Mais Akhésa avait déjà requis la présence du supérieur des prêtres de la pyramide pour les guider jusqu'à l'entrée du monument, une petite ouverture aménagée dans la face nord à une trentaine de mètres au-dessus du sol. Le couple royal fut halé par des cordages pour progresser sur les blocs de calcaire parfaitement ajustés. Akhésa et Toutankhamon se baissèrent et passèrent par un trou étroit creusé dans la pierre afin de contourner un bouchon de granit.

Le supérieur des prêtres, brandissant une torche qui ne dégageait pas de fumée, les précéda dans un couloir descendant dont la pente s'accentua brutalement. Il devint si étroit que les visiteurs durent progresser courbés, l'un à la suite de l'autre. Après une longue et pénible descente où l'air faillit manquer, ils aboutirent à une vaste salle au sol de terre battue.

— Vous êtes dans les entrailles de la terre, indiqua le supérieur des prêtres. L'âme du Pharaon y puise l'énergie du royaume des ténèbres.

Il régnait dans ce sanctuaire une fraîcheur reposante qui permit au couple royal de reprendre son souffle avant de parcourir le couloir en sens inverse pour monter vers le point d'intersection avec un autre couloir qui menait à une vaste chambre vide, dont le mur du fond était percé d'une niche représentant les degrés d'un escalier céleste.

Les visiteurs furent éblouis par la découverte

de la grande galerie, immense espace long de près de cinquante mètres qu'il fallait traverser pour atteindre la chambre funéraire. Main dans la main, Akhésa et Toutankhamon se recueillirent devant le sarcophage de l'illustre Khéops. Il était vide et ne comportait pas de couvercle. Le corps momifié avait été enterré dans le sud de l'Égypte, la pyramide du nord étant destinée à son être de lumière, invisible aux yeux de chair.

La grande épouse se sentit fragile, si légère au sein de cette demeure d'éternité qui l'écrasait de sa masse inhumaine. Aurait-elle le temps de se montrer digne des anciens monarques, de redonner à son pays l'élan créateur du temps des pyramides ? Toutankhamon, percevant le débat intérieur qui l'agitait, l'interrogea du regard.

— Nous rentrons à Thèbes, annonça-t-elle.

La crue se terminait. Le niveau de l'eau baissait, laissant apparaître les terres enrichies par le limon nourricier. L'heure était venue, pour les paysans, de manier les houes, formées d'une pièce de bois unique. Le soc ouvrait le sol lourd détrempé par l'inondation. Les enfants écrasaient à la main les grosses mottes tandis que les semeurs jetaient les grains dans des sillons peu profonds. Dans les grands domaines étaient utilisées des charrues tirées par des vaches ou des bœufs. Ces mêmes animaux avaient ensuite pour tâche, par leur piétinement, d'enfoncer les grains en terre.

Une foule de courtisans attendait le couple royal au débarcadère principal de Thèbes. La suite du « divin père » Aÿ se chargea de son transport en chaise à porteurs jusqu'à l'une des demeures du vieux dignitaire située au centre de la capitale. Il avait tenu à être le premier à accueillir les souverains après leur longue absence.

Les rues de la cité d'Amon étaient encombrées

421

de chariots, de marchands et de badauds. On y circulait en tous sens et toutes les races de la terre s'y mêlaient. Le cortège officiel éprouva la plus grande peine à se frayer un chemin malgré les interventions énergiques des soldats qui assuraient sa sécurité. Akhésa regrettait les avenues larges et ensoleillées de la cité du soleil.

Au rez-de-chaussée de la maison du « divin père », les chefs d'équipe apostrophaient les boulangers qui tamisaient et broyaient le grain, leur demandant de se hâter pour préparer pains et gâteaux. Des bouchers transportaient des quartiers de viande à la cuisine, installée sur le toit, de sorte que les odeurs fussent emportées par le vent. L'intendant guida le couple royal vers le bureau du maître de céans, au premier étage. Il était éclairé par trois fenêtres donnant sur un jardin intérieur pourvu d'un bassin rectangulaire entouré de tamaris.

Aÿ s'inclina devant le roi et la reine, puis renvoya les scribes auxquels il dictait des rapports. Le vieux courtisan paraissait las et déprimé. Ses rides s'étaient creusées. Les formules de politesse épuisées et une collation servie, les convives prirent place sur des chaises en bois doré.

— Un grand malheur m'a frappé, révéla le « divin père ». L'âme de mon épouse, la nourrice Ti, a quitté son corps pour rejoindre les paradis de l'Occident. La momie a été déposée dans la tombe, il y a quinze jours. J'ai continué à travailler. Compulser des dossiers est sans doute le meilleur moyen de lutter contre la peine. La situation économique l'exigeait.

Toutankhamon ne sut que dire. Après ces journées enchanteresses passées loin de Thèbes, il était brutalement plongé dans une atmosphère dramatique où il se sentait désarmé.

— Nous n'avons reçu aucun courrier de votre part, observa Akhésa.

— Ma douleur ne concerne que moi, Majesté. Quant au pays, il ne s'est rien passé d'inquiétant. Du moins en apparence.

— Expliquez-vous, exigea Akhésa.

Le « divin père » parlait avec lenteur.

— Les terres les plus riches de la province thébaine appartiennent aux prêtres de Karnak et aux temples qui leur sont inféodés. L'exploitation de la majeure partie d'entre elles a été confiée à de nouveaux métayers chargés de les mettre davantage en valeur.

— Était-ce nécessaire ? interrogea le roi.

— Sans doute pas, estima le « divin père ». Le procédé n'a rien d'illégal. Les contrats ont été passés en bonne et due forme, avec des techniciens qui obtiendront, dès cette année, d'excellents résultats.

— En quoi leur nomination vous inquiète-t-elle ?

— Une rapide enquête m'a informé qu'ils étaient tous au service du général Horemheb ou de son épouse. Cela signifie qu'ils deviennent, avec l'accord du clergé, les plus grands propriétaires terriens du pays.

Le printemps commençait à devenir radieux. La crue déclenchée par Toutankhamon avait si bien irrigué la terre aimée des dieux que la moisson, d'après les Annales des scribes remontant à plus de mille ans, serait l'une des plus abondantes de l'histoire d'Égypte. Dans les champs, les paysans couperaient bientôt l'orge et le blé à la faucille. De longs défilés d'ânes portant de lourdes gerbes serrées dans des filets se rendraient aux aires où le grain serait vanné, tamisé et nettoyé avant de remplir les greniers royaux qui, cette année, monteraient jusqu'au ciel.

La terre noire était si riche qu'elle nourrirait tous ses enfants. La grande fête de printemps pourrait être célébrée dans la liesse, puisque personne ne souffrirait de la faim. La renommée de Toutankhamon ne cessait de croître. Les banquets succédaient aux réceptions, les chasses aux promenades en barque. Le roi promulguait des décrets en faveur des paysans, des soldats et des prêtres de divers grands temples, attirant ainsi la sympathie des humbles. Son règne promettait d'être heureux et illustre. Il avait plusieurs décennies devant lui pour marquer l'Égypte de son empreinte.

Akhésa avait quitté le palais avant l'aube, sans prévenir sa servante nubienne. Cette escapade lui rappelait sa fugue de jeune fille, dans la cité du soleil. Libre, conquérante, elle avait défié la police de son père et remporté sa première victoire. Elle avait tant rêvé d'être reine ! Son vœu exaucé, il ne restait plus que le poids du pouvoir.

Akhésa ôta son manteau. Les rayons du soleil la réchauffaient déjà. Elle avait prié Aton, chantant à voix basse l'hymne composé par son père. Elle pensait à lui chaque jour, chaque nuit. Il vivait en elle, attentif, patient. Mais faire de nouveau entendre sa voix serait impossible si le piège tendu par Horemheb se refermait sur le couple régnant. C'était pour obtenir une information capitale que la grande épouse royale, vêtue, comme une simple paysanne, d'un pagne court et d'une tunique sans manches, avait donné rendez-vous sous ce sycomore au meilleur ami de Toutankhamon, le surintendant du Trésor, Maya.

Ce dernier la rejoignit à l'heure prévue, au moment où le soleil atteignait la moitié de sa course vers le sommet du ciel. Qui aurait pu reconnaître l'illustre Maya, les cheveux ras, le corps poussiéreux, les pieds nus ? Il ressemblait à n'importe quel travailleur agricole.

— Personne ne m'a suivi, Majesté. Puis-je encore vous appeler ma Sœur ?

— Nous faisons partie de la même communauté, mon Frère, même si nous n'éprouvons pas une grande affection l'un envers l'autre. Ici nous pouvons parler. Aucune oreille indiscrète ne nous trahira.

— Ce n'est pas le cas au palais. C'est pourquoi j'ai préféré vous voir ici. Une audience officielle aurait intrigué les féaux de Horemheb.

À la ceinture de son pagne grossier en peau de mouton, Maya avait accroché une gourde conservant l'eau fraîche. Il en offrit à la reine, puis se désaltéra.

— Vos soupçons sont-ils confirmés ? demanda-t-elle. Horemheb a-t-il fait pénétrer en Égypte des pièces de monnaie fabriquées par les étrangers ?

— Il a renoncé à cet odieux projet. Il a pris conscience qu'il ruinerait notre économie. Le jour où ces maudites pièces souilleront notre pays, elles déclencheront envies, querelles et guerre civile comme partout où elles ont cours.

Akhésa exhala un soupir de soulagement.

— Ne vous réjouissez pas trop vite, ma Sœur. Horemheb n'en reste pas moins un stratège de génie. Toutes nos transactions commerciales s'effectuent par échanges de denrées en fonction d'une valeur abstraite de référence...

— ... Qu'il vous appartient de fixer en tant que surintendant du Trésor, précisa la reine.

— Exact, reconnut Maya. Mais je ne contrôle pas le volume du troc. Horemheb, si. Par l'intermédiaire des hauts fonctionnaires, y compris ceux de ma propre administration, il a la haute main sur l'ensemble de notre économie. Avec quelques ordres précis, sans laisser de trace écrite, il peut la paralyser.

— Pourquoi agirait-il ainsi ? Aurait-il intérêt à ruiner son propre pays ?

— Pour un temps très court... Après avoir pris le pouvoir avec l'appui du clergé de Thèbes, il accuserait Toutankhamon d'incurie et ferait ressurgir la prospérité comme par miracle en rétablissant la circulation des denrées. Il faut vous rendre à l'évidence, Majesté : vous êtes sur le trône, mais c'est le général Horemheb qui règne.

En ce matin d'avril, le peuple de Thèbes s'éveilla au son des trompettes, jouées par une centaine de militaires. Une foule considérable, retenue par deux cordons de soldats en armes, se pressa pour assister à la parade militaire qu'offrait le général Horemheb sur le parvis du temple de Karnak. Étaient réunis là les chefs des principaux corps d'armée et les troupes d'élite. Elles défilèrent devant Horemheb, debout sur une plate-forme, abritée du soleil par un kiosque. Le général portait une cuirasse d'or et d'argent, chef-d'œuvre d'un artisan du temple d'Amon.

Le peuple était ravi de contempler la prestance des soldats chargés de le protéger. Il savait gré à Horemheb d'avoir fait dresser des tentes où, au terme de la cérémonie, on distribuerait du pain et de la bière. Un seul gradé ne partageait pas l'allégresse commune : Nakhtmin, chef théorique de l'armée, que le général Horemheb avait omis de prévenir. Fou de rage, il se rua au palais royal où il fut reçu sur l'heure par la grande épouse royale. Il ressortit quelques minutes plus tard du bureau de Pharaon, avec une convocation qu'il s'empressa de porter en personne au général.

Horemheb fut reçu dans la salle du trône, vide

de courtisans. Le roi et la reine étaient seuls, couronnés et en habits de fonction. Pharaon tenait sur la poitrine son sceptre de commandement. Un léger sourire flottait sur les lèvres d'Akhésa. Le faux pas qu'elle espérait venait enfin d'être commis.

— Général Horemheb, attaqua Pharaon, oubliant les formules protocolaires, que signifie cette démonstration de force ? Pourquoi le chef de l'armée n'en a-t-il pas été averti, me laissant ainsi dans une insupportable ignorance ?

Horemheb s'exprima avec douceur, sur un ton condescendant.

— L'affaire était trop urgente, Majesté. J'ai bien tenté de prévenir Nakhtmin, mais il est si rarement à son bureau... Les mauvaises langues prétendent qu'il préfère la chasse à l'administration. J'ai dû prendre sur moi de lever sans délai des troupes d'élite.

— Pour quelle raison ?

— Nous partons immédiatement pour la Syrie. Un détachement hittite vient de s'emparer d'un de nos fortins. Impossible de ne pas répondre à semblable agression.

Akhésa, sans cesser de fixer le général Horemheb, tendit au roi un papyrus déroulé.

— Votre version des faits ne correspond pas au rapport que m'a adressé l'ambassadeur Hanis en mission dans la région depuis plusieurs semaines. Il a ordre de me signaler le moindre trouble. Non seulement il n'indique rien d'alarmant, mais encore remarque-t-il une déférence de plus en plus marquée des Hittites envers le trône d'Égypte. Pharaon règne, général. Vous semblez l'avoir oublié.

— Cela signifie-t-il, Majesté, que vous différez mon intervention en Syrie ?

Le général comptait sur cette expédition pour

mettre un terme à sa stratégie en s'assurant le concours des gradés en vue d'une prise de pouvoir pacifique dont il lui restait à fixer la date. Seule une campagne loin de l'Égypte aurait favorisé de fructueux entretiens à l'abri des regards de Nakhtmin et des fidèles de Toutankhamon.

— Cela signifie qu'elle est annulée, général. Désormais, vous prendrez directement vos ordres auprès de moi. Je veux me montrer indulgent en raison de votre absolue fidélité à la couronne. Mais je ne tolérerai plus d'autre faute.

— Votre Majesté a-t-elle bien réfléchi ? Je crois que...

— Il suffit, général.

— Vous risquez de regretter très vite cette décision, Majesté, mais j'obéirai.

Avant de se retourner et de quitter la salle, Horemheb cessa de regarder le roi. Ses yeux s'adressèrent à la grande épouse royale, toujours souriante.

Akhésa triomphait.

30

Les premiers badauds envahirent le grand marché de Thèbes dès que les échoppes de fruits et de légumes installées sur les berges, à proximité du temple de Karnak, ouvrirent leurs portes. Poissonneries, triperies et boucheries leur succédèrent. On ne venait pas seulement pour acheter, mais aussi pour humer, regarder, écouter et surtout parler. Discuter les prix, parvenir à troquer dans de bonnes conditions nécessitait de longs et subtils palabres dont les femmes d'expérience sortaient généralement victorieuses. Seuls quelques marchands d'élite parvenaient à leur tenir tête.

Chacun vantait la qualité de ses produits, les plus beaux et les moins chers d'Égypte. Thèbes l'opulente n'hésitait pas à étaler ses denrées sur des linges blancs posés à même le sol : blé, orge, dattes, figues, épices, concombres, oignons, poireaux, fèves et autres nourritures abondaient d'ordinaire.

Mais, ce matin-là, seuls les premiers clients furent servis. Le premier incident fut une altercation entre le plus important négociant de figues et une mère de famille. Le négociant avait giflé son petit garçon qui mangeait une figue sans l'avoir payée. Brutalité impardonnable que l'homme justifiait en raison de la rareté des fruits. Puis un marchand de légumes faillit en venir aux mains avec l'intendant d'une grande villa lorsqu'il exigea cinq éventails et dix coupes en échange d'une botte de poireaux. Enfin éclata une échauffourée en plein cœur du marché, quand les commerçants avouèrent qu'ils n'avaient pas été livrés et que les bateaux de marchandises étaient arrivés vides à Thèbes.

La police intervint et rétablit l'ordre à coups de bâton.

La colère du peuple gronda dans les faubourgs. Des événements graves avaient dû se produire dans le Nord. Si les Hittites avaient envahi le Delta, peut-être étaient-ils parvenus à interrompre la circulation sur le Nil. Des rumeurs non moins alarmistes affirmaient que les stocks de denrées alimentaires avaient été si mal gérés que l'on risquait une famine.

Quelle que fût la vérité, il existait un unique responsable : Pharaon.

Akhésa ne décolérait pas. Horemheb avait mis ses menaces à exécution en déclenchant une pénurie artificielle. Il souhaitait contraindre Pharaon à négocier avec lui et à reconnaître son pouvoir occulte. Toutankhamon était prêt à céder. Mais la grande épouse royale le lui déconseillait avec vigueur. Faire une telle démarche revenait à abdiquer.

Le roi était désespéré, ne discernant aucun moyen d'agir. Ses partisans ne pouvaient lui procurer une aide efficace. Houy surveillait l'extraction de l'or dans les mines de Nubie. Hanis poursuivait son importante mission en Asie. Nakhtmin avait abandonné l'armée à Horemheb, préférant une existence de luxe et de plaisir à une lutte inégale.

— Et Maya ? s'interrogea la reine. Pourquoi ton fidèle ministre des Finances reste-t-il silencieux ? Pourquoi est-il incapable de contrôler son administration ?

— Je ne comprends pas, avoua Toutankhamon. Nos dernières conversations ont été très froides. Maya n'aime pas la tâche que je lui ai confiée.

Une sombre pensée habitait Akhésa. Il lui fallut en vérifier le bien-fondé au plus vite. Le sort du royaume dépendait de son enquête. Elle n'avait que bien peu de temps avant l'inévitable éclosion de troubles graves dans les villes où la nourriture était rationnée.

Maya, ami et confident du roi, Maître d'Œuvre de tous les chantiers de Pharaon, surintendant du Trésor, avait disparu. Ses collaborateurs ignoraient l'endroit où il se trouvait et n'avaient reçu aucune instruction particulière, continuant à expédier les affaires courantes. Les domestiques de la villa de fonction attribuée à Maya n'en savaient pas davantage. La reine fit longuement parler Toutankhamon sur les habitudes de son ami Maya, sa famille, ses proches. Un personnage semblait omniprésent : un maître artisan, chaudronnier de son état, dont l'atelier était situé au nord du temple de Mout.

Akhésa ne pouvait utiliser les services de la police avant d'avoir vérifié son hypothèse. À l'heure où elle quittait le palais avec ses deux lévriers Bélier et Taureau, des grèves furent déclarées chez les tisserands des quartiers populaires qui n'avaient pas reçu de rations depuis trois jours.

Terré dans sa luxueuse villa des bords du Nil, le général Horemheb jouait aux échecs avec son épouse.

La déesse Mout, « la Mère », occupait un vaste domaine sacré, à l'ouest du grand temple d'Amon de Karnak. Au cœur de son enceinte, un lac sacré symbolisait la matrice d'où naissaient les multiples formes de la création. Au-delà du mur cachant aux profanes les mystères rituels s'étendait une zone verdoyante. Palmiers, jardins, champs cultivés formaient un réseau très dense sans chemin apparent. Du lointain provenaient les bruits caractéristiques de maillets frappant le métal.

Akhésa se fia à ses lévriers qui la guidèrent dans le fouillis végétal. Prudents, l'oreille aux aguets, ils progressèrent avec lenteur. La reine vit bientôt des baraques en bois servant d'ateliers à une centaine de chaudronniers. Jeunes et vieux étaient mêlés, mais tous avaient des traits communs : muscles épais, visage lourd, mains calleuses. Les uns fabriquaient des récipients de cuivre, les autres les réparaient ou les débosselaient. Des flammes montaient de multiples foyers faits de cercles de pierres où brûlait du charbon de bois. Les souffleurs avaient la tâche la plus pénible, produisant le degré de chaleur nécessaire aux chaudronniers à l'aide d'un soufflet en peau de chèvre.

Le travail s'arrêta dès que l'un des apprentis remarqua la présence d'une femme encadrée de deux chiens grognant et montrant les crocs. Akhésa, vêtue d'une robe courte et sans manches, portait des bracelets aux poignets et aux chevilles, laissant deviner son origine noble. Sa beauté impressionna les artisans, peu habitués à ce genre de visite.

Précédée par Bélier et Taureau, Akhésa avança vers le groupe de chaudronniers qui avaient empoigné maillets de bois, marteaux de cuivre ou piquets de bois. Formant un groupe compact, ils étaient prêts à se défendre contre l'agresseur.

Akhésa s'arrêta à quelques mètres des ouvriers.

— Auriez-vous peur d'une femme et de deux chiens ?

Des murmures s'élevèrent. Certains s'écartèrent. D'autres jetèrent leurs outils. Akhésa ordonna aux deux lévriers de se coucher. Les yeux fixés sur leur maîtresse, ils obéirent. Un colosse sortit du groupe et interpella la reine.

— Qui êtes-vous ?

— Peu importe. Je veux parler à Pahor l'Ancien.

— Le patron ? il est dans l'atelier, là...

Sans hésiter, Akhésa fendit les rangs des chaudronniers et pénétra dans la cabane où un homme âgé, à la peau flétrie, élargissait l'embout métallique d'un soufflet. Penché sur un feu, il jeta un regard de côté vers l'intruse.

— Pas de femme ici, déclara-t-il, rogue. Le règlement l'interdit.

— Il ne me concerne pas

— Et pourquoi donc, ma belle ?

— Parce que je suis la grande épouse royale.

Pahor l'Ancien lâcha le soufflet qui tomba à terre avec un bruit mou.

— Vous vous moquez de moi ?

— Voici mon sceau.

Akhésa ôta une bague en forme de scarabée dont le ventre portait, en creux, son nom et ses titres. Pahor l'Ancien, qui savait lire, examina longuement l'objet. Stupéfait, il se prosterna devant la reine.

— Majesté, pourquoi...

— Oublions le protocole. Je suis très pressée. Je souhaite que vous m'indiquiez où se trouve votre ami et mon surintendant des finances, Maya.

Le visage du maître chaudronnier se ferma.

— Maya n'est plus mon ami. Jamais je ne le reverrai. Comme si vous l'ignoriez...

Ce fut au tour d'Akhésa d'être étonnée.

— Je l'ignore, en effet.

— Ne vous moquez pas de moi, Majesté, grommela le chaudronnier qui ramassa le soufflet et recommença à travailler.

Akhésa saisit le poignet de Pahor l'Ancien.

— Ne mettez pas en doute la parole de la grande épouse royale. Je veux la vérité.

Le vieil artisan fut subjugué par l'autorité de cette reine de vingt ans. Il n'avait jamais abordé les grands personnages de la cour, détestait leurs manières ampoulées et leur goût pour des modes compliquées. La souveraine appartenait à une autre race. Celle des véritables chefs qui n'ont besoin d'aucun artifice pour s'imposer.

— Maya a oublié ses origines, avoua Pahor l'Ancien, la tête basse. Il a renié la confrérie où nous avons été éduqués. Il préfère la compagnie des nobles à celle des petites gens.

La révélation surprit Akhésa, qui croyait mieux connaître le Maître d'Œuvre. Mais il n'était pas le premier à succomber aux envoûtements d'une prodigieuse ascension sociale. Le commandant Nakhtmin n'avait-il pas été, comme Maya, incapable de rester fidèle à lui-même ?

— Mais pourquoi a-t-il disparu ? insista Akhésa.

— J'ignore où il se trouve, Majesté. Je vous le jure sur la vie de Pharaon.

Akhésa travailla plusieurs heures en compagnie du « divin père » Aÿ, très affecté par la disparition de sa femme. Son intelligence s'était ralentie. Il paraissait de moins en moins concerné par les affaires du royaume. Mais la reine avait encore

434

besoin de son expérience pour ne pas s'égarer dans les dédales des ministères.

Il l'aida à rédiger un décret sommant les responsables des greniers thébains de les vider et de distribuer les stocks à la population, selon les quotas journaliers. La décision était dangereuse. Si la prochaine crue, insuffisante ou excessive, entraînait une mauvaise récolte, aucune réserve ne serait disponible. Mais Akhésa ne tergiversa pas.

Cruelle fut sa déception quand Aÿ, deux jours plus tard, lui annonça la mauvaise nouvelle : la vermine avait attaqué le contenu des greniers. La production des jardins s'avérerait bientôt insuffisante pour nourrir les citadins. Le cours des légumes, des fruits et des viandes avait augmenté au point de les rendre inaccessibles à la plupart des Égyptiens. Promulguer des réquisitions serait un remède pire que le mal. Les corporations étaient jalouses de leurs privilèges.

Les émissaires de Pharaon gagnèrent en hâte les principales villes d'Égypte, porteurs d'ordres à exécuter toutes affaires cessantes : vider greniers et magasins de l'État et acheminer les denrées vitales partout où la population en manquait. Les fonctionnaires furent incapables de s'exécuter : la plupart des bateaux de marchandises avaient été immobilisés par l'armée en vue d'une expédition vers le Nord. Un gigantesque embouteillage maritime s'était produit dans le port commercial de Memphis, provoquant plusieurs accidents.

Une longue enquête administrative serait nécessaire pour connaître les responsables de ce désastre, à supposer qu'elle aboutisse. Akhésa et Toutankhamon se rendaient compte, heure après heure, que leurs directives restaient lettre morte, s'engluant dans un mécanisme dont ils n'étaient pas les maîtres.

Les étals des commerçants étaient presque vides. Chaque matin, des files d'attente se constituaient à l'entrée des marchés. Des conversations inquiètes avaient remplacé les joyeux palabres. La police intervenait pour que les trop rares nourritures fussent réparties avec équité. Plaintes et protestations se faisaient de plus en plus véhémentes.

Les forces de l'ordre craignaient une émeute. Les spectres du passé ressurgissaient. Des prophètes de malheur rappelaient le temps maudit où les pauvres, victimes de la famine, avaient pillé les demeures des riches, où les nobles dames erraient en guenilles dans les rues, où des hordes de bandits avaient dévasté les tombes des rois.

— Il faut faire appel à Horemheb, implora Toutankhamon, désemparé.

— Ce serait la fin de ton règne, rétorqua Akhésa. Luttons encore. Le blocus maritime ne durera plus très longtemps. J'ai une idée pour calmer le peuple de Thèbes.

Quand la chaise à porteurs de la grande épouse royale apparut au cœur du marché principal de Thèbes, le silence s'établit aussitôt. Le peuple la reconnut à sa haute couronne, à son collier d'or et à sa robe blanche d'apparat. Les pieds chaussés de sandales dorées, Akhésa s'avança vers de vieilles femmes tenant des paniers vides.

— La vérité parle par ma voix, déclara-t-elle avec fermeté. La nourriture ne manque pas. L'administration maritime connaît des difficultés pour assurer le transport. Il n'y a pas de famine. Pharaon ne permettra pas au malheur de souiller notre pays. Soyez patientes. Que votre cœur soit large et votre âme paisible.

Akhésa remonta dans la chaise à porteurs. Alors que les maîtresses de maison, éperdues de fierté d'avoir été les interlocutrices de la grande épouse royale, commençaient à transmettre autour d'elles ses déclarations, une myriade de serviteurs déposèrent sur le sol quantité d'étoffes et de vêtements.

D'abord, personne n'osa en approcher ; ensuite, une des vieilles femmes prit un drap plié, le serra contre elle et s'en alla sans être inquiétée par les gardes du palais.

Ce fut la curée. En quelques instants, les somptueux cadeaux de la reine, dus à l'habileté des tisserands et des fileuses du collège de Saïs, devinrent la propriété des petites gens de Thèbes.

— Les prêtres d'Amon sont furieux, dit le « divin père » à Akhésa. Ils vous accusent d'avoir dilapidé les étoffes sacrées destinées aux temples.

— Je m'en moque. Avez-vous confirmation de mes soupçons ?

La reine travaillait avec le « divin père » depuis une dizaine d'heures. Bien qu'il fût à la limite de ses forces, le vieillard tenait à assister la grande épouse royale dans ses recherches. Son habitude des dossiers les plus complexes se révéla précieuse.

— Oui, Majesté. C'est Maya qui a apposé son sceau sur les documents désorganisant notre batellerie. Cela signifie...

— Qu'il est l'allié de Horemheb et qu'il trahit Toutankhamon.

— J'aurais dû être plus circonspect, avoua le « divin père ». Mais la mort de ma femme...

Akhésa considéra le vieillard avec pitié. Il souhaitait se délivrer d'un poids qui alourdissait sa conscience. Elle l'encouragea d'un sourire.

— Dans ma position, expliqua-t-il avec gêne, il est utile de bien connaître le mode de vie des plus hauts personnages de l'État. C'est pourquoi je suis obligé de faire surveiller leurs villas. Un fait accablant pour Maya a été signalé dans des rapports que j'avais omis de lire avant ce jour...

le surintendant du Trésor a rendu visite au général Horemheb à trois reprises, la nuit tombée et sans escorte.

Maya, un abominable hypocrite ! Akhésa était atterrée. Elle ne l'aurait pas cru capable d'une telle forfaiture. Comment annoncer au roi que son meilleur ami travaillait à sa destruction ? Comment lui apprendre que Maya, ses forfaits commis, se cachait en attendant que Horemheb prît le pouvoir ?

La plus grande confusion régnait au palais. Échansons, intendants et médecins couraient en tous sens. Toutankhamon avait été victime d'un malaise. Les ministres étaient présents, eux aussi. Akhésa les écarta pour pénétrer dans la chambre où le roi était alité.

Les yeux clos, il délirait. Un serviteur lui maintenait sur le front un linge aux essences parfumées. Le médecin chef préparait une potion.

— Comment est-ce arrivé ? demanda-t-elle.

— Le roi a subi une forte contrariété à la suite d'une mauvaise nouvelle. Il s'est évanoui. J'ai le remède pour le soigner. Mais il doit d'abord se reposer.

— Quelle nouvelle ?

— La mort du vice-roi de Nubie, Houy. Il est tombé dans une embuscade alors qu'il inspectait une mine d'or où des troubles avaient éclaté. Son corps sera bientôt rapatrié. Il sera momifié à Assouan.

Les appartements royaux étaient déserts. Akhésa avait renvoyé le personnel du palais. Toutankhamon dormait. Elle voulait être seule.

Épuisée, incapable de trouver le sommeil depuis deux nuits, la grande épouse royale n'avait même plus envie de se nourrir. Le monde s'écroulait autour d'elle. L'Égypte, son Égypte, était tombée entre les mains du général Horemheb. Elle avait été incapable de prévoir son action et d'imposer le pouvoir de son mari. Lutter davantage serait une folie. Les souffrances du peuple deviendraient intolérables.

Il fallait donc convoquer Horemheb et lui annoncer sa nomination officielle comme régent du royaume. La lettre lui demandant de venir au palais dès le lendemain matin lui serait portée au lever du soleil. À cet instant, le règne de Toutankhamon aurait pris fin, même s'il demeurait encore quelque temps le pharaon légitime. Il serait obligé d'associer le général au trône et de lui abandonner la capacité de décision. Au moment où il le jugerait bon, Horemheb se ferait couronner avec l'appui des grands prêtres d'Amon.

Akhésa pleura de rage. Elle avait échoué. Le plus douloureux était de précipiter Toutankhamon dans sa chute. Il aurait mérité d'être heureux, de connaître un règne paisible, d'avoir un héritier pour lui succéder. Mais les dieux avaient choisi pour lui un autre destin.

Le destin... En tant qu'incarnation d'Isis, la grande magicienne, n'avait-elle pas le pouvoir de le modifier ? Trop tard. Elle avait sous-estimé Horemheb. Sa fonction de reine l'avait enivrée, au point de lui faire perdre sa lucidité. Elle avait vécu dans une fausse quiétude. Autour d'elle, aucun conseiller de valeur pour la mettre en garde, lui inspirer une stratégie susceptible de contrecarrer les menées du général.

Il était indigne d'elle de rejeter la responsabilité sur autrui. Une reine d'Égypte n'avait pas le droit d'être faible. Cette dernière nuit de règne, elle aurait aimé la partager avec Toutankhamon. Mais l'âme du roi voguait dans les espaces souterrains du sommeil. Seule... Elle affronterait seule l'épreuve qui brisait son rêve. Elle aurait dû haïr Horemheb, jeter contre lui mille maléfices. Mais c'était un autre sentiment que son pire ennemi lui inspirait, un sentiment qu'elle n'osait plus nommer en cette heure où les rayons du couchant marquaient la fin de son aventure.

Elle avait encore tant de force, tant de foi en Aton ! Pourquoi s'incliner devant ce général intelligent et ambitieux, renoncer à la nature royale qui formait le centre de son être et lui donnait sa raison de vivre ? Elle eut envie de crier aux étoiles, d'implorer la terre nourricière, de réclamer l'aide du vent. Qui d'autre que le cosmos pourrait lui venir en aide ?

Cette dernière nuit de règne, elle ne la passerait pas dans un palais vide, déjà hostile. Dès sa petite enfance, Akhésa avait souvent apaisé ses tourments en levant les yeux vers le ciel. Il n'y avait plus qu'un seul endroit où elle connaîtrait le bonheur d'exister : la cime thébaine, plongée dans la nuit et la solitude.

La lumière lunaire éclairait l'étroit sentier menant vers le sommet. La grande épouse royale marchait lentement, savourant chacun de ses pas. Bientôt, elle serait face au corps lumineux de l'univers, aux portes étoilées par lesquelles passait la vie divine pour créer l'existence terrestre. Elle oublierait le temps, elle abolirait le passé, prierait la déesse aux yeux de lapis-lazuli qui s'étendait sur l'Égypte et la recouvrait de son amour, dans un parfum d'éternité.

Au sommet de la cime, ambition et pouvoir auraient disparu. Face à elle-même, face au vide ténébreux de son avenir, aurait-elle le courage de continuer à vivre, de participer à la chute de

Toutankhamon et d'épouser le nouveau pharaon Horemheb ?

Akhésa ôta ses sandales. Eprouver le contact du sable souleva en elle une vague de jouissance, le sentiment d'une jeunesse indestructible. Elle courut, escaladant la pente sans peine. La douceur de la nuit fit ruisseler des gouttes de sueur argentée sur sa peau dorée. Elle ôta sa robe de lin. Nue, elle parcourut les derniers mètres qui la séparaient du petit oratoire construit au sommet de la montagne au pied de laquelle étaient creusées les vallées de tombeaux.

Subitement glacée, Akhésa s'arrêta, au bord du vide.

Assis sur le banc de pierre, un homme la contemplait. Maya, le félon.

31

Akhésa ne chercha pas à dissimuler la moindre partie de son corps, tant elle était stupéfaite. Ainsi, l'homme qui avait trahi son roi et méritait mille châtiments n'avait pas quitté Thèbes !

— Ne craignez rien, lui dit-il. Vous devriez passer votre robe, Majesté. Un vent froid souffle sur la cime.

— Comment osez-vous m'adresser la parole ?

Elle aurait dû avoir peur et s'enfuir, tenter de lui échapper. Mais la fureur l'emportait. Puisque le pouvoir était perdu, elle lui ferait payer sa forfaiture. Ivre de rage, elle se jeta sur lui.

Maya lui saisit les poignets, l'immobilisant.

— Vous vous méprenez, Majesté. Nous faisons partie de la même confrérie. Vous devriez savoir que le mensonge n'y est pas toléré !

La reine tenta vainement de se débattre. La poigne du Maître d'Œuvre la clouait sur place.

— Pardonnez ce comportement et promettez-moi de m'écouter. Vous ne disposez pas des informations nécessaires pour comprendre mon attitude.

— Parlez donc ! consentit-elle.

Maya la lâcha. Elle ramassa sa robe, maculée de poussière, et s'en vêtit à la hâte. Elle avait froid. Il s'assit à nouveau. Elle resta debout devant lui.

— J'ai eu connaissance de vos démarches, révéla Maya. Mon ami Pahor l'Ancien vous a transmis la fable que j'ai moi-même répandue partout. Il n'y avait pas d'autre moyen pour persuader le général Horemheb de ma défection. Il est persuadé que je me cache et que j'attends son avènement. Le roi et vous aussi. C'est pourquoi j'ai pu agir sans crainte que vos langues se délient trop tôt.

— Cela signifie-t-il que vous nous avez dupés depuis plusieurs mois ?

— Pas vous, Majesté, mais Horemheb. Il est prudent. Une simple déclaration d'allégeance ne lui aurait pas suffi pour me faire confiance. J'ai dû lui donner des preuves, signer des documents qu'il inspirait afin de préparer un blocus économique et serrer le roi à la gorge.

Akhésa demeurait méfiante. Il n'entrait pas dans les habitudes de Maya de parler d'abondance. Tant d'explications ne cachaient-elles pas une autre vérité ? Ne cherchait-il pas à l'abuser ?

— Vous avez peine à me croire, observa-t-il. Dans le plus grand secret, j'ai alerté les principaux maîtres du royaume et leur ai commandé la construction d'un grand nombre de bateaux. Notre flotte marchande est immobilisée ou réquisitionnée. Il y en a une de remplacement dont Horemheb et les prêtres d'Amon ignorent l'existence. Donnez-lui l'autorisation de circuler sur le Nil et de transporter des marchandises. En huit jours, toutes les grandes cités d'Égypte auront été livrées. Le général ne pourra pas organiser un nouveau blocus.

La nuit était limpide et calme. Bleutée, la cime dressait sa masse inquiétante au cœur du silence. Les esprits des ténèbres se glissaient dans le vent, gémissaient et se perdaient au cœur des grottes percées dans les flancs du géant ensommeillé.

— Notre pays est le chef-d'œuvre de Dieu, Majesté. Même en l'absence du soleil, il rayonne. Je ressens la présence des temples, des pierres d'éternité qui guideront les générations à venir sur le chemin de la sagesse. Pharaon, mon maître, a hérité de cette terre aimée des dieux. Personne ne l'en dépouillera. Horemheb me trouvera sur sa route, et tous les artisans du royaume.

Maya parlait d'une voix égale. Il portait en lui la force inébranlable de la certitude. Il venait de sauver le couple régnant de la déchéance, mais Akhésa ne s'illusionnait pas. Il restait l'ami et le serviteur de Toutankhamon, pas le sien.

— Je savais que vous viendriez ici, avoua Maya. Je vous attendais. Seule la cime pouvait vous arracher au désespoir.

— Pourquoi ne pas m'avoir fait confiance ?

— Parce que vous êtes de même nature que le général Horemheb, Majesté. Le même feu brûle en chacun de vous. C'est l'Égypte que je voulais sauver du malheur, pas vous.

— Vous me connaissez mal, Maya. Jamais je ne sacrifierai mon peuple à la lutte pour le pouvoir.

— Horemheb me l'a également affirmé. Pourtant il n'a pas hésité à répandre le spectre d'une famine pour parvenir à ses fins. Votre combat contre lui n'est ni celui de Toutankhamon, ni le mien. J'ai aidé mon roi à conserver son trône. À vous de le consolider davantage encore. Si vous agissez ainsi, je serai à vos côtés. Mais si vous sortez de ce chemin, ma Sœur Akhésa, je deviendrai le plus impitoyable de vos adversaires.

La reine et le Maître d'Œuvre passèrent le reste de la nuit en silence, goûtant le paysage grandiose qui s'offrait à eux. Lorsque l'orient rougit, Maya se leva. Akhésa le suivit. Ils descendirent jusqu'à la modeste maison du Maître d'Œuvre que gardait un apprenti, couché sur une natte disposée sur le seuil.

— Va nous chercher de la pâte et du lait, ordonna Maya.

Le garçon, trop heureux de servir l'homme que tous les artisans vénéraient, partit en courant.

Maya offrit un tabouret à la reine. Elle ressentait le poids de la fatigue après cette nuit sans sommeil. Les premières heures du jour étaient fraîches. Le Maître d'Œuvre alluma un feu dans l'âtre.

Il souleva l'un des pans de la toile qui servait de toit, de sorte que la fumée s'échappât. Dans un angle de la pièce, le four à pain était prêt à l'usage. Maya cuisit la pâte que lui apporta l'apprenti. Le repas fut vite servi.

— Je n'ai pas quitté cette maison depuis ma... disparition, révéla le Maître d'Œuvre à la reine qui dégustait un pain rond à la croûte dorée. Mes ordres sont partis d'ici.

Akhésa découvrait les réalités souterraines d'un pays qu'elle avait cru gouverner. Le palais était un monde artificiel, replié sur lui-même, inconscient des forces qui travaillaient à modeler sa destinée. Elle avait interprété les événements, s'était trompée sur la qualité des êtres.

Akhésa se mordit les lèvres, furieuse contre elle-même. La victoire de Maya n'était pas la sienne. La défaite du général Horemheb ne la grandissait pas. Le Maître d'Œuvre lui démontrait son incapacité à diriger.

En face d'elle, une niche contenant une statuette du dieu Ptah, le patron des bâtisseurs. Il protégeait la demeure des insectes nuisibles, rappelait que chaque acte quotidien avait valeur sacrée.

— Quand vos bateaux accosteront-ils à Thèbes ? demanda-t-elle. Dans trois jours, c'est le grand marché. S'il est à nouveau vide, on peut craindre le pire.

— Les décrets concernant la circulation et le chargement sont prêts. Il n'y manque que le sceau royal. Les courriers partiront dès qu'il aura été apposé.

— Et s'ils arrivent trop tard ?

Maya remit au four une boule de pain.

— J'ai agi selon la règle de notre confrérie. Votre destin comme le mien sont entre les mains des dieux.

— Quand regagnez-vous votre administration à Thèbes ?

— Quand Votre Majesté le décidera. Je ne suis que son serviteur.

Les décrets furent signés dès le matin. Les courriers partirent aussitôt vers les grands centres administratifs du pays. Les bateaux construits par les charpentiers de Maya sortiraient au plus vite des chantiers navals pour être chargés de denrées alimentaires. Thèbes serait approvisionnée en priorité : Horemheb serait obligé de mettre un terme à son blocus en levant la réquisition des navires marchands. La prospérité renaîtrait dans tout son éclat. Le général essuierait une cinglante défaite, Toutankhamon apparaîtrait aux dignitaires comme un authentique monarque dont l'autorité ne serait plus contestée.

Tel était le plan parfait qu'imaginait Akhésa. Mais il y avait encore tant d'impondérables... Le nombre des nouvelles embarcations serait-il suffisant ? Les dockers obéiraient-ils aux directives sans rechigner ? Les intendants des greniers royaux n'étaient-ils pas tous passés dans le camp de Horemheb ? Les premiers stocks de marchandises parviendraient-ils à Thèbes avant le grand marché ?

Maya n'avait rien promis. Il avait agi à sa manière et se retirait de la joute impitoyable engagée entre Akhésa et Horemheb. La grande épouse royale, si les événements tournaient mal, serait responsable aux yeux du Maître d'Œuvre pour qui seule comptait la sauvegarde de son ami Toutankhamon.

Akhésa eut envie de hurler, de crier sa détresse. Ils oubliaient tous qu'elle n'avait que vingt ans. Le visage de son père, debout face au soleil divin dont il accueillait les rayons en son cœur, flamboya dans sa mémoire. Elle le sentit présent, à côté d'elle, indifférent aux critiques. Cette vision la calma. Elle devait le prolonger, continuer son œuvre, profiter de la tourmente pour imposer à nouveau Aton comme la plus haute valeur sacrée du pays.

Mais les bateaux de Maya n'accosteraient-ils pas trop tard ?

Le général Horemheb fut réveillé à six heures du matin par l'intendant de sa villa thébaine, porteur d'un message frappé du sceau royal. Le sommeil quitta aussitôt ses yeux. Oubliant de saluer le soleil et les divinités domestiques, il se leva d'un bond et lut la convocation avec avidité. Il la relut plusieurs fois, de plus en plus heureux.

Le moment de son triomphe absolu approchait.

Le général convoqua coiffeur, manucure et masseur. Ce dernier détendit les muscles et remplit son corps d'une sensation de bien-être. Horemheb mangea des fruits, du pain chaud, et but du lait frais au miel. Puis il prit un bain et s'habilla de manière somptueuse, voulant apparaître dans l'éclat de sa richesse et de sa puissance.

C'est un homme sûr de lui, d'une élégance raffinée, qui pénétra au palais peu après dix heures. Il ne s'était pas hâté, soignant le moindre détail de sa mise. Il jeta un regard condescendant au chef du protocole qui le conduisait vers la salle du trône, comme s'il était déjà son nouveau maître. À sa grande surprise, le fonctionnaire bifurqua sur la droite.

— Où allons-nous ? interrogea Horemheb.

— Au bureau de la grande épouse royale.

Intrigué, le général fut introduit dans une vaste pièce très claire, remplie de papyrus roulés et scellés. Assise en scribe sur une natte, Akhésa utilisait son calame pour rédiger d'une main sûre un texte administratif en colonnes verticales.

La porte se referma derrière Horemheb. La reine continua son travail, comme si elle était seule. Vêtue avec simplicité, elle faisait apparaître dérisoire l'accoutrement compliqué du général. Ce dernier patienta quelques minutes, souriant. Puis l'irritation le gagna. La courtoisie lui imposait un silence qu'il respecta avec difficulté. N'y tenant plus, il se risqua à une impolitesse grave en prenant le premier la parole.

— Vous m'avez convoqué, Majesté, et je suis venu. Pourquoi ce mutisme ?

La reine ne leva pas la tête.

— Vous avez joué un jeu dangereux pour notre pays, général.

Horemheb se rengorgea.

— Je n'admets pas cette accusation. Je n'ai...

— Vous n'avez laissé aucune trace, je sais. Votre habileté est grande. Je chercherai quand même des preuves de votre action nuisible.

Le général vacilla. Mais il comprit vite qu'Akhésa menait un combat d'arrière-garde. Elle tenait à l'humilier une dernière fois avant de lui céder le pouvoir.

— Pourquoi ne suis-je pas reçu par Pharaon dans la salle du trône ?

— Le roi se repose. Ce que j'ai à vous dire ne

nécessite pas un cadre aussi somptueux. Mon bureau vous paraîtrait-il indigne de vous ?

— Certes non, protesta Horemheb, mal à l'aise. Je suppose que vous connaissez la gravité de la situation économique.

— Je crois aussi en connaître le responsable.

Le ton de la reine s'était fait cassant. Horemheb s'emporta.

— Cessons de jouer au chat et à la souris, Majesté ! Vous êtes obligée de m'accorder la régence. Moi seul peux rendre la prospérité au pays et lui éviter des troubles. Retarder ce moment serait criminel. Toutankhamon et vous continuerez à régner... du moins officiellement et pendant quelque temps. Puis le roi me laissera agir seul. Vous, en tant que grande épouse royale, me désignerez comme son successeur légitime. Vous n'avez plus le choix.

— Vous avez raison. Je vais prendre des sanctions contre les fonctionnaires félons qui ont mal servi le roi. Vous ne serez jamais régent du royaume, général. Vous subirez la colère de Pharaon.

Akhésa continua à écrire, avec un calme parfait.

— Ce défi est inutile, railla le général. Notre guerre est terminée. Sachez accepter votre défaite. Aujourd'hui, nous sommes adversaires, mais demain...

— Vous ne serez jamais régent du royaume, répéta la reine, glaciale. Toutankhamon est l'unique détenteur du pouvoir légitime. Je l'aime et serai toujours à ses côtés. Regagnez votre palais, général, et attendez les ordres de Pharaon. Ne prenez aucune initiative. Je fais ouvrir une enquête sur vos agissements.

Sidéré, Horemheb s'approcha de la jeune femme, la dominant de sa haute stature.

— Vous perdez la tête, Majesté ! Qu'espérez-vous donc ? Chacun sait que je suis le véritable maître de ce pays.

— Vous l'étiez, sans doute, général. De nombreux fonctionnaires seront mutés dans les prochains jours et de nouveaux ministres seront nommés.

Horemheb blêmit. Akhésa prenait le bon chemin. Avant de s'attaquer directement au général, elle le priverait de ses principaux alliés, diminuant peu à peu son influence.

— Le temps joue contre vous, Majesté.

— Dieu me protégera, déclara la reine, levant enfin les yeux vers son interlocuteur. Je vaincrai.

Deux jours s'écoulèrent. Toutankhamon, soigné par des fumigations et des essences de plantes, recouvrait la santé. Maya demeurait caché dans le village des artisans. Horemheb restait cloîtré dans la villa que surveillaient discrètement des policiers.

Akhésa, assistée du « divin père » Aÿ, travaillait avec acharnement. Transformer l'administration mise en place par Horemheb se révélait difficile, presque impossible. Déplacer quelques pions ne suffisait pas. Il fallait modifier un jeu de relations subtiles entre les dignitaires, identifier ceux qui exerçaient réellement un pouvoir. Le « divin père » offrit à la reine son irremplaçable expérience.

Aÿ était persuadé qu'elle échouerait. Elle affrontait un monstre aux tentacules innombrables, tentait de s'introduire dans un édifice aux mille couloirs dont seul Horemheb possédait le plan. Peut-être réussirait-elle à entamer sa confiance, à reprendre en main quelques secteurs de l'économie, mais l'entreprise s'annonçait désespérée. Pourtant, il l'aiderait jusqu'au bout. Depuis la mort de sa femme, le « divin père » n'avait plus aucune ambition. Le monde des vivants ne l'intéressait plus. Pas à pas, il avançait vers le royaume d'Occident où son esprit abandonnerait un corps usé pour entreprendre le voyage sans fin dans les espaces célestes.

Aÿ aimait cette jeune reine, si fragile et si forte. Elle était de la race des conquérantes qui s'oublient elles-mêmes afin d'aller jusqu'au terme de leur passion. Lui servir de père et de conseiller plaisait au vieillard, même si le combat contre Horemheb était perdu d'avance.

— Demain s'ouvre le grand marché de Thèbes... rappela-t-il. Avez-vous des nouvelles de vos bateaux de transport ?

— Aucune, répondit Akhésa, sombre. Ils arriveront à temps.

— Amon vous entende, Majesté.

Toutankhamon se joignit à sa femme et au « divin père » lors du dîner. Ils parlèrent peu, se contentant de louer la qualité des plats de viande et de poisson préparés par le cuisinier de Pharaon. Akhésa se préparait à vivre une troisième nuit sans sommeil lorsque sa servante nubienne la prévint qu'un visiteur, qui ne voulait pas dire son nom, sollicitait une audience immédiate.

— Décris-le-moi, exigea la reine.

— C'est un prêtre. Il a le crâne rasé. Il est vieux.

Malgré l'avis défavorable du « divin père », Akhésa reçut le religieux dans son bureau. Après s'être incliné devant la grande épouse royale, le messager la pria de se rendre en toute hâte au temple de Karnak. Le grand prêtre d'Amon, Premier Prophète du dieu, souhaitait sa présence auprès de lui pour une affaire de la plus haute importance. Il espérait que la reine pourrait répondre sans délai à son appel.

Intriguée, Akhésa accepta. Le grand prêtre, certes, était l'allié le plus fidèle du général Horemheb. Mais que risquait-elle à l'intérieur du temple ? Jamais on n'y avait attenté à la vie humaine. Un piège lui était-il tendu sur le parcours menant du palais à Karnak ? Elle convoqua une escorte nombreuse et bien armée.

Le soleil était couché quand la grande épouse royale entra dans la demeure du plus haut dignitaire religieux d'Égypte, située près du lac sacré dont l'eau était ridée par le vent du nord.

Le vieillard au visage sévère et décharné était couché, les bras le long du corps, les yeux mi-clos. Une torche éclairait faiblement la petite pièce où il reposait.

Akhésa sut aussitôt que la mort ravisseuse tournoyait autour de lui.

— Approchez, Majesté, exigea-t-il d'une voix grave qui tremblait à peine. Prenez un siège et venez tout près de moi. Vous n'avez plus rien à craindre. Demain, j'aurai cessé d'exister. Avant de monter sur la barque du passeur, je voulais vous voir une dernière fois... Vous dire que je me suis sans doute trompé.

Akhésa s'agenouilla au chevet du mourant.

— Aton et Amon... La guerre des dieux... Pourquoi avoir commis cette folie ? Connaissez-vous, Majesté, l'hymne que je récite, chaque matin en l'honneur de mon dieu ?... « Tu es celui qui a créé toutes choses, l'Unique qui crée ce qui existe. De tes yeux sont sortis les humains, de ta bouche les divinités. Tu crées le fourrage qui nourrit le bétail, les arbres fruitiers pour les hommes, tu fais vivre les poissons dans l'eau et les oiseaux dans le ciel, tu es l'unique aux mains nombreuses... »

Akhésa retint ses larmes. N'était-ce point la

transposition fidèle de l'hymne à Aton composé par son père ? Ainsi, son message avait trouvé refuge dans le sanctuaire du dieu qu'il avait combattu et qui l'avait vaincu. Amon étouffait Aton en le vidant de sa substance.

— Je me suis trompé, affirma le grand prêtre. J'ai tenté de vous briser parce que je vous prenais pour une intrigante avide de pouvoir. Vous avez résisté. Vous êtes une reine.

La voix grave devenait plus faible.

— Il est trop tard... Beaucoup trop tard, pour vous comme pour moi. Je regrette mon action, mais nul ne peut en supprimer les conséquences. Vous tenterez de régner... Si vous y parvenez, créez des temples durables par l'amour qu'on éprouvera pour vous, rendez heureux citadins et paysans, ne songez qu'à la volonté des dieux et au bien-être du peuple. Rendez sûres les frontières. Ne soyez pas partiale, ne donnez ni privilèges injustifiés ni châtiments excessifs. Consolez ceux qui souffrent, affermissez votre pays par la douceur et la puissance.

Akhésa recueillit les paroles du mourant avec vénération.

— Pourquoi est-il trop tard ? s'enquit-elle.

Le grand prêtre tourna vers elle des yeux remplis de désarroi.

— J'ai agi contre Pharaon... Je le croyais incapable de gouverner le Double pays... Mais vous êtes à ses côtés, vous...

Les yeux devinrent fixes. La tête s'inclina doucement sur l'épaule gauche. Le général Horemheb perdait son principal allié.

Dès que les premiers rayons du soleil réchauffèrent la terre et dissipèrent la brume recouvrant le Nil, les commerçants dressèrent leurs échoppes en bois et disposèrent sur le sol de larges pièces d'étoffes où seraient exposées les marchandises. Rires et chants manquaient à un travail exécuté avec davantage de fébrilité que d'entrain. Le grand marché risquait d'être presque vide. Cette fois, la population ne patienterait plus. Elle agresserait d'abord les marchands puis les forces de police. Si l'armée était contrainte d'intervenir en pleine cohue, ce serait un massacre.

Dans le temple de Karnak, les prêtres venaient d'apprendre, par la voix du Second Prophète, la disparition de leur chef. Au palais, Toutankhamon dormait.

Akhésa était montée sur la terrasse supérieure d'où elle dominait la capitale. Le grand temple d'Amon-Rê, protégé par un mur d'enceinte, formait une gigantesque citadelle du sacré au cœur de la cité. Les oriflammes rouges ornant le sommet des hauts mâts, dressées contre les pylônes, dansaient dans la brise matinale. Thèbes, d'ordinaire bruyante et animée, était plongée dans un silence inquiétant.

La reine aperçut une voile blanche, un sillon dans l'eau argentée. Son cœur battit plus vite.

Il ne s'agissait que d'un bac transportant des paysans vers la rive d'Occident où la cime, sortie des ténèbres, continuait à veiller sur les temples et les bateaux. Cette journée ne ressemblerait à aucune autre. Akhésa refusait de voir couler le sang de son peuple. Dès que la colère gronderait sur la place du marché, elle ferait annoncer que le général Horemheb était nommé régent par Pharaon afin de mettre fin aux troubles et à la pénurie. Cette nouvelle suffirait à apaiser les esprits. Toutankhamon et elle n'auraient plus qu'à s'enfermer au palais en attendant la nomination d'un nouveau grand prêtre d'Amon et en abandonnant à Horemheb les rênes de l'État.

Akhésa s'habituait à Thèbes. Jamais elle ne

l'aimerait autant que la cité du soleil, mais elle parvenait à apprivoiser son génie propre, à déchiffrer ses joies et ses peines, à se mouvoir dans le labyrinthe de ses ruelles. Les pharaons avaient créé Thèbes, Thèbes les créait. Si elle parvenait à fonder une nouvelle cité du soleil, la reine ne négligerait pas l'ancienne capitale. Elle n'essayerait pas de détruire Amon et ses temples, mais de les restreindre à leur domaine d'élection.

Une nouvelle cité du soleil... Le rêve se brisait sur la volonté du général Horemheb, sa ruse, son ambition. Comment survivrait-elle, après son abdication de fait ? L'amour de Toutankhamon suffirait-il à la rendre heureuse, à lui faire oublier qu'elle avait été reine d'Égypte ? Jamais elle n'appartiendrait à Horemheb. Jamais elle n'abandonnerait l'homme qui avait fait d'elle son épouse et la souveraine des Deux Terres. Il ne lui resterait qu'un seul pouvoir : celui de légitimer l'accession au trône d'un nouveau monarque. Horemheb ne serait pas celui-là, bien qu'il fût certain de son triomphe. Elle ne céderait pas. Combien de temps supporterait-il cette situation, combien de refus subirait-il avant de prendre la décision de la supprimer ?

Comme les minutes s'écoulaient vite... Le soleil grimpait dans le ciel, les premiers badauds circulaient sur la place du marché. Akhésa contempla Thèbes avec passion, comme si la capitale de l'Égypte était encore sienne. Elle jeta un dernier regard au Nil dont les eaux se coloraient d'un bleu vif sur lequel se détachaient trois voiles blanches dans le lointain.

Trois voiles blanches carrées progressant avec lenteur, tant les bateaux étaient chargés.

Trois bateaux qui s'étaient détachés d'une flottille, armée pacifique venant nourrir Thèbes.

Akhésa pencha la tête en arrière. Ses cheveux

dénoués caressèrent ses reins. Elle écarta les bras du corps, paumes ouvertes vers le ciel, et rendit grâces au soleil divin, ses larmes se mêlant à un chant d'allégresse.

32

— Je meurs de soif, dit Toutankhamon. Donne-moi encore de la bière fraîche.

Le roi tendit sa coupe à la reine. Tenant une passoire dans la main droite, Akhésa y versa le liquide qui, filtré, serait plus doux à la gorge enflammée du roi. Ce breuvage était aussi un remède qui guérissait des infections.

— La journée sera longue et épuisante. Ne pourrions-nous écourter certaines cérémonies ?

— Impossible, répondit Akhésa, embrassant tendrement le roi sur le front. La fête du jour de l'an est l'occasion de fastueuses réjouissances dont Pharaon est le centre. Voici venu le moment de votre triomphe, Majesté.

Les yeux du roi brillaient d'excitation.

— Et si nous faisions l'amour au lieu de nous encombrer de tout ce protocole ?

La reine baissa les yeux, faussement pudique.

— L'un n'empêche pas l'autre, dit-elle d'une voix amusée. N'est-ce point l'amour qui inspire votre règne ?

Akhésa fit glisser sur les épaules les bretelles de sa robe qui tomba à ses pieds. Elle demeura face au roi, vêtue de son seul collier de perles de cornaline. Toutankhamon, bouleversé par cette vision, serra son épouse dans ses bras.

— Comment te dire que je t'aime toujours davantage, Akhésa ? Tu es si belle, tu...

Elle posa l'index sur les lèvres de Pharaon.

— Un jeune dieu doit être silencieux, Majesté. Il ne parle pas, mais il agit.

Toutankhamon embrassa le cou parfumé de la grande épouse royale et, avec une infinie douceur, l'étendit sur un lit en bois doré aux pieds en forme de pattes de lion.

Plusieurs semaines s'étaient écoulées depuis la fin de la pénurie. Lorsque Maya, Maître d'Œuvre de tous les chantiers royaux et surintendant du Trésor, avait regagné son bureau ministériel, il avait aussitôt procédé à un examen des dossiers confiés par le « divin père » Aÿ. Il lui revenait d'établir la liste des hauts fonctionnaires destinés à comparaître devant un tribunal pour fautes graves. Ses premières investigations lui démontraient l'ampleur du réseau d'influences tissé par Horemheb.

Ce dernier affichait une belle sérénité, qui étonnait le couple royal. Le général donnait réception sur réception, organisait des chasses au lion, voyageait avec ostentation sur des bateaux où l'on festoyait. Il n'oubliait pas de se rendre au palais pour offrir des cadeaux au roi et à la reine et recevoir leurs instructions qui se résumaient à des activités mondaines dont Horemheb semblait se contenter. À qui voulait l'entendre, il affirmait avoir définitivement renoncé au pouvoir suprême afin de goûter sans réserve à une existence de courtisan vouée au luxe et au plaisir. Son épouse, Mout, portait chaque jour une robe différente et passait de nombreuses heures en compagnie de ses esthéticiennes et de ses coiffeuses. Elle s'affichait comme la première dame de Thèbes après la reine et comme la meilleure organisatrice de réceptions de la capitale.

Akhésa demeurait sur ses gardes, mais elle pensait avoir affaibli de manière décisive son dangereux adversaire en nommant comme Premier Prophète d'Amon un prêtre dévot fort âgé et grand ami du « divin père » Aÿ, devenu conseiller privé du couple royal et logeant désormais au palais.

L'ambassadeur Hanis, dont les rapports sur la situation en Asie étaient plutôt rassurants, avait regagné Thèbes pour fêter l'année nouvelle. Les Hittites n'avaient certes pas diminué leur effort militaire, mais ils se montraient d'une extrême prudence et avaient cessé leur politique d'expansion.

Hanis avait décrit le couple royal comme intransigeant et décidé à maintenir le rayonnement pharaonique à l'étranger, avec l'appui inconditionnel du général Horemheb dont le prestige restait grand. Aussi les Hittites se cantonnaient-ils dans une position d'attente, hésitant à provoquer des affrontements directs avec l'armée égyptienne.

Akhésa avait eu un long et féroce entretien avec Nakhtmin, le chef d'armée désigné par Toutankhamon. Elle lui avait reproché sa veulerie et sa mollesse, déclenchant une réaction violente de la part d'un homme jeune qui avait oublié ses devoirs pour ne jouir que de ses droits. Lui rappelant son serment de fidélité au pharaon, le respect qu'il devait à son père Aÿ dont il déshonorait le nom par sa conduite, elle avait éveillé en lui le désir d'être digne de la fonction qui lui avait été confiée.

La reine n'agissait pas par bonté d'âme pour un homme qu'elle méprisait. Elle l'utilisait contre Horemheb. Si Nakhtmin prouvait une seconde fois son incapacité, elle l'évincerait. Dans l'immédiat, il gênerait l'action du général, même si ce dernier conservait de solides appuis dans les différents corps d'armée. Bientôt, elle pourrait modifier certains commandements, peut-être même envoyer les meilleurs amis de Horemheb en Asie et en Nubie.

L'année qui s'ouvrait marquait le premier apogée du règne de Toutankhamon. Akhésa s'effacerait derrière le roi et proclamerait la valeur de son action devant la totalité de la cour. Encore fallait-il que le jeune pharaon supportât le poids du costume rituel et de la double couronne tout au long d'une cérémonie qui durerait jusqu'à la nuit.

Au milieu de la matinée, Pharaon et la grande épouse royale sortirent du palais, suivant un maître de cérémonies pourvu d'une longue canne et précédant une file de courtisans recueillis, tête baissée. Ils marchèrent d'un pas lent vers le temple de Karnak. À l'entrée de l'enceinte sacrée les attendaient de nombreux prêtres. De leurs rangs sortit le Premier Prophète, le dos voûté.

— L'année se meurt, l'année renaît. Que Pharaon préserve la vie de son peuple et qu'il empêche la maladie, la haine et la destruction de franchir les frontières.

— Pour qu'il en soit ainsi, exigea le maître de cérémonies, que Pharaon soit purifié.

Toutankhamon fut introduit dans une salle étroite, au plafond peu élevé, la « maison du matin ». Deux prêtres le purifièrent en lui versant de l'eau sur la tête et sur les mains. Puis le roi emprunta un couloir qui le mena jusqu'au pavillon du trésor où, après avoir lu les formules alchimiques transformant en or la matière première, il s'installa dans un palanquin aux côtés de la reine.

Une procession les emmena jusqu'à la chapelle du grand siège où le roi reçut neuf onctions. Grâce à l'application des huiles saintes, la lionne dangereuse, pourvoyeuse d'épidémies, n'enverrait aucun maléfice contre lui.

Le couple royal séjourna plus d'une heure dans le sanctuaire de la Maison de Vie où le roi consacra des aliments aux divinités de sorte qu'elles fussent favorables l'année durant. Toutankhamon et Akhésa méditèrent au centre d'une cour entourée de murs de brique crue et au sol dallé de pierre. La reine enflamma sept statuettes placées devant le roi. Elle lui donnait ainsi une énergie impérissable. Puis elle plaça au cou de Pharaon une amulette représentant le faucon et l'abeille, protecteurs magiques de son pouvoir.

Après avoir franchi une porte monumentale en calcaire blanc, le roi chemina entre deux rangées de colonnes aboutissant à une salle plongée dans l'obscurité. Il s'étendit sur un lit, sept sceaux placés sous la tête, prêt à traverser l'espace de mort qui séparait l'année finissante de la nouvelle année.

Lorsqu'il se releva, la reine décapita sept plantes du marais, symbolisant les ennemis de l'Égypte. À peine debout, Toutankhamon vacilla. Il tendit le bras droit vers Akhésa, espérant s'agripper à elle, mais s'écroula avant d'avoir pu atteindre son épouse. La reine appela à l'aide.

Le roi vomit un mélange de sang et de bile.

Deux prêtres le portèrent jusqu'à une salle d'eau pourvue de latrines. Deux sièges de bois étaient placés sur des murets de briques d'une bonne hauteur. Au-dessous, des récipients en terre cuite destinés à recueillir les déjections. On déshabilla le roi et on le maintint debout sur une dalle de calcaire sous laquelle passait une conduite chauffée. On le lava, l'eau étant projetée sur des murs recouverts de carreaux de calcaire.

Toutankhamon n'avait pas perdu conscience, mais il se sentait faible. Akhésa le supplia de faire appel à ses ultimes ressources pour continuer à célébrer les rites. Il était indispensable que le peuple acclamât son roi.

Une coupe de jus de palme additionnée d'huile de moringa revigora le souverain. Malgré le goût désagréable, Akhésa l'obligea à la boire jusqu'à la dernière goutte. S'appuyant sur le bras de son épouse, Toutankhamon reçut la double couronne, empoigna le sceptre du commandement et réussit à marcher jusqu'au parvis du temple où des prêtres lâchèrent des oiseaux aux points cardinaux. Le faucon, le vautour, le milan et l'oie du Nil répandraient aux quatre coins de l'univers la bonne nouvelle : le roi d'Égypte avait vaincu le mal.

Une hirondelle tournoya joyeusement dans la lumière hivernale, déclenchant des sourires de satisfaction. Nul présage n'aurait pu être plus favorable. C'était sous cette forme que l'âme de Pharaon montait au ciel pour dialoguer avec les puissances d'en haut et revenait vers la terre pour guider les humains.

Le soleil était au zénith quand le jeune roi, sortant du temple de Karnak, apparut à son peuple. Toutankhamon était assis sur un trône maintenu par deux longues barres de bois que des porteurs soulevaient à hauteur d'épaule. Les regards étaient attirés par la double couronne, la blanche emboîtée dans la rouge, caractérisée par sa tige spiralée reliant la pensée de Pharaon à l'énergie du cosmos.

Une foule dense attendait que le roi-dieu se manifestât. Une immense clameur s'éleva quand Toutankhamon posa pied à terre, éleva son sceptre et sacralisa les hommes, les femmes et les enfants dont la vie était liée à sa vie. Un intense sentiment de communion unit le souverain à ses sujets.

Vinrent vers lui des porteurs d'offrandes qui déposèrent sur des autels portatifs les cadeaux du Nouvel An. Les ateliers royaux avaient créé des chefs-d'œuvre : colliers, bracelets, sandales dorées, étoffes luxueuses s'accumulèrent devant les yeux émerveillés de l'assistance. Le roi examina avec attention chaque objet, félicita les chefs de corporations et décora de trois colliers d'or son Maître d'Œuvre, Maya, chef de tous les artisans.

Pas un dignitaire ne manquait. La cour, au grand complet, observait d'un œil critique la prestation du jeune souverain dont la popularité ne cessait de croître. Les plus exigeants durent admettre que le jeune homme remplissait sa tâche à la perfection. Il savait se montrer chaleureux et attirait l'amour du peuple. L'âge venant, il jouissait d'une autorité plus marquée. Ayant à ses côtés une grande épouse royale dont chacun connaissait les qualités de femme d'État, il disposait d'une alliée qui s'affirmait déjà comme une reine exceptionnelle.

Le « divin père » Aÿ, qui avait eu le droit de s'asseoir sur un tabouret pliant en raison de son état de santé, éprouvait une profonde satisfaction. Jusqu'à cet instant, il avait craint que le roi fût incapable de supporter les exigences physiques d'une aussi longue journée. Mais plus les minutes s'écoulaient, plus la vigueur de Toutankhamon augmentait.

Horemheb, le visage indéchiffrable, s'étonnait, lui aussi, de la résistance du jeune monarque. Il était persuadé qu'il ne supporterait pas longtemps le poids de la double couronne, de la robe de cérémonie et du sceptre de commandement. Comme il aurait aimé le voir s'écrouler et mordre la poussière ! Ce dernier espoir s'estompait. Le général perdait confiance en lui-même. Il enrageait de renoncer à un grand destin à cause d'une femme dont le sens politique s'était révélé plus aiguisé que le sien. Il avait commis une faute impardonnable : sous-estimer la capacité d'Akhésa à lutter contre l'adversité. Alors qu'il la croyait vaincue, elle avait profité d'une de ses rares périodes de passivité pour déployer une stratégie victorieuse. Les meilleurs amis du général, de hauts fonctionnaires qui l'avaient toujours soutenu, commençaient à se détacher de lui de peur d'être sanctionnés à l'issue de l'enquête ordonnée par le roi. Pieds et poings liés, Horemheb s'enfermait dans une vie mondaine. Jamais le couple royal n'oserait s'attaquer directement à lui. Il le laisserait vieillir dans le luxe alangui de Thèbes en rétrécissant chaque année davantage son champ d'action. Cette lente asphyxie ne serait-elle pas pire que la mort ?

Akhésa, qui se tenait aux côtés de son époux, légèrement en retrait, n'avait pas réussi à capter le regard du général Horemheb. Elle regretta de ne pouvoir le déchiffrer, ressentir son désarroi face à des événements qui le reléguaient dans les ténèbres. Comment le général réagirait-il devant son inévitable déchéance ? Comment tenterait-il de sortir de sa prison dorée ? Sa chute était d'autant plus douloureuse qu'il avait cru atteindre le sommet.

Akhésa avait le sentiment de régner sur la foule joyeuse qui acclamait le roi. Le plus beau des cadeaux de ce Nouvel An était la maturité du jeune monarque. Il avait vaincu sa faiblesse physique, surmonté un malaise, subjugué ses derniers adversaires.

Akhésa éprouvait un nouveau sentiment à l'égard de son mari : elle l'admirait. En le voyant à l'aise parmi les courtisans, débonnaire avec son peuple, sûr de lui dans sa démarche, la reine s'apercevait que Toutankhamon commençait à pratiquer avec bonheur son métier de roi et même à y prendre plaisir.

Ce soir, elle lui ferait l'amour comme la première fois où leurs corps s'étaient unis.

Quand le soleil s'enfonça dans l'occident, chaque maîtresse de maison, de la plus humble à la plus fortunée, alluma une lampe qu'elle plaça en évidence sur le rebord d'une terrasse ou le pas d'une porte. Au même instant, l'Égypte entière s'illumina de mille feux, villes et campagnes formant un unique tissu de clarté. Le ciel était sur la terre, brillant de milliers d'étoiles. Partout, on dansait et on chantait. On festoierait jusqu'au matin.

Au palais étaient réunis les proches de Toutankhamon : Maya, Maître d'Œuvre et surintendant des Finances, le « divin père » Aÿ, l'ambassadeur Hanis. Tous trois avaient chaleureusement félicité le souverain. Sensible à ces louanges, il avait été bouleversé par les regards énamourés d'Akhésa dans lesquels il avait senti naître l'admiration.

Il savourait cette victoire-là plus que toutes les autres. Conquérir totalement son épouse, la rendre amoureuse dans son esprit comme dans son corps était son souhait le plus cher. Puisqu'il n'y parvenait qu'en remplissant de manière éclatante sa fonction de Pharaon, il se conformerait désormais à cette exigence. Il régnerait pour elle.

Akhésa, épuisée, s'était assise aux pieds du roi, la joue posée sur sa jambe. Toutankhamon avait été régénéré par la cérémonie. Toute trace de fatigue avait disparu de son visage. Il se montrait volubile, parlant avec enthousiasme de ses nombreux projets destinés à rendre l'Égypte plus heureuse. Hanis découvrait un roi dont il n'avait pas soupçonné la force de conviction. Maya se réjouissait de voir enfin surgir la véritable nature de son ami. Le « divin père » Aÿ appréciait à sa juste valeur la magie utilisée par Akhésa pour amener un homme à se délivrer du fardeau de l'enfance.

Les maîtres de l'Égypte avaient dîné de figues fraîches, de brochettes d'agneau grillé et de gâteaux au miel. L'échanson leur avait servi un vin rouge des oasis au fruité admirable.

— L'Égypte est riche, déclara Maya. Elle le deviendra plus encore grâce au travail de gestionnaires compétents. Nous ouvrirons de nouveaux chantiers et procéderons à de nombreuses restaurations. Le roi Toutankhamon laissera trace de son nom dans le pays entier.

— Il est possible de mettre fin aux monopoles économiques encore détenus par les prêtres d'Amon, ajouta le « divin père ».

— Que Pharaon ne néglige pas la politique extérieure, recommanda Hanis. Les Hittites demeurent un danger réel. Je suis favorable à une campagne militaire d'intimidation.

Détendue, Akhésa goûtait ces paroles comme un bonheur sans limites. Toutankhamon gouvernait. Ses plus hauts dignitaires le servaient sans arrière-pensée. Il pouvait enfin construire son règne à l'image d'un temple. Les paroles sortant de sa bouche deviendraient réalité.

— Je vous approuve, mes amis, déclara le roi, mais il reste un obstacle majeur.

— Lequel, Majesté ? demanda Hanis.

— Le général Horemheb.

— Il a perdu la guerre intestine qu'il vous livrait, déclara Maya.

La servante nubienne apporta du raisin. Les convives, repus, le refusèrent. Mais Toutankhamon, insatiable en ce jour triomphal, dégusta quelques grains dont la fraîcheur sucrée enchanta son palais.

— Je ne suis pas d'accord. Le prestige du général demeure intact. Il ne restera pas sans réagir. Demain, il fomentera un autre complot contre moi. Il trouvera de nouveaux alliés. Il exploitera la moindre de nos faiblesses. Horemheb sera un danger permanent.

La justesse de l'analyse troubla les esprits. Même Akhésa se rendit aux raisons formulées par son époux.

— Que proposez-vous donc, Majesté ? s'enquit le « divin père ».

— La seule solution possible.

L'ambassadeur Hanis respira soudain avec difficulté.

— Vous ne voulez pas dire...

— Si, affirma Toutankhamon avec flegme. L'exil. Je nomme le général Horemheb gouverneur des oasis. Loin de Thèbes, perdu au milieu du désert, privé de son réseau de relations, il ne nous nuira plus. Maya rédigera le décret dès demain. J'y apposerai mon sceau. Le général aura définitivement quitté la capitale avant la fin de cette semaine.

Toutankhamon et Akhésa échangèrent un sourire. La reine avait la sensation de nager dans le lac de la félicité, l'un des paradis promis aux bienheureux. Pharaon agissait comme un grand monarque et réalisait son rêve le plus secret : faire disparaître Horemheb.

— Ne craignez-vous pas... commença le « divin père ».

— Je ne crains plus rien ni personne, dit Toutankhamon. Je suis Pharaon.

Aÿ, Hanis et Maya inclinèrent la tête avec respect. Akhésa vivait un formidable espoir. Aux côtés d'un roi conscient de la puissance que lui avaient confiée les dieux, elle pourrait œuvrer à la restauration de la religion d'Aton. Elle le convaincrait de quitter Thèbes et de créer une nouvelle capitale où régnerait un soleil divin, capable d'unifier les peuples d'Égypte et d'Asie.

Elle étreignit avec tendresse la jambe de son époux.

Celui-ci se raidit. Il se leva brusquement, portant la main à sa gorge.

— J'étouffe, se plaignit-il... Un feu me brûle...

Toutankhamon fit quelques pas, tentant d'atteindre une fenêtre. Vaincu par la souffrance, il tomba à genoux. Akhésa se précipita vers lui, le serrant dans ses bras.

— Akhésa, mon amour... murmura-t-il au prix d'un effort surhumain qui lui déchira la poitrine.

La tête du jeune roi se pencha en arrière. Il regarda fixement la femme qu'il aimait passionnément.

Ses yeux étaient déjà morts.

33

En ce matin brumeux et froid, les portes des sanctuaires demeurèrent closes. Les dieux, muets, restèrent enfermés dans leurs naos. Les prêtres ne se purifièrent pas dans les lacs sacrés, ne portèrent aucune offrande dans le temple couvert et ne célébrèrent aucun rite. Karnak fut plongé dans le silence et l'immobilité, comme privé de toute vie.

L'âme de Pharaon était sortie de son corps pour rejoindre la lumière d'où elle provenait. Le jeune roi de vingt ans avait quitté le monde des hommes pour rejoindre le cercle des puissances célestes, devenir étoile et naviguer sur les canaux de l'au-delà. Le pays entier était frappé de stupeur par l'horrible nouvelle. Sans Pharaon, l'Égypte devenait une proie facile pour les cohortes de démons et de forces maléfiques qui travaillaient sans cesse à la destruction de la vie. Le peuple n'avait plus de lien avec le ciel. Le chemin vers l'éternité était coupé.

Pendant soixante-dix jours, temps nécessaire pour momifier Toutankhamon et préparer sa résurrection, le trône serait vide. La grande épouse royale n'avait que ces soixante-dix jours pour désigner le successeur du roi défunt, le nouveau maître des Deux Terres dont elle deviendrait l'épouse, légitimant ainsi son pouvoir. Un peu plus de deux mois avant de donner satisfaction au général Horemheb, le vaincu d'hier, celui dont Toutankhamon avait triomphé.

Akhésa souffrait. Son âme était torturée par une douleur qui ne la laissait plus en repos. Sa vie n'avait plus aucun sens, aucun goût. La mort voleuse, la mort sans visage... Elle avait tué son bonheur. Elle aurait aimé pénétrer sous terre avec le soleil du soir et ne plus revoir la lumière des vivants qui accroissait sans cesse son désespoir.

Akhénaton avait raison. Les prêtres étaient les plus vils et les plus méprisables des hommes. Ils avaient empoisonné Pharaon. Le raisin absorbé par le roi avait été imprégné d'une substance toxique. Il provenait des vignes du temple de Karnak. La reine avait exigé une enquête. On avait retrouvé le serviteur qui avait apporté les fruits au palais. L'homme ne savait rien. Les grappes lui avaient été remises par un intendant, lequel tenait ses directives de l'administration centrale. On remonterait jusqu'à un prêtre subalterne qui produirait un document portant le sceau d'un autre intendant. Personne n'avouerait. Personne ne pouvait avouer, car le vrai coupable avait disparu.

L'une des phrases prononcées par le défunt grand prêtre d'Amon avait traversé la mémoire d'Akhésa : « J'ai agi contre Pharaon... Je le croyais incapable de régner. » Le Premier Prophète échappait à la justice des hommes, mais il comparaîtrait devant le tribunal divin.

Cette perspective ne consolait pas Akhésa. Elle se sentait trop seule face à une épreuve qu'elle n'avait pas le courage d'affronter. Dans un vase d'albâtre cylindrique, elle prit un peu de cosmétique. Elle posa doucement sur sa table de maquillage le couvercle en forme de lion couché, à la langue d'ivoire teinté de rouge. Il lui rappela les chasses auxquelles elle avait participé en compagnie de son mari lorsque le soleil inondait leurs cœurs du plaisir de vivre.

Akhésa avait renvoyé sa servante nubienne. Elle désirait se parer elle-même pour l'ouverture de la période de deuil. Couchés en travers de la porte de la chambre, ses deux lévriers, Bélier et Taureau, ne la trahiraient jamais. Ils la protégeraient.

Elle prit un vase à parfum orné de fleurs d'albâtre et de la figure du dieu Nil aux mamelles pendantes, évoquant l'inépuisable fécondité offerte par le fleuve. Lotus et papyrus s'entrecroisant symbolisaient l'union entre la Haute et la Basse Égypte, l'alliance indispensable au bonheur du peuple que Pharaon avait le devoir d'emmener vers la lumière.

Sur le pied du vase, gravé à l'or fin, le nom de Toutankhamon. Un nom qui appartenait désormais aux listes royales et s'inscrivait dans le glorieux passé des Deux Terres. Un nom qui ne vivrait plus que par les monuments, les stèles et les pierres sacrées.

C'est en ressentant l'insupportable absence de son mari que la reine comprit à quel point elle l'aimait. Il l'avait adorée, elle l'avait presque ignoré. Il lui avait offert la plus intense des passions, elle ne lui avait répondu que par la jouissance. Elle avait cru posséder la véritable puissance, oubliant que Toutankhamon, par la magie des rites, était devenu un roi-dieu. C'est lui qui avait régné, pas elle.

La mort ne les séparerait pas. Elle en décidait ainsi. L'immense amour qui animait son cœur, elle le lui donnait. À lui et à personne d'autre.

La reine se parfuma, imprégnant chaque parcelle de sa peau d'essence de jasmin. Elle planta une fleur de lotus dans ses cheveux, se vêtit d'une robe austère de lin bleuté et orna son cou d'un collier de perles d'or et de cornaline qu'embellissait un pendentif en forme de serpent en or massif.

S'avançant sur la terrasse du palais royal, elle entendit les chants plaintifs des pleureuses, confectionnant des bouquets montés qui seraient disposés sur le sarcophage royal. Partout, le travail s'était arrêté. Fêtes et banquets avaient été annulés. Le palais, d'ordinaire grouillant d'activité, était figé dans un sommeil douloureux. Les scribes avaient fermé leurs bureaux. Aucun acte officiel ne serait signé tant que le pays ne serait pas gouverné par un nouveau pharaon.

Le silence devenait de règle. Pendant de frugaux repas où n'était servi aucun vin, les convives ne prononçaient pas le moindre mot. Le Verbe s'étant enfui avec l'âme du roi, les hommes avaient le devoir de se taire. Les nourritures n'étaient plus une fête, mais un moyen de survivre. En signe de deuil, les dignitaires laissaient pousser leur barbe et portaient les vêtements les plus simples, ne se distinguant plus des humbles. La hiérarchie sacrée s'estompait. Le monde devenait chaos.

Il ne subsistait qu'une autorité reconnue par tous : la grande épouse royale. La destinée du pays était entre ses mains.

Le « divin père » Aÿ et le Maître d'Œuvre Maya furent introduits dans la salle d'audience à la tombée du jour. Passant par d'étroites fenêtres, les derniers rayons du soleil mourant recouvraient d'or les peintures murales où s'ébattaient des canards au milieu des marais.

Akhésa, couronnée de la mitre blanche qu'avait portée sa mère, Néfertiti, était installée sur son trône. À côté, vide, celui de Pharaon.

Les deux dignitaires furent frappés par la beauté de la reine et plus encore par sa gravité. Aÿ perçut la transformation qui s'était opérée en elle. La mort de Toutankhamon, loin de l'avoir brisée, lui avait donné une force nouvelle. Aguerrie par l'épreuve, la volonté de la jeune femme s'était affermie comme du bois d'acacia durci par l'eau et le vent. Le « divin père » éprouva les craintes les plus vives : comment la fléchir ? Comment lui faire admettre que ses rêves ne se réaliseraient jamais et qu'elle devait s'incliner devant le destin ?

— Pourquoi souhaitiez-vous cette entrevue ? demanda sèchement la reine.

— Le Maître d'Œuvre a de graves soucis, déclara le « divin père ». Ni le temple funéraire du roi ni la tombe ne sont prêts. Où célébrerons-nous ses funérailles ?

Maya gardait un visage fermé. Il dévisageait la reine avec sévérité.

— Pourquoi ne vous exprimez-vous pas vous-même, Maya ? s'enquit Akhésa. Auriez-vous besoin d'un interprète ?

— Le malheur est sur vous, Majesté, et vous le propagez. Je vous considère comme responsable de la mort du roi.

Le « divin père » ferma les yeux. L'insolence de Maya était maladroite et stupide.

— Vous êtes injuste, observa Akhésa sans se départir de son calme. Ce sont les prêtres d'Amon qui ont assassiné Pharaon. Ils ont utilisé le poison.

— Je n'y crois pas, rétorqua le Maître d'Œuvre. Toutankhamon souhaitait une existence paisible. Vous l'avez contraint à jouer un personnage qui l'a étouffé. Vous lui avez volé sa jeunesse. A cause de vous, sa part de lumière s'est éteinte trop vite.

— Vous vous trompez, affirma la reine, dont le regard ne vacilla pas malgré les coups terribles que lui portait son Frère Maya. L'homme que j'aimais était devenu un roi. Il ne désirait plus d'autre existence que celle d'un pharaon. C'est pourquoi Horemheb et ses alliés l'ont jugé dangereux.

— Ce n'est qu'une fable inventée par une femme déçue !

Le « divin père » saisit le poignet du Maître d'Œuvre.

— Laissez, intervint Akhésa. Maya a toujours son franc parler. Je ne tenterai pas de le convaincre. L'essentiel est de préparer la demeure d'éternité de Toutankhamon.

— Je suis responsable de cette tâche, précisa Maya, et je m'en acquitterai avant la fin de la momification. Il faut s'occuper d'abord de la tombe. Plusieurs mois seront nécessaires pour achever le temple.

— Vous ne creuserez pas un tombeau en moins de soixante-dix jours, objecta le « divin père ».

— J'exige que Toutankhamon repose dans la vallée où se trouvent les momies des rois de notre dynastie, dit la reine, défiant le Maître d'Œuvre.

Maya ne cacha pas son embarras.

— En ce cas, il n'y a qu'une seule solution.... Utiliser l'atelier où travaillaient les maîtres dessinateurs. Mais il se compose de petites pièces peu dignes d'un grand monarque.

L'ironie de Maya peina cruellement la reine. Elle n'en laissa rien paraître.

— Seront-elles suffisantes pour abriter les trésors et le mobilier qui doivent accompagner le roi dans l'au-delà ?

— Je le crois, Votre Majesté, répondit Maya. Mes artisans déploieront toute leur ingéniosité. Il ne manquera rien à Pharaon pour pénétrer dans les paradis.

— Votre avis est déterminant, reconnut la

reine. Mettez-vous à l'œuvre sans plus tarder et tenez-moi chaque jour au courant de l'avancement des travaux.

Maya s'inclina puis quitta la salle d'audience d'un pas pressé.

Le « divin père » s'assit sur les marches de l'estrade où étaient installés les trônes.

— Puis-je ouvrir mon cœur, Majesté ?

— Suis-je devenue à ce point inaccessible, Aÿ ? Ou bien jugez-vous que la folie s'est emparée de mon esprit ?

Le vieux courtisan, un peu rassuré par la modération du ton, avança avec prudence sur le chemin qu'il était obligé de parcourir.

— Je comprends vos ressentiments envers les prêtres d'Amon, Majesté. Mais n'oubliez pas qu'ils ont le soutien inconditionnel du général Horemheb. Karnak attend de lui de nouveaux privilèges. Le Premier Prophète et sa hiérarchie préparent déjà une grande fête en l'honneur du dieu Amon. Vous devez cesser toute attaque contre eux. L'enquête que vous avez ordonnée sur la mort du roi n'a aucune chance d'aboutir. Elle ne fait qu'augmenter leur exaspération. Selon moi, vous auriez avantage à l'interrompre.

Akhésa accomplit un effort surhumain pour ne pas descendre de son trône, frapper le vieillard et hurler sa haine à l'égard de ces prêtres hypocrites, les plus criminels des hommes. Mais à quoi bon cette révolte ? Elle fit taire le feu destructeur qui l'habitait.

— Avez-vous d'autres conseils à me donner, « divin père » ?

Aÿ s'exprima avec difficulté, tant sa bouche était sèche.

— Reconnaissez au plus tôt Horemheb comme Pharaon et annoncez votre mariage. Il n'est pas bon que l'Égypte soit privée de souverain. Les

475

pires calamités pourraient s'abattre sur elle. Dissipez l'angoisse au plus vite.

— J'ai soixante-dix jours pour désigner le successeur de Toutankhamon, rappela Akhésa.

Akhésa n'accorda plus aucune audience. À la fin de chaque jour de la première semaine de momification, elle lisait avec attention les rapports du Maître d'Œuvre Maya. La préparation de la tombe de Toutankhamon avançait vite.

La reine demeurait en méditation des heures durant, se contentant de suivre la course du soleil. Son existence n'avait plus la moindre saveur. Non pour elle, mais pour un roi défunt qui aurait dû être grand, pour une Égypte qui aurait dû être sienne.

Akhésa, cédant aux prières de sa servante, accepta enfin de se faire coiffer. La Nubienne s'acquitta de sa tâche avec nervosité.

— Qu'as-tu à me dire ? Parle donc.

— Maîtresse... L'ambassadeur Hanis vous supplie d'accepter son invitation. Il voudrait vous voir cette nuit, dans la villa d'un de ses amis.

— Hanis a toujours le goût du secret. Je ne sortirai pas du palais.

La Nubienne s'agenouilla aux pieds de la reine.

— Il jure que c'est très important.

— Quelle récompense t'a-t-il promise ? De l'or ? Des bijoux ?

La Nubienne baissa la tête. Des larmes roulèrent sur ses joues.

— Donne-moi un manteau, une perruque et conduis-moi jusqu'à lui, ordonna Akhésa.

Thèbes endeuillée respirait à peine. La capitale du plus grand empire du monde s'habituait mal à la mort et au silence. Les marchands attendaient avec impatience la fin de cette pénible période où il était interdit d'ouvrir les marchés et de traiter des affaires. Dès la tombée de la nuit, les rues, d'ordinaire animées par les interminables conversations des maîtresses de maison et les jeux de dés organisés par les ouvriers, étaient désertes. Des hommes armés avaient été disposés aux carrefours et sur les places, interdisant tout attroupement. Pas une seule torche ne brillait à l'extérieur des maisons.

L'obscurité favorisa la progression rapide des deux femmes qui empruntèrent un réseau compliqué de ruelles où elles ne rencontrèrent personne. La Nubienne avait vite appris à connaître Thèbes et ses dédales.

La demeure choisie par Hanis occupait le fond d'une impasse. Haute de deux étages, précédée d'un petit jardin, la façade entièrement blanchie à la chaux, elle ne se différenciait pas des autres maisons de notables groupées dans le même quartier.

La porte principale au linteau et aux montants de pierre s'ouvrit sans que la servante ait eu besoin de signaler sa présence. Un majordome bedonnant, aux joues rouges, s'inclina devant la reine puis la précéda dans un vestibule aux parois décorées de lys montés en bouquets. La grande salle de réception était soutenue par des colonnes d'un vert tendre ; sur les murs courait une frise de lotus bleus. Le carrelage se présentait comme un damier jaune et rouge. La Nubienne fut priée d'attendre.

Le majordome conduisit Akhésa au premier étage dans les appartements des propriétaires, partis se reposer à la campagne. L'ambassadeur Hanis avait pris possession du bureau, éclairé de quatre hautes fenêtres aux montants peints en jaune. Leurs grilles en argile filtraient la lumière.

L'ambassadeur se leva dès l'entrée de la reine et la salua.

— Merci, Majesté, d'avoir, cette fois encore, répondu à mon invitation... J'ai des informations confidentielles à vous offrir. Nous parlerons en dînant.

Seul le majordome, attaché depuis longtemps à la personne du haut dignitaire, fut autorisé à servir. Il apporta des brochettes de viande, du poisson grillé, du pain, un plat de lentilles aux oignons, des laitues, du miel, une jarre d'eau. Il disposa les mets cuisinés sur des chauffe-plats, sortit du bureau et ferma les portes derrière lui.

— Un homme fidèle, expliqua Hanis. Mais n'importe qui peut être corrompu et devenir un traître.

— Vous comme les autres, ironisa la reine.

— Moi comme les autres, reconnut l'ambassadeur. À vrai dire, j'ai déjà beaucoup trahi. Tantôt pour accroître ma fortune, tantôt pour sauver mon existence ou tendre des pièges à des ennemis. C'est un art difficile, épuisant. Aujourd'hui j'y renonce. J'aimerais jouir en paix de mes biens dans une Égypte heureuse et forte.

— Je vous le souhaite, Hanis.

L'ambassadeur dégusta une brochette de mouton grillé et se lava les mains dans un rince-doigts en argent. Il portait toujours au poignet gauche son bracelet décoré d'un renard. La fine moustache noire dessinée avec soin, les cheveux mi-longs peignés à la perfection, le visage presque trop fin pour un homme, conféraient au personnage un charme inquiétant.

Akhésa ne cessait de changer d'avis à son sujet. Sans doute modifiait-il lui-même fréquemment sa position vis-à-vis d'elle.

— Mon bonheur ne dépend que de vous, Majesté.

Akhésa grignota une feuille de laitue et un oignon.

— En quoi suis-je si puissante ?

— L'heure n'est plus à la moquerie, Majesté. C'est l'Égypte que vous avez entre les mains. Les jours passent. Vous ne devriez pas attendre la fin du deuil pour désigner Horemheb comme nouveau Pharaon. Le temps presse.

— Est-ce simplement une opinion personnelle ?

— Bien sûr que non, Majesté. Oublions donc ce dîner que vous ne souhaitez pas honorer...

— Vous le disiez vous-même, Hanis : le temps presse.

L'ambassadeur, fasciné par cette reine de vingt ans dont la beauté ne cessait de croître, devait admettre qu'il ne la comprendrait jamais.

Il ne prévoyait pas ses réactions, ne perçait pas ses pensées. Lorsqu'il s'apprêtait à révéler un secret, il connaissait les conséquences de son acte, les événements heureux ou dramatiques qu'il déclencherait. Cette fois, il se lançait dans l'inconnu.

— Mes informateurs en Asie m'ont confirmé la plus grave de mes craintes, Majesté. Les Hittites n'hésiteront pas à utiliser cette période troublée pour attaquer l'Égypte. Ces gens-là n'ont pas le respect de nos rites. Toutankhamon avait acquis suffisamment d'envergure pour les dissuader d'entreprendre une guerre. Sa mort est une aubaine. Le roi hittite aimerait beaucoup offrir l'Égypte à son fils. Si vous n'annoncez pas très vite la désignation de Horemheb comme nouveau maître des Deux Terres, nous serons envahis, Majesté.

— Pourquoi donc ? Horemheb n'a-t-il pas déjà repris les rênes du pouvoir militaire ?

— Pendant la période de deuil, l'ordre de mobilisation générale sera exécuté avec lenteur. Nous avons tous besoin d'obéir à un roi investi par la puissance divine. En lui s'incarnera le sens de la victoire ! Vous ne pouvez l'ignorer.

— J'en suis consciente plus que n'importe qui.

Le regard d'Akhésa s'était fait coupant comme une lame de poignard. L'ambassadeur regretta de s'être comporté comme un novice prétentieux.

— Soyez sincère, Hanis. Si un nouveau pharaon est proclamé, les Hittites renonceront-ils à attaquer l'Égypte ?

— Je ne crois pas. Leurs préparatifs de guerre sont trop avancés.

— Restez sincère. Même sous le commandement du roi Horemheb, nos troupes seraient-elles capables de vaincre l'adversaire ?

L'ambassadeur baissa la tête, embarrassé.

— Le courage est cause des exploits les plus extraordinaires, Majesté.

— Autrement dit, nous nous battrons à un contre quatre.

— Peut-être même à un contre cinq, avoua Hanis, mais avec un pharaon à notre tête. Ce seul fait peut changer l'issue du conflit. C'est vous, Majesté, qui êtes seule maîtresse du jeu. Si vous n'agissez pas, l'Égypte est condamnée à mort.

34

Voilà plus de vingt jours que le maître momificateur travaillait sur le corps de Toutankhamon.
Les portes de son atelier, « la demeure de régénération », étaient gardées par des apprentis qui en
interdisaient l'accès à quiconque. Depuis la mort
du premier pharaon, jamais les secrets de la
momification royale n'avaient été trahis.

Le maître, à l'instant même où le cadavre avait
été déposé sur une dalle de granit parfaitement
lisse, avait revêtu un masque de chacal. Il devenait
le dieu Anubis, chargé de prendre la main du roi
défunt et de le guider sur les chemins périlleux
qui menaient à la résurrection en gloire dans l'au-
delà.

La nature défaisait l'œuvre de chair qu'elle
avait assemblée. Anubis transformait un corps
mortel en corps immortel, support pour l'être de
lumière qui viendrait se fixer sur la momie
correctement préparée. Au moment de la première
mort, ce passage inévitable pour toute forme
vivante, les éléments constitutifs de l'être étaient
séparés. S'ils le demeuraient, comme une myriade
de gouttes d'eau dispersées par le vent, survenaient
la seconde mort et le néant. Le rôle d'Anubis le
momificateur consistait à l'empêcher grâce à la
magie des rites. À partir d'un cadavre, il créait un

Osiris, un dieu reconstitué, un être apparemment inerte mais cohérent d'où surgirait une vie nouvelle.

Le maître momificateur avait, dès les premiers jours, mis fin au processus de corruption du corps. Il avait d'abord, au moyen d'un crochet de fer, retiré une bonne partie du cerveau par les narines. Des drogues dissoudraient le reste à l'intérieur même de la boîte crânienne. Puis il avait ouvert le flanc et sorti les viscères, foie, poumons, estomac et intestins, mis après dessèchement dans quatre vases qui seraient disposés dans la tombe. Dans le corps nettoyé étaient répandus du vin de palme et des aromates. La plaie du flanc était recousue.

Commençait alors un long traitement au natron sec pour déshydrater la peau, les os et les cartilages. Ainsi, plus aucune trace d'humidité ne subsisterait dans la momie. Bientôt, le maître momificateur, aidé de deux assistants, soulèverait Toutankhamon pour le déposer sur un lit en forme de lion et procéderait à un ultime lavage.

La discussion entre les prophètes d'Amon et les membres du haut clergé devenait houleuse. Le nouveau grand prêtre n'avait pas été tenu au courant de cette réunion qui n'avait rien de rituel. Une seule question se posait : qui serait choisi pour diriger les funérailles de Toutankhamon ? Il fallait imposer à la reine un fidèle d'Amon. Mais Akhésa était la fille d'un hérétique et peut-être une hérétique elle-même... Et comment s'assurer que la momification avait été correctement pratiquée, sans l'intrusion d'un élément religieux provenant d'Aton ? Son image ne serait-elle pas présente sur l'une ou l'autre pièce du mobilier funéraire ? Dans ces circonstances, un seul prêtre d'Amon devait-il être présent le jour des funérailles au risque de cautionner des rites impies ? Une décision fut prise : une délégation de prêtres exigerait une audience auprès de la grande épouse royale.

Amusée, Akhésa accepta de recevoir trois Prophètes d'Amon, clamant l'urgence de leur requête. Elle les attendait. Combien de fiel avaient-ils dû déverser avant de venir poser leurs conditions ?

Peu maquillée, vêtue d'une robe-fourreau maintenue sous les seins par deux longues bretelles, les cheveux libres sur les épaules, les pieds nus, Akhésa accueillit les prêtres dans une petite salle du palais aux murs bleus dont seul le sommet était orné d'un bandeau végétal. Cette femme, qu'ils étaient bien décidés à détester, les envoûta sur-le-champ. D'un geste gracieux, elle les invita à s'asseoir sur des nattes de scribe pendant qu'elle prenait place, dans une pose légèrement alanguie, sur un siège bas en bois doré. Ils tentèrent vainement d'échapper à son regard, à l'eau claire de ses yeux où tant de volontés avaient dû se noyer.

— Que désirez-vous ? demanda la reine, très douce.

— Majesté, déclara le Second Prophète d'Amon d'une voix mal assurée, il serait temps de nommer celui qui officiera lors des funérailles du roi et dirigera les rites de résurrection. C'est une lourde charge à laquelle il faut se préparer.

— Sans aucun doute, approuva la reine.

— Nous sommes certains que ce prêtre sera choisi parmi les fidèles du dieu Amon et...

— Existerait-il encore des hérétiques ?

Aucun des trois religieux n'osa répondre à la question de la reine.

— Soyez sans inquiétude, dit-elle, souriante. Le roi sera divinisé selon nos traditions. Le clergé d'Amon pourra assister aux funérailles en toute quiétude.

Le vieillard et la jeune femme, se tenant par le bras, cheminaient lentement dans les allées de tamaris du jardin royal. Avec la tendresse d'une fille pour son père, Akhésa guidait Aÿ.

— Cette fraîcheur me revigore, déclara le « divin père ». Mes jambes fonctionnent de plus en plus mal, mais je peux encore respirer le parfum des fleurs. C'était la distraction préférée de mon épouse.

— La vieillesse n'est-elle pas le privilège des sages ?

— On perd ses cheveux, les yeux se ferment, les oreilles n'entendent plus, le cœur se ralentit et oublie ses plus chers souvenirs. À part ces quelques inconvénients, Majesté, la vieillesse permet peut-être de mieux comprendre les paroles des dieux.

Une lumière précise dessinait le contour de chaque branche de palmier, de chaque fleur, donnant à l'eau des bassins un bleu vif, sans violence. Comme Akhésa aurait aimé faire cette promenade-là au bras d'un jeune mari amoureux et maître de l'Égypte !

— « Divin père », j'ai une décision importante à vous annoncer.

— Le nom du futur pharaon, je suppose ?

— Non, pas encore.... Mais celui de l'homme qui dirigera les funérailles de Toutankhamon. Vous-même.

Le vieillard s'immobilisa.

— Moi, mais pourquoi ?

— Vous avez connu mon père et mon mari, vous les avez aimés, respectés et servis. Vous êtes le seul dans ce cas, aujourd'hui. Je ne souhaite pas qu'un prêtre hypocrite prononce des formules vides de sens. Énoncées par vous, les paroles de résurrection prendront pleinement effet.

Aÿ opina du chef.

— Ce sera une cérémonie longue et pénible. Je ne sais si j'aurai la force physique...

— Dieu vous viendra en aide, assura la reine. Soyez béni pour l'aide que vous m'apportez.

Le vieillard ne tenta pas de protester. Akhésa contint son sourire. Le plan qu'elle avait conçu se déroulait à la perfection.

Nakhtmin, commandant en chef de l'armée, ne quittait presque plus son bureau depuis la mort du roi. Il éprouvait l'atroce sensation d'avoir trahi Toutankhamon. En oubliant son rôle, en s'abandonnant aux fêtes et à la luxure, il n'avait été qu'un déserteur, incapable d'offrir à son souverain une armée réorganisée et vouée à sa cause.

Nakhtmin rattraperait le temps perdu. Il prouverait à l'âme de Toutankhamon qu'il n'avait pas oublié sa mission et il empêcherait Horemheb de détruire l'héritage du roi défunt.

D'abord changer tous les chefs de corps d'armée. Ensuite, ceux des bataillons. Puis réviser l'intendance et l'administration, de manière à diviser les pouvoirs et à empêcher l'émergence d'un homme providentiel comme Horemheb jouant de son influence au point de contrebalancer le pouvoir royal.

Deux officiers de la charrerie pénétrèrent dans le bureau de Nakhtmin. Le premier lui tendit un papyrus scellé.

— Veuillez lire immédiatement ce document.

Nakhtmin ôta le sceau de Horemheb et parcourut le texte.

Son contenu lui glaça le sang. Tremblant, il se leva avec difficulté.

— Qu'est-ce que cela signifie ?

— Vous êtes destitué pour faute grave. Nous avons ordre de vous conduire auprès du général Horemheb. Veuillez nous suivre.

La reine apprit la destitution de Nakhtmin le soir même, par l'intermédiaire de son père, Aÿ. Le vieillard, choqué, se sentait incapable de réagir pour défendre son fils, effectivement coupable d'incurie administrative. Il avait signé des documents aberrants sans les avoir lus, en avait entériné d'autres portant de fausses signatures, avait laissé se dégrader le moral des troupes.

L'ex-commandant en chef de l'armée était assigné à résidence dans sa villa. Il ne jouerait plus aucun rôle dans la hiérarchie militaire et, après jugement, serait reversé dans un autre corps d'État où il finirait sa carrière à un échelon médiocre.

Akhésa comptait un allié de moins. Horemheb reprenait un à un les bastions qu'il avait été contraint d'abandonner. Il œuvrait avec une férocité d'autant plus grande qu'il avait cru tout perdre. Lorsque la visite du général fut annoncée, la reine l'imagina impatient. Il avait dû se brider pour différer aussi longtemps cette entrevue.

Akhésa l'accueillit dans la salle du trône, vide de tout courtisan.

Élégant comme un scribe royal à la dernière mode thébaine, Horemheb cachait mal son exaltation. Il dévisagea la reine avec des yeux de conquérant.

— Je participe à votre peine, Majesté.

— Ne vous infligez pas cette souffrance, recommanda la reine. De grands triomphes vous attendent. Le malheur et le passé n'appartiennent qu'à moi.

— Pour un temps, Majesté. Cette douloureuse

période aura une fin. À vous de dissiper les ténèbres en légitimant mon accession au trône.

Horemheb demeurait debout, à plusieurs mètres de la reine assise et parée des insignes de sa charge.

— J'ai des préoccupations plus graves, général... Des nouvelles inquiétantes en provenance d'Asie. Vous avez pris le commandement en chef de l'armée. Serait-elle capable de résister à une attaque hittite ?

— Moi pharaon, elle ne se produira jamais !

— Admettez-vous notre infériorité numérique ?

— Aucune importance ! Notre valeur au combat est supérieure à celle des Hittites. Il n'y aura pas de guerre... Et s'il y en avait une, je la gagnerais.

Horemheb était rempli de fierté juvénile.

— Ces affirmations ne correspondent pas à la réalité, général.

— Ce n'est pas l'affaire d'une reine, Majesté. Laissez-moi m'occuper de politique extérieure et contentez-vous de me désigner au plus vite comme Pharaon. Songez d'abord à l'intérêt du pays.

— C'est mon unique souci, général.

Horemheb la jugeait. Trop seule, trop fragile, trop belle, Akhésa s'offrirait enfin à lui. Elle lutterait jusqu'au dernier moment avec cette volonté farouche qu'il admirait tant, mais se savait déjà vaincue. Elle tentait de le provoquer sur le terrain diplomatique dont elle ignorait tout, avec ce goût du défi qui la caractérisait.

Il ne l'en aima que davantage.

— Ne tardez plus, Majesté, recommanda-t-il. Pour vous comme pour moi.

— Gardez vos conseils, général. Occupez-vous plutôt de nos troupes. Je veux un rapport détaillé sur l'état exact de nos forces et sur le matériel dont nous disposons.

— Fort bien, Majesté. Mais à cause de l'incurie de l'ex-chef des armées, Nakhtmin, il me faudra au moins deux mois pour mener à bien ce travail.

— Commencez-le immédiatement.

Horemheb s'inclina. Il la trouvait touchante, s'agitant sans le moindre espoir comme une abeille prise dans une toile d'araignée.

Le général garda la tête légèrement inclinée.

— N'avez-vous... rien d'autre à me dire, Majesté ?

Un bref silence lui fit espérer qu'elle cédait enfin, consciente de l'inutilité de sa lutte.

— Rien d'autre, général.

La femelle hippopotame venait de mettre bas. Immobilisée par la souffrance, elle fut incapable de réagir quand un crocodile, glissant dans l'eau à une vitesse démoniaque, entrouvrit ses mâchoires et happa le nouveau-né, à peine sorti du ventre de sa mère. Celle-ci poussa un cri de douleur qui déchira les tympans des mariniers et des paysans, plusieurs kilomètres à la ronde. Les hippopotames se vengeraient de manière tout aussi brutale en piétinant et en écrasant les crocodiles. En s'entre-tuant, les deux espèces se maintenaient à égalité et conservaient leurs territoires respectifs.

De la proue du bateau à la grande voile blanche quadrangulaire, Akhésa avait assisté au carnage. L'embarcation, poussée par un vent très vif, filait vite sur l'eau bleue. Elle avait quitté le quai du palais au petit matin, accostant ensuite près d'une ville pour embarquer un passager. Elle se dirigeait à présent vers le nord.

La reine ne disposait que de peu de temps. Elle n'avait pas le droit de quitter le palais en période de deuil. Elle pénétra dans la cabine spacieuse et confortable où son hôte finissait de se restaurer.

L'ambassadeur Hanis se leva.

— Majesté, si vous m'expliquiez la raison de ma présence ici...

— Vous partez pour le royaume hittite, Hanis. Le général Horemheb est complètement inconscient du danger qui nous menace. Notre armée est désorganisée. Il ne pourra pas la mobiliser en quelques jours. Sa joie de conquérir enfin le pouvoir lui ôte tout sens de la réalité.

— Pas seulement le pouvoir, Majesté. Il parle surtout de vous, sa future épouse. Vous régnerez à ses côtés.

— Je suis la femme d'un seul homme, Hanis.

— Toutankhamon est mort, Majesté. Horemheb est vivant. Vous aussi. Pourquoi nier l'évidence ?

— Laissez cela, Hanis. Vous proposerez la paix au roi des Hittites.

L'ambassadeur défaillit, perdant le souffle.

— La paix, murmura-t-il, la paix.... Mais cela signifie une soumission de l'Égypte ! C'est impossible !

— Il s'agit d'abord d'une simple proposition. Le roi hittite devrait l'accepter. Ensuite, nous mettrons au point les articles d'un traité.

— Mais, Majesté.... Nous n'avons pas livré bataille, nous ne...

— Je ne veux pas de sang, Hanis, affirma-t-elle avec une autorité qui ne souffrait pas de réplique. Je ne veux pas de guerre. Je ne veux pas voir l'Égypte envahie, ses temples détruits, ses villes brûlées. Je ne veux pas entendre les femmes et les enfants hurler de terreur. Les Hittites sont des barbares. Nous ne sommes pas prêts à lutter. Nous avons oublié que nous n'étions pas seuls au monde et que nos richesses provoquaient la convoitise. En négociant la paix, nous gagnerons le temps nécessaire à rétablir notre puissance militaire. Pouvez-vous le comprendre ?

La honte envahit Hanis. Face à cette femme, il perdait ses facultés de raisonnement. Elle lui donnait une leçon qui le rabaissait au rang d'un diplomate débutant.

— Vous ferez plusieurs voyages rapides entre le Hatti et l'Égypte, ordonna-t-elle. Soulignez bien l'importance que la reine d'Égypte, seule responsable du royaume jusqu'à la nomination d'un nouveau pharaon, accorde à cette démarche. Soyez prudent. Il y va de votre vie.

— Bien entendu, si quelque ennui survenait, vous ne m'avez donné aucune directive...

— ... Et cette rencontre n'a jamais eu lieu. Bonne chance, Hanis.

La reine sortit de la cabine. Elle n'attendit pas longtemps le passage d'un esquif qui, se dirigeant vers Thèbes, s'immobilisa quelques instants à hauteur de l'autre. Elle en profita pour changer d'embarcation, sautant prestement sur le pont en s'aidant d'un cordage. Les deux voiles qui avaient un instant semblé réunies se séparèrent. Hanis partit pour le Nord, la reine regagna son palais.

Akhésa avait oublié que le général Horemheb était redevenu tout-puissant et qu'il faisait surveiller de près les notables qui avaient trop bien servi la cause de Toutankhamon, de peur qu'ils négligent de servir la sienne.

Hanis comptait au nombre de ceux-là. Aussi un vaisseau dont l'équipage était en grande partie composé de soldats suivait-il le sillage tracé par le bateau de l'ambassadeur.

Responsables des tributs militaires, chefs de corps d'armée, officiers supérieurs se tenaient cois sous l'orage. La colère du général Horemheb était terrifiante. Il les avait convoqués dans son bureau de la caserne centrale de Thèbes et, depuis plus d'une heure, les invectivait avec une rare violence.

Aucune de ses critiques n'était injustifiée.

En reprenant les dossiers abandonnés par Nakht-min, le général était brutalement sorti de ses rêves de gloire pour découvrir une réalité beaucoup plus sordide : pendant son absence s'était produit un effroyable gâchis. Corruption de fonctionnaires, bateaux de l'armée détournés pour usage privé, vol de matériel militaire, relâchement de la discipline, absence d'exercices, soldats utilisés par des gradés comme main-d'œuvre agricole, spoliation des biens de paysans maltraités par des instructeurs ivres... Combien de semaines ou de mois faudrait-il pour châtier ces abus et reconstruire une armée digne de ce nom ? Akhésa, lucide et bien informée, avait raison : l'Égypte, privée de Pharaon et militairement affaiblie, n'avait jamais été une proie aussi facile pour les Hittites. S'ils avaient l'idée de lancer une offensive, Horemheb ignorait de quelle manière il y ferait face [1].

Le pays était en danger de mort. Personne ne devait le savoir.

— Je vais parcourir la Haute et la Basse Égypte, annonça-t-il à ses hommes, mettre fin aux incuries et aux injustices. Les coupables seront sévèrement punis. Ils recevront cent coups de bâton ou auront le nez coupé. Je veux des fonctionnaires intègres, au caractère inflexible, capables de sonder les pensées et obéissant sans tarder à mes ordres. Là où je les installerai, que chacun vive tranquille grâce à eux. Qu'ils n'acceptent ni compromission ni récompense, qu'ils aient la Loi divine comme unique instrument de travail. Celui qui donnerait gain de cause

1. Toutes ces données, ainsi que les décisions prises par le général, proviennent d'un texte égyptien intitulé *Le décret de Horemheb*, récemment publié, étudié et traduit par J.M. Kruchten (Bruxelles).

à qui n'est pas dans son droit commettrait un crime capital. Quant à l'armée, dont vous êtes tous responsables, j'exige qu'elle retrouve sur-le-champ dignité et compétence. Dès demain, les exercices et l'entraînement des recrues reprennent dans toutes les casernes du pays. Compte rendu quotidien ici, à la même heure.

Chacun sortit en silence, secrètement heureux qu'un chef de la stature de Horemheb ait repris les rênes du pouvoir.

Demeuré seul, le général connut un moment d'abattement. La foudre s'abattrait-elle sur l'Égypte ?

Une lune ronde illuminait le cœur de la nuit lorsque Akhésa se présenta aux portes de l'atelier de momification. Les deux apprentis, accroupis et ensommeillés, se levèrent aussitôt et firent barrage.

— Personne n'a le droit d'entrer.

— Je suis la reine d'Égypte, dit-elle en écartant les pans de son manteau de lin, et l'incarnation de la déesse Isis. C'est moi qui règne sur cette demeure de régénération.

Les jeunes gens furent éblouis par le costume rituel de la reine : une longue robe dorée, moulante, tombant jusqu'aux chevilles. Y étaient gravées les ailes de la déesse, enveloppant le corps d'Akhésa, devenue femme-oiseau. Ils s'écartèrent, tirèrent le verrou de bronze et laissèrent entrer la déesse. Puis ils refermèrent les lourdes portes et reprirent leur faction, laissant s'accomplir le mystère.

La lumière émanant de l'unique torche éclairant l'atelier d'embaumement suffit à Akhésa pour découvrir la momie de Toutankhamon, corps flétri, rapetissé, sur lequel pesait déjà le poids de l'éternité. Mais le visage avait conservé une ombre de jeunesse souriante, comme s'il était sur le point de s'éveiller.

Akhésa s'agenouilla et prit la tête de Toutankhamon entre ses mains.

— Qu'Aton, le dieu unique, soit pour toujours ton protecteur. Qu'il demeure ton souffle de vie, ta vraie lumière, ton dieu secret comme il a été celui de mon père, comme il est le mien. Que le nom d'Aton devienne ton soleil de résurrection.

De l'ongle, la reine grava symboliquement sur le sommet du crâne de la momie les hiéroglyphes formant le nom du dieu Aton. Puis elle se leva et se campa devant l'immense table où étaient déposés bijoux, ornements et bandelettes qui pareraient et envelopperaient la momie. À la place des cartouches contenant les titulatures traditionnelles, elle déposa ceux fabriqués par Maya où était inscrit le nom sacré d'Aton qui serait ainsi présent sur le corps de résurrection que seules contempleraient les divinités.

Jamais les hommes ne sauraient que Toutankhamon était resté fidèle à Aton. Mais les hommes n'étaient-ils pas condamnés à vivre dans l'ignorance ?

Akhésa avait purifié son amour pour le roi mort en l'immortalisant dans le soleil d'Aton.

35

Ni le chant des oiseaux ni le parfum de l'air du matin n'égayaient plus le « divin père » Aÿ. Sa promenade quotidienne dans les jardins du palais, en compagnie d'Akhésa, devenait un cauchemar.

— C'est tout à fait impossible, Majesté ! Il ne peut pas y avoir de paix avec les Hittites. L'Égypte n'a pas le droit de courber ainsi la tête devant les barbares... C'est à eux de se soumettre, pas à nous !

Une farouche révolte animait le cœur du vieux courtisan. Cette fois, il n'admettait pas les outrances d'Akhésa.

— La négociation avance, « divin père », expliqua la reine, s'efforçant de rester calme. Hanis travaille avec habileté. Il a réussi à intéresser ses interlocuteurs.

— Pure illusion, Majesté. Les Hittites ne songent qu'à la guerre. Vous avez commis une faute grave en permettant à nos pires adversaires de découvrir notre faiblesse. Ils sauront en profiter. À présent, conduisez-moi au pavillon fleuri, sur les bords du Nil. J'ai besoin de dormir.

La reine s'exécuta.

Le vieillard s'étendit sur un lit pourvu de

coussins moelleux. Il ferma les yeux et s'endormit aussitôt.

Akhésa s'éloigna, inquiète. L'analyse du « divin père » n'était-elle pas la bonne ? Son idéal de paix ne cachait-il pas une effroyable méconnaissance de la réalité internationale ? Ne conduisait-elle pas l'Égypte vers la destruction ?

Elle redressa la tête, absorbant les doux rayons du soleil avec avidité. Non, Aton ne voulait pas la guerre. Aucun bonheur ne se scellerait dans le sang.

Courant comme une folle, la servante nubienne se jeta aux pieds de la reine.

— Le général Horemheb... Avec des hommes armés... Ils sont chez vous...

Horemheb, seul, se présentait déjà à l'entrée du jardin. Tête et torse nus, des bracelets aux poignets, une jupe de lin plissé sur un pagne blanc, pieds nus, il avait choisi une élégance discrète. Une lumière diaphane l'auréolait. Sûr de lui, le général avança vers la reine.

— J'espère ne pas troubler votre méditation, Majesté, mais une affaire grave m'amène.

La servante s'éclipsa. Elle ne souhaitait surtout pas connaître des secrets d'État.

— L'ambassadeur Hanis vient d'être arrêté à la frontière. Il revenait d'Asie. C'est son troisième voyage sur une très courte période. Il affirme n'être mandaté par personne et se déplacer pour son compte personnel. Mes hommes ont perdu sa trace dans les provinces orientales et je ne sais pas encore où il est allé. L'ignorez-vous également ?

— Pourquoi connaîtrais-je ce détail, général ?

— Hanis a été l'un de vos proches. Lui auriez-vous confié une mission particulière ?

— Mon rôle consiste à garantir la légitimité du pouvoir et le bonheur de l'Égypte. Aucune autre tâche ne requiert mon attention.

Dans le regard de Horemheb se mêlaient la passion et le reproche.

— Pourquoi ne pas me faire confiance, Akhésa ? Pourquoi tramer d'impossibles complots contre moi ? Oubliez le passé... Ne songez qu'à cette minute où nous serons enfin réunis sur le trône d'Égypte.

— Sortez d'ici, général. Ne revenez au palais que sur mon ordre. La période de deuil n'est pas terminée.

Horemheb s'inclina.

— Vous venez de briser la carrière d'un ambassadeur, Majesté.

Hanis ne parla pas. Il maintint sa version des faits, prétextant des voyages privés en Asie pour y rencontrer des amis et y traiter des affaires. Mais il demeurait accusé de ne pas s'être fait établir un laisser-passer en règle par l'administration militaire. Pendant la période d'interrègne où l'Égypte était privée de roi, nul ne devait quitter le pays sans motif sérieux.

Hanis n'était passible que de sanctions administratives qu'il ne redoutait guère. Mais il était placé dans l'incapacité de remplir sa mission, pourtant bien commencée. Le roi hittite et son fils aîné Zannanza n'avaient pas rejeté la proposition de paix. Encore fallait-il préparer la rédaction d'un traité qui mette les deux pays sur un pied d'égalité, autrement dit qui dénie à l'Égypte sa position de première puissance mondiale.

La paix... La paix valait-elle ce prix-là ? Hanis n'était pas mécontent d'être retenu à Thèbes. Peut-être même avait-il commis des imprudences pour se faire identifier en franchissant le poste frontière le plus surveillé. Hanis n'avait pas le courage d'avouer à Akhésa qu'il n'approuvait pas ses projets.

Il avait choisi la fuite. La fuite dans le silence. Quand la tourmente s'apaiserait, quand Horemheb serait Pharaon, l'ambassadeur ferait probablement l'objet d'une condamnation et perdrait tous ses biens. On l'oublierait. Il lui resterait suffisamment d'amis en Asie et de propriétés à l'étranger pour s'offrir une fin de vie aisée.

Aider davantage Akhésa aurait été une folie.

Dans l'atelier de momification, le travail s'achevait. Un spécialiste, utilisant des centaines de mètres de lin, procéda à la pose des bandelettes rituelles, commençant par les doigts et les orteils. Tout en récitant des formules destinées à révéler la connaissance des chemins de l'autre monde, le maître momificateur au masque d'Anubis disposa sur le corps du roi de nombreuses amulettes protectrices qui éviteraient corruption et dégénérescence. Au cou de Toutankhamon, il plaça une amulette en or portant le nom de « stabilité » qui assurerait le redressement de la colonne vertébrale dans l'au-delà et la stabilité de l'être de lumière. Son buste fut orné de colliers en or et de pectoraux où étincelaient pâtes de verre coloriées, cornaline et lapis-lazuli.

Le maître momificateur et le spécialiste des bandelettes cédèrent la place à un ritualiste chargé de donner à la momie son caractère royal. Plusieurs bracelets furent passés aux poignets et aux chevilles, l'un d'eux représentant un œil « complet », le regard ressuscité analogue à celui des divinités. Chaque doigt reçut un étui d'or. Fut installé un tablier comportant plusieurs rangées de perles de verre et de faïence. À la ceinture fut accrochée une queue de taureau, contenant la puissance créatrice de Pharaon dans tous les univers. Sous la ceinture, une dague à la lame en or. Elle servirait à vaincre les ennemis visibles et invisibles qui se dresseraient sur les chemins d'éternité. Sous la nuque, un petit chevet en métal. Symbole de l'horizon, il rendait la tête de Toutankhamon semblable à un soleil qui, chaque matin, renaîtrait dans le soleil divin.

Puis le ritualiste cacha le visage de la momie sous un masque d'or décoré du vautour et du cobra, évoquant la Haute et la Basse Égypte. Au menton, la barbe rituelle se terminant en spirale. Les mains de Pharaon, croisées sur la poitrine, tenaient les sceptres lui conférant la souveraineté d'Osiris sur les royaumes souterrains.

Le corps fut placé dans un cercueil en or massif.

La cérémonie des funérailles pouvait commencer.

La confrérie des pleureuses se groupa autour du cercueil royal. Sur le rythme lent d'une mélopée, elles chantèrent les lamentations qui, depuis l'origine des temps, accompagnaient le voyage de la momie jusqu'au tombeau. « Pleurez, pleurez sans relâche, déclamèrent-elles en chœur, le voyageur s'en va vers la terre d'au-delà ! Lui qui était entouré de nombreux serviteurs et d'une cour joyeuse, le voilà prisonnier de la solitude et du silence. Lui qui aimait marcher dans les jardins, donner du chemin à ses pieds, le voici immobile, ligoté par les bandelettes, incapable de se libérer ! »

Akhésa écoutait d'une oreille distraite les chants des pleureuses qui, d'enterrement en enterrement, environnaient la momie de leurs chants magiques avant que commençât le rituel de résurrection. Soixante jours s'étaient écoulés depuis le début de la période de deuil. La reine ne disposait plus que de dix jours pour désigner le nouveau pharaon.

À Thèbes, comme dans le reste du pays, la

tension montait. Personne ne comprenait les raisons du silence d'Akhésa. Un seul candidat s'imposait ; le général Horemheb. De fait, son règne avait déjà commencé. Il ne restait plus qu'à le légitimer.

Akhésa était obsédée par le souvenir de Toutankhamon. Chacun de ses gestes, chacune de ses paroles restaient présents comme si le jeune roi n'avait pas quitté la terre des hommes. À chaque seconde qui passait, elle l'aimait davantage et haïssait plus encore Horemheb.

Horemheb avait fait assassiner Toutankhamon pour obtenir le trône et s'emparer d'elle, en faire sa grande épouse royale. Telle était l'atroce vérité que jamais nulle enquête ne prouverait.

Elle n'accepterait pas le destin que Horemheb avait imaginé pour elle.

Il lui restait dix jours pour trouver une solution.

Conformément au rituel, les pleureuses tentèrent d'empêcher le départ de la momie. Leurs plaintes doublèrent d'intensité, elles s'agrippèrent au sarcophage, implorèrent le défunt de rester avec elles. Avec douceur, l'équipe de prêtres chargée du transport les écarta et plaça le sarcophage sur un traîneau que tiraient des bœufs. En tête de la procession, un maître des cérémonies maniant une longue canne. Il marchait devant neuf personnages, les « frères du roi », incarnant à la fois l'Ennéade des divinités créant la vie et le conseil des sages chargé de guider le monarque en ce monde-ci et dans l'autre.

Juste derrière le sarcophage, Akhésa, tenant le rôle de « l'épouse du dieu », portait une longue robe blanche à bretelles dont le modèle remontait aux temps les plus anciens. Ses longs cheveux noirs étaient retenus par un ruban blanc. Dépourvu de tout maquillage, le beau visage de la reine attirait tous les regards. On y cherchait l'expression d'une crainte, les traces d'un désespoir. Mais les traits d'une finesse exceptionnelle demeuraient muets, presque indifférents. Et chacun d'évoquer l'extraordinaire ressemblance avec Néfertiti.

Une longue file de serviteurs, provoquant l'admiration de la foule silencieuse, regarda les porteurs du mobilier funéraire qui accompagnerait le roi dans son voyage de l'au-delà. Lits, trônes, coffres, sièges, jarres, vases, vaisselle, arcs, massues, chars en pièces détachées, statues, barques, jeux, bijoux reconstitueraient autour du monarque son cadre rituel et familier.

La procession avança avec une extrême lenteur jusqu'au débarcadère où l'attendait une flottille nombreuse. La traversée du Nil s'effectua sous un soleil pâle. Les berges, d'ordinaire si animées par la présence de pêcheurs, de baigneurs ou d'enfants qui jouaient, n'offraient aucune activité. Bientôt s'élevèrent dans l'air les chants des pleureuses assises sur le toit des cabines des bateaux qui se dirigeaient vers la rive d'Occident où ils furent accueillis par une jeune prêtresse souriante, incarnant la mort heureuse et bienveillante.

Le cortège funèbre s'organisa à nouveau, en direction de la Vallée des rois. Akhésa leva les yeux vers la cime où elle avait vécu l'une des épreuves décisives de son existence. Les chants cessèrent lorsque le sarcophage quitta à jamais la campagne verdoyante pour entrer dans la plaine aride et désertique. Le sentier se rétrécit entre des roches et aboutit à l'entrée du sanctuaire des pharaons défunts, gardés par les soldats de Horemheb.

Le soleil devenait plus chaud. La cuvette de la Vallée des rois, entourée par de hautes murailles à pic, empêchait toute circulation d'air. Akhésa souffrit d'un léger malaise mais n'en laissa rien paraître. Des serviteurs agitèrent l'éventail devant le visage des dignitaires, leur permettant de reprendre leur souffle.

La pause ne dura que quelques minutes. Les « frères » du roi tirèrent le traîneau en direction de la petite tombe prévue pour abriter la momie de Toutankhamon.

Le Maître d'Œuvre Maya se tenait sur le seuil.

— La sépulture est-elle prête ? demanda la reine.

— Les peintures sont presque sèches, répondit Maya. J'ai trouvé une belle cuve en grès, mais le couvercle sera en granit. Il faudra démonter les chapelles pour les introduire dans la pièce du trésor et les y remonter. J'ai donné des instructions à mes artisans. À présent, ce sont eux qui s'occupent de tout.

La momie fut placée tête à l'occident. Ainsi, quand l'âme-oiseau viendrait réanimer la momie à l'aube, le roi ferait-il face à l'orient d'où naissait la lumière. Les artisans disposèrent dans un faible espace vingt-deux bateaux de tailles différentes que le roi utiliserait pour naviguer sur les lacs et les canaux de l'autre monde, puis la multitude d'objets convoyée par les porteurs. S'y ajoutèrent des jarres contenant du vin du domaine d'Aton, ultime souvenir des fastes de la cour de la cité du soleil.

Le maître magicien de la cour introduisit dans le caveau plus de quatre cents statuettes en granit, en faïence, en albâtre, en quartz et en bois, soigneusement rangées dans des caisses. Elles portaient le nom de « répondants » et avaient pour fonction de travailler à la place du roi défunt dans les champs de l'au-delà. C'est pourquoi elles étaient munies de près de deux mille outils agricoles indispensables pour cultiver, irriguer les rives et transporter les matériaux de l'orient à l'occident. Le magicien grava sur certains d'entre eux la formule hiéroglyphique qui les ferait obéir à l'appel du pharaon ressuscité.

La momie royale était à présent protégée par trois sarcophages emboîtés les uns dans les autres. Autour du cou de son époux, Akhésa avait passé un collier de fleurs et de feuilles résumant le paysage d'Égypte que Pharaon emporterait avec lui de l'autre côté de la mort apparente.

À la tête du sarcophage, ses bras enserrant la cuve de grès dans un dernier embrassement, la reine récita les prières d'Isis pour la résurrection de son mari défunt. Dans sa bouche, les formules rituelles devinrent un chant d'amour. Elle offrit toute sa foi, toute son espérance au jeune pharaon pris dans les rets du trépas. Elle savait que son énergie passerait dans le corps inanimé et que la magie du Verbe lui ouvrirait les portes d'une vie nouvelle.

Akhésa s'écarta pour laisser officier le « divin père » Aÿ. Le vieillard avait revêtu une peau de panthère constellée d'étoiles. Muni d'un outil de menuisier, l'herminette, il ouvrit les yeux et la bouche du sarcophage, qui devenait ainsi corps de résurrection. L'âme du tombeau venait d'être créée. Ce n'était plus un sépulcre mais une demeure de régénération où s'effectueraient des migrations entre le ciel et la terre inaccessibles à l'entendement humain. Le « divin père », son office achevé, sortit à reculons. Entra le Maître d'Œuvre Maya, porteur de cinq statuettes de « répondants ». Il tenait à offrir à son ami défunt ces artisans de bois qui, inscrits à son nom, seraient les meilleurs serviteurs de Pharaon dans les paradis célestes.

Maya appela quatre hommes pour poser le couvercle du sarcophage. La reine demeura dans un angle de la salle funéraire. L'espace était si réduit que les menuisiers manœuvraient avec difficulté. L'un d'eux comprit mal l'ordre donné par Maya et ôta trop tôt la cale dont il était responsable. Le couvercle de granit tomba brutalement sur la cuve et se fendit.

Furieux, Maya procéda seul à la pose des sceaux sur les portes des pièces contenant le mobilier funéraire. Demain seraient murées les dernières ouvertures de manière à créer un milieu clos où se déploieraient les jeux d'une lumière surnaturelle.

— Il est temps de quitter cet endroit, dit Maya à la reine.

— Je n'en ai pas envie, répondit-elle d'une voix très douce, presque désincarnée. J'aimerais rester à ses côtés. Nous avons besoin l'un de l'autre.

— Toutankhamon entre dans un autre royaume. Vous, Majesté, devez demeurer parmi nous. Votre âme continuera à communiquer avec la sienne.

Maya avait raison. Le rêve fou d'Akhésa s'effondrait. On ne la laisserait pas s'endormir d'un dernier sommeil aux côtés de son mari. Elle subissait le malheur d'être reine.

— Vous resterez avec lui, continua Maya. Mes sculpteurs ont gravé votre visage sur les portes et les côtés du naos en or.

Akhésa sourit. Oui, ils survivaient ainsi, Toutankhamon et elle, se regardant amoureusement, se livrant aux plaisirs de la chasse dans les marais.

La reine offrait à son mari des fleurs et des colliers, le parfumait, le caressait. Grâce au génie des artisans, ses frères, Toutankhamon et Akhésa feraient l'amour pour l'éternité.

La reine déposa sur le seuil de l'antichambre une coupe d'albâtre ayant la forme d'une corolle de lotus. Sur le pourtour, un texte gravé par

Akhésa elle-même : « Puisses-tu vivre, Toutankhamon, que vive ton énergie créatrice ; puisses-tu passer des milliers d'années dans l'amour de Thèbes, le visage tourné vers le doux vent du nord, contemplant le bonheur. »

Le soleil déclinait.

Pourquoi fallait-il se séparer de l'être aimé ? Pourquoi s'éloigner à jamais de la joie d'être deux, du plaisir de se regarder au matin ?

« Je t'accompagne, murmura Akhésa. Tu restes silencieux, tu ne me parles plus mais moi, je continuerai à converser avec toi. Pas un instant, tu ne resteras seul dans ce tombeau. Pas un instant... »

Le tombeau de Toutankhamon était clos, la cérémonie des funérailles terminée.

Sur la rive ouest avait été préparé un gigantesque banquet. Les convives, à la lueur des torches, dans la fraîcheur d'une nuit printanière, s'apprêtaient à célébrer la fin du deuil. Les hommes avaient rasé leur barbe, les femmes quitté leurs robes les plus austères pour arborer de nouveau des toilettes à la mode. Chaque invité avait reçu un collier de fleurs. Les étoiles brillaient, filtrant la lumière du soleil caché. La joie renaissait. Au matin, Akhésa devrait annoncer le nom du nouveau pharaon. Elle aurait attendu jusqu'à la dernière seconde de la période rituelle qui lui avait été offerte pour transmettre le pouvoir pharaonique.

Tous les membres influents de la cour avaient tenu à marquer de leur présence ce moment exceptionnel. Pas un qui ne fût favorable au général Horemheb, pas un qui ne lui rendît ostensiblement hommage. Le futur maître de l'Égypte, nerveux, n'affichait pas ouvertement sa victoire. Sa femme Mout, en revanche, n'hésitait pas à se proclamer comme grande épouse royale, certaine de reléguer dans l'oubli la malheureuse veuve de Toutankhamon.

Akhésa demeura en méditation jusqu'au milieu de la nuit, assise en posture de scribe devant l'entrée du tombeau. Le Maître d'Œuvre Maya, de plus en plus indifférent aux affaires humaines, avait regagné le village des artisans. Il apprendrait bien assez tôt l'intronisation de Horemheb.

La Vallée des rois était déserte et silencieuse. L'esprit de la reine voguait entre la mort et la vie, entre les ténèbres de la terre et les lumières du ciel. Combien elle regrettait de n'avoir pas mieux vécu son union avec Toutankhamon, d'avoir laissé vagabonder ses sentiments... Elle avait été la femme d'un pharaon, elle avait partagé l'existence du maître de l'univers, elle occupait encore la plus haute fonction de l'État pour quelques heures. Ces années s'étaient écoulées comme un rêve.

L'avenir n'existait plus. Pourquoi retourner vers les vivants ? La mort ravisseuse ne lui accorderait-elle pas la faveur de dérober son âme, ici et maintenant ?

En s'abandonnant au désespoir, Akhésa sentit qu'elle trahissait Toutankhamon et qu'elle faisait le jeu de son assassin, le général Horemheb. La reine n'avait sans doute plus le moindre avenir, mais ce n'était pas le cas de l'Égypte. Toutankhamon était mort parce qu'il devenait roi, parce qu'il imprimait la marque de son génie sur la destinée des Deux Terres. Au-delà du jeune roi, il y avait Aton, le soleil divin qui s'imposerait un jour à tous les peuples.

Une chouette déploya ses ailes immenses et s'envola dans la clarté lunaire. Elle poussa un cri étrange, presque humain, comme si elle transmettait un message de l'au-delà au seul être capable de l'entendre. Akhésa ferma les yeux. En elle, une vision s'imposa : celle d'une Égypte livrée aux flammes et au pillage. Les chars hittites déferlaient dans les provinces, les archers perçaient de leurs traits les poitrines des soldats égyptiens, le sang coulait dans les villes et les villages, le Nil devenait rouge.

Akhésa s'était trompée. Son père s'était égaré. Horemheb prenait, lui aussi, une mauvaise voie. Il ne fallait pas conclure la paix avec les Hittites. Leur langue était mensongère. Ils ne respecteraient aucun traité.

La reine se leva, sachant comment agir. Elle avait bien perdu tout espoir et tout avenir. Mais elle sauverait l'Égypte.

Pas un courtisan ne ressentait les effets du manque de sommeil. La journée avait été harassante. La bonne chère avait alourdi les consciences. Certains avaient abusé du vin. Des hommes et des femmes s'étaient même isolés pour vomir avant de regagner le cercle des convives. Mais personne ne quitterait la rive d'Occident avant l'aube, avant le moment où la reine Akhésa serait contrainte de prononcer le nom du nouveau pharaon.

Son absence, lors de ce magnifique banquet, avait été sévèrement critiquée par l'ensemble de la cour. La voix du général Horemheb ne s'était pas mêlée à celle des railleurs et des persifleurs. Le futur maître de l'Égypte, d'habitude si charmeur, demeurait froid et distant. Même son épouse Mout n'avait pu réussir à lui arracher le moindre sourire.

Aux portes du pouvoir, Horemheb connaissait la peur. Il savait gouverner l'Égypte, maîtrisait l'administration, jouissait de la confiance de l'armée. Aucun appui ne lui manquerait. Son règne serait un grand règne. À condition d'écarter les intrigants qui peuplaient une cour médiocre, de contraindre les prêtres d'Amon à ne pas quitter leur temple… Et d'avoir Akhésa à ses côtés.

Pourquoi ne présidait-elle pas cette fête ? Quel démon l'avait poussée à rester seule dans cette vallée sinistre, peuplée d'ombres mortes ? Horemheb avait longtemps cru qu'Akhésa avait mis au point une nouvelle stratégie pour tenter de garder seule le pouvoir. Mais il ne lui restait aucun allié influent. Akhésa était incapable de prendre la moindre initiative. Pour une femme de son envergure, le seul avenir possible, c'était lui, Horemheb.

Des murmures s'élevèrent.

Akhésa venait d'apparaître, nimbée des premières clartés du jour naissant. Elle avait conservé sa robe de deuil, maculée de poussière. Les pieds nus, le visage reposé et rayonnant, elle escalada un monticule d'où elle dominait l'assemblée des courtisans.

Le vent du matin se leva. L'orient se teinta de rose.

— La période de deuil s'achève, déclara-t-elle d'une voix dont la puissance et la clarté surprirent l'assistance. Le roi Toutankhamon se trouve dans sa demeure de résurrection. Il est à présent dans l'assemblée des dieux et brille au ciel parmi les étoiles. Son nom sera glorifié dans la liste des souverains de l'Égypte.

La reine leva les yeux vers le firmament. Le soleil, vainqueur des ténèbres, sortirait bientôt du lac de feu qu'il avait traversé sans dommages.

— Pharaon est ressuscité, reprit Akhésa. Le trône des vivants n'est plus vide. La lumière éclaire à nouveau l'Égypte. Je désigne comme Maître des Deux Terres, à qui chacun devra totale obéissance… le « divin père » Aÿ.

36

Sur le grand marché de Thèbes, un seul sujet de conversation : l'annonce officielle du mariage entre une reine de vingt ans et un vieillard devenu Pharaon, le « divin père » Aÿ. Partisans et adversaires de l'incroyable choix de la grande épouse royale s'affrontaient dans de violentes joutes oratoires.

La cour était stupéfiée. Personne ne croyait qu'Akhésa avait agi en toute liberté. Aÿ avait dû user d'influences occultes et se servir de dossiers secrets pour obliger la jeune reine à le désigner comme maître des Deux Terres. Personne ne s'était méfié du vieux courtisan dont l'aspect affable cachait à merveille la plus grande des ambitions.

Combien d'années durerait son règne ? Aurait-il longtemps la force de gouverner ? Horemheb supporterait-il cette nouvelle défaite sans réagir de manière violente ? Thèbes la glorieuse s'angoissait. Elle évoquait la malédiction d'Akhénaton qui avait chassé de la capitale haïe toute joie et toute sérénité.

L'Égypte avait un nouveau pharaon.

Mais le double pays n'avait pas repris confiance en lui.

De la terrasse du palais, Akhésa regardait les bouchers conduisant des bœufs gras à l'abattoir. Les hommes chantaient. Les bêtes, placides, avançaient d'un pas égal. Plus loin, une cohorte de scribes pénétrait dans les bureaux. Des ouvriers réparaient un mur de brique. Des jeunes filles, éclatant de rire, jouaient à se poursuivre.

Akhésa sourit.

Elle tentait l'impossible. Elle réussirait.

Tôt le matin, elle s'était abandonnée aux soins experts de sa servante nubienne qui l'avait coiffée et maquillée avec entrain. La vie ne reprenait-elle pas son cours, les jours heureux n'étaient-ils pas de retour ? Akhésa devait être la plus belle des reines. Elle attirerait la faveur des dieux.

Akhésa descendit de la terrasse et se dirigea vers le pavillon fleuri où se reposait Aÿ, le nouveau pharaon. Il souffrait de migraines qui lui interdisaient toute activité. Les médecins avaient prescrit des potions calmantes et des fumigations.

— Comment vous sentez-vous ? demanda Akhésa. Ce printemps est merveilleux. Il va vous guérir.

— Je suis vieux et malade, répondit Aÿ sans ouvrir les yeux. Comment pourrai-je remplir les devoirs d'un roi d'Égypte ?

— Peu importent vos sentiments, estima la reine. Vous n'avez pas le choix. Chacun vous respecte comme le pharaon légitime. Il faut vous préparer à présider votre premier conseil.

— J'en suis incapable. Je n'ai plus le moindre goût pour le pouvoir, Akhésa. Laissez-moi m'éteindre en paix.

Le pharaon Aÿ, coiffé de la couronne bleue, sceptres en main, présida son premier conseil une semaine plus tard. À ses côtés, légèrement en retrait sur un trône un peu moins haut, la grande épouse royale, Akhésa. Elle avait obligé le vieillard à se lever, à se promener dans les jardins, à consulter les dossiers les plus importants. Elle l'avait convaincu de n'aborder qu'un seul sujet. Aÿ avait cédé.

La salle du conseil, peinte de couleurs vives, n'avait été ouverte qu'à une dizaine de hauts dignitaires, dont Horemheb. La reine nota l'absence de Maya.

Pharaon annonça la nomination des ministres au rang desquels ne figuraient ni l'ambassadeur Hanis, ni Nakhtmin, ni Maya qui conservait son statut de Maître d'Œuvre. Horemheb reprenait la tête de l'armée. À sa grande surprise, le nouveau gouvernement était composé de ses plus proches collaborateurs. Lui-même n'aurait pas fait d'autre choix. Les membres du conseil, aussi interloqués que le général, approuvèrent avec chaleur les sages décisions de Pharaon.

— Il est aujourd'hui un unique sujet de préoccupation, continua Aÿ, la volonté guerrière des Hittites. Des rapports très alarmants me sont parvenus. Nous devons les attaquer avant qu'ils ne nous envahissent.

— Il y a plus urgent, Majesté, intervint Horemheb. Mes propres informations ne sont pas aussi pessimistes. Occupons-nous d'abord du bonheur de l'Égypte. Il dépend de la bonne santé et de la vigueur du roi. En raison de l'âge de Sa Majesté et de sa fatigue, il est indispensable de procéder au plus vite à une fête de régénération. Elle prouvera au pays entier que la faveur magique des dieux habite le cœur du Maître des Deux Terres.

Aÿ ne sut que répondre. Il n'osa solliciter l'avis d'Akhésa et abrégea le conseil.

Aÿ était de nouveau alité et passait le plus clair

de son temps à dormir. Akhésa demeurait sur la terrasse supérieure, furieuse contre Horemheb qui, une fois de plus, privilégiait son goût du pouvoir en oubliant l'Égypte. Elle savait que le général, si attaché aux lois, ne mènerait aucune action violente contre le pharaon légitime. Mais comment prévoir qu'il refuserait de partir en guerre contre les Hittites, décidant de contraindre Aÿ à se retirer en usant d'un artifice rituel ? Aÿ était incapable de répondre aux exigences physiques d'un couronnement réel et moins encore à celles d'une fête de régénération étalée sur plusieurs jours.

La lâcheté de Horemheb indignait Akhésa. En nommant ses amis ministres, en lui donnant le gouvernement réel de l'Égypte et la possibilité d'une grande victoire militaire, elle était persuadée de satisfaire ses ambitions. Lui seul était capable de galvaniser les troupes de soldats professionnels et de lever des recrues pour mener une expédition militaire en Asie.

Mais il ne se préoccupait que de régner... Et il serait un pharaon faible, incapable de prévoir les vrais périls.

— Buvez, recommanda Horemheb au Maître d'Œuvre. C'est de l'excellente bière.

Maya déclina l'offre. Les soldats qui l'avaient conduit à la villa du général ne lui avaient pas laissé le choix de refuser l'invitation.

— Il est dangereux de provoquer ainsi un Maître d'Œuvre, observa-t-il. Vous risquez une grève de tous les artisans d'Égypte et le soulèvement d'une partie de la population.

— Que de menaces inutiles, Maya ! Je n'ai aucune intention malveillante à votre égard. Vous n'êtes plus surintendant du Trésor, mais vous connaissez parfaitement les dossiers. J'ai besoin de vos compétences. C'est à vous que je désire confier les grands travaux... Et surtout l'entretien des temples de Thèbes.

— Mon maître était Toutankhamon.

— Je connais votre fidélité, dit Horemheb. Je sais aussi que vous n'avez aucune affection pour la reine Akhésa et son nouveau mari.

Le Maître d'Œuvre accepta la coupe que lui tendait le général.

— Qu'attendez-vous exactement de moi ?

— Que vous continuiez à œuvrer comme par le passé. Toutankhamon aimait Thèbes. Moi aussi. Je veux qu'elle demeure la plus belle ville du monde. Votre concours et celui de vos équipes me sont indispensables. Vous aurez mon appui total et pourrez travailler en paix. Ces conditions vous conviennent-elles ?

— Je suis un bâtisseur et un artisan, répondit Maya.

Akhésa veillait Aÿ avec la tendresse d'une fille. Le vieux pharaon la priait de lui pardonner sa faiblesse. Il aurait aimé lui être utile, l'aider à conserver un pouvoir dont il la jugeait digne. Akhésa ne lui reprochait rien. Elle le suppliait de s'attacher encore à sa propre existence et de ne pas la rendre trop vite à Dieu. Tant qu'Aÿ serait vivant, Horemheb serait contraint de respecter le couple régnant. Le vieux roi promit à la reine de lutter aussi longtemps que son *ka,* sa puissance vitale, le lui permettrait.

La nuit était tombée lorsque la servante nubienne annonça la venue d'un étrange visiteur : un contremaître appartenant à la confrérie de Deir el-Médineh. Bourru, l'homme pria Akhésa de le suivre. Un grave incident venait de se produire dans la Vallée des rois. La présence de la reine s'avérait indispensable. Pressé de questions, l'homme n'en dit pas plus.

Ils traversèrent le Nil sur une petite barque que le contremaître guida lui-même vers la rive d'Occident où les attendaient deux chevaux. Ils galopèrent jusqu'à l'entrée de la Vallée d'où provenaient des lueurs insolites. Devant l'entrée de la tombe de Toutankhamon, plusieurs tailleurs de pierre conversaient avec le Maître d'Œuvre Maya.

— Que se passe-t-il ? interrogea la reine.

— La tombe de Toutankhamon a été pillée par des voleurs, révéla Maya. Ils ont dérobé les onguents et des bijoux. Ils ont vidé des coffres, renversé des meubles et déplacé de nombreux objets.

— Mais... pourquoi ?

— Pour profaner la demeure de résurrection du roi et empêcher l'âme-oiseau d'animer son corps de lumière. C'est le pire des crimes.

La colère du Maître d'Œuvre était perceptible. Akhésa tremblait d'émotion et de révolte.

— Qui... qui est coupable ? demanda-t-elle.

— Je l'ignore encore.

— Qu'allez-vous faire ?

— Remettre en ordre le mobilier funéraire le plus vite possible et refermer la tombe. J'en masquerai l'entrée avec des pierres de manière à ce qu'on en oublie l'existence. Je ferai détruire les plans. Les artisans qui procéderont au travail jureront le secret. Jamais plus la tombe de mon roi ne sera pillée. Jamais plus.

Le général Horemheb accorda sans délai l'audience que demandait le Maître d'Œuvre Maya, trop heureux de voir s'amorcer une collaboration qu'il espérait fructueuse.

Horemheb fut étonné par l'attitude de son visiteur. Maya avait un visage froid et fermé.

— Ne comptez plus sur moi et sur mes artisans, déclara le Maître d'Œuvre.

— Que se passe-t-il ?

— Vous le savez fort bien.

— Je vous assure que non. Expliquez-vous.

Maya parla dans un souffle.

— La tombe de Toutankhamon a été pillée.

— Oseriez-vous m'accuser d'un tel forfait ?

Le Maître d'Œuvre ne répondit pas. Son regard furieux était suffisamment éloquent.

— Vous vous trompez, protesta Horemheb. J'identifierai les auteurs de ce crime. La Loi divine ne doit pas être bafouée. Je vous charge de la protection du tombeau.

— La Vallée des rois sera gardée par mes hommes pendant trois jours et interdite à tout profane. Cette sépulture disparaîtra aux regards des hommes. Son emplacement s'effacera de leur mémoire.

Horemheb réfléchit quelques instants.

— Comment rendrons-nous un culte à l'âme de Toutankhamon ?

— D'abord en installant des statues à son effigie dans le temple de Karnak. Ensuite en lui construisant un temple funéraire.

— Que vos ateliers se mettent au travail.

Sans accorder le moindre salut au général, Maya lui tourna le dos. Il s'arrêta sur le seuil du bureau.

— Toutankhamon n'aura plus rien à redouter des pillards. Mais n'oubliez pas d'identifier les coupables et de les châtier. Sinon, aucun ouvrier d'Égypte ne vous obéira.

Horemheb avait pris la décision de ne jamais construire un temple dédié à Toutankhamon. Ce petit roi, de même qu'Akhénaton l'hérétique et le vieux courtisan Aÿ, ne figureraient pas dans les listes royales. Le règne de Horemheb succéderait directement à celui du grand Aménophis III de sorte que la gloire de l'Égypte ne fût pas affectée par quelques années d'errance. Que la tombe de Toutankhamon disparût sous des amas de pierres et de sable constituait une excellente nouvelle.

Le destin servait les vues du général. Mais le pillage le révoltait. Et il craignait de connaître les coupables.

Horemheb n'eut pas à mener une longue enquête. Il découvrit les onguents et les bijoux volés dans les coffres en cèdre de son épouse Mout.

Lorsque celle-ci revint de sa promenade matinale sur les bords du Nil, elle trouva son époux installé dans sa chambre. Il avait chassé les servantes des appartements privés de la maîtresse de maison. Assis en posture de scribe, il leva vers elle un regard méprisant.

— Ainsi, dit-elle, tu as compris...

— Pourquoi avoir agi ainsi ? Qui sont les hommes qui t'ont aidée ?

— Mon cuisinier, mon chambellan et deux tâcherons. Ils ont soudoyé un ouvrier pour connaître le plan de cette tombe maudite.

Mout n'éprouvait aucun remords. Sûre d'elle-même, elle tournait autour de son mari immobile.

— Te rends-tu compte que tu es une criminelle ?

— Je veux détruire Akhésa ! s'emporta-t-elle. Le meilleur moyen n'était-il pas de troubler le repos de ce roi incapable qu'elle prétend tant aimer ? J'aurais souhaité que sa tombe fût dévastée, sa momie déchiquetée ! Akhésa serait morte de dépit... Malheureusement, mes hommes ont été dérangés.

515

Mout s'appuya sur une chaise au dossier à croisillons. Elle savait que son mari était épris de cette reine maudite. Elle voulait lui faire comprendre qu'elle ne se laisserait pas répudier et qu'elle se battrait comme une lionne blessée.

Horemheb garda longtemps le silence. La peur envahit l'esprit de Mout. Au fil des minutes, elle perdait sa belle assurance.

Enfin, le général prononça sa sentence.

— Tu feras disparaître les onguents et les bijoux. Qu'ils soient détruits et qu'il n'en subsiste aucune trace. Les hommes que tu as utilisés seront déportés aujourd'hui même dans les oasis et ne reviendront jamais à Thèbes. Quant à toi, si tu transgresses la loi une fois de plus, je n'hésiterai plus à te faire condamner.

Horemheb se leva. Sur le chemin qui menait aux oasis, la caravane serait attaquée par des rôdeurs et il y aurait quatre victimes. Le général ne pouvait courir le risque de laisser en vie des pilleurs de tombes. Mout triomphait. Horemheb l'aimait toujours. Il n'osait pas sévir contre elle, malgré la gravité de ses actes. Elle se réjouissait de ne pas lui avoir révélé la totalité de son plan. Elle n'avait pas réussi à faire violer la sépulture de Toutankhamon, mais n'avait pas renoncé à lutter contre Akhésa.

Une guerre sans merci qui se terminerait bientôt par une victoire. Demain, Mout serait la grande épouse royale du pharaon Horemheb.

Akhésa avait soigné Aÿ avec dévouement. Le vieillard était assis dans le jardin, indifférent au soleil et à la clémence de l'air. Il ne se sentait plus concerné par les affaires des hommes. La reine lui avait appris que les profanateurs de la tombe de Toutankhamon avaient été arrêtés et déportés dans les oasis. Ils avaient trouvé la mort en chemin, lors d'une escarmouche avec une bande de bédouins. Le Maître d'Œuvre Maya n'avait ordonné aucune grève. Les ouvriers de sa communauté travaillaient à la restauration des plus anciennes tombes de la Vallée des rois et à l'entretien du temple de Karnak.

La jeune femme avait tenté, à plusieurs reprises, d'intéresser le vieux pharaon à la conduite des affaires de l'État. Peine perdue. Aÿ s'enfonçait dans le silence. Il vivait dans ses souvenirs. Diriger à nouveau un conseil semblait au-dessus de ses forces.

Akhésa admit son échec. Elle était seule, sans allié. Elle n'avait plus le choix.

Peu avant la tombée du jour, elle quitta le palais avec ses deux chiens, Bélier et Taureau. Elle désirait errer dans la campagne, croiser le regard des petites gens, sourire aux enfants rieurs courant derrière les bœufs gras rentrant des champs.

Akhésa marcha, sans but.

Elle sortit de Thèbes, traversa les faubourgs, atteignit un village baigné par les feux du couchant. Elle s'arrêta devant une femme âgée, assise sur le seuil d'une modeste demeure en terre battue. Elle la regarda longuement, comme si elle voulait emplir sa mémoire de cette vision.

Akhésa ne serait jamais vieille. Elle ne connaîtrait pas d'insupportables douleurs dans les os, des difficultés à marcher, elle n'aurait pas de rides, sa vision ne s'affaiblirait pas.

— Que voulez-vous ? demanda la femme âgée sans lever la tête.

— J'aimerais passer la nuit chez vous, répondit la reine.

— Tu n'as plus de maison ?

— Si...

— Alors, tu n'as plus de mari. Moi, je suis

veuve et aveugle. On s'occupe de moi, dans ce village. On me nourrit, on me donne des vêtements pour l'hiver, les vieux viennent me parler. La vie n'est pas si triste. Entre. Il y a une natte roulée dans le fond de la pièce. Je dormirai sur le seuil. J'ai l'habitude.

Akhésa hésita. Ses deux lévriers la précédèrent dans la maison. Elle les suivit, confiante dans leur jugement. La pièce, au sol de terre battue, n'était meublée que d'un coffre au couvercle grinçant. Grossièrement creusée dans le mur du fond, une petite niche contenant une statuette de la déesse Isis.

La reine déploya la natte. Au-dehors, la nuit s'étendait vite sur la campagne. Le soleil s'enfonçait dans les ténèbres, s'apprêtant à livrer un difficile combat contre le dragon du monde inférieur. Peut-être, cette fois, subirait-il une défaite. Peut-être la lumière ne réapparaîtrait-elle plus.

Akhésa s'étendit sur la natte. Bélier et Taureau se couchèrent de part et d'autre de leur maîtresse qui s'endormit presque aussitôt, rêvant d'un enfant heureux jouant à ses côtés et lui sautant au cou pour l'embrasser.

Les trois hommes qui suivaient la reine partout où elle allait n'avaient osé espérer pareille occasion.

Elle sortait seule, avant l'aube, d'une masure où elle avait passé la nuit. Ils l'avaient observée, à bonne distance, quand elle avait quitté le palais pour partir vers la campagne, accompagnée de deux lévriers.

Les trois hommes, au service de la dame Mout, l'épouse du général Horemheb, avaient une mission précise : supprimer Akhésa. La dame Mout leur avait promis une véritable fortune et des terres s'ils réussissaient à faire croire à un accident. S'ils étaient arrêtés, elle n'avouerait jamais leur avoir donné des ordres. Les assassins avaient conscience de la difficulté de leur entreprise et des dangers qu'ils couraient. Mais la richesse serait leur récompense. Aussi avaient-ils décidé d'agir avec la plus extrême prudence. S'introduire dans les appartements privés de la reine présentait trop de risques. Ils attendaient une promenade en barque ou en chaise à porteurs, avec une faible escorte, ou bien encore une cérémonie où Akhésa officierait.

La reine se montrait beaucoup plus généreuse. Dans ce village isolé en pleine nature, à cette heure silencieuse, sur un chemin désert, elle offrait sa silhouette gracieuse à la mort dont ils étaient porteurs. L'un d'eux tenait une faucille dont il menacerait la jeune femme. Les deux autres l'étrangleraient. Ils jetteraient son corps dans le Nil, à un endroit où la berge était glissante. On croirait à une noyade. Personne ne les avait vus, personne ne leur avait adressé la parole.

Le destin leur souriait.

Quand ils encadrèrent Akhésa, les deux lévriers gambadaient loin de leur maîtresse. Le cri étouffé qu'elle poussa suffit à les alerter. Bélier, le plus rapide, se rua sur l'homme à la faucille. Il planta un croc dans l'épaule de l'homme qui réussit à trancher la gorge du chien. Bélier ne lâcha pas prise. Mort, il immobilisa sa dernière proie. Taureau infligea de profondes blessures aux deux autres criminels. Conjuguant leurs forces, ils réussirent à briser la nuque du lévrier avant de s'effondrer dans leur propre sang.

Le drame n'avait duré que quelques secondes. Des villageois, réveillés par les jappements des chiens et les cris des hommes, s'approchaient.

Akhésa se pencha sur les cadavres de ses fidèles compagnons. Elle les embrassa, sachant qu'elle les retrouverait dans l'au-delà où ils la guideraient sur les chemins de l'éternité. Ils lui avaient offert leur vie pour sauver la sienne.

À présent, la reine d'Égypte était vraiment seule.

37

Malgré les protestations de quelques hauts fonctionnaires attachés au prestige de l'institution pharaonique, le général Horemheb ne renonça pas à son projet : faire comparaître Aÿ devant un tribunal d'exception qui constaterait son incapacité à régner.

Horemheb, qui n'ignorait rien des lois qu'il chérissait comme l'un des biens les plus précieux acquis par l'Égypte, ne fut cependant pas indifférent aux critiques des conseillers et des ministres. Aucun tribunal ne prononcerait la condamnation de Pharaon, lui-même garant de la justice. Seul Dieu pouvait l'anéantir s'il se montrait traître à sa fonction. C'est pourquoi le général s'écarta du chemin des juristes pour prendre celui des ritualistes. Sur ce terrain, qu'il connaissait à la perfection grâce à sa formation de scribe royal, il remporterait une éclatante victoire qui lui donnerait enfin le pouvoir.

Horemheb ne dissimulait plus son ambition que personne ne contestait. Il se comportait en chef d'État, prenait décrets et décisions sans en référer au couple régnant, donnait des directives exécutées avec zèle par les fonctionnaires.

Mais il lui manquait l'essentiel. Il n'était pas

encore couronné Pharaon. Il n'avait pas vécu les rites qui feraient de lui l'unique intermédiaire entre le monde des dieux et celui des hommes.

Il fallait obliger Akhésa à le reconnaître comme tel. Entre elle et lui, un dernier obstacle : un vieillard qui s'éteignait trop lentement. Sa parodie de règne avait assez duré.

Le printemps devenait été. Avec la chaleur croissante, les gestes se faisaient plus lents. Chacun attendait la crue. Les paysans s'accordaient avec le soleil pour régler leur journée, ponctuée de siestes de plus en plus longues. Les uns pensaient déjà au repos, les autres aux corvées qu'ils seraient obligés d'accomplir sur les chantiers des temples pendant que la vallée serait recouverte par les eaux du Nil.

Akhésa songeait aux déclarations d'amour de Toutankhamon, sur la rive baignée de la lumière matinale, quand elle franchit, peu après l'aube, le portail de l'enceinte d'Amon, escortée par une dizaine de soldats. Karnak s'éveillait. Les astronomes descendaient du toit du temple après une nuit passée à observer les étoiles. Des prêtres se purifiaient dans le lac sacré. Bouchers et boulangers préparaient les nourritures qui seraient bientôt offertes à la divinité.

Le grand prêtre d'Amon salua la reine avec déférence et la conduisit jusqu'à une salle du temple où étaient réunis une trentaine d'hommes d'âges très divers. Un seul visage était connu d'Akhésa : celui du général Horemheb qui présidait l'assemblée.

— Bienvenue à Votre Majesté, déclara-t-il d'une voix calme. Qu'elle daigne prendre place. Ici sont présents les meilleurs ritualistes du royaume.

Le général fut frappé par la lassitude de la

reine. Nulle atteinte à sa beauté, certes, mais pourquoi son regard si vif demeurait-il absent, pourquoi semblait-elle avoir perdu toute confiance en elle-même ? Ce n'étaient que perceptions fugaces. Pourtant, Horemheb ne se trompait pas. Il ressentait la moindre des émotions d'Akhésa. Elle traversait avec peine l'épreuve d'un isolement qui touchait à son terme. Demain, elle serait la plus illustre des grandes épouses royales.

Akhésa ne regardait aucun de ses juges. À son esprit s'imposait la vision de ses deux lévriers morts pour la défendre. Son passé, la cité du soleil, le bonheur de chaque jour avaient disparu avec eux. Ils étaient le dernier lien qui l'unissait encore à ses rêves d'enfant.

Un jeune prêtre déroula un papyrus et le lut avec lenteur, détachant chaque membre de phrase. Les accusations portées contre Aÿ se succédèrent comme des coups de maillet sur un ciseau s'enfonçant de plus en plus profondément dans la pierre.

Akhésa demeura lointaine, comme si les paroles prononcées par le ritualiste ne la concernaient pas. Cette salle où siégeait un tribunal qui n'osait pas dire son nom appartenait à un monde irréel dont elle ne parlait pas la langue.

Un autre prêtre, un homme d'âge mur au verbe profond et sonore, lut un traité des devoirs de Pharaon, développant le chapitre des rituels auxquels il devait participer.

Akhésa n'entendait qu'une vague musique. Elle vagabondait dans des champs de blé, poursuivie par un jeune amant insatiable, au désir ardent comme un Nil bondissant au premier jour de crue. Elle le voulait roi, il la voulait femme.

Vint le silence.

Les ritualistes quêtèrent un signe de satisfaction de la part de Horemheb. Mais celui-ci ne quittait pas la reine des yeux, comme s'ils étaient seuls.

— Nous constatons l'absence du roi Aÿ, énonça le prêtre à la voix sonore. La reine peut-elle répondre à sa place ?

Akhésa inclina la tête.

— Aÿ n'a pas été couronné selon les rites, indiqua Horemheb. Il a seulement été désigné comme Pharaon par la grande épouse royale. Reconnaissez-vous ces faits, Majesté ?

L'approbation d'Akhésa demeura muette.

— Nos traditions exigent que le Maître des Deux Terres accomplisse une course pour atteindre les bornes de l'univers et réunir le ciel à la terre. L'âge du roi et sa faiblesse ne le lui permettent pas. Le reconnaissez-vous ?

Akhésa ne protesta pas.

— Comme je l'ai proposé, continua Horemheb, il faudrait procéder immédiatement à un rituel de régénération. La magie divine pourrait rendre notre souverain apte à régner. Mais supportera-t-il, une semaine durant, le poids des couronnes et des sceptres ? Sera-t-il capable d'aller de chapelle en chapelle à la rencontre des dieux ?

Chacun des ritualistes s'attendait à une intervention tranchante de la part d'Akhésa. Elle pouvait évoquer le cas d'illustres pharaons qui, très âgés, s'étaient contentés de diriger les cérémonies sans y participer physiquement. Les arguments du général étaient beaucoup plus fragiles qu'il n'y paraissait.

Mais Akhésa, les yeux mi-clos, continua à se taire.

Horemheb sourit. La reine cédait enfin. Son mutisme signifiait qu'elle l'acceptait comme roi et comme époux, abandonnant Aÿ à sa sénilité. Il ne lui restait plus qu'à conclure.

— Puisqu'il en est ainsi, annonça-t-il, avec une joie mal contenue, nous devons constater la déchéance du souverain régnant. Qu'il renonce au trône.

— Ce ne sera pas nécessaire, dit Akhésa. Le roi Aÿ s'est éteint cette nuit.

Sur décision du général Horemheb et des ritualistes du temple de Karnak, la période de deuil suivant le trépas d'Aÿ serait réduite à un mois. Les funérailles seraient des plus discrètes et le nom du vieux courtisan ne figurerait pas sur les listes royales. La reine, mise au courant de ces décisions par une délégation de scribes, se contenta d'écouter. Aucun mot ne sortit de sa bouche.

Aÿ n'avait pas été couronné selon les rites, le peuple le connaissait mal. Son renom n'avait pas franchi les portes des palais et des bureaux de l'administration. On murmurait même qu'il était demeuré fidèle à la religion d'Akhénaton dont il avait été le confident. Si Akhésa l'avait choisi comme Pharaon, n'était-ce point pour défier Horemheb une fois de plus ? Nul ne doutait que le brillant général réaliserait tous ses rêves.

La servante nubienne parlait, rapportant rumeurs et ragots, s'enflammait à l'idée de voir la jeune reine devenir l'épouse d'un homme beau et puissant.

Akhésa ne prêtait aucune attention à ce bavardage.

— Va me chercher l'ambassadeur Hanis et amène-le-moi.

La Nubienne cessa de babiller.

— Majesté... Il n'est plus ambassadeur... Il n'est plus...

— Il n'est plus rien, je le sais. Tu le feras entrer par les cuisines, cette nuit. Qu'il s'habille simplement. Si des gardes vous arrêtent, réponds que je viens de l'engager comme homme de peine et qu'il doit commencer à nettoyer les cours intérieures sans tarder.

— Mais si...

— Va-t'en et obéis. Ne reviens pas sans Hanis.

Akhésa s'assit en posture de scribe et déroula un papyrus sur ses genoux. Elle prit un calame et commença à écrire à l'encre noire la lettre qu'elle avait en tête depuis plusieurs semaines. Aucune reine d'Égypte n'avait osé agir ainsi. Il n'existait pourtant aucun autre moyen de sauver son pays.

La main d'Akhésa ne trembla pas. Les signes furent dessinés avec finesse et fermeté.

En relisant, une douloureuse angoisse lui serra le cœur. La peur... une peur qui lui brûlait la poitrine, lui donnait envie de s'enfuir dans le désert, de franchir la porte qui la séparait du royaume des ombres. Mais il y avait l'Égypte, son pays qu'elle devait sauver de la destruction.

Elle se força à respirer doucement, à ne plus penser, à s'oublier elle-même.

Vint la nuit, brillèrent les étoiles.

— Vous avez eu de la chance, dit Hanis à Akhésa. Je m'apprêtais à partir pour l'Asie. Thèbes devient trop inhospitalière.

— Je n'ai pas l'intention de contrarier vos projets. J'aimerais, au contraire, que votre voyage fût immédiat.

— Pourquoi, Majesté ? s'étonna l'ex-diplomate.

— Parce que je vous demande de porter au plus vite et dans le plus grand secret une lettre au roi hittite.

— Pardonnez mon insolence... Pourrais-je en connaître l'auteur et le contenu ?

— Elle est écrite de ma main. La voici.

Akhésa n'avait pas scellé le papyrus. Hanis fut

sensible à cette marque d'estime. Il la regretta lorsqu'il eut fini de parcourir la missive. L'ancien ambassadeur avait vécu bien des drames et ressenti les plus vives émotions au cours de sa carrière. Cette fois, il perdait pied. Ce que souhaitait Akhésa dépassait l'entendement.

— Majesté, vous rendez-vous compte...

— J'ai pesé chaque mot, Hanis.

— Les conséquences...

— Elles ne concernent que moi.

— L'Égypte...

— L'Égypte n'aura pas à souffrir de ma décision. Bien au contraire.

— Comment pouvez-vous l'affirmer après avoir rédigé cette lettre ?

— Avez-vous confiance en moi, Hanis ?

Il osa la dévisager. Le trouble qu'il avait toujours éprouvé en présence de la reine s'empara à nouveau de lui. Son esprit critique l'abandonnait. Il se contentait de l'admirer.

— Je crois... Je crois que oui.

— Partez sans délai. Jurez au roi hittite que je suis sincère. Dites-lui de ne pas perdre de temps. Prenez ce sceau. Il authentifiera votre démarche. Restez auprès du souverain et envoyez-moi un messager pour me communiquer sa réponse. N'ayez plus qu'une idée en tête, Hanis : obtenir l'accord du Hittite.

Hanis, subjugué, obéit. Elle l'avait envoûté, une fois de plus, bien qu'il désapprouvât les termes terrifiants du message dont il devenait porteur.

Lorsque son bateau partit pour le Nord à l'instant où l'orient se teintait de rouge, l'ex-ambassadeur récitait à voix basse le texte d'Akhésa qui s'était gravé dans sa mémoire :

Au grand roi du Hatti, mon Frère, de la part de la

reine d'Égypte. Nos deux pays vivent en paix et connaissent la joie grâce aux cadeaux qu'ils échangent.

Aujourd'hui un grand malheur me frappe. Je suis veuve. Mon mari est mort. Je n'ai pas de fils. Chacun sait que tu as de nombreux fils. Envoie-moi l'un d'eux en âge de régner. Il deviendra mon mari et sera Pharaon. Je répugne à prendre pour époux l'un de mes sujets. Si j'avais un fils, je n'écrirais pas à un roi étranger en m'abaissant et en abaissant mon pays. Mais je n'ai pas le choix. Tu peux croire à ma sincérité. Je n'essaye pas de te tromper. Je n'ai plus de mari. Donne-moi un de tes fils. J'en ferai le maître de l'Égypte. Égypte et Hatti deviendront une seule terre grâce à ce mariage.

Jamais, disaient les anciens, l'été n'avait revêtu couleurs plus violentes. Le bleu du ciel blanchissait sous la brûlure d'une lumière ardente qui rendait les journées torrides. La crue, d'après les astrologues, serait en retard. Dans les champs, les paysans avaient édifié des cahutes en roseau où ils s'abritaient en compagnie des chiens et des ânes. On travaillait de l'aube jusqu'au milieu de la matinée, puis l'on goûtait un long repos, dans les villes comme dans les campagnes, avant de s'acquitter à nouveau des tâches quotidiennes.

Akhésa ne ressentait aucune fatigue. Jour et nuit, elle demeurait sur la terrasse du palais, offrant son corps au soleil. Ses rayons la caressaient. Elle comprenait pourquoi, à présent, son père avait ordonné aux sculpteurs de le représenter pourvu de mains donnant la vie. Palpitant au matin, passionné à midi, tendre au crépuscule, le disque divin animait chaque parcelle de sa peau cuivrée. La reine célébrait ses noces de lumière, s'immergeant en elle pour y retrouver l'âme de son père et l'amour de Toutankhamon.

Aucune reine d'Égypte n'avait épousé un souverain étranger. La loi divine l'interdisait. Les

Hittites se méfieraient de cette incroyable proposition qui ferait d'eux les maîtres de l'Égypte sans avoir à livrer bataille. Mais Akhésa était persuadée que l'ex-ambassadeur, dont la renommée était grande en Asie, saurait les convaincre.

Le chef de la garde privée de Horemheb s'inclina devant son maître.

— L'ambassadeur Hanis a quitté sa résidence, déclara-t-il.

— Enfin ! s'exclama Horemheb. Nous allons savoir ce qu'il manigance. Où est-il allé ?

— Habillé comme un homme du peuple, il a été guidé jusqu'au palais par la servante nubienne de la reine. Ils sont entrés par les cuisines.

Une entrevue secrète avec Akhésa... Quel nouveau plan avait-elle conçu ? Pourquoi utilisait-elle les services du plus rusé des diplomates ?

— Hanis est ressorti du palais deux heures avant l'aube, continua le gradé. Il a affrété un bateau qui est parti pour le Nord.

— Memphis ?

— Il n'y a passé qu'une matinée pour constituer une escorte. Il a franchi la frontière en direction de l'Asie. Mes hommes le suivent.

— Qu'ils ne se fassent pas repérer et qu'ils le laissent libre de ses mouvements. Je veux un rapport quotidien.

Le général annula un déjeuner auquel il avait convié de hauts dignitaires. Il se sentait incapable d'absorber la moindre nourriture. Son instinct l'avertissait qu'une tragédie se préparait.

Hanis fut reçu sans délai par le grand roi du Hatti, un colosse de haute stature à la longue barbe noire finement tressée. Les deux hommes s'étaient rencontrés à plusieurs reprises. Ils s'appréciaient. Hanis, après les salutations d'usage, évita les discours fleuris qui précédaient toute négociation. Le souverain comprit aussitôt que l'affaire était grave.

La lecture de la lettre écrite par la reine d'Égypte le stupéfia.

— Je garantis l'authenticité de ce document, dit Hanis. Voici le sceau de la grande épouse royale.

— Comment croire à la sincérité de cette femme ? rétorqua le Hittite. Les pharaons ne nous accordent même pas leurs filles en mariage ! Jamais une reine d'Égypte ne permettra à un ennemi de son pays d'en devenir le maître absolu ! C'est une absurdité... ou un piège.

Hanis s'attendait à la réaction du monarque.

— La situation actuelle de mon pays est très particulière, expliqua-t-il. La reine est isolée. Elle n'a d'autre choix que d'épouser le général Horemheb qu'elle considère comme un serviteur indigne. Elle refuse cet esclavage et préfère conclure une alliance avec le Hatti afin que la paix règne en ce monde.

Le roi hittite fut ébranlé par l'assurance tranquille de Hanis. Mais il n'avait pas l'intention de prendre des risques.

— Un de mes fils régnant sur la terre d'Égypte... Non, c'est impossible. La reine veut me tromper.

— Comment te convaincre de sa bonne foi ? insista Hanis. Peut-être...

— As-tu une preuve ?

— Peut-être devrais-tu envoyer en Égypte un homme d'expérience en qui tu as confiance. Qu'il s'entretienne avec la reine et qu'il prononce son jugement. Il faudrait agir vite et en secret.

Le monarque réfléchit. Il tourna la tête vers son chambellan, le fidèle parmi les fidèles, le compagnon des heures douloureuses et des moments heureux. Ce dernier approuva.

— J'accepte, conclut le roi hittite.

Cheminant jour et nuit, le chambellan, vêtu à l'égyptienne et protégé par les mercenaires qu'avait recrutés Hanis, parvint, par le chemin d'Horus, à la frontière jalonnée de forteresses. Muni d'un faux laisser-passer, il se présenta au poste de douane. L'officier examina le document avec minutie. Le Hittite ne manifesta pas la moindre impatience. Il attendit que les formalités administratives fussent accomplies, répondit à des questions sur le but de son voyage et la durée de son séjour. Puis il quitta la forteresse sans être autrement inquiété.

Les hommes du général Horemheb, qui n'avaient pas cessé de surveiller Hanis et ses mercenaires, suivirent ces derniers jusqu'à Thèbes. Là, ils s'installèrent dans une modeste demeure des faubourgs.

Le chambellan hittite demanda officiellement audience à la reine dès le lendemain de son arrivée dans la grande cité du dieu Amon. Il se présenta comme un maître jardinier envoyé par le temple de Karnak, donnant ainsi le mot de passe transmis par Hanis.

Le Hittite avait entendu parler de la beauté éclatante d'Akhésa. La réalité dépassait de beaucoup les descriptions les plus flatteuses. Les yeux vert clair brillaient d'une intelligence lumineuse. Vêtue d'une tunique, elle le reçut sur la terrasse supérieure du palais livrée aux ardeurs d'un soleil implacable. Pas un seul abri pour s'en protéger.

— Qu'attendez-vous de moi ? demanda-t-elle. J'ai écrit à votre roi. Je maintiens ma décision et j'attends une réponse favorable. Le temps presse. À quelle date arrive mon futur époux ?

Le Hittite, pourtant habitué aux intrigues et aux jeux d'influence d'une cour royale, se sentait presque désarmé face à la volonté de cette femme. Existait-il quelqu'un capable de lui résister ? Tentant de s'arracher à la magie qui engourdissait son esprit, il s'acharna à remplir sa mission.

— Majesté, votre requête est si inattendue... Jamais reine d'Égypte n'a formulé pareille proposition. Vous comprendrez notre étonnement et notre défiance.

Akhésa, qui avait placé son interlocuteur de manière à ce qu'il fût aveuglé par le soleil, l'avait vite jugé. Un courtisan fidèle, zélé et retors. La quarantaine alerte, une paresse tranquille, une aptitude innée à éviter les ennuis.

— Non, je ne les comprends pas et je ne les admets pas. Que souhaitez-vous de plus que la parole d'une reine d'Égypte ?

— Nous ne la mettons pas en doute, bien entendu. Mais nous aimerions mieux discerner les raisons qui vous poussent à unir le Hatti à l'Égypte.

Akhésa leva la tête vers le ciel, comme si elle cherchait une réponse dans le soleil.

— Mon père, le pharaon Akhénaton, a toujours refusé la guerre. La même lumière éclaire la destinée des Hittites et des Égyptiens. Je n'ai pas oublié son message. Je veux qu'il devienne réalité. Mon mari est mort. Je n'aurai jamais de fils. Que le roi du Hatti m'envoie le sien. J'en ferai l'homme le plus puissant de la terre.

— Majesté...

Akhésa se détourna. L'entrevue était terminée.

Le chef de la garde privée de Horemheb termina son rapport.

— Les mercenaires sont donc revenus sans

Hanis... Voilà longtemps qu'il désirait vivre en Asie. Que font-ils ?

— Ils dorment, boivent et font venir des filles dans leur antre d'où ils ne sortent pas. Un seul d'entre eux, plus âgé, a rompu la règle. Il s'est rendu au palais royal et s'est présenté comme un jardinier du temple de Karnak.

— Par qui a-t-il été reçu ?

— Par la reine.

— Et ensuite ?

— Il est retourné chez les mercenaires. Leurs préparatifs de départ se terminent. Nous avons identifié le bateau qu'ils ont affrété. Dois-je les arrêter ?

— Non... pas encore. Qu'on continue à les suivre et qu'on me rapporte leurs moindres faits et gestes.

Horemheb s'interrogeait sur la conduite à tenir. En intervenant de manière brutale, il craignait de couper trop tôt les fils de l'intrigue. Akhésa déployait une nouvelle stratégie, contactait les Hittites, faisait circuler des messages entre le royaume du Hatti et l'Égypte. Avec quelle intention ? Le danger s'avérait minime. Un ambassadeur déchu, quelques mercenaires, une servante nubienne... Horemheb n'avait rien à redouter de la pitoyable armée d'Akhésa. Les craintes qui lui avaient presque ôté le sommeil se dissipaient. En restant vigilant, il finirait par découvrir la vérité.

Zannanza, le fils aîné du grand roi du Hatti, venait de fêter ses vingt-cinq ans. Son existence n'était qu'une longue suite de fêtes, de chasses et de plaisirs. Parfois, l'ennui le gagnait. Son père, qui gouvernait sans partage, ne l'associait à aucune décision et ne lui accordait pas la moindre parcelle de pouvoir. Aussi fut-il étonné de voir le monarque entrer dans ses appartements au petit matin. D'ordinaire, il lui donnait l'ordre de venir au palais.

Sans doute un malheur s'était-il abattu sur le Hatti.

Le monarque posa ses longues mains sur les épaules de son fils.

— Zannanza, je suis fier de toi.

— Pourquoi, mon père ?

— Parce que tu vas devenir Pharaon d'Égypte.

38

Le général Horemheb étudiait les projets de construction d'un nouveau ministère des Pays étrangers quand le chef de sa garde privée lui transmit une demande d'audience : celle de l'ex-ambassadeur Hanis. Horemheb pria ses collaborateurs de continuer à travailler sans lui.

Il reçut Hanis dans un modeste bureau, situé à l'extrémité d'un corps de bâtiment, loin de toute oreille indiscrète. L'ex-diplomate avait les traits tirés. Sa moustache noire était parsemée de poils blancs.

Le général le regarda avec curiosité.

— C'est bien moi, dit Hanis. Je reviens du royaume hittite. J'ai passé la frontière de nuit et... seul. Vos hommes sont remarquables et scrupuleux, mais un peu jeunes. Il leur manque l'expérience des routes d'Asie.

— Pourquoi êtes-vous revenu à Thèbes ?

— Pour y finir mes jours, à condition que vous me laissiez en paix. Ce climat me convient mieux que celui d'Asie. J'aimerais me faire construire une belle tombe et engager des prêtres funéraires qui célébreraient mon nom après ma mort.

Horemheb sourit. La négociation commençait.

— Vous exigez beaucoup. Que proposez-vous en échange ?

— La copie d'une lettre écrite par la reine.
Celle que j'ai portée moi-même au roi du Hatti.

Hanis espérait que Horemheb n'utiliserait pas
la violence pour le faire parler. L'idée effleura le
général, mais il la repoussa. Il ne ternirait pas
son renom par de tels actes.

— J'accède à votre requête. Parlez.

— J'aimerais aussi être réintégré dans le corps
des ambassadeurs et profiter des avantages matériels qu'il procure. Bien entendu, je resterai à
Thèbes et ne remplirai plus aucune mission. Vous
aurez ma parole.

— Ne m'importunez pas avec des détails.
Parlez.

Hanis sentit qu'il ne devait pas différer davantage ses révélations. De mémoire, il donna à
Horemheb le contenu exact de la missive écrite
par Akhésa.

Un très long silence s'instaura. Les mains de
Horemheb tremblaient légèrement. Le sang avait
quitté ses lèvres.

— Qui est au courant de la démarche de la
reine ?

— Le souverain du Hatti, son fils Zannanza,
les principaux dignitaires de sa cour et...

Nerveux, Horemheb interrompit sèchement
Hanis.

— En Égypte, qui ?

— La reine, vous et moi.

— Personne d'autre ?

— Personne d'autre. Je désire une vieillesse
heureuse.

— Je vous confie à ma garde personnelle. Tant
que cette affaire ne sera pas terminée, vous serez
au secret.

L'ambassadeur ne protesta pas. Le général
n'avait pas d'autre solution.

— J'aimerais que cette détention provisoire fût

536

agréable et qu'aucun soldat trop zélé n'attentât à ma vie.

Horemheb s'emporta.

— Vous m'injuriez, Hanis.

Le diplomate tourna le bracelet d'argent qu'il portait au poignet gauche. Il tint tête au maître de l'Égypte.

— J'exige votre parole. D'autant plus que je dispose d'autres informations essentielles...

Hanis ne mentait pas. Horemheb avait besoin de lui.

— Fort bien. Vous l'avez. Je m'engage sur ma vie à garantir votre sécurité.

Hanis poussa un soupir de soulagement, ne dissimulant pas sa satisfaction. Il avait gagné la partie.

— Zannanza et une cinquantaine de soldats d'élite quitteront le royaume du Hatti après-demain. Ils emprunteront le chemin d'Horus et présenteront la lettre de la reine et son sceau au principal poste frontière. Le commandant de la forteresse ne pourra leur refuser l'accès à notre territoire. Il les fera protéger par ses hommes afin qu'ils parviennent à Thèbes sains et saufs. La reine saura les accueillir avec faste et vous devrez accepter sa décision.

— Ne vous préoccupez pas de l'avenir de l'Égypte, Hanis. Jouissez de vos privilèges et ne reparaissez plus devant moi.

Horemheb, d'un pas pressé, sortit du bureau. Hanis, prostré, attendit les policiers qui le conduiraient à sa résidence. Il songeait au regard d'Akhésa, à ces yeux dont il n'avait pas réussi à capter le message. Pourquoi l'avait-il trahie ? Pourquoi brisait-il son dernier rêve, le plus fou et le plus dangereux ? Pourquoi condamnait-il au désespoir la femme inaccessible dont il était follement amoureux ? Un goût amer dans la bouche, Hanis pleura sur lui-même.

— Est-elle vraiment si belle ? demanda pour la dixième fois le prince Zannanza au chambellan.

— Fine, élancée, un visage parfait, des cheveux noirs, une peau cuivrée, des seins ronds haut placés, des hanches étroites, des jambes longues et minces, des pieds d'une infinie délicatesse... Aucune de nos femmes ne pourrait rivaliser avec elle. Vous avez beaucoup de chance.

— Et son palais ?

— Laissez-moi boire un peu. Avec cette chaleur, ma gorge se dessèche.

Les deux hommes avaient pris place dans un chariot confortable pourvu d'une multitude de coussins. Ils avaient la chance d'être protégés des rayons du soleil et utilisaient fréquemment des éventails. Les soldats hittites habitués aux marches forcées, au froid comme à la canicule, avançaient sans rechigner.

Zannanza se montra insatiable. Le chambellan, qui avait convaincu le roi du Hatti de la sincérité de la reine, fut contraint de répondre à ses innombrables questions, d'évoquer sa future existence de Pharaon. Le prince revenait sans cesse sur la personnalité d'Akhésa, de plus en plus impatient de la voir.

— Dans une dizaine d'heures, dit le chambellan, nous atteindrons la frontière.

— Ne pourrions-nous augmenter l'allure ?

— Impossible, Majesté. Nos chevaux ne résisteraient pas.

— Qu'importent les chevaux ! La reine d'Égypte m'attend.

Pour calmer le prince, le chambellan se lança dans une nouvelle description du corps désirable

538

d'Akhésa. Zannanza ne se lassait pas de l'entendre. Ce voyage l'enthousiasmait. Sortir du Hatti, ne plus dépendre de son père, devenir son égal, régner sur le plus beau et le plus riche des pays... N'était-ce point la plus fabuleuse des destinées ?

En tête de l'avant-garde hittite, un coureur de piste qui connaissait à merveille tous les itinéraires menant au pays des pharaons. Il avait choisi une route large et bien tracée. Seule difficulté notable, le passage d'un gué qui, à cette saison était au plus bas.

Une dizaine de soldats descendirent de cheval pour pousser le chariot.

Le coureur de piste, qui surveillait la manœuvre, fut le premier à s'écrouler sur les galets de la rivière, la poitrine percée d'une flèche. Les Hittites tombèrent les uns après les autres. Aveuglés par le soleil, ils ne parvinrent pas à voir leurs adversaires abrités derrière les rochers.

Quand ils se ruèrent à l'assaut, il ne restait plus que huit survivants qui se battirent avec fougue mais succombèrent vite sous le nombre.

La bâche du chariot fut déchirée.

Terrorisé, le prince Zannanza se pressait contre le chambellan, éberlué de voir apparaître un officier égyptien, un glaive sanglant à la main.

— Descendez, ordonna-t-il.

— Pourquoi ce guet-apens ? interrogea le chambellan. Voici le fils du roi du Hatti. Vous lui devez respect et protection. Vous attaquer à sa personne provoquerait la guerre et...

— Descendez, répéta le chef de la garde privée du général Horemheb.

Les deux Hittites obéirent.

Ils furent aussitôt égorgés. Puis les Égyptiens mirent le feu au chariot. Ils emmenèrent les chevaux qui avaient survécu et ramassèrent les cadavres des cinq archers qui avaient péri dans le corps à corps. Le chef de la garde récupéra la lettre de la reine et son sceau sur le cadavre du prince. Il s'assura qu'il ne restait aucun survivant parmi les Hittites.

Jamais le prince Zannanza ne monterait sur le trône d'Égypte.

— C'est la guerre, Majesté, la guerre ! Il y a des hommes armés dans toute la ville !

La servante nubienne criait et gesticulait.

— Calme-toi, ordonna Akhésa. Je le vois bien.

Du haut de la terrasse, elle avait déjà vu un régiment défiler dans la rue principale et se diriger vers le nord. Les soldats étaient armés de lances, de poignards, d'arcs, de frondes et d'épées. Ils se protégeaient de boucliers de bois et de cuir, au bord supérieur incurvé. Les officiers portaient une cuirasse de cuir couverte de plaques métalliques.

— On dit qu'ils partent pour la Syrie, continua la Nubienne. Les Hittites l'ont envahie après l'assassinat du prince Zannanza. Son père a déclaré la guerre à l'Égypte.

Akhésa sourit. Une joie profonde l'animait.

— Apporte-moi à manger. J'ai faim.

La Nubienne, persuadée que la reine devenait folle, s'empressa d'obéir. La contrarier aggraverait le mal dont elle souffrait.

Allongée sur le rebord de la terrasse supérieure du palais, Akhésa se régala de dattes fraîches en regardant les corps d'armée qui sortaient de Thèbes au pas de course.

Quand résonnèrent les trompettes d'argent, elle se leva, silhouette fragile au bord du vide. La sonnerie annonçait l'état-major.

Le général Horemheb, superbe dans sa cuirasse dorée, leva les yeux vers elle. Immobile dans la lumière, elle ressemblait à une statue d'éternité, défiant le temps et les hommes.

Les deux armées étaient séparées l'une de l'autre par une vaste étendue plate et désertique. Les Hittites occupaient la plus grande partie de la Syrie, protectorat égyptien. Des fermes avaient été pillées, des paysans tués.

La guerre devenait inévitable.

Le souverain hittite avait été surpris par la rapidité de la réaction égyptienne. D'après les renseignements de ses espions, la mobilisation serait lente, l'armement insuffisant. Les experts militaires prévoyaient une facile victoire hittite. .

La vision des corps d'armée égyptiens, massés sur des collines, modifia le jugement du monarque. Avant de donner l'ordre d'attaquer, il réunit un conseil. La discussion fut animée. Les opinions des officiers supérieurs divergèrent. Il fut décidé de procéder à une série d'observations pour mieux apprécier la puissance réelle de l'ennemi.

Horemheb agit de la même manière. Voilà bien des années qu'il attendait d'être confronté à l'armée hittite et de connaître la valeur des forces adverses. Le général ne reculerait pas. Après avoir ordonné l'assassinat du prince Zannanza, il était décidé à empêcher l'invasion hittite.

L'armée des Deux Terres était inférieure en nombre, mais elle comportait des régiments de professionnels bien entraînés. Démobilisés, ils recevraient de l'État terrain, maison et provisions garanties jusqu'à leur décès. Aussi étaient-ils décidés à vaincre. Peu belliqueuse, l'Égypte n'était jamais aussi forte qu'à l'heure où son existence même était menacée.

À cause de la politique de faiblesse menée par Akhénaton et de l'incompétence de son successeur, l'armée de Pharaon avait perdu beaucoup de son prestige. Mais Horemheb avait veillé à l'entretien du matériel sans affaiblir l'administration militaire. Aussi n'avait-il eu aucune peine à mettre sur pied de guerre les principaux régiments. Il lui manquait l'apport des jeunes conscrits enrôlés dans les provinces. Seul un conflit rapide lui donnait l'espoir d'un succès.

Trois jours et trois nuits s'écoulèrent, Égyptiens et Hittites campant sur leurs positions. Les nerfs des soldats étaient soumis à rude épreuve.

La chaleur affaiblissait les organismes. La plupart des soldats avaient perdu le sommeil.

Au matin du quatrième jour, les premières lignes hittites firent mouvement vers l'arrière. Les imitèrent les archers postés sur les collines, puis la masse des fantassins. Enfin, tournant le dos à l'armée égyptienne, la charrerie s'ébranla en direction du Hatti. Son roi renonçait à une bataille à l'issue trop incertaine.

Horemheb triomphait. Sans doute l'Égypte avait-elle perdu une partie de son protectorat syrien ; mais elle avait démontré sa puissance comme au temps glorieux de Thoutmosis III. Sans verser le sang, le général avait prouvé à l'adversaire hittite qu'il était incapable d'envahir les Deux Terres.

Des cris de joie montèrent des rangs de l'armée égyptienne.

Dès son retour à Thèbes, dont la population en liesse acclama le vainqueur des Hittites, le général Horemheb se précipita au palais. Pendant une semaine, la capitale du dieu Amon vivrait une fête inattendue à laquelle participerait la population entière.

Le héros dont chacun célébrait le génie militaire avait laissé le soin à ses officiers supérieurs, qui avaient reçu de nombreux colliers d'or en récompense de leur bravoure, de raconter l'exploit. Horemheb n'avait pas le cœur à se distraire.

La reine accepta de le recevoir. Il monta jusqu'à

la terrasse où Akhésa continuait à communier avec le soleil, allongée sur les dalles de calcaire. La reine resplendissait. Horemheb fut troublé, mais refusa de tomber dans le piège qu'elle lui tendait. Il s'était préparé à lui résister.

— Vous vous trompez, dit-elle, comme si elle lisait dans sa pensée. Je n'ai pas l'intention de vous séduire.

La reine se leva, sans hâte. Horemheb sentit sa résolution fléchir. Akhésa s'assit sur le rebord de la terrasse, plantée de palmiers. Le soleil atteignait son apogée.

— Majesté, cette lettre a-t-elle bien été écrite par vous ?

Akhésa reconnut la missive.

— Oui, général.

— Avez-vous pris conseil de...

— De personne. Cette décision est mienne.

Horemheb s'approcha de la reine.

— Akhésa, écoutez-moi... Si je remets ce document à l'administration...

— Écoutez votre conscience.

— Je n'en ai pas envie, avoua Horemheb. Vous serez ma grande épouse royale. Annoncez ma désignation comme Pharaon pendant cette période de liesse et je détruirai cette lettre. Vous et moi nierons son existence. Si les Hittites produisent une copie, nous affirmerons qu'il s'agit d'un faux. Sous ma protection, vous ne risquez rien.

Il s'approcha encore, prêt à la prendre dans ses bras. Elle le repoussa.

— J'attendais votre proposition, général. C'était précisément celle que je ne souhaitais pas entendre.

— Ne commettez pas l'irréparable, Akhésa. Oubliez les différends qui nous ont opposés. Ne choisissez pas le malheur.

— Je ne vous aime pas, général. Je ne me trahirai pas moi-même.

— Vous êtes née pour régner. Moi aussi. Nous sommes promis l'un à l'autre.

La reine ôta sa tunique. Nue, elle s'étendit à nouveau sur le dallage brûlant et ferma les yeux.

Horemheb cessa un instant de respirer. Le bonheur était si proche, la perfection si sublime...

— Je vais régner sur l'Égypte, promit-il d'une voix brisée par l'émotion. Vous le savez, Akhésa. Ne m'obligez pas à vous faire comparaître devant un tribunal pour haute trahison.

Pas une goutte de sueur ne perlait sur le corps divin de la reine. Ses seins gonflés de sève se soulevaient au rythme doux de sa respiration. Son sexe de jais s'ornait d'une fleur unique que le général avait envie d'embrasser jusqu'à en perdre la raison.

— Akhésa, je t'en supplie... Pourquoi me refuser ?

— Je suis l'épouse de Toutankhamon pour l'éternité, répondit-elle, immobile.

39

Le procès de la reine Akhésa s'ouvrit à la fin de l'été, à Thèbes, dans la salle de justice du palais en présence du régent du royaume, le général Horemheb, du grand prêtre d'Amon de Karnak, des Second, Troisième et Quatrième Prophètes du dieu, des principaux ministres du gouvernement et des conseillers de Pharaon. Ils formaient un tribunal présidé par le vizir du Sud, devant lequel étaient déroulés quarante papyrus symbolisant la totalité des lois. Au cou, le magistrat suprême portait une amulette de la déesse Maât, la justice divine.

Le vizir implora longuement Maât, la priant d'inspirer son jugement et de lui permettre de formuler la vérité sans favoriser quiconque.

Puis il donna la parole à Horemheb, chargé de lire l'acte d'accusation. Personne ne reconnut la voix du général. Le vainqueur des Hittites semblait las, vieilli. Il parlait avec embarras, comme à contrecœur.

— Au nom de Maât, j'accuse la reine Akhésa, grande épouse royale, de haute trahison pour avoir tenté de faire monter un Hittite sur le trône d'Égypte, livrant ainsi notre pays à l'ennemi. J'accuse la reine d'avoir renié sa fonction et la tradition des Deux Terres. Je l'accuse d'avoir tenté de détruire l'Égypte en soumettant ses habitants au joug étranger.

— Disposez-vous d'une preuve et de témoins justifiant vos accusations ?

Horemheb demanda à boire. Il avait été contraint de remettre la lettre écrite par la reine à l'administration judiciaire, espérant que la pesanteur hiérarchique favoriserait la disparition du document dans la masse des dossiers et que la reine reviendrait sur son invraisemblable décision. Mais un fonctionnaire avait aussitôt averti la dame Mout de l'existence de l'accablante missive. L'épouse de Horemheb, au comble du ravissement, avait propagé la nouvelle à la cour, obligeant son mari à convoquer la haute cour de justice.

Horemheb lut la lettre qui mettait en évidence la forfaiture d'Akhésa. Puis il produisit comme témoins le chef de sa garde privée et l'ambassadeur Hanis. Le premier relata le combat qui l'avait opposé aux agresseurs hittites, la mort accidentelle du prince Zannanza et la découverte de la lettre dans les documents officiels qu'il avait emportés avec lui. Le second, qui garda la tête baissée pendant sa déposition, dévoila l'entretien privé qu'il avait eu avec la reine et détailla la mission qu'elle lui avait confiée. Il déclara avoir agi sous les ordres du général Horemheb, ce que ce dernier confirma.

Les visages étaient graves. Chacun attendait que la reine se défendît avec vigueur des incroyables accusations portées contre elle.

— Majesté, demanda le président du tribunal, confirmez-vous ces dires et ces faits ?

Akhésa, couronnée et parée d'un large collier d'or, était assise sur un trône placé à l'opposé du

546

siège du vizir. Nulle crainte ne s'inscrivait sur son visage.

Les membres du tribunal retinrent leur souffle.

— Je les confirme, déclara Akhésa, sereine.

— Pourquoi avez-vous agi ainsi ? demanda le vizir. Souhaitiez-vous réaliser le rêve de votre père, comme le prétend l'ambassadeur Hanis, et conclure la paix avec les Hittites grâce à ce mariage ?

Un sourire ironique orna les lèvres d'Akhésa.

— Me croyez-vous assez naïve ou assez stupide pour avoir conçu un tel projet ? Jamais reine d'Égypte ne sera l'épouse d'un étranger.

— Expliquez-vous davantage, Majesté !

— N'avez-vous pas compris que l'Égypte s'était endormie dans une passivité mortelle ? Le général Horemheb n'a obéi qu'à son ambition. Il a oublié que l'ennemi hittite s'apprêtait à nous envahir. J'ai tenté de le convaincre d'intervenir. Quand j'ai pris conscience que mon pays courbait la nuque et perdait sa dignité, j'ai décidé d'agir à ma manière. Tout s'est déroulé exactement comme je l'avais prévu. Le général a fait suivre Hanis, Hanis m'a trahie. Que chaque mot de ma lettre fût bientôt connu par mes ennemis, je n'en doutais point ; en revanche je craignais de ne pas parvenir à convaincre le roi hittite de ma sincérité. Dieu m'a aidée à réussir. Horemheb, cette fois, était obligé de réagir. Il lui fallut empêcher Zannanza de pénétrer sur notre territoire, donc l'exécuter pendant qu'il traversait l'un de nos protectorats, assez loin du Hatti comme de l'Égypte. La brutale intervention du général contraindrait les Hittites à déclarer la guerre et les Égyptiens à défendre leur civilisation. J'avais confiance en notre armée. J'ai eu raison. Le Hatti sait à présent qu'il n'a pas la capacité militaire de nous envahir. La paix est instaurée pour longtemps, à condition d'effectuer régulièrement de grandes manœuvres à l'étranger comme nos glorieux ancêtres. Devant vous, qui me jugez, je n'ai qu'une seule vérité à proclamer : moi, la reine d'Égypte, j'ai sauvé mon pays !

Horemheb se leva, furieux.

— Ces déclarations sont vides de sens. Que l'on consulte les rapports sur mon activité militaire ! Pas un instant, je n'ai perdu de vue la menace hittite. Ce sont des rois faibles et indignes, Akhénaton et Toutankhamon, qui m'ont empêché d'intervenir de manière directe. Je les ai pourtant servis avec fidélité. Car nul ne doit désobéir aux ordres de Pharaon.

Les juges approuvèrent.

— C'est faux, objecta la reine. Horemheb a oublié son devoir. Lui faire confiance, c'est condamner l'Égypte à la décadence.

Le général traversa la salle de justice pour s'arrêter face à la femme qui continuait à se dresser entre lui et le pouvoir.

— Je jure sur la loi de Maât, affirma-t-il avec force, que ma vie entière est offerte à mon pays. Peu m'importent la gloire et la puissance. Si les Hittites avaient menacé notre sécurité, j'aurais persuadé Pharaon de livrer bataille. J'accuse la reine d'avoir terni le renom de l'Égypte.

Akhésa sentit la peur se diffuser dans ses veines. Horemheb avait décidé de la détruire en ruinant son argumentation, qu'elle avait crue inattaquable. Elle avait espéré que le général battrait en retraite. Mais il faisait front sans la ménager, osant même utiliser le mensonge.

— Nous sommes en présence de la plus grave des fautes, estima le Second Prophète d'Amon : la haute trahison. Le reste n'est que bavardage inutile.

La reine laissa jaillir sa colère contre Horemheb.

Chacun des mots qu'elle prononça indisposa le tribunal. Qui avait le cœur trop brûlant sortait du chemin de la vérité.

Un juge tenta d'aider Akhésa.

— Je suppose, Majesté, que vous avez été mal conseillée.

— Non, répondit-elle, recouvrant brusquement son calme. J'ai mis en œuvre mon propre plan d'action. Personne ne l'a inspiré.

— Regrettez-vous aujourd'hui, votre déplorable démarche envers les Hittites ?

— Bien sûr que non. Il n'y avait pas d'autre moyen de réveiller notre orgueil et de sauver notre civilisation.

— Grotesque, s'exclama un haut dignitaire, féal de Horemheb. La reine n'avait pas d'autre but que de donner l'Égypte à l'ennemi. Elle a poursuivi le rêve fou de son père, créer un empire du soleil, mélanger les nations au détriment de la nôtre. La reine est une hérétique. Elle n'a jamais cessé de l'être.

Horemheb contempla la reine avec gravité.

— Reniez-vous votre père, Majesté ? Avez-vous renoncé à son idéal insensé ?

Une paix étrange envahit Akhésa. Elle n'avait plus envie de lutter.

— Non, répondit-elle. Il est plus grand et plus noble que vous tous. Vous le haïssez à cause de votre médiocrité. Il avait ouvert le chemin. Son message continuera à vivre.

Une autre voix, venue de l'au-delà, parlait à travers elle, une voix qui était son sang et sa chair. S'y mêlaient les intonations tendres d'un père et la mélodie amoureuse d'un époux.

— Que la reine retire immédiatement ces paroles, exigea le grand prêtre d'Amon. Elles sont une insulte au dieu d'empire. Qu'elle confirme son abandon de l'hérésie. Sinon, qu'elle soit répudiée par Amon lui-même et qu'elle perde sa qualité de grande épouse royale.

Akhésa se contenta de sourire. Horemheb fut surpris par l'expression de bonheur qui illumina le visage de la jeune femme.

Le procès changeait de nature. Le général n'épouserait jamais celle qui hantait ses nuits.

La dame Mout, virevoltante, distribuait quantité d'ordres aux dizaines de serviteurs occupés à sortir les meubles de sa somptueuse villa pour les transporter au palais royal. Une cohorte de servantes se chargeait des objets fragiles. Mout admonestait, menaçait, pressée d'emménager en des lieux enfin dignes d'elle.

Son triomphe était total.

Le vizir, approuvé par l'ensemble des juges, avait prononcé la déchéance de la reine Akhésa. Elle perdait son titre et ses prérogatives. Elle serait recluse jusqu'au terme de son existence dans un logement de prêtresse du temple de Saïs, dans le Delta, très loin de Thèbes.

Mout, devenue grande épouse royale par décision du régent Horemheb, avait aussitôt proclamé son mari Pharaon. Tandis que s'accéléraient les préparatifs du couronnement, la nouvelle reine d'Égypte organisait un gigantesque banquet qui ouvrirait une fête de plusieurs jours.

La cour manifestait sa satisfaction. Il était préférable que Horemheb et Mout, formant un couple irréprochable, régnassent ensemble. D'aucuns auraient vu d'un mauvais œil l'union du général et de la veuve de Toutankhamon qui aurait ruiné la réputation d'une grande dame thébaine, laquelle ne méritait pas de subir un tel malheur.

La dame Mout avait eu l'intelligence de se montrer modeste dans le succès. Comparaissant devant les hauts dignitaires, elle avait insisté sur les devoirs écrasants d'une reine d'Égypte. Se sentant indigne de ses illustres devancières qui avaient libéré les Deux Terres de l'oppression et placé Thèbes au rang de capitale du monde civilisé, elle œuvrerait de toutes ses forces pour prendre place dans cette lignée de femmes de génie dont aucun pays ne pouvait s'enorgueillir.

Chacun avait apprécié la dignité et la mesure de ces propos.

Le roi Horemheb avait célébré les qualités de la grande épouse royale.

L'Égypte connaissait de nouveau le bonheur d'être gouvernée. Toute trace de l'hérésie avait été effacée. Toute trace... Tel n'était point l'avis de Mout, épouse du pharaon.

— Votre présence m'honore, Majesté, déclara le vizir. Ce modeste bureau...

— Trêve de politesse, dit Mout, cassante. Nous avons une affaire des plus graves à examiner ensemble.

Le chef de la justice rangea avec nervosité le rouleau de papyrus qu'il examinait. La visite de la grande épouse royale, à l'heure de l'ouverture des bureaux, n'annonçait rien de bon.

— Je suis à votre disposition, Majesté. De quoi s'agit-il ?

— D'Akhésa.

— Elle quitte demain Thèbes pour Saïs.

— Cette condamnation a été prononcée contre une hérétique... Pourquoi oublier aussi aisément la trahison ?

Mout s'exprimait avec un calme inquiétant.

— Akhésa n'a-t-elle pas assez souffert ? interrogea le vizir. Elle est très jeune. La réclusion à vie est un châtiment terrible.

— La justice n'a pas été rendue, estima Mout.

Akhésa a déshonoré le titre qu'elle a porté. Vous devez réunir à nouveau la haute cour et délibérer sur le véritable chef d'accusation : haute trahison.

— Majesté...

— Je suis la reine. Vous êtes le chef de la justice. Akhésa est coupable du plus abominable des crimes. Voici la vérité. Vous avez prêté serment de la faire resplendir, même au détriment de vos opinions propres. Respectez votre serment.

— Majesté, si nous évitions...

— Qu'Amon vous protège, dit la grande épouse royale, sortant du bureau du vizir.

Pendant une journée entière, le haut magistrat délibéra avec sa conscience. Dans la main droite, il tenait serrée l'amulette représentant la déesse Maât, incarnation de la justice céleste et témoin éternel de sa charge.

Le vizir détestait l'excès autant que l'injustice. Akhésa l'avait impressionné, presque bouleversé. Elle s'était défendue avec maladresse, se moquant des ruses de la cour, oubliant que le général Horemheb et ses conseillers avaient appris à déguiser la vérité sans s'avilir. Elle n'avait compté que sur son intelligence, sa foi et ses certitudes. Que pesaient-elles face à la détermination froide d'un homme dont la vocation était de devenir Pharaon ?

Comment omettre la missive écrite par Akhésa ? Comment éliminer du dossier cette pièce capitale versée aux archives ? Mout saurait en rappeler l'existence et demander quel cas faisait le tribunal d'une preuve aussi accablante. Le vizir relut les rouleaux de la loi qu'il connaissait par cœur, espérant découvrir un article oublié qui lui permettrait de refuser un nouveau procès ou de l'ajourner indéfiniment.

Il échoua. Akhésa n'avait pas fini de souffrir.

En retard de plus de dix jours, la crue fut peu abondante, comme si le dieu du Nil hésitait à fertiliser l'Égypte en déposant le limon sur les rives écrasées de chaleur. Horemheb, à l'issue des fêtes du couronnement, se rendit dans les principales villes du pays pour s'y faire acclamer et asseoir son emprise sur les princes locaux. Ce déplacement l'empêcherait d'être présent au second procès d'Akhésa.

Les juges s'attendaient à découvrir une jeune femme écrasée par le poids de la condamnation passée et angoissée par celle à venir.

Le ton des accusateurs fut plus dur et plus véhément. Ce n'était pas une grande épouse royale qui comparaissait devant eux, mais une reine déchue, la fille d'Akhénaton le maudit. Elle ne portait ni insigne ni bijoux rappelant sa qualité.

« Haute trahison. » Ces deux mots revenaient dans la bouche de chacun des intervenants, dont la haine enflammait parfois les propos. Le vizir interrompit plusieurs d'entre eux, exigeant davantage de dignité de la part d'hommes mûrs et responsables. Akhésa comprit vite qu'elle était prise au piège. La cour exécutait les volontés de la dame Mout et ne prêterait aucune attention aux dénégations d'une femme déjà condamnée pour hérésie.

Le vizir fut contraint de résumer les chefs d'accusation. La lettre au roi du Hatti et le témoignage de l'ambassadeur Hanis prouvaient qu'Akhésa avait décidé d'ouvrir les frontières de l'Égypte à l'ennemi.

— Prenez le temps nécessaire pour vous défendre, recommanda le haut magistrat. Il subsiste beaucoup d'ombres. Je souhaite davantage d'explications. Nous reprenons le dossier point par point.

— Ce ne sera pas nécessaire, estima Akhésa. Le jugement est déjà prononcé.

— Majesté ! s'emporta le vizir. Vous osez me taxer de prévarication !

— Pas vous, rétorqua-t-elle, mais ceux qui m'accusent. Ce sont des menteurs. Ils savent que j'ai dit la vérité. Je n'ai pas à m'expliquer davantage. Une reine ne se justifie pas devant des lâches.

— Vous n'êtes plus reine ! protesta le Second Prophète d'Amon, vous…

Le regard d'Akhésa fut si méprisant que le prêtre n'osa continuer.

— Majesté, reprit le vizir, sachant qu'il encourait un blâme en utilisant cette appellation, ne cédez pas à la tentation du silence. Si vous parvenez à justifier votre attitude, vous serez innocentée.

Akhésa sourit au vizir.

— Vous êtes digne de votre charge, déclara-t-elle. Seul, vous ne pourrez pas lutter contre eux tous. Pour que vous restiez vizir, il faut que je sois condamnée. Permettez-moi de vous rendre ce dernier service. L'Égypte aura besoin de vous.

Akhésa ne prononça plus un seul mot, se désintéressant du procès. Le vizir l'implora de ne pas s'enfermer dans cette attitude. Mais la jeune femme, les yeux clos, avait déjà quitté le tribunal.

Les délibérations furent brèves. Pas un juge ne prit la défense d'Akhésa.

Il ne resta plus au vizir qu'à prononcer la sentence frappant celle qui était reconnue coupable de haute trahison : la mort.

40

Horemheb apprit la nouvelle de la condamnation à mort d'Akhésa alors qu'il séjournait à Memphis où il réorganisait le plus grand arsenal du pays. Il interrompit aussitôt ses activités pour regagner Thèbes. Sa colère éclata quand il découvrit qu'Akhésa avait été enfermée dans une cellule du temple de Karnak dès la fin du procès.

Pharaon tendit la main à la jeune femme couchée sur le sol de pierre et l'aida à se relever.

— Ce traitement est indigne de vous. Je châtierai les coupables.

Amaigrie, lasse, Akhésa n'avait rien perdu de sa fierté.

— Moi seule suis coupable.

— Je donne l'ordre de vous faire ramener au palais.

— À une condition...

— Laquelle ?

— Je veux mourir dans la cité du soleil, exigea-t-elle, là où mon père a connu le bonheur.

— Impossible. Je n'ai pas le droit.

— Vous n'êtes plus un serviteur de Pharaon, Horemheb. Vous êtes Pharaon. Je ne crois pas avoir jamais imploré une faveur. Je supplie le roi d'Égypte de m'accorder celle-ci.

Mout, la nouvelle grande épouse royale, avait fait entasser les objets précieux appartenant à Akhésa dans un atelier du palais. La jeune femme caressa les coupes et les vases en or, les récipients décorés de grenades, les plateaux d'argent, les boîtes à cosmétiques, les cuillères d'ébène, le petit bouquetin en ivoire contenant de l'huile parfumée, la grappe de raisin en or avec laquelle elle avait joué, enfant. Ces compagnons muets, elle les avait trop négligés, certaine qu'ils lui appartiendraient toujours.

Les soldats de Horemheb ne la verraient pas pleurer. Elle leur fit signe que l'entrevue avec son passé avait assez duré. Conformément à ses vœux, ils la conduisirent jusqu'à une salle de bains inondée de lumière dont ils gardèrent la porte. Les fenêtres donnant sur le vide, Akhésa n'avait aucune possibilité de s'enfuir.

Elle contempla longuement le soleil, s'abreuvant à la source de vie. La puissante clarté ne lui brûlait pas les yeux. Puis elle ôta sa robe à bretelles et s'enfonça dans l'eau tiède de la baignoire creusée dans le sol.

Le dernier bain avant le départ pour l'autre monde, elle le voulut interminable et voluptueux. Elle s'enduisit la peau d'huile parfumée au lys, se massa doucement les mains et les cuisses, se contempla cent fois dans divers miroirs. Ce n'était pas elle que la reine regardait, ce n'était pas sa propre beauté qu'elle admirait, mais la jeunesse d'une lumière qui allait s'éteindre pour que naisse une autre clarté dont elle ignorait le nom et la forme. L'âme d'Akhésa nourrirait le soleil divin qui donnerait vie à une nouvelle âme.

La porte de la salle de bains s'entrouvrit.

Ruisselante d'eau, Akhésa se leva. Sa servante nubienne, hésitante, marcha vers elle.

— J'aimerais... j'aimerais vous aider, Majesté.

Akhésa éclata de rire.

— Approche. Tu sais ce que tu dois faire. Tu me manquais. Je me sens laide et sale.

La Nubienne s'empara d'une cuvette et aspergea la nuque d'Akhésa. Puis elle lui lava les cheveux, lui soigna les ongles des pieds et des mains, utilisa des cuillères à fard en forme de nageuses nues pour lui dessiner des yeux parfaits. Akhésa sortit de l'eau. La servante l'essuya avec des serviettes de lin. La reine s'étendit sur le ventre, appréciant la chaleur du dallage chauffé par le soleil. Elle goûta à la douceur experte des doigts de la masseuse qui lui détendit le cou et le dos, comme si elle la préparait à l'amour.

— Il faut nous séparer, dit Akhésa, la voix brisée.

La Nubienne éclata en sanglots.

— Je dois... Je dois encore vous habiller !

— Va-t'en, ordonna la reine. Sois heureuse.

La reine demeura longtemps allongée, immobile, comme si elle désirait s'incruster dans la pierre. Lorsqu'un peu de fraîcheur la saisit, elle se leva.

Le soleil se couchait. Dans quelques minutes, Horemheb viendrait la chercher.

Bras croisés sur la poitrine, elle vénéra la fin du jour.

Le bateau royal accosta au quai principal de la cité hérétique au moment où l'aube rougeoyante déployait ses fastes. Akhésa s'emplit les yeux de son dernier matin. La bande noire recouvrant les montagnes se teinta d'orange profond, violent, issu du lac de flamme d'où surgirait bientôt le nouveau soleil. L'orange se distendit, pâlit, se perdit dans un jaune que dominèrent vite le blanc et le bleu. Les ténèbres dissipées, apparut le fleuve.

Le scintillement de l'eau fit percevoir à la reine déchue la vérité de la vallée du Nil : une mince strie fertile entre deux déserts, une formidable affirmation de la vie au cœur de la sécheresse.

L'Égypte était un miracle.

Elle avait eu le privilège d'y participer, d'en favoriser l'existence, de connaître le trône des vivants. Que désirer de plus ? Elle n'éprouvait aucun regret. Si sa vie s'achevait en ce jour d'automne, c'est qu'elle avait atteint sa plénitude, le rivage d'où le bac ne revenait pas. Ses actes s'étaient détachés d'elle, devenue étrangère à son propre passé.

La mort était aujourd'hui devant elle, comme un retour d'exil après un long voyage. Fille et femme de Pharaon, elle avait partagé le mystère d'êtres de ciel et de terre. Même si son destin ne lui avait offert qu'un peu plus de vingt années, aucun autre ne lui paraissait préférable.

Akhésa descendit du bateau, accompagnée par Horemheb. Pharaon éloigna sa garde privée. Il avait décidé de rester seul avec la condamnée.

Côte à côte, ils marchèrent jusqu'aux faubourgs désertés de la cité du soleil. Les maisons blanches, construites à la hâte, s'étaient déjà dégradées. Inoccupées pour la plupart, elles servaient parfois d'abri à des familles de bédouins qu'expulsait la police du désert.

La chaleur du matin était douce, rassurante. Quand Akhésa vit le palais livré à la solitude, aux vents et au sable, elle entendit à nouveau la voix envoûtante de son père, chantant la perfection de sa capitale. « Ma ville est belle, puissante, animée de fêtes magnifiques... Partout y brille le soleil... Mon cœur est en joie quand il l'admire, elle qui est semblable à une lueur du ciel. » Mais qu'étaient devenus les jardins verdoyants, les étangs poissonneux, les bassins de plaisance, les greniers remplis de blé ? Çà et là, des pans de murs écroulés, des rebords de terrasses effondrés, des reliefs maculés, des escaliers dégradés... La capitale oubliée agonisait.

— J'aimerais parcourir seule les salles du palais.

Horemheb hésitait.

— Attendez-moi dans la salle du trône, insista-t-elle. N'ayez aucune crainte. Je ne m'enfuirai pas.

Retrouver les lieux où Akhénaton avait régné mit mal à l'aise le nouveau pharaon. Ici, Horemheb n'était qu'un général exécutant les ordres de son maître. Le trône de l'hérétique avait été détruit. Horemheb s'assit sur une banquette de pierre.

Pourquoi Akhésa avait-elle choisi la mort ? Pharaon lui-même ne pouvait modifier la Loi ou casser le jugement prononcé. Lui et elle avaient eu tort de se livrer un nouveau combat en présence d'un tribunal qui avait tranché en faveur du Maître des Deux Terres. Lui et elle s'étaient comportés comme des enfants inconscients des dangers qu'ils couraient.

Le temps du rêve était aboli. Akhésa et Horemheb ne formeraient pas le couple royal dont la puissance aurait émerveillé l'Égypte.

Akhésa, pieds nus, explora les corridors, les salles à colonnes, les chambres à coucher, les salles de bains, s'attarda dans le bureau de son père. Mille souvenirs doux ou amers s'effaçaient au rythme de ses pas, mais subsistaient encore les gestes tendres de Néfertiti, les prières de la famille réunie sous les rayons du disque divin, les jeux avec son père, les promenades en char... Dans ces pièces vouées à la destruction, il n'y avait ni ombres ni mémoire. Akhésa emporterait dans l'au-delà la vision de sa demeure terrestre pour la rebâtir dans la campagne des félicités.

Le soleil approchait du zénith quand elle rejoignit Horemheb, prostré.

— L'heure est venue, annonça-t-elle.

Pharaon, le front creusé d'une ride profonde, la contempla.

— Qui as-tu vraiment aimé, Akhésa ?

Des larmes emplirent les yeux de la jeune femme, mais son regard ne vacilla pas.

— Toutankhamon. Lui et moi sommes déjà unis pour l'éternité. Le jugement inique que vous avez fait prononcer contre moi me permettra de bientôt le rejoindre. Louée soit Votre Majesté.

— Si nous cessions ce jeu cruel un instant, un seul instant...

Il lui prit doucement les mains. Elle ne se révolta pas mais demeura distante. Il désirait clamer l'amour qui le déchirait, prononcer les mots simples et fous des amants, se prosterner à ses pieds... Mais il était Pharaon, et Akhésa condamnée au châtiment suprême.

— Le jardin suspendu, sur la plus haute terrasse... C'est là-haut que je veux partir pour l'autre monde.

Elle se sépara de lui, sans hâte. Lorsque la douceur de ses mains l'eut quitté, Horemheb sut que, sans Akhésa, il devait renoncer au bonheur. Aucune femme ne lui ferait oublier la passion qu'il n'avait pas su vivre. Il se jura d'être le plus juste des rois et de veiller plus qu'aucun autre à la prospérité du pays auquel Akhésa s'était offerte jusqu'à son dernier souffle. Il se montrerait impitoyable avec les lâches, les menteurs et les prévaricateurs. De son règne, les Annales diraient qu'il avait été un temps d'équilibre et de sérénité.

Le jardin suspendu, abandonné depuis plusieurs années, n'était plus qu'une étendue sableuse. Seul avait survécu un massif de petites fleurs rouges. La jeune femme se pencha, en détacha une et la planta dans ses cheveux.

— Donnez-moi le poison, exigea-t-elle.

Horemheb ôta la bague qu'il portait à l'index gauche. Elle avait la forme d'une fiole minuscule. La Loi de Maât interdisait à un être humain d'exécuter un autre être au nom de la justice. Une condamnation à mort se traduisait par un suicide.

Akhésa savait qu'elle ne souffrirait pas. Le liquide absorbé, elle perdrait rapidement conscience et sombrerait dans le sommeil de la mort ravisseuse où viendrait la chercher le dieu Anubis, à tête de chacal, pour la conduire sur le chemin de l'autre monde.

— Promettez-moi, Horemheb...

Tenant serrée la fiole dans la main gauche, Akhésa hésitait encore.

— Promettez-moi de faire creuser ma sépulture dans les montagnes de la cité du soleil et d'y faire inscrire l'hymne au soleil composé par mon père.

— Akhésa... Vous savez bien...

— Lorsque le dessinateur, le graveur et l'architecte auront terminé leur travail, faites disparaître ma tombe, comme celle de Toutankhamon, sous un amoncellement de roches. Que son emplacement ne soit pas enregistré dans les archives.

Horemheb ne répondit pas.

— J'ai une dernière prière à vous adresser, poursuivit-elle. Ne détruisez pas les vestiges de cette cité. Laissez-la mourir au soleil. Son cadavre ne vous gênera pas.

Horemheb se prononça d'un hochement de tête. Les vents de sable, le temps et les bédouins auraient tôt fait de précipiter la ruine de la capitale hérétique.

Akhésa porta la fiole à ses lèvres.

Pharaon ressentit une violente douleur dans la poitrine.

— Non, Akhésa, non...

La jeune femme but le poison au goût sucré. Renversant la tête en arrière, elle ouvrit la bouche pour s'emplir de la lumière du soleil de midi.

Comme ivre, elle tournoya sur elle-même puis s'affaissa lentement sur son côté gauche, celui par lequel venait la mort.

Dans le lointain, deux lévriers entamèrent une course folle en direction de l'horizon, bondissant de crête en crête, pour tracer le chemin de l'au-delà à leur maîtresse. Quand les ombres de Bélier et de Taureau disparurent dans l'éclat aveuglant de l'astre divin, Horemheb sut que l'âme d'Akhésa était devenue lumière.

ANNEXES

L'époque de la Reine Soleil

Akhésa est l'une des reines du Nouvel Empire, et plus précisément de la dix-huitième dynastie (vers 1552-1306), que beaucoup d'historiens considèrent comme la période la plus brillante de l'histoire égyptienne. Cette époque, de fait, est marquée par l'action de grands pharaons, comme Thoutmosis III, le Napoléon égyptien, Aménophis II, le roi sportif ou Aménophis III, le sage. N'oublions pas la reine-pharaon, Hatchepsout, qui légua à la postérité son magnifique temple de Deir el-Bahari, sur la rive occidentale de Thèbes.

Cette Égypte du Nouvel Empire est riche et puissante. Elle est le premier empire du monde et sa culture s'impose. Le centre du royaume se trouve au sud du pays, à Thèbes. Ce sont les Thébains, en effet, qui ont mené la guerre de libération victorieuse contre l'occupant hyksos. Aussi la cité du dieu Amon apparaît-elle comme la garante du bonheur et de l'indépendance des Deux Terres. Chaque pharaon se fera un devoir de l'embellir et d'agrandir le temple de Karnak où trône Amon-Rê, le roi des dieux.

Le conflit entre Pharaon et les prêtres thébains

Karnak devint le temple des temples. Son clergé bénéficia de richesses considérables. Il eut à gérer quantité de terres et de têtes de bétail. Le grand prêtre d'Amon, le Premier Prophète, régnait sur un État dans l'État.

Le père d'Akhénaton, Aménophis III, semble avoir eu conscience du danger. Sans doute influencé par son épouse, la lucide reine Téyé, il introduisit dans la théologie thébaine d'autres formes divines, notamment Aton, et manifesta avec autorité la toute-puissance de Pharaon.

Mais Akhénaton se heurta très jeune aux prêtres thébains. Il eut à souffrir de leur matérialisme grandissant. Il considérait certains d'entre eux comme les plus vils des hommes. Voulant affirmer le message d'Aton, il jugea bon de ne pas le faire à Thèbes et de créer une nouvelle capitale, sur un territoire que n'avait jamais occupé aucun dieu. Ainsi naquit la cité du soleil.

Horemheb et ses successeurs tirèrent des leçons de l'expérience d'Akhénaton. Ils surveillèrent étroitement le clergé thébain, sans cesser d'embellir Karnak. Néanmoins, ce conflit latent ne s'éteignit pas. Après Ramsès III, le pouvoir royal ira en s'affaiblissant. Celui du grand prêtre d'Amon, gardien des traditions religieuses, augmentera. Et l'on verra un membre du haut clergé thébain, Hérihor, se prétendre Pharaon. Akhénaton, bien des années auparavant, avait vu juste.

La question posée par Akhénaton

Akhénaton régna un peu plus de quinze ans (1364-1347) sur l'Égypte. Lorsqu'il monta sur le trône, il portait le nom d'Aménophis IV, c'est-à-dire « Amon-est-en-plénitude ». Abandonnant Amon et son temple de Karnak, il changea d'être en devenant Akhénaton, « Celui qui rayonne pour Aton ». Nouveau dieu d'empire, nouvelle capitale : Akhétaton, « l'horizon d'Aton », la cité du soleil, connue sous le nom arabe d'Amarna ou Tell el-Amarna, en Moyenne-Égypte.

Le site est aujourd'hui presque totalement arasé et les tombes n'offrent qu'un décor mal conservé. À partir d'une documentation éparse, difficile à interpréter, les égyptologues essayent de comprendre la personnalité et l'action de ce roi souvent qualifié d'« hérétique ». Ses étranges représentations, montrant un allongement du crâne, une déformation des traits du visage, un ballonnement du ventre, l'ont rendu universellement célèbre. Son épouse, Néfertiti, l'est également en raison des deux bustes qui nous ont restitué son éclatante beauté.

Si l'on suit assez bien le début du règne, la fin demeure très obscure. De multiples hypothèses ont été proposées. Nous avons adopté l'une d'entre elles, tenant pour certaines l'absence de guerre civile et la transmission du pouvoir au jeune Toutankhamon et à son épouse [1].

Le mystère Toutankhamon

L'ouverture de la tombe de Toutankhamon, en 1922, fut l'une des grandes découvertes de l'archéologie sur laquelle il y aurait encore beaucoup à dire. Ainsi se trouvait projeté sur le devant de la scène un roi « mineur », presque totalement inconnu, dont le règne fut bref. Mais que de merveilles rassemblées dans cette petite tombe qui n'avait sans doute pas été conçue pour lui !

En raison de sa mort prématurée, l'empreinte historique de Toutankhamon est faible. Il demeure le plus inconnu des rois célèbres. Son origine même continue à poser problème : fils de roi ou fils de noble ? Il séjourna dans la cité du soleil sous le nom de Toutankhaton, « Symbole vivant d'Aton ». Devenu roi, il quitta la cité d'Akhénaton pour revenir à Thèbes où il changea son nom en Toutankhamon, « Symbole vivant d'Amon », prouvant ainsi que le retour à l'orthodoxie était effectué.

Les objets trouvés dans son tombeau de la Vallée

---

1. Pour l'étude de cette époque, voir notre ouvrage à paraître en 1988 à la Librairie Académique Perrin, *Néfertiti et Akhénaton, le couple solitaire.*

des rois n'ont pas encore été tous étudiés. Certains textes attendent une traduction et des commentaires approfondis. Une vision d'ensemble de ce « matériel » symbolique pour l'autre monde fait encore défaut.

Les représentations de la Reine Soleil

Akhésa n'est pas une inconnue. La découverte des trésors de Toutankhamon a permis de connaître son visage. La reine est représentée à différents âges. Sur une plaque d'ivoire ornant le couvercle d'un coffre, elle apparaît très jeune. Sa grâce et sa beauté sont extraordinaires. Vêtue d'une longue robe plissée qui souligne ses formes délicates, elle porte une couronne compliquée. Au front, deux cobras dressés qui symbolisent sa domination sur la totalité de l'Égypte. Elle présente à son mari des bouquets de lotus et de papyrus. Image absolue de la jeunesse et du rayonnement de la femme où se mêlent de manière indissociable le divin et l'humain, Akhésa offre ici l'une des représentations les plus accomplies de l'amour entre Pharaon et la grande épouse royale.

Sur le dossier d'un trône plaqué d'or, Akhésa est plus âgée. Le visage est toujours aussi fin, mais plus grave. Elle porte une couronne comportant des cornes de vache, un soleil et deux hautes plumes. Ces dernières font allusion au souffle divin. Les cornes de vache sont le symbole de la déesse Hathor, souveraine du ciel où naît la lumière du soleil. De la main droite, la reine fait un geste de protection magique destiné au pharaon. Le couple reçoit les rayons bienfaisants du soleil. Scène d'harmonie et de bonheur tranquille, vision admirable d'une union lumineuse entre deux jeunes êtres qui avaient la charge de la plus brillante des civilisations.

D'autres représentations, sur les parois des chapelles de Toutankhamon, montrent Akhésa à divers moments de son existence, imprégnée d'exigences rituelles. « Aimée de la grande magicienne », la reine accompagne Pharaon à la chasse pour l'aider à soumettre les forces du chaos. Quand le roi frappe un ennemi qu'il tient par les cheveux, son épouse est derrière lui et le gratifie d'un fluide bienfaisant. Quand Toutankhamon tire à l'arc, la reine est assise devant lui et désigne le fourré de papyrus d'où s'envolent les oiseaux. Elle lui tend une flèche si légère qu'elle peut la tenir du bout des doigts.

Akhésa offre à son époux la « tige des millions d'années », la vie, la prospérité, l'éternité ; elle lui attache au cou un collier portant le scarabée des métamorphoses et des résurrections. Elle joue des deux sistres devant lui, afin de l'environner d'harmonie magique. Elle se conforme ainsi au rituel pratiqué depuis les origines par les reines d'Égypte.

L'une des scènes les plus émouvantes est sans nul doute celle où l'on voit le roi versant un liquide parfumé dans la main droite de la reine, assise sur un coussin, devant lui. Elle se retourne vers Pharaon, dans un geste d'une suprême élégance, et pose le coude gauche sur les genoux de son mari. A côté d'elle, une inscription qui donne toute sa signification à cette scène : « Pour l'éternité. »

A travers Akhésa, nous avons voulu dépeindre le caractère de ces reines thébaines, belles et autoritaires, intelligentes et cultivées, capables de diriger un État et de prendre des décisions capitales. Troisième fille d'Akhénaton l'hérétique, épouse de Toutankhamon, veuve très tôt, Akhésa a vécu la tourmente de la fin d'une époque. La lettre qu'elle écrivait au souverain hittite est un document authentique[1] qui scellait son destin. L'interprétation romanesque que nous en donnons, bien qu'elle soit impossible à prouver scientifiquement, nous paraît cependant des plus vraisemblables.

La persécution d'Akhénaton

La momie d'Akhénaton n'a pas été retrouvée. Fut-elle soigneusement cachée dans un tombeau d'Amarna

1. Voir notamment E. Edel, *Ein neugefundes Brieffragment der Witwe des Tutanchamun aus Boghazköy, Orientalistika 2,* 1978, p. 33-35 et *les Lettres d'el-Amarna,* Paris, 1987.

non encore découvert ou rapportée à Thèbes comme nous le pensons ? Fut-elle détruite accidentellement ou bien encore enfouie dans une cachette de la rive ouest ?

La cité du soleil ne fut pas détruite par Horemheb comme on l'a souvent écrit. Il est probable que Toutankhamon, même de retour à Thèbes, n'abandonna pas « l'hérésie » atonienne [1]. Horemheb lui-même, tout en proclamant son attachement au dieu Amon, marqua un intérêt certain pour les cultes solaires. C'est seulement pendant la dix-neuvième dynastie, et plus particulièrement sous le règne de Ramsès II, une soixantaine d'années après la mort d'Akhénaton, que les noms de ce dernier, de Semenkhkarê, de Toutankhamon et de Aÿ, tous englobés dans l'hérésie, furent supprimés des listes royales [2]. Cette suppression symbolique, essentielle aux yeux des Égyptiens, s'accompagna d'un démantèlement des édifices de la capitale d'Akhénaton. Ramsès II, « le né du soleil », privilégiait le culte de Rê et ne pouvait admettre la « concurrence » d'une autre divinité solaire comme Aton.

Que sont devenus Horemheb et son épouse ?

Horemheb monta sur le trône d'Égypte et gouverna les Deux Terres un peu plus d'un quart de siècle (vers 1333-1306). Son règne fut heureux et prospère. Dans un long décret, conformément à la tradition monarchique, Horemheb se vante d'avoir rétabli l'ordre dans tout le pays après une période de trouble et de décadence. Il se présente comme un roi juste, préoccupé d'équité et prêt à faire respecter Maât, la loi cosmique, dans tous les domaines.

Les historiens l'ont taxé d'exagération. En réalité, chaque pharaon faisait graver et diffuser ce type de texte pour son couronnement. À la mort de son prédécesseur, le chaos envahissait le pays. Lors de

1. Voir A. Kadry, *Annales du Service des Antiquités égyptiennes 68*, p. 191-194.
2. Voir R. Hari, *Mélanges Gutbub*, p. 95-102.

l'intronisation du nouveau monarque, la lumière et l'ordre étaient rétablis.

Akhénaton, Toutankhamon et Aÿ n'avaient pas ruiné l'économie égyptienne ni détruit les temples. Horemheb affirme néanmoins avoir fait procéder à de nombreuses restaurations. Comme chaque grand pharaon du Nouvel Empire, il contribue à embellir Karnak. Mais son œuvre la plus importante consiste à mener à bien une série de réformes administratives et juridiques. D'anciennes coutumes étaient devenues des injustices qu'il fallait supprimer.

Le cinéma a fait de Horemheb une sorte de soudard violent et aviné. En fait, il appartenait à la haute administration où il était entré après une carrière de lettré. Son titre de « général » ne doit pas nous égarer. Il est avant tout scribe royal, homme de culture profondément attaché aux lois. Il n'y a pas trace d'opération militaire d'envergure menée par Horemheb qui s'attacha à restreindre le pouvoir des prêtres thébains, de manière à ce que la puissance effective de Pharaon ne fût pas contrariée par les richesses temporelles du clergé thébain. En excellent stratège, Horemheb sut maintenir l'équilibre entre le Nord et le Sud, entre Memphis et Thèbes, entre le clergé de Rê et celui d'Amon. Il avait d'ailleurs fait préparer sa première tombe — en tant que « général » — dans la nécropole de Memphis, à Saqqara. Ses admirables reliefs sont l'un des plus beaux exemples de l'art raffiné du Nouvel Empire. En tant que Pharaon, Horemheb fut enterré dans la Vallée des rois.

Il ne connut aucune difficulté sérieuse pendant son règne. Il maintint à distance les Hittites qui ne tentèrent aucune action violente contre une Égypte sûre de sa force. À la Basse Époque fut même vénéré un dieu Horemheb [1], peut-être lointain souvenir d'un âge heureux.

D'après l'égyptologue anglais G. Martin, la première femme de Horemheb, d'origine non royale, serait morte la seconde année du règne de Aÿ. Moutnedjemet (abrégée en Mout), demeurée célèbre comme reine

1. *Revue d'Égyptologie 34,* p. 148-149.

d'Égypte, n'aurait été que sa seconde épouse. Décédée en l'an treize du règne, elle fut enterrée dans la tombe de la nécropole memphite. Certains égyptologues supposent qu'elle aurait été la sœur de Néfertiti.

D'autres découvertes en perspective

De nombreuses années de recherches seront encore nécessaires pour tenter de mieux comprendre l'aventure d'Akhénaton, de préciser les liens de parenté entre les protagonistes du drame, de repérer des indices nouveaux. Le sol d'Égypte n'a pas encore révélé tous ses trésors. Dans la nécropole de Saqqara vient d'être découvert le tombeau d'un des personnages de ce roman, Maya, l'un des proches de Toutankhamon. Son étude nous révélera-t-elle des faits nouveaux ?

Bien d'autres problèmes subsistent. L'étude attentive du tombeau, pourtant ruiné, d'Akhénaton, a remis en question certaines idées toutes faites.

Dans ce roman historique, où l'imaginaire se nourrit du réel, nous avons choisi de voir une époque par les yeux d'une femme. Une femme qui méritait mieux que l'histoire des érudits, une femme qui a partagé le destin de Toutankhamon et qui fut la Reine Soleil.

*Achevé d'imprimer en juin 1990
sur les presses de l'Imprimerie Bussière
à Saint-Amand (Cher)*

PRESSES POCKET - 8, rue Garancière - 75285 Paris
Tél. : 46-34-12-80

— N° d'imp. 1694. —
Dépôt légal : mai 1990.
Imprimé en France